Ivonne Hübner
Teufelsfarbe

Teufelsfarbe

Historischer Roman von
Ivonne Hübner

❁ DRYAS

Das für dieses Buch eingesetzte Papier ist ein Produkt
aus nachhaltiger Forstwirtschaft.

*Der Roman erschien bereits 2008 im Dryas Verlag
auch unter dem Titel „Teufelsfarbe".
Die vorliegende Ausgabe wurde leicht überarbeitet
und mit einem neuen Titelbild versehen.*

© Dryas Verlag
Herausgeber: Dryas Verlag, Frankfurt am Main,
gegr. in Mannheim.

Herstellung: Dryas Verlag, Frankfurt am Main
Lektorat: Sandra Thoms, Frankfurt
Korrektorat: Birgit Rentz, Itzehoe
Umschlagabbildung: © Guter Punkt unter Verwendung
von Motiven von istock und thinkstock
Zeichnungen: Isatis Tinctoria von
Carl Axel Magnus Lindman (1856–1928) / Blüte Isatis Tinctoria
von Jacob Sturm (1771–1848) – Deutschlands Flora in Abbildungen /
Samen Faerberwaid, Isatis tinctoria © emer – Fotolia.com
Satz: Dryas Verlag, Frankfurt am Main
Gesetzt aus der Palatino Linotype
Druck: GGP Media GmbH, Pössneck

Bibliografische Information der Deutschen Bibliothek:
Die Deutsche Bibliothek verzeichnet diese Publikation in der Deutschen
Nationalbibliografie, detaillierte bibliografische Daten sind im Internet
über http://dnb.ddb.de abrufbar

ISBN 978-3-940855-74-9
www.dryas.de

Prolog

(quod)si deficiant vires,
audacia certe laus erit:
in magnis et voluisse sat est.

Sind die Kräfte auch schwach,
so ist der Mut doch zu loben:
Wenn man Großes gewollt hat,
war schon der Wille genug.

Properz, Elegiae 2,10,5 f.

Sommer 1498

D as Mädchen zuckte verängstigt zusammen und zog ihre schmale Hand mit dem Grasbüschel darin zurück, wenn der braune Klepper gar zu gierig danach schnappte. Grete war ein blasses Kind von acht Jahren, aber wenn der Wind das lange aschblonde Haar aus ihrem Gesicht wehte und den dünnen Hals freilegte, wirkte sie krank und zerbrechlich wie eine Sechsjährige. In Lumpen gehüllt horchte sie den schnaufenden und knirschenden Geräuschen, die das kauende Tier von sich gab. Das Mädchen wagte nicht, die Blesse des Braunen zu berühren. Sie beobachtete das Treiben der Fliegen, die die Nüstern des Pferdes umsurrten. Unruhig schnaubte der Wallach und trampelte dazu mit den Hufen auf der lichten Wiese vor der Werkstatt des Schmieds Bertram Wagner. Aus der Esse des windschiefen, an das kleine Wohnhaus geschmiegten Bretterbaus stieg dunkler Rauch.

Donnerndes Krachen und johlendes Gelächter scheuchten das Tier auf. Tänzelnd stampfte der erschrockene Gaul auf der Stelle. Vorn durch einen Lederriemen an einem Balken festgebunden, hinten in einen Karren gespannt, konnte er keinen Zollbreit weichen.

Das im spärlichen Gras hockende Mädchen blinzelte argwöhnisch zum Burschen herüber, der aus der Werkstatt gepoltert kam und sich am Wagen zu schaffen machte. Es war ein Knabe von etwa fünfzehn Jahren, dessen helle Haare beinahe ganz seine Augen verdeckten und dessen bis zu den Ellenbogen hinaufgeschobenes Hemd seine gebräunten Arme blicken ließ. Während er unter dem Kutschbock nach etwas Bestimmtem suchte, spannte sich sein Körper, sodass Grete seine hervortretenden Muskeln sehen konnte. Sie kannte die Kraft dieser Arme. Das Mädchen krabbelte in der Weise, wie sich Flusskrebse fortbewegten, in den Schatten der rückwärtigen Werkstattwand und hoffte, der Junge würde sie nicht bemerken. Sie hatte Angst vor Christoph Rieger, dessen Jähzorn der Wut seines Vaters in nichts nachstand.

»Beeil dich, Sohn! Wir verdursten!« Eine raue Männerstimme war durch die Tür, die der Junge sperrangelweit hatte aufstehen lassen, auf den Vorplatz der Schmiede geschwappt.

Alois Rieger spornte seinen Sohn lauthals an, einen Krug Bier vom Karren zu holen. »Nicht da, du Tölpel, hinten unter dem Sack!«, schimpfte der Alte in den gelben Nachmittag hinaus, während sein Sohn vorn unter dem Kutschbock vergeblich suchte.

Neugierig stahl sich das Mädchen hinter die Schmiede, zog sich an der morschen Fensterbank empor und spähte durch die von Ruß und Spinnweben nahezu blinde Scheibe des einzigen Fensterchens. Sie konnte im hinteren Winkel des Holzbaus ihren Vater an einen umgekippten Amboss gelehnt sitzen sehen. Ohnehin unentwegt johlend prustete der betrunkene Schmied lauthals, während Alois seinen Jungen schalt.

Der alte Rieger stieg in das Lachen ein und langte nach der Bierkanne, noch bevor der Junge vor ihm zum Stehen kam. Den Klaps, den der seinem Sohn auf den Hinterkopf gab, begründete er schwer atmend: »Das für deine lahme Art!« Er nahm einen kräftigen Schluck. Der Junge knallte das wurmstichige Tor zu und zog sich in eine dunkle Ecke der Schmiede zurück. Grete erkannte die rechte Seite des Gesichts und die Umrisse von Christophs bloßen Unterarmen, die sich vor der spröden, sonnendurchfluteten Rahmung des Tores abzeichneten. Missmutig besah der Junge das Treiben seines Vaters und des anderen.

»Wie haben wir das gemacht!?«, fragte Alois Rieger in den düsteren, von dem schmutzigen Fenster kaum erhellten und von der Glut im Schmiedeofen aufgeheizten Raum.

Der Mann auf dem Amboss ließ sich den Krug reichen und füllte seinen Becher dergestalt ungeschickt auf, dass weiß schäumendes Bier über seinen Handrücken lief. Er lachte sich halb tot darüber. »Wie hast du das gemacht, Alois?!«, tönte es vom Schmiedeblock her. Bertram trank einen kräftigen Schluck.

»Oh nein, mein Freund, nicht ich allein habe es vollbracht.«
Der Rieger grinste und klopfte unbeholfen auf ein unförmiges,
von grobem Tuch bedecktes Gerät. Er tätschelte das Paket wie ein
gutes Stück Vieh und trank wieder aus dem Krug, den ihm der
Schmied zurückgegeben hatte. Jener beugte seinen Oberkörper
vor, ahmte schallend die liebevolle Geste des Bauern nach und
streichelte seinerseits das Ding unter der Abdeckung.

Alois Elias Rieger wurde jetzt ganz ernst: »Fünf Monate,
Mann!« Sein Blick war leer geworden und das Wasser darin
schien nicht allein vom Alkohol herzurühren. »Fünf Monate!«
Er schüttelte den Kopf und wankte auf seinen Beinen bedächtig vor und zurück. Die Rührseligkeit, die ihn übermannt hatte,
ließ ihn auf einen Heuballen neben dem verdeckten Gerät
plumpsen.

Diesmal lachte der beschwingte Bertram nicht über den
Stolpernden. Er war ebenso ernst geworden wie sein Freund, der
Bauer, und starrte nun vor sich hin. »Ja, fünf Monate und zwei
Wochen und zwei Tage – ganz genau!« Er trank und wischte
sich mit seinem nackten, von Ruß und Staub geschwärzten
Arm, auf dem die Schweißperlen glitzerten, über den Mund.
»Alle haben gesagt, wir schaffen es nicht. Alle, nicht wahr?!«
Seine hellen Augen verklärten sich und erst ein inbrünstiges
Rülpsen unterbrach sein andächtiges Sinnen.

Alois lachte kurz auf. »Ja, keiner der Idioten im Dorf hat
geglaubt, dass wir die alte Egge mit Eisen beschlagen und auf
Jahrzehnte – vielleicht Jahrhunderte – zum Schmuckstück des
Dorfes machen werden … Aus der Hand werden sie sie uns
reißen.« Er prostete dem mit Stoff bespannten Ding neben sich
zu. »Aber wie habe ich mir den Mund fusselig geredet, um die
Erlaubnis vom alten Gerßdorff zu bekommen …«

»Und weißt du noch: All die schiefen Gesichter, die uns
angegafft haben, wenn nichts geklappt hat?! Wie oft ist mir das
Scheißding«, Bertram spuckte vor das verhüllte Gerät, »unter
den Fingern verschmort! Wie haben wir geschuftet!«

Alois nickte. Er konnte sich an jedes der Streitgespräche
mit den maulenden Bauern erinnern, an jede der nächtlichen
Unterhaltungen mit dem Gemeindepfarrer Simon Czeppil,
einem Jungspund, der nach unten trat und nach oben katz-

buckelte. Alois erinnerte sich an die gut gemeinten Zusprüche des Gutsherrn Christoph von Gerßdorff, der die Idee, die alte Egge beschlagen zu lassen, um schneller und besser arbeiten zu können, von Anfang an befürwortet hatte. Mithilfe des neuen Gerätes wähnte der Lehnsherr einen Aufschwung für die mit schlechten Böden, wenig Regen und miserablen Ernten gestrafte Parochie Horka. Aber die Großbauern Weinhold und Linke, Hennig und Schulze, der alte Seifert, des Riegers Nachbar, und sogar der Kretschmar Jeschke und selbstredend der junge Pfarrer waren dagegen gewesen. Nicht nur, dass sie der Neuerung misstrauten, auch hatte der monatelange Ausfall der einzigen Dorfegge die Gemeinde in zwei Lager geteilt. Solange die Egge in der Schmiede des Bertram Wagner untergestellt war und auf neues Schuhwerk wartete, hatten sich die Bauern woanders her ein Gerät borgen müssen. Sie waren sich um jedes bittende Wort zu schade gewesen. Ja, Alois Rieger hatte geredet und geredet: mit den Bauern, mit den Kirchenvorstehern, den Dienstherren, mit den fremden Richtern fremder Gemeinden. Wie war er beschimpft worden in den letzten fünf Monaten, wie hatte er sich geschunden – und wofür!? Für den Krug Bier, den er jetzt mit Bertram Wagner in der Schmiede vom Mückenhain trank? Nein! Für die lobende Anerkennung, die er von seinen Nachbarn, seiner Kirche, seinem Lehnsherrn ernten würde.

Mit einem Seufzer wischte Alois die Erinnerung an Schimpf und Schande, die ihm die letzten Monate beschert hatten, beiseite und den Bierschaum von seiner Oberlippe. Kaum hörbar sagte er: »Und wie hast du dich abgeplagt!«

Bertram lachte leise, aber erleichtert. »Es ist erledigt, Alois! Nun ist es Zeit, sich wieder mit Claudius aus Uhsmannsdorf um die Kundschaft zu balgen. Jetzt kann ich wieder Pferde und Wagenräder beschlagen, Kessel flicken, alle paar Jahre dem Gerßdorff ein neues Treppengeländer zusammenhauen – was immer!« Bertram war Mädchen für alles gewesen in der Parochie – vielleicht nicht für alles, denn noch nie hatte er ein Schwert oder einen Harnisch geschmiedet. Er war ein Landschmied, und wer brauchte hier Waffen und glänzendes Rüstzeug? Wenn die Gerßdorffs ihren Bedarf an derlei Dingen stillen wollten, ritten sie nach Görlitz, Bautzen oder noch weiter weg. »Fertig!«

Bertram nahm einen langen Zug aus seinem Becher und hielt ihn dem Bauern entgegen.

»Nichts mehr da, du Saufbold!« Alois zuckte mit den Schultern und hielt seinen Bierkrug verkehrt herum, um dem Schmied zu beweisen, dass er leer war.

Bertram Wagner räkelte sich und brüllte in der ihm eigenen schwadronierenden Art und mit einem verheißungsvollen Lächeln in seinem schmutzigen Gesicht nach seiner Tochter.

Mit dem Rufen des Vaters verlor das Mädchen den Halt und rutschte von der Fensterbank ab, sodass es im Dreck hinter der Schmiede landete. Noch einmal dröhnte es aus dem Bretterbau: »Grete!« Als sie geduckt und zögernd den stickigen Raum betrat, sich dünn und zierlich durch das kantige Schmiedetor schob, lallte die Stimme aus der hinteren Ecke der Werkstatt: »Noch eine Kanne vom Guten! Aus dem Keller, Mädchen, schnell!« Die Kleine blickte in die Richtung, aus der die Order kam, und angelte dann unbeholfen nach dem Steinzeug, das die schwielige Hand des Bauern ihr entgegenhielt, kriegte es aber nicht zu fassen. Aus der Kehle ihres Vaters drang ein Kichern, das in ein Keuchen und dann in ein hohles Husten überging.

»Ja, und du ...« Alois Rieger fuchtelte mit dem leeren Krug, nach dem das Mädchen zu greifen versuchte, in den Winkel, in dem er seinen Sohn vermutete. »Mach, dass du zur Mutter kommst. Sie flennt nur wieder stundenlang, wenn sich keiner blicken lässt.«

Der Bursche trat einen Schritt aus dem Dunkel und stand dicht hinter dem Mädchen. In ihrem Rücken bemerkte Grete den Knaben und ihr Magen krampfte sich vor Anspannung zusammen. Sie glotzte in die glasigen Augen des betrunkenen Bauern, blickte Hilfe suchend zu ihrem Vater und versuchte das Steinzeug zu fassen, mit dem sie schleunigst aus der Schmiede verschwinden wollte. Der Junge hinter ihr überragte sie um gut zwei Köpfe. Sie spürte den verächtlichen Blick Christophs auf sich ruhen. Er mochte sie nicht, weil sie Bertrams Tochter war. Grete hatte Angst vor dem Burschen, der ihrer Familie in dem Maße Verachtung zollte, wie ihr Vater dem Görlitzer Bier zusprach. Unschlüssig stand sie zwischen dem jungen und dem alten Rieger und wartete darauf, dass Alois die Freude an seinem Spielchen mit dem Krug verlieren würde.

Christoph beachtete das verzweifelte Mädchen nicht. Er wollte seinem Vater die Stirn bieten und überlegte, schnappte nach Luft wie ein Fisch und schwieg sich aus. Als er sich nicht vom Fleck bewegte, brachen bei seinem Alten alle Dämme. Der Bauer kläffte den Burschen an: »Raus hier, Christoph! Scher dich nach Hause, Lümmel, sonst mach ich dir Beine!« Der Junge aber war zur Salzsäule erstarrt und schaute von seinem Vater zum Mädchen und wieder zurück. Alois schnauzte weiter: »Mach schon, die Wirtschaft erledigt sich nicht von allein. Ein Nichts-nutz bist du! Hängst hier den lieben langen Tag herum! Und die arme Mutter! In ihrem Zustand! Raus mit dir!« Der Bauer hatte sichtlich Vergnügen an seinem Krakeelen, aber ein Schluckauf ließ ihn verstummen. Da schwang er den Tonkrug mit voller Kraft über seinen Kopf und geradewegs auf das Mädchen zu. Das massige Steinzeug traf die Kleine mit einer solchen Wucht in den Bauch, dass sie rückwärts gegen den jungen Rieger stol-perte.

Der Schmied auf seinem Amboss quiekte auf vor Freude. Der Bauer stimmte in das Johlen ein und klopfte sich auf die Schen-kel. Christoph schubste mit einem Gesichtsausdruck berstender Abneigung die Schmiedtochter von sich und diese hatte ihre liebe Not, den Krug auf den Händen zu balancieren, damit er nicht zu Bruch ging. Sie landete hart im Staub vor dem Schmiedefeuer, ihre Haare fielen in wilden Strähnen in ihr Gesicht und sie stieß sich den Ellenbogen an dem kantigen Absatz des Ofens – aber wenigstens war die Bierkanne heil. Der hämmernde Schmerz des Aufpralls wanderte bis in ihre Fingerspitzen und dann wie-der hinauf bis zur Schulter. Jedoch verbiss sie sich jeden Laut.

»Bier, Grete, nun mach schon!«, rief der Mann aus seiner Ecke dem Mädchen zu, das im Schmutz lag und den Krug wie einen Schatz mit beiden Armen umschlungen hielt. »Mach schnell, du dummes Ding!« Bertram Wagner war nun nicht mehr so guter Stimmung. Wütend sah er auf das dürre Geschöpf herab. »Guckst schon so einfältig wie deine Schwester, das schwachsinnige, unnütze Weib!« Der Schmied setzte seinen massigen Körper in Bewegung und unter seiner von Ruß und Staub beschmierten, glänzenden Haut zeichneten sich eisenharte Armmuskeln ab. Das Kind rappelte sich auf und versuchte sich an dem jungen Rieger, der noch vor der Tür stand, vorbeizuschieben. Der Bursche wich vor dem Mädchen zur Seite, aber sie wandte sich in die gleiche Richtung, dann tat er einen Schritt auf die andere Seite, das Mädchen trat im Affekt auf dieselbe Stelle und kam nicht an dem Jungen vorbei. Die Alten lachten meckernd über ihre Kinder und deren Tänzchen, für das sich der Bauerssohn schämte. Sein für einen Fünfzehnjährigen überraschend kräftiger Griff packte das Mädchen am Genick und stieß es aus der Schmiede in den Nachmittag hinaus.

»Hau ab, Kerl!«, hörte Grete den alten Bauern seinem Sohn hinterherrufen. »Ich will ein Festessen, wenn ich zu Hause bin: Schinken! Eier! Schmalzbrote! Sag das der Mutter.« Sie fing den Blick auf, den der Junge erst seinem Vater und dann ihr schenkte. Die Wut, die wenig Ernsthaftigkeit an sich hatte, und die Verzweiflung darüber, den Augen des Alten nicht standhalten zu können, würde Christoph an ihr auslassen, wenn sie nicht die Beine in die Hand nahm.

Es war noch nicht Abend, aber die Grillen und die Sommervögel lärmten, als wollten sie die Nacht einläuten. Obschon die mächtigen Zweige der Obstbäume dem Sommerwind trotzten, hatten die jungen Getreidehalme in der Senke zwischen den Königshainer Bergen und der Neiße irgendwo auf dem Flickenteppich des Böhmischen Königreichs ihre liebe Not, den Böen standzuhalten. Ein Bach murmelte heimlich vor sich hin und ließ das Laichkraut in seinen Tiefen tänzeln, während das seichte Lüftchen die dumpfen Menschenlaute über die Felder in die Wälder trug und sie mit sich nach Nordosten auf einen von Wein bepflanzten Hügel nahm. Kein Wölkchen trübte den strahlend blauen Nachmittagshimmel, als sich ein Junge zu Fuß auf den Weg nach Norden machte und ein Mädchen in einem Blockhaus verschwand.

Teil 1

Ivadant animum sacra quaedam ambitio,
ut mediocribus non contenti anhelemus
ad summa adque illa …

Geradezu heiliger Ehrgeiz soll uns befallen,
dass wir, nicht zufrieden mit dem Mittelmaß,
nach dem Höchsten lechzen, um es zu erreichen.

Giovanni Picco della Mirandola
»Oratio de hominis dignitate«
1486

Frühsommer 1508

*M*argarete saß seitlich auf dem Wagen und konnte so geradewegs die tiefe Sonne im Osten beobachten, wie sie sich orange und saftig aus der Nacht schälte und ihren fahlen Schein in die hellen Augen, auf die blasse Haut und die schmucklosen Kleider der Reisenden warf, während der Karren krachend die löchrige Dorfstraße entlanghumpelte. Der Bach glitzerte in roten und gelben Tupfen hinter dem Schilf hervor.

Gottfried Klinghardt war ein hagerer Mann von etwa fünfzig Jahren. Soweit es Margarete beurteilen konnte, war er schmutzig vom Haarschopf bis zu den Zehenspitzen. In seinem Gesicht saß ein etwas schiefer Mund, der ihm ein unverwüstliches Lächeln ins Antlitz zwang. Immer wieder warf er der jungen Frau auf dem Wagen hinter sich einen neugierigen Blick zu, doch diese starrte unverwandt nach Osten; nur ihr Profil konnte er erkennen. Das Gesicht der Frau auf dem Karren war mädchenhaft, wenn auch nicht unschuldig, ein wenig keck, aber nicht lustig. Gottfried kannte das Gesicht, aber das Mädchen kannte er nicht. Er zuckte mit den Achseln und konnte sich nicht erklären, wie diese Augen, dieser Mund und diese Nase, die er von irgendwoher kannte, in das junge Antlitz passten. Er trieb seinen schnaufenden Klepper an. Der Braune stemmte sein ganzes Gewicht in das Geschirr, das Fuhrwerk verlor jedoch wenig von seiner behäbigen Langsamkeit. Vielleicht um dem Eigensinn des Pferdes zu begegnen, vielleicht um sein Grübeln zu beenden, zuckte der Alte erneut mit den Achseln. Er entsann sich, wo er das Gesicht schon einmal gesehen hatte, aber nicht, wo er dem Mädchen zuvor begegnet sein könnte.

Margarete spürte die Blicke des Kutschers unangenehm auf ihrem Körper. Ihr Magen schmerzte mit jedem Satz, den der klapprige Karren machte. Der Sand der Straße rasselte unter den Holzrädern, deren Beschlag bereits tiefe Risse aufwies und ausgefranst schien. Das Mädchen zitterte vor Aufregung. Ihre Handflächen waren schweißnass. Sie hatte an diesem Morgen ihr Hirsemus nicht hinunterbekommen; keinen Bissen hatte sie schlucken können, denn Nervosität verklebte als ein rauer, kratzender Klumpen ihre Kehle.

Sie war nicht gefragt worden, doch hatte man ihre Habseligkeiten auf den Wagen des vierschrötigen Kutschers geladen. Niemand hatte ihr den Arm geboten beim Besteigen der Ladefläche, niemand hatte ihr eine gute Reise gewünscht, kein Mensch aus der Armenspeisung im Mückenhain war gekommen, um sie zu verabschieden, nur ein Pförtner und dieser Kutscher waren im Morgengrauen da gewesen.

Wortkarg, müde nuschelnd und ohne die junge Frau zu beachten, waren Anweisungen gegeben und Anweisungen befolgt worden. Anweisungen von wem? Am Vorabend erst war der klumpfüßige Messdiener Julius Fulschussel nach Mückenhain gehumpelt, um die Seelsorger und die junge Frau anzuhalten, alles Nötige für die Abreise vorzubereiten. Es hatte nicht viel vorzubereiten gegeben. Margaretes Bündel war mager, ihr Gemüt gelähmt, das Herz unruhig, aber ihre Sinne waren hellwach, und so sog sie in sich auf, was sie wahrnehmen konnte von dem Flecken Erde, den sie zuletzt als Kind befahren hatte.

Lange währender Kummer hatte sich vor Wochen und Monaten in ihren Eingeweiden eingenistet, war verebbt und wieder erwacht, einem unliebsamen Anhängsel gleich, das sie nicht abzuschütteln vermochte. Sie fürchtete sich vor dem, was sie erwartete.

Margarete hatte sich einen schützenden Mantel aus Verschwiegenheit und Teilnahmslosigkeit gewoben und sich still verhalten seit jenen schicksalhaften Stunden, die ihr Leben als Mitglied der Gemeinde beendet hatten. Sollten die Dorfbewohner die vergangenen Monate mit dem Lauf der Jahreszeiten, den Ansprüchen ihrer Äcker und ihres Viehs zugebracht haben, so hatten für sie lediglich drei nicht enden wollende Tage Gewicht:

Der erste Tag hatte sich in ihr Herz eingebrannt wie die

gefräßigen Flammen in das Holz der Mückenhainer Schmiede und den Leib ihrer Mutter, sodass Margarete dessen verkohltes Fleisch noch jetzt roch.

Der zweite Tag war nicht minder düster gewesen als der erste. Aber seine Schwärze rührte nicht von einer gierigen Feuersbrunst her, sondern von Schmutz, Gestank und Pestilenz, die selten jemanden entrinnen ließen, der einmal der Armenspeisung der Gemeinde überführt worden war. Aber Margarete war dem Elend entkommen:

Am dritten Tage. Sie hatte dem nagenden Hunger, der unter die Haut kriechenden, feuchten Kälte und der schweren Arbeit auf dem Gerßdorffschen Rittergut getrotzt. Sie hatte aus für sie unerklärlichen Gründen am Leben festgehalten, sich von Erinnerungen genährt und im Gebet Ruhe und Wärme gefunden. Und nun hockte sie auf dem Karren des fremden Mannes und ihre Gedanken und Ängste wurden durcheinandergerüttelt. Die Dunkelheit der vergangenen Monate, die seit dem schrecklichen Brand auf dem Schmiedehof vom Mückenhain ins Land gezogen waren, wollte sich mit der Masse der auf sie einstürzenden neuen Eindrücke nur schwer lichten. Margarete tröstete sich mit der Vorstellung, dass es dort, wo man sie hinbrachte, kaum schlimmer sein würde als dort, von wo sie kam.

Die junge Frau kannte die Parochie, die zu beiden Seiten des Schöps lang gezogene Gemeinde. Sie konnte von sich nicht behaupten, jeden Stein und jeden Stock zu kennen, Gott bewahre, die Menschen hier waren ihr so fremd wie der Kutscher, der sie verstohlen musterte, aber in der Kirche hatte sie ihre Freude daran gehabt, die Menschen während der Andacht zu beobachten. Im Gottesdienst, wenn die Müdigkeit sie im Morgengrauen zu überwältigen drohte, war es ihr Zeitvertreib gewesen, die Anwesenden in dem kleinen Gotteshaus der Parochie Horka zu betrachten, stets auf der Hut, nicht ertappt zu werden. Mit leicht gesenktem Haupt hatte sie durch die Wimpern die edlen Herren und Damen von Gerßdorff und Klix auf der Nordempore über dem Altar sitzen sehen. Margarete bewunderte die feinen Stoffe, in die sich die Gutsherren und ihre Familien kleideten. Manches Mal hatte sie überlegt, wie sich das Tuch wohl anfühlte, das im Licht so bunt schimmerte, ob die Herrschaften nicht frören in ihren geschlitzten Hängeärmeln, die mit Schnüren nur an den Schultern angenestelt waren, und den Baretten auf den Köpfen. Sie selbst würde nie so fein gekleidet sein, aber in Anbetracht der luftigen Mode und der kühlen Ostwinde stand ihr auch nicht in ihren gewagtesten Träumen der Sinn nach dieser Vornehmheit. Gehüllt in grobe erdfarbene Wolle fügte sie sich in die Tristesse braun gesprenkelter Böden, die sie zukünftig mit ihren bloßen Händen beackern würde. Die Reisende schloss die Augen. Jede der unerwarteten Erschütterungen des Holzkarrens berieselte ihren Körper mit fiebrigem Kribbeln. Sie ließ ihre Erinnerungen im Kirchenraum umherwandern, um auch nur ein einziges Antlitz aus dem Niederdorf wiederzufinden, welches sie als vertraut bezeichnen könnte. Allein, sie fand keines.

Gottfried trieb sein Pferd an dem östlichen Ufer des Flusses nach Norden in das niedere Dorf, vorbei an zwei alten Gütern. Dort, wo sich der Fluss durch die westlichen Wälder schlängelte, säumten die Dorfstraße Häuser in marodem Umschrot. Das Regenwasser, das wegen des lehmigen Bodens nicht in der Aue abfließen konnte, stockte sich an den Ufern des Baches und setzte dem Gebälk der nahe gebauten Häuser zu.

Horka, das Dorf, das nach seinem im Osten hockenden Hügel benannt war, erstreckte sich eine Stunde lang zu beiden Seiten des Schöps von Süden nach Norden als ein in drei Familienzweige aufgeteiltes Rittergut auf dem Flickenteppich des böhmischen Königreiches. Und weil die kleine Gemeindekirche am Südzipfel des Dorfes nur eine halbe Stunde vom Mückenhain, Margaretes Geburtssiedlung, entfernt stand, hatte es für sie nie einen Anlass gegeben, bis hierher in die nördlichsten Winkel der Parochie vorzudringen. Sie öffnete die Augen und versuchte so viel wie möglich von dem Vorbeihuschenden zu sehen.

Was sie aus den Augenwinkeln und unter dem Rucken des Fuhrwerks erkennen konnte, war nichts von besonderem Glanz; hier gab es die gleichen aus Holz und Lehm, Stroh und Kalk gemachten Höfe, die gleichen buckeligen Weiden, die gleichen vom Wetter gezeichneten Wälle und Wege, die gleichen vom Tagwerk gebräunten Bauern und die gleichen vom Ernten, Scheuern, Waschen, Kinderkriegen und Mannumsorgen gebeugten Frauen wie im Mückenhain. Margarete erkannte die

gleiche Armut, den gleichen Hunger und den gleichen Über-
lebenswillen, den auch sie mit ihrer Familie durchlitten hatte.
Dieser Teil der Parochie war nicht mehr und nicht weniger
gesegnet als jener, dem sie den Rücken gekehrt hatte. Hier wie
überall spürten die Menschen die schlechten Erträge, die missratenen Kinder und den Tribut, den Krankheit und Mangel mit
sich brachten, in ihren Knochen. Es würde nichts anders sein als
anderswo, und jetzt wie damals würde der Weg zur Kirche ein
wenig mehr als eine halbe, aber keine volle Wegstunde andau-
ern, nur dass Margarete eben von Norden und nicht von Süden
her zum Gottesdienst stoßen würde.

Der Karren hielt.

Gottfried Klinghardt blickte über seine Schulter und ruckte
kurz mit seinem grauen Kopf hin zu einem kleinen Hof.

Sie waren angekommen. Just in dem Augenblick, da Margaretes Gepäck scheppernd im Sand des Vorplatzes zum Hof landete,
wandte sich Gottfried mit einer Geste beruhigter Anspannung
um, und der Klapperkarren wackelte davon.

Unschlüssig stand Margarete da. Im Rücken hörte sie das
ungleichmäßig dumpfe Getrampel des Pferdes. Ihr Blick fiel auf
ein kleines Umschrothäuschen, dessen Bohlen ausgeblichen,
Säulen und Ständer windschief und dessen Holz porös wirkten. Mit grobem Sackleinen hatte der offenbar gegen neugierige Blicke misstrauische und dem Frühlingslicht abgeneigte
Hausherr die Fenster verhangen. Die Kalkwände der Steinzelle
schimmerten rosafarben im Morgengrauen. Und obschon der
Platz vor dem Haus überwuchert war von Moos, Flechten und
Disteln, der mittig aufgetürmte Misthaufen überfällig für das
Umsetzen war, sich an das krumme Häuschen rechter Hand eine
kleine baufällige Bretterscheune anschloss, die augenscheinlich
durch einen aufgetürmten Haufen zerborstener Wagenräder,
Bottiche, Fässer und Tröge am Zusammenbrechen gehindert
wurde, schien das Dach des Wohnhauses in Ordnung zu sein.

Zur Linken konnte sie neben dem Wohnhaus einen schmalen Durchlass erkennen, der das Hauptgebäude von einem Stall
trennte und den Blick auf mächtige Obstbäume lenkte. Die
waren offenkundig seit Jahren nicht mehr verschnitten worden.
Margarete wusste, dass dieser Durchgang zum Schöps und zum

Kräutergarten führte, aber betreten hatte sie ihn nie. In ihrer Kindheit war sie nicht ein einziges Mal eingeladen worden, das Heiligste der Bäuerin zu betreten, aber jetzt brauchte sie niemanden um Erlaubnis zu bitten, jetzt war der Garten ihrer. Doch die Besichtigung musste warten, zuerst sollte Margarete nach einer Menschenseele Ausschau halten. Hühner staksten auf dem engen, von Unkraut überwucherten Durchgang zwischen Haus und Scheune umher, scharrten im Dreck, wirbelten die herumliegenden Daunen auf und gackerten, als wollten sie die Schüchternheit der zukünftigen Hausherrin verlachen. Margarete erschien es ganz so, als sei jedes umherliegende Stück Holz, jedes Gerümpel, jeder Schandfleck aus dem Erdboden des einst so makellosen Hofs gewachsen, um ihrer erbärmlichen Erscheinung zu spotten. Das Federvieh drehte mit herrschaftlicher Arroganz seine Runden auf dem sporadisch eingezäunten Hof, ein halbes Dutzend Katzen lungerte geringschätzig starrend auf schief gestapelten Bretterhaufen herum und ein Hund, der eben noch auf einem der südlich im Niederdorf gelegenen Höfe herumgestreunt war, schnüffelte verächtlich schnaubend an den bröckeligen Ecken des Umschrothäuschens und verschwand so schnell, wie er aufgetaucht war. In Margarete keimte die Vorstellung, hier keinen Menschen anzutreffen. Unschlüssig trat sie von einem Bein auf das andere, und nicht der warme Frühsommermorgen überzog ihren Körper mit Schweiß, sondern das Bevorstehende, das Unvermeidliche, das ihr in der Nacht den Schlaf geraubt hatte.

Sie packte ihr Bündel, das noch genau dort lag, wo es gelandet war, nachdem sie es vom Karren gehievt hatte, und überquerte den Platz. So viele Stunden sie in ihrer Kindheit auch auf diesem Hof zugebracht hatte, war sie nie weiter als bis zum sandigen Vorplatz vorgedrungen, über dem damals die Gerüche von Speisen, Blumen und Kräutern gehangen hatten und der nun sauer und beißend nach Kuhmist und Ochsenscheiße stank. Nie hatte Margarete ihre Fußabdrücke im Staub dieses Hofes hinterlassen und nie hatte sie die Türschwelle betreten.

Sie war nicht überrascht, als auf ihr zaghaftes Klopfen weder die Tür geöffnet wurde noch eine Stimme ein einladendes »Herein« rief. Nachdem sie sich Einlass verschafft hatte, mussten sich ihre Augen an die bedrückende Dunkelheit gewöhnen. Mit so schwarzer Finsternis im Innern des Hauses hatte sie nicht gerechnet. Einige Herzschläge lang stand sie reglos da. Sie wollte nichts als umkehren. Umkehren? Aber wohin? Es gab kein Irgendwohin für sie, es gab nur ein Hier.

Der düstere Flur, in den Margarete wie gebannt starrte, wurde an einigen Stellen von Lichtflecken besprenkelt, die der rissige Blockbau dem sonnigen Morgen abtrotzte. »Gott zum Gruß!«, murmelte sie in die Leere, gerade laut genug, um sich selber hören zu können. Ihre Stimme war dünn, ihre Kehle trocken. Entschlossen räusperte sie sich und rief abermals nach dem Hausherrn. Niemand antwortete. Margarete hatte die Wahl. Sie konnte sich nach links in die Blockstube oder nach rechts in Richtung der kühlen Stallungen wenden. Sie konnte aber auch geradeaus durch den langen Gang und durch die rückwärtige Tür gehen, hinter der sich Garten und Hühnergehege hinstreckten. Die Treppe hinaufzusteigen, die sich nur eine Handbreit entfernt von ihren Zehenspitzen in die obere Diele und zu den Kammern hinaufreckte, war sehr verlockend, aber das verbot ihr der Anstand. Was stehe ich hier herum? Törichtes Ding!, dachte sie seufzend und entschied, einen Blick in die Wohnküche zu werfen.

Ihr Bündel blieb neben der Eingangstür liegen, während sie sich im Halbdunkel vorantastete. Margaretes Herz pochte aufgeregt, und das war das Einzige, was sie hören konnte. Sie erschrak vor hölzernen Ecken und Kanten, die erhellt wurden, als sie aus dem Türrahmen trat und der Schatten ihres Körpers über die Konturen im Innern der Stube huschte. Ein entschlossener Schritt in den Raum wurde mit einem scheppernden Geräusch gestraft, mit dem ein Gegenstand unter ihren Bundschuhen hervorglitt. Was säuselnd auf seinem Rand balancierte und im Raum umhertanzte, war eine kleine irdene Schale, die sie beinahe zertreten hatte. Mit zusammengekniffenen Augen, dem ein tiefer Seufzer folgte, stellte Margarete fest, dass keines der Dinge in diesem Raum auf eine gute Stube schließen ließ. Lediglich eine polierte und mit Schnitzereien verzierte Truhe neben der Tür wertete die unwirtliche Einrichtung auf. Margaretes empfindliche Nase verriet ihr, dass hier seit einiger Zeit weder Essbares aufbewahrt noch zubereitet, dass hier weder Nahrungsmittel vergessen noch verspeist worden waren. Kein Duft nach Gemahlenem, Gepökeltem, Gebackenem oder Gesottenem, nicht einmal nach Vergorenem – und das in der Zeit der Kirschernte – hing in dieser Stube. Margarete wurde nicht von der milden Süße junger Rosmarinbunde, nicht vom ranzigen Dunst alten Fettes, nicht vom Gestank angesäuerter Milch und nicht vom metallenen Duft frischen Wassers in ihrer Küche willkommen geheißen. Allein die seit Langem kalt liegenden Holzstücke in der Kochstelle und die Fetzen vor den Fenstern gaben einen fauligen Geruch von sich.

Enttäuscht machte sie auf dem Absatz kehrt und verließ den Wohnraum. Noch im Gehen strich sie ihren Wollrock glatt und überprüfte, ob die Schnüre an ihrem Leibchen tadellos gebunden waren. Mit flinken, aber zitternden Fingern fuhr sie sich über den Kopf, um die Nadeln zu ertasten, die ihr Tuch im Nacken zu einem kleinen kugelförmigen Ballon zusammenhielten. Der Scheitel ihres aschgrauen Haares war glatt. Die Ärmel ihres Hemdes zupfte sie gleichmäßig über ihre Handgelenke. Auf der anderen Seite des Flures hing die Holztreppe und unter ihr befand sich die Tür zum Lagerraum. Die stand offen. Margarete spähte durch den Spalt und inspizierte das scheinbar vor Kurzem erst gekalkte, tief gewölbte Lager. Hier war niemand. Auch die Fenster dieses Raumes waren verhangen. Schattenhaft zeichneten sich einige Tonnen und Kisten vor den weißen Wänden ab.

Aber ganz verlassen schien dieses Haus nicht zu sein, denn plötzlich vernahm Margarete das unverkennbare Geräusch, das entsteht, wenn Stroh gerafft und gestreut wird.

»Hallo?«, versuchte sie es erneut, während sie den Lagerraum verließ. Ihr Ruf blieb unbeantwortet und die eigene Stimme hallte als schrilles Kreischen in ihrem Kopf wider; dem entgegen wurde das Scharren plötzlich deutlicher. Lautes Gackern und derbe Flügelschläge waren zu hören. Margarete öffnete die Tür, hinter der sie den Lärm vermutete, mit einem kräftigen Stoß. Es waren Hühner, die durchs Stroh spazierten, einander haschten, durch das Hühnerfenster in der Wand ins Freie hinaus und wieder herein stolzierten und dabei zeternd vor sich hin gluckerten. Der Raum war zweigeteilt. Er diente dem Federvieh als Behausung und allerlei Gerätschaften als Werkzeugkammer. Mit den Vögeln sickerte mattes Licht durch die Maueröffnung in den ansonsten düsteren Raum. »Guten Morgen«, resignierte die neue Hausherrin vor der Hühnerschar und wandte sich zum Gehen. Da zuckte pfeilschnell und gleißend wie ein Sonnenstrahl ein Blitz vor ihren Augen auf, der sie in ihren Bewegungen erstarren ließ. Wie angewurzelt stand sie da und guckte in das glänzende Blatt einer Sense, das im spärlichen Licht zu glimmen schien. Hinter der Schneide funkelte Margarete ein Paar eisblaue Augen derart an, dass es sie nicht erstaunt hätte, wäre deren Vorhang aus blonden Haarsträhnen in Brand gesteckt worden, hätte Gott Augen und nicht Feuersteine zum Entfachen bestimmt. Margarete stolperte ein paar Schritte rückwärts, ihr Puls toste und hämmerte in ihrem Kopf, als schlüge ihr Herz in ihrem Schädel und nicht in ihrer Brust.

»Ich, Nickel von Gerßdorff, Junker zu Horka, Gutsherr zu Sänitz, Dobers und Leippa … et cetera, Sohn des Christoph von Gerßdorff unter Wladislaus Jagello von Gottes Gnaden König zu Oberungarn, Kroatien, Dalmatien und Böhmen, Markgraf zu Mähren, Herzog von Schlesien und der Lutzelburg … et cetera, bin mit dem hochehrwürdigen Pfarrer Simon Czeppil und meinem Untertan Christoph Elias Rieger, Kleinbauer zu Horka, am Tage Euphemia – dem achtzehnten Juni – Anno Domini fünfzehnhundertacht im Kretscham ebenda zusammengekommen …« Der Pfarrer stockte, während er vorlas, denn der Edelmann zu seiner Rechten schien sich gerührt zu haben. Ein flüchtiger Blick auf des Lehnsherrn Profil, das in sorgloser Regungslosigkeit lag, belehrte den Geistlichen jedoch eines Besseren. Da Simon Czeppil nach einer kleinen Wartepause keine Reaktion seitens des Junkers mehr erwartete, fuhr er fort: »… um in diesem offenen Brief den Ehevertrag und die Güterordnung in der Angelegenheit des oben erwähnten Kleinbauern …«

»Ich denke, wir haben alles vortrefflich festgehalten«, unterbrach der ungeduldige Gutsherr den Geistlichen. »Danke, hochehrwürdiger Herr Pfarrer.« Nickel von Gerßdorff rollte einige Male geräuschlos seine Füße von den Fersen zu den Ballen ab und bekräftigte mit dieser seiner Würde keinen Abbruch leistenden Geste den eindringlichen Wunsch, in den anhaltenden Verhandlungen voranzukommen. Er hatte mit Anbruch des Termins seine Zeitnöte unmissverständlich klargemacht.

Von einem bedächtigen Kopfnicken begleitet, legte der Pfarrer die Urkunde auf den Tisch vor sich, als sei sie etwas besonders Kostbares. Dann, weder Nickel noch den Bauern anblickend, streckte er seinen Arm aus. In seiner Hand zitterte eine schneeweiße Gänsefeder. Das dicht beschriebene Pergament, aus dem er soeben vorgelesen hatte, machte ein scharrendes Geräusch, als er es zum Bauern umdrehte und den jungen Mann tonlos aufforderte: »Mach dein Kreuz – hier – und dann ist alles bei rechter Ordnung.« Zwischen Daumen und Zeigefinger rieb der Mann im Ornat den Gänsekiel, aus dessen abgeschrägtem Ende die schwarze Flüssigkeit zu tropfen drohte. Die kreisende krumme Federspitze berührte beinahe die Nase des Kleinbauern. Christophs Blick folgte den Ovalen, die die unförmige Feder in den Raum schrieb. Der Bursche betrachtete die polierten Fingernägel des Geistlichen, die in sahnefarbenen Mondsicheln endeten, und überlegte einen Moment lang. Glauben musste er dem Pfarrer wohl oder übel, denn er konnte weder lesen noch schreiben. »Das Stück Land und die Feuersruine darauf sind nicht viel, aber es gehört nun mal zusammen … Du kannst ein paar Hühner oder Enten darauf watscheln lassen, wenn du es geräumt hast«, hörte er den Pfarrer sprechen, doch seine Hand wollte nicht nach dem Schaft des Schreibgerätes greifen.

Der junge Bauer zog die Augenbrauen zusammen, sodass sich auf seiner Nasenwurzel eine tiefe Längsfurche abzeichnete. Seine hellblauen Augen, deren Iris, von einem dunklen, grünblauen Ring umzogen, beinahe überschattet wurden, kniff er meistens in der einen, nachdenklichen, oder der anderen, abschätzenden Art zusammen. In seiner Miene lag stets etwas Wachsames und Lauerndes.

Christoph überragte den Pastor um einiges und hielt nicht

viel von ihm. Pfarrer Czeppil war ein schmaler Mann von kleinem Wuchs, doch wie um sein Äußeres wettzumachen, polterte er in seinen Predigten sein Innerstes mit der Inbrunst eines liebeskranken Jünglings nach außen und seinem Publikum geradewegs vor die Füße, sodass die Gemeindemitglieder nicht selten den Gottesdienst mit wässrigen Augen und roter Gesichtsfarbe verließen.

Das Halbdunkel des Gerichtskretschams, das Gasthaus des Dorfschenken Jeschke, bot Czeppil nicht den Raum, den er gewohnt war. Hier beugte er sich linkisch über den gedrungenen Holztisch zum Bauern hinüber und ließ seine einsam über dem Tisch hängende Hand mit der Schreibfeder bald sinken. Langsam, aber zutiefst konzentriert, begann er, die verschiedenen Pergamente und Urkunden auf dem Tisch zu ordnen. Neben den Dokumenten lagen unberührt in Holz gebundene Bücher und auf dem dicksten von ihnen prangte ein Augenglas, das er stets bei sich, jedoch nie vor den Augen zu tragen schien. Christoph verstand nicht viel von all dem und die verschiedenen Schriftrollen mit einer Flut an Lettern verwirrten ihn. Er dachte an das Heu, das er heute, nachdem er und die anderen Bauern tagelang auf den herrschaftlichen Wiesen geschuftet hatten, noch einfahren musste; es duldete keinen Aufschub, das Wetter konnte nicht ewig warm und sonnig bleiben.

Der Dorfpfarrer bewies ausgerechnet an diesem Morgen viel Geduld mit seinem Schäfchen. Er genoss es offensichtlich, einen Anlass gefunden zu haben, sich mit dem Junker des Gerßdorff-schen Guts in einer – wenngleich einseitigen – Konversation ergehen zu können. Glubschäugig und beim Reden spuckend führte er die Angelegenheit um den Kleinbauern Rieger an. Czeppils Drang zur Belehrung steigerte sich zu einer schier ungezügelten Leidenschaft, die ihn kein Ende finden ließ. Der Junker Nickel wartete auf den Schluss des Termins mit ebensolcher Ungeduld wie Christoph: mehr gelangweilt denn interessiert, auch wenn er der Form halber seine Stimmung zu verbergen suchte.

Christoph stand dem Junker gegenüber an einer Längsseite des Tisches, während Pfarrer Czeppil zwischen ihnen am Kopf der Tafel geschäftig, dann und wann den rechten Zeigefinger an der Zunge befeuchtend, in den Dokumenten kramte, sie auf einen Haufen legte, um sogleich den Packen wieder auseinanderzuzerren und die Schriftstücke neu zu ordnen. Der junge Bauer beobachtete den Junker, wie er sich aufrecht hielt – den Kopf geradeaus. Gleichmütig folgte von Gerßdorffs Blick den Fingern des Pfarrers. Christoph konnte das Weiß in Nickels Augen sehen, so dicht stand er vor ihm. Die geadelte Selbstsicherheit imponierte dem einfachen Mann. Der junge Rieger hatte nie viel Sinn für andere Menschen gehabt, aber dieser feine Herr in violett-blauer Schaube, die einen aufwendig gearbeiteten Koller der gleichen Farbe blicken ließ, und mit dem Barett auf dem lang gewellten blonden Haar, das die durchsichtig wirkende Gesichtshaut und die blauen Augen umspielte, gefiel ihm. Er schämte sich nicht seines wadenlangen Rockes und der Wollhose, die er auch im Sommer zu tragen hatte. Er begriff die Mode der Feinen ohnehin nicht: Sie zerschnitten und unterfächerten ihre Kleider nach Herzenslust, während er und seinesgleichen froh waren, wenn die ihren weder Löcher noch Risse aufwiesen.

Der Pfarrer murmelte unverständliche Satzbrocken vor sich hin und Christoph konnte aus den Augenwinkeln sehen, wie der Junker ein Gähnen zu unterdrücken versuchte.

»Unterzeichne!«, unterwies der Pleban den Zögernden. »Christoph«, fuhr er fort, als jener sich nicht rührte, »du bist ein ehrlicher Mann und hast unserer Gemeinde nie aus tiefster Absicht heraus Schande gemacht. Fortuna hat Besseres mit dir vor als mit deinem …« Er räusperte sich, um sein Unbehagen abzuschütteln. »Nun, es bedarf sicherlich nicht der Erinnerung daran, dennoch muss ich darauf hinweisen, dass trotz der zusätzlichen Flur, die du – sobald du dein Kreuzchen gemacht hast – dein Eigen nennen wirst, die Geldzinsen und Naturalabgaben ebenso gerechnet werden wie eh und je. Auf Heller und Pfennig.« Der kleine Mann hatte die letzten Worte beinahe unverständlich zwischen zusammengebissenen Zähnen hervorgeknirscht und fixierte nun mit seinen kugeligen Äuglein den auf dem Tisch vergessen wirkenden Federkiel. »Zusätzliches Land, zusätzlicher Zehnt. So will es das Gesetz!« Er lachte verzagt und sprach schnell weiter, bevor der Bauer Einwände erheben konnte: »Du hast nie viel Aufhebens um Zahlen gemacht, deshalb erspare ich dir die leidlichen Einzelheiten.«

Kaum dass der Pastor zu Ende gesprochen hatte, fragte Christoph, ohne eine Miene zu verziehen: »Wie viel?« Er war ein einsilbiger Mann.

Der Pastor war zutiefst verdutzt und sein Kopf zuckte wie der eines zu straff gezäumten Pferdes von Christoph zu Nickel hinüber und wieder zurück. »Wie meinen?«, war das Einzige, was er herausbrachte. Czeppil erwartete bei solcherlei Verhandlungen, dass der Begünstigte sein Zeichen an die von ihm gezeigte Stelle setzte und über die Formalitäten Schweigen bewahrte. In Anbetracht der erdrückenden Stille, der Nickel von Gerßdorff treu blieb, verfiel der Pfarrer seiner nervösen Angewohnheit und begann mit verquollenen Murmelaugen und offenem Mund sein Gegenüber anzugaffen und ließ, wenn eine Antwort oder kalkulierte Reaktion nicht eintraf, die linke Hälfte der Oberlippe in krampfartigen Zuckungen auf- und abschnellen.

»Wie viel ist das Stück Land wert, das ich jetzt mein Eigen nenne?« Christophs Stimme war fest und bestimmt, der Pfaffe würde nicht ausweichen.

Simon Czeppil schnappte nach Luft und empörte sich: »Zum einen hat er nicht zu sprechen, solange er nicht gefragt wurde ...« Er suchte Unterstützung beim Lehnsherrn. Als die ausblieb, sprach er mit heller, sich in seiner Erregung überschlagender Stimme weiter: »... und zum anderen gehen ihn derlei Tatsachen gar nichts an. Was versteht er schon von Klauseln, Verordnungen und Bestimmungen? Was versteht er unter ›sein Eigen‹?«

Christoph hielt den reglos stierenden runden Augen des Pfarrers stand. Ein paar Herzschläge lang maßen sich die Männer, bis der Junker dem Treiben ein Ende machte, indem er erklärte: »Hundertzwanzig Margk.«

Des Pfarrers Blick huschte unmerklich zum Gutsherrn. Nur die hochgezogene Augenbraue über dessen linkem Auge verriet eine Veränderung der Gemütslage.

Der Bauer aber forderte die Gunst des Edelmannes heraus: »Bei welchem Anteil?«

Die beiden hellen Kugeln in Pfarrer Czeppils Kopf verengten sich zu glasigen Linsen und sein Gesicht wurde puterrot. Er schaute Nickel von Gerßdorff erwartungsvoll an, aber der blickte auf den Stapel Papiere, den der Pfarrer aufgetürmt hatte. Der Gutsherr machte nicht den Eindruck, als ob er unbedingt an dieser Unterhaltung teilnehmen wollte. Dem Gottesmann blieb nichts anderes übrig, als dem Bauern Rede und Antwort zu stehen. Mit angehaltenem Atem riss er den Stoß Unterlagen wieder auseinander und suchte umständlich nach einem bestimmten Pergament. Flüsternd überflog er ein paar mit schwarzer Tinte geschriebene Zeilen und ließ sich mit der Verkündung des Gefundenen Zeit. Mit gespielter Leichtigkeit und mit im Raum umherhastendem Blick berichtete er schließlich: »Eine halbe Margk nach jedem Monat für die Gerßdorffs, solange das Stück Land ungenutzt bleibt. Richtest du Nutzung ein, sei es Weidevieh oder Bebauung ...« Er lachte gekünstelt und kratzte sich hinter dem Ohr, um die Debatte herunterzuspielen. »... Bebauung mit irgendwas, einer Scheune vielleicht, so bringst du lediglich die üblichen Naturalabgaben und den Kirchenzehnt dazu.«

»Eine halbe Margk pro Monat? Sind das nicht ein wenig viel Zinsen für ein Grundstück, auf dem nichts weiter als ein paar verkohlte Rähmbohlen und Feldsteine liegen?«

»Nun, das bestimme nicht ich, Christoph«, antwortete der Pfarrer unsicher und warf wieder einen Blick auf den Junker zu seiner Rechten. »Wir wollen dich anspornen, es zu bebauen, es zu nutzen. Was glaubst du, was der Kirche für Kosten entstehen? Ich habe vier Margk Bischofszins pro Jahr an den Bischof von Meißen abzutreten. Dazu kommen weitere zwei Margk an Altarzins. Das Geld kommt nicht durch faule Bauern rein! Deine halbe Margk gilt als Strafe für unbebautes Land!«

»Ich will nicht das Land. Zahlt es mir aus und behaltet es Euch!«

Nickel von Gerßdorff regte sich nun und fühlte sich offenbar verpflichtet, dem Federlesen ein Ende zu bereiten. In des Gutsherrn Antlitz stand der Unmut darüber geschrieben, dass der Bauer noch immer nicht sein Kreuz unter den Wisch gesetzt hatte. Seine wässrigen Augen huschten über den Wust an Papieren in einer Weise, die seine wachsende Ungeduld verriet.

Des Herrn klare Stimme füllte den Raum aus, als er erklärte: »Die Mitgift des Mädchens wird durch das Grundstück gedeckt, weder Gelder noch Naturalien sind verfügbar. Es steht der Tochter des Schmieds nicht zu, das Grundstück in hundertzwanzig Margk umzusetzen, und es steht dir ...« Er deutete mit seiner beringten rechten Hand auf den Bauern, der ihn geradeheraus anstarrte. »Es steht dir nicht zu, den glatten Wert über hundertzwanzig Margk einzustreichen. Was willst du auch mit so viel Geld?« Er lachte kurz, aber gehässig auf und spottete: »Hast du auch immer hübsch dein Wechselbüchlein bei dir?«

Christoph quittierte den Sarkasmus des Nickel von Gerßdorff mit einem abschätzenden Blick. Was sollte er auch auf diesen Unsinn antworten?! Natürlich hatte er kein Wechselbuch, denn er verstand es nicht, einen Dicktaler in einen Reichstaler und diesen wiederum in einen Meißner Gulden oder jenen in einen Schock umzurechnen. Er wusste nicht, wie man eine Zittauer Mark mit einer Görlitzer Margk oder einer Schlesischen Mark überschlug. Für ihn hatte einzig das Geld Format und Wert, welches er in den Händen halten und in seinem Beutel klingeln hören konnte. Christoph verstand nichts vom Gold- und Silberwert der kleinen kupferroten Münzen, die seit der stetigen Edelmetallknappheit der vergangenen Jahrzehnte die schweren Münzen minderte. Nie hatte er eine echte Margk in Händen gehalten, aber er wusste, dass er für eine Görlitzer achtundvierzig und für eine Zittauer sechsundfünfzig Groschen auszählen musste. Er wusste, dass der Silbergroschen zwölf Guten Pfennigen, der böhmische Weißgroschen sieben Weißpfennigen und der Maleygroschen sieben Schwarzpfennigen entsprach. Auf dem Markt wandte er nie viel Zeit für das Umrechnen der böhmischen und deutschen Münzen auf, die im Sechsstädteland im Umlauf waren, sondern tauschte seine Waren gegen andere oder wog die Groschen und Schock nach Gutdünken ab, so wie es jeder Bauer tat. Einhundertzwanzig Margk waren fünftausendsiebenhundertsechzig Görlitzer Groschen oder sechstausendsiebenhundertzwanzig Zittauer Groschen ... Nickel hatte recht: Es war mehr Geld, als Christoph, sein Vater und dessen Vater in ihrem ganzen Leben zusammengekratzt hatten. Hundertzwanzig Margk wollten verwaltet und gut angelegt sein, und dafür würde er schon sorgen.

Der Kleinbauer hielt dem forschenden Blick des Junkers stand. Er wusste, welche Gedanken hinter der edelblütigen hohen Stirn zuckten. Ihm war klar, dass der Gutsherr die Geschichten über ihn, Christoph Elias Rieger, kannte, ebenso wie dessen Vater schon die über den alten Alois Rieger gekannt hatte. Weder Christoph noch sein Vater hatten je einen Pfifferling auf das gegeben, was die weltliche und geistliche Obrigkeit vorschrieb. Christoph wusste, dass der Lehnsherr von den umtriebigen Riegers weder das unterwürfige Senken des Hauptes noch die anspruchslose Hinnahme feudaler Tatsachen erwartete. Einmal hatte er den Nickel über die Riegers sagen hören, dass er Männer mit Rückgrat mochte, war der Junker doch selbst um sein aufrecht erhobenes Haupt, erfolgreiche Geschäfte und nützliche Partnerschaften bemüht. Schon sein Vater hatte dereinst vom alten Rieger profitiert, war zu Ansehen gekommen. Und nun war der junge Nickel derjenige, welcher keine Vorbehalte gegen den impulsiven Christoph Rieger hegte, der seit dem Tod des alten Alois allein auf einem baufälligen Hof hockte und brav seine Schuldigkeit abarbeitete. Bei allem, was Christoph vom Junker Nickel wusste, konnte er jedoch nicht einschätzen, wie stoßsicher der Stein in des Gerßdorffs Brett klemmte und wie weit er von den Gepflogenheiten abweichen durfte, um nicht in Missgunst zu geraten. Christophs Ansinnen, das tote, unnütze Land abzustoßen und selbst einen Batzen Geld einzustecken, war reichlich unverschämt. »Ich habe keine Verwendung für das Grundstück. Ihr schon«, bemerkte der Bauer ruhig und begegnete dem Blick des feinen Lehnsherrn, einem Blick, der nun ganz und gar nicht mehr amüsiert, sondern ernst, beinahe erzürnt schien. Neben dem schwerfälligen Schnaufen des Bücklings Czeppil ließ sich der pfeifende Atem des Gutsherrn vernehmen.

Christoph sah dem Edelmann an, dass er die Umstände abwog, die ihn verleiten konnten, ihm zuzustimmen. Er musterte den Mann ihm gegenüber eindringlich und redete bedacht weiter: »Zahlt es mir aus und es wäre Euer. Ihr könntet es an geschicktere Bauern verpachten und hättet mehr davon. Bauern wie dem Weinhold zum Beispiel. Der bringt mächtig was ein. Das wisst Ihr.«

Als Nickel nach kurzem Schweigen noch immer nichts erwiderte, sprudelte es aus Christoph heraus: »Der Weinhold schafft es, auf ausgebranntem Kuhmist Veilchen sprießen zu lassen. Von seinem Zehnt werdet Ihr satt, von dem meinen krank! Ich könnte mit den hundertzwanzig Margk meinen Hof auf Vordermann bringen. Was soll ich mit dem Land vom Mückenhain, das mehr als eine Wegstunde von meinem Hof entfernt ist? Ich kann nicht aus Scheiße Gold machen ...«

»Junge, zügle deine Zunge!«, zischelte der Pfarrer dazwischen, sehr darauf bedacht, die Peinlichkeit zwischen Bauer und Adligem geringzuhalten. »Du redest dich um Kopf und Kragen, und das auf eine Art, dass einem die Ohren abfaulen.« Zu Nickel von Gerßdorff gewandt, sprach er milder: »Er ist noch jung, hat früh den Vater verloren, die Mutter auf so tragische Weise ... Die Geschichte von damals, da muss man doch irr im Kopf sein! Geht nicht zu hart mit ihm ins Gericht. Auch an dieses Grundstück und an diesen Zins wird er sich gewöhnen!«

Der Junker hob seine rechte Hand nur ein wenig, doch genug, um den Pfarrer zum Schweigen zu bringen. Er räusperte sich und sah den Geistlichen abschätzig an, als er zu bedenken gab: »Er hat nicht früher den Vater verloren als manch anderer. Sein Vater war ein besonderer Mann, habt Ihr das vergessen, ehrwürdiger Herr Pfarrer? Er war ein ... Genius ...«

Czeppil schnaubte beinahe unhörbar und drehte dabei seinen Kopf zur Seite, damit der Gutsherr seinen Spott gegen die Riegers nicht bemerkte. Er konnte seine Gräuel nicht verbergen. »Genius! Was bedeutet das! Einen Analphabeten und Unruhestifter, einen Querulanten und Tunichtgut, einen Missetäter und Gottesfremden nenne ich keinen Genius ...«

Nickel sah Czeppil von oben herab an, während er ihm das Wort aus dem Munde nahm: »Christoph Rieger war zwanzig Jahre alt, als sein Vater starb, fünfzehn, als seine Mutter dem Ungeborenen in ihrem Leib erlag ...«

Der junge Bauer stand zwischen den Sprechenden wie ein gescholtener Knabe zwischen seinen streitenden Eltern. Die Männer redeten über ihn, als wäre er gar nicht da. Ungeduldig zupfte er an einem losen Faden seines Rocksaumes.

Der Geistliche ließ sich vom Lehnsherrn nicht kleinreden

und wandte sich schließlich an den Bauern: »Christoph, sei kein Narr, wie dein Vater in seiner schwärzesten Stunde einer war …«

Spitzbübisch mischte sich Nickel erneut ein: »Einen, der sich etwas einfallen lässt, einen, der der Gemeinde einen Nutzen von langer Dauer bringt, einen, der ein Risiko eingeht und sein eigenes Wohl in den Hintergrund stellt, nenne ich keinen Narren, hochverehrter Herr Pfarrer!« Des Junkers Augen wichen nicht aus dem bebenden Antlitz Czeppils.

Der deutete eine Verbeugung in Nickels Richtung an, ohne ihn anzusehen, und sprach mit gequälter Stimme: »Christoph, nimm das Land, mach etwas draus. Das ist der Beschluss, das ist mein letztes Wort.« Der Pfarrer hatte sich um einen freundschaftlichen, beinahe väterlichen Ton bemüht, aber das linkische Zucken seiner Oberlippe täuschte nicht über sein Unbehagen und seine Anspannung hinweg.

Christoph ließ seine Augen über die unzähligen Papierbögen und Pergamentrollen wandern und schüttelte den Kopf. »Dann kommt der Vertrag nicht zustande.« Er wusste, dass er mehr als nur ein Zubrot aufs Spiel setzte. Für eine solche Dreistigkeit konnte er in den Turm von Görlitz wandern. Sein Herz machte einen Satz, als er beobachtete, wie der Edelmann das dicht beschriebene Pergament aufnahm und es überflog. Als er scheinbar jedes Wort des Schriftstückes überdacht hatte, forschte er mit seinen klaren, kalten Augen in dem Gesicht des Jüngeren.

Der Pfarrer atmete zischend aus und gab seine gebeugte Haltung auf, ohne merklich an Körpergröße zu gewinnen. Ungläubig glotzte er den jungen Mann zu seiner Linken an. Er schien so überrascht von Christophs Worten, dass die Bewegungen um seinen Mund erstarben und die Röte aus seinem Gesicht wich. Er ermahnte den Burschen: »Was redest du da für wirres Zeug. Du hast keine Wahl! Es ist beschlossen: Das Grundstück vom Mückenhain und alles, was dazugehört, fällt an dich, und die Abgaben darauf trägst du auch.«

»Aber wenn ich mich nun weigerte … Das Grundstück ist nichts wert: zu sandig für einen Acker und Vieh, aber bei Regen steht das Wasser zwei Fuß hoch. Es ist nicht geeignet zum Bauen.«

»Was quatschst du da, Kerl! Die Schmiede stand dort über Generationen, bis sie vom Feuer gefressen wurde.« Auf des Pfarrers Stirn traten kleine glitzernde Schweißperlen.

»Das führt zu nichts. Was schlägst du vor, Christoph Elias Rieger?«, wandte sich der Junker an den Bauern.

Christoph hatte darauf gesetzt, dass der Gerßdorffsche Gutsherr sich erweichen lassen würde: War ihm die Schmiedtochter nicht ein Klotz am Bein? Waren den feinen Herren nicht unzählige Kreaturen lästig, die seit der letzten Pestepidemie ohne Anverwandte und ohne Auskommen auf die Seelsorge angewiesen waren? So würden auch Nickel und sein Pfaffe die eltern- und heimatlose Schmiedtochter weiterhin in der Armenspeisung durchfüttern müssen, bis sich für sie eine Anstellung als Magd fände. Das konnte Jahre dauern, und solange das Mädchen nicht unter der Haube war, saß es auf dem Mückenhainer Grundstück wie die Henne auf ihrem Ei; keinem goldenen Ei! Das ruinierte Stück Land brachte den Gerßdorffs jährlich horrende Einbußen, weil das unverheiratete Mädchen nicht imstande war, das Grundstück nutzbar und zur Geldquelle zu machen. Aber wer wollte ein Mädchen aus der Armenspeisung mit dem unbrauchbaren Land im Gepäck zur Frau nehmen? Ein Teufelskreis, den zu zersprengen sich einer gefunden hatte. Christoph richtete sich zur vollen Größe auf, um seinen Argumenten Gewicht zu geben. »Entstehen mir nicht Unkosten mit einer Frau? Und sollten nicht gerade durch die Heirat mit eben dieser meine Bedingungen angehört werden?« Er machte eine kleine Pause, um seine Worte wirken zu lassen. »Ist ihre Familie nicht durch zweifelhafte Umstände ausgelöscht worden?« Der Zweck heiligte die Mittel; betretene Stille trat ein, bis die Augen des Edelmannes anzeigten, dass er den Wink des Bauern verstanden hatte.

Christoph spürte, dass er eine unsichtbare Grenze überschritten hatte. Er verkrallte seine Finger in den Seitennähten seines Hemdes und zwang sich, ruhig zu atmen. Der junge Rieger hatte ein Terrain betreten, das die Dorfgemeinde mit Gerüchten und Mutmaßungen verschüttet zu haben glaubte, und da kam er und stocherte unverfroren in dem Mückenhainer Geröllhaufen herum. Nicht nur seine eigene, sondern auch die schmutzige Wäsche der Gerßdorffs würde in aller Öffentlichkeit gewaschen werden, wenn er jetzt nicht seinen Willen bekam. Über die Schmiede und die Toten von dort sprach man nicht. Das Mädchen, das von dort übrig geblieben war, wollte man vergessen – oder verheiraten, was dem Vergessen sehr nahe kam. Und dann, sobald sich die Jungvermählten in das Dorfbild eingefügt hätten, galt der Geröllhaufen als endgültig abgetragen.

Der Pfarrer und der Gutsherr sahen erst einander und dann den Kleinbauern an, als ahnten sie das Unausweichliche. Und das, was Christoph nach einer kurzen Bedenkzeit, in der er es sich anders hätte überlegen können, vor den Herren ausbreitete, kam einer Ohrfeige sehr nahe: »Nachdem die schwachsinnige älteste Tochter des Schmieds im Schöps ertrunken aufgefunden wird, erhängt sich der Mann selber – das zumindest wird den Leuten weisgemacht. Der älteste Sohn wird im Dunstkeller von einem Stück Erde verschüttet und stirbt, und die Mutter verbrennt mitsamt der ganzen Schmiede. Eine kuriose Familienchronik, nicht wahr? Und alles, was übrig bleibt, ist ein verschrecktes, verkümmertes Ding, dem man alles Mögliche andichtet, um es aus der Armenspeisung vertreiben zu können. Wer würde sich ein Weib aus solchem Hause und mit so einem Ruf nehmen?« Christoph wartete geduldig auf eine Antwort von Nickel oder Pfarrer Czeppil, doch beide schwiegen. Der Mann in Ornat starrte wieder sein Wirrwarr aus Urkunden an und der fein gekleidete Herr zu seiner Rechten tat es ihm gleich. »Ich will die hundertzwanzig Margk für das Grundstück als Mitgift für das Mädchen. Macht mit dem Flecken Land, was Ihr wollt. Das ist mein letztes Wort.« Der Bauer entspannte sich hinsichtlich der Genugtuung, die ihm Czeppils beleidigter Augenaufschlag bereitete. Christophs blaue Augen funkelten. Er hatte sich weit aus dem Fenster gelehnt, aber er spürte, dass es nicht zu seinem Schaden sein sollte.

Der Pfarrer kam zu sich, schüttelte energisch den Kopf und protestierte: »Das ist ausgeschlossen.«

Junker Nickel hob beschwichtigend die rechte Hand.

Christoph rollte unmerklich mit den Augen. Ein Blick aus den Butzenscheiben des Kretscham verhieß ihm, dass der Morgen nicht mehr lange jung war, der Weg bis zur Wiese, auf der er heute Heu machen wollte, dafür umso weiter. Seinem

Ohm wollte er einen Besuch abstatten. Christoph würde nicht an Hans Biehains Hof vorbeifahren, ohne einen Blick in dessen gute Stube geworfen zu haben, und mindestens eine halbe Stunde würde sein Ochsengespann von der Dorfschenke bis zu dessen Hof brauchen.

Der Lehnsherr rüttelte den Burschen aus seinen Gedanken: »Wie ich höre, ist das Mädchen ausnehmend schön. Das müsste zuzüglich des Stückes Land genug der Mitgift sein für einen Kleinbauern, der es sich aufgrund seines lauten Mundwerkes und seiner harten Hand mit jedem Rock diesseits der Neiße verscherzt hat.« Auf Nickels Gesicht zeigte sich ein jungenhaftes Grinsen. »Du wolltest dieses Weib, kein anderes. Ausgerechnet dieses. Kaum dass die Sonne an ihrem achtzehnten Geburtstag aufgegangen ist, stehst du hier, um sie dir zu holen! Verstehe einer die Verliebten – oder hast du einfach nur gut kalkuliert, mein Freund?« Er forschte im Antlitz des Kleinbauern, aber eine Antwort fand er nicht darin.

Christoph hatte nie darüber nachgedacht, ob das Mädchen schön war. Was sich in seinem Schädel herumtrieb, war eine Idee gewesen, die zu verkünden jetzt nicht der geeignete Zeitpunkt war. Er hatte Großes vor mit dem Batzen Münzen, den das Land im Mückenhain einbringen würde, und er ließ sich seine Pläne nicht von feinen Röcken und Talaren vereiteln. Jahrelang hatte er eine Idee gehegt wie ein zartes Pflänzchen, sie in schlaflosen Nächten aufkeimen sehen und ihr Drängen an unruhigen Tagen mit Bier und leichten Mädchen beruhigt. Wie lange hatte er darauf gewartet, das zu verwirklichen, was ihm seit dem Tod seiner Mutter im Kopf herumgeisterte? Wie lange hatte er den Moment herbeigewünscht, das zu bekommen, was er schon vor zehn Jahren hatte haben wollen? Nein, er würde sich jetzt nicht abspeisen lassen. Er hatte gelitten seit dem Tage, da seine Mutter am Kind in ihrem Leib verreckt war! Er hatte im Schatten seines ruhmeshungrigen Vaters gestanden, hatte sich krumm geschuftet und halb tot gehungert, war allein gewesen, oft wochenlang, und jetzt wollte er sich nehmen, was ihm zustand. Jetzt wollte er, was er verdient hatte. Jetzt war er an der Reihe! Christophs Nasenflügel bebten und er nahm erst jetzt wahr, dass seine Hände zu Fäusten geballt waren. Langsam stemmte er seinen Oberkörper auf die Tischplatte. Er sah die Männer an, die nie so denken würden wie er, denen es nie an irgendetwas gemangelt hatte und denen sich seine Beweggründe nicht erschließen würden.

Schier endlos lange starrten die drei Männer einander stumm an. Dann, ganz unerwartet, sagte der Junker mit einer solch frischen und aufgeweckten Stimme, als hätte er den Morgentau gefrühstückt: »Du sollst das Grundstück ausgezahlt bekommen.«

Erschöpft wie nach einem Stunden währenden Kampf fielen Christophs Hände vom Tisch und baumelten kraftlos neben seinen Beinen.

Der Pfarrer schlug vor Empörung die Hände vor dem Gesicht zusammen und beugte sich kopfschüttelnd über seine Pergamente.

»Hundertzwanzig sagtet Ihr?«, befragte der Junker den Geistlichen wie ein Orakel.

»Ja, mein Herr, hundertzwanzig.«

Nickel von Gerßdorff schnalzte mit der Zunge. »Hundertzwanzig.« Er zwirbelte das kleine dreieckige Bärtchen unter seiner Lippe. »Hundertzwanzig. So viel Geld hat einer wie du sein Leben lang nicht zusammen …« Kurz lachte er auf und schien sichtlich beeindruckt von der Schlagfertigkeit seines Untergebenen, bald aber gewann er wieder seine ernste Würde und fügte sachlich hinzu: »Dafür erhöhe ich deine Hofdienste um drei Tage pro Jahr und werde jede Verspätung des Zehnts mit Strafe belegen.«

Christoph nickte zögernd, aber eindeutig: »Abgemacht.« Jetzt zog er seinen unförmigen Lederhut vom Kopf und verneigte sich gerade so weit, dass er sich nicht gedemütigt fühlte. Der Junker tat diese Geste mit einem leichten Zucken seiner Mundwinkel ab, das nur von Christoph als schwaches Lächeln erkannt wurde. Der Geistliche blickte zwischen den beiden Männern wie ein geprügelter Hund hin und her. Er zückte seufzend seine Feder, tunkte sie in ein Tintenfass und schrieb auf einem speckigen Pergament zwei Zeilen unter den Text. Während Christoph das rasche Krakeln der Federspitze beobachtete, lag ihm der zusätzlich aufgezwungene Dienst auf dem Gut des Junkers wie ein schwer verdaulicher Hefekloß im Magen. Er war sich darüber im Klaren, was das bedeutete. Die für einen Erbbauern wie ihn wenigen Tage im Jahr, die er auf dem Gut zubrachte, fehlten ihm ohnehin schon auf seinem eigenen kleinen Hof. Drei mehr dieser Tage würden seinen Hof womöglich in den Ruin treiben. Sein Vorhaben würde verpuffen. Doch er war zu stolz, um jetzt einen Rückzieher zu machen. Er hatte erreicht, was er wollte. Arbeiten würde er in Zukunft ohnehin mehr als alle anderen in der Parochie. Wer sät, wird ernten. Das hatte schon sein Vater gesagt. Und mit dem Mädchen, das er sich ins Haus geholt hatte, würde er nicht länger in der ausgebeuteten Erbuntertänigkeit versacken. Als verheirateter Mann entrann Christoph der Willkür eines Nickel von Gerßdorff, der nur allzu gern die ledigen Bauernkinder für zusätzliche Dienste beanspruchte. Jetzt war er genau wie sein Vater ein Bauer mit Eigentumsrecht, jetzt konnte er beginnen, für sich selber, nicht mehr nur für die Erbherren zu ackern. Christoph verspürte den Drang zu grinsen, zu lachen, zu johlen, aber er blieb ruhig und beobachtete, was der Pfarrer tat.

»Wenn er nun endlich sein Kreuz setzen würde!«, presste der Geistliche zwischen schmalen Lippen hervor, und Christoph beugte sich über die Urkunde, ergriff die Feder und malte mit schwerer Hand, aber kurzer Bewegung sein Kreuz. »Es ist mir neu, dass der Bauer die Bedingung für einen Vertrag festsetzt«, näselte Pfarrer Czeppil, während er das dicke klobige Tintenkreuz des Bauern trocken pustete. Nickel von Gerßdorff hatte sich zum Gehen entschlossen und Christoph tat es ihm gleich.

Christoph sog die frische Morgenluft tief ein, als er auf seinen Karren stieg. Er trieb sein Ochsengespann vorbei an der kleinen Dorfkirche in Richtung des nicht weit entfernten Hofs vom Großbauern Hans Biehain, dem Schwager seines Vaters und Manne seiner Mutter Schwester. Hier bei dem kläglichen Rest der einst so weit gefächerten Rieger-Familie hatte Christoph seit dem Tode seiner Mutter mehr gewohnt, als nur gelegentlich vorbeigeschaut.

Als er in des Biehainers Stube trat, saßen der Alte und sein Weib noch beim Frühmahl. Wortlos, aber mit freundlichen

Gesichtern wurde Christoph willkommen geheißen. Er zog seinen Hut vom Kopf und warf ihn auf eine Truhe nahe der Stubentür. Die Biehainin machte dem Gast ihren Platz frei und ging daran, den letzten Rest Haferbrei aus dem Kessel zu kratzen. Mit Schwung aus dem Handgelenk klatschte sie das weiße, klebrige Zeug in eine Holzschale und schob sie vor Christoph auf den Tisch.

»So früh hier draußen?«, erkundigte sich der Bauer Biehain mit hochgezogenen Augenbrauen. »Es gibt doch heute überhaupt keine Andacht.«

Christoph beantwortete Hans' Frage mit einem halblauten Murren und zog seinen Löffel aus dem Strick, der sein Hemd in der Hüfte hielt. Den Brei schaufelte er hungrig in sich hinein.

Hans Biehain und seine Frau waren ein ungleiches Paar. Was Gott an ihrer Leibesfülle eher aufwendig modelliert zu haben schien, fehlte bei dem Mann. Sein, wenn auch ausgemergeltes und von Arbeit gezeichnetes Gesicht strahlte eine Weichheit aus, in die man sich flüchten konnte, hatte man Kümmernisse auszustehen. Ihr Gesicht hingegen war ebenso rund, ebenso schwammig wie gehässig, selbst wenn sie sich bemühte, gute Miene zu machen. Was an Charakterstärke bei ihm im Übermaß vorhanden war, fehlte bei der Frau. Hans Biehain war gesegnet mit Sanftmut für jedermann. Annas häuslicher Gleichmut konnte in Missgunst umschlagen, wenn sie, auf ihren eigenen Vorteil bedacht, fürchtete, ins Hintertreffen zu geraten. Hans Biehain war für den jungen Rieger zeitlebens weniger ein Oheim denn mehr wie ein Vater gewesen. Hier hatte Christoph Zuflucht gefunden vor dem Jähzorn, dem Eigensinn und der Ignoranz des alten Alois. Es gab nicht viel in Christophs Leben, worüber Hans nicht Bescheid wusste. Von der Angelegenheit im Kretscham hatte Christoph jedoch niemandem etwas gesagt, und im Nachhinein war er froh darüber, denn so konnte er nicht gefragt werden, wie die Verhandlungen ausgegangen waren, und musste nicht von dem Streit berichten, den er entfacht hatte.

Hans Biehain wusste Christophs ausweichendes Murren einzuschätzen und fragte nicht weiter nach. Seine Frau machte sich an den Kessel und schrubbte ihn dergestalt, dass ihr massiges Hinterteil im Takt des scheuernden Geräuschs mitschwang.

Christoph und Hans saßen auf der Bank, vor ihnen die leeren Schüsseln, und sahen eine Weile der wackelnden Fülle zu, bis der Jüngere das Schweigen brach: »Ich habe mir eine Frau genommen ... geheiratet.«

Die Bäuerin ließ scheppernd den Kessel in den Zuber plumpsen, woraufhin die Männer auf der Bank zusammenzuckten. Mit ihrer ausgestreckter Rechten schlug das Weib das große Kreuz vor Stirn, Schultern und Brust, dann starrte sie Christoph entgeistert an. Ihr Mann schaute seinem Neffen ebenso wenig erfreut ins Gesicht. Christoph amüsierte der Anblick der verdatterten Alten und setzte dem noch eins obenauf: »Die Schmiedtochter vom Mückenhain.«

Das Scheuertuch glitt aus der breiten Hand der Bäuerin und platschte in den Waschtrog. »Herr im Himmel«, stieß sie hervor. Sie schlug abermals das Kreuz vor ihrer üppigen Brust und zischte: »Wie konntest du das tun? Welcher Teufel hat dich ge...?«

»Schweig, Anna!«, gebot ihr Mann. »Jetzt lass ihn doch erst einmal erzählen!« Zu Christoph gewandt sprach er mit milderer Stimme: »Erzähl!«, wobei er seinen Rücken gegen die Wand lehnte, den Kopf erhoben hielt und bemüht war, das Kinn nicht als Zeugen seiner Neugier in den Raum staken zu lassen. Christoph folgte Hans' Bewegung mit den Augen, pulte mit der Zunge zwischen seinen Zähnen nach Essensresten und berichtete, was sich am Morgen im Gerichtsraum der Dorfschenke zugetragen hatte.

»Du kannst dich nicht mit dem Junker anlegen, Junge, und mit dem Czeppil schon gar nicht«, murmelte Hans, nachdem Christoph geendet hatte. Eine tiefe Furche zierte die Stelle zwischen seinen Augen. »Du weißt, ich bin deiner Meinung in dieser Angelegenheit, aber darum geht es nicht. Deine Frechheit wird Früchte tragen, das hatte schon dein Vater – Gott sei seiner Seele gnädig – immer gesagt, und er wird recht behalten. Und warum die? Konntest du nicht ein anständiges Mädchen nach Hause bringen? Und was ist mit Leo...«

»Diesen Namen sprichst du hier nicht aus, Hans!« Anna fauchte und ließ das Wasser spritzen. Sie trampelte vor dem Spülstein auf der Stelle wie ein unruhiger Gaul und schimpfte vor sich hin. »Diese unsägliche Person wird in diesem Hause nicht beim Namen genannt!«

Eine Weile schauten die Männer der Alten mit verständnislosen Mienen zu. Als sich Anna Biehain gefangen zu haben schien, führte Christoph wieder das Wort: »Wer sagt dir, dass die Schmiedtochter nicht anständig ist? Du kennst sie gar nicht!«

»Anständiger als die Unsägliche ist jedes andere Mädchen allemal …«, mischte sich Anna Biehain wieder ein. »Christoph! Wie konntest du das tun?! Nichts bindet uns an diese Familie. Was vor zehn Jahren dahergeplappert wurde, gilt nicht mehr. Und was heute getratscht wird, ist umso gefährlicher!«

»Anna!« Hans regte sich auf der Bank, seine zornigen Augen waren zu Schlitzen verengt; es war jene Geste, die sich Christoph irgendwann von seinem Oheim abgeguckt hatte.

Annas Blick forschte lange in dem Gesicht des Jungen, aber Christoph sagte nichts. Von dem Schweigen ihres Neffen und der Rüge ihres Mannes beschämt, wandte sie sich wieder ihrem Haushalt zu.

Der alte Bauer widmete sich seinem Neffen: »Aber du kennst sie, wie?« Mit seinem Haupt vollzog er eine Bewegung, die Christoph weder als Kopfschütteln noch als Nicken deuten konnte. Aber den Blick, den Hans seiner Frau zuwarf, die sich abermals, diesmal mit vor Neugier geweiteten Augen, zu den Männern umgewandt hatte, den verstand er. Er würde seinem Oheim nichts über das Mädchen vom Mückenhain erzählen – noch nicht. Die Meinung der Dörfler war bezüglich der Schmiedfamilie so eingefahren, dass Christoph sich eher den Mund fusselig quatschen als das Ruder herumreißen würde. Er ließ Hans' Frage im Raum stehen und lenkte ein: »An ihr hängt ein Riesenhaufen Geld!« Christoph zögerte, kratzte sich mit den Fingerspitzen hinter dem linken Ohr und fuhr sich anschließend durch sein struppiges blondes Haar. Wie um das Gesagte nicht länger vor den skeptisch Dreinschauenden stehen zu lassen, gab er zu bedenken: »Sie ist anspruchslos, wenn man bedenkt, wo sie herkommt. Jedes andere Mädchen hätte eine Hochzeit feiern wollen, womöglich noch in der Kirche! Und Gott steh mir bei: Den Czeppil lass ich nicht seinen Segen über mich sprechen, noch nicht mal im Tod!«

»Du versündigst dich!«, fauchte die Bäuerin und wischte derart wütend an dem Kochgeschirr herum, dass sich zu ihren Füßen eine Pfütze bildete. Auf den Lärm, den sie mit ihrem Gerät veranstaltete, folgte Stille. Schließlich durchbrach sie die beinahe andächtige Ruhe: »Eine kleine Feier hätte man doch … es ist trotz allem eine Ehelichung.« Sie heftete ihren Blick ins Leere. »Und wie gern würde ich mal wieder tanzen!«

»Anna, Weib, misch dich nicht ein, es ist auch so kompliziert genug.«

»Nichts ist kompliziert!« Christoph schaute seinen Oheim erstaunt an. »Was ist kompliziert?«

Verlegen blickte der Bauer hinüber zu seiner Frau und räusperte sich mehrere Male auffallend laut. Diese beobachtete die Gebaren ihres Mannes und fragte: »Was hast du? Möchtest du einen Schluck Wasser?«

»Ja, mein liebes Annchen, sei so gut.« Hans' Räuspern wich einem trockenen Husten, das er mit einem Zwinkern in Christophs Richtung unterstrich. Der junge Mann grinste vor sich hin, während er dem Alten den Rücken tätschelte. »Am liebsten ganz frisches vom Brunnen, bitte«, krächzte Hans, woraufhin Anna ihre Töpfe stehen ließ und mit einem Krug bepackt das Haus verließ. Hans wartete noch, bis sich die schwere Tür hinter dem gestandenen Hinterteil seiner Frau geschlossen hatte, und folgte ihr mit einem Blick durch die kleinen Fenster der Blockstube, um sicherzugehen, dass sie sich auch tatsächlich auf den Hof begab. »Weißt du eigentlich, Christoph, was du anrichtest?!« Auf einmal hatte er wieder eine kräftige Stimme und untermalte seine Worte mit einem leichten Kopfschütteln. Er wartete, erntete aber nur einen fragenden Blick. »Die Mückenhainer Schmiede war nie geheuer! Zertrample nicht das spärliche Gras, das über die Begebenheiten zwischen unserer Familie und den Mückenhainern gewachsen ist. Waren wir uns nicht einig, dass wir das Geschehene auf sich beruhen lassen wollen? Hast du eine Vorstellung davon, was du ins Rollen bringst, wenn du dieses Mädchen auf deinen Hof schleppst? Die Menschen, die in der Schmiede lebten, waren unheimlich, und das Mädchen ist es noch heute!« Der Alte hielt inne, als er das belustigte Grinsen seines Neffen wahrnahm, und wurde energischer, als er ihn beschwor: »Was ich dir sage, bleibt unter uns, und ich will meinen, dass es noch nicht zu spät ist – die Ehe ist noch nicht ... vollzogen?« Er schaute dem Burschen offen in die Augen und zog dann seine grauen Brauen hoch: »Oder hat sie dir etwas angehängt, weshalb du sie so plötzlich zur Frau nehmen musst?«

Christoph schüttelte leise lachend den Kopf und nochmals darüber, wie erleichtert der Alte durchatmete.

Wieder blickte der Biehainer verstohlen durch die Fenster der Stube, dann sagte er leise: »Wir können diese Ehe ganz legal annullieren lassen, und niemand hat seinen Schaden. Auch Anna wäre beruhigt, womit ich wieder meinen Frieden hätte. Du musst vorsichtig sein, wenn du in die Gerüchteküche einheiratest.« Hans hatte seinen Kopf dicht zu dem von Christoph geneigt und sprach geheimnisvoll, aber mit dem Ernst eines Vaters, der seinem Sohn Ratschläge erteilt, bevor er ihn hinaus in die Welt ziehen lässt. »Mach es rückgängig, Christoph, ich bitt' dich!«

Auf der Nasenwurzel des jungen Mannes zeichnete sich die Längsfalte ab. Eine Haarsträhne hatte sich hartnäckig in seinen dunklen Wimpern verfangen und tanzte mit jedem Blinzeln, doch Christoph schien das nicht zu stören. Er dachte nach und kam zu dem Schluss: »Ich hab nicht vor, etwas ungeschehen zu machen.« In dem Gesicht des Alten konnte er beobachten, wie dessen Vernunftshoffnungen zerbarsten. »Es hat alles seine Ordnung. Ich wollte auch nur Bescheid geben.« Während er das sagte, erhob er sich von der Bank, zwängte sich in der niedrigen Stube, deren Decke er fast mit dem Kopf streifte, am Tisch vorbei und war im Begriff zu gehen, als er unsanft von des alten Mannes Hand am Arm gepackt wurde.

»Du begehst eine Dummheit, mein Sohn, dieses Weib aus Mückenhain ist nicht gut für uns.«

Christoph entfernte sacht die faltige Hand des Bauern und zuckte mit den Schultern. »Was heißt hier für uns? Ich muss mit ihr auskommen, nicht du! Und die Mitgift, die sie bringt, ist beträchtlich.«

»Aber das meine ich nicht«, flüsterte der Alte und seine Augen huschten nervös zwischen Christoph und den Stubenfenstern hin und her. »Wir hatten mit der Schmiede, aus der sie stammt, nur Scherereien. Hast du das vergessen? Wieso pfuschst du in dein Schicksal hinein, indem du dieses Mädchen heiratest? Kannst du dich nicht mehr erinnern, wie es damals war? Weißt du gar nichts mehr?« Bevor der Alte verzweifeln konnte, legte Christoph seine Hände beruhigend auf beide Schultern des Greisen, doch dem war nicht zu helfen. Gedämpft redete er weiter: »Erinnere dich! Während man sich damals an die eisenbeschlagene Egge gewöhnt und sein Auskommen mit deinem Vater getroffen hatte, war in der Schmiede vom Mückenhain die Kundschaft noch jahrelang ausgeblieben, und trotzdem hungerten die nicht! Wie erklärt sich so etwas? Und dann die schrecklichen Unglücke in der Familie! Was ist, wenn sich das auf dich und deinen Hof schlägt, wenn heftiges Schlossenwetter dein Korn zersprengt, dein Mehl Fäden zieht und dein Vieh verreckt oder dein Hof im hohen Wasser ersäuft? Was ist, wenn dieses Mädchen … wenn sie …«

Christoph sah einen Moment lang auf seinen am Tisch hockenden Oheim hinunter und sagte schließlich mehr zu sich als zum Alten: »Sie ist ein anständiges Mädchen, das hab ich mir versichern lassen.« Er zögerte. Sollte er Hans von seiner Idee, seinem Vorhaben erzählen? Bisher hatte er noch niemanden eingeweiht, nicht einmal jenen Menschen, dem er am meisten vertraute. Aber wie der Alte kopfschüttelnd auf seine Hände starrte, überlegte es sich der junge Rieger anders. »Ich brauch das Geld, das mir das Mückenhainer Land einbringt. Ich hab Pläne. Große Pläne!«

Resigniert gab Hans zurück: »Pläne? Flausen hast du, und zwar im Kopf. Ein Kind bist du fast noch, kriegst nicht mal deinen Hof sauber, streckst deine Füße nicht unter den eigenen Tisch …« Hans hatte zuerst gespöttelt, doch als er die betretene Miene des Jungen sah, biss er sich auf die Lippen. »Das habe ich nicht sagen wollen. Wir stehen zu dir wie zu jedem unserer Söhne, die wir Jahr um Jahr haben begraben müssen – mögen sie in Frieden ruhen. Du bist uns wie ein eigener Sohn und immer willkommen. Tu nicht noch mehr Unüberlegtes. Dein Vater war genau wie du.« Aus seinen müden Augen sah er Christoph an und schüttelte dann seinen grauen Kopf. »Nein, du bist genau wie Alois: Immer etwas Neues im Hirn und nie zufrieden mit dem, was du hast. Deinem Vater hat es das Genick gebrochen. Christoph, bringe dich nicht in Gefahr, sondern deinen Hof in Ordnung! Sei auf der Hut, mein Junge.« Weiter kam der Alte nicht und Christoph war froh, dass Anna mit dem Krug frischen Wassers eintrat. Die versöhnliche Geste, mit der der junge Mann die Schulter des Alten berührt hatte, bemerkte sie nicht. Er griff nach dem Wasserkrug, den sie ihm reichte, nahm einen kräftigen Schluck und machte sich dann auf den Weg.

Als Christoph den Hof des Hans Biehain überquerte, fühlte er dessen Blicke durch die Fenster der Blockstube im Nacken und stellte sich den heftigen Streit vor, der jetzt zwischen den Bauersleuten losbrechen würde. Anna würde zetern wie ein Waschweib und dann weinen wie ein kleines Mädchen. Christoph wusste, dass Hans ihn auf Gedeih und Verderb vor Anna verteidigen würde, wie er es immer getan hatte: wie damals, als der Knabe Christoph Äpfel von des dicken Weinholds Bäumen gestohlen hatte, und jetzt, da der Bauer Christoph Hals über Kopf in eine Ehe rannte.

Als er, auf seinem Hof angekommen, seine Ochsen in die Scheune brachte und sie mit Wasser und Grünzeug versorgte, waren seine Gedanken bei dem Tagwerk, das vor ihm lag und durch die Angelegenheit auf dem Kretscham um einige Stunden herausgezögert worden war. Christoph machte sich an die Arbeit und begann im Hühnerstall, wo er Eier einzusammeln und den er auszumisten hatte. Der Handkarren stand vor dem Hühnerloch und wurde mit von Exkrement triefendem, beißend riechendem Stroh gefüllt. Als er damit fertig war, schnappte er sich seine Sense, mit der er zu den anderen Bauern auf die Wiesen laufen würde, um Gras zu hauen. Doch gerade als er die Tür öffnen wollte, wurde diese ihm mit heftiger Wucht an Kopf und Schultern geschlagen. Ein Mädchen stand, einen »Guten Morgen« wünschend, inmitten der Hühner, das Haupt unter eine Kugelhaube gesteckt und die Figur in ein Schnürleibchen gepresst. Sie wandte sich zu Christoph um und erstarrte, als ihre Augen den seinen begegneten.

Es war ihr Mann, der sie über die Sense hinweg ansah, als käme sie geradewegs vom Mond. »Verzeihung. Ich wollte ... Ich bin ...«, stotterte Margarete, als sie sich gesammelt und Mut gefunden hatte, den Mann anzusprechen. Sie schlug ihre Augen zu Boden und nestelte an ihrem Kleid herum. Ihr war speiübel. Sie schämte sich dafür, so unbeholfen herumzustottern. Ihr Erscheinen auf diesem Hof war keine Überraschung, man hatte nach ihr geschickt und sie hierherbringen lassen. Der fünfzehnjährige Grobian aus ihrer Kindheit war hochgeschossen. Er war beinahe einen ganzen Kopf größer als sie und seine jungenhaften Züge von damals hatten sich zu Respekt einflößender Strenge verändert.

Er musterte sie von oben bis unten. »In diesen Kleidern siehst du aus wie deine Mutter!«

Margarete stutzte und fragte sich, ob sie eine Spur der Verachtung in seiner Stimme gehört hatte.

»Ich weiß, wer du bist, geh an die Arbeit. Sorg dafür, dass zum Abendessen etwas auf den Tisch kommt.« In seiner Stimme lag unverkennbar jene Schärfe, die auch die Gerßdorffs und die Vorarbeiter in der Armenspeisung an den Tag legten und an die sich Margarete in den letzten Monaten gewöhnt hatte. Christoph schulterte die Sense und Margarete musste sich ducken, um von dem blanken Metall nicht verletzt zu werden. Dann verließ er das Haus durch den Hinterausgang.

Da stand nun die junge Frau in ihrer ganzen Herrlichkeit und wusste nichts mit sich anzufangen. Bis zum Spätmahl dauerte es noch eine Ewigkeit. Sie wagte es nicht, sich zu rühren. Sie hatte Angst, gescholten zu werden, wenn sie etwas Falsches tat, und wenn sie genauer darüber nachdachte, hatte sie auch Angst davor, gescholten zu werden, wenn sie es unterließ, etwas zu tun. Mit irgendwas musste sie beginnen. Also ging sie zurück zur vorderen Haustür, um in ihrem Bündel nach einem rauen Rock zu suchen. Sie hatte sich an diesem Morgen allen Ernstes in ihr braunes Leinenkleid und das feine Leibchen gekleidet, weil sie sich eingebildet hatte, am Tage ihrer Hochzeit besonders hübsch sein zu müssen. Die Jungvermählte schämte sich für ihre Einfältigkeit, für ihr Auftreten und ihr kleinlautes Verhalten. In der vergangenen Nacht hatte sie darüber gebrütet, was sie Christoph sagen würde, wenn sie einander auf dem Hof begegneten, und dass ihr nun kein kluges Wort über die Lippen gekommen war, enttäuschte sie mehr, als sie sich eingestehen wollte. Was mochte er von ihr halten? Er musste seine Entscheidung, sie hierhergeholt zu haben, mit dem Moment bereut haben, als sie, sein Federvieh grüßend, im Stall erschienen war. Aber sie wollte sich mit ihm arrangieren. So sehr die Furcht vor dem fünfzehnjährigen Christoph noch in ihren Knochen saß, so sehr wollte sie an sich arbeiten, um vor dem Fünfundzwanzigjährigen als ehrbare Frau zu erscheinen. Das war es, was der Junker Nickel und der Pfarrer der Parochie von einem jeden Mädchen erwarteten, das sie vermählten: dem Mann zu Diensten sein, Kinder gebären und dem Ansehen des Hofes alle Ehre machen. Zugegeben, letztere Aufgabe würde angesichts der Verwahrlosung, mit der Christoph seinen Hof abstrafte, eine besondere Herausforderung darstellen, aber zumindest die anderen beiden Aufgaben würde Margarete zufriedenstellend meistern. Zu dienen und ohne Unterlass zu arbeiten hatte sie spätestens in der Armenspeisung gelernt, und Kinder kriegte jede Frau, was gehörte schon dazu? Margarete wusste, was zum Kinderkriegen dazugehörte, und sie schauderte bei diesem Gedanken. Doch den schob sie beiseite. Sei dankbar und zeige Dankbarkeit!, redete sie sich ein, während sie, zwei Stufen auf einmal nehmend, über die Holzstiege das Obergeschoss ihres neuen Heimes eroberte.

Hier gab es drei Kammern. Die größte war links, direkt über der Blockstube. Lange starrte Margarete auf das frisch bezogene Ehebett. Sie konnte sich so ganz und gar nicht vorstellen, mit Christoph darin zu liegen. Allein bei dem Gedanken zog sich ihr Bauch eigenartig zusammen. Sie öffnete eines der beiden kleinen Fenster und spähte hinaus. Durch die dunkelgrünen Blätter des Kirschbaumes konnte sie sich kaum ein vollständiges Bild des Gartens machen, aber den Schöps hörte sie murmeln. Sie streckte ihre Hand aus und konnte ein paar Kirschen pflücken, die süß und saftig ihre Kehle befeuchteten und ihre Lebensgeister jauchzen ließen. Die Unannehmlichkeit, mit einem Sonderling verheiratet zu sein, wurde durch geräumige Kammern, weiße Leinen und reiche Obstbäume zusehends aufgewertet!

Auf der rechten Seite des oberen Flures befanden sich zwei kleinere Räume, unter denen im Erdgeschoss Stall und Lagerraum lagen. Margarete zog sich in eines der kleineren Zimmer zurück. Gekleidet in einen groben Wollrock, sprang sie die Treppe zum Erdgeschoss wieder herunter und wollte zunächst den Wohnraum säubern. Sie entfernte das Sackleinen von den Fenstern und wirbelte so eine Menge Staub in der Stube auf. Der Junimorgen flutete in die lang verdunkelt gebliebene Wohnstube und offenbarte, was Margarete zuvor nur geahnt hatte: einen riesigen Haufen Arbeit. Sie wollte von sich nicht behaupten, dass sie ein faules Mädchen war, aber wenn das Essen rechtzeitig auf dem Tisch stehen sollte, würde das Haus nur einer oberflächlichen Reinigung unterzogen werden. Sie suchte lange nach einem Eimer, der nicht aus seiner Fassung quoll oder durchlöchert war. Als sie Wasser herbeischaffte, stellte sie fest, dass der Brunnen dringend ausgeschlammt werden musste, wenn man sich nicht die Pestilenz und alle möglichen Krankheiten aufhalsen wollte. Margarete hörte sich keuchen, während sie die verschmierten Dielenfußböden mit Asche abschliff, anschließend mit Dutzenden Eimern von Wasser scheuerte und Geschirr, Tisch und Bänke abwusch. Der süßliche Geruch von Mäusedreck biss sich in ihrer Nase fest. Bald hatte sie schlimme Schmerzen in Armen, Schultern und Rücken und sie fragte sich, wie sie haushalten sollte mit einem Kessel, einer Backschale, zwei Schüsseln, einem Becher und einem Löffelstiel. Hier gab es weder Spucknapf noch Kienspäne. Nichts deutete auf die Anwesenheit von Menschen hin.

Die Fenster der Blockstube boten einen Blick über den ganzen Hof und einen kleinen Streifen des Gartens, wo sie die Uferböschung zum Schöps erspähte. Noch bevor sie das blank geputzte Geschirr auf dem Bord an der Wand ordnete, hatte sie allein vier Kätzchen im Garten gezählt, die in der Vormittagssonne faulenzten. Jetzt, wo sie die Bohlen des Bodens trocken rieb, waren es schon fünf in allen Farbvarianten, die ihr Fell von der Sonne wärmen ließen. Margarete hatte Freude daran, dann und wann aus den West- und Nordfenstern hinauszuschauen; das Grün des Gartens tat ihren Augen gut und bot ihnen Erholung von dem tristen Grau der Stube. Von dem Mann war weit und breit keine Spur. Sie konnte ihn weder sehen noch irgendwelche Geräusche vernehmen, die auf ihn schließen ließen.

Die junge Riegerin war mit einer scharfen Beobachtungsgabe gesegnet und hatte schon in ihrer Kindheit in Gegenständen und deren Zustand wie in einem offenen Buch gelesen. Es bedurfte wenig Mühe, anhand der verwüsteten Stube zu schlussfolgern, dass Christoph seit langer Zeit außer Haus aß. Seit die Zwischenräume der Bohlen in der Stube das letzte Mal gestopft worden waren, hatte man offensichtlich keine Handvoll Mahlzeiten über dem Feuer bereitet; der Rauchfang war nicht von Ruß und Bratenausdünstungen beschmutzt, sondern von Staub und Spinnenweben. Das Putzen der Kochstelle nahm viel Zeit in Anspruch, und als Margarete genügend Anmachholz gesammelt hatte, beschloss sie, sich an die Zubereitung von Speisen zu machen. Sie wollte sehen, dass sie wenigstens ein Brot oder einen Fladen oder sonst irgendetwas Nahrhaftes zustande brachte.

Der Lagerraum war – das musste sie zugeben, nachdem sie auch hier die Fenster von den Vorhängen befreit hatte – so ziemlich der sauberste Raum, den sie je betreten hatte. Das Mittagslicht wurde von den weißen Wänden aufgesogen und hüllte die Truhen und Fässer in warme Brauntöne. Wände, Gewölbe und Fußboden waren makellos gekalkt, die Südfenster boten eine herrliche Lichtquelle über den ganzen Tag hinweg. In einer hinteren Ecke des Raumes standen ein halbes Dutzend Fässer akkurat nebeneinander aufgereiht, nicht ein Staubkörnchen fand sich auf den Dauben. Wie von einem Hut wurde eines der Fässer von einem verbeulten Korb mit einem halben Dutzend Eiern darin geziert. Die Längswand des Raumes gegenüber den Fenstern war mit ein paar Truhen vollgestellt. Auch diese waren mit viel Mühe poliert worden, bis sie blitzten und in der Sonne schimmerten. Die junge Hausherrin klopfte auf die Fässer und musste beinahe amüsiert feststellen, dass sie leer waren. Hinter den Tonnen erspähte sie ein Butterfass, gefertigt aus dem Holz des Vogelbeerbaumes, das den kostbaren Inhalt vor neugierigen Elfen und Wichteln schützen sollte. Auch die Truhen gaben wenig her. In der einen fand Margarete einen sorgfältig verkorkten Krug, der halb voll mit weißem Wein gefüllt war, einen Steintopf mit Honig und einen kleinen Tontopf mit Schmalz minderer Qualität, das der Mann vielleicht nicht einmal zum Essen, sondern zum Fetten der Fuhrwerksriemen benutzte. Die andere Truhe brachte einen Viertelsack Mehl zutage.

Von Christoph war nichts zu sehen, als Margarete endlich und mit vor Aufregung hüpfendem Herzen den kleinen Durchgang zwischen Scheune und Wohnhaus entlanglief. Sie atmete ein paar Mal tief ein und aus, als sie schließlich im Garten stand – in ihrem Garten. Das Gras stand hoch und wild und Margarete konnte die Überreste eines einst liebevoll angelegten und gepflegten Kräutergartens erkennen. Auf einen Blick sah sie, dass dort, wo der Garten am weitesten vom Schöps entfernt in der vollen Sonne lag, Johanniskraut und Bergbohnenkraut wucherten. Daneben konnte sie die ersten Blüten von Ringelblumen und Gänseblümchen gelb und weiß leuchten sehen, auch Rosmarin bahnte sich den Weg an die Luft. Weiter hinten zum Wasser hin, unter den Obstbäumen, wuchsen Beinwell, der schon überreif zu sein schien, Pfefferminze und Melisse sowie Fenchel und Zwiebeln. Fast an der Böschung des Flusses stand Brunnenkresse. An der Bretterwand der Scheune wilderten Brennnesseln. Die junge Frau stand inmitten der verschiedenen Kräuter und Blüten und überlegte, welche Kulturen sich jetzt noch anlegen ließen. Es war Juni und die meisten Kräuter und Gemüse hätten im April ausgesät werden müssen. Ließe sich eine genügend große Fläche freiräumen, würde es im Spätsommer noch für Kümmel reichen. Und ließen sich bei Nachbarn Lavendelpflanzen auftreiben, wäre es ein Leichtes, die Setzlinge nach den Eisheiligen zu pflanzen, um daraus ein Öl für das Gemüt zu bereiten. Auch auf Salbei wollte sie nicht länger als nötig verzichten. Wie schnell verletzte man sich oder lag im Fieber – und dann keinen blutstillenden und fiebersenkenden Salbei im Hause zu haben, war undenkbar. Sie könnte eine Aussaat noch in diesem Monat versuchen. Kritisch begutachtete sie die Obstbäume. Für die Äpfel war es noch viel zu früh und der Baum würde nur kleine, schadhafte Früchte tragen. Aber die Kirschen mussten schnell vom Baum, bevor sich die Stare an ihnen gütlich taten und auch die letzte Frucht, die ja dem Kirschbaummännchen vorbehalten war, damit es im nächsten Jahr wieder eine so gute Ernte geben möge, vom Baum pickten. Margarete wollte sogleich mit der Ernte beginnen und marschierte los, um Gerätschaften zusammensuchen.

Als sie den schmalen Durchgang zwischen Scheune und Haus passierte, konnte sich die junge Riegerin gerade noch rechtzeitig an die Hauswand drücken, um nicht von Christoph gesehen zu werden. Außer seiner linken Körperseite befand sich ein gestandenes Hinterteil in ihrem Blickfeld. Dieses gehörte zu einer nicht minder umfangreichen Frau, welche auf Christoph einredete. Die Fremde trug einen hörnerartigen Chaperon mit seitlich herabhängenden, ausgezattelten Lappen; eine übertrieben feine Kopfbedeckung in Anbetracht der Tatsache, dass sie sich auf einem Bauernhof und nicht auf dem städtischen Wochenmarkt befand.

Margarete blieb nicht unbemerkt. »Dort ist sie«, hörte sie Christoph sagen, der sich zu ihr umgewandt hatte. Die Hörnerhaube drehte sich zu ihr um und setzte ihren wuchtigen Unterbau in Bewegung, sodass Margarete sich unmöglich in den Garten zurückziehen konnte.

»Herr im Himmel!« Der Chaperon schnaufte wie ein Ochse unter der Zuglast des Pfluges. »Wo steht die Sonne, Kind? Du solltest zu dieser Stunde nicht draußen sein und arbeiten.«

Margarete sah die Frau fragend an, hatte jedoch nicht die Gelegenheit, ihr etwas zu entgegnen. Die Ältere fuhr fort und bei jeder ihrer übertriebenen Gesten wackelten die Seitenlappen an ihrer Haube. »Die Mittagsfrau hätte an einem blutjungen Ding wie dir wahrhaft ihre Freude.«

»Erscheint die Mittagsfrau nicht vorzugsweise auf Flachsfeldern?«, fragte Margarete.

Die Alte starrte sie verdutzt an und wischte den Einwand mit einer Handbewegung weg: »Besser von der Mittagsfrau heimgesucht zu werden als vom unheimlichen Alten vom Weinberg.« Mit dem Kopf deutete sie zum Hügel im Osten.

Der Weinberg begrenzte die Parochie gegen die östlich gelegenen Güter. Er war eine Anhöhe von weniger als fünfhundert Fuß. Auf ihm war vor der großen Pest vor mehr als zehn Jahren Wein angebaut worden, seither wagte es niemand mehr. Die Böden waren sandig, zuweilen von Fels durchzogen, der Wind trieb oben sein Unwesen und heulte mit den Wölfen um die Wette. Wer dort lebte, musste wahrlich unheimlich sein. Margaretes Blick haftete nicht lange auf dem dunkelgrünen Hügel im Osten, sondern suchte verhohlen den Hof nach Christoph ab. Der war nirgends zu sehen. Wie wenig Interesse er an ihr zeigte, bedrückte sie auf seltsame Weise und es erleichterte sie zugleich.

Die dicke Bäuerin kramte in ihrem Korb, aus dem ein Tonkrug und ein Leinenbündel lugten, und zog ein kleines Säckchen hervor. »Mach dir daraus einen Aufguss, und den Grund streue dir heut' Nacht unter das Bett!« Sie hielt Margarete das Beutelchen vor die Brust, aber als die zugreifen wollte, zog sie es zurück: »Achte darauf, dass du weder Riemen noch Schnüre oder Nesteln an Bettwäsche oder Nachtgewand hast, und auch er darf nicht ... aber das habe ich gerade mit ihm besprochen. Am wichtigsten ist der Aufguss, Margarete, hörst du, den trinke von nun an jeden Tag!«

Margarete stutzte: »Ihr kennt meinen Namen, den Euren habt Ihr mir nicht genannt.« Sie bemühte sich um zurückhaltende Höflichkeit.

»Ich bin Anna. Ich bin die Muhme vom Christoph«, stellte sich die Frau vor und suchte nun wieder in ihrem Korb. »Ich habe euch beiden einen Krug frischen Bieres mitgebracht. Der ist aus Görlitz, und wenn mein Hans erfährt, dass ich ihn euch gebracht habe, packt ihn der Wahnsinn, das kannst du glauben.« Die Alte kicherte in sich hinein. Auch über Margaretes Lippen huschte ein Lächeln, aber ihr war, als sei die Heiterkeit auf den dicken Wangen der Bäuerin nicht aufrichtig. Wie ertappt wandte Anna ihren Blick von Margarete ab und vergrub ihn wieder in dem Körbchen. »Und einen Schinken, den habe ich aber mit Hans' Segen hier heruntergeschleppt. Mir tun die Füße weh, Kindchen, ich bin seit Jahr und Tag nicht mehr vom Oberdorf bis hierher gelaufen. Das hat man nun davon. Der

Junge ist uns wie ein Sohn. Wenn mein Hans alle zehn Tage hier runterfuhr, hab ich dafür gesorgt, dass wenigstens Christophs Lagerraum und sein Bett sauber sind ...«

»Ach, Ihr wart das, schönen Dank dafür.« Margarete lobte die Reinlichkeit der Bäuerin in den höchsten Tönen.

Anna nahm die Schmeicheleien geduldig zur Kenntnis. »Ich sage immer, ein schmutziges Lager und ein speckiges Bett bringen Unglück und werden stets leer bleiben.«

Die piepsende Stimme der Bäuerin im Kopf und die Mittagshitze in ihren Kleidern, suchte Margarete Zuflucht im Lagerraum, in dessen kühler, trockener Luft sie das übertrieben heitere Geschwätz aus ihrem Gehörgang fächeln wollte. Sie fischte das Beutelchen an seinem Lederriemen aus dem Korb und roch daran. Ein feiner Duft von Pfefferminze strömte in ihre Nase und belebte ihr Gemüt, aber da war noch ein Geruch, den sie nicht so recht einzuordnen vermochte. Sie öffnete das Säckchen, nahm eine Prise der Mischung zwischen Daumen und Zeigefinger der rechten Hand und betrachtete das Kraut. »Rotkleeblüten«, murmelte sie und zog die Augenbrauen zusammen.

»Pfefferminz und Rotkleeblüten.« Margarete setzte sich auf eine der Truhen und grübelte, woher sie diese Mixtur kannte. Während sie nachdachte, zermalmte sie die Kräuter zwischen den Fingern. »Pfefferminz und Rotklee zu einem Aufguss, und das über mehrere Tage.« Sie kaute auf ihrer Unterlippe, bis ihr die Lösung des Rätsels in den Kopf schoss: »Zehn Teile Rotklee und ein Teil Pfefferminze mit kochend heißem Wasser übergießen, und das vier Stunden ziehen lassen, davon über Tage, Wochen und sogar Monate trinken, steigert die Fruchtbarkeit der Frau.« Das Mädchen legte ihre rechte Hand auf den Mund und spähte zur Lagertür hinüber. Sie hatte so laut gesprochen, dass sie vor dem Widerhall ihrer Stimme erschrak. Wie sehr sich diese Anna ins Zeug legte, um ihrem Neffen beim Zustandebringen eines Stammhalters zu helfen! Margarete schnalzte verächtlich mit der Zunge und ließ die Kräuter wieder in das Beutelchen gleiten. Im selben Moment wurde rumpelnd die Tür zum Lager aufgerissen. Ihr blieb nicht genug Zeit, um aufzuspringen und vor ihrem Mann das Haupt zu senken.

Christoph blieb in der Tür stehen und wollte am liebsten

gleich wieder umdrehen. Es fiel ihm schwer, das Mädchen zum Aufstehen aufzufordern, um die Scheite Feuerholz, mit denen er beladen war, in die Truhe zu packen, auf der sie saß.

»Das Holz in die Küche. Hier verdirbt es uns die Vorräte ... zumindest, wenn welche da wären.« Margarete hatte das Kräutersäckchen unauffällig unter eine Falte ihres Rockes wandern lassen und schaute geradewegs in das kalte Blau von Christophs Augen. Nur einen Augenblick hielt sie seinem grimmigen Blick stand. Sie hörte, wie das Feuerholz auf dem Boden des Lagerraumes knallte, sah die auseinanderspringenden Holzstücke und spürte einen brennenden Schmerz auf ihrem Gesicht. Ihr Schädel, der mit einem Ruck herumgeschleudert worden war, dröhnte. Christoph stand noch einen Moment lang mit erhobener Hand vor ihr, bevor er mit dem Feuerholz das Lager verließ. Sein Mund schwieg, aber sein Blick sprach mehr als tausend Worte und verriet das nur wenige Sekunden während Wanken seiner Selbstsicherheit, ein kleiner angstvoller Zweifel seiner selbst, das sogleich von unerschütterlichem Machtbewusstsein abgelöst wurde.

Da war er also, der Christoph, den Margarete aus ihrer Kindheit kannte: jähzornig, leicht reizbar und mit kräftigen Armen.

Feurig flimmerte der Schmerz auf ihrer Schläfe, die sie mit ihrem Handrücken zu kühlen versuchte. Sie hatte schwer mit den Tränen zu kämpfen, die sich brennend hinter ihren Lidern ankündigten. Nein, sie würde nicht weinen. Sie hatte nie geweint, wenn ihr Vater sie geschlagen hatte, sie hatte nie geweint, wenn ihr Bruder die Hand gegen sie erhoben hatte, und, bei Gott, sie würde nicht weinen, selbst wenn ihr Mann sie eines Tages totprügelte.

Sie durfte dem Vorfall nicht nachhängen, ihn nicht in das geheime Kämmerchen ihrer Seele vordringen lassen, wenn sie vor sich und Gott und ihrem Gemahl bestehen wollte. Ich wusste doch, dass ich dringend Salbei anpflanzen muss! Mit diesem Gedanken erhob sie sich, packte den Krug mit Bier und den Schinken in die Truhe, entnahm ihr den Weißwein, entkorkte ihn und trank einen kräftigen Schluck. Mit den wenigen Kirschen, die sie genascht hatte, schien der Wein sofort zu vergären, und auf den hämmernden Schädel wirkte der Trank beflügelnd. Eine heiße Woge durchflutete Margarete, spendete ihr neue Kraft und verlieh ihr den Mut, den sie brauchte, um den Lagerraum zu verlassen.

In der Stube knetete sie eifrig einen Teig aus Mehl und Eiern. »Wo finde ich eine Leiter? Ich möchte die Kirschen pflücken, bevor es die Stare tun«, wagte sie es, Christoph anzusprechen, als er mit einer weiteren Ladung Holz hereinkam. Doch sie bekam keine Antwort. Ihr Mann war hinter ihrem Rücken damit beschäftigt, das Feuerholz in die Nische unter der Kochstelle zu stapeln. »Ich werde für heut' Abend ein Kirschmus zubereiten. Es gibt noch keine Äpfel, und was anderes ist nicht …« Sie verkniff es sich, das Thema mangelnder Lebensmittel noch einmal anzusprechen, und hielt den Atem an. Sie fragte sich, was Christoph wohl dazu sagen würde?

Und tatsächlich ertönte seine tiefe Stimme, die, obwohl er leise sprach, Margarete zusammenfahren ließ. »Auf Bäume klettern ist keine Arbeit für Weiber, hoch oben, wo der Wind unter die Röcke pfeift und die Nachbarschaft zu sehen bekommt, was ins Ehebett gehört.« Es war der erste menschliche Satz, den, wenn auch inhaltlich nicht liebenswert, dieser Mann an sie gerichtet hatte. »Ich werde die Kirschen ernten, wenn ich hiermit fertig bin.« Übertrieben laut legte er ein Holzscheit auf den Stapel und richtete sich zu seiner vollen Größe auf. Er wollte den Raum verlassen, hielt aber inne und sah sich über seine Schultern nach Margarete um: »Vergiss nicht, den Boden im Flur und in den Kammern zu fegen! Es knirscht unter den Füßen, das kann ich nicht ausstehen.« Damit schlug er die Tür hinter sich zu.

Margarete stand mit offenem Mund da und konnte nicht glauben, was sie gerade gehört hatte. Sie verzog ihr Gesicht zu einer Grimasse. »Das kann ich nicht ausstehen«, äffte sie Christoph nach und verschwand im Hühnerstall, einen Besen zu suchen.

Später wusch und entkernte sie nur jene zwei Scheffel Kirschen, die sie für ihr Mus benötigte, obschon Christoph einen ganzen Zuber voll geerntet hatte. Mit einer halben Kanne Weißwein und einem Becher Wasser brachte sie die Früchte zum Kochen. Während die blutrote Masse im Kupferkessel träge brodelte und blubbernde Blasen trieb, schlug Margarete vier Eier auf, verquirlte sie und gab auch das zum Gemisch auf dem Feuer. Danach schüttete sie das Schmalz hinein und kochte alles unter ständigem Rühren weiter, bis die Eier stockten. Mit Honig schmeckte sie das Mus ab, füllte es in die einzige große Schüssel, die sie besaßen, und stellte es auf den Tisch.

Das Fladenbrot lag auf einem weißen Linnen, das sie in einer der Kammern gefunden und ausgewaschen hatte. Der Krug Görlitzer Bieres wartete daneben. Die beiden kleinen Breischalen standen sich gegenüber, der Becher war dort, wo Margarete vermutete, dass der Mann sitzen würde. Der einzige Löffel lag dabei.

Es war merkwürdig, sich mit einem halb Fremden zum Spätmahl zusammenzufinden, und Margarete beobachtete die resoluten Handbewegungen, mit denen Christoph Geschirr und Besteck so anordnete, wie er es haben wollte und offenbar gewohnt war. Er überließ ihr den Becher, den er mit Wein füllte, und stellte die Kanne vor sich hin. Auch den einzigen Löffel schob er ihr wortlos hin und kramte seinen eigenen aus dem Strick unter seiner Hemdfalte hervor, rieb ihn kurz am Ärmel ab und begann seine Mahlzeit hinunterzuschlingen. Margarete war verdutzt, aber Christoph stimmte kein Dankgebet an. Allein faltete sie ihre Hände zu einem stillen Gebet. Sie spürte die Augen des Mannes über ihren Körper wandern, während sie, in ihre Andacht versunken, mit geschlossenen Augen dasaß und sich darauf konzentrierte, nicht zu schlucken, nicht zu zwinkern, nicht zu zittern oder sonst eine Regung von sich zu geben. Christoph tat sich mehrmals vom Mus auf und riss großzügige Fetzen vom Fladen ab.

Margarete mochte nicht angestarrt werden, aber sie war daran gewöhnt. Immer hatte sie irgendwer angestarrt, ganz egal, wo sie ging oder stand, ob sie allein war oder in Begleitung ihrer Mutter, dem einzigen Menschen, mit dem sie geflissentlich ihre Gänge erledigt hatte. Immer war über sie und ihre Mutter getuschelt worden. Margarete hatte es sich angewöhnt, sich unsichtbar zu machen, sich mucksmäuschenstill zu verhalten, sich in ihr Innerstes zurückzuziehen, wenn ihr unwohl zumute war und wenn es die Gegebenheiten untersagten, davonzulaufen. So war es auch jetzt ein ungünstiger Zeitpunkt zum Davonlaufen. Sie saß als verheiratete Frau an ihrem Esstisch in ihrer Blockstube in ihrem Haus auf ihrem Hof und konzentrierte sich auf ihr Dankgebet.

Der junge Rieger schaute sich genau an, was er sich ins Haus geholt hatte. Die aschblonden Haare des Mädchens waren glatt im Scheitel unter die Haube gesteckt. Die Stirn war rund wie die eines Kindes und die Nase gerade und schmal. Ihre Augen konnte er nicht sehen. Christoph hatte keine Erinnerung daran, jemals in die Augen der Schmiedtochter geblickt zu haben. Sicher hatte er das dürre kleine Mädchen in seiner Jugend häufig und auch später im Gottesdienst und bei der einen oder anderen Beerdigung gesehen, aber angesehen hatte er es nicht. Er beschloss, dass seine Frau helle Augen hatte, etwas anderes würde nicht passen. Für seinen Geschmack war ihr Hals etwas zu kurz, vielleicht schien es aber auch nur so, weil sie den Kopf gesenkt hielt. Als sie mit ihrem Tischgebet fertig war, griff sie nach ihrem Löffel und tat sich vom Mus auf, das tiefrot vor ihr dampfte und sie in einen Nebel zu hüllen schien. Nickel hatte gesagt, sie sei ausnehmend schön. Wie konnte ein Mann von edlem Geblüt eine der Armenspeisung anheimgefallene Schmiedtochter ausnehmend schön finden? Christoph nahm jede Bewegung Margaretes wahr. Ihre Hände waren leicht gebräunt, die Finger nicht lang, aber schmal, die Knöchel traten an den runden Gelenken hervor. In der Weise, wie sie das Essbesteck an ihre Lippen führte, diese nur leicht öffnete, ohne das Weiß ihrer Zähne preiszugeben, schien sie schüchtern und zugleich fraulich. Ihr Kinn bewegte sich verzagt, als sie in kleinen Bissen ihr Mus verspeiste, und warf einen kurzen Schatten auf die interessanteren Regionen ihres Körpers. Im fahlen Schein des Binsenlichtes versuchte Christoph einen Eindruck von Margaretes Busen zu bekommen, konnte aber nur das straff geschnürte Leibchen und das an Schultern und Schlüsselbein hervorquellende Hemd erspähen. Er hätte sich keine hässliche Frau genommen.

»Warum gibt es nicht den Schinken von Hans?«, fragte er kauend und schaute Margarete aufgeweckt an, als hätte er sie eben erst entdeckt.

Jetzt im Dämmerlicht der Blockstube wirkten seine Augen dunkler als am Nachmittag im Lager. Margarete zuckte mit den Achseln und erwiderte seinen verdutzten Blick, konnte ihm aber nicht standhalten, was sie ärgerte, wogegen sie jedoch machtlos war.

»Darf ich dich etwas fragen?« Sie aß nicht weiter. Ihr Blick ruhte auf Christophs rechter Hand, die in ihrer Bewegung, den Löffel zum Mund zu führen, eingefroren zu sein schien.

Christoph suchte in ihren Augen nach dem Beweggrund ihrer Frage. Sein Blick war verwundert, ganz und gar nicht mehr herrisch, sondern erwartungsvoll. Er bejahte mit einem kurzen Kopfnicken.

»Wieso hast du mich vorhin geschlagen?«

Der Mann aß seinen Löffel leer und tauchte ihn wieder in seine Schale. Margarete wagte noch immer nicht, ihrem Gegenüber ins Gesicht zu sehen.

»Du warst vorlaut; das kann ich nicht leiden. Und außerdem nenne ich eine Ohrfeige keinen Schlag.« Er hatte leise gesprochen, gerade laut genug, dass seine Worte bis unter Margaretes Haube dringen konnten.

»Mann und Frau sollten ein Leib sein, und nur ein verrückter, verzweifelter Wicht würde sich selber schlagen!«

»Woher hast du denn diesen Blödsinn?«

»Das hat Pfarrer Czeppil gesagt!« Margarete hörte Christophs verächtliches Schnauben und beobachtete seinen Löffel, der wieder in die Breischale eintauchte.

Christoph aß in aller Ruhe weiter. »Ich habe dich nicht geschlagen!«

Ihr Blick suchte seine Augen. Mittsommer stand bevor, draußen war es noch hell, aber Christoph hatte dem schummrigen Licht der Bohlenstube zum Trotz eine kleine Lampe angezündet, deren fahler Schein dem Blau in seiner Iris etwas Warmes verlieh, das Margarete nicht erwartet hatte. Er sah müde aus. Es war ein langer Tag gewesen. »Oh doch, das hast du ... und damals auch!«

Wieder unterbrach der junge Mann seine Mahlzeit und schaute das Mädchen geradewegs an. Er überlegte, was sie meinen könnte, und als es ihm dämmerte, protestierte er: »Ich habe dir einen Klaps gegeben, weil du im Begriff warst, das verschwitzte Pferd mit eiskaltem Wasser zu überschütten. Mein Vater hätte dich umgebracht, wäre der Gaul am Fieber krepiert. Ich habe dich vor Schlimmerem bewahrt, also lass es gut sein!« Der Klaps war eine ausgereifte Maulschelle gewesen, von der Margarete zwei Tage lang Kopfweh gehabt und sich ständig übergeben hatte. Mit bitterer Wut erinnerte sie sich an den Frühlingstag, an dem der alte Alois sein vor den voll beladenen Wagen gespanntes Pferd fast zu Tode gehetzt hatte, um von den Gerßdorffs aus rasch zur Schmiede zu gelangen. Sie hatte Mitleid mit dem durstenden, überhitzten Tier gehabt, sie hatte helfen wollen. »Margarete …«, knirschte Christoph kauend hervor. Es war das erste Mal, dass sie ihn ihren Namen nennen hörte. Es klang weder gekünstelt noch irgendwie ungeschickt. Es klang so, als hätte er sie Tag um Tag so genannt, so vertraut, als säße er heut' nicht zum ersten Mal ihr gegenüber an einem Tisch. »Du hast mir damals so viel Prügel eingehandelt, dass ich dir den Hals umdrehen müsste, um es wettzumachen.«

Margarete blieb der trockene Bissen des noch warmen Fladenbrotes im Munde kleben. Da war keine Spur mehr von Vertrautheit. Die Augen ihres Mannes ruhten irgendwo auf der Tischplatte oder in seiner Musschale oder seinem Bierkrug. Was wusste sie über ihn, über sie beide?! Die Bitternis dieser Erkenntnis nahm ihr den Appetit. »Wieso hast du mich hergeholt, wenn du mich so sehr verabscheust?« Ihr war ihr Benehmen gleichgültig. Sollte er sie für ihr Mundwerk einsperren oder zusammenschlagen. Sie wollte eine Antwort, und zwar jetzt.

Christoph leckte sein Besteck sorgfältig ab und steckte es zurück in den Strick um seine Hüfte. Dabei ließ er sie keinen Moment lang aus den Augen, blieb ihr jedoch eine Antwort schuldig. »Was brauchst du?«, fragte er stattdessen.

Lieber totes Fleisch voller Wahrheit als eine Lüge voller Leben, dachte Margarete und hatte nur einen fragenden, enttäuschten Blick für den Mann, der ihr gegenübersaß.

»Sag mir morgen, was du brauchst, und ich werde es von Hans holen«, beschloss Christoph und setzte den Bierkrug zu einem schier endlosen Zug an.

»Wieso von Hans, wieso können wir nicht bei einem Töpfer einen Becher kaufen? Du bist Bauer, wo sind das Mehl für Brot und das Korn für den Brei? Hast du vor der letzten Aussaat keine Vorräte zurückgelegt?«

Christoph musterte sie.

Mit übertriebener Aufmerksamkeit widmete sich Margarete ihrer Mahlzeit. Sie wusste nicht, ob sie sich vor ihm fürchten oder ihm die Stirn bieten sollte. Er hatte sie zu sich geholt. Er war der einzige Mensch, den sie auf der Welt hatte. Ließ er sie fallen, würde sie nicht wieder in der Armenspeisung aufgenommen werden, denn eine verschmähte Ehefrau fütterten die Seelsorger des Pfarrers Czeppil nicht durch. Hör auf, mich so anzustarren, schrie es in ihr. Ihre Hände begannen zu schwitzen, obwohl es in der Stube nicht wärmer war als zuvor.

Seine Stimme hatte nichts Wütendes an sich, als er antwortete: »Ich werde morgen beim Vietze, dem Töpfer in Mittelhorka, Steinzeug holen. Und mein Mehl liegt beim Hans, zur Sicherheit, weil ich fast nie hier übernachtet hab.«

»Wirst du jetzt hier schlafen? Ich sorg für dich, du brauchst nicht der Biehainin ihr Brot essen.« Vielleicht klang Margarete ein wenig verzweifelt, vielleicht sprach die Angst vor erdrückender Einsamkeit aus ihr, jedenfalls bildete sie sich ein, ein Lächeln in seinen Mundwinkeln entdeckt zu haben. Lach mich nicht aus, protestierte ihre innere Stimme, und dann spürte Margarete das Blut in ihren Kopf schießen. Herr im Himmel! Nicht rot werden, ermahnte sie sich. Ihr Körper gehorchte ihr nicht und sie sandte ein Stoßgebet aus, dass Christoph von ihrer Schwäche nichts bemerkte. Niemals würde sie ihm ihre schwachen Momente preisgeben.

»Deine Habseligkeiten kannst du in eine der Truhen aus den kleineren Kammern stecken. Im Zuber kannst du dich waschen ...« Christoph schien nichts von ihrer Unsicherheit zu bemerken, sich nicht dafür zu interessieren, sah sich stattdessen nach der prall mit Kirschen gefüllten Wanne neben der Stubentür um und lenkte schulterzuckend ein: »Aber wohl nicht mehr heute ... Wenn du die Kirschen verarbeitet hast, kannst du dich waschen.« Er starrte unentwegt auf den Bottich und redete sehr langsam und bedächtig weiter: »Ich bringe dir Töpfe zum Einlegen mit, Krüge und Kruken für den Kirschwein und was man so braucht. Du bist jetzt hier bei mir, du bist meine Frau und – ja – du wirst für deinen Mann und dein Heim sorgen. Ich mag nicht, wenn mir widersprochen wird.« Er hielt inne und zuckte erneut mit den Achseln. »Ich mag eigentlich gar nicht, wenn viel gesprochen wird.« Damit erhob er sich und ging. In der Tür wandte er sich um: »Ich werde jetzt die Ochsen füttern und die Kühe ... Wir haben zwei Milchkühe, die du täglich melken wirst, ansonsten hältst du dich vom Vieh fern, besonders von der Sau, sie hat erst geworfen.« Christoph stand im Türrahmen und sah den Dielenboden an. Er besann sich, welche weiteren Regeln er seiner Frau aufstellen konnte. »Ich halte nichts davon, dass Weiber im Stall rumkriechen; das bringt nur Unglück.« Wie um das Gesagte zu bekräftigen, nickte er stumm vor sich hin und ging hinaus.

»Umso besser, dann habe ich weniger Arbeit«, murmelte Margarete, aber erst, als sie sicher war, dass Christoph sie nicht mehr hören konnte, denn ihre Ehrfurcht vor diesem Kerl, den sie überhaupt nicht kannte, hatte nicht nachgelassen. Christoph schien zu der Sorte Mensch zu gehören, dem man immer fremd blieb, egal was man anstellte und wie sehr man sich Mühe gab, ihm wohlgesonnen zu sein. Er ließ es nicht zu, er ließ sie nicht ein in sein Innerstes, und auch wenn sie jetzt unter einem Dach lebten, würden sich ihre Belange und ihre Wege nur an einem Ort kreuzen ...

Argwöhnisch starrte sie das große Bett an. Obschon die Sommersonnenwende bevorstand, war es unheimlich düster in der Kammer über der Blockstube. Die dichten Obstbäume ließen nur wenig Sonnen- oder Mondlicht ein. Wie schon Stunden zuvor, aber jetzt barfuß und nur im Hemd, stand sie vor dem Bettgestell, das mit reinem weißem Leinen bedeckt war und in dem schon Christophs Eltern geschlafen hatten, sich nahegekommen waren und wo Dorothea Rieger vieler Kinder entbunden worden war, von denen nur das älteste, Christoph, das Erwachsenenalter erreicht hatte. Ungläubig und mit leichter

Verzweiflung glotzte Margarete das Ungetüm von einer Schlafstatt an. Bedingt durch die Fülle ihrer Federn bauschten sich die Kissen am Kopfende auf und schienen nach ihrem schmalen Körper zu gieren, um ihn zu verschlingen. Margarete fröstelte. Die Fenster standen immer noch offen, sie waren nicht verhangen und die Mondsichel vermochte es kaum, die klare, windige Nacht zu erhellen. Margarete hatte eine Lampe entzündet und verharrte einige Augenblicke, bis die kleine Flamme zu einem kräftigen gelben Licht anwuchs. Sie griff nach dem schweren silbernen Kreuz, das an einer dünnen Kette unter ihrem Hemd auf ihrem Herzen lag. Das Schmuckstück hatte ihr einst ihre Mutter geschenkt. Sie nahm es mit dem Kettchen ab und legte es auf den Schemel neben dem Bett. Den Kräuterbeutel von Anna Biehain schob sie auf den Fußboden unter das Bettgestell. Einen Aufguss hatte sie sich nicht gemacht.

Unschlüssig stand Margarete in dem verlassenen Raum, hob die Hände und berührte ihr Hemd. Sie spürte ihren kalten Körper unter der dünnen Wolle, ertastete jede Rippe. Ihre Hände wanderten zum Ansatz ihrer Brüste und spürten die zarten Wölbungen auf. Sie schämte sich für ihre Rundungen, die von dem weiten und langen Hemd gut verdeckt wurden. So wie sie dastand, presste sie die Schenkel aneinander, als wollte sie ihre Scham in ihrem Schoß zermalmen. Aus ihrem Kopfputz löste sie die Nadeln und befreite sich von dem turbanähnlich gewundenen Tuch. Ihr helles Haar schimmerte matt im Licht der Lampe und fiel schwungvoll über ihren Rücken und ihre Schultern. Sie war stolz auf ihre lange – wenn auch mausblonde – Haarpracht, deren Pflege ihrer Mutter so sehr am Herzen gelegen hatte. Makelloses Haar bedeutete Ordnung und Reinlichkeit im elterlichen Hause und hatte bei der Suche nach einem geeigneten Ehemann helfen sollen. Doch ihr gepflegtes Haar hatte nichts daran ändern können, dass sie an ihrem achtzehnten Geburtstag von fremden Leuten einem Fremden zur Frau gegeben wurde. Sie wusste, was Männer und Frauen gelegentlich und gewiss in ihrer ersten Nacht miteinander taten. Den unschuldigen Träumen von Edelmännern, die ihre Damen mit Sangeskunst und Geschenken eroberten, war sie nicht einmal als junges Mädchen verfallen. Als Kind hatte sie mit ihren Eltern in derselben

Kammer nächtigen müssen. Ja, sie war früh gelehrt worden, was Mann und Frau miteinander taten. Trotz allem hatte sie sich den Mann, mit dem sie es tun würde, anders vorgestellt. Selbst als vor vielen Jahren ihre Eltern gelegentlich darüber Witze gemacht hatten, wie es wohl sein würde, würden Margarete und Christoph heiraten, hatte sie sich zu keiner Zeit den vierschrötigen, rempelnden und sonderbaren Christoph Elias Rieger an ihre Seite gewünscht.

Als die Kammertür geöffnet wurde, bereute es Margarete, so lange gezögert zu haben, unter die Decke zu schlüpfen. Christophs Blick flog zu Boden, als er ihrer gewahr wurde. Hat er geglaubt, ich löse mich in Luft auf?, spöttelte sie für sich.

Mit dem Gesicht zum Fenster setzte sich Christoph auf die Kante des Bettes und begann, seine Bundstiefel über den Knöcheln loszubinden. Den Strick um seine Hüften lockerte er mit langsamen Bewegungen und Margarete sah ihm dabei zu, ohne sich zu rühren. Eine heimliche Anspannung ließ sie regungslos dastehen. Christoph erhob sich nicht, um seine verbeulte Hose auszuziehen. Jede seiner Bewegungen erschütterte das struppige Haar auf seinem Kopf. Seine Haare waren heller als Margaretes und ließen Nacken und Hals frei. Über den Ohren kräuselten sich vereinzelte Strähnen und standen ein wenig vom Kopf ab. Von seiner Stirn fiel sein Haar wie Stacheln in seine blaugrauen Augen und verhakte sich in seinen langen Wimpern wie Dornen, um dann mit jedem Blinzeln zu zucken. Dornen – wie trefflich, durchfuhr es Margarete und sie erschrak.

Sie betrachtete den keilförmigen Rücken, der von schwerer Feldarbeit steinhart und verspannt sein musste. Als Christoph Anstalten machte, sich zu ihr umzudrehen, huschte sie ins Bett und starrte die schräge Balkendecke an. Aus den Augenwinkeln und ohne ihm ihr Gesicht zuzuwenden, verfolgte sie jede seiner Bewegungen.

Christoph sah sie von der Bettkante aus an. »Tut dein Gesicht sehr weh?«, fragte er leise, sodass er kaum das Rauschen der Obstbäume im Garten übertönte.

»Nein, nicht besonders«, antwortete Margarete flüsternd, den Blick nicht von den Balken abwendend. Ihre Arme lagen gerade neben ihrem Körper. An ihren Handflächen und ihren Fingern fühlte sie das kalte Leinen. Ihr Herz begann schneller zu schlagen, und das, obwohl sie sich nicht regte.

Christoph erhob sich, lief um das Bett herum und löschte die Lampe, die auf der Truhe neben der Tür stand. Geräuschlos tappte er zurück auf seine Seite des Bettes. Der Mond ließ die Schatten der schaukelnden Bäume an der Wand tanzen – ein willkommenes Schauspiel, auf das sich Margaretes Beobachtungen beziehen konnten. Die Strohmatratze knisterte, als sich Christoph auf das Lager bettete. Er brauchte eine halbe Ewigkeit, bis er eine geeignete Liegeposition gefunden hatte. Margarete erschrak fürchterlich, als er mit der Faust auf sein Kissen einschlug, um dessen Form seinem Genick anzupassen. Dann war wieder Stille. Stocksteif lag sie im Bett und wagte es nicht, sich zu drehen, um in Christophs Richtung zu schielen. Aus den Augenwinkeln konnte sie seine Umrisse erkennen, die sich wie ein Gebirge vor dem schwarz und dunkelblau gesprenkelten Viereck der Fensteröffnung auftaten.

»Ich hab Angst.« Hatte sie das laut gesagt oder nur gedacht? Wie konnte sie angesichts der Hilfeschreie in ihrem Innern sicher sein, dass ihr Mundwerk still blieb?!

Langsam drehte sie ihren Kopf, darauf bedacht, dem Bettzeug so wenige Geräusche wie möglich zu entlocken, und starrte dann geradewegs in Christophs Augen, die schwarz wie Torfstücke in seinem Gesicht lagen. Sie hatte laut gesprochen und ärgerte sich darüber, wollte sie doch gegenüber diesem Raubein keine Schwäche zeigen! Noch bevor sie sich wieder den zappelnden Wipfeln an der Zimmerdecke widmen konnte, spürte sie Christophs Mund auf ihren Lippen. Sie wich ihm aus, doch sein Gesicht folgte ihren Bewegungen. Ihre Hände verkrallten sich in dem Laken, und als sein Kuss zudringlicher wurde, drehte sie keuchend ihren Kopf weg.

»Was!«, herrschte Christoph sie an.

Margarete fühlte den Abendbrei in ihrem Innern gären. Ihr Magen rebellierte gegen das, was geschehen sollte. Ihr war übel und sie fürchtete sich.

»Was ist los?«, versuchte er es noch einmal. Diesmal klang seine Stimme milde.

»Dein Gesicht – es stachelt«, gab die junge Frau zurück. Sie wusste sehr wohl, dass dies nicht der Grund ihres Zauderns gewesen war, und schaute ihren Mann offen an.

Christoph fuhr sich mit der linken Hand über Wange und Kinn und schlug die Bettdecke beiseite, dann polterte er die Treppe hinunter.

Margarete erwachte aus einem kurzen, aber tiefen Schlaf, als sich Christoph wieder neben sie legte.

»Besser?«, fragte er und nahm ihre Hand in die seine, um sie an seiner Wange entlanggleiten zu lassen. Er vergrub sein Gesicht in der Beuge zwischen ihrem Hals und ihrer Schulter und atmete tief und ruhig.

Margarete kniff die Augen zusammen und hielt den Atem an, noch nie in ihrem Leben hatte sie einen Mann im Gesicht berührt. Ihr Vater war ihr zu fremd gewesen, als dass sie ihn an seinem Bart hätte zupfen oder über seine Wangen hätte streicheln wollen, und ihr Bruder war eben ihr Bruder gewesen, und der hatte nie zugelassen, dass sie ihn berührte. »Ja.« Sie schluckte und fühlte ihre Zunge am trocknen Gaumen kleben. Seine Haut war weich. Margarete überlegte, was sie erwartet hatte, aber mit so zarter Haut in dem strengen Männergesicht hatte sie nicht gerechnet. Christophs blondes Haar fühlte sich an wie Wolle. Wie konnte es so widerborstig von seinem Kopf abstehen, wenn es zugleich so weich war? Sie ließ ihre Finger durch seine Mähne gleiten, strich über den Nacken des Mannes und spürte seine Haut auf der ihren, sein Haar an ihrem Kinn und wenige Herzschläge später auch seine rechte Hand auf ihrem Bauch. Mit tastenden Fingern begann er ihren Körper zu erkunden. Margarete war wie betäubt. Sie hatte keine Empfindung für seine Berührungen und war so müde, dass sie, selbst wenn es ihr zustünde, seine Hand nicht wegzustoßen vermochte.

Christoph segnete die Bereiche des Frauenkörpers, die seine Hände als erobert erklärten, mit seinen Lippen ab. Seine flache Hand strich über ihren Bauch und ihre Hüfte und zerrte sie dichter zu sich heran. Sein Atem ging schwerer und sein Mund suchte abermals den ihren. Seine Hand gehorchte keinen Anstandsregeln, sie umhüllte Margaretes leicht gewölbten Busen mit einer Sanftheit, die sie glauben machte, es wäre das erste Mal, dass sie solch verborgene Regionen erforschte. Margarete spürte eine unerwartete Neugier in sich aufsteigen. Als sein Mund erneut den ihren suchte, fühlte sich sein Kuss verführerisch und geheimnisvoll an. Seine Zunge bahnte sich ihren Weg zwischen ihren Lippen hindurch, stieß sie leicht auf und kitzelte ihre Schneidezähne. Ihr schmeckte der Mann, der seinen Tag in stinkenden Ställen und auf staubigen Äckern zubrachte; er schmeckte süß wie Kirschmus und sauer wie Wein. Während sich Christoph über sie beugte und ihren Kopf in seine Hände nahm, spürte sie, wie ihr Körper leichter wurde. Kribbelnde Stöße durchfluteten sie. Margarete erwiderte seinen Kuss, ungeschickt zwar, dennoch unmissverständlich, und in der ihr eigenen Art verlangte sie nach mehr. Ihre Aufmerksamkeit galt nicht dem Mann, sondern sich selbst. Sie wollte sich auf dieses neue Gefühl einlassen. Zwischen ihren Beinen verspürte sie kitzelnde Hitze und Feuchtigkeit, von der ein süßer Geruch ausging.

Christophs Hände umschlangen die Taille des Frauenkörpers, nach dem er verlangte. Das eingelullte Geschöpf, aus seiner Gefühlsduselei gerissen, fand sich im fremden Bett mit dem fremden Kerl wieder, der ihr das Hemd bis zum Bauch hinaufschob. Margarete fror, noch ehe ein Frühsommerlüftchen durch die stickige Kammer hatte ziehen können. Sie sah Christoph an, sah in seine Augen, die über ihren Körper wanderten, sah die Gier in seinen Handbewegungen und seine Männlichkeit, die sein Hemd im Schoß aufstellte wie einen Hennin. Flüsternd bat Margarete ihn, nicht zu grob gegen sie zu sein. Sie glaubte, ihn lächeln zu sehen, doch ob es ein bitteres Lächeln seines Machtbewusstseins war, oder ob er sich tatsächlich um sie bemühte, konnte sie nicht ergründen, denn sein Blick veränderte sich, wurde trüb und schien sie nicht mehr wahrzunehmen. Christoph drängte sich zwischen ihre Beine und bemächtigte sich ihrer Unschuld. Er tauchte tief in das Wesen unter sich ein und machte es zu seinem Besitz.

Lautlos kämpfte das Mädchen den Kampf gegen die erste Nacht. Lautlos verlor sie ihn.

»Jesus, dir leb ich. Jesus, dir sterb ich. Jesus, dein bin ich im Leben und im Tod«, begann Margarete den neuen Tag, wie sie es gewohnt war, und klopfte sich bei jedem einzelnen Bekenntnis auf die Brust; aber sich vormachen, dass alles so sei wie immer, konnte sie nicht.

Der Morgen graute gerade erst, da saßen die Riegers bereits am Tisch in der Blockstube und löffelten die Reste vom Abend: er ausgeruht und hungrig; sie schlaftrunken, enttäuscht und appetitlos.

Margarete spürte ihre Schläfe unter der Ohrfeige des Vortages rumoren, ihren Schoß vom Kampf der letzten Nacht stechend pulsieren. Ihr war nicht nach Essen. Sie beide hatten weder einen Morgengruß noch sonst irgendein Wort gewechselt, seit sie aus dem Bett gestiegen waren. Margarete hatte es gemieden, Christoph anzusehen, zu sehr schämte sie sich für die Vorkommnisse der vergangenen Nacht, aber jetzt ertappte sie sich, wie sie unverhohlen den Mann ihr gegenüber anstarrte. Seine gesenkten Augen wurden von den dichten dunklen Wimpern und vereinzelten blonden Haarsträhnen verdeckt. Er schniefte geräuschvoll durch die Nase und fuhr sich mit dem Handrücken über dieselbe. Nie zuvor hatte Margarete in einem Männergesicht eine solch gerade Nase sitzen sehen. Christophs Wangen waren glatt und straff wie Czeppils Pergamentpapier. Sie wusste, dass Christoph Grübchen bekam, wenn er lachte, aber die hatte sie seit ihrer Kindheit nicht mehr gesehen. Er hatte auch damals nur selten gelacht. Noch nie hatte er sie angelächelt und sie konnte es sich an diesem trüben, wolkenverhangenen Morgen nicht vorstellen, dass er es jemals tun würde. Er war nicht grob zu ihr gewesen in der vergangenen Nacht – das jedenfalls war Margaretes Einschätzung, ohne dass sie einen Vergleich hätte anstellen können.

Das junge Paar hatte der Hochzeitsnacht seine Schuldigkeit abgetragen, ohne jeden Schnörkel, ohne unnötige Worte oder Berührungen auszutauschen, und während Christoph nahezu selig eingeschlafen war, hatte Margarete lange wach gelegen. Sie wusste nicht, ob sie bereits schwanger war, und war sich nicht sicher, wie sie es schnellstmöglich herausfinden konnte, aber sie wünschte es sich, damit Christoph alsbald die Hände von ihr ließ. Denn das, was Mann und Frau miteinander taten, das, worüber die Tratschweiber auf dem Markt kicherten, das, worüber die Menschheit und Pfarrer Czeppil in seinen Drohpredigten – »Seid fruchtbar und mehret euch!« – so viel Aufhebens machten, bereitete ihr Verdruss, weil es sie bloßstellte und verwundbar machte.

In jeder von Christophs Händen lag ein Stück von Annas gutem Schinken. Die Fingerspitzen, die einige Stunden zuvor über Margaretes Körper gewandert waren, glänzten nun vom Saft des Schweinefleisches. Erstaunlich fein waren Christophs Handgelenke und Finger, obwohl Margarete sie sich doch nachts zuvor als wütende, gierige Pranken vorgestellt hatte! Sie waren schmal gegliedert und die Haut wirkte weder schwielig noch narbig noch sonst wie von der täglichen Arbeit gezeichnet. Seine Handrücken waren viel brauner als die Handflächen und die Zwischenräume der Finger. Sie hatte auf ihrer Haut gespürt, dass seine Fingernägel bis auf die Kuppen abgewetzt waren.

»Nun iss endlich. Wir müssen an die Arbeit!« Christophs Stimme klang nicht zornig oder ungeduldig, aber Margarete wollte nicht dem Irrtum auflaufen, ehrliche Sorge aus seinem Tonfall herauszuhören. Er unterbrach sein Mahl nur für einen kurzen Augenblick, den er ihrer gebeugten Gestalt widmete.

Margarete schüttelte verzagt den Kopf. Ihr war übel und sie fühlte sich elend. Sie kam sich vor, als würde sie noch immer nackt vor ihm liegen – entblößt, ihm ausgeliefert und schwach.

Christoph seufzte und schüttelte den Kopf. »Klagen kommen für gewöhnlich nur beim ersten Mal. Du wirst dich daran gewöhnen!«

Margarete klappte der Unterkiefer herunter. Sie war nicht schlagfertig genug, um seiner Arroganz zu begegnen, und kam auch nicht dazu, näher darüber nachzudenken, denn Gerumpel und Gepolter riss das junge Paar aus der Zweisamkeit.

»Gott zum Gruß!« Als Anna Biehain ihren Kopf zur Stube

hereinsteckte, zog sich Margaretes leerer Magen krampfhaft zusammen. Nicht die heute, bitte!

Die Wangen der Alten waren rot gepunktet und ihre Haube saß nicht ganz gerade auf ihrem runden Kopf. Sie grinste, nicht freundlich, nicht mütterlich, nicht aufrichtig heiter, sondern neugierig und gafflustig. Ein heftiger Stoß ließ die Stubentür gänzlich aufspringen, das Bauernweib in die Stube hüpfen und auch den alten Biehainer in der Riegerschen Blockstube erscheinen. Ungeniert schüttelte Hans seinen Umhang aus. Margarete hatte nicht bemerkt, dass es zu regnen begonnen hatte.

Ein Blick, ein Augenaufschlag huschte aus Christophs Antlitz geradewegs in Margaretes erstauntes Gesicht, ein Blick, der nicht mitfühlender hätte sein können, und während Margarete noch über diese Geste nachdachte, stand Hans Biehain auch schon mit einem freundschaftlichen Schulterschlag an der Seite seines Neffen. »An die Arbeit, du Faultier!« Zu Margarete gerichtet verneigte er sich beinahe unmerklich und lüftete dazu seinen Hut.

Anna setzte sich unaufgefordert neben Margarete, strich nicht vorhandene Staubkörnchen vom Tisch und fuhr ihren Mann an: »So lass ihn doch essen, Hans, er wird erschöpft sein.« Sie kicherte, während Hans sich verlegen räusperte und Christoph schwer ausatmend die halb verzehrten Fleischstreifen aus den Händen legte. Wieder waren es seine Augen, die einen Atemzug lang Margaretes Aufmerksamkeit auf sich zogen.

Hans lehnte sich gegen die Bank, auf der Christoph saß, und murmelte mit Blick auf den Zuber neben der Stubentür: »Sehr erschöpft wird er nicht sein. Das bisschen Kirschernte ... Wir haben dich gestern auf der Wiese vermisst, Christoph! Musstest wohl erst einmal den Saustall hier in Ordnung bringen. Gute Arbeit, wie ich sehe, aber der Hof ist eine Schande vor Gott, und derselbe wird sich heute über deinen Gerümpelbergen ausschütten!«

Wieder atmete Christoph gedehnt und geräuschvoll aus und zeigte Margarete mit einer unmissverständlichen Geste an, dass sie sich an derlei Reden gewöhnen müsse. Er kaute seinen Bissen herunter, steckte sich seinen säuberlich abgeleckten

Löffel in den Strick unter die Hemdfalte und erhob sich von seinem Platz, wobei er sie nicht aus den Augen ließ.

Margarete sah ihm an, dass er mit einem Abschiedsgruß – einem freundlichen Wort vielleicht, irgendeiner Geste, wie sie verheiratete Leute austauschten – kämpfte. Sie wusste nicht, wie sich Eheleute begrüßten oder verabschiedeten. Ihre Eltern waren kein Exempel gewesen, denn die hatten sich nicht geliebt und nicht wirklich miteinander gelebt. Was auch immer Christoph auf der Zunge führte, schluckte er hinunter und verließ stumm wie ein Fisch mit seinem Oheim das Haus. Die Stille zersprang wie eine klirrende Scheibe und ihr Scheppern hämmerte in Margaretes Kopf.

»Nun sind wir Frauen unter uns«, quiekte Anna eine Spur zu vergnügt für Margaretes empfindliches Gemüt. Unerschütterlich wie ein Fels blieb Anna neben ihr auf der Bank sitzen und machte nicht den Eindruck, heute noch einmal von hier fortgehen zu wollen.

Die junge Riegerin starrte auf ihr unberührtes Morgenmahl nieder. Das erkaltete und austrocknende Kirschmus begann allmählich zu verklumpen.

Anna versuchte ihr Interesse an Margaretes Kochkünsten zu verbergen, reckte jedoch ihren Kopf nach vorn, um den Duft der Speisen besser einatmen zu können, und beäugte sie dabei. Margarete konnte nicht so schnell das Gesicht abwenden, wie die scheinbar ungelenke dicke Bäuerin ihr Haupt hatte vorschnellen lassen. »Ach du meine Güte, er hat dich geschlagen!«, stieß Anna hervor. »Das macht er einmal, mein Kind. Er wird es nicht wieder tun.« In ihrer Stimme waren weder Mitleid noch Entsetzen, dafür aber befriedigte Sensationslust zu vernehmen.

»Er hatte seine Gründe, mein Mundwerk war vorlaut«, versuchte sich Margarete an einer Rechtfertigung. Die zerkochten Kirschbrocken in der Schale vor ihr nahmen bereits die unappetitliche Farbe von getrockneten Pflaumen an. Sie bemerkte, dass sich Anna neben ihr rührte. Scheu folgte sie deren Deut zum Stubenfenster hin, durch das man nichts als verschwommene Konturen der Riegerschen Scheune sehen konnte.

»Margarete – die Regenfrau«, sagte Anna. Der fragende Blick Margaretes entging ihr nicht. »Kennst du die alte Weisheit nicht? ›Hat Margarete keinen Sonnenschein, dann kommt das Heu nie trocken ein!‹«

Die junge Riegerin ließ sich und der plötzlichen Heirat mit Christoph nicht die Schuld an der verregneten Heumahd zuschreiben. »Galt das nicht vor etwa zehn Tagen? Heute ist Gervasius: ›Wenn's regnet an Sankt Gervasius, es vierzehn Tage regnen muss!‹« Margarete wagte nicht, der Alten ins Gesicht zu sehen, aber sie vernahm den aussetzenden Atem der Biehainin, mit dem sie ihre konzentrierten Überlegungen untermalte und dann im Brustton der Überzeugung verkündete: »Ja, du hast recht: ›Besser vor dem Johannistag Regen, als Regen ungelegen‹, nicht wahr?«

Anna seufzte und murmelte sinnleere Phrasen vor sich hin, die zu nichts anderem da waren, als die peinliche Stille zu bekämpfen und Margaretes Zustimmung einzufordern.

»So oder so …«, schlussfolgerte die Alte und ließ ihre prankenartigen Hände flach auf dem Tisch ruhen. »Es kommt wie Bindfäden vom Himmel und vor zehn Tagen hat es auch aus allen Wolken geschüttet … Der arme Junge!«

Also doch!, überlegte Margarete und schaute ihren eigenen, im Schoß verschränkten Händen eine Weile beim Nichtstun zu. Anna gab ihr die Schuld dafür, dass Christoph sein Heu noch nicht im Schober hatte, und prophezeite dem Mann eine Reihe zukünftiger Unglücke, die Margarete über ihn bringen würde. Aus den Augenwinkeln sah die Riegerin die ungeduldigen Blicke, das Rucken des Fleischberges neben sich, doch hatte sie nicht vor, der fremden Frau, Christophs Muhme, ein Lippen-bekenntnis, eine Erklärung für den ungebührenden Einzug in den Riegerschen Hausstaat zu geben. Die Wurstfinger der Biehainin kneteten einander dergestalt, als ringe die Alte damit, ihr eine Entschuldigung dafür aus dem Leibe zu prügeln, dass sie sich so ganz und gar nicht ebenbürtig in die Ahnenfolge der Riegers hineingeschmuggelt hatte. Aber wer waren sie denn, die Riegers und Biehains?! Sie waren keine Grafen, Fürsten, Herzöge oder Könige, sie waren braun gekleidete Bauern. Die Biehainin maß sich Privilegien an, mit denen sie sich ihr, der Schmiedtochter, überlegen fühlte. Sie erhob sich über ihr Herzogtum, besiedelt von Schnatterenten und Gockelhähnen, und hockte mit ihrem dicken Hintern auf einem Thron aus faulenden Rähmbohlen und bröckligem Fugenlehm und blickte auf Margarete hinab, die die vergangenen sechs Monate in der Armenspeisung zugebracht hatte anstatt auf einem rechtschaffenen Hof. Aber Herzogin Anna bemerkte nicht, dass sich ihre aus Mäusedreck und Kuhdung geknetete Krone aufzulösen begann und die Rinderscheiße bereits in dreckigen Rinnsalen über ihre Pausbacken troff. Jetzt war nicht mehr sie, sondern Margarete die Herrin über Christoph, und obschon der edle Prinz von Spinnwebhausen keinen Pfifferling auf seine Angetraute zu geben schien, würde eines Tages die Stunde nahen, da Margarete auf Anna von Kicherdorf und Mäuselwitz herabblickte.

»Wir haben heute eine Menge Arbeit«, verkündete Anna in einem ganz neuen, an diesem Morgen noch nicht angeschlagenen Tonfall. Aus den Augenwinkeln konnte Margarete sehen, wie der üppige, auf der Tischplatte ruhende Busen der Alten mit jedem ihrer Worte waberte. »Der Hans und der Christoph fahren zum Kretscham. Gestern früh ist man wohl nicht fertig geworden … mit deiner Angelegenheit.« Anna schenkte ihr einen vorwurfsvollen Blick. Mit einer Geste übertriebener Erfrischung sog sie die Luft ein, um zu erklären: »Wir werden die Sache selber in die Hand nehmen, und deshalb kommst du heute mit zur Seifertin, was die Bäuerin auf dem Nachbarhof ist. Du siehst es, wenn du dich an den Schöps stellst, aber tu das lieber nicht! Darin ersaufen jedes Jahr so viele Kreaturen …«

Margarete bemerkte, dass sich Anna auf die Unterlippe biss. Offenbar war der Alten die Geschichte um Margaretes Schwester wieder ins Gedächtnis gekommen. Für Margarete war es interessant, die Zeugen des Kampfes zu beobachten, die sich auf dem breiten Gesicht der Alten abzeichneten: Ein Teil in Anna wollte gerne über Marie, Margaretes Schwester, und deren unglücklichen Sturz in den Schöps tratschen, der andere Teil mahnte die Alte zu taktvollem Schweigen. Sie entschied sich für Letzteres und schwieg mit einer solchen Verbissenheit, dass sogar ihre Hände still lagen. Doch hielt Anna die Ruhe in Christophs Stube nicht lange aus, denn schon begann sie von Neuem: »Du siehst müde aus, Kleines. Hattest wohl eine kurze Nacht.«

Einen Herzschlag lang schloss Margarete die Augen vor der geballten Unflätigkeit der Biehainin. Diese aber kicherte über ihre Schüchternheit mit ebenso verabscheuungswürdiger Obszönität in der Stimme wie kurz zuvor, als Christoph noch am Tisch gesessen hatte, und wischte, als sich Margarete zu keiner Regung hinreißen ließ, abermals mit der Handfläche über den Tisch. Ihr gaffgieriges Gehabe schlug um in gebieterische Strenge, als sie fragte: »Du hast doch mit dem Kräutersäcklein getan, was ich dir geraten habe?«

Nun war es Margarete, die unter der Tischplatte ihre Hände walkte. Sie suchte nach einem Körnchen Mut, um in die wasserblauen Schweinsäuglein der Alten sehen zu können. »Ja«, log sie. Das Kräuterpaket lag noch immer unter ihrem Bett und würde verstauben, holte sie es nicht hervor.

»So ist's gut! Sehr viel vom Aufguss trinken, jeden Tag! Hast du auch die Schnüre und Riemen bedacht?«

Es war gar nicht so schwer, den Blick von der Musschüssel zu heben und Anna Biehain anzusehen. »Ja.« Margarete nickte und griff sich gedankenverloren an die Brust, wo die Nesteln ihres Leibchens baumelten.

Anna schnappte die Geste auf. Eine Weile musterten die beiden einander. Dann huschte ein deplatziertes Lächeln über Annas Gesicht, und so rasch, wie sie auf die Bank gerutscht war, so flink erhob sie sich. Sie spähte in den Kessel, roch an den Krügen und begutachtete die Feuerstelle, nicht ohne mit einem Feuerhaken in der kalten Asche zu stochern.

Margarete, die auf der Bank sitzen geblieben war, empfand diese Schnüffelei als sehr unanständig, aber was konnte sie der Muhme ihres Mannes verbieten?! Die dicke Bäuerin wankte zu einem der Stubenfenster und suchte nach den Männern, während sie sagte: »Nicht auszudenken, wenn das kleine Würmlein, noch bevor es sich in deinem Schoße bequem gemacht hat, von Schlingen und Schlaufen und Schnüren erwürgt werden würde!« Sie drehte sich um und sah Margarete forschend an.

Ich werde dir nicht erzählen, wie sich Christoph in der vergangenen Nacht angestellt hat, dachte Margarete, denn das war es doch, wonach Annas Blick lechzte. Die Alte, fernab jeglicher fleischlichen Leibesfreuden, wollte sie von Christophs

Manneskraft berichten hören. Aber diesen Gefallen würde sie ihr nicht tun. Das ging niemanden etwas an. Mochten sich Anna Biehain und die Großbäuerinnen aus dem Oberdorf die Mäuler zerreißen, Margarete würde kein Wort über das, was in ihrem Schlafgemach passierte, ausplaudern.

Von der Verlegenheit, in die sich Anna hineingeritten hatte, nährte sich Margarete und es bestärkte sie in dem Unterfangen, den Mantel höflicher Umgangsformen abzustreifen. Sie erhob sich ebenfalls vom Tisch, wobei sie sich bei Anna entschuldigte: »Ich muss nun meine Laken auswaschen.« Sie brauchte nicht lange auf ein Zeichen des Verständnisses in Annas Miene zu warten, denn für solche Fingerzeige war die Alte empfänglich. »Und dazu muss ich an den Schöps.«

Der Regen, der als schnaufendes Ungetüm die Parochie heimgesucht, dann kurz innegehalten hatte, um am Abend als weicher Nieselregen auf die Gehöfte, Äcker und Wiesen niederzugehen, trieb Rinnsale über den sandigen Hof der Riegers, die von der gleichen Farbe waren wie Margaretes Rock und sich mit dem Eitergelb aufgeschwemmten Mistes vermischten. Durch eines der nach Süden gerichteten Stubenfenster beobachtete Margarete die Silberfäden, die sich vom trüben Grüngrau des Abendhimmels abzeichneten und in den kreisrunden Tellern der ockerbraunen Pfützen mündeten. Sie sah Christoph, mit dem sie den ganzen Tag über kaum ein Wort gesprochen hatte, aus der Scheune kommen. Er bewegte sich langsam und bedacht, räumte die des Tags benutzten Werkzeuge fort, schaffte Futterklee, Rüben und Wurzeln für die Schweine herbei und verriegelte sorgfältig die Tore der Nebengebäude. Er war durchnässt bis auf die Knochen. Das Haar und seine Kleider hingen schlotternd an seinem Leib, der seit dem Morgen keine Stunde trocken gewesen war. Schließlich trottete er über den Hof zum Wohnhaus hin. Margarete sah ganz deutlich seine Augen. Sie waren von der gleichen Farbe wie der Himmel unter dem schwächer

werdenden Unwetter, und es schien, als hätten sie das Grünblau aus den niedrig hängenden Wolken gesogen. Zwischen den
zusammengekniffenen Lidern leuchteten seine Augen hervor,
als könnten sie geradewegs in die Blockstube schauen und in
Margaretes Gedanken herumstochern. Aber Christoph sah
nicht zur Blockstube hinüber, sein Blick hing im Leeren, war
nach innen gerichtet. Er wich nicht den Pfützen aus, sondern
platschte mitten durch sie hindurch, sodass die gelbe Brühe
spritzte. Dabei rieb er seine Handflächen gegeneinander und
machte den Eindruck, besonders angestrengt über etwas nachzudenken. Margarete schauderte. Dachte er über sie nach? Sie
ertappte sich in ihrer Koketterie und schämte sich dafür. Abrupt
zog sie den Kopf ein, um von ihm nicht gesehen zu werden.

Sie hörte ihn durch die Haustür rumpeln, hielt den Atem
an und war gespannt, was als Nächstes geschehen möge. Die
harten Schritte dröhnten auf der Stiege. Christoph nahm zwei
Stufen auf einmal. Dann hörte sie ihn in der oberen Schlafkammer umherschlurfen. Aber noch ehe sie sich darüber freuen
konnte, allein zu essen und allein zu Bett zu gehen, trampelten
seine Schritte wieder die Treppe hinab. Sie klangen beschwing-
ter, geradezu erleichtert jetzt, aber als Christoph die Stubentür aufriss, blieb er verdattert stehen. Unerwartet war sein
Blick dem ihren begegnet. Er hatte frische Kleider angezogen
und fuhr sich jetzt durch sein leicht frottiertes Haar. Wie zwei
in Stein Gemeißelte standen sie sich ein paar Atemzüge lang
gegenüber: Während er bemüht schien, sich daran zu erinnern,
wer das Mädchen in seiner Stube war und was es in seinem
Hause verloren hatte, regte sie sich unbehaglich unter seinen
forschenden Augen.

Margarete bannte ihren Blick auf den Brotlaib, von dem sie
dicke Scheiben abschnitt. »Du siehst so mürrisch drein wie die
Seifertin.« Sie hatte sich diese Bemerkung nicht verkneifen
können. Die Nachbarsbäuerin Maria Seifert war eine hagere
Frau Anfang vierzig. Äußerlich betrachtet war sie das lebende
Gegenstück zu Anna Biehain aus Oberhorka. Die Seifertin
hatte auf Margarete einen sehr verbitterten Eindruck gemacht.
Vor Jahren hatte diese ihren Mann verloren, der sich von dem
Biss eines tollwütigen Hundes nicht erholt hatte, und bewirt-

schaftete nun den Hof allein mit ihrem Sohn Thomas. Mehr helfende Hände standen ihr nicht zur Seite, was sie mit den Jahren mürrisch gemacht hatte.

Nichts hatte Margarete an diesem Tag mehr angewidert als das stundenlange Beisammensitzen in der dunstigen Wohnstube einer verschreckten Haubenwachtel sowie die Anwesenheit einer herzoglichen Butterblume, die alles daransetzte, ein junges Gemüt wie Margarete zu einem ebensolchen ausgedörrten Strohpüppchen zu verwandeln, wie Anna und Maria selbst eines waren.

Als könne Christoph in ihren Kopf hineinsehen und ihre bösen Gedanken über die Nachbarin und die Muhme lesen, seufzte er, wobei er seine feuchten, wie eine Säuglingswindel zusammengeschlagenen Kleider in einen leeren Eimer stopfte. »Geh nicht so streng mit ihr ins Gericht. Seit Johann von dem Hund gebissen wurde, sieht sie Gespenster. Am besten gehst du ihr aus dem Weg. Anna tratscht schon genug mit ihr.«

Es war anders als in der Nacht zuvor, und Christoph hatte recht behalten: Es tat nicht mehr so weh wie beim ersten Mal. Aber diesmal ließ er sich Zeit. Margarete spürte seine Hände unter ihren Schultern, seinen schweren Atem an ihrem Hals, sein drängendes Becken auf dem ihren. Er hielt sie umklammert, und anders denn in der Nacht zuvor, als sie quiekend wie eine Maus versucht hatte, sich unter dem schweren Männerkörper hervorzuschieben, lag sie nun totengleich unter ihm. Seine Hände kneteten ihren Rücken, sein Mund an ihrem Hals und seine Gier nach ihr verrieten sein leises Sehnen nach ihrer Umarmung. Aber sie rührte sich nicht, hob nicht die Arme, um sie ihm um die Schultern und den Nacken zu legen, und ließ ihre Finger nicht durch sein weiches Haar gleiten. Ihre Lippen suchten nicht nach seinem Gesicht und ihr Schoß schmiegte sich nicht an den seinen.

Nachdem er sich Befriedigung verschafft hatte, rollte Christoph von ihr herunter. Das Keuchen, das er von sich gab, während er sich aus ihr zurückzog, erinnerte Margarete an etwas. Sie räkelte sich, strich ihr Nachthemd über ihre Hüften und schlug die Decke über ihren Leib. Zwischen ihren Beinen spürte sie Christophs heißen, klebrigen Saft, der aus ihrem Innern sickerte. Sie forschte in ihrem Kopf nach dem, das Christophs Keuchen ähnlich gewesen war, und sie stieß darauf. »Mein Bruder konnte dich nicht leiden.« Hatte sie das wirklich laut gesagt? Ihr Mann, der fast schon eingeschlafen war, seufzte gleichmütig und müde. Ihr Bruder war es gewesen, der genauso wie Christoph gekeucht hatte, wenn er mit einem der leichten Mädchen hinter der Schmiede zu Werke gegangen war.

»Ich mochte ihn auch nicht.« Christoph wandte sich nicht um. Seine Stimme war von weither gekommen. »Wie hieß er doch gleich, der verschüttete Apostel? Peter oder Paul?«

»Peter.«

Christoph drehte sich auf den Rücken. »Ja, richtig. Der war zu blöd, um aus dem Dunstkeller wieder heraufzuklettern.«

Margarete hielt den Atem an. Ihr Bruder war nicht der Erste gewesen, der im schlüpfrigen Schrot versackt war wie in Treibsand und dessen Schreie ungehört im tiefen Keller verhallten, bis sie von dem in die Kehle rieselnden Gemahlenen erstickt wurden. »Er war ein Idiot, genau wie deine Schwester.«

Margarete sog die Luft scharf ein und stützte sich auf den Ellenbogen. »Wie redest du über die Toten?« Christoph antwortete nicht und hatte offensichtlich auch keine Vorstellung von dem Ausmaß der Wut, die in ihr gärte. Alle Vorsicht fiel von ihr ab, und kaum ausgesprochen, wusste sie, dass sie zu weit gegangen war. »Du konntest ihn nicht leiden, weil dein Vater sich so gut mit ihm verstand. Du warst eifersüchtig.«

»Hör mir gut zu, Margarete!« Christophs Müdigkeit war verflogen, sein Gleichmut verraucht. Seine Stimme war rau und krächzend an ihr Gesicht herangerauscht, gerade so wie seine rechte Hand, die an ihren Hals geschnellt, in ihren Nacken geschlüpft war und sie an den Haaren zurück auf die Kissen gezerrt hatte. Da war sie wieder: die Rechte, die prügelte, während die Linke liebkoste. »Ich rede gar nicht über die Toten, und du wirst es auch nicht tun! Hast du mich verstanden?« Sein Griff an ihrem Hinterkopf lockerte sich, aber loslassen wollte er noch nicht. »Nicht über deine und nicht über meine Toten, ist das klar?« Es waren zwei dunkle Flecken, die dicht über ihrem Gesicht schwebten und die sie als seine Augenhöhlen erkannte. Ein schwaches Funkeln ließ erahnen, wohin seine blauen Augen blickten. Ihr Herz ging schnell, vielleicht auch ihr Atem. Sie hatte sich erschrocken vor dem aufbrausenden Mann und der Wucht seines Zorns, genauso wie am Vortag im Lagerraum. Aber während sich Christoph dort von seinem rapiden Zorn hatte losmachen können, schien er jetzt mehr Zeit dafür aufzuwenden. Lange suchte sie in seinen schattenhaften Zügen nach der Schwere ihres Vergehens, fand es aber nicht. Sie nickte verzagt, ein wenig ängstlich und sehr gehörig. »Ich will sie nicht hierhaben, all die verwesten gottlosen Gestalten, nicht einmal im Wort will ich sie in meinem Hause haben, hast du das begriffen?« Sie nickte erneut: stumm und mit angehaltenem Atem. »Warum ihr Weiber immer über Vergangenes quatschen müsst!« Christoph ließ von ihr ab, wandte sich mit Peters Keuchen um und schien sogleich einzuschlafen.

Der harte Griff seiner Hand fieberte noch lange in Margaretes Nacken. Aber nicht so sehr ihr Genick als vielmehr ihr Stolz waren aufs Neue auf eine harte Probe gestellt worden, und wie Margarete die schlafende Gestalt ihres Mannes beobachtete, durchkreuzte ein Verständnis ihre Gedanken, für dessen Rührung sie sich beinahe genierte: Wenn Christoph, der sich allein mit Haus und Hof, mit Vieh und Acker herumplagte, sein aufmüpfiges Weib nicht zähmte, würde er das sechsundzwanzigste Jahr nicht zu Ende bringen. Sie musste ihr Mundwerk im Zaum halten. Sie musste lernen, wie sie sich zu verhalten hatte. Das war ihre einzige Möglichkeit, sich vor seinem grollenden Jähzorn zu schützen.

»Gott zum Gruß, Junker Nickel«, rief Christoph heiter, als er am folgenden Morgen das alte Gerßdorffsche Rittergut betrat und sich dem Lehnsherrn näherte, der, halb unter einen wuchtigen Haflingerwallach gebeugt, mit breiten Beinen dastand. Der von Gesinde-, Stall- und Wohnbauten gesäumte Platz war sandig und von ein paar braunen Pfützen gesprenkelt. Das Gut konnte einzig durch ein Torhaus betreten oder befahren werden. Über der Pforte hatten die Torwächter ihre Stuben und ihre Aussichtsposten. Zudem standen an beiden Seiten der Einfahrt Wachen, die jeden Menschen nach seinen Belangen befragten. Für Christoph war es kein Leichtes gewesen, bis zum Gutsherrn vorzudringen, doch sein hartnäckiges Reden hatte schließlich dem auf dem Vorplatz beschäftigten Junker höchstselbst einen einladenden Ruf abgerungen.

Jetzt stand der Bauer vor dem Gaul, den der Junker untersuchte, und wartete auf eine Erwiderung seines Grußes. Derweil huschten einige Knappen und Mägde neugierig glotzend zwischen den Holztüren der gerähmten Umgebindebauten hin und her. Bisweilen meldeten sich Kühe und Schafe. Pferdegetrappel, begleitet von einem besänftigenden Raunen, war zu hören, wenn die Stallburschen ihrer Arbeit nachgingen. Das Gutshaus selbst war nicht prächtiger als ein großzügig angelegtes zweistöckiges Bauernhaus, aber die Lehmmasse zwischen den schwarzen Umschrotbohlen war von strahlendem Weiß, die Fensterscheiben leuchteten in farbigen Butzen und die Eingangspforte wurde von einer, wenn auch nur dreistufigen, so doch breit ausladenden Freitreppe gesäumt.

»Christoph Rieger, was willst du schon wieder?« Der Edelmann hob endlich seinen Blick, schaute kurz zum Bauern auf und widmete sich dann abermals der Inspektion des Pferdes.

»Ich wollte nur fragen, ob Ihr unsere gestrige Unterhaltung überdacht habt.« Christoph bemühte sich um einen freundlichen Ton, waren er und sein Oheim doch am Vortag mit Schimpf und Schande aus dem Kretscham gejagt worden. Den Ärger darüber hatte er an seiner Frau und an Thomas Seiferts Werkzeug ausgelassen. Jetzt ließ er seinen Hut beschwingt in der rechten Hand baumeln, wobei dessen speckiger Rand an seinem Knie scheuerte. Er schaute dem Junker geradewegs ins Gesicht, wie er es immer und wie sonst niemand es tat.

»Unsere Unterhaltung überdenken?« Kurz schaute der Mann von seiner Arbeit gen Himmel, als fände er dort die Antwort auf die Frage, dann schloss er achselzuckend: »Ich hatte noch keine Muße dafür, zu viele Dinge wollten erledigt werden.«

Christophs heiteres Gesicht verfinsterte sich, denn er ahnte, dass sich die zu erledigenden Dinge auf Trinken und Speisen beschränkt hatten. Vielleicht war Nickel von Gerßdorff auch in die Wälder um Horka ausgeritten, um ein paar Wildenten zu erlegen, aber sehr wichtige Dinge konnten es nicht gewesen sein, es gab bis auf die Kirschernte und die Grasmahd wenig, was den Junker interessieren konnte.

»Ich bin mir auch gar nicht mehr sicher, um was es sich handelte ... Weinanbau, nicht wahr?

»Waid, mein Herr, Waidanbau.« Christoph glaubte dem Junker kein Wort.

»Ach ja, ich entsinne mich. Ich hoffe, du bist heute wieder klar im Kopf und der heftige Regen hat dir den Hitzestau aus deiner Rübe gespült.«

In Christoph keimte Verzweiflung, die ihn schon in der Nacht nicht hatte schlafen lassen. Diese drohte jetzt auszubrechen. »Aber bedenkt doch ...«

»Nein!« Der Junker räusperte sich. »Meine Antwort lautet Nein.«

Damit ließ sich der Jungbauer nicht abspeisen. Hatte Nickel gestern kein einziges Wort wahrgenommen, nicht einen Augenblick nachgedacht? »Nein? Aber es ist doch so einfach, zu mehr Erfolg und Ansehen zu kommen. Es könnte Euch viel Geld einbringen. – Macht«, berichtigte sich Christoph etwas kleinlauter, als er es beabsichtigt hatte, denn der Junker bedachte seine Worte mit einem verächtlichen Schnauben.

Nickel von Gerßdorff ließ den Haflinger einen Moment in Ruhe und prustete los: »Erfolg und Geld? Du verstehst weder von dem einen noch von dem anderen etwas. Ansehen und Macht – Worte, die deinesgleichen für gewöhnlich nicht benutzen. Du bist ein Bauer, und wie ich höre, nicht einmal der ordentlichste. Erfolg und Geld!« Der Junker schüttelte den Kopf, betrachtete weiter die rechte Flanke des Pferdes und wies Christoph darauf hin, dass der nicht einmal in den Gespanndiensten der Gerßdorffs oder der Niederhorkaer Klixens stehe und er keinerlei Berechtigung habe, irgendwelche Wünsche zu äußern oder Ansprüche geltend zu machen. »Du bist nichts und du hast nichts, außer der Dreistigkeit, wirre Ideen unter die Leute zu spucken … Und überhaupt, was sollte einem Kleinbauern an dem Reichtum seines Herrn gelegen sein?«

Christoph antwortete, darauf bedacht, den Edelmann nicht wieder zu belustigen: »Nun, so wie der Herr, so sein Gescherr, heißt es nicht so? Geht es unserem Junker gut, haben alle was davon.«

»Das hast du aus alten Mären. Die Zeiten jedoch ändern sich. Der Schuster sollte bei seinen Leisten und Christoph Elias Rieger bei seinem Roggen bleiben. Was verstehst du von Waid, Mann?« Nickel von Gerßdorff zupfte am Unterbauch seines Pferdes herum.

Christoph konnte dem keinen Sinn beimessen. »Ich unterhalte mich mit Waidhändlern und Kaufleuten, wenn ich Saatgut aus Görlitz hole. Ich habe viel darüber gelernt. Ich will es schaffen, hier bei uns Waidstauden zu ziehen, dann wären wir alle nicht mehr so von unseren launischen Böden geplagt! Lehm- und Sandböden, die …« Er biss sich auf die Unterlippe und verkrallte seine Nägel in der Krempe seines Hutes. All das hatte er dem Junker schon am Tage zuvor erzählt. Er kam sich albern vor, hier in aller Öffentlichkeit unter dem amüsierten Gelächter Gaffender. Er war es leid, seine lang überlegte Zukunftsvision vor Unwürdigen auszubreiten und wie ein einfältiger Junge belächelt zu werden.

Der Gutsherr zollte Christoph keinen Blick und schien auch nur mit halbem Ohr bei der Sache zu sein. Sein Pferd schnaubte unter seinem nervösen Gefummel.

»Hier hat nie jemand Waid angebaut, nie, und man wird schon wissen, weshalb. Das ist die Sache der Thüringer, der Erfurter. Die verstehen ihr Werk, das sollte auch so bleiben. Und nun geh, du hast zu tun und ich auch. Du solltest deinen Kopf nicht zu tief mit denen der Händler zusammenstecken, am

Ende holst du dir noch eine Seuche.« Junker Nickel lachte über seinen kleinen Scherz.

Der Bauer aber fand nichts Lustiges an Seuchen, Krankheiten und Epidemien, wo doch erst vor sechs Monaten die Pest aus Görlitz hatte verbannt werden können. »Es kann funktionieren! Das erste Jahr wird nichts abwerfen, aber danach, schon im zweiten Jahr blüht es von Mai bis Juni, und …«

Der Gutsherr hatte den Burschen mit einem forschen Augenaufschlag zum Schweigen gebracht. Er schien eine Weile nachzudenken und streichelte behutsam das gelbe Fell des Tieres, das sich diese Geste gefallen ließ. Erst jetzt sah Christoph Dutzende von Kletten, die an der Flanke des Pferdes hingen und die der geschickten Hände des Lehnsherrn bedurften, um entfernt zu werden. Aus der gebeugten Haltung musste Nickel seinen Kopf heben, um seinem Untertan eine Frage zu stellen: »Wen hast du auf deiner Seite – du wirst es wohl kaum allein machen können.«

Christoph atmete gedehnt aus, schwieg und wandte seinen Blick vom Wallach ab. »Niemanden«, gab er zu und bohrte seine Augen entschlossen in die des Junkers.

»Soso, niemanden. Auch nicht den Biehainer?«

Christoph schüttelte den Kopf.

»Wenn du es nicht einmal schaffst, deinen Oheim, mit dem du sogar den Pisspott teilen würdest, besäßest du einen, von deiner Idiotie zu überzeugen, was willst du dann von mir?«

Der Bauer antwortete nicht. Nachdenklich ließ er den Hut in seiner rechten Hand ruhen und beschaute sich die ledernen Nähte so aufmerksam, als wolle er ausgerechnet heute dem Hutmacherhandwerk auf den Grund gehen.

»Und warum gehst du nicht zu Heintze oder Hans von Gerßdorff? Der Flecken Erde, den du mit Waid einsauen willst, Gott bewahre, liegt nicht auf meinem, sondern auf deren Land in Mittelhorka. Selbst wenn ich zustimme, wenn ich Albrecht von Schreybersdorff, den Hauptmann von Bautzen und Hans von Schreybersdorff zu Nauenhof bequatsche, wenn ich es schaffe, den Hans von Panewitz, was der Hauptmann von Görlitz ist, zu überzeugen, und wenn ich Bartell von Hirschberg zum Schönborn und Balthasar von Rabenau zu Arnsdorf die Ohren abkaue, muss letztendlich noch der oberste Schenke und Sechsstädte-Landvogt der Oberlausitz, Sigmund von Warttemberg und Herr von Tetzschen, konsultiert werden. Der wird mit der Neuigkeit vom Waid in seinem Land zu seinem Nachbarn, Heinrich, dem Burggrafen von Meißen, Herrn über Plauen, Harttenstein und königlichen ausländischen Hauptmann und Landvogt der Markgraftümer der Niederlausitz rennen, und der wiederum zum Hauptmann von Böhmen, dem Peter von Rosenberg. Und was, glaubst du, Kerl, passiert, wenn der mit dem Schwachsinn zum König Wladislaus höchstselbst marschiert? Und wie, stellst du dir vor, reagieren der Erzpriester von Görlitz, der Dekan von Bautzen und der Bischof von Meißen auf deine Hirngespinste?! Aufknüpfen wird man dich, und mich ebenfalls! Junge, du hast gar keine Ahnung, was für ein Rattenschwanz an solch hirnrissigen Ideen hängt! Welch Aufwand! Welche Wegstunden! Lass mich in Ruhe mit diesem Unsinn!« Der Junker wollte dem Bittsteller den Rücken zukehren, hielt aber inne und fügte seinem Report an: »Und selbst wenn all diese feinen Herren interessiert sind an deinem Scheiß – solange Hans und Heintze von Gerßdorff nicht zustimmen, kannst du's vergessen.«

»Ich dachte, ich bered' mit Euch die Angelegenheit, weil Junker Hans und Junker Heintze so selten auf ihrem Gut sind. Es ist mein Land, das Land meiner Vorväter. Ich bin ein freier Bauer. Kann ich nicht anbauen, was ich will …?«

»Du dachtest also. Dass du denkst, kann ich mir nur schwer vorstellen. Solange du deinen Zehnt entrichtest, die Geldzinsen und Naturalabgaben bringst und deine Hofdienste leistest, mach, was du willst. Wenn du jedoch machst, was du willst, wirst du die Leistungen nicht entrichten können. Verschwinde jetzt, Christoph Rieger, das führt zu nichts. Waidstauden! Was Blöderes habe ich das ganze Jahr noch nicht gehört. Du hast jetzt Frau und bald Kind, so Gott will, die werden von deinem Waid nicht satt. Wieso sollte ich es dir erlauben?«

»Noch ein Wort, gestattet mir noch ein Wort.«

Auf Christophs Bitte hin antwortete Nickel nur mit einem Brummen und ging um das Pferd herum, sodass der Bauer außer den Füßen nichts mehr vom Lehnsherrn sehen konnte.

»Ihr braucht Euch keine Gedanken zu machen um mein oder meines Weibes Auskommen ...«

»Das mit Sicherheit nicht, von Euresgleichen hat es genug.«

Christoph war es nicht wohl zumute, aber er spürte in sich den Kampf aufbrodeln, der jetzt erst wirklich begonnen hatte und den er bis zum Letzten ausfechten würde. »Wir könnten den Thüringern mit unserer Ernte den Wind aus den Segeln nehmen. Wir könnten mehr Geld machen als die und ...«

»Junge, du bist irr, vielleicht nicht ganz dumm, aber ein wenig irr. Genau wie der Alte! Und was hast du von all dem? Eine Menge Arbeit! Nagst ein paar Jahre am Hungertuch, und dein Weib wird maulen, weil es dich unter all der Arbeit nicht zu sehen kriegt – außer zum Kindermachen! Also wozu der Alleingang?« Nickel spähte über den Wallach und schaute erwartungsvoll in das ernste Gesicht des Riegers. Der blieb stumm. »Welche Sicherheiten hast du, wenn nicht einer der Dorfbauern mitmachen will?«

»Ich hab Eure und Eurer Familie schützende Hand über meine Sippe.«

Nickel glotzte ungläubig in Christophs blaue Augen. Er trat hinter dem Haflinger hervor, stand direkt vor dem Bauern, sodass sich beider Augenpaare auf gleicher Höhe auf zwei Ellen annäherten. Christoph, der sich nun der vollen Aufmerksamkeit des Junkers gewiss war, holte aus. »Es ist die richtige Zeit, etwas Neues zu versuchen, das wisst Ihr so gut wie ich. In Görlitz höre ich von Unruhen. Die Bauern lehnen sich gegen ihre Herren und die geistliche Obrigkeit auf. Man sagt, im Allgäu, Elsass und Speyer gab es Verschwörungen und im Breisgau knistert die Luft. Es lässt sich nicht mehr lang auf sich warten. Die Menschen auf den Höfen brechen zusammen unter der Arbeit für nichts, außer dem Pfarrer und dem Junker. Jan Hus hat hier niemand vergessen, man ist unruhig ...«

Ja, die Vorfälle von 1431 waren noch immer so greifbar und wurden von den Ältesten im Dorf im Andenken an die Vorfahren derart lebendig erzählt, als wären sie dabei gewesen. Wenn die Nebel an Winterabenden aus dem Schöps über die sumpfigen Äcker krochen und die Krähen mit den Wölfen im Geschrei und Geheul wetteiferten, dann erzählte man sich mit leuchtenden

Augen, wie damals die Menschen von Horka auf den Kirchhof geflüchtet waren und sich tagelang mit dem Mut der Verzweiflung verteidigt hatten. Die Bewohner waren mit ihrer Habe in den Wehrmauerkreis und in die Heide geflohen. Die Hussiten waren am 10. Januar 1431 bei Horka von den gegen sie anrückenden Truppen geschlagen worden und man hatte viele Gefangene nach Görlitz gebracht. Die Tapferkeit der sich verbarrikadierenden Vorväter war seit jeher Anlass für manch einen Umtrunk und manch einen Streit mit benachbarten Gemeinden gewesen.

Bei der Erwähnung des als Ketzer verbrannten Jan Hus fuhr Nickel seinen Untergebenen an: »Dafür könnte ich dich ins Loch schicken, du ...« Sein Gesicht glich jetzt einer Grimasse, die dem zornverzehrten Antlitz eines hungrigen Säuglings am ähnlichsten war. Die Mundwinkel nach unten gezogen, kam er mit vorgeworfenem Oberkörper langsam auf Christoph zu. »Es wird immer einen geben, der mit seinem Brotgeber uneins ist. Ich«, Nickel schlug sich in die Brust, »bin dein Brotgeber. Was kannst du ohne mich, was kannst du ohne meine Hilfe? Nur weil vor fast hundert Jahren einer aus Böhmen daherkam, der sich einbildete, er könne die Ordnung im Deutschen Reich erschüttern, heißt das noch lange nicht, dass jeder Dahergelaufene unter Androhung von Boykott Forderungen stellen kann. So funktioniert die Gemeinschaft nicht ...«

»Gemeinschaft!« So sehr sich Christoph bemühte, er konnte Nickel nicht aussprechen lassen. »Als Adam grub und Eva spann, wer war da der Edelmann?« Er war kühn, das war ihm bewusst. Er riskierte viel hier auf dem Gut unter den Augen von Arbeitern und im Angesicht des reichen Herrn über Oberhorka und dem Mückenhain. Seine rechte Hand verkrallte sich in den Rand seines Hutes.

Die Blicke der beiden Männer maßen sich wie schon am Vortag im Kretscham. Noch ehe Christoph weiterreden konnte, sprach Nickel mit sicherer Stimme: »Ihr kleinen Wichte kommt euch sehr schlau vor, nicht wahr? Ihr schnappt ein paar Brocken auf dem Viehmarkt auf und bildet euch ein, von Weisheit angeschissen worden zu sein. Kaum sagt der eine hü und der andere hott, lebt ihr in einem verklärenden Bild einer Vorzeit, in der es weder Adel noch Gutsherrschaft gegeben hat und alles einfacher gewesen ist. Aber es gibt sie und, ja, sie halten ihre schützende Hand über euch, denn der Starke muss den Schwachen mit sich reißen, ist es nicht so? Wir sind die Starken und ihr seid die Schwächeren, auf die immer ein Auge gerichtet werden muss, wie bei Kindern, sonst ersaufen sie im Schöps.« Nickel hielt inne, musterte Christoph von oben bis unten und fuhr dann fort: »Ihr denkt wohl, nur euch wird der Riemen enger geschnürt? Aber der Kosmos ist viel feinkörniger, als du dir vorstellen kannst!« Ihm stand der Zornesschweiß auf Stirn und Oberlippe, sodass sein schmaler Bart glitzerte und bei jedem Wort, das er feucht hervorpresste, bebte. »Aber auch unsereiner Gulden sind nichts mehr wert, seit so viele Edelmetalle ins Land fluten und damit jede Margk weniger wiegt!«

Viele der Worte, die der Gutsherr verwendet hatte, klangen fremd in Christophs Ohr, aber er wollte sich hüten, nachzufragen, was sie bedeuteten. Sein Instinkt sagte ihm, dass er vorsichtig sein musste. »Eure Gulden sind nicht wertlos, ehrwürdiger Junker.« Er bemühte sich, wieder Frieden in die Unterhaltung zu bringen. Zwar kannte Christoph nicht so viele fremde, sonderbar klingende Worte wie Nickel, aber in diesem Moment, hier mitten auf dem Rittergut von Oberhorka, fühlte er sich dem Edelmann überlegen, fühlten sich die Worte, die über seine Lippen flossen, klug an, denn er war gewappnet mit einer Waffe, gegen die der Junker wehrlos war: mit Wahrheit.

Weil die Landadligen so viel Zeit und Geld verschwendeten, um sich gegen die Bürger aus den Städten und die Edelleute der großen Burgen und weiten Landstriche zu behaupten, verloren sie leicht den Blick für das Wesentliche: die Bauern vor der eigenen Haustür. Was vor fast einhundert Jahren die Angst vor den Hussiten gewesen war, war jetzt die Angst vor Leuten wie Christoph, die die Dreifelderordnung, den Roggen, die meilenlangen Warteschlangen vor der einzigen Gemeindemühle in Frage stellten. »Ihr seid frank und frei und braucht Euch keine Sorgen zu machen, solang es Bauern wie den Biehainer Hans gibt, der die Leute zur Ruhe bringt, wenn ihnen das Blut in den Adern kocht, und der ihnen das Blaue vom Himmel erzählt und dem die Hammel glauben. Macht Euch keine Sorgen um Euren Kosmos.« Christoph hoffte inständig, das Wort richtig ausgesprochen zu haben, alles andere würde sehr peinlich sein. »Euch wird nichts geschehen. Solange so ein Kerl wie Johannes Tetzel den Czeppil sonntags mit dem Klingelbeutel durch die Kirche marschieren und den Ablassgroschen einsammeln lässt, bleiben die armen Sünder in dem Glauben, sie hätten soeben Buße erkauft. Solange es die Dummköpfe für eine göttliche Fügung halten, dass Sankt Petri et Pauli zu Görlitz von Jahr zu Jahr höher aus dem Felsen schießt, sind Eure Schäfchen im Trocknen, mein Herr. Aber der Biehainer ist auch nur ein Mensch und wird eines Tages tot sein.« Christoph machte eine kurze Pause und sandte ein kleines Gebet aus, weil er fürchtete, irgendwann ohne Hans dastehen zu müssen. »Erst vor einem halben Jahr hat sich die Pest aus unserem Landstrich gestohlen … und lasst noch ein, zwei Ernten so schlecht ausfallen wie die im letzten Jahr, dann wird niemand mehr stillhalten. Das Holz ist morsch, Junker Nickel, mit dem Ihr die Umschrothäuser bauen lasst. Das Mehl, mit dem Eure Bauersfrauen Brot backen, zieht Fäden …« Christoph fühlte sein Herz in jeder seiner Adern schlagen. Er wählte seine Worte so bewusst, als ginge es um sein letztes Hemd. Und warum nicht, dachte er, als er des Junkers bedepperte Miene sah, und fuhr in seiner Erklärung fort: »Das Korn ist schwach, das die Männer für die Folgesaat zurücklegen. Nicht jeder Mann kann jedes Jahr auf den Markt fahren und Saatgut holen! Die Leute hungern, sie hungern besonders im Winter, wenn sie wegen des vorweihnachtlichen, päpstlichen Fastengebotes mit Rübenöl backen müssen. Die Leute sind krank, Herr, die Frauen kriegen kranke Kinder …« Christoph war außer Atem, mehr Argumente fielen ihm nicht ein, und deshalb schloss er, indem er sich leicht verneigte und seinen Hut aufsetzte: »Das könnte aufhören, ließet ihr uns Waid anbauen.« Er war im Begriff zu gehen, da sah er, dass Nickel von Gerßdorff seinen Kopf zur Seite drehte und ihm neben die Füße spuckte. Er hielt in seinem Vorhaben, das Gut zu verlassen, inne und bewegte sich keinen Zollbreit von der Stelle.

Der Junker wandte sich um, schnappte sich die Zügel des Pferdes und ging langsamen Schrittes über den Hof. Er warf noch einen Blick zurück und rief gedämpft: »Haben dir das die Lutken ins Ohr geflüstert? Christoph Elias Rieger, du weißt deine Karten auszuspielen. Deinem Vater und seinem Geschick in Notzeiten verdanken meine Leute und ich viel, aber jetzt ist ein für alle Mal Schluss!« Das leise Rufen erstarkte zu feindseligem Gezischel: »Du bist ein frecher Geselle, aber heute will ich noch einmal über dein loses Mundwerk hinweggehört haben. Scher dich von meinem Gut oder ich hetze die Hunde auf dich.«

Christoph machte auf dem Absatz kehrt. Er atmete tief durch, um ruhiger zu werden, doch ihm zitterten alle Glieder. Woher hatte er den Mut genommen, seinem Dienstherrn die Stirn zu bieten? Er hatte das Gefühl, dass dies nicht die letzte Unterredung in dieser Angelegenheit gewesen war. Am Morgen, bevor er sich auf den Weg am Schöps entlang zum Gerßdorff-schen Hof gemacht hatte, hatte er nicht vorgehabt, zu jammern wie ein Weib, wehzuklagen wie eine alte Mamsell und erst recht nicht, dem Junker erneut die Geschichte ihrer beiden Väter in Erinnerung zu rufen. Es ärgerte ihn, dass Nickel eine so geringe Meinung von ihm hatte und ihn nur im Schatten seines Vaters sah. Jeden anderen hätte der Gutsherr nach dieser Ansprache einen Kopf kürzer gemacht, das wusste der junge Rieger. Er genoss ein Privileg, das er gar nicht wünschte, und doch: Er sollte seinen Vorteil nicht ungenutzt lassen, wenn er sein Feld haben wollte!

Der erste Sonntagsgottesdienst schlich sich in die frische Ehe von Christoph und Margarete. Es war ein herrlich klarer, wenn auch kühler Junimorgen. Schwalben umsegelten ihre Nester zwischen den Umschrotbohlen der Gehöfte, Hunde kläfften die krähenden Hähne an und alles deutete darauf hin, dass es ein erbaulicher Ruhetag werden würde. Am Abend hatte sich die junge Riegerin gründlich im Zuber waschen können; sie hatte ihre Unschuld abgeschrubbt, die geronnen zwischen ihren Beinen klebte, hatte das Kirschrot unter ihren Fingernägeln ausgekratzt, die getrocknete Gartenerde von ihren Unterarmen gewischt und den Schweiß des Tagwerks von ihrer Haut gelöst.

Aus ihrem Gesicht waren die trügerischen Spuren ihres ersten Ehetages gewichen, und das, was von Christophs harter Hand übrig geblieben war, hatte sie mit etwas Mehl ausgeblichen. Christoph hatte sie kein weiteres Mal geschlagen. Er hatte sich in den vergangenen Tagen kaum blicken lassen, und wenn er mit ihr am Tische saß, schwieg er in sich hinein. Wenn Margarete ihn nach seinem Befinden fragte, antwortete er nicht, sondern sah sie an, als sei sie soeben erst in seinem Heim aufgetaucht. In den Nächten ließ er sie in Ruhe, wenn sie sich ihm verweigerte. Christoph war kraftlos und schlief bis weit nach dem Morgengrauen.

»Wenn es nachts im Bette kracht, der Bauer seine Erben macht«, höhnte eine raue Stimme und ließ Christoph und Margarete auf dem Bock des Wagens herumwirbeln. Es war Thomas Seifert, der sich, über beide Ohren grinsend, mit seinem Fuhrwerk dem Weg zur Kirche anschloss.

Thomas war in Margaretes Alter. Schon an dem Tag, da sie mit Anna in der Seifertschen Stube gehockt und Kirschen zum Trocknen, Einlegen und Vergären vorbereitet hatte, war Thomas mit seinen neugierigen Augen zur Stelle gewesen, so oft er sich von Christoph unbeobachtet wähnte. Er war ein gut aussehender junger Mann von kräftiger Statur und gesunder Gesichtsfarbe, und Margarete fragte sich auch jetzt wieder, wie es möglich sein konnte, dass die knochige Maria etwas so Wohlgestaltetes hervorgebracht hatte. Der junge Bursche besah sich offenbar auch an diesem Morgen mit Vergnügen seine neue Nachbarin und lächelte ihr von seinem Wagen her mit breitem Gesicht zu. Margarete ahnte noch, nachdem sie sich wieder nach vorn gewandt hatte, die forschenden Blicke des jungen Seifert und verfluchte Christoph, der offenbar nicht einen verhohlenen Augenaufschlag für sie übrig hatte.

Maria Seiferts leise Verwünschungen galten nicht der Jungvermählten, deren pure Gegenwart vor wenigen Tagen bei der Nachbarin ebenso große Überraschung, wenn nicht gar Verständnislosigkeit aufgeworfen hatte wie schon bei Anna Biehain, sondern ihrem ungehobelten Sohn, und sie gab ihm einen dumpf tönenden Klaps gegen seinen Schädel.

Aus den Augenwinkeln sah Margarete, dass Christoph

grinste. Wenn er sie auch kaum zur Kenntnis nahm, so schämte er sich wenigstens nicht für seine Frau. Sie ließ ihren Blick über die benachbarten Bauernhöfe gleiten und fragte betont beiläufig, ob sie nach dem Gottesdienst zum Grab ihrer Mutter gehen dürfe. Sie hatte gleichmütig klingen wollen, aber beim Wort »Mutter« war ihre Stimme gebrochen und alles andere als gelassen gewesen.

Christoph schaute sie von der Seite her an und überlegte einen Moment. Wie ein genasführter Bube wollte er wissen: »Wozu?«

Margarete wusste nicht, ob sie recht gehört hatte. Sie sah zu ihm auf. Die Morgensonne ließ seine blauen Augen hellgrau, fast weiß leuchten. Bevor er ihren Blick bemerken konnte, wandte sie sich von ihm ab und zuckte mit den Achseln. Wozu besuchte man die Gräber der Anverwandten? Sie hatte keine Antwort.

»Macht der Bauer Bäuerlein, so muss das nicht mit der Bäuerin sein«, hörte Margarete Thomas' Stimme, gefolgt von einem dumpfen Klatschen.

»Der wird nie eine Frau abbekommen mit diesem kindischen Mundwerk.« Christoph lachte in sich hinein, ließ die Fuhrriemen tanzen und trieb die Ochsen voran. Aber Margarete war nicht mehr nach Lachen zumute.

Fachmännisch sprachen, als sie sich im Wehrmauerkreis versammelt hatten, Hans, Christoph, der junge Seifert und zwei Jungbauern, die Margarete als Jorge Schulze und Caspar Hennig kannte, über Sensen, Sicheln und Sichten, stellten Vermutungen über das Wetter an und überlegten, wann sie endlich das Heu einbringen konnten. Und fiel das Gespräch erst einmal auf die Heuernte, so fehlte nicht viel und alle Augenpaare schielten zu Margarete herüber, die offiziell als der Grund dafür galt, dass Christoph sein Tagwan auf den Gerßdorffschen und anschließend auf den gemeinschaftlichen Wiesen vernachlässigt hatte. Und während Christoph in ein Gespräch vertieft war, das die Dimensionen eines Streites anzunehmen drohte, wurde sie die neugierigen Blicke der anderen erst los, als sie sich in Richtung des Westportals der Kirche davonstahl.

»Erbauliche Andacht …« Thomas wollte sich an Margaretes Seite gesellen, wurde aber sogleich zurückbeordert.

»Die ist meine!« Christoph versetzte dem Neugierigen einen

Klaps auf den Hinterkopf, genau wie es Maria Seifert zu tun pflegte, und grinste in sich hinein.

Sich als sein Eigentum zu betrachten, musste Margarete als neues Gebot hinnehmen. Halb feierlich wurde sie von Christoph in das Langhaus der Feldsteinkirche geführt.

Der Raum war kühl und roch nach Jahrhunderte währender Feuchtigkeit. Christoph stellte sich zu Margaretes Rechter auf, um sich für die Kyrie bereit zu machen. Eine Bereitschaft zum sonntäglichen Gottesdienst, die, das musste Margarete nun feststellen, darin bestand, einen zentralen Platz zwischen den Jungbauern zu finden, um sich mit ihnen unterhalten zu können. Zu ihrer Linken tat sich der klaffende Schlund des mannsbreiten Mittelganges im Kirchenschiff auf und mit ihm für alle Neugierigen der Blick auf die neue junge Riegerin.

Der Eheschließung von Christoph Rieger und Margarete Luise Wagner wurde nur ein einziger Satz gewidmet – noch vor der Kyrie und in einem Atemzug mit einem Todesfall auf dem Jeschke-Hof und der Niederkunft der Möllerin von Niederhorka mit einem Mädchen; die Taufe sollte am Sonntag vor Mariae Himmelfahrt sein.

»Ich wusste nicht, dass dein Anhang Luise ist«, wunderte sich Christoph im Flüsterton, glotzte einen Atemzug lang verwundert vor sich hin und widmete sich wieder seiner Version des Gottesdienstes.

Die winzigen, von den wuchtigen Wänden der Feldsteinkirche eingeschnürten Rundbogenfenster ließen kaum einen Lichtstrahl in das Innere des Schiffs dringen und verliehen der kleinen Parochialkirche stets mehr Wichtigkeit und Pathos, als ihr durch die Hierarchie der Oberlausitzischen Rittergüter zustand. Kerzen beleuchteten den Altar und ihr Flackern erhellte den Raum so weit, dass Christoph und Margarete von allen gut zu sehen waren. Die Blicke reckten sich nach dem jungen Paar, dessen eine Hälfte munter mit den nahe stehenden Burschen flüsterte, während die andere stumm dastand und am Gottesdienst so aufmerksam teilzunehmen vorgab wie schon lange nicht mehr. Die Mütter und Väter versäumten es nicht, ihre Kinder in die Seite zu knuffen, Kopfnüsse auszuteilen und Schultern zu stupsen, um die in Gaffgier ungeübten Kleinen auf die Jungvermählten aufmerksam zu machen. Christoph schien von alledem nichts mitzubekommen, aber Margarete spürte, dass sie gemustert, beobachtet und geprüft wurde. War die Neugier der meisten spätestens mit dem Hymnus »Gloria in excelsis Deo« verebbt, konnten zwei junge Leute ihre Augen nur schwer von ihr und Christoph lassen: Thomas, an dessen Glotzen sie inzwischen gewöhnt war, und die jüngste Tochter des Töpfers Vietze: Leonore. Margarete beobachtete die Hartnäckigkeit der beiden aus den Augenwinkeln. Ihr Gesicht wurde von einem Schmunzeln erhellt, als sie das bekannte dumpfe Klatschen, begleitet von zischenden Verwünschungen, vernahm, mit dem Thomas' Sinne traktiert wurden. Auch Maria Seifert beäugte die junge Riegerin gelegentlich argwöhnisch. Doch die Vietzin konnte während der gesamten Andacht ihre wütenden Augen nicht von Margarete lassen.

Pfarrer Czeppil war ein allein kämpfender Pleban und hatte schwer zu arbeiten. Als Zubringer der feierlichen Requisiten und Helfer eines reibungslosen Ablaufs der Zeremonie stand dem Alten ein etwa vierzehnjähriger Knabe – Julius Fulschussel – mit lahmem Bein und trüben Augen zur Verfügung, der, anstatt die ihm aufgebürdete Erbsünde zu verbüßen, manchen Sonntag, von seinen Gebrechen zerworfen, im Bett ausstand. Niemand sonst war bereit, seinen Sohn als Messdiener herzugeben, denn ein jeder Vater, froh darüber, einen Stammhalter an seiner Seite zu haben, beschäftigte diesen lieber mit den täglichen Aufgaben, anstatt ihn für viel Geld in die Schule zum Lateinlernen zu schicken. Es hatte sich für Pfarrer Czeppil bewährt, mit dem Gesicht zu seiner Gemeinde gewandt zu predigen. Er vertraute seiner Herde nicht. Er rechnete nicht mit ihrer Aufopferung, drehte er ihr den Rücken zu. Einzig die »Kyrie eleison« und das »Agnus Dei« rief er gen Osten aus. Pfarrer Czeppil war sein eigener Kommunionhelfer, Lektor und Konzelebrant. In der Parochie gab es keinen Kantoren, keine Orgel und deshalb auch keinen Organisten. Die Glocke wurde von Fulschussel geläutet, wenn er nicht zu krank dafür war. War er es, so blieb es still im Landstrich am Schöps.

Simon Czeppil leierte die Liturgien herunter und versperrte Margarete den Blick auf den Altar der Heiligen Barbara und die Fresken aus längst vergangenen Zeiten, die das Mädchen so sehr liebte. Sie betrachtete gerne das Abbild des schielenden Jesus, der links hinter dem Altar angemalt worden war und der einen stets anzustarren schien, egal wo im Kirchenraum man sich befand. Gott, mein Gott, verlass mich nicht, wenn mich Tod und Not ansicht. Jesus schien nie besonders erbaut über die geteilte Aufmerksamkeit, die Pfarrer Czeppil und seine Predigten erfuhren. Und die an der Nord- und Südseite des Chores aufgestellten Apostel und Propheten schienen den skeptisch dreinschauenden Jesus zu beobachten und ihm recht zu geben. Um den Gottessohn herum und bis zum südlichen Pfeiler des Triumphbogens flatterte ein Engelszug als Zeichen für die Evangelisten. Die graue Farbe der Engelsschwingen blätterte bereits ab, obwohl sie vor nicht ganz einem Menschenleben angemalt worden waren. Margarete fürchtete sich vor der Abbildung des Gnadenthrons, der zum Richterstuhl werden würde, sobald die Gnadenzeit vorbei war, und über dem Moses aus einer Wolke erscheinen wollte. Aber auf dem Gnadenstuhl thronte der in Rot gewandte Gottvater, Schöpfer der Gestirne, und hielt den gekreuzigten Sohn in seinen Händen, über dem der Heilige Geist als Taube schwebte. Gottvater empfing seinen gekreuzigten Sohn und reichte ihn zugleich der Welt dar. Margarete konnte den ganzen Gottesdienst mit der Betrachtung der Dreifaltigkeit – dem Vater, dem Sohn und dem Heiligen Geist – verbringen, ohne ein einziges von Pfarrer Czeppils lateinischen Worten aufzunehmen. Das Gewölbe des Altarraumes war weiß gekalkt, wodurch die unendliche Himmelsweite vorgegaukelt werden sollte. Dunkelgraue Sprenkel, die aussahen wie durch Wasserschäden hervorgerufene Flecken, sollten die Schwärze des Nachthimmels anzeigen, und darauf hatte der Maler vor Hunderten von Jahren tonrote Sternchen gemalt. An sonnigen Morgen – so wie dem heutigen – flutete besonders farbenfroh das jüngste Licht, der Schimmer der Auferstehung, durch das Ostfenster hinter dem Altar und wetteiferte mit dem Schein der Altarkerzen.

So schnell geht das, überlegte Margarete, die eine Woche stehst du vorne am Altar mit glänzenden Zöpfen zwischen dem Gefrens, die nächste stehst du hinten, den Kopf unter der Haube, und kannst nicht einmal mehr einen Blick auf die Wandbilder erhaschen. Sie seufzte.

Vielleicht eine Spur zu laut, denn Christoph streifte sie mit dem Arm. Seine Berührung bannte sie. Christophs Bewegungen, seine Arme, seine Hände und die unscheinbaren Gesten, die er mit ihnen vollführte, lenkten die junge Frau von den Wandbildern ab. Sein Hemdsärmel ruhte dicht an ihrem Oberarm und ihr war es, als fieberte ihre Haut unter dem Wollstoff ihres Kleides, wenn sein Arm an ihren stieß. Obschon ihr Mann angeregt mit dem Jungbauern Caspar Hennig flüsterte und keinen Sinn für sie hatte, empfand sie es als äußerst aufregend, in aller Öffentlichkeit neben ihm zu stehen.

In den vorderen Reihen, wo die Jungfrauen sich fernab unsittlicher Begegnungen mit den Männern dem Gottesdienst widmen sollten, wurde Leonore Vietze nicht nur einmal von ihrer Freundin, der drallen Agathe Kaulfuss, angerempelt und kichernd zur Ordnung gerufen. Margarete beobachtete heimlich, wie sie von Leonore angestarrt wurde, und ihr entgingen nicht die prüfenden Blicke, die die Vietzin dem schwatzenden, zu Caspar gewandten Christoph zuwarf. In Margarete pulsierte eine Wut, die sie nicht zu begründen wusste, aber sie wusste, was sie tun konnte, um der gaffenden Leonore das Handwerk zu legen. Bei der nächsten sich bietenden Gelegenheit, in der Christoph seinen Arm neben den ihren fallen ließ, legte sie ihre Hand in die seine und hielt dabei den Atem an aus Angst, er würde diese unerwartete Geste von sich weisen und sie bloßstellen.

Christoph aber wies Margarete nicht ab, sondern verstummte augenblicklich in seiner Unterhaltung, als er ihre Finger zwischen den seinen spürte. Er sah vor sich hin, keinen festen Punkt fixierend, aber sichtlich grübelnd. Margarete spürte seine Unsicherheit bis in ihre Fingerspitzen. Seine Hand ruhte lasch und kraftlos in der ihren. Sie schmunzelte in sich hinein; ihr Benehmen erzielte Wirkung, denn Leonore Vietze wandte sich mit halb geöffnetem Mund und blödsinnig glotzenden Augen um und gab vor, dem Gottesdienst zu folgen. Darauf hatte Margarete gewartet. Sie ließ Christophs Hand los und atmete auf. Er sprach während der andauernden Zeremonie kein

Wörtchen mehr, selbst dann nicht, wenn Caspar Hennig, Jorge Schulze oder sonst ein anderer seiner Kumpane ihn anredeten.

Margarete fand Christoph nicht gleich wieder auf dem überfüllten Kirchhof. Sie war von Pfarrer Czeppil aufgehalten worden, der die junge Riegerin ernsthaft in ihren Pflichten als verheiratete Frau ermahnte und sich beinahe in einer Schimpftirade über Christophs Verweigerung des kirchlichen Segens erging. Aber etwas anderes fesselte Margaretes Aufmerksamkeit und deshalb hörte sie dem Pfarrer kaum zu. Ihr Blick blieb an Nickel von Gerßdorff hängen, der unweit des Kirchenportals von seinem Ross herunter ein paar Worte mit Christoph wechselte, der mit einigen Jungbauern herumstand und gerade mit ihnen geplaudert hatte. So schnell es sich zutrug, konnte es nicht einmal ein halber Satz gewesen sein, den der Herr dem Bauern zuraunte. Dann sprengte der Rappe davon und Nickel musste sich tief bücken, um sich den Kopf nicht an dem niedrigen Tor in der Kirchmauer zu stoßen. Margarete konnte nicht ausmachen, ob er nach Mückenhain im Süden oder nach Norden auf sein Gut ritt, denn die kreisrunde, zwanzig Fuß hohe Feldsteinmauer versperrte ihr die Sicht. Sie hörte Pfarrer Czeppil halbernst reden, konnte seine Worte aber nicht zu sinnvollen Ratschlägen zusammenfügen, denn sie überlegte, in welchen Schwierigkeiten Christoph stecken mochte, dass der Junker persönlich das Wort an ihn richtete. Die junge Riegerin versuchte, in Christophs Miene die Gewichtung der Nachricht zu ergründen, die er von Nickel erhalten hatte, aber ihr Mann alberte mit Thomas Seifert, Caspar Hennig und ein paar anderen Halbstarken herum. Sie konnte sich schließlich von Pfarrer Czeppil losmachen, raffte ihre Röcke und stolzierte auf Christoph zu. Mit einem wilden Ruck packte sie ihn am Arm und zog ihn hinter sich her, durch das Mauertor weg vom Kirchplatz. Christoph lachte zu den schnippischen Bemerkungen seiner Kumpane, die dem Verhalten seiner Frau gewidmet waren.

»Womöglich teilt ihr noch Bett und Tisch miteinander?«, rief Margarete zornig, als sie Christoph in den Südschatten der Kirchmauer gezerrt hatte. »Du und der Herr scheint ja innig befreundet zu sein!«

»Was redest du?«, blaffte Christoph, war aber nur wenig verärgert. Die Scherze, die er mit seinen Freunden getrieben hatte, steckten ihm noch in den Knochen.

»Du benimmst dich wie ein Trottel, Christoph, du senkst nicht den Blick, grüßt ihn nicht, ziehst nicht den Hut …« Margarete konnte nicht einmal still auf einem Fleck stehen. »Gott bewahre, wenn du schon im Kirchhof deinen Fettlappen auf deinem Schädel behalten musst, dann nimm ihn wenigstens runter, wenn dich die Herrschaft anspricht. Du bringst uns mit deinem Eigensinn noch ins Gerichtskretscham, und dann …« Margarete war sich nicht sicher, was passieren würde, wenn sie ins Kretscham zitiert werden würden. Bei dem Gedanken wurde ihr schwindelig und sie stemmte beide Arme in die Hüften, um von ihrem Wutanfall zu verschnaufen.

»Komm wieder zu dir, Nickel hat mich eben dorthin bestellt.«

»Was?« Margarete riss die Augen auf und schnappte nach Luft. »Wann?«

Christoph beugte sich grinsend vor und langte nach dem Po seiner Frau.

»Lass das!« Sie angelte nach seiner Hand und stieß sie weg. Als er lachte, wurde Margarete wütend. »Sag mir, wann und wieso er dich in die Schenke bestellt hat!« Sicher nicht zum Saufen, denn das tat ein Herr von Gerßdorff für gewöhnlich nicht mit seinen Untergebenen. Wenn einer der Lehnsherren einen Bauern in das Gasthaus des Kretschmars Jeschke bestellte, dann wurden die Tische zu einer langen Bank zusammengeschoben und man urteilte über Recht und Ordnung. Christoph ließ sich nicht von einem Weibsbild wegschubsen, weshalb er Margarete neckte, sodass sie sich immer wieder aus seinem Griff winden musste und ihr Rock dabei flatterte.

»Am Montag vor Mariae Himmelfahrt.«

Die junge Riegerin musste zugeben, dass ihr Christophs heiteres und jungenhaftes Gesicht gefiel, und da waren sie auch, die Grübchen, die sie das letzte Mal in den Wangen des Fünfzehnjährigen gesehen hatte, aber der Gegenstand seiner Freude beängstigte sie. Mit gespielt wütender Miene fragte sie: »Was will er? Am zehnten August? Das geht nicht, am zehnten …« Margarete hatte keine Ahnung, was Christoph am zehnten August davon abhalten konnte, den Junker und das Kretscham aufzusuchen. Sie hatte schrecklichen Respekt vor den Herrschaften. Für sie waren sie der Inbegriff von Tyrannei und Gewalt, und immer dann, wenn ein Bauer persönlich vorgeladen wurde, standen seine Frau als Witwe und seine Kinder als Waisen da, denn die Gerßdorffs, der Pfarrer und die Schöppen vom Kretscham taten sich nicht schwer damit, jemanden in die Acht zu tun oder gleich an Ort und Stelle zu lynchen. Am Tage der Apostel Peter und Paul jemanden vorzuladen, konnte nicht gut gehen: Petrus war gekreuzigt und Paulus enthauptet worden!

»Das verstehst du nicht«, sagte Christoph und schaute Margarete eindringlich an. »Es hat nichts zu bedeuten.«

»Nichts zu bedeuten? Das schlägt dem Fass den Boden aus! Nichts zu bedeuten?«

Christoph strich sich die Haare aus der Stirn, grübelte vor sich hin und versuchte zu erklären, worum es bei dem Treffen ging: »Es ist wegen Waid.«

Margarete legte ihren Kopf ein wenig schräg und erwiderte bestimmt: »Na, dann bestell diesem Waid, er soll seine Nase nicht in Angelegenheiten fremder Leute stecken und uns nicht mit hineinziehen.« Damit wandte sie sich um und kletterte auf den Karren. Ihr resoluter Gesichtsausdruck duldete keine Widerworte und Christoph, die Augenbrauen hochgezogen und mit einer Handbewegung die Sache von sich abschüttelnd, trottete ihr nach.

Der Montag vor Mariae Himmelfahrt kam, und mit ihm heftige Regenfälle. Auf dem Weg zum Kretscham setzte Christoph Margarete auf dem Hof der Möllerin ab, deren Töchterlein am Tage zuvor getauft worden war. Margarete wollte einen Nachbarschaftsbesuch abstatten. Die Anspannung bezüglich der Vorladung ihres Mannes hatte sie nächtelang nicht schlafen lassen.

Sie war nervös wegen dieses Treffens und hatte Christoph bekniet, sie ausgehen zu lassen.

Zwei Beutel führte die junge Bäuerin bei sich, als ihr Christoph vom Ochsenkarren half und sie den Hof der Möllers überquerte. In dem einen bewahrte sie getrocknetes Johanniskraut und in dem anderen Melisse auf, diese wohltuenden Frauenkräuter wollte sie mit der Möllerin gegen ein paar Küchenkräuter eintauschen, die in ihrem Garten noch nicht wuchsen.

Als Margarete die Stube von Adele Möller betrat, tat sich ihr ein elender Anblick auf: Die Wohnküche war unordentlich, überall standen Gegenstände herum, sogar eine Mistgabel lag unter dem Tisch. Die merkwürdigsten Dinge fanden sich in der guten Stube der Möllerin. Sie selbst saß mit tränenüberströmtem Gesicht in der hintersten Ecke des Raumes auf dem Boden. Ihr Haar war aufgelöst und hing in filzenden Strähnen von ihrem Kopf herunter. Die Kleider waren speckig und an manchen Stellen löchrig. Der schlafende Säugling, den sie in ihren Armen hielt, atmete gleichmäßig. Die kleine Johanna, wie Adele ihre Tochter genannt hatte, schlief selig. Das winzige Geschöpf war in blütenweiße Leinen gewickelt und mutete wie das genaue Gegenstück seiner Mutter an. Verzagt hockte sich Margarete zu den beiden auf den Boden. Hier würde sie den ganzen Tag aushelfen und doch nicht viel verrichten können.

Wohlgemut betrat Christoph das Gerichtskretscham in Oberhorka. Hier würde heute ein Stück Dorfgeschichte geschrieben werden. Als Waidbauer würde er die Schenke verlassen, und schon in wenigen Tagen würde er nach Görlitz fahren und Wintersaat kaufen … es musste einfach so werden!

An der Längsseite der langen Tafel, an der er vor einiger Zeit den Ehevertrag unterzeichnet hatte, saß der Junker Nickel von Gerßdorff. Zu seiner Linken hatten die einflussreichsten Großbauern der Parochie Platz genommen. Es waren eine Handvoll Männer, die Hüte lagen vor ihnen auf dem Tisch und jedem war ein Krug Görlitzer Bieres gebracht worden. Mit grimmigen Mienen schauten sie auf, als Christoph den Raum betrat. Hans Biehain saß am Ende der Tafel zu des Nickels Rechter und deutete stumm mit dem Kopf an, dass Christoph sich hinsetzen solle.

Ohne Begrüßung, ohne Umschweife kam der Gutsherr zur Sache: »Also, Christoph, ich habe vor den Männern bereits zur Sprache gebracht, was dir für Flausen im Kopf herumschwirren.« Nickel sah nicht ihn an, als er sprach, sondern seine ineinander verhakten Finger. Unter dem Tisch wurde unruhig mit den Füßen gescharrt. Die Anwesenden waren nicht begeistert, das sah Christoph auf einen Blick. »Dennoch«, fuhr der Junker fort, »möchte ich unser Gespräch damals«, und er sah Christoph mit dem eindeutigen Blick an, über die Vorfälle auf dem Gerßdorffschen Hof Schweigen zu bewahren, »nicht ad acta legen. Du weißt, Christoph Elias Rieger, dass es sich um eine delikate Angelegenheit handelt und dass, wenn wir sie in Angriff nehmen wollen, es unter einstimmiger Befürwortung geschehen muss. Tatsächlich haben die Herren Heintze und Hans von Gerßdorff und die Klixens nach einigem Hin und Her entschieden, ich solle diese Verhandlungen fortführen. Ohnehin sind die Gebrüder im Meißner Land unterwegs.« Der Junker räusperte sich und nickte Hans Biehain zu.

Dieser sagte mit belegter Stimme: »Christoph, wir, die Bauern und Handwerker der Parochie, haben uns gegen deine Idee entschieden, und hier sei außen vor gehalten, dass ich dir als dein Oheim und engster Vertrauter die Sache nicht zutrauen würde.«

Das hatte gesessen. Mit offenem Mund und noch weiter aufgesperrten Augen starrte Christoph seinen Oheim an. Wie konnte er sich auf die Seite der anderen schlagen? Blut war immer noch dicker als Wasser!

Hans mied Christophs anklagenden Blick, und das Bier, das Josephine Jeschke dem verdatterten Jungbauern vorsetzte, trank dieser in einem Zug halb leer. Nickel von Gerßdorff räusperte sich wiederholt. Christoph entließ Hans seiner bohrenden Augen und schob den Bierkrug ein Stück von sich.

Fast unmerklich deutete Nickel auf Georg Weinhold, einen

wuchtigen Bauern von Mittelhorka. Der stemmte seinen halben Oberkörper auf den Tisch und ergriff jetzt das Wort, wohl wissend, dass aus Hans Biehains Mund kaum Objektivität zu erwarten war. »Wollen wir die Sache kurz machen«, polterte der Dicke, der sich darauf verstand, seine stattliche Erscheinung in das Zentrum der Aufmerksamkeit zu rücken. Seine tiefe, bärige Stimme füllte das Kretscham dermaßen aus, dass kaum Luft zum Atmen blieb, und weckte auch den müdesten Anwesenden. Er plusterte sich auf und sein großflächiges rotes Gesicht wirkte dadurch noch unförmiger. »Der Waid gehört nach Thüringen, das ist deren Kram! Was wollen wir uns in Dinge einmischen, mit denen wir uns nicht auskennen?!«

Christoph hielt dem auf seinem Antlitz umherirrenden Blick des Weinholds stand und nahm wieder einen kräftigen Schluck, bevor er hervorpresste: »Man kann es lernen!«

»Aber wir haben hier nicht solch feuchtes und warmes Wetter wie in der Thüringer Ackerebene …«

»Das sprecht Ihr«, unterbrach ihn Christoph ungefragt und sah den breiten Bauern ärgerlich an, »dessen Felder im Osten vor dem Weinberg liegen und der Ihr gesegnet seid – oder geplagt, ganz nach Belieben – mit Lehm und Moorböden. Jahr um Jahr ersauft Ihr beinahe in Eurem eignen Sumpf und erntet doch die größten Ähren.« Er ließ sich nicht von dem tosenden Schnauben der Großbauern und Hans' beschwichtigenden Worten unterbrechen. »Die Ostfelder auf der Höhe von Niederhorka und Mittelhorka aber sind trocken und sandig. Wir haben keinen tiefgründigen Humus- und Keuperboden wie die in Thüringen. Trotzdem sollte man es versuchen.«

»Ach, sollte Mann es?!« Weinhold sah sich Zustimmung heischend in der Runde um und das leise Gelächter der um die Tafel Sitzenden bestärkte ihn in seiner Herablassung. Alle Großbauern lachten schallend auf und bleckten die gelbbraunen Stumpen in ihren Mündern. Nur Hans Biehain starrte stumm in seinen unberührten Bierkrug und musste die nadelstichscharfen Blicke seines Neffen wohl oder übel bemerkt haben, denn er scheute es, ihm ins Gesicht zu sehen.

Nickel rief die gehässig unkenden Alten zur Ruhe. Langsam beugte sich der Edelmann nach vorn und fixierte prüfenden

Blickes einen einzigen Mann und gebot, dass Christoph sich vor der Meute aussprechen solle, bevor sie über ihn herfalle.

Christoph war überrascht und wusste auf Anhieb nicht, wo er anfangen sollte. Es gab so viel zu erzählen, wenn die ihn nur ausreden ließen. Er spürte, wie sein Puls in kurzen, hastigen Stößen das Blut durch seine Adern trieb. Ein letzter prüfender Blick flog zu Hans Biehain. Der nickte, aber ohne dem Jüngeren in die Augen zu schauen, und darauf begann Christoph vom Görlitzer Waidstapel zu berichten, während sich die alten Bauern kopfschüttelnd und hämisch grinsend zuprosteten. »Das ist der Hauptgrund, weshalb ich es versuchen will: Die Thüringer müssen für den Waidhandel über die Königsstraße nach Osten durch Görlitz fahren, wo das Waidhaus ist, nicht wahr?« Das weibische Gekicher im Raum war zwar abgeebbt, aber zu einer zustimmenden Reaktion ließ sich niemand hinreißen. »Wer nicht Bauer, Müller oder Schmied ist, lebt in dieser Gegend von Tuch und Leder«, fuhr Christoph fort. »Für Tuch und Leder braucht man Farbe, oder nicht? Die Waidhändler kommen von weit her und ziehen mit ihren Fuhrwerken zu uns nach Görlitz, weiter nach Breslau und dann nach Polen und Schlesien. In Görlitz wird jeder eingeführte Waid für vier Wochen gestapelt – Stapelrecht –, so weit klar?« Nickel nickte, sonst rührte sich niemand. Josephine Jeschke brachte dem Jungbauern Rieger ein frisches Bier. »In den vier Lagerwochen hoffen die Waidhändler, dass sie den größten Teil ihres Zeugs verkaufen, und nach dem Stapelmonat fahren sie mit dem, was übrig ist, nach Osten.« Es war still geworden im Saal und Christoph nutzte die Ruhe, um einen Schluck Bier zu trinken und die Männer über den Rand seines Kruges hin zu prüfen. Keiner von ihnen sah ihn an. Niemand machte den Anschein, interessiert an dem zu sein, was er zu sagen hatte. Mit dem Hemdsärmel wischte er sich den Schaum von der Oberlippe und erklärte den Bauern, was es mit dem Straßenzwang auf sich hatte, dem die Waidhändler unterlagen. »Sie müssen über die Via Regia. Und was meint ihr, bezahlen die Thüringer an Waidpfennig, Geleitgeld und Einfuhrzoll je Fuhrwerk, was an Lagerzins im Waidhaus, und was bleibt übrig für den Waidbauern?« Einige Gesichter hoben sich und der junge Rieger sah sich gelangweilter Teilnahmslosigkeit gegenüber. Sein kleiner Vortrag hatte die Wirkung verfehlt. »Na schön, was ich sagen will, ist, dass unser Waid, wenn er auch nicht die Güte des Thüringers haben wird, billiger sein wird, weil er nicht so viele Umwege machen muss. Unser Waid hat einen sehr kurzen Handelsweg: Die Via Regia liegt vor unseren Feldern, sozusagen vor unserer Haustür, und Görlitz ist ganz leicht zu erreichen; wir können den Straßenzwang umgehen, der den Waidhändlern auferlegt wird, und wir würden mit anderen Händlern zusammenarbeiten, ohne dass wir Scherereien mit Leder oder Wachs oder Tuch hätten.«

»Junge, wie geschwollen du daherredest«, prustete der fette Bauer Linke los, der äußerlich des Weinholds Bruder hätte sein können. Stirnrunzelnd schüttelte er den Kopf. »Du hörst dich an wie meine Alte, wenn sie beim Buttern so tut, als wäre sie eine Städterin.« Bis auf Hans, Christoph und Nickel lachte der ganze Tross erneut los. Christoph suchte abermals bei seinem Oheim eine Regung, und diesmal machte der mit einer unmissverständlichen Geste seiner flachen Hände deutlich, dass sich Christoph nicht von dem Gejohle der Männer verunsichern lassen solle.

»Das sind sehr wichtige Dinge, Christoph ... aber ...« Nickels sonore Stimme brachte die Meute zur Ruhe und gab zu bedenken, dass höchstwahrscheinlich nicht einer der hier anwesenden Bauerntölpel etwas vom Waidanbau verstand. »... du musst wissen, sie sind froh, wenn die Kuh muh, das Schaf mäh und die Katze miau macht und nichts diese kleine heile Welt durcheinanderbringt. Die würden sich mit Waid den Arsch abwischen, wenn man ihnen nicht vorher sagte, dass er sich dadurch blau färbte.« Christoph konnte ein leises Grinsen nicht verbergen, aber die anderen sahen erst Nickel und dann einander pikiert an. Niemand wagte mehr einen Ton der Verachtung zu äußern. Nickel von Gerßdorff wollte Genaueres über die Pflanze wissen, die in dieser Gegend noch nie angebaut worden war, und Christoph erklärte, was man außer dem richtigen Boden benötigte, um es mit dem durchaus robusten, aber schwer zu verarbeitenden Färberwaid aufnehmen zu können. Während er erzählte, entdeckte er in des Junkers Antlitz den glühenden Funken, den er vor vielen Jahren in dessen Vaters Augen gesehen hatte, als jener mit seinem eigenen Vater in wichtige Gespräche vertieft gewesen war.

Nickels Vater, Christoph von Gerßdorff, war ein strenger, aber gerechter Gutsherr gewesen, der es nicht versäumt hatte, seinen Söhnen Geschäftssinn und Geradlinigkeit beizubringen. Ebenso wie den Vater ließ auch Nickel nichts mehr los, dessen Fährte er einmal gewittert hatte. Christoph war noch ein Junge gewesen, als sein in Rang und Ansehen um einiges höher stehender Namensvetter auf dem Riegerschen Hof ein und aus gegangen war, als wäre er ein Mitglied der Familie. Diese Umstände hatten dem alten Alois Rieger dereinst die Widersacher eingebracht, mit denen sein Sohn jetzt zu kämpfen hatte. Würde Fortuna die Geschichte sich wiederholen lassen?

Christoph hatte das Gefühl, mit Nickel von Gerßdorff allein im Raum zu sitzen und in ihm einen Verbündeten und Partner gefunden zu haben. Seine Erfahrung mit den feinen Leuten lehrte ihn von jeher, auf der Hut zu sein, doch nun spürte er sich von einer Last befreit und plauderte leichthin vom zweijährigen Waid, der im ersten Jahr auf tiefen Pfahlwurzeln eine Rosette mit Grundblättern ausbilde, um derentwillen er für die Farbstoffgewinnung schließlich angebaut werde. »Im ersten Jahr erntet man die Blätter.« Er hielt seine Hände etwa fünfzehn Zoll voneinander entfernt vor die Brust. »So lang werden die Blätter. Sie sind blau und behaart und wickeln sich irgendwie um den Pfahl ...«

»Ich weiß auch etwas, das so lang und behaart ist ...« Die Bauern lachten schallend auf. Christoph ignorierte das stumpfsinnige Geschwätz des Kretschmars Jeschke, der sich geifernd nach seiner Josephine umsah. Er schenkte seinem Spiegelbild am Grunde des Bierkruges ein verächtliches Augenrollen und erzählte so ruhig es ihm die kichernden Alten erlaubten, im zweiten Jahr müsse die Pflanze bis vier Fuß hoch stehen; sie trage dann gelbe Blüten zur Samenbildung. »Erst wenn der Waid zwei Winter überstanden und Samennüsse ausgebildet hat, haben wir's geschafft, denn dann können wir die Kapseln ausdreschen und Saat fürs nächste Feld und für den Markt gewinnen. Nur um der Blätter willen ist es eine sehr aufwendige Arbeit, aber haben wir erst einmal den Waidsamen, wissen wir, dass unsere Böden und unsere Arbeitskräfte ausreichen.« Auf Nickels Frage, wann Christoph sein Feld anlegen könne, antwortete er fachmännisch, dass im Herbst der Acker mehrspännig tief gepflügt würde und im Dezember die Aussaat erfolge. »Manche Waidbauern berichten, dass sie im Frühjahr aussäen, aber das halte ich in unserem Gebiet für zu spät. Wir müssten sehr viel Mist fahren und zum Unkrautjäten würde jede Hand gebraucht.«

Jost Linke und Georg Weinhold stöhnten auf und warfen sich verstohlene Blicke zu. »Der Mist reicht kaum für das Winter- und Sommergetreide. Wie viel, bitte schön, sollen die Viecher scheißen, um auch noch deinen komischen Waid zu düngen?«, ereiferte sich Georg rotgesichtig. In das von Jost angestimmte Murren reihten sich noch zwei andere ein, nur Hans Biehain saß mit kalkweißem Gesicht neben Nickel und gab keinen Ton von sich.

Wenigstens jetzt könntest du ein Wort sagen, durchfuhr es Christoph, denn er wollte den Kampf nicht ganz allein ausfechten. Aber das war es wohl, was der Alte beabsichtigte: Der Junge sollte seine Prügel beziehen und dann den Schwanz einklemmen, sich zu Margarete auf den Hof scheren und von vermoderter Gerste und abgemagerten Schweinen leben: tagein, tagaus! Während er sein Bier hinunterstürzte, ließ er seinen Oheim nicht aus den Augen und machte sich durch ein inbrünstiges Rülpsen Luft, um sogleich bei Josephine ein weiteres zu bestellen. Hans runzelte darüber zumindest die Stirn. Bist du also doch noch nicht eingeschlafen, dachte Christoph ärgerlich. Er wartete geduldig, bis das neue Bier vor ihm stand. Auch Nickel nutzte die entstandene Pause, um zu trinken und über das Gesagte nachzudenken. Christoph wusste von den Thüringern, dass selbst der Waid in den ersten Jahren womöglich gar nichts abwarf und dass es lange dauern konnte, bis das Sauerkrautfressen im Winter und Getreidelesen im Sommer ein Ende hätten. Aber wenn erst einmal die bläulich schimmernden Blätter an der Pflanze gewachsen waren, würde man nicht nur einmal ernten können, sondern von der Ersternte im Juli an alle sechs bis sieben Wochen. Im zweiten Jahr erst würden die Samen abgedroschen werden. Margarete würde mit anpacken und später dann auch Christophs Söhne und Töchter. Er hatte selbst Anna Biehain eine Aufgabe zugedacht und stellte sich bildhaft vor, wie sie die Waidblätter mit dem Waideisen abstieß. Davon erzählte Christoph natürlich nichts, sondern erklärte, dass die Waidblätter als Büschel zusammenbleiben müssten: »Und der Wurzelkopf der Pflanze darf nicht verletzt werden, wegen des Wiederaustriebes, und dann würden die Frauen die Blätter im Schöps waschen.«

»Meine ganz sicher nicht, die hat in der Wirtschaft schon genug zu tun«, grollte der Kretschmar Jeschke und klatschte seiner Josephine auf den Hintern, als diese mit mehreren frischen Bierkrügen an der Tafel vorbeilief. Sie kicherte und verschwand in der anderen Schankstube. Wer in drei Teufels Namen besäuft sich an einem Nachmittag mitten in der Woche?, fragte sich Christoph und folgte der davoneilenden Wirtin mit den Augen. Er schenkte erst dem Störenfried Jeschke einen verächtlichen, dann dem Nickel einen fragenden Blick, zumindest Letzterer schien gespannt auf die Fortsetzung der Schilderungen. Und so berichtete Christoph alles, was er sonst noch von den Thüringern gelernt hatte. Er berichtete vom Waidrasen, auf dem man die Blätter zum Trocknen und Welken ausbreiten müsse. An den Fingern zählte er ab, dass das Abernten eines Ackers von der Größe der Niederhorkaer Brache ungefähr zehn Arbeitskräfte pro Tag benötige. »Die Thüringer bauen viel mehr Fläche an und holen sich deshalb unsere Leute als Tagelöhner rüber, wir müssten den Arbeitern nur halb so viel Lohn auszahlen und sie würden bleiben, um bei uns zu ernten und zu schneiden. Was denkt ihr, wie froh solche Wanderarbeiter wären, wenn sie in der Heimat arbeiten könnten?« Er bekam wieder keine Antwort, sondern erntete nur ungläubiges Schnauben. Unbeeindruckt von so viel Desinteresse erzählte er von der Waidmühle, die angeschafft werden müsste, von den Steinmetzen, die einen aufrecht laufenden Mühlstein von sechseinhalb Fuß Durchmesser und zwei Fuß Dicke aus dem Felsen des Weinberges schlagen würden, von Eseln und Maultieren, die diesen Mühlstein im Göpel anzutreiben hätten, um aus dem geernteten Waid einen Brei zu mahlen. Christoph beschrieb die mühevolle Arbeit, in der faustgroße Ballen aus dem Waidbrei geformt und zum Trocknen ausgelegt werden müssten. Schließlich bliebe, das Ballenwaid nach Görlitz zu bringen. Dort würden die Ballen mit Waidhämmern zerschlagen. »Plöcher‹ nennen die Thüringer die Waidhämmer. Immer wieder zerkloppen die den Ballenwaid, erhitzen ihn und kühlen ihn wieder ab. So lange, bis das Zeug aussieht wie Taubenmist, und den bringen sie dann in Fässern aus Tannenholz gen Osten.«

Als Christoph geendet hatte, faltete er die Hände im Schoß und schaute in die Runde.

Er war sich sicher, dass nicht einer von den Kerlen hier eine Ahnung davon hatte, dass die Schaube des Herrn Nickel von Gerßdorff sein leuchtendes Indigoblau eben diesem Waid zu verdanken hatte.

»Aber fressen können weder wir noch unser Vieh das Zeug«, knurrte Georg Weinhold, mit einem Auge zu Nickel hinüberschielend. »Oder doch?« Er blinzelte mit seinen Schweinsäuglein Rat suchend Jost Linke an, als hätte er soeben eine ganz neue Nahrungsquelle aufgetan. Der Bauer Linke tätschelte dem Weinhold beruhigend den Arm und hieß ihn wortlos, einen Schluck zu trinken.

»Nein«, antwortete Nickel so sanftmütig, als wäre der alte Bauer ein Kind. »Wie sähe die Sache bei Brachbesömmerung aus?«, wandte er sich wieder an Christoph.

»Wir könnten die Brachflächen bebauen, und damit geht der Waid nicht zu Lasten unseres Getreides …«

Die Jungbauern Schulze und Hennig, die bisher der Angelegenheit weitgehend schweigend beigewohnt hatten, schnaubten angesichts der Vorstellung von zusätzlicher Arbeit. Christoph wurde von seinen Freunden das Wort im Munde umgedreht. Die Männer taten alles daran, das Vorhaben zu zerreden.

Nickel beschwichtigte die Männer und gab zu bedenken, dass durch Unsicherheiten auf der Handelsstraße und durch säumige Bezahlung der Waidhandel riskant sei.

»Aber es muss ja nicht so kommen«, verteidigte Christoph seine Idee, wie er es nicht anders für Caspar oder Jorge getan hätte, schleppten die eine ganz neue Sache vor den Rat der Alten und liefen damit auf Grund. »Und wenn der Anbau erst einmal eingespielt ist, können wir alle uns einen mächtigen Scheffel zusätzliches Getreide versprechen, einen jungen Bullen hier, ein paar ordentliche Kleider da anschaffen. Uns wird es besser gehen und wir sind nicht mehr von guten Getreideernten abhängig.«

»Ach ja?«, sprach der Schulze aufgeregt. »Wenn das Wetter nicht mitmacht und uns das Getreide eingeht, meinst du, dass wir dann dein blödes Waid durchkriegen? Wie idiotisch muss man denn sein!«

»Nicht ich bin der Idiot«, Christoph tippte sich mit dem Zeigefinger gegen die rechte Schläfe, »sondern du, wenn du es nicht einmal schaffst, über deinen Tellerrand zu gucken und auf lange Zeit zu rechnen. Was sagt dir die Idee, ein paar Münzen mehr im Beutel zu haben? Wenn ihr Mehl in der Stadt kaufen könnt, dann könnt ihr auf euer gammliges Getreide spucken. Nicht mehr von der Hand in den Mund leben, was sagt ihr dazu? Am Anfang braucht es einen Batzen Geld, um alles zu beschaffen und herzurichten, aber später …«

Georg Weinhold knallte seinen Bierkrug dergestalt auf den Tisch, dass das Scheppern noch lange im niedrigen Schanksaal hing. »Geld? Woher kommt das Anfangsgeld, du Einfaltspinsel?!«

»Von mir, du Hornochse!«

»Na, na«, sagte Nickel im väterlichen Ton.

Christophs verzweifelter Wink zu Hans Biehain hinüber, er möge doch endlich etwas zu der Angelegenheit sagen, wurde vom alten Oheim mit einem Achselzucken und einem Zuprosten abgetan, das nichts anderes sagen wollte als: Das ist dein Bier, trink es allein!

»Woher hat der schlampige Rieger plötzlich Moneten?«, fragte Weinhold gehässig und lieferte die Antwort: »Ich weiß schon: von seiner Schlampe.«

Christoph sprang auf und ballte die Faust. Hans Biehain erhob sich ebenfalls und packte den Jungen am Arm, um ihn zur Raison zu bringen. Der aber wütete: »Zügle dein Mundwerk, Weinhold. Besser eine Schlampe, die Moneten ins Haus bringt, als eine, die Moneten aus dem Haus schleppt; jeder weiß, wo sich deine holde Sabine des Nachts rumtreibt und dass dein Bett schon seit Langem kalt ist.«

»Du Teufel!« Weinhold sprang nun seinerseits auf und musste von Hans Jeschke in den Klammergriff genommen werden. Der dicke Großbauer fluchte und spuckte über den polierten Schanktisch weg. Als der Alte dann Christophs Frau als Hexenweib und seinen Vater als leibhaftigen Satan beschimpfte, brachen bei dem Jüngeren alle Dämme und er machte sich vom Biehainer los. Seine Faust landete mitten im schwabbeligen Gesicht des Georg Weinhold.

»Himmel, Arsch und Zwirn! Gebt Ruhe, ihr seid ja schlimmer als meine Mägde«, donnerte Nickel und klatschte seine Hand auf den Tisch. »Hinsetzen! Sonst lass ich Dienst ableisten – die ganze Woche, wenn's sein muss.« Die Drohung zeigte Wirkung. Das eben noch ohrenbetäubende Tosen im Kretscham war einer beklemmenden Stille gewichen. Der dicke Weinhold schnappte nach Luft, Hans Jeschke drückte ihn und Hans Biehain den jungen Rieger wieder auf ihre Stühle.

Georg Weinhold wollte die Handgreiflichkeit des Jungbauern anzeigen, doch Nickel von Gerßdorff winkte ab. »Die Ohrfeige hast du verdient.« Und um die Stellung des jungen Christoph Rieger wieder ins rechte Licht zu rücken, erklärte er: »Das mit dem Waid kann klappen … Es würde euch besser gehen. Mehr Arbeit bedeutet weniger Zeit für Prügeleien!« Er bohrte seinen Blick in das helle Blau von Christophs Augen. Dieser konnte ihm nicht beikommen und ließ seinen Blick über die gesenkten, von Arbeit und Mühe gezeichneten Häupter der Bauern schweifen.

Die getroffenen Hunde süffelten lautlos ihr Getränk und wagten nicht, auch nur einen Ton von sich zu geben. Christoph wusste, welche Gedanken in den Bauernköpfen umherschwirrten. Niemandem würde es besser gehen, wenn der Waid nicht fruchtete, aber was kümmerte das den Lehnsherrn? Allein er, Christoph Elias Rieger, würde sich verantworten müssen.

»Herrje, Adele, so hast du gestern in der Kirche aber nicht ausgesehen. Bei der Taufe war doch alles so makellos, was ist passiert?

Mit blutunterlaufenen Augen sah Adele Möller Margarete an, als würde sie sie zum ersten Mal sehen. »Wenn du nichts anrührst, kann nichts kaputtgehen, nicht wahr?« Adele schniefte herzhaft, was das schlafende Mädchen auf ihrem Schoß die Ärmchen im Schreck auseinanderstrecken und sogleich wieder zusammenziehen ließ.

»Ich verstehe nicht«, flüsterte Margarete.

Adele klagte über schlaflose Nächte, schmerzende Brüste und nicht enden wollende Müdigkeit. Unter ihre Worte mischte sich unbändiger Zorn auf einen Ehemann, der den Tag auf seiner Wiese und die Nacht auf seiner Frau zubrachte. Die junge Mutter heulte ungeniert und schluchzte: »Ich möchte das Kind am liebsten in den Schöps werfen …«

»Adele, so darfst du nicht reden, es ist dein erstes Kind. Wer hat dir beigestanden? Horka hat keine Hebamme, wer hat dir geholfen?« Ein langes Wimmern und unverständliches Gejammer beantworteten Margaretes Fragen. »Du hast es allein vollbracht?«

Mit der Schulter wischte sich Adele eine Träne von der Wange und erklärte, wobei ihre Stimme immer wieder unter ersticktem Schluchzen brach, dass sie ihrer Mutter geholfen habe, sieben Würmchen auf die Welt zu bringen, von denen nur zwei durchgekommen waren. »Aber es war nicht meine Schuld, dass sie es nicht geschafft haben.«

»Also, du wirst jetzt nach oben gehen, das Kind anlegen und dich ausruhen«, ordnete die Riegerin an und sah erleichtert zu, wie Adele sich aufrappelte. Sie blies die Backen auf und verkündete in resignierendem Ton, sie werde derweil in der Möllerschen Stube die erste Ordnung wiederherstellen.

Adeles Kind tat sich schwer, die Brustwarze der Mutter im Mund zu behalten, und schlief schon nach wenigen Zügen wieder ein. Bevor die junge Mutter darüber in klägliches Weinen fallen konnte, wurde sie von Margarete über die Schwierigkeiten hinweggetröstet, ohne dass diese wirklich wusste, was sie sagen konnte, um einer Wöchnerin zu helfen. Die junge Riegerin knetete den verspannten Rücken der anderen.

Und Adele wurde tatsächlich ein bisschen lockerer und versprach: »Ich werde dir beistehen, wenn du niederkommst.«

Margarete lachte gequält, aber tonlos, und knirschte hervor: »Das wird noch eine Weile dauern.« Die Traulichkeit, in der sich die beiden Frauen wiegten – eine Stimmung, die Margarete das letzte Mal zu Lebzeiten ihrer Mutter verspürt hatte –, wollte ihr beinahe ein kokettes Eingeständnis entlocken, aber sie verkniff sich Bemerkungen wie: Wenn das Kinderkriegen genauso kompliziert ist wie das Kindermachen, dann soll mir das Mutterglück nicht vergönnt sein. Tatsächlich aber ging sie verglichen mit den ersten Nächten ihrer Ehe schon geschickter vor, wenn sich Christoph ihr annähern wollte; zumindest wusste sie, wie sie sich anzustellen hatte, um die Prozedur so wenig schmerzvoll und so kurz wie möglich zu gestalten.

Adele wandte sich zu Margarete um. Mit einem wissenden Lächeln, hinter dem sich alles Mögliche hätte verbergen können, sagte sie: »Christoph ist ein guter Kerl, glaub mir. Er mag nach außen hin roh und unbeholfen wirken, aber er ist warmherziger, als man vermutet. Er war nur zu lange allein.« Sie machte vor ihrer Schläfe eine kreisende Bewegung mit dem rechten Zeigefinger, als sie hinzufügte: »Seit dem Tod seiner Mutter tickt er nicht mehr ganz richtig, aber es ist ja auch kein Wunder …« Sie schnappte den fragenden Blick der Riegerin auf und erklärte betroffen: »Er war allein mit ihr auf dem Hof, als sie starb. Das muss schlimm sein für einen jungen Kerl, der von nichts eine Ahnung hat – am wenigsten von Frauen –, und dann mit anzusehen, wie die eigene Mutter an ihrem Kinde zugrunde geht …« Adele seufzte ehrlich betroffen und heftete ihren wachsamen Blick auf die schlafende Johanna. »Ich weiß nicht, nach der Geschichte mit seiner Mutter und den Jahren an der Seite seines umtriebigen Alten vermutete das halbe Dorf, Christoph würde ewig Junggeselle bleiben.« Margarete nickte nachdenklich und erhob sich vom Bett der Wöchnerin. Diese griff nach ihrem Handgelenk und sagte: »Ich weiß nicht, was zwischen euren Vätern damals vorgefallen ist, und es geht mich nichts an, wie ihr zueinandersteht, aber … er hätte jede haben können, wenn auch nur ein einziger Vater der Parochie ihm die Tochter hätte geben wollen. Er sieht gut aus, hat eine Wirtschaft, reichlich Vieh, eigene Äcker … Wieso hat er dich ausgewählt?«

Das wusste Margarete nicht und es versetzte ihr einen Stich ins Herz, dass sie weniger über Christoph wusste als der Rest der Parochie.

»Er ist ehrlich und fleißig«, überlegte Adele weiter.

Margarete machte sich aus dem Griff frei und presste halblaut hervor, dass sein Fleiß auf seinem Hof nur sehr wenig Spuren hinterlassen habe.

»Ja, weil er seine Zeit beim Biehainer oder beim Seifert oder bei uns hier verbrachte. Er hat überall angepackt, nur nicht auf seinem eigenen Hof. Nach all dem, was dort passiert sein soll, ist es nicht verwunderlich, dass Christoph kaum einen Fuß über seine Schwelle setzte.«

Was war dort passiert? Margarete ließ sich wieder auf den Bettrand sinken. Sie wusste nicht, was Adele gemeint hatte. Sie selber hatte den Riegerschen Hof in ihrer Kindheit nur aus der erhöhten Perspektive vom Kutschbock aus sehen können. Ihr war es verboten gewesen, auch nur einen Schritt auf dem heiligen Boden von Alois und Christoph Rieger zu wandeln. Sie lachte wieder bitter in sich hinein und schüttelte über sich, das Mädchen Naseweis, den Kopf.

Adele war mit sich und dem Säugling beschäftigt, an dessen Wickeltüchern sie besorgt herumzupfte. »Es ist gut, dass jetzt eine Frau auf dem Hof ist.« Sie nickte zu ihren Worten, sah Margarete aber nicht an. »Da hat unser Christoph das ganze Dorf an der Nase herumgeführt.« Margarete wollte wissen, was Adele damit meinte. Sie ahnte nichts Gutes. »Niemand hätte gedacht, dass dieser Eigenbrötler eines Tages doch noch heiratet, und dann auch noch eine …«

»… aus der Armenspeisung?«

»… eine Mückenhainer Schmiedtochter.« Adele ließ ihren Blick in Margaretes Augen ruhen. Sie schaute amüsiert drein, während Margarete ihren Kopf scheu abwandte. Die Betrachtung des ausgeblichenen Wandteppichs schien ihr aufschlussreicher als die forschenden Augen der Möllerin. »Ich glaube, insgeheim hatte Leonore damit gerechnet, seine Frau zu werden …«

Die von losen Fäden verbrämte Ernteszene war nun ganz und gar nicht mehr interessant. Margarete glotzte Adele ungläubig an. »Die Tochter vom Töpfer Vietze?«

»Oh ja.« Die junge Möllerin lachte so heiter auf, dass sich das Kind in den fest geschnürten Tüchern regte und leise quiekte, dann flüsterte sie: »Sie und Christoph … du weißt schon.«

»Nein, ich weiß gar nichts.«

»Der alte Vietze hätte nie und nimmer die Leonore dem Christoph zur Frau gegeben, wegen der Geschichte von damals. Aber sie haben sich heimlich getroffen, nicht nur einmal! Und Leonore ist sehr verliebt in den Christoph, zumindest war sie das, bis er dich geheiratet hat.«

»Woher weißt du denn das?«

»Sie hat es mir erzählt, und sowieso weiß ganz Mittelhorka Bescheid, nur der Töpfer selbst will es nicht wahrhaben. Er war, glaube ich, der glücklichste Mensch, als Czeppil verkündete, dass Christoph endlich geheiratet hat.«

Margarete nickte nachdenklich und überredete die junge Mutter, jetzt ein Schläfchen zu halten. »Ich werde dir einen Infus aus Melisse bereiten, es ist ein gutes Mittel gegen deine Verstimmungen.« Sie erklärte, dass sie die Kanne unten auf den Tisch stellen und mit einem Brett verdecken werde. Der Infus müsse vier Stunden ziehen und Adele hätte darauf zu achten, dass der Deckel auf dem Krug bleibt, damit die heilsamen Dämpfe nicht entfleuchten. Adele schlief bereits, bevor Margarete zu Ende gesprochen hatte.

Christoph hatte immer noch eine Mordswut im Bauch – besonders auf Hans –, als er seinen Karren auf den Möllerschen Hof lenkte und einen weiten Bogen fuhr, um ihn richtig zu platzieren. Er ließ Margarete nicht aus den Augen, die auf der Treppe vor dem Möllerschen Haus hockte und seelenruhig zusah, wie sein träges Ochsengespann um den Misthaufen manövrierte. »Wartest du schon lange?«

Margarete schüttelte den Kopf und kam mit lustlos baumelnden Armen zum Wagen gelaufen. Sie wollte etwas über den Ausgang der Angelegenheiten im Kretscham wissen.

Christoph winkte ab. Und an ihrem Kopfnicken erkannte er, dass sie nicht wieder fragen würde. Er war erleichtert darüber, und das erste Mal an diesem Tag, das erste Mal, seit er verheiratet war, keimte in ihm der Funke einer Ahnung, dass er richtig gehandelt hatte, als er sich ein Mädchen genommen hatte, das aufgrund ihrer Herkunft genügsam war in dem, was es tat, und sparsam mit dem, was es sagte, obwohl Margarete in letzterer Hinsicht noch bescheidener werden könnte! Zumindest verstand sie die Anzeichen, wann es für sie Zeit war zu schweigen, das hatte sie schon als Kind gekonnt. Christoph erinnerte sich an das verschreckte Ding, das von ihrem Vater, ihrem Bruder, Alois Rieger und ihm selbst herumgeschubst worden war. Manchmal hatte sie ihm beinahe leidgetan. Und so, wie sie es damals über sich hatte ergehen lassen, hatte sie es auch hingenommen, von einem x-Beliebigen geheiratet zu werden. Aber so war es nun mal. So war es seiner Mutter ergangen und so wäre es seinen Schwestern widerfahren, hätten sie nur lange genug gelebt.

Er half ihr auf den Wagen. Sie lächelte über ihn. Er mochte nicht, wenn sie das tat.

Hans half Anna immer dann nicht auf den Wagen, wenn sie im Streit waren. Dann musste das kapitale Weib zusehen, wie es allein hinauf- und wieder herunterkam. An diesem Nachmittag des Johannistages konnte sich Christoph nicht vorstellen, jemals mit Margarete im Streit zu sein. Er konnte sich auch nicht vorstellen, mit ihr vertraut und ein einzig Wesen zu sein. Wo das eine nicht ist, kann das andere nimmer sein.

Die Art, wie sie über ihn lächelte, ihn beobachtete und ihm in die Augen sah, wenn er redete – über welche Banalitäten auch immer –, verhieß Übles. Und er fürchtete schon jetzt den Tag, an dem sie anfangen würde, von Gefühlen und all dem Unbegreiflichen zu sprechen. Er hoffte, die Anzeichen für solch weibische Gespräche sofort zu erkennen und im Keim ersticken zu können. Aber er malte sich nicht aus, besonders erfolgreich mit diesen Vorsichtsmaßnahmen zu sein, denn niemand – nicht sein Vater und schon gar nicht seine Mutter oder gar Anna – hatte ihn auf Frauen im Allgemeinen und Margarete im Speziellen vorbereitet, und Hans hatte ihm als einzige Weisheit mit auf den Weg gegeben, vor dem Verlieben auf der Hut zu sein, denn das mache Mus aus einem anständigen Gehirn. Und weil Hans immer kluge Dinge von sich gab – außer im Kretscham vor nicht ganz einer Stunde, wo er gar nichts gesagt hatte –, wollte Christoph es so halten: Er würde Margarete nicht in sich hineingucken lassen. Zu viel stand auf dem Spiel. Er hatte Großes vor, da war kein Platz für Vertraulichkeiten. Und musste er sie mögen? Es konnte nicht sein, dass er sich in sie verliebte, nur weil sie nicht hässlich war und kochen konnte und sie des Nachts ihr Becken passgenau an das seine schmiegte. Zum Gernhaben brauchte es schon ein bisschen mehr. Und man konnte der Traulichkeit gegenwirken …

Anstatt nach Norden lenkte Christoph den Ochsenkarren nach Süden. Margarete blickte sich verwirrt um, wagte aber nicht, ihn zu fragen, warum sie nicht nach Hause fuhren. War sein beißender Bierodem der Grund für seine Desorientierung? Es regnete nicht mehr so heftig wie am Morgen, aber dennoch genug, um sich gegen einen Ausflug zu entscheiden. Der Bauer war in Gedanken. Sein leerer Blick ruhte auf der Straße und die Ochsen mussten ihren Weg allein finden.

»Was gibt es zu gaffen, Schulzin?«, fauchte Christoph von seinem Wagen hinab, als sich eine hutzelige Bäuerin, die dabei war, das Bohnenkraut in ihrem Garten aufzubinden, vor dem vorbeiratternden Gespann bekreuzigte. »Hast du einen Geist gesehen?«

Mit empörter Miene und klackernden Holzpantinen trippelte die Greisin in ihr Haus und schlug die Tür hinter sich zu. Die beiden Riegers sahen erst der Alten nach und dann einander an. Christoph legte Margarete nahe: »Gib nichts auf die Weiber im Dorf, lass dich nicht auf ihr Gezeter ein.«

»Und was ist mit dir? Vielleicht hat sie dich gemeint und nicht mich.« Margarete erntete einen verstörten Blick ihres Mannes.

Bevor die Dorfstraße in das Oberdorf führen konnte, bogen sie nach Westen und überquerten den Schöps auf einer buckeligen Holzbrücke. Dann rumpelten sie auf einem wenig befahrenen Feldweg weiter, bis sie an einer Baumgruppe anlangten.

Margarete, die ahnte, was Christoph im Schilde führte, wurde unruhig. »Lass gut sein, wir sollten nach Hause fahren.« Er hörte sie nicht, oder er tat zumindest so. Margaretes Innerstes protestierte gegen diesen Ausflug, aber es war zu spät. Christoph hielt den Wagen an und forderte sie auf, vom Karren zu springen. Zögernd verließ sie das Fuhrwerk und ging ein paar Schritte durch das noch feuchte Gras tief in die Baumgruppe hinein. Schon nach wenigen Schritten waren ihre Bundschuhe und der Saum ihres Rockes pitschnass.

Vor einer Ansammlung flüchtig beschriebener und eilig in den Boden gerammter Holzkreuze blieb sie stehen. Ihr Blick suchte und fand das modrige Kreuz, von dem sie wusste, dass die Inschrift darauf geschrieben stand: »Alois Elias Rieger, geb. 1450, gest. 1503, Erbbauer zur niederen Hurke«. Schräg hinter diesem Kreuz prangten auf einem Brett geschwungene Lettern, die bedeuten mussten: »Bertram Conrad Wagner, geb. 1452, gest. 1500, Schmied vom Mückenhain«. Margarete spürte den Nieselregen erst kitzelnd, dann kühl auf ihrer Haut und hörte die Vögel gegen den feuchten Frühsommer wettern. Sie wollte nicht hier sein. »Marie Luise Wagner, geb. 1477, gest. 1500«, kannte sie den Wortlaut der Inschrift eines weiteren Kreuzes neben dem des Vaters. Ihr Magen verkrampfte sich. Sie trat wenige Schritte auf das Grab ihrer Schwester zu. Ein paar Buchstaben, ein paar ausgefranste Zahlen, die Margarete erahnen musste, weil sie sie nicht lesen konnte, und zwischen denen ein ganzes Leben stattgefunden hatte, waren von ihrer Schwester übrig geblieben. Marie der Dummkopf, durchfuhr es die junge Bäuerin. Ein Leben voller Schläge. Marie der Tollpatsch, ein Leben voller Scherben. Marie die Verschwiegene, ein Leben im Bett des Vaters, wenn die Mutter sich verweigerte. Marie die Schwachsinnige, ein Leben zum Gespött der Leute.

Margarete bedeckte ihre Schläfen mit den Handflächen und schüttelte den Kopf, wie sie es immer getan hatte, wenn sie über ihre Schwester nachdachte. Marie, zu der niemand hatte vordringen können. Marie mit dem blassen, dünnen Gesicht und den ernsten blauen Augen, die weiter als bis zum Horizont hatten blicken können und trotzdem nichts sahen. Margarete bückte sich, um ein paar am Grabmal emporrankende Schachtelhalme zu entfernen, und strich dabei gedankenverloren über die ins Holz geritzten Zeichen.

Alois Rieger war exkommuniziert worden, nachdem er sich dem Pfarrer und dem Kretschmar widersetzt hatte. Ihr Vater, Bertram, hatte sich erhängt und es wie sein feiner Freund verdient, auf diesem gottlosen Acker seine letzte Ruhestätte zu finden. Aber warum Marie? Margarete schüttelte wieder den Kopf. Bestraft mit der Erbsünde des Friedhofs der Christen verwehrt?! Aber wenigstens war die Mutter aufgehoben, wo sie hingehörte: auf dem Friedhof hinter der nördlichen Wölbung der Kirchmauer. Wie hatten die Dorftölpel gegen die Beerdigung auf dem Gottesacker gewettert und wie sehr hatte Margarete gekämpft, um Bettina Wagner dort begraben zu dürfen. Es hatte lange gedauert, die verkohlten Überreste aus der abgebrannten Schmiede zu bergen, und noch einmal so lange, den Leichnam beizusetzen. Sie erinnerte sich, an jenem traurigen Januartag Christoph bei Bettinas Beerdigung gesehen zu haben. Sie erinnerte sich nicht, auch nur ein Wort mit ihm gesprochen zu haben. Mit niemandem hatte sie gesprochen. Niemand hatte einen Leichenschmaus gegeben, niemand hatte Leichenwache abgehalten außer sie selbst, und dann hatte man sie in die Armenspeisung verbannt und ihr nicht gestattet, das Grab ihrer Mutter zu besuchen, und jetzt tat ihr Christoph dies an: Er schleppte sie auf den Teufelsacker! Was wollte sie an den Gräbern von Bertram und Alois, die beide so viel Unglück über Horka gebracht hatten?!

Ihre Wut auf Christoph saß tief und erstarkte jetzt wieder, da sie hier stand, durchnässt, und nicht wusste, was sie an diesem Ort verloren hatte. Mit Absicht ignorierte sie seine Rufe. Sollte er auf dem Kutschbock durchnässt werden. Ihr war es egal.

»Darf ich das Grab meiner Mutter besuchen?«, hörte sich Margarete fragen, als sie und Christoph beim Abendessen saßen. Lange antwortete der Mann nicht. Er löffelte sein Hirsemus, riss sich vom Brot ab und spülte mit reichlich Bier die trocknen Brocken hinunter. Er schüttelte schließlich wortlos den Kopf. »Aber warum nicht?« Sie blieb hartnäckig. »Meine Mutter ist vor sechs Monaten gestorben und ich habe seither nicht ein einziges Mal an ihr Grab gehen können.« Christoph atmete gedehnt aus und aß weiter. »Bitte, Christoph …«

Er räusperte sich und starrte dann in ihre Augen. Sein Blick war kalt und wirkte fremder als alles, was Margarete in den letzten Tagen gesehen hatte. Er bemühte sich weder, hinunterzukauen, noch die Zähne auseinanderzubringen, als er sagte: »Du wirst in diesem Haus nicht über deine Mutter sprechen! Hast du vergessen, was ich dir neulich gesagt hab? Die Toten haben hier nichts verloren!«

Margarete hatte gar nichts verstanden. Sie suchte nach Worten, fand aber keine. »Was soll das?«

»Lass es bleiben, Margarete. Du wirst nicht über sie reden, und du wirst keinen Fuß auf den Friedhof setzen, sonst brech ich dir das Genick!«

Der jungen Frau blieb der Mund offen stehen. Mit seiner Zunge suchte Christoph zwischen seinen Zähnen nach Essensresten und blickte sie dabei unverhohlen an. Margarete versuchte zu erklären, dass sie gar nicht hatte zum Teufelsacker rausfahren wollen. »Es ist unheimlich dort …« Das laute Krachen von Christophs Holzlöffel, den er auf die Tischplatte drosch, ließ sie zusammenschrecken. Sie schwieg. Ihr Mann starrte sie noch immer aus hellen, wütend blitzenden Augen an. »Ich möchte doch nur einmal …«, entschuldigte sie sich, und kaum dass es ausgesprochen war, wusste sie, dass sie zu weit gegangen war.

Christoph sprang auf, bewegte sich flink um den Tisch herum und packte sie mit einer gezielten Handbewegung am Kragen. So laut ihr Schreckensschrei gewesen war, so kräftig war sein Griff, mit dem er sie in die Höhe hievte. Verunsichert schüttelte Margarete den Kopf. »Du kannst mir nicht verbieten, an das Grab meiner Mutter zu gehen!«

»Halt's Maul!« Christophs Hand prallte gegen ihren Schädel. Margarete spürte den dröhnenden Schmerz hinter ihrer linken Schläfe und wusste nicht, wie sie sich vom Zorn ihres Mannes befreien konnte. Sein Gesicht näherte sich dem ihren und ihr

Wimmern ließ nach, als sie seinen würzigen Atem roch: »Sehe ich dich ein einziges Mal am Grab der Hexe, bringe ich dich um! Das ist mein Ernst!« Er schüttelte sie, während ihr Blick im Raum umherirrte. »Hast du mich verstanden?!« Christoph schlenkerte sie wie eine Handpuppe hin und her, sodass sich ihre Haube löste und ihr Haar die Tischplatte wischte und in der Musschüssel schwamm. »Hast du mich verstanden?!«

Margarete nickte und sah in Christophs helle Augen. Sein verzweifelter Blick schien weder zu seiner harten Hand noch zu seiner rauen Zunge zu gehören. Sie nickte abermals, denn Christoph stand regungslos vor ihr und gab ihr stumm die Schuld für seine Handlung.

Aber sie wollte das Andenken an ihre Mutter nicht besudeln lassen, nicht von einem Rieger, und deshalb flüsterte sie ängstlich: »Meine Mutter war keine Hexe!« Die Maulschelle, die diese Behauptung mit sich brachte, raubte ihr beinahe die Besinnung.

»Eine Hexe und eine Hure!«

»Nein«, brüllte Margarete und schubste Christoph von sich.

Der aber ließ sich nicht abschütteln. Seine Nasenflügel bebten unter seinem Zorn. Langsam schritt er auf sie zu und ließ sie nicht aus seinem Blick, als er mit zusammengekniffenen Augen und gepresster Stimme behauptete, Bettina Wagner habe es mit seinem Vater getrieben. »Und mit dem Verrückten vom Weinberg auch! Diese Hexe hat meine Mutter zu Tode gegrämt!«

Margarete konnte es nicht verhindern, aber schließlich kullerten dicke, heiße Tränen über ihre Wangen. Sie weinte und schüttelte den Kopf: »Das ist nicht wahr, Christoph, ich beschwöre dich, das sind alles Gerüch…« Aber seine raschen Bewegungen, mit denen er das Geschirr vom Tisch fegte und das Mädchen rittlings auf die Tischplatte hievte, und seine Hände, von denen sie hinuntergedrückt wurde, verboten ihr jedes weitere Wort.

»Du wirst mir nicht den Hof und mein Vieh verhexen, Bettina, eher bringe ich dich um!«, fauchte Christoph und nestelte an dem Strick um seine Hüfte herum. Die eine Hand an ihrer Kehle, schob er mit der anderen ihr Kleid über die Taille.

»Hör auf!«, schrie sie. »Du bist wahnsinnig!« Sie brüllte in einem fort. Ihre weißen, nackten Beine baumelten hilflos hin und her. »Was redest du da, Christoph, ich bin nicht Bettina!«

Margarete kämpfte mit dem Mut einer Verzweifelten, schlug und trat um sich und schaffte es zumindest, eine Hand freizubekommen, mit der sie Christophs Haarschopf zu fassen bekam: »Sieh mich an, verdammt!« So sehr sie konnte, zerrte sie sein Gesicht an das ihre heran und beschwor ihn: »Ich bin's, Margarete! Bettina ist nicht da, Christoph!« Aber der Mann war blind vor Wut. Er drückte ihre Beine auseinander und versuchte sich von ihrem Griff zu befreien. Es war eine Bewegung und ein inbrünstiger Ausruf: »Tu's nicht!«, mit dem Margarete Christophs Kopf von sich stieß und zugleich das rechte Bein gegen seine Hüfte stemmte, um ihn fortzuschubsen. Er torkelte rückwärts gegen die Stubenwand und glitt an ihr zu Boden. Margarete japste nach Luft. In ihr überschlugen sich die Gedanken und Ängste und wetteiferten mit ausgemachter Fassungslosigkeit. Sie rutschte vom Tisch herunter und hockte sich Christoph gegenüber auf die Bohlen. Er starrte vor sich hin, nicht weniger außer Atem. Erst fiel das eine, dann sein anderes Bein flach auf den Boden. Mit von sich gestreckten Armen und Beinen saß er da wie ein begossener Pudel und Margarete ließ ihn nicht aus den Augen. Er wirkte nun ganz und gar nicht mehr wütend, sondern verunsichert. »Ich bin nicht Bettina!« Sekundenlang sahen sie sich an: die tränennassen grauen Augen des Mädchens und das verstörte Blau des Mannes. »Meine Mutter ist tot! Weißt du nicht mehr?«

Christoph fuhr sich durch die Haare, ordnete dann im Sitzen seine Kleider. Er mied ihren Blick und Margarete wusste, dass sie diesen Kampf gewonnen hatte. Ohne ein Wort polterte er aus der Stube. Sie hörte seine Schritte auf dem durchweichten Hof platschen. Diese Nacht verbrachte sie allein.

Adele Möller konnte ihre Liebe für das Töchterlein als flüchtigen Erdengast dieser harten und unsicheren Welt in Grenzen halten. Im August geschah es, dass der Jähzorn des Johannes Möller und die Vernachlässigung durch Adele ihr Opfer forderten. Die Mutter ließ den Säugling zuweilen unbewacht und hilflos im Haus zurück oder im Garten, dicht am Schöps, herumliegen. Doch der kleinen Johanna wurden weder nicht abgedeckte Brunnen noch Kessel mit siedendem Wasser oder gar der Fluss zum Verhängnis, sondern die wärmende Nähe ihrer Eltern. Adele hatte ihre Tochter im elterlichen Bett schlafen gelegt; spät in der Nacht legte sich der trunkene Johannes auf das schlafende Kind und erstickte es. In der ganzen Gemeinde wurde gemunkelt, dass es sich nicht um einen Unfall gehandelt habe, denn schon vor der Heirat mit Adele hatte Johannes getönt, dass er sich lieber eine Hand abhacken wollte, als ein Mädchen durchzufüttern.

»Mädchen machen keine Familie, sie entmachten sie.« Das war, was schon Johannes' Vater seinem Sohne eingebläut hatte. Adele hatte keinen Beistand gehabt, als ihr das Kind geschenkt, und auch keinen, als es ihr wieder genommen wurde. Es gab niemanden, der sie besucht und ihr geholfen hatte. Niemand hatte ihr gesagt, dass man Kleinkinder in Wiegen oder Körbe betten sollte. Nun brauchten sich weder Johannes noch sein Vater Gedanken über eine das Familienvermögen aufzehrende und eine Mitgift fordernde Tochter zu machen.

Die Beerdigung wurde still besorgt und Adele war, wollte man dem Dorfklatsch glauben, nun wieder im Begriff, ihren Beitrag zum Fortbestand der Sippe zu leisten. Johannes' Mutter tratschte umher, Adele habe während des Kindermachens darauf geachtet, dass keine Südwinde strichen, die das Kleine mit zu viel Wasser bedachten und es wieder ein Mädchen werden ließen. Wieder tönten Johannes und seine Familie, wieder machte sich Adele daran, ein gesundes, starkes und schönes Kind auszutragen. Ein Junge sollte es werden.

Margarete war aufrichtig betroffen. Nicht dass sie bei der Beerdigung dabei gewesen war, das hatte ihr Christoph, der seit dem unschönen Zwischenfall in der Riegerschen Blockstube noch schweigsamer war als je, nicht erlaubt. Margarete durfte Adele auch nicht in der schweren Zeit besuchen und ihr helfen. Christoph hatte es zu erklären versucht, hatte von schlafenden Hunden gefaselt, die er nicht wecken wollte, und hatte sich seine eigene Theorie über den Tod der kleinen Johanna zusammengereimt. Das Verbot, auf den Möllerschen Hof hinüberzugehen, begründete er mit dem bösen Blick des Johannes, der nicht nur über die Leibesfrucht seiner Frau Unglück zu bringen schien. Wie war es aber Adele Möller trotz des vermeintlich bösen Blickes ihres Mannes gelungen, schon wieder guter Hoffnung zu sein? Margarete war wenig empfänglich für derlei Spuk, aber allmählich fand sie ihr Fünkchen Wahrheit in Christophs Geschwätz, denn sie selbst war immer noch nicht schwanger. Das würde sich ändern, wenn sie sonderbaren Gestalten wie der eines Johannes Möller aus dem Weg ging.

Margarete verbrachte viele Stunden in ihrem Garten. Der Salbeistrauch und der Stock Liebstöckel, die ihr Maria Seifert in einem unverschämt ungerechten Tauschhandel vermacht hatte, hatten Wurzeln geschlagen und Margarete war es gelungen, trotz der spät entfernten Mulchschichten den Boden aufzulockern und ihn mit Kuhdung zu nähren. Wie oft hatte sie sich mit der Sichel geschnitten, wenn sie die wild wuchernden Disteln entfernte, oder ihre Arme und Beine aufgeschlagen bei dem Versuch, die Uferrähm am Schöps festzupflocken. Christoph war ihr im Garten keine Hilfe. Er setzte nie einen Fuß hinter die Scheune und fragte auch nicht, ob sie – abgesehen von der Obsternte – seine Hilfe benötigte. Ihre einzige Gesellschaft waren die Katzen, die stolz ihre Mäuse vor Margarete her trugen und sich sogar manchmal streicheln ließen. Christoph hatte auf den Sommerfeldern zu tun. Die Getreideernte stand bevor und er erzählte nicht selten davon, dass er die Brache für seinen Waid vorbereiten wolle, obwohl Nickel noch immer nicht sein Einverständnis zu der Sache gegeben hatte.

Ende August wurde der Sommermarkt abgehalten. Für die Leute auf dem Land war es eine von vier Gelegenheiten des Jahres, die Vorräte aufzufüllen, die Haushaltung zu überdenken und sich blicken zu lassen, ohne eine weite Fahrt nach Görlitz im Süden oder Nieska im Westen unternehmen zu müssen. Auch Christoph und Margarete fuhren auf den Platz zwischen

Gerichtskretscham und Wehrmauer, wo Bauern und Handwerker der Parochie mit denen anderer Gemeinden um die Kundschaft buhlten. Es war früh am Morgen, doch der Platz war voller Menschen. Kinder liefen aufgeregt durch die Marktreihen, Frauen riefen aufgelöst den entwischten Kindern nach und die Männer versuchten ihre aufgeregten Frauen zu beruhigen. Allein Margarete schien die Ruhe selbst zu sein.

Christoph half ihr vom Karren und gab ihr Anweisungen, was sie zu besorgen und welchen Preis sie dafür auszuhandeln hatte. Schweigend prägte sich Margarete jedes Wort ein. Sie wollte nichts falsch machen. »Ich werde die Ochsen bei Hans unterstellen und komme so schnell wie möglich wieder her.« Christophs Blick wanderte über den Marktplatz, während er mit seiner Frau sprach. »Wenn alles erledigt ist, gehen wir hinüber zum Essen.« Er sah sie an. Sie nickte. Dann haftete sich sein Blick auf die Kirche, hinter der sich der kleine Friedhof verbarg. Margarete folgte seinem Fingerzeig, als er sie beschwor: »Und wehe, du treibst dich herum, Margarete, ich warne dich. Zwinge mich nicht, nach dir suchen zu müssen!« Sie hatte sich wieder zu Christoph umgewandt und schaute geradewegs auf seinen erhobenen Zeigefinger, mit dem er seine Worte bekräftigt hatte. Sie nickte abermals und erspähte für den Bruchteil eines Herzschlages eine Traube von Mädchen, die gespannt zu ihr und Christoph herübersahen. Margarete wandte den Blick ab, aber sie wusste, dass es Agathe Kaulfuss und ein anderes Mädchen namens Gertrud Hennig, die jüngere Schwester des Jungbauern Caspar, waren, die sich um den Marktstand der tratschenden Leonore Vietze scharten. Drei kichernde Münder schütteten sich über Margarete aus, die von Christoph wie ein kleines Kind zurechtgewiesen wurde. »Gut, dann gehe ich jetzt«, atmete er gedehnt aus. Von Margaretes Beobachtung hatte er nichts mitbekommen. Aber Margarete wollte den Vormittag nicht unter den lästerlichen Bemerkungen fremder Weiber verbringen. Niemand sollte in dem Glauben und der Genugtuung leben, auf dem Riegerschen Hof würde geflucht, geschrien und sich anschließend tagelang aus dem Weg gegangen. Was ja stimmte, aber es ging niemanden etwas an.

Christoph raffte bereits die Gespannriemen seiner Ochsen,

da hielt ihn Margarete zurück. »Was denn noch?« Ihm schien die Zeit im Nacken zu sitzen.

»Gib mir einen Kuss, zum Abschied.« Margarete hörte die Worte in ihren Ohren, aber ausgesprochen musste sie jemand anderes haben. Ganz plötzlich lief ihr Schweiß den Rücken herab. Auf Christophs Nasenwurzel zeichnete sich eine Längsfalte ab, wie immer, wenn ihm etwas ungelegen war oder er irgendetwas nicht verstand. Er forschte in ihren Augen nach dem Beweggrund für ihre plötzliche Aufgeschlossenheit, wurde aber nicht fündig. Langsam näherte er sich ihrem Gesicht und gab ihr einen hauchzarten Kuss auf die Wange. »Richtig!«, protestierte sie leise. Der Mann hatte sich noch nicht von ihrer Wange gelöst, da wanderte sein Mund zu ihren Lippen. Er war nicht freigiebig mit seiner Zuneigung, wenn er dazu gedrängt wurde. Auch mit seinem unschuldigen Kuss war sie nicht einverstanden. »Was ist denn nur los mit dir?!«, fauchte sie ihn tonlos an, was ihm ein verschmitztes Lächeln auf die Wangen trieb. Er ließ die Ochsenriemen fallen und zog sie näher zu sich heran. Da war es wieder, das unergründliche Kribbeln in ihrem Bauch, das sie alles ringsherum vergessen machte, wenn er sie küsste, als würde er durch sie hindurchsehen und ihr innerstes Geheimnis lüften. »Danke«, keuchte sie mit geschlossenen Augen und machte sich von ihm los.

Die am Töpferstand versammelten Mädchen waren verstummt, ihre Gesichter versteinert, als Margarete mit erhobenem Haupt an ihnen vorbeistolzierte.

Sie musste einen Kessel und ein paar scharfe Messer auftreiben. Noch vor sechs Monaten hätte sie nicht damit gerechnet, bei fremden Leuten Eisenwaren einzukaufen.

»Margarete, bist du das da unter der Haube?«, hörte sie von Weitem eine bekannte Stimme ihren Namen rufen. War es also doch niemand Fremdes, bei dem sie alles besorgen würde.

»Gott zum Gruß, Claudius!« Sie fiel dem bärtigen Schmied von Uhsmannsdorf in die Arme.

»Das ist doch keine Träne, die du für den alten Claudius aus deinen hübschen blauen Augen rausquetschst?« Der bärige Kerl, den Margarete ihr ganzes Leben lang kannte, lachte und hielt sie auf Armeslänge von sich. »Du siehst sehr gut aus, mein Kind, nach all dem …« Er unterbrach sich und rieb sich mit der linken Hand verlegen den Mund. »Es tut mir sehr leid, dass ich nicht auf Bettinas Beerdigung war.«

»Ist schon gut … ich brauche einen Kessel, hast du was da?«

Der Mann ließ sich nicht ablenken. »Nein, im Ernst, wir waren im böhmischen Land unterwegs, wie jedes Jahr im Winter, und – Potzdonner – wie wir wiederkommen, steht die Schmiede nicht mehr. Sie werden die Übeltäter wohl nie fassen, nicht wahr?«

»Ich dachte an einen Kupferkessel, die werden schneller warm.« Der Mann sah sie eine Weile betreten an.

Margarete hatte Mühe, ihren Blick trocken und auf die Waren des Schmieds geheftet zu lassen. Mit eiserner Verbissenheit presste sie hervor: »Es gab so viele Leute, die uns ans Leder wollten, Claudius, das weißt du so gut wie ich. Du warst auch nicht einverstanden mit dem, was mein Vater mit dem alten Rieger ausgeheckt hat, aber du hast nach Vaters Tod trotzdem noch zu mir und Mutter gehalten, und dafür werde ich dir ewig dankbar sein.« Die junge Frau schluckte. Ihre Kehle war ausgetrocknet, zu überraschend war die Begegnung mit dem alten Freund der Familie gewesen, zu plötzlich stürmten die Erinnerungen auf sie ein.

Claudius stammelte vor sich hin. Er war überwältigt von Margaretes Worten und versuchte dem Gespräch eine andere Wendung zu geben: »Ich muss schon sagen: Mit dieser Haube siehst du aus wie deine Mutter – aufs Haar genau! Entweder hast du geheiratet oder du stehst bei den Herrschaften im Dienst. Sag mir, was ist es?«

»Das Erste, Claudius …« Der Schmied von Uhsmannsdorf lachte kurz auf. Margarete seufzte und wandte sich nach dem Flecken um, auf dem Christoph gerade noch gestanden hatte. Dort war niemand mehr. Sie ließ ihren Blick über den Marktplatz schweifen und entdeckte schließlich ihren Mann. Er war dabei, einem grauhaarigen und scheinbar abgerissenen Alten beim Beladen von dessen Eselskarren zu helfen. Sie konnte den Greisen nur von hinten sehen, aber sie erkannte, dass er und Christoph über etwas sehr Ernstes sprachen, denn der Jüngere hatte wie immer, wenn ihn etwas beschäftigte, seine hellen

Augen zu engen Schlitzen verdunkelt. »Den Christoph Rieger«, fügte sie hinzu.

Claudius verstummte abrupt und sah betreten drein. »Den?« Margarete nickte.

»Wieso denn?«

Das Mädchen zuckte mit den Achseln. »Außerdem brauche ich ein Beilchen und ein Fleischmesser.« Sie hatte es satt, niemandem, und am wenigsten sich selbst, einen Grund für ihre Ehe nennen zu können. Die erwartungsvollen Blicke des Schmieds lasteten schwer auf ihr. Aber er verstand ihre Ausflüchte zu deuten und führte ihr einen besonders großen Kessel vor.

»Soll ich darin ein Kalb im Ganzen kochen?« Margarete lachte schrill auf, als ihr Claudius mit dümmlicher Miene eine Wanne zeigte. Claudius verstand nicht, was schlecht an einem geräumigen Kessel war, und brachte es fertig, das Mädchen richtig aufzuheitern. Er bestand darauf, Margarete ein Hochzeitsgeschenk zu machen, und konnte sich bei all ihrer Mühe nicht von seiner Idee abbringen lassen. Grinsend sagte er: »Wenn du schon mit einem Trottel von einem Kerl verheiratet bist, dann sollst du wenigstens einen ausgezeichneten Kochtopf haben.« Mit einem traurigen Lächeln fügte er hinzu: »Von deiner Aussteuer wird sicher nicht viel übrig geblieben sein, also nimm den verdammten Kessel.« Margarete nickte schweigend und nahm schließlich das Geschenk an. Sehr günstig erstand sie ein Hackebeil und ein Küchenmesser und verabschiedete sich mit schwerem Herzen von Claudius. Es waren viele Dinge, die Margarete besorgen musste, und sie feilschte gut.

Den Gang zum Stand des Töpfers Vietze hatte sie bis zuletzt aufgeschoben, und wie sie befürchtete, saß nicht der Alte, sondern seine jüngste Tochter Leonore hinter den Krügen, Näpfen, Bechern und Kannen. Sie hatte die junge Riegerin schon bemerkt, da war diese noch nicht an den Stand herangetreten. »Verschwinde, Margarete, dir verkaufe ich nichts«, war ihre Begrüßung. »Du vertreibst mir die Kundschaft, hau ab!«

Die Bäuerin schaute in die kugelrunden braunen Augen in dem breiten Gesicht der Töpferin und erwiderte keck: »Du solltest dir die Augengläser vom Czeppil ausborgen! Siehst du nicht, dass nicht eine deiner Scherben heil ist? Wo man hinschaut, Haarrisse!« Auf Margaretes Worte verzog die junge Vietzin den Mund zu einer hämischen Grimasse. Hinter ihren Augen funkelte gehässige Abneigung, doch Margarete hielt ihrem Blick stand.

»Bist du fertig?«, hörte Margarete eine vertraute Stimme dicht neben sich. Christoph angelte nach dem Kessel, in dem die Messer, Körbe und Tücher lagen, die sie gekauft hatte.

»Nein«, antwortete sie, ohne den Blick von dem Mädchen hinter dem Warentisch zu lassen. »Wir müssen sehen, ob der Töpfer aus Särichen oder Rothenburg hier ist, die haben bestimmt Steinzeug, das nicht nach der ersten Mahlzeit zu Bruch geht!«

Leonore Vietze straffte auf Margaretes Worte hin ihren üppigen Busen und reckte ihn sehr weit in Christophs Richtung, wobei sie sprach: »Ja, den aus Särichen findest du in einer Pestgrube, wenn du tief genug gräbst, und der aus Rothenburg kommt nicht mehr her, seit seine Kunden zu unserer guten Ware gefunden haben.«

Das war peinlich, aber woher sollte Margarete, die das vergangene halbe Jahr in der Armenspeisung oder allein auf Christophs Hof zugebracht hatte, wissen, was sich alles zugetragen hatte.

Christoph sah unsicher von der einen zur anderen Frau. »Komm jetzt«, sagte er ruhig. Er zog Margarete nicht an den Schultern, auch nicht am Arm, sondern nahm ihre Hand in die seine und beschwor sie gedämpft, mit ihm zu gehen.

Aber sie wurden von der kratzigen Stimme der Vietzin aufgehalten: »Nimm sie nur mit, Christoph, hier verbreitet sich ein Duft – ich weiß nicht woher ...« Leonore reckte ihre fleischige Nase in die Luft und rief zu Agathe Kaulfuss hinüber: »Was riecht hier nur so muffig, Agathe?«

Die andere hinter ihrem Lederwarenstand äffte die Geste der ersten nach und sagte schließlich, auf Margarete zeigend: »Die Armenspeisung.«

Christoph zog Margarete, die sich aufblies und zum Protest ansetzte, mit sich über den Markt in Richtung des Biehainers Hof. Noch auf dem Weg dorthin ermahnte er Margarete, nicht mit den Leuten zu streiten. »Wer weiß, wann uns der Vietze einen Gefallen tun kann. Eine Hand wäscht die andere, so ist das nun mal auf dem Lande.«

»Klar, besonders bei der Leonore!« Margarete trottete neben Christoph her. Sein Schnauben verriet ihr, dass sie ins Schwarze getroffen hatte. »Entschuldige. Ich habe wohl zu lange bei den Barmherzigen gehockt, meine Umgangsformen sind ein wenig … verroht.« Christoph ließ sich einen Schritt zurückfallen. Margarete erzählte ihm nichts von dem Streit, der vor nicht einer halben Stunde zwischen ihr und Maria Seifert losgebrochen war, weil beide ihre Augen auf denselben Eierkorb geworfen hatten. Margarete hatte mehr Erfolg beim Feilschen gehabt, wenig später war der Korb ihrer gewesen. »Die Leute mögen mich nicht, Christoph, und sie beginnen dich zu hassen, weil du mich …«

»Blödsinn!« Christoph schnitt ihr das Wort ab und lief nun wieder dicht neben ihr her. Margarete wusste, dass er über ihre Worte nachdachte, und sie wusste, dass sie recht hatte: Die Dorffrauen waren ihr nicht wohlgesonnen und sie stachelten ihre Männer gegen Christoph auf. Jetzt wäre der Zeitpunkt gewesen, darüber zu sprechen. Warum hast du mich geheiratet? In Margarete schrie es, aber Christoph lief mit verschlossener Miene neben ihr her. Warum erzählte er nie etwas, außer von seinem Vieh und seinen drei Feldern? Warum konnte er jetzt nicht einfach stehen bleiben und sie in den Arm nehmen. Sie war traurig. Sie war beleidigt worden und er hatte nichts dazu gesagt! Es interessierte ihn gar nicht! Tat es das wirklich nicht?

Sogar Hans, mit dem Christoph immer noch wegen der Sache im Juni schmollte, bemerkte wenig später, dass dem jungen Paar etwas auf dem Markt widerfahren war. Aber da sich Christoph in dem übte, was er am besten konnte, nämlich schweigen, machte auch Margarete keine Anstalten, von dem Vorfall mit den Weibern zu erzählen. Hans versuchte mit heiteren Anekdoten die Stimmung zwischen den jungen Leuten zu heben. Anna war die Einzige, die über seine Geschichten lachte, von Margaretes Verzweiflung und Christophs Nachdenklichkeit bekam sie nichts mit. Stolz präsentierte sie ihre mit vierzig Eiern gefüllte Saublase und überaß sich als Einzige daran. Die Unterhaltung verlief so zäh wie Annas fettige Bratensoße und Margarete zählte die Minuten, bis sie den Biehainer Hof verlassen konnte.

»Wozu bin ich eigentlich hier?«, zerschnitt Margarete am späten Abend den Knoten, der sich in der dicken Luft zwischen ihr und Christoph gebildet hatte, seit sie auf dem Markt den zeternden Weibern in die Fänge geraten waren. Christoph blickte von seiner Arbeit auf und sah sie einfältig an. Margarete konnte nicht deuten, was er da tat. Er hatte eine Menge Taue und Seile auf einen Haufen geworfen und zwirbelte die schadhaften Stücke auseinander. Sie wagte nicht in seine Augen zu sehen. Seine Hände boten einen guten Fixpunkt. Christoph zuckte mit den Achseln und ließ das Seil, an dem er gerade zog und zerrte, fallen. Mit einem Schritt war er an der Truhe neben der Stubentür und kramte in ihr nach etwas Bestimmten. Die junge Riegerin wusste, dass nichts als ein paar mottenzerfressene Lumpen von Christophs Eltern darin lagen. Der Mann wühlte lange und geduldig in der Kiste und fischte schließlich ein Tuch hervor.

Unter dem Stoff sah Margarete etwas Glänzendes hervorlugen, ein Schmuckstück, ein Medaillon vielleicht. Nein, ein Kreuz an einer silbernen Kette. Christoph wollte mit seinem Tuch zum Tisch zurückkehren, da fing er ihren Blick auf, der an dem Silberkreuz haftete. Es glich dem, das sie selbst um den Hals trug. Christoph warf mit flinker Hand ein paar alte Lappen über die Halskette und knallte mit dem Fuß den Deckel der Truhe zu.

»Was sagst du dazu?«

Margaretes Augen ruhten noch auf dem verschlossenen Kasten, als Christoph ihr den müffelnden Fetzen unter die Nase hielt. »Das ist ein Umschlagtuch.« Sie nickte beiläufig. Etwas an dem Kreuz war merkwürdig gewesen. Sie glotzte zu Christoph hinauf und wusste sofort, dass sie kein Wort über das Schmuckstück verlieren durfte, war ihr ihr Leben lieb.

»Ich weiß, dass das ein Tuch ist.« Christoph hockte sich auf den Boden vor sie hin.

Margarete kam sich vor wie ein genasführtes Kind. »Von wem hast du das?«

»Das gehörte meiner Mutter. Ich meine die Farbe – sieh dir die Farbe an.«

»Blau.«

»Nicht einfach nur Blau. Sieh doch, wenn man es gegen das Licht hält, schimmert es rötlich, und wenn es im Dunkeln liegt – siehst du –, ist es fast schwarz.« Christoph hatte das Tuch hin und her gewedelt und es schließlich wieder auf den Tisch gelegt.

Margarete zuckte mit den Achseln. »Wie kam deine Mutter dazu, Blau zu tragen? Das ist für Bauern verboten.«

»Sie hat es nie getragen. Der alte Gerßdorff hat es ihr geschenkt … aber sie hat es nie getragen.«

»Und was hat das mit mir zu tun?«

Christoph sah geradewegs in Margaretes Gesicht. Für den Hauch eines Atemzuges war es mucksmäuschenstill in der Stube, im Haus und auf dem Hof. Kein Tierlaut, kein Wasserplätschern und kein Windheulen drang zu ihnen vor. »Du bist mein Goldesel«, flüsterte Christoph ernst und schluckte, als könne er selbst nicht fassen, was er da gesagt hatte.

Margarete spürte ihr Herz stolpern. Für einen Augenblick hatte sie geglaubt, dass es etwas Gutes sei, was Christoph gesagt hatte, aber allmählich begriff sie, was seine Worte in Wirklichkeit bedeuteten. Sie schüttelte nicht aus Verständnislosigkeit den Kopf, sondern um das Gesagte aus ihrem Gehörgang zu bekommen, um ihre Ohren für etwas Liebliches freizubekommen, was er ihr vielleicht noch sagen würde.

»Ich werde Waid anbauen, aus dem Zeug macht man dieses Blau.« Margarete starrte ins Leere. Sie sah nicht den Mann und nicht das blaue Tuch an. »Denk doch mal nach. Ich kann nicht mir nichts, dir nichts ein Waidfeld und eine Waidmühle herbeizaubern, Arbeitskräfte kann ich auch nicht anheuern ohne Moneten …« Christoph rieb vor Margaretes Gesicht Daumen und Zeigefinger aneinander.

Sie ließ ihn auf eine Regung warten. Sie war enttäuscht und entsetzt, und die Geschehnisse, die sich in den vergangenen zehn Wochen ihrer Ehe unter einen Mantel der Verschwiegenheit und Geheimnistuerei verborgen hatten, fügten sich auch jetzt nur schwer zu einem logischen Ganzen. Aber sie schaffte es nicht, es wollte ihr nicht in den Schädel, was sie mit dem Blau des Tuches und mit Christophs Reichtum zu tun hatte. Einem Reichtum, über den Anna nicht wenig Worte verloren und Hans sich ausgeschwiegen hatte. »Das Mückenhainer Land ...«, half Christoph ihr auf die Sprünge.

»Du hast die Schmiede verkauft?«

Christoph schnalzte mit der Zunge und sagte im Ton tief wurzelnder Arroganz: »Es gibt keine Schmiede mehr, Margarete. Ich habe dem Gerßdorff das Land verkauft, damit ich ...« Er nickte zum Tuch hin und beendete seinen Satz nicht.

Das war es also gewesen! Margarete sprang von ihrem Stuhl auf und starrte ihren Mann an, der sich nun zu seiner vollen Größe aufrichtete. Sie gab ihm eine Ohrfeige, mit der er nicht gerechnet hatte und die ihr schmerzhaft auf der rechten Handfläche fieberte. So verdattert er dreinschaute, so viel besser fühlte sie sich. Das hätte sie schon früher tun sollen. Aber so sicher, dass er nicht zurückschlagen würde, war sie sich früher nicht gewesen.

Christoph kniff zuerst seine Augen zusammen, dann strich er sich über seine stoppelige Wange und schließlich sagte er tonlos: »Reg dich ab ...«

Mit einem gebieterischen Zischen wischte Margarete ihm die Worte von der Zunge. Sie wusste nicht, wie sie dreinblickte, ob er ihr Wut und Empörung ansah. Sie hatte keine Ahnung, ob sie in diesem Moment einer Witzfigur oder einer Alma Mater ähnlicher war. Aber zumindest hatte ihr Protest einen Moment lang sein Augenmerk auf ihr Innenleben gelenkt.

»Wenn du wüsstest, wie viel Bertrams Land uns eingebracht hat, würdest du jetzt nicht so wüten.« Damit setzte sich Christoph wieder an seine Arbeit.

Margarete stand da wie vom Blitz getroffen. Sie beobachtete den Mann, der wieder begonnen hatte, aus vielen zerstückelten Teilen ein Tau zu basteln, und fühlte eine bittere Kälte in ihrem Herzen heraufziehen. Sie hatte sich allen Ernstes eingebildet, Christoph würde sie mögen. Sie hatte geglaubt, er hätte sie aus einem Akt christlicher Nächstenliebe oder dergleichen zu sich geholt. Sie hatte gedacht, er hätte sich des vergessenen Mädchens aus der Armenspeisung erinnert, aber er war nur hinter ihrem Geld her gewesen. Da gab es keine wundersame Bindung zwischen ihnen, nur das Geld. Es waren nicht der Sohn und die Tochter zweier geächteter Männer, die sich hier zusammentaten, um gegen die hetzende Meute zu bestehen, sondern es war ihr Geld gewesen, das seinen Weg zu Christoph gefunden hatte, damit er die gleichen törichten Höhenflüge anstellen konnte, wie Alois und Bertram es vor zehn Jahren getan hatten. Und an dem Batzen Geld baumelte sie, Margarete, wie an einem Henkersstrang. Sie war der Ballast, den Christoph auf sich hatte nehmen müssen, um an die Moneten heranzukommen. Sie kam sich elend vor: betrogen, unerwünscht und wie ein Störenfried.

Als sie ihre Fassung und ihre Stimme wiedergefunden hatte, wollte Margarete von Christoph wissen, wie viel er für das Mückenhainer Land bekommen hatte. Er sagte es ihr, gleichmütig und ohne von seiner Arbeit aufzusehen.

»Hundertzwanzig Margk?« Der schrille Klang ihrer Stimme hing noch lange unter der niedrigen Decke der Blockstube. Christophs Augen irrten im Raum umher, als wollte er Margaretes Worten nachstellen. Er nickte, wobei ein siegessicheres Grinsen über seine Lippen huschte und die kleinen Grübchen auf seinen Wangen zeigte. »Und all das willst du in ein Feld und eine Mühle stecken?«

Jetzt huschte Christophs Blick in Margaretes helle Augen. Er prüfte sie, schien zu kalkulieren, was er als Nächstes zu erwarten hatte, und wiederholte leichthin seine Geste.

Margarete fuhr sich mit den Händen über den Kopf, zerrte mit einer Bewegung ihre Haube herunter und schüttelte den Nackenknoten aus ihren Haaren. »Da mach ich nicht mit. Such dir eine andere!« Entschlossen, sich nicht auf diese Sperenzchen einzulassen, lief sie zur Tür, aber Christoph war schneller als sie. Er hielt Margarete am Arm fest und zog sie zurück in die Stube. Mit geduldiger Ruhe in der Stimme gebot er ihr, sich zu setzen. Er drückte die bleiche Frau auf den Stuhl, hockte sich wie eben vor sie auf den Boden und begann auf sie einzureden.

Margarete hörte Christoph vom Gespräch mit den Bauern erzählen, von seinem Wunsch, nicht mehr von der Hand in den Mund leben zu wollen, hörte ihn Worte von fremdem Klang sagen und hatte nur Sinn für ihren gekränkten Stolz.

Ihre Mutter war an Bertram Wagner verheiratet worden, da war sie sechzehn Jahre alt gewesen. Sie hatte den jungen Mückenhainer Schmied an ihrem Hochzeitstage das allererste

Mal gesehen und sie hatte ihn nicht gemocht – nicht einen
Tag lang. Aber Bettina Wagner hätte ihrer Tochter ein anderes
Schicksal gewünscht und alles darangesetzt, es ihr zu bescheiden. Margarete konnte sich nicht vorstellen, dass Bettina sie
einem Sonderling wie Christoph Elias Rieger gegeben hätte.
Oder doch? Sie sah auf den Sprechenden hinab. Seine Augen
wanderten im Raum umher, seine Hände schrieben Kreise in
die Luft und über seine Lippen kamen Worte, die Margarete nie
zuvor gehört hatte und die sie auch jetzt nicht hören wollte. »Ich
bin keine Bäuerin, Christoph …« Er verschluckte sich an den
Waidbällen, die er die Frauen aus dem Dorf kneten lassen wollte,
starrte sie aus traurigen Augen an und ließ seine Hände auf ihre
Knie sinken. »Das bin ich nie gewesen. Ich bin die Tochter eines
Schmieds und kann froh sein, wenn das Kraut in meinem Garten
was wird. Was willst du bloß mit mir anfangen?!« Sie schubste
die Hände ihres Mannes von sich und erhob sich abermals. Diesmal ließ er sie nicht einmal bis zur Tür entwischen.

Die Wochen zogen ins Land. Christoph und die anderen Bauern
holten das Getreide vom Sommerfeld und in den Gärten wurde
das Wintergemüse ausgesät: Rüben, Rosenkohl, Rapunzel, ess-
bare Wurzeln und Lauch. Die meisten Apfel- und Pflaumen-
bäume trugen schwer an Früchten und die Lager und Keller füll-
ten sich mit getrocknetem, zerstampftem und eingelegtem Obst.
Die Birnenernte war im Gange und es gab kaum eine Seele, die
sich bei herrlichstem Spätsommerwetter im Haus versteckte. Die
Frauen trennten die Spreu von Hafer und Roggen und sortierten
das Mutterkorn aus der Ernte. War diese mühselige Arbeit verrichtet, gingen sie den Männern bei der Aufbereitung der Äcker
zur Hand, fuhren im Morgengrauen auf die Felder und hatten
doch nicht mehr zu tun, als hinter den Bauern herzutrotten,
besonders hartnäckige Erdklumpen mit einem Holzhammer zu
zertrümmern und sperrige Strohhalme und Kuhdungbatzen, die
sich nicht unterpflügen ließen, wegzuräumen. Auf Christophs

Fingerzeig sprang Margarete herbei und schleppte große Steine davon, die Gott weiß woher auch jetzt noch, nach jahrzehntelanger Beackerung der Felder, im Erdboden schlummerten. Sie musste nicht mehr tun, als die Brocken auf einen der hüfthohen Steinhaufen am Feldrand zu werfen.

»Bleiben die Störche an Bartholome, so kommt ein Winter, der tut nicht weh«, hörte Christoph Margarete sagen. Ihr Blick haftete an den langbeinigen Gesellen in ihren weiß-schwarzen Gefiedern. Sie beobachtete die Vögel, wie sie gemütlich am Feldrand entlangstolzierten. Christoph, der soeben noch auf dem Boden gewerkelt hatte, streckte sein Kreuz, sodass es krachte, und folgte Margaretes Blick über die Brache. Er nahm ihr den Wasserkrug ab. Seine Kehle war wie ausgetrocknet. Das letzte Mal hatte er sich so elend gefühlt, als ihm Margarete mitten in der Nacht hatte davonlaufen wollen. In jener Augustnacht hatte er nicht die Anzeichen erkannt, die auf eine sehr tief schürfende Unterhaltung hindeuteten. Er war in Margaretes weibische Falle getappt und hatte sich dabei hundeelend gefühlt. Es war merkwürdig gewesen, sie in seine Pläne einzuweihen, ihr von seinem und Nickels Gespräch zu erzählen. Das waren keine Dinge für Frauenohren, das meinte Christoph noch immer, aber Margarete hatte schweigend zugehört, die halbe Nacht. Am Anfang war sie aufgebracht gewesen, aber zum Schluss hatte sie nur noch zugehört und war irgendwann eingeschlafen: am Stubentisch. Wovon Christoph ihr allerdings nichts erzählt hatte, war der Pakt, der zwischen ihm und Nickel vor wenigen Tagen geschlossen worden war. Nickels Bedingungen, nach denen Christoph die Brache mit Waid bebauen durfte, fielen natürlich nur kläglich ins Gewicht gegen jene, die der Bauer hatte stellen dürfen. Aber Nickel hatte dafür gesorgt, dass Christoph im Schutze einer langen Kolonne nach Görlitz würde reisen können, um Saatgut zu besorgen. Und er sorgte dafür, dass die Angelegenheit um die Brachbesömmerung eine Angelegenheit zwischen ihnen beiden blieb. Niemand wusste etwas von der beschlossenen Sache. Niemand wusste von der Reise nach Görlitz, nicht einmal Margarete, die mitkommen wollen würde, erfuhr sie etwas davon. Niemand, auch nicht Hans Biehain, war eingeweiht worden – das war eine der Bedingungen gewesen, die beide Seiten einzuhalten hatten: Solange die Pflanze nicht auf dem Felde war, sollte kein Unruhestifter von dem Beschluss erfahren.

So manches Mal hatte Hans Biehain es mit mahnenden Worten versucht, doch er hatte seinen Neffen nicht zur »Umkehr« bewegen können. »Du redest schon wie der Czeppil«, hatte Christoph gemurrt und alles darangesetzt, die Gespräche mit Hans jenseits des Waidfeldes anzusiedeln. Aber Hans war immer zur Stelle, wenn es hieß, Christoph an die Vergangenheit zu erinnern und ihn darauf hinzuweisen, dass er sich auf Messers Schneide bewege, dass er sich viele Feinde im Dorf schaffe, sollte er die Sache mit dem Waid wirklich durchziehen. »Man wird dich bald nicht mehr mit dem Hintern ansehen«, hatte Hans gemeint und zu bedenken gegeben, dass man dem jungen Rieger im Frühjahr die einzige Egge, das Unglücksding, verweigern werde. »Du wirst wegen jeder Kleinigkeit an Nickels Rockzipfel zupfen müssen, denn unter den Bauern wird sich keiner mehr finden, der dir hilft, sei es bei der Ernte oder bei der Aussaat oder sonst etwas.« Hans' Worte hatten lange in Christoph gelegen, gekeimt und waren zu ohnmächtiger Wut gegärt. Er hatte von seinem Oheim einen Schulterschluss erwartet. Gern hätte er den Alten neben sich an Nickels Tafel sitzen sehen, als die Bedingungen für den Waidanbau besprochen wurden, aber er war allein gewesen, ohne Hans Biehain, ohne irgendwen.

Der alte Biehainer hatte gute Gründe, sich aus der Sache herauszuhalten. Er hatte die besten Gründe von all jenen, die die Schwänze eingezogen und vor dem Waid Reißaus genommen hatten. Hans Biehain war ein alter Mann und konnte froh sein, wenn seine Kräfte vorhielten, dass er sein Gnadenbrot vom Feld holen konnte. Christoph hatte Verständnis für den Alten, selbst wenn der seine Beweggründe nicht hatte nachvollziehen können. »Es ist ja nicht falsch, etwas Neues zu versuchen, aber Waid? Hier bei uns?! Wieso nicht Flachs oder Hanf? Wieso Waid?« Hans hatte Christoph nicht verstanden. Hans hatte nicht verstanden, dass Christoph nichts mehr mit Futterpflanzen zu tun haben wollte. Hans war zu alt, um auch nur irgendetwas von Christophs Plänen zu verstehen.

Dass der junge Rieger die vereinbarten Bedingungen einhalten konnte, stand außer Frage, aber da gab es noch eine Kleinigkeit, auf die er keinen Einfluss hatte. Er sah zu Margarete hinüber und musterte sie von oben bis unten.

Seine Frau setzte sich an den Feldrand, stellte den Wasserkrug neben sich, holte ihre Spindel aus einem Beutel, legte einen breiten flachen Stein, auf dem die Spindel umhertanzen sollte, in die rechte Position zu ihren Füßen und zupfte mit der linken Hand aus einem Stück Wolle ein Faserdreieck zurecht. Mit der rechten Hand gab sie der Spindel einen Schubs, dass sie begann, sich von selbst zu drehen. Margarete hatte ihn eine Menge Wolle besorgen lassen und wollte für den bevorstehenden Winter neue Hemden anfertigen. Aber sie nähte weder Windelzeug noch Kleidung für ein Kind. »Weil noch keins unterwegs ist«, hatte sie auf Christophs einfältige Frage geantwortet und war mürrisch darüber gewesen. Nicht der Waid und nicht das Kind, das sie beide haben wollten, durften angesprochen werden, wollte der Tag nicht in Schimpf und Schande enden.

Tatsächlich aber war es nicht Christophs Kinderliebe, um die es noch nie sehr weit bestellt gewesen war, die ihn verzweifeln ließ, wenn Margarete alle vier Wochen ihre blutigen Wickel im Schöps auswusch, sondern die dringendste aller Abmachungen, die Nickel von Gerßdorff dem jungen Rieger aufgebürdet hatte. »Mit der Geburt eines strammen Erben, ganz gleich ob Junge oder Mädchen, innerhalb der ersten achtzehn Ehemonate«, hatte der Gerßdorffer mit Totenernst ausgesprochen, »steht dem Horkaer Waidhandel nichts im Wege.« Nickel hatte sich auf Christophs Kosten einen Spaß erlaubt und vom Waiderben gesprochen, den zu machen Christoph ja noch bis zur Winteraussaat im Dezember Zeit hatte. Waiderbe!

Er spuckte auch jetzt wieder aus, da er an dieses Gespräch dachte. Unverhohlen beobachtete er Margarete, die ahnungslos am Feldrand saß und Hemdengarn spann. Er würde seine Muhme Anna bitten müssen, in dieser Beziehung an Margarete zu arbeiten. Irgendetwas machte sie falsch. Vielleicht aß sie etwas Falsches? Vielleicht saß sie zu viel in ihrem Garten herum, wo es von Pflanzen nur so wimmelte, die die Leibesfrucht austrieben. Was wusste Christoph schon?! Er konnte Johanniskraut nicht von Schlüsselblumen unterscheiden und er war ratlos, was Margarete anging. Zudem widerstrebte es ihm, mit ihr über solche Dinge zu sprechen. Dafür musste eine Frau her. Dafür musste Anna her. Christoph hatte Margarete den Umgang mit Adele Möller verboten, weil deren Mann Johannes schon sein eigenes Kind totgekriegt hatte. Er hatte ihr Besuche bei Maria Seifert untersagt, weil die einst einen tollwütigen Mann zu Tode gepflegt hatte und Gott weiß welche Hexerei jetzt noch an ihren Händen klebte. Mehr Frauen gab es nicht, zu denen Margarete je gegangen war und deren Umgang er ihr verbieten musste. Seufzend beugte sich Christoph wieder über seinen Pflug, mit dem er heute so ganz und gar nicht zurechtkam.

Er war nicht taub und blöd. Er wusste, dass getuschelt wurde: in der Schenke, im Gottesdienst, auf den Feldern. Man schielte auf Margarete wie auf eine, die ein paar Mal zu oft bei der Möllerin vorbeigeschaut und zu viele Kräuter an der und deren Kind ausprobiert hatte. Die Zungen der Weiber waren gespalten wie die von Schlangen, und ihre Worte waren giftig und böse, wie sie selbst Luzifer nicht hätte herausbringen können. Die Dorffrauen gingen in ihrem Argwohn auf und stärkten sich in einem Bündnis, dessen dicke, narbige Kruste weder von ihm noch von Margarete oder Hans Biehain angeschlagen werden konnte. Gespräche verstummten, Lachen erstarb, Geschäfte wurden flüsternd verhandelt, tauchten er und Margarete auf. Seine Schlichtungsversuche waren an dem einfältigen Aberglauben des Weinholds, des Linkes, des Schulzes, des Hennigs und des Vietzes Frau zerschellt wie die schwarzen Erdklumpen an seiner Pflugschar. Hans Biehain hatte seinem Neffen tröstend beigepflichtet, wenn der meinte, die Zunge des Weibes sei schlüpfrig und die Rede der Frau wie ihre Kehle: glatter denn Öl und zuletzt bitter wie Galle.

Christoph kauerte vor seinem neuen Pflug und versuchte das Sech durch Herausziehen der Spreizstäbe umzulegen, damit er zum Pflügen der nächsten Furche ansetzen und den Ackerstreifen wieder zurücklaufen konnte. Das Ochsengespann vor dem Pflug scharrte, die beiden schweren Tiere genossen die Pause, die allen, nur nicht ihrem Herrn gelegen kam.

»Herrgott noch eins!« Jetzt trat Christoph mit einer Wucht, die die Schwalben auf der angrenzenden Brache aufschreckte und die Störche davonfliegen ließ, gegen das Sech, sodass es scheppernd vom Pflug hopste. Einzig ein großer Brachvogel blieb von dem Geschehen unbeeindruckt und stakste neugierig auf dem Ruhefeld umher, um mit seinem langen gebogenen Schnabel im unberührten Wildwuchs nach Leckerbissen zu suchen und seine Erfolge mit einem aufgeweckten »Tlüih-tlüih« zu unterstreichen.

Das durfte nicht sein! Wieso musste das Scheißding jetzt kaputtgehen?! Christoph schaute sich nach Margarete um. Ihr Blick – Ich habe dir doch gesagt, dass es nicht funktioniert! – machte ihn noch wütender. Sein Puls raste. Christoph lief um den neuen Pflug herum und versuchte es von der anderen Seite. Wieder sah er zu Margarete hinüber, die mit etwas schräg geneigtem Kopf und verwunderten Augen seinen Ausbruch beobachtet hatte.

»Dann werde ich jetzt heimgehen und meinen Beetpflug aus der Scheune holen, und mit dem Ding hier«, er deutete mit dem Kopf auf den Kehrpflug, den er für sein Waidfeld hatte anfertigen lassen, »kannst du heute Abend das Mus kochen, verdammt noch mal!«

»Fluch nicht«, rief sie vom Feldrand herüber, ohne ihn anzusehen. »Das geschieht dir ganz recht. Du verscheuchst die Querxe mit diesem Teufelsding, mit dem du viel zu tief pflügen würdest!«

Aber Christoph ignorierte seine Frau und deren Aberglauben an winzige Menschen, Waldgeistern gleich, die ihre Erdhöhlen nur dann verließen, wenn der Bauer zu tief pflügte und ihm zur Strafe Unglück und ein leeres Lager bescherten. Er schimpfte und trat um sich, dass die Ochsen unruhig wurden. »Ich bin klug, ha!«, spöttelte er. »So klug, dass ich jetzt mit einem kaputten neuen Pflug dastehe, den keiner der Idioten im Umkreis von zwei Tagesmärschen reparieren kann und der mich einen schönen Batzen Geld gekostet hat, wohlgemerkt, und mit dem ich mich zum Gespött der Leute gemacht hab, weil mir keiner glauben wollte, dass es geht!« Christoph spuckte aus, trottete zum Feldrand hinüber und schnappte sich den Wasserkrug.

»In Görlitz lässt er sich reparieren …«

Der Mann setzte sich neben seine Frau. Sie spann, er trank.

»Ja in Görlitz …« Er nickte und lachte müde in sich hinein. »Du bist wohl unter die Schlauen gegangen, wie?« Er stippte Margarete am Oberarm an und schüttelte den Kopf. Sein schweißnasses Haar klebte ihm in Stirn und Nacken. »Und wie kriege ich das Monstrum da hin?«

Margarete schwieg. Christoph sah sie von der Seite her an. Sie hatte geduldige, ruhige Finger, mit denen sie aus einem wilden Eiderwollberg einen gleichmäßigen Faden ziehen konnte. Bei seiner Mutter hatten die Fasern oft ausgesehen wie flauschige schwangere Regenwürmer, und er hatte mit ihnen spielen dürfen, weil diese Fäden zu nichts anderem zu gebrauchen waren. Dass seine Mutter oft nicht die nötige Geduld und die ruhigen Finger hatte aufbringen können, lag wahrscheinlich daran, dass sie immer unter geschwollenen Fingern gelitten hatte, weil sie, soweit sich Christoph zurückerinnern konnte, zu jeder Zeit schwanger gewesen war.

Im Grunde war es den Versuch wert, den Leerlauf, den der alte Beetpflug an den Stirnseiten des Ackers mit sich brachte, durch ein umkehrbares Streichbrett am neuen Pflug zu überbrücken und so neben der zuletzt gezogenen Furche zurückgehen und die Ackerfläche ausgiebiger nutzen zu können. Christoph musste den Kehrpflug mit nach Görlitz nehmen.

»Du bleibst hier bei den Ochsen«, erklärte er, wartete auf eine Regung seitens Margarete, die sich nicht rührte, in ihre Arbeit vertieft schien und einzig durch ein unmerkliches Kopfnicken andeutete, dass sie seine Worte vernommen hatte. Christoph ächzte, während er sich hochhievte. Er fühlte sich wie ein alter Mann. »Die armen Kerle müssen nicht den weiten Weg in der Hitze unternehmen, ich bin in 'ner halben Stunde mit dem Beetpflug wieder da.« Von Margarete hörte er nur ein gedankenverlorenes Brummen. Was erwartete er auch? So trottelhaft, wie er sich anstellte, wenn es um Begrüßung und Verabschiedung ging, brauchte er von ihr nicht zu erwarten, dass sie ihm um den Hals flog, wenn er sie für ein paar Minuten verließ.

Der Mann schälte die Ochsen aus dem Joch, schwang sich die Riemen um Schulter und Hüften und schob das Radvorgestell an zum beschwerlichen Marsch ins Dorf hinunter.

Als Christoph auf seinem Hof ankam und hoch oben auf einem einspännigen Karren thronend Simon Czeppil erblickte, schimpfte er leise auf diesen gottverlassenen Tag. Von Gott verlassen? Über des Riegers Gesicht huschte ein bitteres Lächeln, das er mit einem resignierten Kopfschütteln wegwischte. »Was führt Euch hierher?«, fragte er. Im Schweiße seines Angesichts zerrte er den Kehrpflug über den Vorplatz hin zur Scheune. Er schnaufte unter der Last und hatte keine Luft für Höflichkeiten.

»Auch dir Gottes Gruß an diesem herrlichen Herbsttag, Christoph Rieger.« Der Pfarrer schmunzelte süßlich, als Christoph seinen Blick hob, und erklärte ungefragt, dass er bei seinen Schäfchen, den Gebrüdern Klixen, vorbeigeschaut hatte. »Sie erschienen mir in letzter Zeit sehr unregelmäßig zur Messe, nicht wahr?« Der Pfarrer hatte seine Worte nicht als Frage an Christoph formuliert, und doch erwartete er irgendeine Regung. Christoph nickte knapp. Es war, seit er den Hof führte und auch zu Lebzeiten seines Vaters nie vorgekommen, dass ein Geistlicher seinen Wagen hierhergelenkt hatte. Christoph atmete schwer und setzte vorsichtig die Schar des Pfluges auf den sandigen Boden seines Gehöfts. »Womit kann ich Euch dienen?« Wie schon auf dem Feld streckte er jetzt sein Kreuz, sodass das knackende Geräusch seiner Knochen weit zu hören war. Dann stemmte er die Handflächen gegen seine Knie, um den Schmerz im Rücken zu lindern, und blinzelte den Pfarrer prüfend gegen die im Westen stehende Sonne an.

»Nun«, begann Simon Czeppil langsam, »ich will nicht lange um den heißen Brei reden, Christoph. Du weißt, ich unterstehe dem Beichtgeheimnis und ich habe große Ehrfurcht vor meinem Amt.« Christoph wusste, dass der Pfarrer mit seinem Amt in dieser Gemeinde nicht sehr vorbildlich umging und genau wie die Herrschaften Gerßdorff und Klix auf seinen eigenen Vorteil bedacht war, aber dergleichen zu erwähnen, lag ihm fern. »Mir kommen Gerüchte zu Ohren, und das nicht erst seit Kurzem! Es heißt, du wiegelst die Bauern untereinander auf. Es heißt, du faselst vom Waidanbau. Man rümpft die Nase über deinen Hof, und wenn ich mich hier so umschaue …« Der Mann im Ornat machte eine übertriebene Bewegung mit dem Rumpf, um einen Rundblick vom Karren aus über Haus und Scheunen zu gewinnen, »… mit Recht.« Dann sah er Christoph geradewegs in die Augen und mutmaßte: »Du kommst doch nicht etwa vom Wege ab, mein Freund?« Er sah Christoph prüfend an, die Augen traten bedrohlich weit aus ihren Höhlen. Das Lächeln um seine krampfhaft gekräuselten Lippen verkündete weder Freundlichkeit noch Sympathie, sondern gab kaum verhohlenen Spott preis.

Christoph stahl sich eine kurze Bedenkzeit. Er ahmte des Pfarrers Rundblick nach: der unförmige, breite Misthaufen, der Räderturm, der Eimerberg, das gackernde Federvieh, die losen Bretter in der Scheunenwand … Er setzte einen Fuß auf den Pflug, stützte seinen rechten Ellenbogen auf das angewinkelte Knie und antwortete ruhig: »Ich denke nicht, nein.« Er zog seinen Hut vom Kopf und fuhr sich mit der Hand durch das klatschnasse Haar. Dann nahm er wieder die Lederriemen in die Hände, schlang sie sich um Schulter und Hüften und setzte seinen Kehrpflug in Bewegung, um ihn in die offene Scheune zu schieben. Hinter sich hörte er die Füße des Geistlichen im Sand aufstampfen. Czeppil hatte sich vom Karren bemüht, was nur bedeuten konnte, dass Christoph so bald nicht wieder auf sein Feld kommen würde.

»Christoph, mein Lieber …« Der Pfarrer säuselte mit dünner, honigbelegter Stimme, als wolle er seine Worte in das Gewissen des Jüngeren tröpfeln, und ließ die linke Hälfte seiner Oberlippe zucken. »Du redest dich um Kopf und Kragen, das solltest du nicht. Oder ist etwas dran an dem Geschwätz der Leute?«

»Ich weiß nicht, was über mich und meine Wirtschaft getratscht wird, vielleicht ja auch über mein Weib oder meine Ochsen oder die Katzenscheiße, die hier überall herumliegt?« Czeppil räusperte sich und wollte zum Sprechen anheben, doch Christoph nahm ihm die Gelegenheit: »Pfarrer Czeppil, Ihr solltet nicht glauben, was Weiber und Bauern übereinander reden!« Er sah nicht den Pleban an, sondern seinen Beetpflug, den er mit auf das Winterfeld zu nehmen gedachte. »Der eine neidet dem anderen das bessere Vieh, der andere dem einen wiederum die schweigsame Frau, der dritte neidet dem ersten das bessere Futter, mit dem er besseres Vieh machen kann, und der Erste neidet dem Dritten, dass er überhaupt keine Viecherwirtschaft am Halse hat.« Was wollte Czeppil? Seine Ordnung war nicht aus den Fugen geraten. Im Gegenteil, die Bauerntölpel um den alten und den jungen Hennig, die Weinholds und Linkes waren sich alle einig, dass sie nichts verändern wollten, dass sie auf ihrem Getreide hocken bleiben wollten bis zum Sankt Nimmerleinstag. Schließlich war auch diese Ernte eingebracht worden. So wie all die anderen zuvor: mit den gleichen Kreuzschmerzen, den gleichen Schnittwunden an Knien, Waden, Händen und Armen, mit den gleichen Muskelzerrungen, Prellungen und der Erschöpfung wie in all den Jahren zuvor. Man hatte in der Kirche sein Amen gesprochen, wenn man, gekrümmt vor Müdigkeit, Czeppils Segen über die Ernte empfangen und kaum vernehmbar in sich hineingelächelt hatte. Nur Christoph lächelte nicht, konnte sich nicht stolz und zufrieden mit den anderen freuen.

Er prüfte, ob das Streichbrett noch fest genug saß und auch sonst alles an seinem Beetpflug in Ordnung war. Fast abwesend sprach er in derselben gelangweilten Lethargie, wie es nur Czeppil während des Gottesdienstes vermochte: »Herr Pfarrer, Ihr solltet Euch meinetwegen und wegen meinesgleichen keine Gedanken machen. Weder ich noch einer der anderen Bauern wollen Euch verdrießen, und wenn es doch geschehen ist, so habe ich nichts damit zu tun und möchte mich dennoch entschuldigen.«

»Es ist nur so«, sagte Simon Czeppil und tänzelte unruhig um Christoph herum in der Hoffnung, einen Blick in dessen Augen werfen zu können. »Die Rede ist von Waidanbau.« Der Mann im Kirchenstaat hatte seine Worte dermaßen belehrend, so gewählt betont und trotzdem mit der Inbrunst eines Verzweifelnden ausgesprochen, dass Christoph ihn fragend anglotzte. »Waidanbau«, wiederholte der Pfarrer und ließ seine Hände kraftlos fallen. Christoph wollte das Männlein beinahe leidtun. Czeppil war ehrlich in Sorge. »Waid! Hier, bei uns … Das ist ein nicht ganz unwesentliches Gerücht, wenn man bedenkt, wie es den Mikrokosmos unserer kleinen Gemeinde in Eruptionen versetzt hat …« Nun starrte er Czeppil argwöhnisch an. Da war es schon wieder gewesen, dieses merkwürdige Wort, das schon Nickel von Gerßdorff benutzt hatte. »Ich verstehe zwar nicht, was Ihr da sagt, aber ich bin mir sicher, die Sache hört sich schlimmer an, als sie ist.«

»Das glaube ich nicht«, näselte Czeppil und packte Christoph am Arm. Dieser hielt nun in seiner Werkerei inne und starrte den Pfarrer an, in dessen schmächtiger und blasser Erscheinung er keinen solch kräftigen Griff vermutet hatte. »Christoph«, zischelte Czeppil im Halbdunkel der Scheune, »hüte deine Zunge und bring mir das Pack zur Raison. Die Hühner gackern, was das Zeug hält, und ich dulde dieses falsche Gerede keinen Tag länger.« Hasserfüllt schaute er den Kleinbauern an, löste seinen Griff aber allmählich. Christoph zog seinen Arm mit einem Ruck aus den Klauen des Predigers, der sogleich fortfuhr: »Ich will von waidschem Geplapper nichts mehr hören, hast du verstanden? Schlag dir dein Waidfeld aus dem Kopf, und die Brachbesömmerung noch dazu. Du hast gedacht, der dumme Pfaffe kriegt von all dem nichts mit? Da hast du dich geirrt. Steck deine Nase nicht in das Gerßdorffsche Gut, die gehört da nicht hin. Junge.« Sein Ton hatte etwas Weinerliches an sich. »Sei vernünftig, bringe deinen liederlichen Hof in Ordnung, zeuge ein paar Kinderlein und lebe so fort wie bisher – wie deine Vorväter.« Czeppil zog die Luft durch die Zähne, sodass man es beinahe pfeifen hören konnte. »Nein, nicht wie dein Vater, Gott bewahre, mache es besser als er. Euch mangelt es doch an nichts!«

»Ich weiß nicht, wovon Ihr redet. Hetzreden! Wo fängt Hetze an, wo hört sie auf? Jeder tratscht. Was soll das ausgerechnet mich betreffen!«

Es entstand eine Pause, in der beide Männer die Kräfte ihrer Blicke spielen ließen.

»Und was soll das da?« Simon Czeppil deutete mit seinem Ärmel auf den Kehrpflug, den Christoph in einer Ecke der Scheune abgestellt hatte. »Denkst du, ich bin blöd? Was sollen all diese Experimente?« Der Geistliche spuckte beim Reden, sodass Christoph einen Schritt zurück trat. Czeppil folgte auf dem Fuß und polterte: »Pack dein Gerät und mach dich aufs Feld, stattdessen vergeudest du deine Zeit mit Flausen!«

»Wie schon mein Vater?«, vollendete Christoph Czeppils Gedanken.

»Genau! Wie dein Vater! Und was hat es ihm eingebracht? Hä?« Des Pfarrers wutschnaubendes Antlitz hing nun so dicht vor dem Gesicht des Bauern, dass dieser den von fremdartigen Speisen und Gewürzen durchwirkten Odem riechen konnte. »Was hat es ihm eingebracht? Den Teufelsacker da draußen!« Der kleine Mann in Schwarz deutete mit dem Kopf nach Westen, wo sich die Grabstätten aller von Gott verlassenen Kreaturen befanden. Christoph rümpfte die Nase und beugte sich hinunter zu seinem Beetpflug. »Wie ich gesagt habe«, erklärte der Kirchenmann noch einmal: »Gehe nicht vom rechten Wege ab, mache es besser. ›Ein weiser Sohn ist seines Vaters Freude; aber ein törichter Sohn ist seiner Mutter Grämen‹. Das lehrt uns König Salomo. Würdest du regelmäßig in die Kirche kommen, wüsstest du das!«

»Meine Mutter und mein Vater sind tot. Wollt Ihr mich nun zurück auf das Feld gehen lassen?« Christoph hatte beim Sprechen nicht den Pfarrer, sondern seine Gerätschaften angeschaut und nahm jetzt die Leinen des Pfluges auf, balancierte das Radvorgestell aus der Scheune heraus und schob es kräftig an. Simon Czeppil schwang sich auf seinen Karren und knallte mit den Fuhrriemen, sodass sich sein Wagen rumpelnd über den Hof bewegte. Ein paar Meter fuhr der Geistliche dem Bauern hinterher. Als sich ihre Wege trennten, rief der Pfarrer dem Jüngeren nach, er solle nicht vergessen, was er ihm aufgetragen habe: »Bringe meine Herde wieder zur Ruhe!«

Christoph fügte im Stillen hinzu: »… denn verschreckte Tiere geben bitt'res Fleisch.« Dann verschwand er auf dem Ostacker.

Es dämmerte bereits, als einige Tage darauf der Riegersche Hof von einem unerwarteten Besucher betreten wurde. Margarete war dabei, Disteln und andere Gewächse vom Vorplatz zu entfernen, die Christoph seit Pfarrer Czeppils Spotten ein Dorn im

Auge gewesen waren. Die junge Frau werkelte mit einer hölzernen Hacke an der gekalkten Wand der Felssteinzelle des Wohnhauses herum, sie bemerkte nicht das Nahen des Burschen.

»Du solltest nicht solch harte Arbeit verrichten«, dröhnte die Männerstimme zur Riegerin herüber und erschreckte sie dermaßen, dass sie mit der Hacke ungeschickt fehlschlug und der bis dahin weitestgehend weißen Mauerwand einen schwarzen Schmiss versetzte.

»Gott zum Gruß, Thomas.« Margarete hatte sich zum ungewöhnlichen Gast umgedreht und wischte sich die Hände an dem Lappen ab, den sie über ihrem Rock um die Hüften trug. Mit dem Handrücken tupfte sie sich die schweißbedeckte Schläfe ab. »Christoph ist auf dem Ostacker.«

Thomas nickte. Seinen Hut drehte er in seinen braun gebrannten Fingern. »Ich weiß.« Er machte eine kurze Pause und sah sie mit prüfendem Blick an. Thomas' Antlitz war viel feiner als das von Christoph, stellte Margarete fest. Es strahlte vor Lebensfrische. Seine Augen waren dunkel, ebenso seine Haut, aber sein Haar war von dem gleichen mausigen Blond wie das ihre. Eine kuriose Laune der Natur, dachte Margarete bei sich. »Ich wollte nur einmal vorbeischauen und sehen, wie es dir geht.«

Margarete schwieg. Das Lächeln, das nun das Jungengesicht aufhellte, mochte sie nicht erwidern. Sie packte das Gerät wieder mit festem Griff und nickte zu dem eigenartigen Anliegen ihres Besuchers. »Gut, danke.« Ihr Blick glitt zu Boden und sie hieb auf ein paar halb ausgegrabene Wurzeln und Stängel ein.

Thomas' Augen verengten sich zweifelnd. Als wollte er von seiner unbedarften Bemerkung ablenken, fragte er auf das Geratewohl: »Was ist mit Christoph los?«

Margarete gönnte sich ein wenig Zeit, bevor sie auf diese eigenartige Frage antwortete. Sie dachte nicht wirklich über Thomas' Worte nach, sondern darüber, wie sie ihn schnell wieder loswerden würde. Mit energischen Bewegungen zerwühlte sie das Erdreich und erwiderte: »Ich weiß nicht, was du meinst. Er ist so wie immer.« Schätze ich«, fügte sie im Stillen hinzu, denn ich bin im gesamten Dorf wohl diejenige, die ihn am wenigsten kennt. Sie wollte nicht, dass der junge Seifert ihre Unsicherheit von ihrem Gesicht ablas, und drehte deshalb ihren Oberkörper ein Stück von ihm weg. Sie hatte das Gefühl, sich vor dem Burschen, den sie kaum kannte, rechtfertigen zu müssen. »Hier ist alles bei rechter Ordnung, Thomas. Geh nach Hause oder zu Christoph auf den Ostacker.«

»Auf welchem der drei Ostäcker finde ich ihn?«

Margarete stutzte und sah in die dunklen Augen des jungen Mannes. Wollte er ihr eine Falle stellen? Wollte er sie etwas sagen hören, was sie gar nicht mit Sicherheit wusste? Nein, sie würde sich nicht austricksen lassen! »Er ist auf dem nördlichen Streifen, er reißt die Brache auf, wo die Wintergerste draufkommen soll, Thomas, das solltest du wissen.«

Der junge Mann rührte sich nicht. Halb hinter der Riegerin verborgen, entgegnete er mit unverkennbarer Schärfe in der Stimme: »Ich dachte, ich hätte ihn Mist auf das Sommerfeld fahren sehen, das eigentlich ruhen sollte!«

»Nein.« Margarete log, ohne rot zu werden, warf eine entwurzelte Distel im hohen Bogen auf einen Haufen in der Nähe des Brunnens und ging dann, ohne Thomas anzusehen, um ihn herum. Sie hackte an einer anderen Stelle vor der Hauswand auf Unkraut ein. Der Eifrige war sofort neben ihr und ihr entfuhr ein leises Seufzen auf dessen vergeudete Hartnäckigkeit. Es ging Thomas nichts an, dass Christoph tatsächlich damit begonnen hatte, das Ruhefeld zu düngen, damit er den vermaledeiten Waid draufbringen konnte. Sie wusste nicht, ob er es wirklich tun würde. Seit einiger Zeit schwieg er sich darüber aus. Und sie war die Letzte, die Christoph in irgendwelche Heimlichkeiten einweihen würde. Vielleicht wollte er auch gar kein Waid auf das alte Sommerfeld bringen, sondern wusste nur nicht, wohin mit dem ganzen Kuhmist. Vielleicht ließ er das alte Roggenfeld ja doch brachliegen. Sie hoffte es, sie wünschte es.

»Weißt du, was er für Töne spuckt, wenn wir auf den Gerßdorffschen Feldern sind?«

Margarete schüttelte den Kopf.

Thomas, offenbar froh darüber, sich endlich über Christoph auslassen zu können, stellte Vermutungen an, dass der Rieger auf irgendwen eine Heidenwut haben musste, die er loszuwerden versuchte, indem er während der Arbeit auf den herrschaftlichen Äckern und Wiesen Schmähreden verbreitete. »Er macht sich Feinde, Margarete, aber richtig mächtige. Bei den Großen wie dem Linke, dem Weinhold oder dem alten Hennig hatte er noch nie einen Stein im Brett – da brauchen wir uns nichts vorzumachen, aber so sehr wie jetzt haben die Alten die Riegers und ihre Flausen noch nie runtergemacht!« Thomas stutzte. Er musste Margaretes fragenden Blick bemerkt haben. »Er hat dir doch vom Waid erzählt, den er hier breitmachen will?«

Margarete schwieg und hackte auf das Unkraut an der Hausmauer ein. Sie hatte Christoph beim Kreuz ihrer Mutter schwören müssen, dass sie niemandem vom Waid und dem Gespräch im August erzähle. Er hatte gemeint, dass die Leute, die damals im Kretscham dabei gewesen waren, genug tratschen würden und dass seine Frau nicht auch noch mitmachen müsse. In diesem einen Punkt vertraute er ihr – zumindest bemühte er sich.

Thomas fuhr etwas verunsichert fort, sprach leise und sah sich nach dem in seinen Angeln baumelnden, windschiefen Hoftor um, als er sagte: »Er wiegelt die Bauern auf, das Tagwan schleppend zu verrichten, nur alte, verschlissene Sensen und Karren und Sicheln auf den Gerßdorffschen Feldern einzusetzen, die Pflugscharen nicht an den herrschaftlichen Erdklumpen zu zertrümmern, sondern sie für die eigenen Äcker zu schonen. Glaubst du, er stößt damit auf Gegenliebe? Ihm mag es egal sein, ob er für sein Mundwerk in den Turm von Görlitz wandert, aber alle anderen Bauern, einschließlich der Weinhold und der Linke und der Hennig, leben nicht im Schatten eines Nickel von Gerßdorff – lass mich ausreden, Margarete!« Die Frau hatte sich auf ihre Hacke gestützt und angesetzt zu protestieren. Sie lebten nicht im Schatten eines Nickel von Gerßdorff! Christoph wollte mit ihm zusammenarbeiten, wie es sein verruchter Vater mit dem alten Christoph von Gerßdorff getan hatte. Und obschon Margarete diese Idee ebenso hirnrissig fand wie Thomas, machte sich jetzt ein Funken Stolz in ihrer Brust breit. Nicht viele Männer wagten es, sich mit einer Idee an den Gutsherrn zu wenden. Aber von alledem sagte sie Thomas Seifert nichts, der unentwegt wetterte. »Alle anderen rackern und ackern, weil sie Angst vor Strafe haben, sie schuften, sodass sie am Abend keine Kraft mehr haben, ihre eigenen Ställe ordentlich auszumisten. Sie wittern in Christoph große Gefahr, weil sie Angst haben, ihre großbäuerlichen Ärsche in Zukunft zu harter Arbeit in Bewegung setzen zu müssen, wenn nämlich Christoph und Nickel gemeinsame Sache machen. Natürlich tun die Bauern stets ergeben und folgen den Mahnungen der Gerßdorffs.«

Ja, das stimmte, dachte Margarete. Die Bauern arbeiteten auf den Gerßdorffschen Feldern und taten, worin der Gutsbesitzer sie mit ernster Miene ermahnte, wenn er an den Mähenden vorüberritt und rief, sie sollten so arbeiten, als wären sie auf ihren eigenen Feldern. Sie hörten nicht auf Christoph, weil sie Angst hatten.

Jetzt konnte Margarete unmöglich an sich halten und fragte Thomas geradeheraus, ob nicht ein Fünkchen Wahrheit und Recht in Christophs Worten schlummerte. »Du bist genauso allein auf deinem Hof wie Christoph. Wie viele Mägde, Knechte, Söhne und Väter stehen dir zur Seite? – Nicht einer! Und Christoph hat recht, wenn er darüber schimpft, dass ihr euren Robot auf den herrschaftlichen Feldern tut, bis ihr euch halb tot geschuftet habt. Die Kräfte, die ihr bei den feinen Leuten lasst, fehlen uns auf den eigenen Höfen und …«

»… in den Schlafzimmern …«, fuhr Thomas mit blitzenden Augen über Margaretes Mund.

Die junge Frau stockte, sah den nun hämisch Grinsenden verunsichert an und brachte kleinlaut ihren Satz wieder in die richtige Bahn: »… sie fehlen auf den Äckern, die wir dann weder bebauen noch abernten können. Ödland kann man nicht fressen, Thomas! Ihr tut mehr als zehn Tage Scharwerk im Jahr, und das ausgerechnet dann, wenn auf unseren eigenen Höfen jede Hand gebraucht wird. Das ist Bauernschinderei! Wie oft ist es vorgekommen, dass vor dem großen Regen für die Gerßdorffs Heu eingefahren werden musste, doch als unsere eigenen Wiesen an der Reihe waren, hatte sich der Himmel darüber ausgepinkelt und die Heuernte war zum Teil verfault und das Vieh hatte nicht genug Futter. Kümmert dich das nicht? Christoph jedenfalls kümmert's.« Sie sah Thomas nicht an. Verschwinde doch endlich!

»Also findest du es auch noch gut, was er herumposaunt?!«

Ob Margarete es gut fand oder nicht, spielte doch gar keine Rolle. Christoph fragte sie nicht nach ihrer Meinung, er hatte seinen eigenen Kopf und seine Hirngespinste, die er sich von niemandem ausreden ließ – schon gar nicht von seinem Weib. Margarete hatte die erste Hälfte ihres Zweckes erfüllt: Geld in die Ehe zu bringen. Und den zweiten Teil, Kinder zu bekommen, würde sie mit Gottes Hilfe auch irgendwann leisten. Mehr hatte sie nicht beizutragen. Zu etwas anderem wurde sie nicht gebraucht.

Der junge Seifert stand da wie eine Salzsäule und besah sich den liederlichen Vorplatz der Riegers. Eine Weile lang schienen sogar die Herbstvögel auf Margaretes Antwort zu warten, aber die Frau schwieg. Sie hatte nichts dazu zu sagen. Aber sie konnte sich ein verächtliches Schnauben nicht verkneifen. Von Thomas wollte sie wissen, wieso er mit diesem Blödsinn ausgerechnet zu ihr kam.

»Weil er um sich schlägt, sobald man etwas an ihm auszusetzen hat.« Thomas sah geradewegs in Margaretes helle Augen, die fragten, ob er sich an ihr auch vergriff. Aber anstatt seine Nase noch tiefer in ihre Angelegenheiten zu stecken, nahm er mit der abgeschwächten Variante seiner Indiskretion vorlieb: »Es ist nicht recht, dass er dich auf den Hof sperrt.«

Margarete mied seinen bohrenden Blick und hackte weiter ohne Unterlass. »Das tut er nicht. Ich gehe in die Kirche und zu den Biehains und auf das Feld. Wo soll ich denn noch hingehen?«

»Du weißt, worauf ich hinauswill. Er lässt dich überhaupt keine Besuche machen ...«

Die Riegerin wurde mit Kopfschütteln nicht fertig und ihre Hacke bohrte sich mit solcher Wucht in die Erde, dass Klumpen umherflogen. »Ich möchte niemanden be...«

»Aber wie sollen die Leute«, unterbrach der junge Seifert das Mädchen, »dich fernab von dem Getratsche um Christoph Elias Rieger kennen und mögen lernen, wenn du dich nirgends blicken lässt?«

Margarete unterbrach für einen kurzen Moment ihre Arbeit und schickte einen teils verunsicherten, teils beleidigten Blick zu Thomas. »Sie mögen mich nicht, das stimmt, aber sie werden mich auch nicht lieben, wenn ich mich ihnen aufdränge. Ich komme gut zurecht, wirklich.«

Wenn Margarete gehofft hatte, mit ihrer Erklärung Thomas zum Gehen zu bewegen, lag sie völlig falsch, denn der gebärdete sich wie ein Samariter: »Du kannst nicht tagein, tagaus allein auf dem Hof hocken. Und warum kommst du nicht mehr zu uns herüber?«

Weil deine Mutter eine verschreckte Heulsuse ist und in jeder Spinnwebe, Vogelfeder und Windböe die Zeichen Satans wähnt. Diesen Gedanken sprach Margarete nicht aus, stattdessen sagte sie: »Deine Mutter hat mir auf dem Markt im August zu verstehen gegeben, dass sie keinerlei nachbarschaftliche Besuche mehr wünscht.« Das war gewesen, als Margarete einen Eierkorb erstanden hatte, den die Seifertin gerne gehabt hätte. Nur wenige Tage später hatte das Gerücht kursiert, Margarete hätte den Korbhändler mit dem bösen Blick behext und deshalb so gut kaufen können. Christophs Verbot, hinüber zu den Seiferts zu gehen, hatte mit Marias Seiferts Verbot, herüberzukommen, konkurriert. So viele Gedanken, wie sich die Leute um ihr Fernbleiben machten, machte sich Margarete nicht einmal um ihre Einsamkeit auf Christophs Hof. Entschlossen hackte sie wieder in ihre Mulde ein. Thomas war hartnäckig und bestand darauf, dass sich die Riegerin und seine Mutter versöhnen sollten, aber davon wollte Margarete nichts wissen. »Mir wird schon nicht langweilig werden, solange alle paar Tage Leute wie du oder der Czeppil vorbeischauen.«

»Der Czeppil war hier?« Thomas hatte Margarete am Arm gepackt, so hart, dass sie die Hacke fallen ließ und den jungen Mann mit erschrockener Miene anstarrte. Thomas' Griff tat ihr weh, aber sie konnte sich nicht befreien. Sie nickte auf seine Frage hin und sah, wie es hinter seinen dunklen Augen arbeitete. Sie beschwor ihn, sie loszulassen, und noch bevor der junge Mann sein grobes Verhalten entschuldigen konnte, schwang eine andere, tiefe Stimme an sein und Margaretes Ohr:

»Ist alles in Ordnung, Margarete?« Unbemerkt hatte Christoph den Hof betreten. Der junge Seifert ließ den Arm der Frau los, als er den Rieger vernahm. Dieser führte seine erschöpften, den Pflug hinter sich her zerrenden Ochsen über den sandigen Vorplatz und ließ Thomas auch dann nicht aus den Augen, als er an ihm und Margarete vorbeitrottete. Christophs Augenbrauen waren zusammengezogen und auf der Nasenwurzel hatte sich die tiefe Furche gebildet, die nichts Gutes verhieß.

»Ja«, rief Margarete und lief zu ihrem Mann, um das Scheunentor zu öffnen. Im Gehen verabschiedete sich Thomas flüchtig und machte, dass er vom Hof kam.

Christoph beobachtete erst den Nachbarn argwöhnisch, der sich davonstahl, dann seine Frau, die seinem Blick auswich.

Sie wartete auf ein Wort, aber alles, was Christoph murmelte, galt den Ochsen, die er aus dem Widerristjoch schirrte und von der Zuglast des Pfluges befreite. Wie damals, als er über den regennassen Hof geschlendert war, als unternähme er einen Sonntagsspaziergang, war sein Blick auch jetzt weich und unergründlich, so als schien er allein mit sich und seinen Gedanken, so als habe er seine Frau und alle Umstände, die ihn mit ihr verbanden, vergessen. Christoph kraulte dem kleineren der beiden gedrungenen Tiere den Schädel zwischen den Hörnern. Er sah durch das Rindvieh hindurch, als er ihm mit behutsamen Fingern Dreck, Fliegenscheiße und Geifer von den Nüstern und aus den Augen wischte. Wie ein Vater seinen Sohn führte Christoph das erschöpfte Tier in seinen Verschlag, der durch eine hüfthohe Bohlenwand von dem des zweiten Ochsen und dem der Milchkühe getrennt war. Dieselben andächtigen Gebaren widmete er dem größeren, ein wenig jüngeren Ochsen, bevor er ihn in den hinteren Verschlag führte. Margarete hatte jede einzelne von Christophs Bewegungen, jeden seiner Handgriffe mit ungeheurer Anspannung verfolgt. Sie wartete auf das Donnerwetter, das über sie hereinbrechen würde, weil sie mit Thomas gesprochen hatte, und sie legte sich die Worte für ihre Rechtfertigung zurecht.

»Hol Wasser, Margarete, steh nicht herum.«

Jeder ihrer Muskeln zuckte, ihr Bauch kribbelte. Christoph hatte es nicht grimmig gesagt, nicht zornig oder herrschend. Er hatte leise gesprochen, seine Worte waren gedämpft an ihr Ohr gedrungen, weil er sich gebückt hatte, um die Hufe des großen Ochsen anzusehen. Margarete machte sich spornstreichs auf den Weg zum Brunnen. Als sie zurückkam, nahm Christoph ihr den Eimer ab und schüttete ihn in der Rinne der Ochsen aus, stopfte mit der anderen Hand Grünzeug in die tief hängende Raufe. All das schien eine Bewegung gewesen zu sein, bei der er sie nicht einen Augenblick lang ansah. Nun streckte er seinen Arm aus und hielt ihr den Eimer über die Bohlenwand der Buchten entgegen. Margarete war so sehr in seinen Anblick vertieft, so sehr damit beschäftigt herauszufinden, was hinter seinem Blondschopf vorging, dass sie nicht nach dem Wassereimer griff. »Margarete …!« Christoph sah sich nach ihr um, rief sie an, als wollte er sie aus einem tiefen Schlaf wecken. Seine Stimme war leise und sehr müde. »Noch mehr, was ist denn nur los mit dir?!« Er resignierte seufzend vor ihrer Verunsicherung, zog den Arm mit dem Eimer wieder ein und stemmte sein Gesäß über die Bohlenwand, um selber Wasser holen zu gehen.

Red' mit mir … Margarete trottete stumm hinter dem Mann her … Schimpf mit mir, brüll mich an, wenn es sein muss, aber tu nicht so, als sei ich nur zum Wasserholen da … Sie verschwand im Haus, die Tür flog scheppernd ins Schloss.

»Was wollte der?« Erst beim Nachtmahl kam der junge Rieger auf den Vorfall zu sprechen und Margarete atmete langsam aus. Jetzt fiel die stundenlange Anspannung von ihr ab, die sich mit dem Warten auf die Schelte in ihr angestaut hatte. Christoph verspeiste in aller Ruhe seine Mahlzeit, wobei er sie beobachtete, und sie spürte jeden seiner Blicke wie spitze Nadelstiche auf ihrem Körper. Obwohl sie den ganzen Abend auf diese Frage gewartet hatte, war sie nun unvorbereitet und nervös. Margarete legte ihren Holzlöffel beiseite – der Haferschleim hatte ohnehin nicht rutschen wollen – und sah auf die Hände ihres Mannes, die locker neben der Schale auf dem Tisch lagen. Wortlos schüttelte sie den Kopf.

»Was wollte der Seifert?«, fragte Christoph erneut, nicht weniger beiläufig als zuvor. Seine Daumen rieben die Kuppen seiner Zeigefinger.

»Er wollte wissen, ob wir beim Eichler vormerken lassen wollen.« Margarete stockte. Warum log sie ihren Mann an? »Im Mückenhain wird in ein paar Tagen geschlachtet, aber ich sagte dem Tho… – dem Seifert –, dass wir schon reichliche Vorräte hätten …«

Christoph räusperte sich und Margarete schwieg darauf. Sie konnte an seinen auf den Tisch trommelnden Fingern nicht erkennen, ob er ihr die Lüge abkaufte. Er hatte allen Grund, sie zu schlagen. Das hatte er schon lang nicht mehr gemacht, aber wenn er ein Recht dazu hatte, dann jetzt. Sie schloss die Augen und hörte ihn gedehnt ausatmen. Sie blinzelte. Keine Maulschelle, kein Haarezerren. Christoph nahm ein Talglicht vom Bord an der Wand. Ohne etwas zu sagen, verließ er die Stube. Margarete konnte die schweren Schritte auf der Treppe, dann über sich in der Schlafkammer hören.

Es sollten die letzten sonnigen Tage des Jahres sein. »Ist Sankt Lukas mild und warm, kommt ein Winter, dass Gott erbarm.« Die Katzen schleppten unaufhörlich Mäuse herbei, um sich ein Fettpolster anzufressen, und die Hühner legten noch weniger Eier als sonst.

Margarete beschloss deshalb, noch einmal alle Kleider zu waschen, die sich im Hausstaat befanden, bevor es zu kalt dafür wurde. Splitterfasernackt hockte sie am Schöps und beeilte sich, ihr Schnürleibchen zu scheuern. Wirklich warm war es nicht mehr an jenem Nachmittag Mitte Oktober, umso schrecklicher war es für Margarete, dass sich die Nesteln der Kleider und Leibchen unter der Strömung des Wassers verflochten. Sie fluchte wie ein Kutscher. Hemd und Rock lagen ausgebreitet auf der Wiese, um von der Sonne ausgeblichen und getrocknet zu werden, sogar ihre Hauben hatte Margarete gründlich gereinigt und sie baumelten nun an den kahl geernteten Ästen des Apfelbaumes. Ihr langes Haar war ihre einzige Bekleidung. Nicht selten wurde sie von Bremsen geärgert, wenn sich diese an dem Frauenkörper gütlich tun wollten, und dann wirbelte Margarete geschwind im Kreise herum, um sie abzuschütteln. Die junge Frau hatte sich eine Stelle am Schöps direkt neben der Scheunenwand ausgesucht, um vor neugierigen Blicken verborgen zu bleiben, und so merkte sie nicht, dass sich Christoph im Inneren der Scheune durch ein paar Ritzen zwischen den Latten an ihrem Anblick weidete.

Der Mann war dabei gewesen, die Stallungen auszumisten, als er durch die sperrige Bretterwand Margarete im Garten bemerkte. Zuerst nur zögerlich, zog es nun seine Blicke immer häufiger in die Richtung seiner Frau, die sich ein Kleidungsstück nach dem anderen zum Waschen auszog. Er war fasziniert von dem Bild, das man sonst den Erzählungen über gläserne Jungfrauen, grüne Edeldamen, Wassernymphen und Bergfeen nach erahnen durfte. Christoph lehnte seine Stirn gegen die Bretterwand, seine Mistgabel stellte er neben sich. Er hatte das entblößte Mädchen nie in hellem Licht gesehen, sie nie in aller Ruhe betrachten können. Er befand Margarete für nicht gerade hässlich, und auch wenn ihre Rundungen üppiger hätten sein können, so war sie doch wohlgestaltet. Vielleicht war es dieses eigenartige Kribbeln in seiner Magengegend, das ihn Margarete heute als ausnehmend schön bezeichnen lassen würde. Ihm gefiel, wie ihr langes Haar in gelben, grauen und braunen Sprenkeln über ihren schneeweißen Rücken fiel. Eine Zuneigung schwoll in seiner Brust an, gegen die er ankämpfte, die er nicht zulassen wollte und die er auszumerzen hatte, aber gegen die wachsende Erektion in seiner Hose war er machtlos. In Stößen brach ihm der Schweiß auf die Haut. Womit konnte er das Mädchen noch strafen, damit er es nicht mögen musste? Ging er ihr nicht aus dem Weg, wann immer es weder Zeit zum Essen noch zum Schlafen war?! Sprach er nicht nur die nötigsten Worte mit ihr, damit sie nicht weibische Gedanken bekäme, die ihn von seiner Arbeit ablenkten? Selbst wenn es ihm schwerfiel, sie zu züchtigen – wenn sie ihm trotzte oder ihm widersprach, was sie nicht selten tat –, bemühte er sich, Margarete spüren zu lassen, wer auf seinem Hof die Hosen anhatte. Und wenn er es nicht fertigbrachte, sie zu schlagen, dann sprach er tagelang kein Wort mit ihr, und er wusste, wie sehr sie sich mit dem Schweigegebot quälte. Aber er mochte es genauso wenig wie sie. Damals auf dem Augustmarkt hatte er sie lachen sehen. Sie hatte mit dem Uhsmannsdorfer Schmied geplaudert und aus Herzenslust gelacht. Da hatte sie nicht wie die unsägliche Bettina Wagner ausgesehen. Da hatte sie wie Margarete ausgesehen und Christoph hätte ihr gerne länger zugesehen, hatte aber dem alten Gottfried Klinghardt beim Beladen seines Eselskarrens geholfen und sich halbherzig angehört, welche Sorgen der mit der vielen Arbeit auf dem Weinberg und seinem Gespanndienst hatte.

Christoph wollte Margarete gerne wieder einmal so ausgelassen lachen sehen, aber nicht ein einziges Mal hatte sie in den vier Monaten, die sie verheiratet waren, in seiner Gegenwart gelacht.

Er schloss die Augen. Onan hatte seinen Samen auf den Boden fallen lassen und war dafür verdammt worden. Er öffnete die Augen wieder und spähte durch das Astloch. Durfte er als verheirateter Mann Hand an sich legen? Er beobachtete die Wallungen von Margaretes Schenkeln, ihres Busens, ihres Pos. Christoph war in einer Zwickmühle. Er wandte sich um und sein Blick traf das Hinterteil einer Kuh, ein Anblick, von dem ihm schwindelte. Sodomie war schlimmer als Onanie, dachte der Verwirrte bei sich und widmete sich wieder dem Ausblick aus der Wandritze, während er in seiner Hose zu Werke ging.

Gerade als der Druck schier unerträglich zu werden schien und jede Faser in seinem Körper nach Erleichterung schrie, ihm der Samen warm über seine Finger fließen wollte, trat die dicke Anna Biehain humpelnd in das Sichtfeld des Spaltes und stellte sich vor Margarete hin. Stöhnend schwang Christoph seinen Kopf zur Seite, wobei er mit seiner Stirn schmerzvoll die Mistgabel zu Boden stieß. Das Gesicht verzog er zu einer kläglichen Grimasse. Die ersehnte Befriedigung war ausgemachtem Ekel gewichen. Geniert wischte sich Christoph das Produkt seines sündigen Verhaltens mit einer Handvoll Heu von den Fingern, stand dann unschlüssig da und wusste nicht so recht, wohin mit dem Büschel. Warf er es zurück zum Futterheu, überlegte Christoph fiebrig, würden die Kühe, wenn sie davon aßen, womöglich im Frühjahr Kälber mit Menschen- oder Menschen mit Kälberköpfen gebären.

Noch während Margarete mit den Leibchennesteln und Bremsen kämpfte, legte zwei forsche Hände ihr das eigene Hemd über die Schultern. Die unerwartete Berührung und ein hölzern klingendes Rumpeln von der Scheune her ließen sie herumfahren. Vor ihr stand Anna Biehain. Wie hatte die

Alte es wagen können, sich ungefragt Eintritt in ihren Garten zu verschaffen?! Margarete schämte sich ihrer Blöße und wickelte sich rasch in das Hemd, sammelte dann ihren Rock ein und schlang ihre Haube kugelförmig um ihren Hinterkopf. Im Nacken steckte sie sie mit Nadeln fest. Erst als ihre Garderobe einigermaßen saß, konnte sie den Blick heben und die Herzogin von Mäuselwitz und Kicherburg begrüßen. Aber der Alten war wohl das Zepter abhandengekommen, denn weder Kichern noch Geifern stand auf ihrer Tagesordnung. Anna Biehain brauchte eine Weile, um sich vom Anblick der jungen Riegerin zu erholen. »Für dich«, stammelte sie und bekam rote Flecken am Hals, während sie aus ihrem Weidenkorb ein Päckchen fischte. Der fragende Blick Margaretes nötigte der Alten eine Erklärung ab. »Mistelkraut und Schafgarbe.« Die Jüngere zeigte sich noch immer wenig verständig, und so fuhr die Alte zögerlich gestikulierend fort: »Ich habe mir versichern lassen, dass es den Kinderkeim enthält. Mache dir daraus einen Aufguss und trinke ihn in der Stunde nach der Dämmerung, denn nur dann kann sich der Seelenkeim eines Kindes in deinem Leib einnisten. Und daraus«, Anna kramte einen kleinen Leinenbeutel, der mit Mugwurz gefüllt war, hervor, »mache dir am selben Abend ein Fußbad, das den Unterleib wärmen soll, und danach solltest du mit Christoph …« Die alte Bäuerin räusperte sich und sah sich Hilfe suchend im Garten der jungen Riegerin um. An ein paar verwelkten Blümchen, deren schlaff auf der kalten Herbsterde liegenden Blätter erahnen ließen, welcher Art und Pracht die Pflanze einst gewesen war, blieb ihr Blick haften. Ächzend bückt sich Anna nach dem toten Gewächs und schimpfte mehr zu sich selbst als zur jungen Frau: »Es wird Zeit, dass du schwanger wirst, Margarete.« So behäbig sie sich an die Blume herangemacht hatte, so energisch riss sie sie nun mit der Wurzel heraus. »Schlüsselblumen, Kind! Ich habe meiner Schwester oft gesagt, dass sie sie ausmerzen soll, aber Dorothea hat mich ausgelacht, hat mir nicht geglaubt. Dem Christoph aber hat die Schlüsselblume nichts als Unglück gebracht.« Ihr abschätziger Blick galt ganz allein Margarete, die noch immer ohne Schuhe und mit achtlos übergeworfenem Hemd im Garten stand und das Treiben der Älteren beobachtete. »Schlüsselblumen verbinden den Menschen mit der Geisterwelt ...« Anna bekreuzigte sich. Die von Erde beschmutzten Hände hinterließen hässliche Flecken auf ihrem Brusttuch. »In ihren Kelchen wohnen Elfen und Wichtel, die wer weiß was mit einem anstellen. Ich glaube nicht an Reichtum und Glück, den sie bringen sollen, nein, nein, das ist alles Teufelswerk. Raus damit«, sprach sie und warf die Schlüsselblumen in hohem Bogen in den Schöps, von dem sie langsam fortgetragen wurden. »Stattdessen solltest du im Frühjahr Johanniskraut ansäen: Hier!« Sie deutete auf den Flecken, wo eben noch die verwelkten Schlüsselblumen gestanden hatten. »Und da!« Sie winkte zum Schöps hinüber, vor dem sie seit jeher eine Heidenangst hatte. »Und dort!« Die Alte zeigte auf den schmalen Durchgang zwischen Haus und Scheune, den sie mit dem vor Geisterspuk und Hexenwerk schützenden Kraut bepflanzt wissen wollte. Sie hielt Margaretes teils verdutztem, teils empörtem Blick stand, atmete die Luft, die die Jüngere schnappen wollte, langsam ein und sagte dann mit Blick in den Weidenkorb: »Ich bringe Christoph ein bisschen Speck, Schinken und frisches Brot für die Reise.«

»Reise? Welche Reise?«, fragte Margarete. Vergessen waren Kräuterei und Aberglaube. Sie stopfte das Päckchen und den Beutel in die weiten Rocktaschen und band sich die Schuhe an die Füße. Aus den Augenwinkeln beobachtete sie Anna, die ihre eben noch pikierte Haltung straffte. Bevor Margarete mit ihren Bundschuhen fertig war, hatte Anna auch schon die Reichsinsignien von Spinnwebhausen zurückerobert und gebärdete sich in gespielter Bestürzung: »Er hat dir wohl gar nichts gesagt?« Ganz offensichtlich genoss sie Margaretes Verblüffung.

»Gesagt?«

Die Ältere stolzierte zwischen den zum Trocknen ausgelegten Wäschestücken umher, als bewege sie sich in einem reich geschmückten Kronensaal, und verkündete majestätisch: »Er wird nach Görlitz fahren. Eine Kolonne ist auf dem Weg von Meißen nach Görlitz und Christoph wird sich ihr anschließen.« Sie warf sich vor Stolz in die Brust und Margarete befürchtete, die Alte würde nach hinten umkippen, wenn sie ihre Nase auch nur einen weiteren Zoll in die Höhe reckte. »Schon morgen. Ich dachte, er hätte es dir erzählt. Christoph hat es mir und Hans schon vor Wochen erzählt, damals, als er den Obstzehnt aufs Gut brachte.«

»Oh ja, selbstverständlich wusste ich davon – die Reise ...«, spielte sich Margarete vor der alten Bäuerin auf. In ihr flammte ehrliche Wut. Die herrschaftlichen Biehains und nicht das eigene Weib wussten von so tragenden Ereignissen? Sie breitete das zuletzt geschrubbte Leibchen zum Trocknen aus und verabschiedete sich ungehörig forsch von der Alten, es sei Zeit zum Abendmelken. Im Gehen schnappte sie sich den Weidenkorb aus der Hand der Biehainin, überhörte deren empörtes Schnauben und verschwand durch den Gang zwischen Haus und Scheune.

In der Scheune fand Margarete Christoph beim Ausmisten. Sie baute sich vor ihm auf, stemmte die Arme in die Seiten und blickte ihn wortlos an. Eine Weile ließ er sich das gefallen, dann aber riss sein Geduldsfaden und er fauchte sie an: »Was?!« Als ihm aber Margarete keine Antwort geben wollte, rammte er mit Wucht die Mistforke in den Heuhaufen und stemmte ebenfalls die Hände in die Hüften. So standen sie sich gegenüber und das Mädchen machte es sich zur Aufgabe, seinem Blick nicht zu weichen. Sie verlor die Partie, zu mächtig waren Christophs blaue Augen. Ihr Blick glitt zu Boden. »Wozu fährst du nach Görlitz«, wollte sie wissen, die Augen auf die Kuh geheftet, die ihren Rumpf gegen ihre Hüfte stemmte und das pralle Euter an ihrem Bein rieb, dem Bedürfnis folgend, endlich gemolken zu werden.

Christoph räusperte sich. Er schien verlegen. So sah Margarete ihn selten. Er stammelte etwas vom Kehrpflug, den er reparieren lassen wollte. Aber er sagte nicht alles. Er verheimlichte etwas vor ihr, das spürte Margarete. Sie wusste, dass Christoph ebenso schlecht lügen konnte wie sie. Das hatte sie oft beobachtet. Aber es war wohl mehr die Tatsache, dass er ihr etwas verschwieg, als dass er sie angelogen hatte. »Ich komme mit.« Das war nur recht und billig. War es nicht ihre Idee gewesen, das Ding in Görlitz reparieren zu lassen?!

Mit einer raschen Bewegung griff Christoph nach seinem Werkzeug, wobei er ein kurzes Kopfnicken andeutete.

Margarete bekam kein Auge zu. Sie hatte nicht schlafen können, stand immer wieder vom Bett auf und schlich sich aus der Schlafkammer. Mitten in der Nacht begann sie, die Lageräpfel in der Apfeltonne zu schichten, eine Aufgabe, die sie seit ein paar Tagen vor sich herschob und die sie schon in ihrer Kindheit verdrossen hatte. Im Morgengrauen erst zog sie sich in eine der kleineren Kammern zurück, um Christoph nicht zu wecken und selbst Ruhe und ein wenig Schlaf zu finden. Sie fror. Es war Oktober und des Nachts schon empfindlich kalt. Und wie sie da so allein in der kleinen Kammer über dem Lagerraum lag, beschlich sie eine bisher kaum so lebendige Erinnerung an ihre Einsamkeit in Zeiten der Armenspeisung und zugleich das Gefühl, auch dort nicht einsamer gewesen zu sein als hier. Aufrichtig vermisste sie den gleichmäßigen Atem Christophs, der zwei Holzwände weiter in der großen Kammer lag. Sie vermisste den Klang der Hiebe, die er seinem Kissen versetzte, bevor er sich schlafen legte.

Ihre ganze Welt war der Raum zwischen ihm und ihr. Mehr gab es nicht, und wenn in Nächten wie dieser ihre geregelte Ordnung durcheinandergeriet, fühlte sie sich hilflos und verloren.

Margarete konnte sich nicht erinnern, wann sie das letzte Mal in der Stadt an der Neiße gewesen war. Seitdem mochten hundert und mehr Jahre vergangen sein. In einem anderen Leben war sie mit ihren Eltern und den Geschwistern mit der Osterprozession mitgelaufen und fast von Sinnen gewesen angesichts der riesigen Steinbauten, der Vielzahl von Kirchen und Türmen und all der Menschen. Ein Jahr lang hatten die Kaufleute und Bauern nur mit gemischten Gefühlen die Stadt befahren, die meisten aber waren ihr aus Angst vor der Pest ferngeblieben. Das Tor zur östlichen Welt dürstete nach Händlern, Reiselustigen und Schaustellern und sog alle Menschen wie ein Schwamm auf. »Das Tor des Ostens« nannte selbst der böhmische König Wladislaw Jagello die Stadt zwischen Neiße und Erzgebirge.

Von Norden her fuhren Christoph und Margarete auf die Stadt zu. Die Ochsen trotteten gemächlich und der Mann sah keinen Grund, sie zur Eile anzutreiben. Sie würden vier bis fünf Stunden brauchen. Die junge Frau gebärdete sich wie ein Kind und zappelte auf ihrem Po hin und her, dass das Gespann unruhig wurde und Christoph über sie den Kopf schütteln musste. Aber Margarete schwieg. Ihre Nervosität, ihre Verfassung, gemischt aus Furcht und Vorfreude, hatte ihr die Kehle ausgetrocknet. Sie hatte geschwiegen, als sie vom verwunderten Christoph in der kleinen Kammer gefunden und geweckt worden war. Sie hatte nichts gesagt, als sie beide das erste Mahl zu sich nahmen, und sie brachte kein Wort über die Lippen, als ihr Christoph auf den Karren half, auf dessen Ladefläche der lädierte Kehrpflug lag. Nur das Nötigste wurde gesagt, und dennoch musste Margarete von Christoph manches Mal bei den kleinsten Belangen mehrfach angesprochen werden, bis sie den Wasserkrug hinter dem Bock für ihren Mann hervorwuchtete, ein Stück von Annas Speck abschnitt oder die Fuhrriemen übernahm, wenn Christoph am Wegesrand das Wasser wieder loswerden wollte. »Tritt nicht auf einen Lutken!«, rief Margarete Christoph hinterher, den sie für seinen Mut, die Landstraße zu verlassen, bewunderte. »Sonst werden wir in die Irre geführt.« Sie erntete nur verständnisloses Kopfschütteln. Zu sich selber murmelte sie: »Auch wenn wir den Weg noch so gut kennen: Ein Tritt auf ein verhextes Grasbüschel, und aus ist es mit der Reise.«

Aber Christoph hatte sie gehört. »Dann fahren wir den Rest unseres Lebens im Kreis herum, oder was?«

Margarete ließ ihn, während er an seiner Hose werkelte, nicht aus den Augen und erwiderte mit neunmalkluger Ernsthaftigkeit, dass er seinen Hut mit der Innenseite nach außen aufsetzen müsse, um den Lutken-Zauber zu bannen.

Einmal hatte sich Christoph aber so viel Zeit zum Wasserlassen genommen, dass Margarete mit dem Karren schon an die fünfzig Fuß weitergefahren war, bevor er herbeigelaufen kam und sich auf den Kutschbock schwang. Während der Bursche den Ausflug mit Vergnügen genoss, nahm das Mädchen verschreckt und übermäßig wachsam daran teil.

Die ersten Hügel machten den Tieren schwer zu schaffen. Die Straße war schlecht, die Fahrrinnen ausgeschwemmt, sodass die Räder der Kutsche in ihnen mehr trudelten als rollten. Als die unbefahrene Landstraße in die Via Regia mündete, schloss sich Christoph einer Kolonne an. Es waren Fuhren aus den westlichen Landen. Er wechselte ein paar Grüße, als die vollgepackten Karren an dem seinen vorbeizogen, damit er sich hintan einreihen konnte. Margarete hütete sich, mit diesen Leuten zu sprechen, aber ihre Augen bohrten sich fragend in die fremden Gefährte: Fässer, so groß, dass Männer stehend hineinpassten, Säcke, so unförmig, dass sie sich vergebens den Kopf darüber zerbrach, was sie wohl beherbergten, und Planwagen, bis auf den letzten Zoll gefüllt mit Leuten, Hausrat und Handelswaren, zogen gemächlich an ihnen vorüber. Die Menschen auf den Karren sahen verschlagen und erschöpft aus. Sie trugen eigenartige Kleider und sprachen eine Sprache, die Margaretes gleich zu sein schien und doch ganz anders klang.

»Mit einem kaputten Pflug auf der Königsstraße unterwegs?«, formte ein bärtiger Händler seine Worte tief in seiner Kehle. Sie klangen so zerquetscht und verbeult, als hätten sie seine Zunge nicht einmal gestreift, sondern purzelten direkt aus seinem Adamsapfel in die Landschaft. Christoph entbot dem Fremden lachend die Tageszeit. Margarete flüsterte, er solle nicht mit den Leuten reden, aber Christoph belächelte ihre Sorge. Gemächlich lenkte er sein Ochsengespann hinter der Handelskolonne her und schien bester Laune.

Als sie die Spitze des letzten Hügels erreicht hatten, reckte Margarete den Hals, um die Türme und Dachreiter der Neißestadt sehen zu können, aber sie waren noch viel zu weit entfernt, um die Stadt auch nur erahnen zu können. Erst als sie von ihrer Südroute gen Osten bogen, erkannte sie die dunkle Anordnung einer Wohnsiedlung. »Die Nikolaivorstadt«, rief sie aus, sodass Gespann und Kutscher zusammenfuhren. Angesichts der erschrockenen Miene ihres Mannes zügelte Margarete ihr Temperament. Aufmerksam betrachtete sie die Fachwerkbauten und fragte sich, welches aufregende, facettenreiche Leben sich in ihnen abspielen mochte. Sie wurde so nachdenklich, dass sie Christoph auch nach wiederholtem Bitten den Wasserkrug nicht reichte und er sich selber bemühen musste. Margarete stützte sich mit den Handflächen auf dem Sitz des Kutschbocks ab, um besser sehen zu können. Dann zeigte sie auf einen spitz in den Himmel ragenden Dachreiter, der höher zu sein schien als sein Unterbau. Christoph lenkte das Fuhrwerk an diesem Ort vorbei, ohne auch nur ein einziges Mal aufzublicken. Das wunderte Margarete. Sie schaute zwischen ihrem Mann und der Heiligen-Grab-Kapelle von Jerusalem hin und her, bis sie nicht mehr an sich halten konnte. »Es ist nicht einmal ein Menschenleben her, dass Georg Emmerich nach Jerusalem ging, um seine Liebe für Beningna zu beweisen. Und du hast keinen Augenblick dafür übrig?« Sie betrachtete den Platz, an dem der Wallfahrer das Heilige Grab hatte aufbauen lassen.

Christoph sah verunsichert zu Margarete hinab, folgte ihrem Blick und zuckte dann mit den Achseln. »Du glaubst doch nicht etwa den Blödsinn?« Er wartete auf eine Antwort. Auch ohne Zutun ihres Herrn trotteten die Ochsen durch die enge Vorstadt. Christophs Blick ruhte lange auf seiner Frau, doch die zuckte nur einfältig mit den Achseln. »Glaubst du allen Ernstes, dieser Emmerich sei extra nach Jerusalem gezogen, um die Maße des Heiligen Grabes abzuschreiten? Im Kampf um Leben und Tod?« Christoph lachte hämisch auf. »Hierzulande kann dir jeder Dorfmeißler so einen Kasten hinsetzen. In deinen Garten, wenn du es möchtest.« Margarete war beleidigt wegen der gefühllosen Darstellung dieser sagenumwobenen Geschichte. »Das ist wieder mal typisch: Die Weiber werden ewig an den Ritter glauben, der im Kreuzzug für seine Holde das von den Sarazenen befreite Jerusalem vor die eigenen Stadttore stellt.« Er spuckte aus und Margarete hasste ihn dafür. Sie hasste es, dass er sich über ihre Träumereien lustig machte.

Christoph trank einen Schluck und spuckte erneut aus, er war noch nicht fertig: »Ich will dir sagen, was Christoph von Gerßdorff vor Jahren meinem Vater erzählt hat, wie es tatsächlich um unser Heiliges Grab bestellt ist! Es trug sich nämlich zu, dass Georg Emmerich – dein Prinz oder Ritter, wie du willst –,

Anhänger der Ungarn, ein unkeusches Verhältnis zur Kaufmannstochter Beningna unterhielt, deren Eltern Anhänger der Böhmen waren. Die Ungarnanhänger befanden die Heirat für weniger gut, die Böhmen wiederum befürworteten sie. Die angeblich so Verliebten wurden nicht gefragt. Unter Androhung der Exkommunikation wurde Georg Emmerich genötigt, das Ansehen der rechten Partei durch eine Pilgerfahrt nach Jerusalem wiederherzustellen. Die Pilgerfahrt – der alte Gerßdorff schwor Stock und Bein darauf, dass es nie eine gegeben habe – war für Emmerich und seine Sippe eher eine politische und wirtschaftliche denn fromme Unternehmung. Wenn du mich fragst, klingt das glaubwürdiger als all die weibischen Legenden um den Emmerich.«

Ich frag dich aber nicht!, rumorte es in Margaretes Kopf. Kleinlaut gab sie zurück: »Er war immerhin ein Ritter vom Heiligen Grab, egal ob er nun jemals im Heiligen Land gewesen war oder nicht!« Christoph streifte sie mit einem Lächeln, das sie nicht zu deuten vermochte. Und als seine Blicke nicht abebben wollten, brüllte es hinter ihrer errötenden Stirn: Und was bist du? Ein Bauer! Christoph machte sie immer so wütend. Das hatte er schon in ihrer Kindheit geschafft: über sie spotten und ihre Worte im Mund zermalmen, indem er auf ihnen herumtrampelte. Margarete schaute ihren Händen zu, die in ihrem Schoß ein paar lose Fäden aus dem Wollrock zupften. Sicher hatte er recht. Wie konnte sie die Geschichte nachprüfen, was wusste sie schon?

Noch in der Vorstadt lud Christoph bei einem Tischler den Pflug ab. Die Angelegenheit dauerte keine zehn Herzschläge.

Dann passierten sie das Kreuztor, nachdem sie, wie die anderen Wagen der Kolonne, den Einfuhrzoll entrichtet hatten. Die Stadt wurde durch eine doppelte Mauer begrenzt, und die wiederum war bestückt von vielerlei Türmen und Bastionen. Margarete staunte, wie gedrungen der Kreuzturm aussah, und dachte darüber nach, wie es möglich sein konnte, dass er vor Jahren, als sie das letzte Mal hier hindurchgefahren war, viel höher gewesen war.

Die Riegers überquerten die Zollzone zwischen den Mauern und folgten der Nikolaistraße nach Süden. Margarete war wie benommen von der Betriebsamkeit der Leute an diesem Vormittag. Sie sah, wie Frauen mit Wäschekörben auf den Köpfen balancierten, Kloakepfützen übersprangen und obendrein auch noch munter schwatzten und lachten. Ältere Frauen kehrten die Wohnungen aus und jüngere gossen schmutzig braunes Wasser auf die Straße, sodass es aufschäumte. »Siehst du das?« Christoph deutete auf das wabernde, Blasen schlagende Rinnsal. »Viertausend Seelen sind vor einem Dreivierteljahr an der Pest krepiert und sie haben nichts dazugelernt!« Mit angewidert hochgezogenen Nasenflügeln schüttelte er den Kopf. »Ich möchte nicht, dass du mit irgendjemandem hier sprichst. Du trinkst nicht aus den öffentlichen Brunnen, du gibst niemandem die Hand und kaufst nichts, klar?«

Margarete dachte über Christophs Worte nach, sah einigen Knaben zu, die sich im Jonglieren mit verfaulten Runkelrüben übten, und beobachtete zwei kleine Mädchen, die den Reifen antrieben. Sie schaute ein zweites Mal hin: Die Mädchen spielten nicht mit braun und rot bemalten Holzreifen, sondern mit aneinandergebundenen ausgedienten, von geronnenem Blut und Fellfetzen überzogenen Spannbögen eines Gerbers. Sie schauderte und fragte: »Hast du das auch vom alten Gerßdorff gelernt?«

Christoph stutzte, sah Margarete erst einfältig an und grinste dann kopfschüttelnd. »Nein, vom jungen.« Er wurde schnell wieder ernst und fragte die Frau neben sich, ob sie verstanden habe, was er ihr über das Wasser und das Händeschütteln gesagt hatte.

Sie bejahte nicht weniger ernst und mit tonloser Stimme. Ihr Blick haftete an einem alten Mann, der auf der Straße saß und dessen Rockzipfel in einer braunen Pfütze schwamm. Er bemerkte es nicht, denn seine Augen waren milchig trüb. Er hielt die Hände auf für Almosen.

»Du machst mir Angst, Christoph.« Margarete erblickte eine Magd, die einer Zofe einen bunt gefüllten Gemüsekorb hinterhertrug, und sie konnte sehen, wie die beiden in einem der hohen Steinhäuser verschwanden. Der verdreckte Saum des Rockes der Magd hinterließ eine glänzende Schmutzspur auf dem Steinfußboden der Halle.

»Du musst vorsichtig sein, das ist alles!« Christoph sah sie von der Seite an, aber Margaretes Aufmerksamkeit war auf etwas anderes gerichtet. Ein Knecht hatte Mühe, zwei Pferde im Zaum zu halten, während der edle Herr in seiner farbenprächtigen Schaube einer noch edleren Dame beim Besteigen der Kutsche half. Einen kleinen Zipfel von deren bunter Kleidung konnte sie vom vorbeiratternden Karren aus erspähen, einen Hauch des purpurn schillernden Stoffes, von dessen verführerischer Weichheit sie gehört hatte, erahnen. Margarete hatte sich nichts unter dem Schimmer eines Gewebes vorstellen können, das so dünn war, dass es im Sommer kühlte, und zugleich dick genug war, um im Winter zu wärmen. Der Zipfel des Tuches, das die junge Riegerin gerade noch sehen konnte, bevor ihn die Kutschentür verdeckte, musste jener geheimnisvolle, fremdartige Sammet sein, der mit geschweiften Rosetten und gesprungenen, von Ranken umrahmten Granatäpfeln und Pinienzapfen das hervorstrahlte, was sie selber nie besitzen würde: Farben. Margarete schämte sich ihres braunen Wollrockes, des ebenso braunen Leibchens und des schmutzig weißen Hemdes darunter. Sie konnte die Entenschnabelschuhe des feinen Herrn sehen, mit denen er galant um die Dreckhaufen auf der Straße tanzte und es verstand, sich nicht zu beschmutzen. Sie schaute auf Christophs Füße: in Bundschuhe gepresste schwielige, verhornte und stinkende Treter, die nicht sehr oft in das Licht der Welt gehalten wurden. Seufzend strich Margarete über ihre Haube, prüfte, ob alle Haare von ihr verborgen wurden, und beneidete die Dame in ihrer Kutsche um die Freiheit, ihr Haar offen tragen zu dürfen. Margarete hatte sich einmal die Freiheit genommen, mit offenem Haar in ihrem Garten zu arbeiten, hatte aber schnell festgestellt, wie heiß es unter der Wallemähne war, wie schnell das Haar, das sie alle paar Wochen im Schöps auswusch, verschmutzte und verfilzte und wie hinderlich es bei der täglichen Arbeit war. Am meisten aber hatten sie die Blicke vorbeifahrender Bauern gestört, die sich nach ihrem für eine verheiratete Frau unschicklichen Haarwerk die Hälse verdreht hatten.

Der Karren rumpelte noch immer nach Süden, nun die Peterstraße entlang und auf die Nordzeile des Untermarktes zu. Sie durchfuhren die Nordzufahrt zum Markt, und kaum, dass der Wagen über das Kopfsteinpflaster geholpert war, reckte Margarete den Hals zur Westseite des Platzes. Es war noch immer da:

An dem die Westgrenze des Marktes bezeichnenden Rathaus befand sich unverändert das alte Waffenrelief, das sie schon als junges Mädchen stundenlang bestaunt hatte, während ihr Vater, der Schmied, neue Materialien bei Händlern aus dem Erzgebirge kaufte. Das Relief stellte das Wahrzeichen einer rechtsgläubigen Stadt dar, die sich vom Ketzerkönig Georg Podjebrod losgesagt hatte. Es zeigte das Hauswappen des früheren Königs Matthias Corvinius von Ungarn und Böhmen.

Vor einem halben Menschenleben hatte man das Relief über der neuen Turmpforte anbringen lassen. Der vierkantige Rathausturm schreckte Margarete, solange sie sich vorzustellen versuchte, welche Gräueltaten in ihm vorgenommen wurden. »Man munkelt, der Turm soll erhöht werden.« Christoph hatte Margaretes abschätzenden Blick bemerkt. Seine Augen jedoch ruhten nicht auf dem Rathausturm, sondern auf ihr. Er schaute skeptisch, besorgt und verhohlen neugierig; er schaute wie damals, als Thomas Seifert Margarete schroff am Arm gepackt hatte: Alles in Ordnung? Er erklärte: »Man will den Ort der Rechtschaffenheit bis weit über die Neiße sichtbar machen.«

Ließe er sich nicht von seinem Ochsengespann durch Görlitz ruckeln, dachte Margarete bei sich, würde Christoph jetzt wieder ausspucken. Schließlich haftete auch sein geringschätziger Blick auf dem Rathaus.

Behäbig bahnten sich die Ochsen ihren Weg über den belebten Platz. Margarete erinnerte sich an die Arkadengänge, von denen die böhmische Marktanlage gesäumt wurde. In den engen Gängen tummelten sich Händler, Verkäufer und Käufer und begutachteten Waren von unterschiedlichster Art und Herkunft. In der Mitte des Marktes thronte eine Häuserreihe, die Zeile, an deren Ostseite die Kaufmänner von der Waage empfangen wurden. Nach Osten, vom Untermarkt wegführend, erkannte die junge Riegerin die Lauben der Neißstraße, durch die sie als kleines Mädchen an der Hand ihrer Mutter spaziert war und zugesehen hatte, wie die herrlichsten Köstlichkeiten unter das Tuch über dem Weidenkorb wanderten, den die Mutter trug. Die Lauben führten vom Burgberg hinab in das Viertel der Gerber und Färber.

Christoph sprang vom Karren; er hatte an der Ostseite des

Marktes gehalten. Margarete sah ihn in einem der Kaufmanns-häuser verschwinden. Er hatte ihr nicht gesagt, wohin er gehen würde und was sie tun sollte. Ihr war unwohl bei dem Gedanken, allein in dieser riesigen Stadt auf dem Markt zu bleiben. Ohne Zweifel musste jemand auf die Ochsen achtgeben, aber selbst wenn es ein dahergelaufener Vagabund unternehmen würde, die Tiere zu stehlen, wie konnte sie ihn daran hindern? Sollte sie die Räuber mit einem kräftigen Hieb ihres Wollbeutels in die Flucht schlagen?

Noch bevor ihr Angstschweiß auf die Stirn treten konnte, war Christoph schon wieder da. Stumm wie ein Fisch führte er das Gespann durch eines der Rundbogentore in das Innere des Hauses. Der Wagen passierte eine breite Erdgeschosshalle, die man von den zum Markt hingestreckten Arkaden einsehen konnte, und glitt wie auf Kufen in eine über mehrere Geschosse reichende zentrale Halle. Die glatt geschliffenen Steine und glänzenden Geländer spotteten den trampelnden Rieger-Ochsen und warfen deren Tosen zurück. Margarete legte den Kopf in den Nacken, um hoch oben das Gewölbe erkennen zu kön-nen. Die Halle war schummrig, obschon die gekalkten Wände das Tageslicht zur Genüge reflektierten.

Christoph wurde von einem reich gekleideten untersetzten Mann in Empfang genommen. Die beiden verschwanden durch eine Tür, die zur saalartigen Hauptwohnstube führte. Marga-rete hatte kein Zeitgefühl, wenn sie den Stand der Sonne nicht beobachten konnte, deshalb beschloss sie, vor der Halle auf ihren Mann zu warten.

Unter den Arkaden vor dem Haus wurde es ihr bald lang-weilig und ihr Magen begann zu knurren. Also beschloss sie, Gebackenes zu kaufen. Das hatte sie sich nach stundenlangem Warten inmitten geschäftiger, rücksichtslos umherbrüllender und sie anrempelnder Leute verdient. Sie wollte sich nicht weit von dem Haus entfernen, das Christoph vor über einer Stunde verschluckt hatte, aber ein auf sie einströmender Geruch war verführerischer als der andere, und so schwebte sie wie eine Feder von Händlerstand zu Händlerstand und verlor darüber die Orientierung.

Wovor man sich fürchtet, ist man nicht gefeit, und so kam es, dass Margarete auf der Suche nach einem Mittagshappen sehr nahe an die Neiße gespült wurde. Sie wusste, dass sie sich vor den Ostmauern der Stadt befand, aber welche Gassen und Plätze sie nehmen sollte, um zurück zum Markt zu gelangen, wusste sie nicht. Sie hatte sich verlaufen.

Es dauerte etwa eine Stunde, bis sie zum Markt zurückfand. Kaum, dass sie dort angekommen war, erblickte sie Christoph, der vor den Arkaden an dem mit Jutesäcken beladenen Karren lehnte und einen Apfel bis zum Strunk abnagte. Er musste sie erblickt haben, noch bevor sie ihn gesehen hatte, und er ließ sie keinen Bissen lang aus den Augen. Während sie sich Christoph näherte, zog sie den Kopf ein wie ein verschrecktes Kind. Das setzt Prügel, durchfuhr es sie. Aber nicht nach ihrem Gesicht, sondern nach dem Rinnstein streckte sich seine Hand aus und ließ den Apfelrest in hohem Bogen in der Gosse verschwinden. »Wo warst du?« Seine Stimme klang weder verärgert noch angespannt, sondern neugierig und überrascht, dass sich Margarete überhaupt vom Kaufmannshaus entfernt hatte.

Margarete war überall gewesen auf ihrer Odyssee durch die Stadt. Sie war in enge schmutzige und nach Exkrement stinkende Gassen gedriftet, hatte schlecht gekleidete Frauen mit tief hängenden Brüsten und vollen Bäuchen, von oben bis unten mit Rotz und Scheiße besudelte, im stinkenden Moloch spielende Kinder und barfüßige Männer mit vor Fett und Dreck triefenden Haaren gesehen und ihr war übel gewesen von der beschränkten Welt zwischen Häusermauern auf Pflastersteinen sowie dem turbulenten Treiben. Sie hatte sich geniert für die Menschen, die hier alles, was sie taten und sagten, mit der ganzen Gasse zu teilen hatten. Wie verbargen die Städterinnen ihre Monatswickel vor der Nachbarschaft? Wo bauten sie ihre Küchenkräuter an? Wie gestaltete sich das nächtliche Zusammenfinden zwischen Mann und Frau, ohne dass es am nächsten Morgen von der halben Nachbarschaft mit Häme ausgewertet würde? Wo trockneten die Leute ihre Wäsche? Zumindest wo sie ihre Wäsche wuschen, hatte Margarete erfahren, denn sie hatte irgendwann den Weg aus dem Wirrwarr der in Abständen von Strebebögen überspannten, von Holzpantinen, Eselskarren und Fassrollern bebenden Gassen herausgefunden und die östlichsten Stadtmauern erreicht, wo das Neißtor einen Blick auf das tosende, grünlich schäumende Wasser des Flusses bot.

Und hier tummelten sich Frauen, die lachend die Wäsche in der trüben Brühe wuschen. Die gewaschenen Kleider, die sie auf einen Haufen klatschten, hatten nicht minder schmutzig ausgesehen als jene, die erst noch einer Reinigung unterzogen werden sollten. Margarete hatte sich nicht getraut, von Blut und Tierhaaren besudelte Gerber, angetrunkene Kutscher, geschäftig umherwieselnde Händler und Kaufleute oder von zweifelhaftem Leumund behaftete Dirnen nach dem Weg zurück zum Markt zu fragen. Stattdessen war sie auf den Burgberg gestiegen, auf dem sich der Bau der Petri-et-Pauli-Kirche vor ihren Augen auftat und ihr Herz stolpern ließ, als sehe sie ihn zum ersten Mal. Wie sehr hatte sich die Kirche verändert! Als Margarete im Mädchenalter dort gewesen war, war ihr der Zutritt verwehrt worden, weil zu der Zeit aus den Pfeilern und Wänden der Kirche Gewölberippen zu einem Sternennetz hervorgebrochen wurden. Niemand außer den Bürgersleuten hatte damals dieses mächtige Gotteshaus betreten dürfen. Conrad Pflüger war der Name des Gewölbemeisters und damals in aller Munde gewesen. Wie winzige Ameisen hatten die Männer jetzt wie damals ausgesehen, die wie eh und je dabei waren, die drei mittleren Schiffe der Kirche mit dem großen Kupferdach zu überziehen. Heute war die Kirche für Margarete und ihresgleichen offen gewesen, aber sie hatte es nicht gewagt, sich in die langen Sitzreihen zu begeben. Die fein gekleideten Kirchgänger, das hallende Raunen, das dem Murmeln des trügerisch ruhigen Schöps nicht unähnlich war, und die Vielzahl der Heiligenbilder und Altäre hatten sie verwirrt. Hier hatte sich nicht die Heimlichkeit einer kleinen Dorfkirche in Margaretes Herz ausbreiten wollen. Sie hatte sich dicht an der Wand entlanggeschlichen und sich unter den großen prachtvollen Nordfenstern mit ihrem filigranen Maßwerk und den kreisrunden Fischblasenrosetten einen Moment der Ruhe gegönnt, die Atmosphäre der in den fünf Schiffen wandelnden Geistlichen und Weltlichen in sich aufgesogen. Eine merkwürdige Sandsteinstatuette, keine drei Fuß hoch und in einer dunklen Nische aufgestellt, Maria in der Hoffnung, hatte Margarete in ihren Bann gezogen. Die jungfräuliche Mutter trug ein hemdartiges Mädchengewand, wie Margarete selbst eines in ihrer Truhe aufbewahrte.

Während sie in ein ehrliches und inbrünstiges Gebet vertieft war, hatte ein unangenehmer Druck auf ihr gelastet. In dem Maße, wie der vorgewölbte, gesegnete Leib sie mahnte, denn Marias Bauch gab durch ein ovales Fensterchen den Blick auf das Christkind frei, bat Margarete um eine baldige Schwangerschaft. Noch nie hatte sie eine derart zur Schau gestellte jungfräuliche Mutter gesehen. Der Anblick des ungeborenen Heilands hatte sie peinlich berührt. Wie sehr war sie in ihr Gebet vertieft gewesen, wie unlieb von einem Aufseher an den Klingelkasten erinnert worden, wie sehr hatte sie mit den Tränen kämpfen müssen!

»Margarete? Wo bist du gewesen?« Christoph neigte seinen Kopf, um in ihre Augen sehen zu können. Mit seiner Zunge pulte er zwischen seinen Zähnen nach Apfelresten.

Margarete schluckte trocken und mied seinen Blick. »In der Kirche«, gab sie zur Antwort.

Christoph musterte sie, suchte offensichtlich nach einer Erklärung, fand aber keine. Einige Atemzüge lang standen sie sich schweigend gegenüber. Dann, plötzlich, als hätte es die vergangene Stunde nicht gegeben, griff er nach ihrer Hand und zwinkerte verschwörerisch. »Komm mit!« Dann zog er die misstrauisch Dreinschauende rasch, nicht aber barsch, quer über den Markt, vorbei an der Waage und hin zur Nordseite des Platzes. »Stell dich hier hinauf«, forderte er sie auf. Margaretes Verstand arbeitete zu langsam für Christophs Euphorie, weshalb er seinen Arm um ihre Hüfte schlang und sie auf einen Granitvorsprung rechts von einem Tor schwang. Einen viel zu kurzen Moment waren sich ihre Gesichter ganz nahe, einen Atemzug lang hatte Margarete ihre Unterarme auf seine Schultern gelegt, einen Herzschlag lang ihre Hände in seinem Nacken verschränkt. Der Augenblick, für dessen Dauer sie Christoph hatte festhalten wollen, verflog. Nicht weniger verunsichert und entmutigt als schon zuvor in der Peterskirche fügte sich die Ungeküsste in den Enthusiasmus des Mannes. Er ließ Margarete auf dem Vorsprung stehen und kletterte selbst auf den Granitblock der gegenüberliegenden Torseite. »Leg dein

Ohr dran«, rief er ihr zu und deutete mit der Seite seines Kopfes auf die Kehlung des Gewändes am Portalbogen.

Margarete spürte den körnigen Granit an ihrem rechten Ohr. Kaum hatte sie ihre ganze Aufmerksamkeit dem Steinbogen gewidmet, konnte sie Christoph flüstern hören, als stünde er neben ihr und nicht gut sechs Fuß entfernt. Die Kehlung des Bogens musste so angelegt worden sein, dass sie die Worte des Sprechenden wie von Zauberhand dem Lauschenden übertragen konnte. Margarete verstand jedes seiner Worte und für einen Sekundenbruchteil stutzte sie, überlegte und erstarrte. »Ist das wahr?«, rief sie, wobei sich ihre Stimme in den hohen Tönen brach, und sprang von dem Absatz herunter, um zurück zum Karren zu marschieren. Christoph konnte nur schwer mit ihr Schritt halten. »Das sollten die anderen im Dorf aber nicht erfahren!«, meinte Margarete und schwang mit den Armen im Takt ihrer Schritte, um noch schneller über den Platz zu gelangen.

»Wie sollte ich das wohl geheim halten?«, rief Christoph hinter ihr. »Ich möchte, dass du niemandem davon erzählst, bis es nicht auf dem Feld ist.«

Wem sollte ich davon erzählen, du Tor? Du hast mir ja jeglichen Umgang im Dorf verboten, dachte Margarete und zog mit einem kräftigen Ruck einen der Säcke auf dem Karren auf. Das war es also, was die schlafenden Hunde in Horka geweckt hatte, was den Pfarrer Hausbesuche unternehmen ließ und die eigene Sippe entzweit hatte. Es sah nicht anders aus als jedes andere Korn, das Margarete je gesehen hatte, aber Christoph würde schon wissen, was er da gekauft hatte: Waid.

»Du Rüpel denkst doch nicht, dass du ohne unsere Einwilligung den Teufelssamen aussäen wirst?!« Der dicke Weinhold hatte die Hände zu Fäusten geballt und sein von Zorn verbrämtes Gesicht ließ keine Widerrede zu.

Nicht einen Tag lang war verborgen geblieben, was Christoph bis zur Aussaat geheim halten wollte. Als er sich an jenem lauen Herbstabend nach seiner Ausfahrt ins Görlitzer Land im Kretscham auf ein kühles Bier einfand, wurde er von Georg Weinhold und Jost Linke aus Mittelhorka, von Caspar Hennig, von Jorge Schulze aus Oberhorka und von Hans Jeschke, dem Kretschmar selbst, belagert und zur Rede gestellt.

»Wie kannst du uns nur so hintergehen? Wie der Vater, so der Sohn«, zeterte Jost Linke und spuckte vor Christophs Füße.

Christoph hatte die Großbauern im Rücken und wandte sich nicht um, als er sie mahnte, den verstorbenen Alois Rieger ruhen zu lassen. Er war zornig und bereute es, kaum dass Josephine Jeschke ihm einen Bierkrug vorgesetzt hatte, hierhergekommen zu sein. Er trauerte um seinen Feierabend, den er nun mit der geifernden Meute teilen musste. Aber die Alten hatten Blut geleckt und sahen nur zu gern den Jüngeren mit sich und seinem Jähzorn kämpfen.

»Die Riegers gehen einem auf den Docht mit all ihren idiotischen Ideen!«, säuselte Jost Linke seinem Tischnachbarn, dem Weinhold, ins Ohr, nicht ohne darauf zu achten, dass Christoph auch jedes Wort mitbekam.

Doch der wiederholte seine Mahnung und bemühte sich, ruhig zu bleiben. Er wollte an diesem Abend wirklich keinen Streit. »Die Toten werden nie Ruhe vor den Gallespeiern haben, wie?« Irgendetwas an seiner Formulierung schien einem gemütlichen Abend in der Schenke hinderlich zu sein, denn schon spuckte der Kretschmar Jeschke: »Der Gallespeier war dein Vater, Junge. Du weißt nicht, wovon die Rede ist. Du warst fast noch ein Kind, als er sich dem Pfarrer und allen widersetzte!«

Christophs Geduldsfaden war gerissen. Er knallte den Bierkrug auf den Tisch, dass der Schaum zischend auf den Tisch spritzte, und wandte sich zu den Lästermäulern um. »Einen Knaben von fünfzehn Jahren nenne ich kein Kind. Und wenn sich mein Vater – gemeinsam mit dem Schmied Wagner, wohlgemerkt – dem Pfarrer widersetzt hat, dann nicht ohne den alten Gerßdorff. Oder will hier einer behaupten, es war nur die Angelegenheit meines alten Herrn? Ich habe die Erlaubnis von Nickel von Gerßdorff, so wie mein Vater damals die vom alten Gerßdorff hatte!«

Betretenes Schweigen erfüllte den Raum. Die Großbauern und Kretschmar Jeschke schielten sich über die Ränder ihrer Bierkrüge an. Zu nicht einem Neugierigen war das Geheimnis vom wiederaufgenommenen Pakt zwischen den Gerßdorffs und den Riegers vorgedrungen. Der Jungbauer und der Edelmann hatten ihr Schweigegelübde gehalten, aber irgendein Spatz hatte den Kauf des Waidsamens von den Dächern gepfiffen. Ob es nun ein edles großbäuerliches Schindeldach oder das Dach eines gedrungenen Glockenturmes war, auf dem dieses Vögelchen saß, wusste Christoph nicht zu sagen. Er musterte die betreten Schweigenden.

Zumindest der Kretschmar, von Josephine, die seinen leeren Krug gegen einen vollen tauschte, aufgeschreckt, kam zu sich und donnerte etwas von einem falschen Spiel, das damals wie heute vor sich ging. Christoph nahm dem schnaufenden Mann den Wind aus den Segeln und schnitt die angespannte Atmosphäre im Kretscham. »Mein Vater ist fünf Jahre unter der Erde und ihr könnt die Sache einfach nicht auf sich beruhen lassen. Ihr alle zusammen benehmt euch wie ein Weib, dem ein anderes den Kerl vor der Nase weggeschnappt hat. Niemand hat euch damals gezwungen, euch auf Czeppils Seite zu stellen.« Das stimmte. Als Czeppil vor nunmehr zehn Jahren einen grundlegenden Disput mit Christoph von Gerßdorff, dem Vater des ritterlichen Nickel, auf dem Rücken des alten Rieger und der ganzen Gemeinde ausgefochten hatte, waren es Demut und Angst gewesen, die die Bauern mit dem Pfarrer hatten laufen lassen.

»Lass das, Christoph«, gebot der Kretschmar in versöhnlichem Ton. »Du solltest wirklich nicht darüber urteilen, was vor zehn Jahren hier vor sich gegangen ist, daran hast du gar keinen Anteil, du weißt nicht Bescheid.«

»Ich weiß nicht Bescheid?!« Vor Aufregung zitterte Christoph am ganzen Leib und seine letzte Sorge galt jetzt dem Brechen seiner Stimme. Mit Spott machte er seine Brust frei, schob seinen Bierkrug von sich weg und sprang von seinem Schemel auf. »Soso! Ein Junge, dessen Vater sich alle paar Monate die Nächte mit dem Schleppen von Wassereimern um die Ohren schlägt, um Brände zu löschen, die zuallerletzt Gott gelegt hat, hat keinen Anteil an der Geschichte?! Ein Junge, der mehr Zeit mit dem Trösten seiner Mutter zubringt, anstatt dem Vater bei der Arbeit zu helfen, hat keinen Anteil daran! Einer, der im Beichtstuhl gegen die eigene Sippe aufgestachelt wird ...«

»Es reicht jetzt, Christoph! Mach Feierabend!« Hans Biehain stand in der Tür des Kretscham und starrte seinen von Wut gepackten Neffen mit müden Augen an. Der Blick des Alten wanderte durch den dunstigen Raum und blieb am Kretschmar hängen: »Lasst ihn in Frieden. Was damals war, ist nicht jetzt.«

»Aber er ist dabei, die gleichen Dummheiten zu begehen wie ...«

»Das sagtest du bereits.« Hans ließ den Bauern Linke nicht noch einmal seinen Ärger über Christoph ausschütten. »Die, die damals beteiligt waren, sind zu tot oder zu feige, um sich hier verteidigen zu können, also lasst es ruhen.« Das Kretscham wurde erfüllt von Gemurmel und Geflüster. Christoph stand wie benommen am Tisch und sah immer wieder zwischen Hans und dem Kretschmar hin und her. Mit einem knappen Kopfnicken machte Hans ihm unmissverständlich klar, dass es Zeit war zu gehen. »Dass mir Anna nichts davon erfährt!«, raunte Hans ihm zu, während sie das Gebäude verließen. »Ich wollte nur ein gemütliches Bier trinken, und da erwische ich dich mitten in einem so hässlichen Streit.« Sie waren auf der nachtschwarzen Dorfstraße, einen Steinwurf von Hans' Hof entfernt, als der Alte Christoph am Arm packte und ihn anhielt. »Ist es also wahr, was gelästert wird: Du hast das Zeug gekauft und willst es säen?«

Christoph bejahte wortlos, steckte die Hände in den Strick um seine Hüfte und ließ die Ellenbogen locker vor und zurück schwingen. Seine Anspannung wich nun großer Müdigkeit.

Julius Fulschussel machte seiner Pflicht alle Ehre und läutete die zehnte Stunde. Die beiden Bauern schwiegen, bis der letzte Glockenschlag verhallt war. Lange bimmelte der Göpel in dem nachschwingenden Eisengehäuse, lange warteten die Männer.

Dann, während sie an der Wehrkirche vorbeischlenderten, als unternähmen sie einen Nachmittagsspaziergang, nahm sich Hans seinen Neffen zur Brust: »Das ganze Dorf ist aus dem Häuschen wegen dir.«

»Das waren sie auch, als vor hundertfünfzig Jahren aus dem

Holzhaufen dort oben«, Christoph deutete mit dem Kopf auf den Kirchhügel, »eine Feldsteinkapelle gebaut wurde und von zweiundsiebzig Bauern jeder eine Zinne auf der Wehrmauer hochzuziehen hatte. Wie haben die Weiber gewettert, als die erste Hebamme herkam, und wie, als sie starb und keine andere folgte? Wie sehr blökten alle, als die ersten Leute neue Kessel in Görlitz kauften, anstatt die alten vom Wagner flicken zu lassen. Und sie haben gemault, als derselbe die Egge mit Eisen beschlagen hatte. Die Menschen reißen immer das Maul auf, wenn sich etwas Neues anbahnt, sie haben Angst vor Veränderungen.«

»Aber dies hier ist etwas ganz anderes«, entgegnete Hans. »Diesmal, Christoph, kann selbst ich dir nicht helfen, wenn dein Waid die Bauern ruiniert und sich alle auf dich stürzen wie Hunde!«

Christoph zuckte mit den Achseln und dachte darüber nach, wie wenig ihm Hans bisher in der Sache beigestanden hatte, wie wenig er selbst aber auch die Hilfe des Alten brauchte. Doch davon sagte er nichts. Er wollte nicht mit seinem Oheim auch noch in Streit geraten, zumal sich die Wogen innerhalb seiner Sippe gerade geglättet hatten. Stattdessen mutmaßte er, dass sich die großbäuerlichen Gemüter in absehbarer Zeit beruhigen würden, wie sie es damals getan hatten.

Der alte Biehainer fuhr Christoph über den Mund: »Sie haben sich nie beruhigt, oder was meinst du, weshalb sie vor keiner Viertelstunde dieses Fass aufgemacht haben!«

Christoph ignorierte die wahren Worte des Alten. »Sie müssen sich an das Neue gewöhnen«, beharrte er hartnäckig auf seinem Standpunkt. »Wenn sie gesoffen haben, dann quillt der alte Ärger auf. Im Grunde sind sie doch friedfertig.«

»Nein, Junge, du irrst dich. Das sind nicht das Bier, der Waid, die Egge, die die Meute aufbringen. Mach deine Augen auf. Es sind die Gefälle zwischen den Gutsherrschaften und den kleinen Leuten, zwischen den Geistlichen und den Weltlichen. Der Weinhold, der Linke und die Hennigs werden sich von einem Rieger nicht ihre großbäuerlichen Residenzen niedermachen lassen.«

»Du bist auch ein Großbauer mit Eigentumsrecht, und deine wie die Sippen der Weinholds, Linkes und Hennigs haben irgendwann einmal klein angefangen.«

Hans gab dem Jüngeren recht, schmälerte jedoch dessen Siegessicherheit, indem er zu bedenken gab, dass der Ehrgeiz, an der Bauernspitze zu stehen, bei dem einen mehr und dem anderen weniger ausgeprägt sei und dass, wäre Christoph nicht sein Neffe, Hans gegen ihn ebenso zu Felde gezogen wäre. »Wie sehr, glaubst du, wird dein Waidfeld die Getreidebauern belasten?! Sie haben sich gegen deine Sache entschieden, weil es ihnen besser geht als jedem Schmied, Töpfer, Sattler, Fassbinder und Kleinbauern. Christoph, sie haben es nicht nötig, etwas Neues anzufangen, denn sie haben große Äcker in guter Lage, viel Milch- und Fleischvieh. Ihnen mangelt es an nichts! Der Weinhold hat dieses Frühjahr die zweite Magd auf den Hof genommen – da siehst du, wie gut es denen geht. Du bist jung, du bist gesund, hast ein Weib und wirst bald Kinder haben. – Ist Margarete mittlerweile schwanger?« Hans schnappte Christophs wegwerfende Geste auf und äußerte sich dazu nicht weiter, sondern erklärte: »Dir und deinen Söhnen kann es eines Tages so gut gehen wie dem Weinhold und den anderen Großen …«

»Nicht bei den Böden, Hans! Was faselst du da!? Wenn es so einfach wäre, genug anzubauen und so viel zu ernten, dass man es zu Geld anstatt zu Scheiße machen könnte, dann hätte es Alois schon getan!« Christoph blieb stehen, ließ enttäuscht die Arme baumeln und sah Hans verständnislos an. Als habe der Alte die vergangenen zehn Jahre in Winterstarre gelegen, glotzte er ihn an. Christoph war fassungslos. »Du kennst die Beweggründe, warum Vater und der alte Wagner das mit der Egge gemacht haben. Es ging uns nicht gut, Hans, wie kannst du das alles vergessen haben?!« Er fühlte sich einer Ohnmacht nahe. Der Mensch, der ihm auch zu Lebzeiten des Vaters am nächsten gewesen war, stellte sich gegen ihn und seine unumstößliche Vergangenheit, tat gerade so, als sei damals alles falsch und schlecht gewesen, und doch hatten Anna und Hans damals alle Hände voll zu tun gehabt, um die vom Pech verfolgten Riegers mit durchzufüttern, weil die schlechten Äcker und die abgemagerten Viecher einfach nichts hergegeben hatten, weil Dorothea – immer schwanger, immer schwach und müde – und Christoph mit dem Hof überfordert waren. Es war nicht schlecht von Alois Rieger gewesen, die Egge umzubauen, damit sie zu mehr taugte. Es war nicht schlecht, mit der neuen Idee durch die Lande zu tingeln, aber es war schlecht, was Alois aus diesen Möglichkeiten gemacht hatte. Es war schlecht, wie seine Kinder und sein Weib unter seiner ständigen Abwesenheit gelitten hatten. So wollte es Christoph nicht, er wollte Margarete und seine Kinder nicht zurücklassen, wenn er erst einmal Waidbauer war. Er wollte Hans und Anna Biehain im Alter eine Stütze sein. Er wollte …

Mit schneidender Stimme durchbohrte Hans Christophs Gedanken. »Weinhold, Linke, Hennig und Schulze tragen ihre Machtkämpfe auf dem Rücken der armen Kreaturen aus und ihr Riegers wart damals ein gutes Mittel zum Zweck und seid es heute auch wieder. Sie fürchten sich vor deinem Waidfeld, Christoph! Sie fürchten sich vor dem Kirchenzehnt, den sie in Talern anstatt in Mehlsäcken zum Gut schleppen werden. Münze bleibt Münze, damit kann man eine Gerßdorffsche Grafschaft nicht bescheißen wie mit unsauber gemahlenem Mehl oder halb angefaulten Rüben. Nein, wenn die ihre Pacht in Münzen auszahlen müssen, merken die erst, wie sehr an ihrem Reichtum gekratzt wird. Deshalb setzen sie alles daran, das bevorstehende Übel mit der Wurzel auszureißen. Sie fürchten sich davor, vom Gerßdorff gezwungen zu werden, auch Waid anzubauen. Sie haben keine Lust, das Brot auf dem Markt kaufen zu müssen, anstatt es vom Felde zu holen. Sie fürchten um die Bequemlichkeiten, die ihre Futterfelder bieten. Sie fürchten sich vor Händlern, die nach Horka kommen werden, um deinen Waid zu begutachten. Sie fürchten sich vor dem Reichtum, den dir dein Waid einbringen wird. Sie fürchten sich davor, in der Rangordnung nach unten zu rutschen, wenn deine Sache fruchtet. Aber am meisten fürchten sie sich davor, deinem Worte zu unterstehen!«

Christoph blieb unnachgiebig und schüttelte den Kopf. Er wollte nicht glauben, was Hans da redete. All die Gedanken, die er sich um sein Waidfeld gemacht hatte, hatten niemals Reichtum und Macht für ihn selbst beinhaltet, so etwas sah er nur für Nickel von Gerßdorff. »Die Egge war etwas Gutes. Der Waid ist auch etwas Gutes!« Christoph hatte mehr zu sich selbst als zu Hans gesprochen, doch der reagierte prompt: »Die Egge fiel ein

177

halbes Jahr lang aus, weil der Wagner keine Ahnung von dieser Sache hatte. Was war daran gut?«

»Aber womit machen die Tölpel im Frühjahr ihre Äcker glatt? Mit ihren fetten Ärschen oder mit der eisenbeschlagenen Egge?« Darauf entgegnete Hans Biehain nichts. Sie hatten das neue Gerät boykottieren, es sogar kurz und klein schlagen wollen, das wusste Christoph, aber sein Namenspatron hatte die Bauern bei Strafe gezwungen, die neue Egge einzusetzen, und irgendwann hatten der Weinhold und der Linke, der Schulze und der Hennig nicht mehr gemurrt, sondern sie selbstverständlich übers Feld gezogen. »Alle neuen Dinge brauchen ihre Zeit …«

»Unterbrich mich nicht dauernd. Ich bin müde und du bist ein Rotzlöffel. Die Leute waren wütend auf deinen Vater, meinen Schwager – möge er in Frieden ruhen. Sie mussten für Geld eine Egge von Rothenburg leihen. Ein Hitzkopf wie du kann sich den Aufwand nicht vorstellen, wenn zwei Parochien um eine Egge wetteifern. Dieser Ärger, diese Arbeit. Dein Vater, der Wagner und der alte Gerßdorff bastelten in aller Ruhe an dem neuen Gerät. Es kommt mir vor, als wäre es erst gestern gewesen, und wenn du von deinem verfluchten Waid redest, sehe ich deinen Vater vor mir. Genau wie du hatte er diese Idee aus Görlitz mitgebracht. Langsam habe ich den Eindruck, die Königsstraße bringt uns nichts als Ärger und lässt jeden Irren im Umkreis von zig Meilen von Visionen heimsuchen. Der Pfarrer, die Dorfvorsteher, alle waren dagegen, die Egge vom Feld zu nehmen und in die Schmiede nach Mückenhain zu stecken.« Hans lachte plötzlich lauthals los, sodass Christoph ihn misstrauisch von der Seite her anblinzelte. »Zum Dank dafür bekommt der Erbe des einen Idioten die schwachsinnige Erbin des anderen zur Frau.«

»Hans, was soll das?« Christoph setzte sich wieder in Bewegung. Er wollte der Rede seines Oheims nicht weiter zuhören, wenn sie in Hohn umschlug. Ihn fröstelte jetzt und er verfluchte seine Gier nach frischem Bier und Zerstreuung, die ihn nach Oberhorka getrieben hatte.

»Nein, im Ernst«, lenkte Hans ein, bevor er Christoph ganz gegen sich aufbrachte. »Es ist noch nicht zu spät, die Sache mit dem Waid ruhen zu lassen. Was könntest du dir für Feindschaften und Ärger ersparen!«

»Die Freunde meines Vaters waren mächtiger als seine Feinde, und so ist es jetzt auch!« Christoph schaute seinen Oheim nicht an. Trotzig schritt er aus. Er hatte einen weiten Marsch vor sich und wollte noch vor Mitternacht zu Hause sein. Die Wanderung, über die er sich am frühen Abend gefreut hatte, steckte ihm nun bleischwer in den müden Knochen. Wenigstens schliefen seine Ochsen, die an diesem Tag acht Stunden lang den mit dem vermaledeiten Kehrpflug beladenen Karren nach Görlitz und zurück hatten ziehen müssen. Christoph atmete die schwere Herbstluft ein. Er schmeckte die Feuchtigkeit, die von dicken Regenwolken herrührte, welche in den nächsten Tagen keinen Sonnenstrahl auf die Parochie niedergehen lassen würden. Nichts würde übrig bleiben vom goldenen Herbst und von seiner Wärme. Jetzt kam nichts als der Winter. Bald würden nicht mehr die trillernden Rufe von Finken und das ohrenbetäubende Zizibäh-zizibäh von Meisen über den Hof schmettern, sondern einzig das grauenerregende Krah von Saatkrähen und Kolkraben.

Hans packte den Jüngeren am Arm und zwang ihn, langsamer zu gehen. »Du hast es nicht mit Christoph von Gerßdorff zu tun, einem Freigeist und Weltmann. Du stehst Nickel gegenüber: einem fadenscheinigen Abglanz der Pracht seines Vaters! Nickel von Gerßdorff ist nur auf seinen eigenen Vorteil bedacht. Höre auf mich, Junge. Wenn der wittert, dass etwas nicht so läuft, wie man es ihm schöngeredet hat, dann lässt er einen fallen wie ein glühendes Eisen. Der wird nicht lange zu dir halten, wenn etwas schiefgeht.«

Des Biehainers Worte klingelten noch in Christophs Ohr, als er in seine Schlafkammer schlich. So leise wie möglich befreite er sich von seinem Hüftstrick und den Bundschuhen. Lediglich der Schein einer bis auf ein kleines Glimmen abgelöschten Öllampe bot ihm eine Orientierungshilfe in der Finsternis seiner Schlafkammer. Die ausgebeulte, von der Arbeit in Mitleidenschaft gezogene und von der Sonne ausgeblichene Hose ließ er achtlos zu Boden gleiten. Er setzte sich auf die Kante des Bettes, stützte seine Ellenbogen auf seine Oberschenkel und fuhr sich mit den Händen durch seine zotteligen blonden Haare. So in Gedanken versunken, merkte er nicht, dass seine junge Frau wach lag und ihn beobachtete.

Eine ungewohnte Regung beschlich Margarete, während sie Christophs in Sorgen gewundene Silhouette betrachtete. Konnte es sein, dass er ihr leidtat? Wie er da auf der Bettkante hockte, seine Hände in sein Haar vergrub und nachdachte, rührte er an ihrem Herzen.

Ohne sich zu erheben, schob sie sich auf Christophs Bettseite. Dabei ließ sie ihn nicht aus den Augen. Sie lüftete ihre Decken und schob erst das rechte und dann das linke ihrer glatten, milchigen Beine in die kühle Herbstluft. So betrachtete sie Christophs Profil, das nur wenig erhellt wurde. Eine kurze Weile verstrich, ehe er bemerkte, dass er beobachtet wurde.

Christoph gab seine gebeugte Haltung auf und räusperte sich verlegen, dann sah er sich suchend im Raum um, als erwarte er, nicht nur Margarete, sondern noch jemand anderen hier vorzufinden. Seine junge Frau hatte sich ein kleines Stück hinter ihm auf die Bettkante gehockt. Christoph neigte seinen Kopf und konnte ihr so geradewegs in die Augen schauen.

Margarete flehte innerlich, er möge den Mund halten, um diese sonderbare Atmosphäre nicht zu zerstören. Wie schon am Flüsterbogen in Görlitz, wo Christoph sie einen Moment lang im Arm gehalten hatte, war auch jetzt ihr Körper angespannt, doch zu groß war ihre Neugier auf dieses merkwürdige Gefühl, als dass sie sich hätte zurückziehen und an Schlaf denken können. Entschlossen befreite sie sich von ihrem Nachtkleid. Sie mied Christophs Blicke, als sie vorsichtig die seitlichen Zipfel seines Hemdes zwischen Daumen und Zeigefinger nahm. Während sie es anhob, wurde sie von Christophs fragender Miene taxiert. Er ließ sie gewähren, als sie ihm das Hemd über den Kopf streifte. Sie warf das Kleidungsstück über Christoph hinweg auf das Bett und spürte seine struppigen Haare an der Innenseite ihrer nackten Arme. Sein Oberkörper war braun gebrannt, obwohl er wie all die anderen Bauern auf dem Feld nie ohne Hemd arbeiten durfte. Als habe die unter dem Stoff angestaute Hitze vieler Sommer seine Haut versengt, verströmte sie im Schein der

Lampe eine bronzene Färbung. Verzagt streckte Margarete ihre linke Hand aus, um das Honigbraun seines Rückens zu berühren. Da war eine Ungereimtheit, die sie wegzuwischen gedachte: ein Schatten, eine Reflexion des Lichtes vielleicht? Die makellose Bräune auf Christophs Rücken war durch schmale, lang gedehnte Bögen unterbrochen, die sich mit den Fingerspitzen nicht ertasten ließen, sich aber doch sichtbar als das abzeichneten, was sie waren. »Wer hat das getan?«, hörte sie sich fragen und konnte den Blick nicht von den Striemen abwenden.

Christoph zuckte unmerklich mit den Achseln und räusperte sich abermals, bevor er antwortete: »Mein Vater, dein Vater – ich weiß es nicht mehr.«

Margarete wollte seine blauen Augen einfangen, doch er wich ihrem Blick aus. Ihre Hand wanderte von seinem Rücken zu seinem Nacken. Sie erhob sich aus der Hocke, um sich auf den Schoß ihres Mannes zu setzen. Sie küsste ihn: erst verzagt, dann lustvoll, und er erwiderte ihre Zuneigung. So nahe sich die beiden in den vergangenen sechzehn Wochen ihrer Ehe gekommen waren, war kaum ein warmes Gefühl zwischen ihnen gewesen. In aller Ruhe betrachtete Margarete seinen Hals, seine Oberarme, seine Brust. Der Körper, der ihr stets steinhart und eiskalt vorgekommen war, hatte in dieser Nacht eine Weichheit, die ihr Herz hüpfen und ihren Bauch kribbeln ließ. Sein Gesicht verriet ihr, dass er diesem Teil ihrer Ehe durchaus zugetan war, trotzdem schnellte seine Hand an ihre Kehle, als ihr Blick tiefer zu seinem Geschlecht wandern wollte. Sein Griff, der zunächst schmerzhaft war, lockerte sich sogleich.

Mit einer entschlossenen Geste packte Christoph das schwere silberne Kreuz an Margaretes Halskette und stülpte sie über ihren Kopf; dann fädelte er behutsam ihr Haar aus der Schlinge, warf das Schmuckstück hinter sich auf das Bett und umschlang Margarete schließlich. Sie krallte sich in seinen Haaren fest, er umklammerte ihre Taille. Es war kein geräuschvoller Reigen, den sie miteinander tanzten; vielmehr war es die stumme Flucht aus der Verzweiflung, die weder die eine noch der andere gewählt hatte; kein egoistischer Akt, wie Margarete ihn sonst über sich hatte ergehen lassen.

Das Gespür, das Margarete in diesen Minuten für Christoph

entwickelte, konnte sie mit nichts vergleichen, was sie jemals mit einem anderen Menschen geteilt hatte. Sie wusste um seine Bedürfnisse, als wäre er schon ein Leben lang an ihrer Seite gewesen, als sei ihr Zusammensein eine naturgemäße Selbstverständlichkeit und immer schon abzusehen gewesen. Es herrschte eine stumme Übereinkunft zwischen ihnen, als habe es nie unwürdige Eskapaden gegeben, und er waltete mit Vorsicht und einer Hingabe, mit der er sonst so sparsam umgegangen war.

Der Mann legte das Mädchen behutsam auf das Bett, bedeckte ihren Hals, ihren Busen und ihren Nabel mit seinem Mund. In dieser Nacht waren sie ein einzig Wesen.

Das an dem Oktoberabend im Kretscham Vorgefallene hatte seine Runde gemacht und seine Wirkung nicht verfehlt: Alle im Dorf schenkten nun nicht mehr nur Margarete, sondern auch Christoph ihre ganze Aufmerksamkeit, ohne dass sie damit besonders freundschaftlich umgingen. Die Leute peitschten seitdem beide mit verächtlichen Blicken, spien Unmut stiftende Worte gegen das Paar und ließen all ihre Wut auf den jungen Rieger und sein Eheweib niederprasseln.

Während Hans versuchte, gute Miene zum bösen Spiel zu machen, strafte Anna ihren Neffen ab, hielt ihm Vorträge, die nichts anderes als Waid und Weib – woraus ein Wortspiel zu machen Anna nie müde zu werden schien – zum Gegenstand hatten. Nur Margarete hatte ein Gutes daran: Die alte Biehainin bequemte sich seltener als früher auf Christophs Hof; nicht zuletzt, weil sie durch das unflätige Verhalten Margaretes am Tage vor der Reise nach Görlitz noch immer verstimmt war. So blieb Margarete bisweilen verschont von Annas merkwürdigen Mixturen, die helfen sollten, ihrem Christoph den gewünschten Nachkommen zu verschaffen, und sie begrüßte diese Ruhe.

Das Paar sprach nicht mehr als vor der Reise nach Görlitz

miteinander – Gott bewahre –, Christoph war einsilbiger und mehr in Gedanken versunken denn je. Während Margarete ihn früher neugierig und scheu aus verborgenen Winkeln heraus beobachtet hatte, tat sie es nun mit unverhohlener Sorge, denn natürlich blieb ihr nicht verborgen, was sich im Dorf zutrug. Jetzt, wo so viel Ärger über Christoph ausgeschüttet wurde, fühlte sie sich mit ihrem Mann erstmals wirklich verbunden und sie belächelte zuweilen ihre missliche Lage sowie die Tatsache, dass sie und Christoph nicht das feste Band der Liebe oder des Vertrauens miteinander verband, sondern das des Eifers gegen den unaufhörlichen Hohn der Dörfler. Das Leben gestaltete sich ruhiger denn je auf dem Riegerschen Hof.

Nur einer konnte seine neugierige Nase nicht aus den nachbarschaftlichen Angelegenheiten heraushalten: Thomas Seifert. Er lächelte zu Margarete hinüber, wenn sie während der Andacht neben Christoph stand. Er grüßte sie heiter, wenn sie am Seifertschen Hof vorbeiging. Er bot ihr seine Hilfe an, wenn sie unter der Last von Reisig oder mit Runkelrüben gefüllten Körben zusammenzubrechen drohte. Nur wenn Christoph in der Nähe war, unterließ Thomas es, seinen Hut vor ihr zu lüften.

Christoph unterdessen wurde immer seltener von Caspar Hennig oder dem jungen Seifert auf einen Umtrunk eingeladen. Die Burschen mieden ihn. Und Margarete spürte, dass ihm die Gesellschaft seines Oheims fehlte. Nicht dass Hans Biehain ihm ausdrücklich verboten hatte, den Oberhorkaer Hof zu besuchen, aber seit dem Streit im Kretscham wurde auch der alte Bauer vom Zorn der Gemeinde nicht verschont, und als Christoph Gegenstand üblen Rufmordes geworden war und man des Biehains Geräte ramponiert hatte, ersparte er dem alten Mann seine Besuche.

Tat nun Christoph Robot auf den Gerßdorffschen Feldern, so verrichtete er diesen schweigend. Weder die mit ihm arbeitenden Bauern noch er selber regte vergnügliches Beisammensein an, um die schwere Arbeit rascher zu erledigen. Die Wasserflaschen wurden nicht geteilt und auch sonst stand nicht mehr einer für den anderen ein, wie es noch vor ein paar Monaten üblich gewesen war. In den Pausen plauderten die einen oder vertrieben sich die Zeit mit Würfelspielen; Christoph lag lang gestreckt auf seinem Karren, blickte zum Herbsthimmel hinauf und döste vor sich hin. Das hätte er immer schon so halten sollen, dachte er, so sammelte man enorme Kräfte, um bis zum Abend auf den Gerßdorffschen Gütern durchzuhalten.

Wäre nicht Christophs Fehltritt, wie die Bauern sein Verhalten nannten, im Schutze des Junkers von Gerßdorff vonstattengegangen, würde sich der Bauer jetzt sicher sein gepflügtes Waidfeld von unten besehen. Das war die einhellige Meinung im Ort.

»Als wenn der Czeppil da oben angeordnet hat, mit dem Herbst auszusetzen und es gleich frieren zu lassen«, murrte Christoph Mitte November, weil er den Waid nicht ausbringen konnte.

»Aber der Lukastag war doch so mild, es muss ein warmer Winter werden!« Margarete gab nichts auf Christophs teils amüsiertes, teils verzweifeltes Schnauben. An ihrem letzten Waschtag im Oktober war so herrliches Wetter gewesen, dass die Prophezeiung einfach stimmen musste.

Christoph folgte ihrem Blick gen Himmel und zuckte mit den Achseln. »Dann kommt die Saat eben im Frühjahr aufs Feld. Ich hab keine Eile.« Sein Blick erforschte skeptisch die eisgraue Wolkendecke. Christoph hatte vor Wochen die beiden Sommerfelder untergepflügt, Feldsalat und Wintergetreide angebaut und auch die Brache vorbereitet. Margarete staunte über den eisernen Willen ihres Mannes, der ihm ungeahnte Kräfte verlieh. Er hatte es zustande gebracht, mit seinen Ochsen in einer einzigen Woche drei Feldstreifen zu beackern. Margarete hatte nur wenig helfen können und Christoph bestand darauf, dass sie sich schonen sollte. Er sprach es nicht aus, aber das Mädchen wusste, dass Christoph ihr in Erwartung einer Schwangerschaft Ruhe verordnete. Doch unter Margaretes Herzen regte sich nichts, worüber sie zu sprechen tunlichst mied. Obschon sich Anna Biehain nicht mehr in dem üblichen Maße in ihre Körperlichkeit einmischte, versäumte es Margarete nicht, ihre Kräuter, Wickel und Bäder herzurichten, damit sich in ihrem Leib ein Kind einnisten konnte. Nichts schien zu wirken.

Und sogar um das nächtliche Beisammensein und die nächtliche Ruhe war es bei den Riegers geschehen, denn neuerdings kam es vor, dass Christoph und Margarete des Nachts von fremdartigen Geräuschen aus der Schlafkammer gelockt wurden. Wenn Christoph dann die Stiege hinunterhastete und mit Kehlhaken und Öllampe bewaffnet auf den Hof trat, stand Margarete Heidenängste um ihn aus.

Christoph konnte in dem silberkalten Schein des Mondes lediglich ein paar Schatten erkennen und im pfeifenden Herbstwind knisternde Schritte von der Dorfstraße her vernehmen, die sich von seinem Hof entfernten und mehr nach Einbildung als nach Tatsachen klangen und ihn brüllen ließen wie einen irre Gewordenen, sodass das Vieh in den Verschlägen unruhig wurde. Die Nachtschwärmer waren schon nicht mehr zu erahnen, da tobte Christoph noch auf dem Hof herum, trat gegen die Gerümpeltürme und ließ seine Wut an den Türmen geborstener Eimer und Bottiche und den Haufen verrosteter Dauben aus. Als seine Wut abgeebbt war, besah er sich seine Milchkühe, seine beiden Ochsen, seine Sau und ihre Ferkel, um festzustellen, ob sie unversehrt waren. All der Lärm hatte nicht nur sein Vieh beunruhigt, sondern auch seine Frau, die nun schlaftrunken und vor Kälte zitternd neben ihm auftauchte.

»Schon wieder?«, fragte Margarete ihren Mann, der zum wiederholten Male die Jungschweine zählte.

Christoph blickte auf, setzte sich seufzend auf einen Hackklotz und nickte nachdenklich. »Das vierte Mal in zwei Wochen. Ich weiß nicht, wer das macht, was die hier wollen!«

Während sich Margarete ihr Schaffell dichter über die Ohren zog, wischte sich Christoph den Schweiß aus der Stirn. Den Waid hatte er seit dem Vorfall im Kretscham an einem Ort versteckt, den niemand so schnell finden würde. Er sah nachdenklich aus und blickte nicht auf, als sich Margarete neben ihn ins Stroh kauerte.

Margarete wusste, dass es das Saatgut war, woran er dachte. Nichts als das Feld beschäftigte diesen Mann. »Lass es bleiben, Christoph«, mahnte sie flüsternd und ließ ihren Blick auf den im fahlen Schein von Christophs Öllampe schlafenden Ferkeln ruhen. »Es ist all den Hohn und Spott gar nicht wert«, fügte sie kopfschüttelnd hinzu. Nach einer Weile betrachtete sie ihren Mann mit einer Eindringlichkeit, die ihn zu ihr hinunterblicken ließ. »Sieh uns doch an, Christoph«, flüsterte sie und lächelte bitter, »wir sind Witzfiguren. Niemand wird uns helfen, wenn dein Waid nichts wird. Und was machen wir dann?«

Christoph widmete ihr erst ein verächtliches Schnauben, dann schüttelte er den Kopf und sagte so klar und eiskalt, als sei er höchstselbst für die spätherbstliche Hundskälte verantwortlich: »Es ist deinetwegen!«

Margarete erhob sich, schwieg eine Weile und erwiderte mit eben der gleichen Eiseskälte in der Stimme: »Du spinnst!« Sie wollte sich davonmachen. Sie war müde, fror und ärgerte sich über Christoph, der ihr kleines, seit einigen Wochen bestehendes Bündnis gegen die Dorftrampel durch solch unbedachte Bemerkungen gefährdete. Sie hatten vor dem Tag ihrer Ausfahrt nach Görlitz zum letzten Mal gestritten, und so sollte es bleiben. Christoph schien angetrunken, anders konnte sich Margarete sein loses Mundwerk nicht erklären.

Christoph aber entließ seine Frau nicht, sondern hielt sie mit seinem leisen Grollen auf. Sie musste sich zu ihm hinunterbeugen, um seine Worte zu verstehen, als er sagte: »Es würde mich nicht wundern, wenn es die gleichen Missgeburten waren, die damals meinem Vater nachgestellt haben, oder gar diejenigen, die die Schmiede abfackelten.«

»Mir ist kalt.« Margarete verweigerte Christophs Worten den Zugang in ihre Gehörgänge und unternahm einen zweiten Fluchtversuch. Sie erwartete, dass Christoph aufstand und mit ihr ins Wohnhaus zurückging, sich neben sie schlafen legte und am folgenden Morgen seinen üblichen Arbeiten nachging.

Christoph stand auch auf. Margarete hörte das raschelnde Stroh unter seinen Füßen, als er sich vom Hackklotz erhob. Sie erschrak. Christoph hatte nach ihrem Arm gegriffen und fesselte nun ihre Augen mit einem anklagenden Blick. Es war der gleiche Blick, der sie im August beängstigt hatte; damals hatte sie Christoph bedrängt, Bettinas Grab besuchen zu dürfen. »Du bringst denselben Ärger über diesen Hof wie schon deine Mutter ...«

Margarete schluckte und spürte an ihrem schmerzhaft pochenden Herzen, dass dieses Gespräch kein glückliches Ende finden würde. Christoph stellte sich dicht vor sie hin und nahm ihr Kinn zwischen Daumen und Zeigefinger. Lange musterte er sie. »Die Leute zerreißen sich die Mäuler über dich.«

Was sollte das? Glaubte er das tatsächlich? Margarete versuchte sich von seinem Griff loszumachen. »Ich hab dich nicht darum gebeten, mich hierherzuholen. Ich habe einmal gehen wollen, und ich kann heute Nacht verschwinden, wenn es dich glücklich macht …«

Die Hand, die eben noch ihr Kinn umschlossen hielt, legte sich flach auf ihre rechte Wange. Nicht liebevoll, sondern unnachgiebig, steinhart und bitterkalt. Christoph schnalzte mit der Zunge und seine Augen funkelten gläsern. »Du gehst nirgendwo hin!«

In ihren Achselhöhlen, an der Unterseite ihres Busens, in ihrem Nacken brach kalter Schweiß hervor. Nicht die klamme Kälte dieser Nacht, sondern die Furcht vor seinem Jähzorn ließ sie zittern.

»Sie quatschen über dich genauso, wie sie sich über Bettina ausgeschüttet haben, jedes Mal, wenn sie hier war!«

Zaghaft erwiderte Margarete: »Dorothea ging es schlecht, meine Mutter hat nur helfen wollen.«

Christophs Hand wanderte in Margaretes Nacken. Das Schaffell rutschte von ihren Schultern, sie schauderte. Er beugte sich zu ihr hinab und hauchte seine Worte ganz dicht an ihr Ohr: »Oh ja, sie hat geholfen, nur eben nicht meiner Mutter. Bettina war sogar des Nachts noch eine sehr große Hilfe … nur eben nicht meiner Mutter.«

Margarete kniff die Augen zusammen, sodass sich eine einsame Träne aus ihnen löste und ihre Wange hinabrollte. Sie spürte die Hand des Mannes über ihre Schultern, ihr Schlüsselbein und ihren Busen gleiten. Seine Berührung schmerzte, das wollene Nachthemd schien wie Baumrinde auf ihrer Haut zu reiben. »Hör bitte auf, Christoph.« Verschüchtert wie ein wildes Tier starrte sie vor sich hin. Sein Haar lag noch immer an ihrer Wange. Es roch nach Heu und Hühnerfedern. Seine andere Hand war in ihr Genick geschnellt und kraulte mit energischem Druck ihr Nackenhaar. Seine Linke wanderte unbeirrt tiefer und presste sich zwischen ihre Beine. Margarete sog die Luft scharf ein. Sie atmete flach und ungleichmäßig.

Sie hatte Angst, entblößte ihre Furcht vor dem Kerl, mit dem auf einer abgeschiedenen Insel zu leben sie sich eingebildet hatte. Aber er war genauso wie die anderen. Da war nichts, was sie miteinander verband, und doch so vieles, was sie nicht voneinander loskommen ließ. Er enttäuschte sie. Nicht seine Hand in ihrem Schritt, nicht sein böses Flüstern an ihrem Ohr, sondern seine Abneigung gegen sie verletzte Margarete mehr als alle Hiebe, die sie in ihrem Leben hatte hinnehmen müssen.

»Willst du wissen, was mein Vater mit ihr angestellt hat?«

Das Mädchen schüttelte zaghaft den Kopf.

»Doch! Es dürfte dir gefallen, du bist immerhin ihre Tochter ...« Sein Griff in ihrem Nacken und der zwischen ihren Beinen wurde härter. Margarete verbiss sich jeden Ton. Sie würde nicht jammern. Kein Wort, kein Gnadebitten sollte über ihre Lippen kommen, während Christoph das Unsägliche tat.

Der Mann wirbelte das Mädchen herum, sodass es den Halt unter den Füßen verlor und stürzte. Ihr Kopf schlug dumpf auf dem spärlich von Stroh bedeckten Boden des Stalls auf. Kaum dass sie sich zu regen vermochte, spürte sie den schweren Männerkörper auf ihrem Rücken und seine Leisten an ihrem Gesäß. Sein heißer Atem erhitzte ihren Hals, als er hervorpresste: »Vielleicht komme ich auf diese Weise zu dem Sohn, den du zurückhältst?!«

Margarete hielt den Atem an. Da war keine Kraft in ihr, die sich gegen das, was er tun würde, zur Wehr setzen konnte. Christoph war so schnell mit ihr fertig, wie er sich über sie hergemacht hatte, und rollte sich keuchend von ihr herunter. Sie drehte ihren Kopf in seine Richtung und beobachtete ihn, der sich im Liegen und mit geschlossenen Augen seine Hosen zuband. Seine Gesichtszüge lagen nicht in selbstgefälligem Gleichmut. Seine Brauen waren zusammengezogen, sein Haar hing in Strähnen über seinen Augen. Er starrte hinauf zu den Dachbalken des Stalls.

»Dafür wirst du in der Hölle schmoren, Christoph Elias Rieger, das schwöre ich dir!«

Christoph strich sich das Haar aus dem Gesicht und lachte

bitter auf: »Ich kann dich beruhigen, da bin ich seit meinem fünfzehnten Lebensjahr.« Er würdigte sie keines Blickes, als er sich aufrappelte und den Stall verließ.

Margarete erwachte unter einem Berg von Daunendecken und Fellen. Der Atem stand ihr in Wolken vor dem Mund. Sie streckte ihre Arme aus und reckte ihre Glieder. Als ein stechender Schmerz durch ihren Kopf flitzte, erinnerte sie sich der Schrecken der vergangenen Nacht. Grübelnd starrte sie vor sich hin. Sie suchte in ihrem Körper nach Anzeichen, die darauf deuteten, dass das Unheimliche wirklich geschehen war, und sie spürte ein unangenehmes Brennen in ihrem Schritt. Margarete schämte sich und verbarg ihr Gesicht hinter ihren Händen. Hatte sich Christoph tatsächlich wider die menschliche Natur im Coitus a tergo an sie herangemacht? Verzagt schüttelte sie den Kopf, als könne sie dadurch die Gewalttat ungeschehen machen. Wenn Christoph so erpicht auf einen Stammhalter war, warum dann das?! Sie sandte ein Stoßgebet gen Himmel, in der vergangenen Nacht nicht schwanger geworden zu sein, denn eines war so sicher wie das Amen in der Kirche: Einem Kind, gezeugt in einem Akt, der die Paarung von Tieren nachahmte, würden Missbildungen und Krankheiten anhaften.

Diesen Tag wollte Margarete nicht beginnen, sie wollte gar keinen Tag mehr beginnen. Seufzend drehte sie sich auf die Seite in der Hoffnung, ein tiefer Schlaf würde sie übermannen. Doch ihre Augen begegneten unvorbereitet denen von Christoph, der vergraben unter seinem Deckenberg nichts weiter sehen ließ als sein von Haaren zugeschüttetes Gesicht. Er lag auf der Seite und musste sie schon eine Zeit lang beobachtet haben, denn er machte weder einen schläfrigen noch einen müden Eindruck. So eindringlich sein Blick war, so unbeständig war der ihre. Margarete heftete ihre Augen an die Eisblumen am Fenster, die das Sonnenlicht in bunte Tupfer brachen und auf frühen Frost schließen ließen.

Christoph regte sich, kramte seine linke Hand aus dem Deckenhügel und rieb sich die Augen. »Ähm ...« Seine belegte Stimme zwängte sich durch seine Nase. »... wegen letzter Nacht ... ich ...« Seine Augen irrten verunsichert im Raum umher und bohrten sich doch wieder in die der Frau. Er suchte nach Worten, fand aber keine.

Margarete erlöste ihn von seinem Leid: »Es gibt keine Entschuldigung für das, was du vergangene Nacht getan hast!«

Seine Handbewegung schien eingefroren. Einen Atemzug lang überlegte er und nickte schließlich einsichtig, aber verhalten zu ihren Worten: »Ich weiß.«

Sie starrten einander an, als sähen sie sich zum ersten Mal.

»Ich weiß, dass du mich nicht halb so gern magst wie deine Sau, auf deren Ferkel du so stolz bist ...« Christoph wollte sie unterbrechen, doch Margarete ließ es nicht zu. »Es war deine Entscheidung, Christoph, ich habe dich nicht um deine Hand gebeten, als du mich vom Mückenhain geholt hast.« Er schluckte, ihr war elend zumute. Er hatte recht: Sie würde nirgendwohin gehen, denn es gab keinen Platz auf der weiten Welt, an dem man sie haben wollte. Ihr boten sich zweierlei Möglichkeiten: Sie konnte sich als Bettlerin und Hübschlerin verdingen oder bei Christoph bleiben und seine Willkür erdulden. Welch eine Wahl!

Margarete sandte ihm noch einen letzten Blick und schlug dann die Decke zurück. »Du hast dir das falsche Mädchen genommen, jetzt lebe auch damit!« Eisiger als die in ihren Körper fahrende Kälte der mit Raureif bedeckten Bohlen konnte ihr nicht mehr zumute werden.

Die Spitzen ihrer Holzpantinen lugten über die Uferböschung wie kleine Boote, die kurz davor standen, ein erstes Mal zu Wasser gelassen zu werden. Margarete betrachtete das Holz ihrer Schuhe und das nach Norden gluckernde Wasser des Flusses, das grünblau und träge an ihr vorüberzog, als habe es mit den Streitereien im Riegerschen Hause nichts zu tun. Aber Margarete konnte den Fluss sich einmischen lassen. Es bedurfte nicht viel, um ihn zum Mitschuldigen zu machen. Margarete konnte nicht schwimmen, sich keine drei Atemzüge lang über Wasser halten. Sie verkrallte ihre Hände in den Stoff ihres Nachthemdes. Dann ließ sie los.

Christoph hatte nicht schnell genug seine Kleider überwerfen können, aber schließlich war er hinter Margarete hergehechtet. Wie angewurzelt stand er am Ende des schmalen Durchgangs zwischen Haus und Scheune und spähte in den Garten, den die Nacht silbern gefärbt hatte. Margarete stand dicht am Ufer des Flusses. Irgendetwas an ihrer Erscheinung verbot ihm, sich ihr zu nähern. Er war wütend auf sich und spähte schelmisch zu seiner Frau hinüber, die reglos den Lauf des Flusses beobachtete. Er hörte ihr Herz schlagen, er roch den Angstschweiß der vergangenen Nacht in ihrem Nachthemd, er entdeckte ihre Enttäuschung über ihn. Doch was geschehen war, konnte er nicht rückgängig machen. Er war zu weit gegangen, hatte sich ihrer bemächtigt und schämte sich jetzt dafür. Die Vertrautheit, die sich in den vergangenen Wochen zwischen ihn und sie geschlichen hatte, hatte er im Keim erstickt, zertrampelt wie junges Gemüse. Da war nichts mehr zu retten.

Etwas Weißes blitzte vor dem Grau der Uferböschung und dem Dunkelblau des Wassers auf. Margarete hatte etwas fallen lassen: Ihr Nachthemd schwamm mit dem Strom nach Norden. Sie zupfte ihre Schafwollweste und ihre Haube zurecht und schien nicht viel Aufhebens um ihr Hemd zu machen.

Beide, Margarete und Christoph, blickten dem davonziehenden Nachtkleid nach wie zwei Verarmte dem Klingelbeutel in der Kirche. Das Hemd, das sie getragen hatte, als er sich wie ein Tier über sie hergemacht hatte, tänzelte wie von einem sommerlichen Lufthauch angetrieben im winterkalten Wasser dahin. Die Hemdsärmel ruderten haltlos und hektisch, wie vor Ertrinkensangst zuckend, dahin, als deuteten sie geradewegs auf Christoph, den Schuldigen, der seine eigene Unnahbarkeit vor der Seele trug wie einst Damokles, der Günstling des Dionysius, sein Schwert. Das ertrinkende Nachthemd spottete seiner und seiner größten Furcht: der Nähe zu Margarete. Es nahm Christoph die Luft zum Atmen, Margarete so zu sehen.

Sie regte sich, holte ihren Blick von irgendwoher zurück und sprang, nicht hastig, sondern wie beim Fangespiel, dem eben noch verschmähten Hemd nach. Der Griff nach einem toten, abgebrochenen Kirchholzzweig und der Schwenk, mit dem sie das Nachthemd aus dem Fluss fischte, waren eine Bewegung. Nur Christoph, nicht Margarete, nur er, schien die wirkliche Bedeutung der Errettung des verloren geglaubten Kleides zu begreifen. Während sich Margarete dem Wäschewaschen um der Reinigung willen widmete, wähnte sich Christoph von Margarete absolutiert, freigesprochen von der Niedertracht, zu der er sich in der vergangenen Nacht hatte hinreißen lassen. Absolution für etwas, von dem ihn niemand jemals würde freisprechen können. Keine Entschuldigung, das hatte sie ihm prophezeit, und damit musste er sich arrangieren, aber Christoph war dankbar für den stummen Erlass, der ihm gar nicht zustand, aber er würde ihm nicht gerecht werden können, weil er schuldig war und sich schuldig fühlte und weil Margarete sein in ihm laut aufschreiendes Schuldbekenntnis nicht hören konnte. Sein feiges Schweigen berechtigte ihn nicht zur Buße, und wer nicht büßt, ist keiner Absolution berechtigt. Ein Teufelskreis.

Lange hockte Margarete am Bach und wusch die Spuren der Nacht aus dem Leinen, vor dessen Weiß ihre rot gefrorenen Hände mahnend zu leuchten schienen. Schließlich erhob sie sich und wandte dem Fluss den Rücken zu. Ihr Blick traf den von Christoph. Schweigend durchquerte sie den Garten, wortlos rempelte sie des Mannes Schulter, als sie an ihm vorüberging.

Auf den Riegerschen Hof war wieder jene Fremdheit eingezogen, die zwischen Christoph und Margarete am Tage ihrer Vermählung gestanden hatte. Jetzt war es nicht mehr nur Christoph, der seine Welt, alles was nicht mit Waid, Feld und Ochsen zu tun hatte, mit Schweigen und Verschlossenheit abstrafte, sondern auch Margarete, die sich treiben ließ von Tag zu Tag. Die Mahlzeiten wurden schweigend eingenommen, das Bett wurde nur zum Schlafen geteilt und die übrige Zeit sahen die beiden einander kaum.

Aber auch dieser Groll und diese selbst auferlegte Geißelung – die des Schweigens ebenso wie die der Zurückgezogenheit – wurde brüchig, weil seine Beweggründe verblassten, und geriet schließlich ins Hintertreffen. Während sich die folgenschwere

Novembernacht mit verbitterter Stille im Gebälk des Rieger-schen Hofs verfangen hatte, brachte der Gram über die zähnefletschenden Dorfbewohner den Klang von Worten wieder dorthin. Es waren zumeist laute, anklagende, und auch selbstschützende Worte, die zwischen Margarete und Christoph gewechselt wurden, aber zumindest hatte das Schweigen ein Ende.

Eines jedoch hatte die grausige Nacht bewirkt: Während Christoph früher seine Frau als Grund für die maulende Meute entlarvt zu haben geglaubt und Margarete dem Waid die Schuld an den lästerlichen Bemerkungen der Bauern im Dorf gegeben hatte, verkniffen sie sich nun beide solch leere Bezichtigungen, die doch zu nichts als zu noch mehr Streit geführt hatten. Jetzt waren sie sich einig, dass all der Unmut allein in den Bauerntrampeln keimte und sich alsbald erschütternd wie ein Ungetüm über das junge Paar hermachen würde. Obschon sie sich in diesem Punkt einig waren, mangelte es nicht an anderen Vorkommnissen, banalen wie gewichtigen, die Anlass zum Streiten gaben.

Die Abgeschiedenheit, die Christoph ihnen beiden auferlegt und die Margarete widerstandslos akzeptiert hatte, machte ihn wie sie empfänglich für häusliche Kinkerlitzchen. Die Streitereien prallten nur scheinbar an Christoph und Margarete ab. In Wahrheit grämte sich der eine über und schämte sich die andere für all die Unruhe. Wenn Christoph wütend war, zog er sich in die Scheune oder den Stall zurück oder verschwand für Stunden, in denen Margarete sich alles Mögliche ausmalte, was Christoph zugestoßen sein mochte. Wenn Margarete vom Alleinsein erdrückt zu werden drohte, hockte sie in ihrem winterstarren Garten und sah den Saatkrähen beim Streit um ein paar Leckerbissen zu. Die schwarzen Vögel erinnerten sie schmerzlich an sich und Christoph.

Nicht ein Ehepaar, sondern zankende Geschwister schienen in dem Häuschen auf dem Niederhorkaer Hof zu leben.

Margarete wünschte sich nichts sehnlicher, als dass Christoph und ihr noch einmal gelingen mochte, was sich in jener geheimnisvollen Oktobernacht zugetragen hatte, als sie einander so nahe gewesen waren wie nie zuvor und auch später nicht wieder. Und irgendwann ertappte sie sich dabei, den Mann mit derselben Spannung zu taxieren wie schon vor sechs Monaten, als sie auf den Hof gekommen war. Wenn es zu spät war, sie von Christoph mit zur Seite geneigtem Kopf, in Falten geworfener Nasenwurzel und einem fragenden Lächeln gemustert wurde, genierte sie sich dafür, um ein nettes Wort von ihm gebuhlt zu haben. Margarete rang der spätherbstlichen Langeweile etwas Unterhaltung ab, wenn sie jedem seiner Handgriffe und jedem seiner Schritte etwas eigens für sie Bestimmtes andichtete.

Der November neigte sich dem Ende zu und auf den Feldern gab es nicht mehr viel zu tun. Die Menschen rückten zusammen, um an prasselnden Feuern Werkzeuge zu reparieren, Kleider zu flicken oder neue zu weben. Die Spindeln und Webstühle standen keinen Abend still, aber pünktlich zur zehnten Nachtstunde wurden sie beiseitegeschoben, denn zu groß war die Angst der Mädchen und Frauen vor den Wurlawy, den Waldgeistern, die in der Nacht arbeitende Spinnerinnen böse bestraften und sie der vollgesponnenen Spulen beraubten.

Aus dem Talg geschlachteter Tiere drehten die Frauen Kerzen, deren Jahresvorrat pünktlich zur Lichterweihe im Februar fertig sein sollte. Es galt, die Vorratsfässer mit Adleraugen zu bewachen: Maden und Fäule wurde der Kampf angesagt. Rüben aller Art – die Hauptspeise der Leute – wurden in Erdlöchern eingemietet. Sauerkraut war der wichtigste Lebensspender. Man musste mit seinen Kräften haushalten, denn die Kost war kärglich, und besonders in der Zeit vor Weihnachten, wenn weder mit Butter noch mit Schmalz gekocht und gebacken werden durfte, weil das dem päpstlichen Fastengebot widersprach, darbten die Menschen.

Auf dem Riegerschen Hof wurde ein Ferkel geschlachtet und am Span über einem prächtigen Feuer im Hof gedreht, weil sich Hans und Anna Biehain angekündigt hatten. Christoph war es nicht gelungen, seinem Oheim den Besuch abzuschlagen. Mit verschlossenen Mienen saßen die Männer und glotzten dem brutzelnden Schwein am Spieß zu, wie es seine Runden um die eigene Achse drehte. Sie sprachen miteinander, aber gedämpft, ohne sich anzusehen und ohne die Münder wirklich aufzubekommen.

Anna und Margarete buken frisches Brot, zerschnippelten Kohl und die junge Riegerin versuchte so oft wie möglich von der in Selbstgesprächen vertieften Anna wegzukommen. Alle möglichen Kleinigkeiten fielen ihr ein, die sie außerhalb der Küche besorgen musste. Irgendwann am Abend verschwand Anna mit einer Schüssel im Hof, um gares Fleisch hereinzuholen.

Wie um die Alte in der Aufsicht über Margarete abzulösen, schlurfte Christoph in die Stube und ließ sich müde auf die Bank plumpsen. Beide schwiegen in sich hinein, starrten vor sich hin. Nicht einer von ihnen hatte Lust auf das üppige Mahl, das Hans und Anna Biehain veranstalteten. Christoph riss sich ein Stück vom noch warmen Brot ab und stopfte es sich in den Mund. (Hätte Anna davon Wind bekommen, wäre Christoph eine Ohrfeige von der Sorte, die Thomas Seifert üblicherweise von seiner Mutter ausgezahlt bekam, sicher gewesen.)

»Hast du das gebacken?« Er hatte mit vollem Mund und schneidendem Ton gesprochen. Jetzt kaute er eifrig, spülte mit Bier nach und sah Margarete erwartungsvoll an.

»Ja.« Die junge Frau lehnte sich auf ihrem Stuhl zurück und atmete geräuschvoll und eindeutig entgeistert aus. »Stimmt damit was nicht?«

Christoph würgte am letzten Bissen Brot und schüttelte eifrig den Kopf. »Es ist … gut …« Er warf der Stubentür einen Hilfe suchenden Blick zu, doch von Hans und Anna fehlte jede Spur, also versteckte er sich hinter seinem Bierbecher. »… schmeckt … wirklich.«

Margarete taxierte den Verstörten mit einem teils spöttischen, teils enttäuschten Blick und verschränkte die Arme vor der Brust. »Herrje, Christoph, du weißt einfach nicht, wie man etwas Nettes sagt!« Er blickte drein wie ein Junge, dem man ein Spielzeug, das er eben einem anderen Kind weggenommen hatte, aus den Händen riss. »Fällt es dir wirklich so schwer, nett zu sein, oder tust du nur so?«

Christoph schluckte schwer am Bier und dem, was Margarete

gesagt hatte. Seine Augen wurden von seinen Brauen überschattet, als er sie nachdenklich verengte. Gerade als er zum Sprechen ansetzte, polterte Anna Biehain mit einer vor Schweinefleisch überquellenden Schüssel in die Riegersche Stube.

Trällernd und ihren Neffen für den geglückten Braten lobend – nicht das von Margarete bereitete Roggenbrot, den gedünsteten Kohl, das eingelegte Dörrobst oder die glasierten Maiskolben lobte sie, sondern sie dankte ihrem Neffen, der sich halb tot gerackert hatte beim Zusehen, wie das Schwein dahinbrutzelte –, stellte Anna die Schüssel zwischen den Mann und seine Frau.

Über den dampfenden, nach Rübenöl stinkenden Fleischberg hinweg sahen sich Christoph und Margarete an, die zu gern ihren kleinen Streit ausgefochten hätten. Solche und andere Banalitäten reizten die jungen Gemüter seit dem Vorfall in der Scheune, dass auch jetzt Margarete nicht wenig Lust hatte, sich ihre Wut vom eisigen Novemberwind aus dem Kopf wehen zu lassen.

Auf Hans Biehain war Verlass. Er – wie immer durch die Mienen seines Neffen und dessen Frau alarmiert – begann beim Essen sogleich die Geschichte von einem Kerl zu erzählen, der mit nichts bewaffnet als einer Schalmei einen Wolf in eine Wolfsgrube gelockt habe. Annas Versuche, Hans das Erzählen von Wolfs-, Bären-, Geister- oder Feengeschichten zu verbieten, zerschellten an dessen guter Laune. Und Hans schaffte es, dass Margarete und Christoph auftauten und zumindest in sich hineinschmunzelten und dass Anna, die wohl keine der Pointen verstanden hatte, vor sich hin lachte, sobald es die anderen taten.

»Was ist dran an dem Gerede um Thomas Seifert?« Das Lachen hing noch im Raum, Annas Busen zitterte noch unter ihrem in der Kehle gefangenen Kichern, als Hans seine Frage ausgesprochen hatte.

Es war plötzlich totenstill in der Riegerschen Blockstube. Hans sah zuerst Christoph, dann Margarete wachsam an. »Stimmt es, dass man dich aufs Kretscham geladen hat, weil du ihn halb totgeschlagen hast?« Hans wartete auf eine Antwort, Christoph stutzte, Anna schluckte geräuschvoll und Margarete schickte ihre scheuen Blicke zwischen den dreien umher.

Lange sagte niemand etwas. Hans' Frage war weniger als solche, denn mehr als Vorwurf formuliert gewesen und Margarete befand seine Anklage für rechtens. Sie prüfte Christoph, der auf seinen leer gegessenen Teller hinabblickte, als höre er in sich, ob er noch Hunger habe oder nicht. Mit gesenktem Kopf spähte er dann über den gedeckten Tisch und schien sich stumm mit ihr zu beraten, was er sagen sollte und was nicht.

Es war an einem besonders kalten, aber trüben Novembertag der vergangenen Woche gewesen, einem Tag, der winterlicher nicht hätte sein können, als Thomas Seifert, wie aus den dunstigen Moornebeln gehaucht, mitten auf dem Hof der Riegers aufgetaucht war.

Christoph war wie so oft unterwegs gewesen. Es war Thomas' angebliche Sorge um sie und Christoph, die ihn auf dem Rieger-Hof hatte herumschleichen lassen. »Was ist nur los mit dir und ihm?«, hatte er sich eingemischt, und Margarete war es nicht gelungen, ihn bar jeder Antwort abzuwimmeln. Thomas hatte geschimpft und gewettert, Christoph sei verrückt geworden, ja übergeschnappt, und er hatte betont, dass das zumindest sei, was man sich im Dorf erzähle. An diesem garstigen Tag hatte Margarete sich und Christoph auf Gedeih und Verderb verteidigt und die Gelegenheit genutzt, den Ruf des Riegerschen Hauses zurechtzubiegen, indem sie versuchte, dem Einfaltspinsel Thomas Seifert Christophs Überzeugung zu erklären.

Margarete und Thomas hatten sich bei Wind und Wetter in einen Streit verwickelt, wobei der eine beharrte, Christoph würde sich mit seiner Überzeugung das Genick brechen, die andere auf Biegen und Brechen ihren Mann und den Waidanbau verteidigte – denn nichts als der Waid waren wieder einmal Anlass zum Zetern gewesen. »Er glaubt an ein Leben ohne Angst vor verfaulten Futterrüben und verschimmelten Broten, an ein Leben unabhängig von gefüllten Getreideschobern, zerborstenen Mühlen und leeren Geldbeuteln. Er hat das Leben von der Hand in den Mund satt«, hatte Margarete mit der Inbrunst einer Märtyrerin gerufen. Und mit jedem ihrer Worte war die Zuneigung zurückgekommen, die sie irgendwann einmal für

Christoph empfunden hatte. Nicht abrupt, sondern langsam, aber unaufhaltbar war vor ihrem inneren Auge Christophs zerknirschte Miene von einem geheimnisvollen, wissenden Lächeln und den dazugehörigen Grübchen fortgescheucht worden.

Margarete hatte nicht zu Thomas gesprochen an jenem trüben Herbsttag, sondern für sich selbst, und nicht nur das Bild der Allgemeinheit, sondern ihr eigenes Bild von Christoph neu gemalt. »Er hat recht, Thomas! Sein Vater, mein Vater – sie haben Großes vollbracht. Sie haben der Gemeinde genützt, und das wird Christoph auch. Er hat die Möglichkeit, etwas zu ändern ... Er hat es nicht auf Tatenlosigkeit in endlos langen Wintern abgesehen, und schon gar nicht auf ein hungerndes Weib und sterbende Kin...« Und noch bevor Margarete sich hatte besinnen können, was sie da eigentlich sagte, bohrte Thomas Seifert auch schon in ihrer Wunde herum und verhöhnte die Kinder, die der Rieger nicht hatte und nie haben würde.

»Hast du ihn mal gefragt, wo er sich herumtreibt, während du hier allein hockst? Hast du Leonore Vietze gefragt, was sie an langen, kalten Abenden tut, während du dich hier krumm buckelst?«

Thomas hatte Margarete an ihrer verwundbarsten Stelle getroffen und zugesehen, wie sie, die so plötzlich und entschlossen aus sich gegangen war, sich in ihr Schneckenhäuschen zurückzog. Nein, sie wusste nicht, was Christoph tat, wenn er lange fortblieb. Was wusste sie schon über Christophs Dickschädel und seine Launen? Was wusste sie über den Kerl, mit dem sie erst seit einem halben Jahr verheiratet war?!

Verwundbar, wie sie war, hatten ihre Stimme und Worte wenig Gewicht, Christophs und ihre Ehre zu verteidigen. Und im Grunde grollte sie heute noch – am reich gedeckten Tisch in Gesellschaft von Hans und Anna Biehain – ihrer Schwäche von vergangener Woche.

Ihre Verletzlichkeit hatte Thomas das Maul geöffnet und er war so dreist gewesen, sich an sie heranzumachen, sie zu beschwören, den Irren zu verlassen, bevor sie verhungert sein und ihre Haut die Teufelsfarbe angenommen haben würde. »So was Bescheuertes! Waid!«

Margarete hatte sich Thomas zwar vom Leibe halten können, warf sich aber einfältig in die Brust, das Teufelsfeld sei ihr Werk und ihre Idee allein gewesen, für die sich Christoph halb tot buckelte. »Es war schließlich mein Geld, mit dem wir den Waid in Görlitz gekauft haben.« Margarete hatte das Gespräch zum Guten wenden wollen. Warum sie das für Christoph tat, wusste sie damals nicht, und sie wusste es heute noch nicht.

Thomas hatte sich erdreistet, die Riegersche Wäsche im eiskalten Matsch des Vorhofes zu waschen, hatte ausgeplaudert, welche infamen Lügen die Gerüchteküche aufheizten. Margarete spuckte auf die Dorftölpel und verteufelte die gespaltenen Zungen der Weiber, die im Grunde nur neidisch waren, dass die junge Riegerin bald Geld anstelle von Korn lesen würde. Aber Thomas hatte das dem Mädchen nicht abnehmen wollen. Er hatte durchschaut, dass aus Margarete Angst und Selbstschutz sprachen.

Und dann geschah, was kommen musste: Kaum dass Thomas Seifert mit seinen vergifteten Worten im Gepäck den Heimweg hatte antreten können, war Christoph aufgetaucht und hatte den Unruhestifter am Schlafittchen gepackt und auf den Wimmernden und Zappelnden eingeprügelt.

»Christoph?« Hans suchte den Blick seines Neffen. »Ist was dran an der Geschichte?« Der Blick, der vom jungen Rieger zu Margarete huschte, war nicht weniger Rat suchend als noch vorhin, als er um ein nettes Wort für Margarete verlegen gewesen war. Drei Herzschläge lang überlegten Christoph und Margarete stumm und ohne sich aus den Augen zu lassen, was sie sagen würden.

»Ja, am Edmundstag soll er sich im Kretscham blicken lassen.« Margaretes Blick wich nicht von Christophs Augen, während sie sprach. »Es wird einen Vergleich geben und der Junker wird auch dabei sein.«

Anna seufzte und verbarg ihren aufgerissenen Mund hinter vorgehaltener Hand. Hans räusperte sich.

Christoph löste seine Augen von Margarete und schaute seinen Oheim herausfordernd an: »Passend, nicht wahr, was der Jeschke Hans sich da hat einfallen lassen?« Er lachte bitter auf und trank seinen Bierbecher leer. Als wäre nichts geschehen, widmete er sich einem weiteren Stück Schweinefleisch, das saftig und nach Rübenöl stinkend auf seinem Teller landete.

Hans sah seinen Neffen fragend an und Christoph erklärte mit genervter Miene: »Wie witzig, wegen eines Unruhestifters am Tage Edmund in die Schenke zu laden.« Aber niemand lachte, nicht einmal Christoph, der ganz geschäftig, jedoch mit wenig Appetit an seinem Fleisch herumfingerte. »Der Tag des Besitzes ...«, wurde der junge Rieger ungeduldig, ob mit seiner verstockten Familie oder seinem widerborstigen Schweinebraten, vermochte Margarete nicht zu deuten. »Was schleicht der Seifert auch hier herum und stellt Margarete nach, hä? Kriecht hier Nacht für Nacht herum und neuerdings auch bei Tag!«

Drei Augenpaare ruhten nun auf der jungen Riegerin: Hans schien eins und eins zusammenzuzählen und nickte nachdenklich. Anna schien gar nichts zu begreifen und glotzte das Mädchen unverhohlen an. Und Christoph mahnte stumm, aber mit eindringlichen Blicken, über die nächtlichen Umtriebe auf dem Hof Schweigen zu bewahren. Was passieren konnte, wenn Christoph des Nachts den Streunern auflauerte, hatte Margarete nicht vergessen. Seit dem Vorfall in der Scheune mischte sie sich nicht mehr ein, wenn wieder seltsame Geräusche vom Hof her in die Schlafkammer drangen. Sie schwieg. Ihr war der Appetit vergangen.

»Den Thomas sollst du übel zugerichtet haben, Junge, was hast du dir dabei gedacht? Du hättest ihm nicht in die ... zwischen die Beine treten müssen!« Hans hatte geflüstert, um seine indiskreten Worte vor den Frauen zu verbergen. Christoph war nun derjenige, der sich verständnislos umsah, als wolle er sich dessen versichern, dass er mit einem, der sich an seinem Hab und Gut und seiner Frau vergreifen wollte, ganz richtig verfahren war.

»Es hätte nicht viel gefehlt und du hättest den Seifert erledigt, und bei Totschlag kann selbst dein feiner Freund Nickel dir nicht beistehen ... was erwartest du überhaupt von dem?« Auch Hans schien der Appetit vergangen zu sein. Er lehnte sich zurück und starrte auf den Hinterkopf des neben ihm sitzenden vornüber gebeugten Jungbauern.

Christoph ließ sich Zeit mit einer Antwort, riss ein Stück Schweinefleisch vom Knochen, steckte es in den Mund, kaute, wischte sich die Finger sauber und ließ bei alledem Margarete nicht aus den Augen. Ausweichender hätte seine Antwort nicht sein können, als er zu verstehen gab: »Es ist ja nicht nur meine Sache – der Waid –, sondern auch die des Junkers, und der Waid ist schließlich der Grund, warum die Dorftrampel aus dem Häuschen sind. Deshalb wird Nickel am Edmundstag im Kretscham sein.«

»Und du bildest dir ein, der Nickel kann dich vor dem Turm bewahren?« Hans lachte gequält auf.

Nun war es Margarete, die sich zurücklehnte. Sie fixierte den Biehainer herausfordernd. »Der Junker wird Naturalstrafe und ein paar Tage Dienst erwirken, so ist es vereinbart, Hans, obwohl Euch der Kerker für Euren Neffen lieber zu sein scheint.«

»Margarete, nicht!« Christoph schüttelte unmerklich den Kopf, sah seiner jungen Frau tief in die Augen und warf einen abgenagten Ferkelknochen in einen Küferkübel.

»Ihr wisst nicht, wie das ist!« Christoph mahnte Margarete erneut.

»Nein, Christoph, er muss das jetzt mal anhören!« Und zu Hans gewandt begehrte Margarete auf: »Wisst Ihr, wie es sich leben lässt mit nichts als einem Haufen Missgönner im Nacken und Habenichtsen vor der Nase, die herumschleichen und einem nur Schlechtes wollen! Seid Ihr hergekommen, um ihm …« Sie deutete mit einer laxen Handbewegung auf Christoph, der den Kopf einzog, als würde er dadurch unsichtbar, anstatt zwischen seiner herrschenden Frau und seinem verdatterten Oheim zu sitzen. »… Vorhaltungen zu machen?« Niemand sagte etwas. Margarete musterte Hans und Anna. »Ihr könnt nur meckern!«

»Was sollen wir denn tun, Mädchen!«, wurde Hans nun laut. Nicht zornig, sondern verzweifelt sah er der Frau seines Neffen in die Augen. Zum allerersten Mal, wie es Margarete schien.

Die junge Riegerin erhob sich schnalzend. Christoph wollte es ihr verbieten, doch Margarete fuhr ihm über den Mund: »Sag es ihnen, Christoph!« Und dem Hans Biehain schmetterte sie an den Kopf: »Was Ihr tun könnt? Anpacken, wenn im Frühjahr der Waid aufs Feld kommt!« Damit ließ sie Christoph und ihre Gäste sitzen. Aus der Stube, deren Tür Margarete ins Schloss krachen ließ, drang nichts als Stille.

Mit ihren Holzpantinen polternd, stapfte die Wütende in den

Lagerraum, wo sie das von Anna mitgebrachte Sternleberkraut verschwinden ließ. Margarete würde der Anweisung, das Kraut in Wein anzusetzen und vor dem Beischlaf mit Christoph zu trinken, nicht folgen. Sie war der Aufdringlichkeit Annas müde.

Spät erst schlich Christoph in die Kammer. Er setzte sich still auf seine Seite des Bettes und beobachtete Margarete, die lang gestreckt unter ihren Fellen und Decken lag. Christoph wusste nicht, ob sie schlief. Ihr ruhiger, gleichmäßiger Atem konnte ihn täuschen. Er wusste, dass Margarete es verstand, sich unsichtbar, unhörbar und unantastbar zu machen, auch dann, wenn sie sich ganz nah bei ihm aufhielt.

Sie lag auf dem Bauch, die Arme angewinkelt, die Hände neben dem Gesicht, das sie ihm zugewandt hielt. Aber Christoph wagte nicht, ihr Antlitz zu betrachten. Sie hatte zu ihm gehalten, das war mehr, als er je für sie getan hatte, und er wusste nicht, ob er ihr nun etwas schuldig war oder nicht. Die Nähe zu ihr, die er einmal, vor vielen Wochen im Oktober, zugelassen hatte, hatte er wettgemacht durch seinen fleischgewordenen Groll gegen Bettina, den er Margarete hatte spüren lassen. Das war nun mehr als zwei Wochen her. Zwei Wochen, in denen sie kaum ein friedliches Wort miteinander gewechselt hatten. Die längsten zwei Wochen seines Lebens. Die langweiligsten und zugleich verzweifeltsten. Ihm fehlte seine Frau. Es war nicht schön, so nebeneinander her zu leben, sich anzufauchen und jedes Wörtchen, das gesagt wurde, auf die Goldwaage zu legen. Und trotz allem war Margarete heute für ihn eingestanden. Er hatte sie nicht darum gebeten, er wollte nicht, dass sie ihn in Schutz nahm.

Christoph lehnte sich mit seinem Kissen gegen das Kopfende des Bettes und lauschte den Geräuschen der Herbstnacht, die in Wahrheit schon den Winter ankündigte. Er wartete, dass er vom Schlaf übermannt werden würde. Dabei beobachtete er, wie sich Margarete in ihren Decken wand, sich hin und her warf und scheinbar ebenso wenig Ruhe fand wie er. Sie drehte sich von ihm weg und wieder zu ihm hin, warf ein Bein über ihre Decken, versteckte es wieder, denn es war viel zu kalt in der Kammer. Margarete steckte den einen Arm unter ihr Kissen, dann den anderen, zog eine Hand wieder hervor und streckte sie von sich.

Sie schien es nicht zu bemerken, aber Christoph durchfuhr es, als Margaretes Hand neben der seinen zu liegen kam und ihre Handkante die seine berührte. Verblüfft starrte er auf ihre schmale weiße Hand, auf die Finger, die aussahen, als würden sie jeden Moment die Felldecke kraulen. Es wäre ein Leichtes, seine Hand auf die ihre zu legen, seine Finger zwischen die ihren gleiten zu lassen; es fehlte nur ein kleines Stück. Was sprach dagegen, ihre Hand zu halten? Sie schlief. Sie würde es gar nicht mitbekommen!

Vorsichtig und mit angehaltenem Atem schob Christoph seine Finger zwischen die des Mädchens und legte seine Handfläche auf die ihre. Mit seinem Daumen strich er über ihre Knöchel.

»Du bist noch wach?« Margaretes schlaftrunkene Stimme erschreckte ihn. Er bejahte ihre Frage und zog seine Hand zurück. Sie räkelte sich, während er regungslos in seinen Kissen hing und aus dem Fenster starrte. Sein Herz stolperte, als sie sich auf den Bauch drehte und sich dicht zu ihm heranschob. Er spürte ihren Atem an seinem linken Oberarm und ihren Handrücken neben seinen linken Rippenbögen. »Sag, magst du mich ein bisschen?« Die Atemluft blieb in seinen Lungen wie verriegelt und wollte nicht wieder aus seinem Leib strömen. Er sah nicht auf sie hinab. Er wusste, dass er eisern versucht hatte, sie nicht zu mögen, er konnte aber nicht behaupten, in diesem Unterfangen besonders erfolgreich gewesen zu sein. Gedehnt atmete er aus. Das Wörtchen, das er als Antwort geben wollte, blieb ihm im Halse stecken. Margarete war geduldig, atmete so ruhig, als würde sie tief und fest schlafen. Er blieb ihr eine Antwort schuldig. Also versuchte Margarete es anders: »Magst du Leonore?« Diesmal hielt Christoph nicht vor Überraschung die Luft an, diesmal schluckte er trocken. Er hatte sich nie Gedanken darüber gemacht, ob er Leonore mochte oder nicht.

Anders als bei Margarete, über die er viel nachdachte, hatte er um die junge Vietzin nie viel Aufhebens gemacht. Sie war ein lustiges Mädchen und sehr freizügig gewesen. Er hatte sich ein paar Mal mit ihr getroffen, ohne dass er ihr je Versprechungen bezüglich ihrer beider Zukunft hatte machen müssen. »Thomas hat behauptet, du triffst dich noch manchmal mit ihr!« Margarete schien seine Gedanken zu lesen.

»Er lügt«, sagte Christoph leise. Sein Blick streifte Margaretes Gesicht, das neben seiner Schulter auf seinem Kissen lag. Ihre Augen waren geschlossen. Er vermochte nicht zu ergründen, ob sie erleichtert war. In ihrem Antlitz lag die Arglosigkeit einer Schlafenden.

»Magst du sie?«

»Ich weiß nicht.«

»Und mich?«

Er sah wieder zum Fenster hinaus. Er wich ihr aus: »Ich hab dich geheiratet, nicht Leonore.« Das waren nicht die Worte gewesen, die er ihr hatte sagen und die sie hätte hören wollen, aber die Überwindung, die ein Zugeständnis kostete, konnte er nicht aufbringen. Nicht nach dem, was sie beide seit dem Ereignis in der Scheune mit sich herumschleppten. Es hatte nicht einen Tag gegeben, an dem er nicht darüber nachdachte, sich endlich bei Margarete zu entschuldigen. Aber mit jedem Tag war der Groll über sich selbst schwächer und Margaretes Verletzlichkeit größer geworden. Christoph wusste einfach nicht, wie er auf sie zugehen sollte. Er fand nicht den rechten Zeitpunkt, das, was irgendwie verschüttet zu sein schien, wieder freizuschaufeln. »Versuch zu schlafen.« Es tat ihm in der Brust weh, sie so plump vor den Kopf zu stoßen.

Weil Margarete nicht mehr nur im Dorf, sondern nun auch auf Christophs Hof ihren Ruf, der zu keiner Zeit ein guter gewesen war, ihre Ehre, die mit nichts als ein paar windschiefen Bretterbuden und einer zweifelhaften Dreifelderwirtschaft glänzte, und ihre eigene Position auf dem Riegerschen Hof behaupten wollte, sprach sie sich nun in der Beichte aus. Wenn sogar ein Thomas Seifert ihre häuslichen Zwiste in aller Öffentlichkeit breitquatschte und damit obendrein zu ihr auf den Hof gerannt kam, redeten die Weiber Weinhold, Linke, Vietze oder Jeschke wer weiß was über sie! Dem musste Margarete entgegenwirken, und so suchte sie den letzten Menschen auf, den sie jemals um Rat hätte fragen wollen: Simon Czeppil.

Der Pfarrer hatte zu jeder Zeit ein offenes Ohr für die junge Riegerin. Worin Christoph die Neugier eines lauernden Wolfs im Schafspelz wähnte, fand Margarete einen geduldigen Zuhörer. Czeppil verstand es, das Verhalten der Leute im Dorf und des Ehemannes so zu erklären, dass Margarete es auch verstand: »Es ist eine Prüfung, meine Tochter«, hauchte er mit salbungsvoller Stimme, »die zu bestehen du auf Gottes wunderbarer Erde weilst. Dein Mann mag hitzköpfig sein, aber deine Aufgabe ist es, ihn zu unterstützen, ihn zur Vernunft zu bringen. Wenn du dich ihm widersetzt, hat er das Recht, dich zu züchtigen, und die erduldete Züchtigung wird dir im Jenseits vergolten werden. Da sind Frauen den Männern gegenüber seit je im Vorteil: Während der Mann das Werkzeug Gottes ist, wird der Frau die Gunst zugewiesen, die Prüfungen Gottes zu bestehen. Wann wird ein Mann je so gründlich geprüft wie eine Frau?«

»Diese Prüfung fühlt sich wie Strafe an. Kann nicht Gott auch einmal ein Irrtum unterlaufen?«

»Nein, mein Kind, Gottes Wege sind zwar manchmal verschlungene Pfade, aber Irrtümer …? Ausgeschlossen! Evas Bürde lastet schwer auf der Büßerin, aber das ist keine Strafe. Dieser Bürde gerecht zu werden, ist die Prüfung.«

Christoph argwöhnte der Beichtbereitschaft seiner Frau. Margarete musste ihm wieder und wieder versichern, dass sie den Waid nicht ansprach, wenn sie vor dem Beichtstuhl kniete und mit gedämpfter Stimme ihre allergrößte Sorge aussprach, und die war mit Sicherheit nicht der Waid! »Du, meine Tochter, tust gut daran, deinem Mann als seine Bäuerin dazu zu bewegen, eine ordentliche Wirtschaft zu führen und ihm bald Söhne zu schenken.«

Sie und Christoph waren sich seit dem Vorfall in der Scheune nicht mehr nahegekommen (die Vergewaltigung hatte sich in einem fernen Winkel ihres Bewusstseins als »der Vorfall in der Scheune« verborgen, und daran rührte die junge Frau nicht). Aber wie sollte ihr Ansehen im Dorf ohne Christoph steigen? Wie sollte sie ohne ihn zu einem Kind kommen? Wenn erst ein Kind da wäre, würde das Leben besser sein auf dem Hof, dann wäre Margarete in Christophs Augen eine vollwertige Frau, dann würde sie von den anderen Frauen im Dorf angenommen werden – es musste einfach so sein. Ein Kind würde Christoph vielleicht von seinem bescheuerten Waid abbringen! Ein Kind war etwas Neues, ein Neuanfang mit Gerste, Roggen, Raps oder Dinkel und jeder Menge Rüben. Kein Waid!

Aber davon erzählte Margarete dem Pfarrer nichts. Kein Wort über ihren gebrochenen Stolz und Christophs Distanz kam ihr über die Lippen.

Pfarrer Czeppil, so stellte sich sehr bald heraus, war weniger eine Hilfe, sondern ein neugieriger alter Mann, der zu lange allein mit seiner Wirtschafterin gelebt hatte und der ein Vergnügen daran hatte, all die Geheimnisse der bäuerlichen Schlafstuben seiner Parochie zu ergründen. Und auch Margarete musste schließlich Fragen über sich ergehen lassen, mit denen Pfarrer Czeppil wissen wollte, ob sie der sündigen Lust in einer Weise fröne, die sie von der Last der Mutterschaft entband. Darauf wusste Margarete nichts zu antworten. Ihr war weder bekannt, dass es eine solche Art gab, es zu tun, noch konnte sie sich vorstellen, dass Frauen es taten, ohne schwanger werden zu wollen.

Wie viele von Annas Tinkturen und Aufgüssen, welche zu mehr Fruchtbarkeit und noch mehr Empfängnisbereitschaft führen sollten, hatte Margarete eingenommen?! Wie oft hatte sie heiße Kompressen mit Ölen angefertigt, die sie aus Weihrauch oder Rose gewann, um ihre unreinen Tage zu verkürzen, damit Christoph nichts davon merkte. Wenn sie unter unzeitigem starken Monatsfluss litt, tränkte sie ein Tuch in kaltem Wasser und machte damit Wickel auf die Oberschenkel, damit sie von innen abkühlte und das Blut aufgehalten wurde. Margarete trank Annas Rotklee mit Minze, Schafgarbe mit Mistel, Sternleberkraut und Brennnesselinfus. Sie kochte Sellerie in Wasser und legte ihn sich warm auf den Nabel. Anna hatte der

Riegerin Krähenfüße und Zaubersteine gebracht, die Margarete hier verscharren oder dort verstreuen sollte. Sie kochte sich aus Mutterkraut, Dinkel und Wasser, worin sie in der Fastenzeit verbotene Butter schmolz, eine Suppe, die ihren Unterleib reinigen und bereit für ein Kind machen sollte. Und sie sah nicht ein, welche Strafe sie auszubüßen hatte, indem sie kinderlos bleiben sollte.

Margarete fürchtete sich vor diesem bösartigen Schicksal, und auch das gestand sie Pfarrer Czeppil. Und der sann, verborgen im Schutze seines Alkovens, lange nach den richtigen Worten. Er räusperte sich wiederholt und von offensichtlichen Atemproblemen begleitet. Er ermahnte sie beinahe flüsternd, während des Beischlafs mit dem weiblichen Samen, der für die Zeugung von Nachkommen ebenso wichtig sein sollte wie der männliche, nicht zu geizen, ja, ihn zum Gehilfen seiner männlichen Entsprechung zu machen. Da Frauen lustlos empfangen sollten, beschrieb Czeppil weiter, würde nichts den weiblichen Körper von der Aufgabe der Fortpflanzung ablenken, und wenn sie, Margarete, darauf achte, dass sie ihren Samen zum gleichen Zeitpunkt wie Christoph den seinen ausscheide, wäre die Nachkommenschaft gesichert und würde nicht mehr lange auf sich warten lassen. »Dem Menschen hat bei der Geburt der Herr Samen jedweder Art und Keime zu jeder Form von Leben mitgegeben. Es ist also Gottes Gesetz, dass die Frau empfangen soll!«, raunte Czeppil der jungen Frau zu.

Es bedurfte einiger Bedenkzeit, in der Margarete Mut sammelte, sich Christoph anzubiedern und ihn dazu zu bringen, seine sonderbare Scheu vor ihr abzustreifen. Jedoch hatte sie keine Ahnung, wie sie ihren Samen auszuscheiden hatte und woran sie erkennen konnte, wann es so weit war. Doch darüber konnte sie weder Czeppil noch Christoph oder sonst wen befragen. Sie war zumindest erleichtert, dass Christoph sie nicht abwies, dass er weder grob noch aufdringlich war, wenn sie miteinander schliefen. Doch wenn er am Morgen danach ihre Hand halten, ihre Taille berühren oder ihr Haar aus ihrem Gesicht streichen wollte, griff er ins Leere, denn solche Zuneigungen ließ sie nicht zu. Noch nicht. Ganz anders als zu Beginn ihrer Ehe, ganz zu schweigen vom Vorfall in der Scheune, war es von nun an Margarete, nicht Christoph, die bestimmte, wann sie einander nahekamen.

Czeppil hatte ihr nicht nur empfohlen, auf ihren und Christophs Samen zu achten, sondern auch, ihrer Christenpflicht im gleichen Maße wie ihren ehelichen Pflichten nachzukommen. So zum Beispiel legte er ihr nahe, einen Barbarazweig in ihrer Stube aufzustellen. Und das tat Margarete: am vierten Dezember. Drei Tage nach Christophs Vorladung im Kretscham schnitt sie vom Kirschbaum im Garten einen Zweig ab und stellte ihn ins Wasser.

Christoph hatte nicht viel von dem Treffen im Kretscham erzählt, aber Margarete hatte ihm angesehen, wie erleichtert er über den glimpflichen Ausgang der Sache war. Junker Nickel hatte sein Versprechen gehalten und seine schützende Hand über den Raufbold Rieger gehalten und ihn ermahnt, seine Fäuste im Zaum und seine Kräfte für geeignetere Momente bereitzuhalten. Bei der feierlichen Heiligen Messe dankte Margarete der Heiligen Barbara für das Glück, das Christoph vor dem Schöppengericht beschieden gewesen war. Einen nicht unwesentlichen Bestand ihrer Andacht beanspruchten jedoch die Gebete, die bewirken sollten, dass der Kirschzweig in ihrer Stube bis zur Christnacht erblühen möge als Zeichen dafür, dass sie im nächsten Jahr gebären würde.

Das war, was Czeppil sie glauben machte, wenn er von Margaretes Verzweiflung sprach als etwas, das sie durch innere Einkehr, Gebet und Stille bekämpfen könne. Die Verzweiflung und der Gram über Christoph und seinen Waid waren es laut Pfarrer Czeppil, die Margaretes Unterleib zusammenschnürten. Die Verzweiflung sei der Zunder des Teufels, der Nährboden der Sünde, und ließe keine Verbindung zu Gott zu. Aber der Gegenspieler der Verzweiflung war die Hoffnung, und die liege im Kirschholzzweig, der zur rechten Zeit blühen würde, schlummerte unter dem Riegerschen Dach nicht nur Christophs Herzenshärte, sondern auch seine Milde und Reue. Christoph, so Pfarrer Czeppil weiter, sei innerlich derart versteinert, dass er den Toten glich, die weder sehen noch hören noch durch den Gotteshauch wiederbelebt werden können. Denn die Sturheit eines Christoph Elias Rieger sei so bösartig und unnütz, dass sie sich wegen ihrer inneren Gefühllosigkeit nicht erweichen lasse. Und so, wie ein Maulwurf in der Erde wühle, pflüge die Herzenshärte auch alles Gute im Menschen unter, weil ihr nichts passe, was sie sich nicht selbst ausgedacht habe. Von derlei Gesprächen verriet Margarete ihrem Mann nichts, zu groß war Christophs Groll gegen Czeppil, als dass er auch nur einen Pfifferling auf dessen Geschwätz gab.

Margarete würde die Zweige, Symbol für Jesus, den Spross aus der Wurzel Jesse, in der Kapelle vor dem Altar aufstellen, waren sie erst einmal aufgeblüht. Ein Band knüpfte sich zwischen ihr und dem Heiligenbild der Barbara, dessen Farbe und Schriftbanner mit den Jahren abgeblättert und unleserlich geworden waren. Die junge Riegerin sah sich ebenso gefangen wie die Heilige Barbara. Sie verschwisterte sich mit der Schutzpatronin, die von ihrem Vater im Turm eingesperrt worden war. War Margarete nicht ebenso wie Barbara ihrer Jugend beraubt, ihre Schönheit geschändet, die Gefangene ihres eigenen Hauses?

Christoph beobachtete seine Frau, die, wenn draußen der Wind heulte, ungeachtet seiner Anwesenheit vor dem Barbarazweig in der Stube hockte und mit leerem Blick und trauriger Stimme Kinderverse flüsterte: »»Am Tage von Sankt Barbara, da geht das Jahr zur Neige, dann trag ins Haus, von fern und nah, die kahlen Kirschbaumzweige! Am Tage von Sankt Barbara stell Zweige in dein Zimmer! Dann lacht zur Weihnacht, hier und da, ein weißer Blütenschimmer.««

Gerade weil Czeppil so fragwürdige Ratschläge von sich gab, die zu nichts anderem taugten, als seine Gier nach fleischgewordener Weltlichkeit zu rechtfertigen, unterließ es Margarete bald, ihre Knie vor dem Beichtstuhl wund zu scheuern. Lange vermochte die junge Riegerin nicht, ihren wachsenden Zorn auf den Pfarrer, der ihr nicht hatte helfen können, vor Christoph geheim zu halten. Und so trafen sie eine Übereinkunft, die zu noch mehr Gerede im Dorf führte. Davon bekam das junge Paar aber nichts mit, weil es die kalten Winterwochen auf dem Hof zubrachte, anstatt in der Kirche, der Schenke oder in Hans Biehains Stube. Beide hatten anderes zu tun, als sich dem Spott der Gemeinde auszusetzen.

Jetzt, da Christoph und Margarete ihre Ehe wieder vollzogen, brach für den Mann abermals die zermürbende Zeit des Wartens herein, mit der er schon vor dem Zwischenfall in der Scheune schwer hatte leben können. Jetzt beschäftigte er sich wieder zunehmend mit dem Beobachten seiner Frau: Er wartete auf ein Zeichen in ihrem Leib, das seinen Erben ankündigte. Er wartete auf den Sohn, der seine prächtige Idee weiterführen und noch in späteren Generationen für eine günstige Zusammenarbeit mit den Gerßdorffs sorgen würde. Und wenn er gerade nicht an sein Kind dachte, das auf sich warten ließ, dann wartete er auf Saatwetter. All das Warten zermürbte ihn. Er beobachtete Margarete mit Argusaugen, und mit Grimm nahm er die Wäsche zur Kenntnis, die sie Monat für Monat am Schöps auswusch. Er war ungeduldig geworden und ein böser Gedanke keimte in seiner Brust, für den er sich, kaum dass er zu Ende gedacht war, schämte, aber zu dessen Ursprung er immer wieder zurückfand.

Heilige Dreikönig sonnig und still,
der Winter vor Ostern nicht weichen will.

Da Christoph im Herbst den Waid nicht hatte ausbringen können, hielt das Dorf den Atem an vor Spannung und erging sich in Spekulationen darüber, ob Christoph im Frühjahr aussäen werde. Es kursierten Gerüchte, dass es gar kein verstecktes Saatgut gäbe. In der Gerüchteküche wurde heißer gekocht als an den heimischen Herden, und da sich die jungen Riegers kaum mehr in der Öffentlichkeit blicken ließen, erfuhr der klatschwütige Pulk weder von ihnen noch von den Biehains bestimmte Neuigkeiten.

Aber was sonst als das Übliche stellte Hans Biehain fest, was sonst als das Althergebrachte und ganz und gar nicht Neue registrierte Anna, als sie und ihr Mann an Epiphanias, dem Tag der Heiligen Drei Könige, die Riegers im Niederdorf besuchten?

»Dein Hof ist eine Schande vor Gott!« Hans schimpfte und fluchte über seines Neffen Wirtschaft, dass Margarete Hören und Sehen vergehen wollte. Es lag kaum Schnee in diesem Januar, aber die klirrende Kälte nagte an dem Gerümpel auf Christophs Hof und ließ es knacken, knarren und ächzen. Der Alte scheuchte auf seinem Rundgang über den Rieger-Hof das gackernde und umherflatternde Federvieh vor sich her und zeterte mit ihm um die Wette: »Wann willst du endlich das Loch im Gehege flicken?! Wenn nicht die Wölfe, so werden die Nachbarsbengel dir deine Hühner vor den Augen wegholen!« Der Greis wies zornig auf die in einer Ecke gestapelten, zertrümmerten Wagenräder, die man »hätte reparieren können, anstatt sie vermodern zu lassen«. Er schnaubte verächtlich über den nur mäßig bekämpften Wildwuchs des Vorplatzes und die löchrigen Balken in der Scheune und dem Stall und ereiferte sich: »Dein Vieh wird erfrieren, wenn du das nicht richtest …« Mit einem Blick auf die erfrorenen und gelblichen, aus den löchrigen Regenrinnen herabbaumelnden Pflanzen fügte er hinzu: »… oder ersaufen mit dem nächsten Tauwetter!«

Christoph kannte die Litanei seines Oheims wie die des Pfarrers in der Kirche und ließ auch an jenem Januartag geduldig die Inspektion über sich ergehen. Er sah nicht mehr hin, wenn der Alte verächtlich mit seinem Fuß gegen die Steinzelle des Wohnhauses hackte, sodass die Füllmasse zwischen den Umschrotbohlen bröckelte, und Christoph hörte nicht mehr zu, wenn Hans wetterte: »Pfui, schäm dich! Dein Vater würde sich im Grabe umdrehen, sähe er, was du aus seinem anständigen Hof gemacht hast!«

Auf dem Weg in Margaretes Kräutergarten spuckte der Biehainer kraftvoll auf den Berg von ausgedienten, löchrigen Eimern, Bottichen und Trögen, deren Eisenringe und Beschläge in alle Himmelsrichtungen staksten und zwischen denen sich eine Menge Mäusedreck, Katzenscheiße und Hühnermist angesammelt hatte. Aber über Margaretes Garten nickte er zufrieden und stellte vorwurfsvoll fest: »Hätte dein Weib nicht so viel Mumm in den Knochen, selber in den Schöps zu steigen und die Uferrähm instand zu halten, würde dir eines Tages der Fluss deine Bretterbude unterm Arsch wegreißen und du würdest es nicht einmal merken!«

Der Jungbauer war rastlos, er hatte keine Lust, sich um seinen Hof zu bemühen, er traf viel lieber und mit all seiner Kraft in der Scheune und im Stall die Vorkehrungen für sein Waidfeld. Selbst an den Feiertagen arbeitete er unermüdlich, wenn sich nicht gerade Hans und Anna ankündigten.

Anna gebot ihrem wütenden Mann Einhalt, nicht zuletzt, weil sie fror, hungrig war und sich wie bei jedem von Hans' Rundgängen zu Tode langweilte. Sie rang ihrem Neffen halbherzige Besserungsvorsätze ab, mit denen sich Hans zufriedengeben musste, und verschwand in die gute Stube.

Jetzt, das wusste Christoph, der dem ins Haus wackelnden kapitalen Hinterteil seiner Muhme und dem immer noch leise fluchenden Hans hinterherschaute, war Margarete an der Reihe. Was auch immer sie in ihrer Haushaltung nicht so machte wie Anna in der ihren, seine Muhme würde es aufspüren und sich darüber ausschütten. Christoph seufzte, nahm Margarete bei der Hand, küsste ihr Haar, wie um sie zu salben gegen die bevorstehende Tirade, und dann folgten beide dem herrschaftlichen Besuch in die Stube.

Aber Anna würdigte Margaretes Küche an diesem Januarabend keines Wortes, sondern beschritt sogleich ein anderes Feld des Schimpfes: die versäumten Gottesdienste, derer sich Margarete und Christoph schuldig machten. Die Alte sah es als ihre Christenpflicht, das junge, von Gott verlassene Paar mit ihrem Schimpfchanon zu überschütten. Die jungen Riegers saßen nebeneinander auf der Bank in der gut geheizten Bohlenstube und hörten sich geduldig an, was Herzogin Anna meckerte, während sie in Margaretes Küche werkelte, als sei es ihre eigene, und der schmollende Hans so tat, als sei er gar nicht da.

Aber als sich an jenem Abend von Epiphanias Anna mokierte, Christoph und Margarete sollten in der Hölle schmoren, weder an Mariae Empfängnis noch am Aposteltag Ende Dezember in der Kirche erschienen zu sein, wurde sie von Margarete zur

Rechenschaft gezogen, mit welcher Berechtigung sie sich einmische. Zwischen Margarete und der Herzogin von Mäuselwitz und Kicherburg wäre ein lauter Streit entfacht, hätten die Männer der beiden ihn nicht im Keim erstickt. Während es für Hans ein Leichtes war, seine Frau von dem losbrechenden Streit abzulenken, indem er ihr eine Küchenarbeit das Abendessen betreffend auftrug, hatte Christoph seine liebe Not, Margarete zu beruhigen. Auf die schnippische Frage Annas, weshalb die Riegers sich an den höchsten Feiertagen nicht in der Kirche hatten blicken lassen, log Margarete sie auf das Geratewohl an: »Christoph hat mit einer bösen Erkältung im Bett gelegen!« Das sollte als Grund genügen.

Den erstaunten Blick, den der kerngesunde Christoph seiner Frau zuwarf, bemerkte die zeternde Anna nicht. »Das kommt von der unnötigen Arbeit bei der Saukälte auf dem verfluchten Teufelsfeld, nicht wahr, Hans?« Der Angesprochene blickte drein, als wüsste er nicht, welches Feld gemeint war. Und an Christoph gewandt schimpfte Anna mit erhobenem Zeigefinger: »Du wirst dir noch mehr als nur ein Fieber holen, wenn du die Finger nicht vom Teufelskraut lässt.« Hans' Räuspern überhörte Anna, aber Margaretes Geduldsfaden war gerissen. Bissig gab sie zurück: »Christoph hat seine Gesundheit nicht auf dem Feld, sondern im Garten ruiniert, als er den Barbarazweig abgeschnitten hat.« Margaretes Barbarazweig hatte nicht ausgetrieben und die junge Frau hatte das als Zeichen genommen, dass sie sich in ihr kinderloses Schicksal fügen sollte. Sie hatte das dürre Zweiglein zerbrochen und es ins Feuer geworfen. Christoph hatte kein tröstendes Wort für sie gehabt, sondern war froh gewesen, den »albernen Aberglauben« im Ofen aufflammen zu sehen.

Auf die Erklärung der jungen Riegerin folgte einer jener seltenen Momente, in denen Anna das Wort im Halse stecken blieb. Verdattert schaute sie in das ahnungslose Antlitz ihres Gemahls. Das verschwörerische Zwinkern, das Christoph Margarete schenkte, bekam die dicke Bäuerin nicht mit. Sie bemerkte wohl, dass sie nicht vordringen konnte in das Bündnis, das die beiden jungen Leute miteinander geschlossen hatten. Sie konnte nicht Fuß fassen in den Machenschaften ihres Neffen und der unglückseligen Frau an seiner Seite, und sie konnte auch nichts über das Waidfeld in Erfahrung bringen. Über die Pläne um den Färberwaid schwiegen sich Christoph und Margarete aus, da war kein Eindringen möglich.

»Und?« Anna hackte auf den Kohlkopf ein, der zu einem Eintopf verarbeitet werden sollte, als wünschte sie sich, einen weitaus realistischeren Mädchenkopf unter ihrem Messer zu spüren. »Wie hast du seine Erkältung kuriert?« Sie schenkte Margarete einen prüfenden Blick, und die wiederum entdeckte nichts als Häme.

Sie testet dich, durchfuhr es die junge Frau, genauso wie Thomas es im Herbst getan hat. Alle warten immer nur darauf, dass du etwas Falsches sagst. »Ich habe Fenchel genommen ...«, überlegte Margarete und blickte Christoph an, als könnte sie auf dessen Miene eine Rezeptur ablesen, die Anna nicht als fadenscheinig, erstunken und erlogen entlarven würde. Christoph schien ebenso erwartungsvoll auf Margaretes Antwort zu warten wie Anna. Aber im Unterschied zu seiner Muhme hoffte Christoph offenbar ernsthaft, dass Margarete etwas Hieb- und Stichfestes einfallen möge. Und Margarete hatte tatsächlich einen Einfall und schaute Anna offen ins Gesicht, als sie verkündete: »... und dazu viermal mehr Dill, jenen, den Ihr vor Wochen mitgebracht habt, wisst Ihr noch? Den hab ich zusammen mit dem Fenchel auf eine Tonscherbe gelegt ...«

»Davon gibt's ja hier genug«, murrte Hans, sodass Christoph insgeheim grinsen musste und sich seine Wangengrübchen zeigten.

»Im Feuer hab ich die Scherbe erhitzt und die Kräuter ständig gewendet, sodass sie zu rauchen begannen. Den Rauch hat Christoph eingeatmet.« Der, über den gesprochen wurde, drohte seinen Einsatz zu versäumen, und Margarete versetzte ihm unter dem Tisch einen Tritt, woraufhin er die Heilkraft von Margaretes Medizin artig nickend bezeugte.

Aber Anna war über ihren Groll nicht hinweggekommen. »In die Kirche muss gegangen werden«, bestimmte sie und schnippelte wütend an den Zutaten für ihren Eintopf herum.

Der Eintopf war gut, der Streit bezüglich der Gottlosigkeit der Riegers zunächst besiegelt und auch Hans schmollte nicht länger wegen der Unordnung auf Christophs Hof. Stattdessen erzählte er bis spät in die Nacht Geschichten. Und als Anna bereits so müde war, dass sie den Erzählungen ihres Mannes kaum mehr folgen konnte, und Christoph und Margarete beinahe richtig liebenswert zueinander wurden, durchzog ein markerschütterndes Jaulen die Hütte. Annas erstickter Aufschrei aber war beängstigender als das Wolfsheulen, das erneut erstarkte.

»Das war ganz nah!« Margarete sprang auf und wollte zur Stubentür laufen.

»Hinsetzen!«, rief Christoph in barschem Ton. Margarete gehorchte.

Anna presste ihre Hände vor die Brust und die Männer blickten einander stumm an und überlegten, was zu tun sei.

»Sie sind auf dem Hof!«, flüsterte Hans. Christoph drehte sich auf der Bank um und spähte aus dem Fenster. Er konnte nichts erkennen. »Das liegt an deinem löchrigen Zaun, Junge!«, hob der Alte wieder das Fluchen an.

Anna moserte vor sich hin: »Du hast sie hergelockt, Hans, weil du vorhin von ihnen gesprochen hast!«

»Blödsinn«, zischte Christoph und gebot Ruhe.

»Das sind keine Wölfe«, flüsterte Margarete und starrte auf die Tischplatte vor sich. »Wölfe hören sich anders an, und seit wann getrauen die sich auf den Hof, wo Licht durch die Fenster nach draußen scheint. Nein.« Sie schüttelte den Kopf und sah Christoph geradewegs in die Augen. Sein Blick spiegelte den Funken Wahrheit ihrer Worte wider. Bleib sitzen und tu so, als sei nichts geschehen, flehte sie stumm. Er nickte unmerklich. Das Heulen drang nicht wieder zu den vieren vor.

Anna war die Einzige, die Margaretes Andeutungen nicht verstanden hatte. »Wenn es keine Wölfe waren, dann der Edelherr!« Drei verständnislose Augenpaare taxierten die Alte. »Margarete vom Mückenhain kennt sicher die Erzählung! Sie lebte immerhin hinter dem sumpfigen Mückenwald, nicht wahr?«

»Lass gut sein, Anna.« Christoph versuchte die gespaltene Zunge seiner Muhme in deren Hals zurückzustopfen, aber Margarete war zu stolz, als dass sie Annas Stichelei einfach hinnehmen wollte. Sie wusste, dass Christoph ahnte, welche Sage seiner Tante eingefallen war. Beschwichtigend legte sie die Hand auf Christophs Unterarm und ließ Anna nicht aus den Augen, während sie begann, die Geschichte vom Edelmann zu erzählen, der seine Frau getötet hatte, weil sie ihm keinen Sohn geboren hatte. »Zwischen Horka und Biehain befindet sich ein Gehölz, durch das verschiedene Fußwege führen, und alle vermeiden es, den Teil der Waldung zu betreten, der nahe der Straße liegt, weil man behauptet, dass in diesem Waldstück ein vornehmer Herr mit einem Bann belegt ist.« Christoph versuchte abermals, Margarete für ein anderes Gesprächsthema oder für das Zubettgehen zu gewinnen. Die aber taxierte Anna Biehain, die nun gar nicht mehr herausfordernd dreinblickte. »Er halte«, sprach Margarete weiter, »zu gewissen Stunden Menschen, die dorthin geraten, fest. Man sagt, niemand könne dem Zauber entkommen, solange er sich in den Bannstunden befindet …«

Christophs Miene war grimmig und hämisch zugleich, als er sich in der Bank zurücklehnte, die Arme verschränkte und entschied, Anna solle die Sage erzählen. »Sie hat doch solch großen Spaß an Geschichten!«

Zögerlich und in dem Bewusstsein, mit ihrer Gehässigkeit zu weit gegangen zu sein, erzählte also Anna Biehain von dem Junker, der einst in der Nähe des Waldes in einem Schlosse gewohnt haben soll. Alle Menschen hätten ihn gehasst, weil er eine gar unleidliche Gemütsart hatte. Seine Gemahlin sei ebenso sanft und gut gewesen, wie er gemein und böse war. Als aber nach Jahren der treuen Ehe noch immer kein Knabe und Stammhalter geboren war, da habe sich die Liebe des Mannes immer weiter in Abneigung gewandelt. Er entfremdete sich seiner Frau und streifte von Tag zu Tag länger in der Gegend umher. Einmal solle er einen Freund besucht haben, der Vater eines hübschen Knaben war. Neidisch blickte der Junker auf seinen Freund und ward sich doppelt seines Unglückes bewusst, und der Hass auf seine Frau, der er all seine Missgeschicke zuschrieb, wuchs immer schneller. Seine Frau unterdessen hatte ihn schon lange erwartet und eilte ihm, der endlich in das Schloss zurückkam, mit offenen Armen entgegen. Er solle sie jedoch so heftig von sich gestoßen haben, dass sie sich an dem Gestänge eines Gittertores aufspießte und daran starb.

Anna warf ihrem Neffen einen verunsicherten, dann Margarete einen verängstigten Blick zu. »Der Fluch dieses Grauens«, erzählte sie weiter, »blieb tief in des Mörders Brust. Er fand keine Ruhe mehr und starb schließlich alt und verbittert. Und seitdem sah man oft zur Abendzeit eine dunkle Gestalt beim Schloss und an dem Gittertor herumirren, die dann heulend wie ein Wolf in der Gruft verschwand.«

»Er spukt noch immer«, jauchzte Margarete aufgesetzt heiter und ehrlich bedient von der Unterhaltungssucht einer Anna Biehain. Dann erklärte sie, die Schlafkammern für Anna und Hans herrichten zu wollen, und verließ wieder einmal vor allen anderen die Stube.

Christoph wurde von einem hellen Klicken aus tiefem, traumlosem Schlaf gerissen. Seine Augen mussten nicht lange in der Schlafkammer umherirren, um Margarete zu finden. Das Klicken waren Feuerstein und Pyrit gewesen, die Margarete gegeneinanderschlug, um mit ihnen ein Büschel Zunder und an dem wiederum eine Öllampe zu entzünden. Sie saß mit dem Rücken zu ihm, einzig ihren Rock hatte sie bereits angezogen. Die offenen Kordeln lagen locker in ihrem Schoß. Der wollene Bund ließ tiefe Einblicke auf ihren zarten Po zu.

Christoph beobachtete sie vom Bett aus. Er rieb sich die Augen, die Schläfen und die Stirn. Es war eine kurze Nacht gewesen. Sie hatten noch lange über Anna und ihre Unflätigkeit gestritten, sich geschworen, sie nicht wieder einzuladen, und schließlich miteinander geschlafen.

Eine Weile betrachtete er Margaretes weißen, schmalen Rücken und die leichten Kurven ihrer Taille, das schmale Becken, den Graben, der sich vom Hals bis zum Gesäß über ihren Rücken schlängelte, und die kleinen Hügel der Halswirbel, die hervortraten, wenn sie den Kopf neigte. Die feinen Wölbungen ihrer Brüste schimmerten milchig hervor, als sie ihre Arme hob, um mit ruhigen Fingern ihr Haar auf dem Hinterkopf zusammenzubinden, achtlos, denn es fielen Strähnen in ihren Nacken und von ihren Schläfen herab. Die Lider hielt sie gesenkt, doch ihr Blick galt ihrem Abbild, das sich in der Fensterscheibe abzeichnete. Die kleine Lampe stand zu ihren Füßen und ließ ihre Züge geheimnisvoll im Halbschatten. Sie wirkt viel erwachsener, als sie ist, durchfuhr es Christoph. Er machte sich nicht bemerkbar. Margarete wähnte sich unbeobachtet. Sie hatte so feine Züge wie ein Kind, doch der Ernst, mit dem sie dem Leben begegnete, nahm ihr jede Spur von Sorglosigkeit, außer wenn sie schlief.

Das Lampenlicht verlieh der fahlen Morgendämmerung etwas Weiches. Es würde ein grauer Wintertag werden, die Sonne würde sich nicht zeigen. Christoph war vertieft in den Anblick seiner jungen Frau. Er folgte ihrem Blick, bis sich schließlich ihrer beider Augenpaare in der Fensterscheibe begegneten. Unbeirrt hielt Margarete mit den Händen ihre Brüste umschlossen und befühlte sie mit leichten kreisenden Bewegungen. Sie war nicht schwanger. Christoph wusste um die Eigenarten schwangerer Frauen. Seine Mutter war zehnmal schwanger gewesen, bevor sie starb, und irgendwann hatte sie ihrem Sohn und ihrem Mann nicht einmal mehr von ihrer guten Hoffnung Nachricht geben müssen, irgendwann hatten sie es verstanden, die Anzeichen von allein zu deuten. Christoph hatte die eitergelbe Vormilch aus den prallen Brüsten seiner Mutter tröpfeln sehen, hatte beobachtet, wie sie sich allmorgendlich im Schöps erbrach, hatte bemerkt, wie ihre Hüften runder und ihr Bauch voller wurde und von ihrem unbändigen Appetit während der Mahlzeiten Notiz genommen. Zehn Schwangerschaften. Acht Begräbnisse. In das neunte Grab hatte man sie mit hineingelegt.

Christoph stützte sich auf den rechten Ellenbogen. Interessiert und trotzdem zurückhaltend rutschte er ein Stück näher an Margarete heran und beugte sich vor. Er schwieg. Sein Blick löste sich von ihrem Spiegelbild und haftete nun wieder auf ihrem Hinterkopf. Er beobachtete ihre Finger, die sich zu ihrem Bauch vortasteten und sich flach darauf legten. Langsam fuhr er mit dem Zeigefinger über den Graben auf ihrem Rücken. Er spürte den leichten Schauder, der über ihren Körper wanderte, und betrachtete ihre Brustwarzen, die sich unter seiner Berührung aufrichteten. Wieder sah er in die Augen ihres Spiegelbildes, sein fragender Blick, seine Finger, die sich zwischen die ihren schoben und auf ihrem Bauch ruhten. Sie war nicht schwanger. Oder doch? »Was ist los?« Seine Stimme war belegt. Als Antwort erhielt er einen verunsicherten Augenaufschlag und einen Stups, mit dem Margarete seine Hand fortstieß.

»Nichts.« Margarete wandte sich um, taxierte ihn drei Herz-schläge lang und schüttelte fast unmerklich den Kopf: »Gar nichts.« Sie machte sich von Christoph los.

Vor seiner linken Brust, an der eben noch Margaretes rechte Schulter geruht hatte, verspürte Christophs nichts als Januar-kälte. Mit einem Wink drehte sie die Lampe herunter. Einzig der trübe Morgen lag in dem Raum. Margarete spürte wohl Chris-tophs verständnislosen Blick auf ihrem Leib, ließ sich jedoch nichts anmerken. Mit flinken Bewegungen stülpte sie sich ihr Hemd über, stopfte es in den Rock und band die Kordeln des-selben zusammen. Das Leibchen schnürte sie im Hinausgehen, die Haube hing noch als formloser Lappen in ihrer Armbeuge, während sie die Kammer verließ.

Der Mann ließ sich zurück in seine Decken fallen. Sein Blick ruhte in den schrägen Dachbalken. Es war spät. Sieben von acht-zehn Monaten waren verstrichen. Er konnte Nickels Bedingung nicht einhalten. Er schaffte es nicht; nicht mit Margarete.

Es war Frühjahr geworden. Pfarrer Czeppil saß in einem schwe-ren dunkelbraunen Sessel. Er presste die Spitzen seiner langen schmalen Finger aneinander und bedeckte so mit den Händen seinen Mund. Der Geistliche war in Gedanken und wandte sei-nen Blick nicht von Christoph Rieger ab. Die Fenster der kleinen Pfarrstube standen offen und das gleißende Sonnenlicht eines beginnenden fruchtbaren Jahres trieb den Schnee in Rinnsalen in die Böschung des Schöps, die Knospen aus dem Holz der Linde vor der Pfarre und zwitschernd die Zugvögel vom Süden her zurück.

Der Winter war vorbei. Zuversicht und Lebensfreude mach-ten sich unter der Landbevölkerung breit, nicht aber bei Chris-toph. Wie die meisten seiner Leidensgefährten hatten auch ihm die letzten Winterwochen zugesetzt. Die Vorräte hatten sich erschöpft, der Körper war geschwächt und getrocknetes Obst und gepökeltes Fleisch sowie die Reste der eingemieteten Rüben hingen ihm und seinem Vieh zum Halse heraus. Aber anstatt wie die anderen Bauern mit Tatendrang die Frostschäden auf dem Hof auszubessern, das Vieh aufzupäppeln und die Nase in die frische Luft zu stecken, grämte er sich.

Der Pfarrer atmete gedehnt aus und wieder ein. Er küsste seine Fingerspitzen, ein Anblick, von dem Christoph übel wurde. »Es ist etwas früh, findest du nicht?«, überlegte der Geistliche. Der Bauer hörte, dass sich Czeppil nicht die Mühe machte, seine Zähne beim Reden auseinanderzubringen. »Du bist noch kein Jahr mit ihr verheiratet«, sprach er langsam weiter, wobei er jedes zweite Wort in die Länge zog, dass Christoph ihn am liebsten durchgeschüttelt hätte, um ihn voranzutreiben. »Und man könnte annehmen, dass du nur um der Mitgift willen …«

»Nein! Herr Pfarrer, aber ich bin nicht mehr der Jüngste und die Arbeit auf dem Hof wird nicht weniger«, erklärte Christoph, wohl bedacht, in seinen Ausführungen der tatsächlich anfallenden Arbeit auf dem Hof nicht zu viel Gewicht beizumessen, damit das Gespräch nicht wieder auf das leidliche Thema falle. »Was soll ich machen?«

»Das kann ich dir nicht sagen. Es ist nicht so einfach, wie du dir das vorstellst: Heute hü, morgen hott, und außerdem hatte ich – und nicht nur ich – den Eindruck, zwischen euch hätte sich ein enges Band geknüpft. Ihr beide macht euch rar in der Gemeinde, was ich nicht gerne sehe, was aber häufig bei Jungvermählten vorkommt. Man sieht Margarete nur in deiner Begleitung … als wäret ihr einander ganz verfallen. Ihr hockt aufeinander, dass man meinen möchte, ihr tätet nichts anderes als … Kindermachen.«

Christoph versuchte, Czeppils anzügliche Neugier zu ignorieren, was zugegebenermaßen schwierig war, denn einzig das Kindermachen hatte ihn schließlich den schweren Gang in die Pfarre antreten lassen. Nächtelang hatte er wach gelegen, hatte überlegt, was er tun konnte. Anna war keine Hilfe mehr, Margarete ließ sich nicht helfen; da hatte Christoph einen Entschluss gefasst … »Sie wird mir nie einen Erben schenken … fast ein Jahr lang probieren wir es …«

Der Pfarrer hob die rechte Hand zum Zeichen, dass er keine Einzelheiten des Geschlechtsverkehrs zwischen Christoph und seiner Frau zu hören wünsche. Er stand auf, bewegte sich langsam um den großen Tisch herum, an dem er gesessen hatte, und durchquerte die Pfarrstube hin zum offenen Fenster, wo er, nun von Christoph abgewandt und die Arme auf dem Rücken verschränkt, dastand und in das Tauwetter spähte. Christoph beobachtete, wie der Kirchenmann den Körper leicht vor und zurück wiegte. Hinter dem Rücken spielte er mit einem Rubinring. Czeppil schien nervös. »Tut mir leid, da ist nichts zu machen«, sagte er entschieden, ohne Christoph eines Blickes zu würdigen.

Der Bauer hatte mit zugekniffenen Augen den Rücken des Pfarrers beobachtet. Er nickte, obwohl Czeppil das gar nicht sehen konnte. »So muss ich mich an den Junker wenden, er wird einen Rat wissen.« Dass Christoph bereits beim Junker vorgesprochen hatte, verriet er dem Pfarrer nicht. Dass er und Nickel von Gerßdorff einen Plan geschmiedet hatten, verriet er dem Geistlichen ebenfalls nicht. Dass der Besuch beim Pfarrer nur eine reine Formalität war, der Vollständigkeit halber, rieb Christoph ihm nicht unter die Nase. Ihm war es, als wäre der Pfarrer bei der Erwähnung des Junkers ein wenig zusammengezuckt. Aber er war sich nicht sicher, ob seine Worte etwas bewegt hatten.

»Nicht so hastig …«

Also doch, dachte Christoph.

Czeppil drehte sich zu Christoph um. »Wir sollten alle Sachverhalte überprüfen. Wir dürfen keinen Fehler machen … Du willst dich also von ihr trennen?« Czeppil tat ganz so, als sei Christoph eben erst und nicht schon vor einer halben Stunde mit diesem Problem zu ihm gekommen. Der Geistliche wartete keine Antwort ab, sondern erklärte, dass eine Scheidung nur unter Bürgersleuten zustande käme und sowieso von der Kirche unlieb beäugt werde.

»Eine Scheidung schickt sich nicht an, wirft ein schlechtes Licht auf unsere kleine beschauliche Gemeinde, die …« Czeppil machte eine Pause und musterte Christoph eindringlich, um dann sehr deutlich und ausgesucht betont fortzufahren: »… schon für genug Aufsehen gesorgt hat, nicht wahr?«

Der Waid war auf dem Feld. Noch bevor sich das Tauwetter in die Senke der Ostäcker schieben wollte, hatte der Kleinbauer

Rieger seine Brache aufgerissen und das Saatgut eingelassen. Nickel von Gerßdorff hatte hoch zu Ross dem jungen Rieger auf dem Felde einen Besuch abgestattet und die weiteren Einzelheiten abgesprochen. Es war abzusehen gewesen, und jetzt, da es vollbracht war, glaubten auch die letzten Skeptiker des Dorfes, Christoph sei von allen guten Geistern verlassen.

Der Pfarrer setzte sich wieder in seinen Sessel, bot dem Bauern jedoch nach wie vor keinen Platz an. Christoph stand beharrlich auf dem gleichen Fleck und rührte sich nicht.

»Untreue ist natürlich das wirksamste Mittel, der Ehe ein Ende zu machen, für deine Frau auch nicht gar zu abträglich. Man hat den jungen Seifert ein paar Mal auf deinem Hof gesehen. War da was Säuisches im Spiel?«

Der junge Rieger runzelte die Stirn über Czeppils Wortwahl und sah ihn erstaunt an. Diesmal war er es, der die Zähne kaum auseinanderbekam, als er verneinte.

»Gut!« Pfarrer Czeppil hatte das Wort dergestalt in die Länge gezogen, dass Christoph das Gefühl hatte, für einen gelungenen Wurf beim Hufeisenwerfen gelobt worden zu sein.

»Wie steht es mit dir? Die Jüngste vom Vietze-Hof oder die Magd vom Hennig?«

»Nein!«

»Von deren Schürzen hast du vor deiner Ehe jedenfalls nie deine Finger lassen können, nicht wahr!« Des Geistlichen Oberlippe begann zu tanzen. Winzige Schweißperlen sammelten sich bei der Vorstellung, was der stattliche Rieger mit den Weibern alles angestellt haben mochte.

»Nein!« Christoph war jetzt wütend. Musste er sich diese Verleumdungen bieten lassen?

»Du willst wieder heiraten, das geht aber nicht, wenn einer von euch untreu war. Keiner von euch beiden hat die Ehe gebrochen?«

Der junge Bauer atmete tief durch, kniff die Augen zusammen und legte ein linkisches Lächeln auf: »Keiner.«

»Es ist offensichtlich auch nicht der Mangel an … ähm …«, Pfarrer Czeppil lockerte mit dem Zeigefinger seinen Kragen, »… der Nichtvollzug der Ehe, der dich anficht, mich zu konsultieren.«

»Nein, Herr Pfarrer.« Christoph grinste und genoss des Geistlichen weltentrückte Verlegenheit.

Czeppil zog ein Tuch aus seiner Tasche und tupfte sich sein Gesicht trocken. »Böswilliges Verlassen des einen durch den anderen kann auch ausgeschlossen werden, oder? Wie steht es um die Gewalt gegen sie? – Weiß sie eigentlich, dass du hier bist?«

Christoph sah sich nicht angehalten, auf die Flut von Fragen zu antworten. Er wartete geduldig, bis der Alte aus seinen lüsternen Gedanken herausgekrochen kam und wieder richtig zu reden vermochte.

»Schlägst du sie viel?«

»Ich züchtigte sie nicht mehr, als es jeder andere Mann mit einer aus der Armenspeisung tun würde. In letzter Zeit jedoch gar nicht mehr. Wenn das unserer Sache zuträglich ist, könnte ich jedoch wieder …«

Czeppil schnalzte mit der Zunge: »Aber, aber, mein lieber Freund, wer wird denn Ränke schmieden gegen ein Bauernweib, und dazu ein sehr hübsches. Du solltest dich schämen und drei Ave Maria sprechen, wenn du zu Hause ankommst.«

»Ja, Vater.«

»Und wisch endlich dieses freche Grinsen aus deinem noch frecheren Gesicht!«

»Ja, Vater.«

Czeppils Glubschaugen irrten im Raum umher. Er musste sich konzentrieren, doch das fiel ihm schwer. Die Teppiche, die den Winter aus- und die Wärme der Kaminfeuer in die Pfarrstube hatten einsperren sollen, baumelten noch immer an den Wänden und die Hitze des einbrechenden Frühlings staute sich unter dem Talar des Gottesmannes. »Also keine Prügeleien, ich wusste doch, dass ihr euch gut versteht. Es ist schade um diese Ehe … Es ist nicht leicht, einen Bund zu beenden, wenn nur die Kinderlosigkeit nach einem knappen Jahr der Ehe der Grund ist. Andererseits: Was ist schon eine Ehe, von der man nicht einmal weiß, ob die Frau wirklich eine Frau ist – so ganz ohne Mutterschoß? Wer kennt schon die Rechtslage?« Czeppil wackelte abschätzend mit dem Kopf: »Eine Frau, die nicht empfängt, ist keine Frau, und wenn deine Ehe nicht die mit einer Frau ist, mit wem dann? Und kann es überhaupt eine Ehe mit einer Kreatur geben, die keine Frau ist?«

Christoph hatte keine Ahnung, was der Pfarrer da vor sich hin faselte. Margarete war eine Frau! Eine, die küssen konnte, dass einem der Verstand ausging, eine, die kochen konnte, dass man sich beim Fressen vergaß, eine, die sich bescheiden gab mit dem harten Leben auf dem Bauernhof, eine, die wirklich ausnehmend schön war. Außerdem würde sein und Margaretes Bund kein Czeppil, kein Nickel, kein Hans und keine Anna Biehain je beenden können. Christoph wusste nicht, was es war, was sich zwischen ihm und Margarete abspielte. Er wusste nicht, ob er sie mochte, in sie verliebt war oder sie gar liebte. Er erlaubte sich nicht, darüber nachzudenken, weil es ganz unwesentlich und sowieso zu spät war. Aber er spürte, dass er und Margarete miteinander noch nicht fertig waren – irgendwas musste noch kommen, irgendwas lag zwischen ihnen, was bereinigt werden musste, irgendwann einmal. Aber jetzt gab es wichtigere Dinge zu bedenken.

»Du solltest die Hoffnung jedoch nicht aufgeben, gib ihr noch ein oder zwei Jahre, es kommt doch nicht darauf an …«

Es kommt nicht darauf an?! Christoph konnte die Abmachung mit dem Junker nicht halten. Wenn das so weiterging mit ihm und Margarete, würde kein Kind innerhalb der ersten achtzehn Ehemonate das Licht des Rieger-Hofes erblicken, und dann wäre es aus mit dem Waid und seinem Traum! Und Nickels Gebot war umso dringlicher geworden, je mehr Bauern der Parochie Christoph den Rücken zugekehrt hatten. Wer, wenn nicht sein eigen Fleisch und Blut würde ihm zur Seite stehen? »Unser Färberwaid darf nicht mit dem Tod eines einsamen Tattergreises vermodern«, hatte Nickel gesagt. »Unser Färberwaid wird Früchte tragen und wird von Früchten weitergetragen werden! Unser Färberwaid darf nicht von einem unwilligen Weib zerstört werden. Fast alle großen Vorhaben der Weltmächte wurden von Weibern zerstört: Troja wurde zerstört durch den Raub eines Weibes – Helena. Viele Tausende von Griechen kamen ums Leben. Das Reich der Juden erlebte viel Übel durch die schlechte Königin Jezabel und ihre Tochter Athalia, Königin von Juda, welche die Söhne des Sohnes töten ließ, damit sie selbst herrsche. Das Römische Reich hatte viel Übel auszuhalten wegen Cleopatra; kein Wunder also, dass die Welt unter der Boshaftigkeit und der Unwilligkeit der Weiber leidet.« Der Gutsherr hatte viel vor. Er träumte von dem, was Christoph ihm unter der Nase wie feine Würze zerrieben und süß hatte duften lassen: Macht und Geld und glückliche Bauern wie nirgendwo sonst. Bauern, die davon absahen, mit Unruhen und Aufständen den Gerßdorffs und den Klixens das Leben schwer zu machen.

Nickel witterte in Christophs Unternehmung den Ruhm und die Macht, die der alte Alois Rieger dem alten Gerßdorff eingebracht hatte.

Der Junker hatte sich in die Idee des Waidfeldes verbissen wie ein räudiger Köter in seinen Knochen und ließ nicht mehr los. Er hatte Erkundigungen eingezogen über alles, was mit dem Färberwaid und dem Handel zu tun hatte. Christoph hatte freilich seither die ganze Arbeit verrichtet: Das Waidfeld bestellte er allein. Er hämmerte und zimmerte an der Waidpresse herum, wann immer er dafür Zeit hatte. Darüber hinaus kümmerte er sich um die beiden anderen Felder und tat seinen Dienst bei den Gerßdorffs wie die übrigen Bauern. Christoph arbeitete sich halb tot, Tag und Nacht. Und Margarete war mit jedem Monat, da sie ihre blutigen Fetzen im Schöps auswusch, ein nutzloserer Esser gewesen.

Christoph durfte nicht auf sein Herz hören, und Nickel von Gerßdorff hatte recht: Ein unwilliges Weib ist nur hinderlich. Christoph verabscheute nichts weiter, als sich von Margarete zu trennen und mit einem neuen, fremden Weibsbild von vorn anzufangen. Er hasste die Vorstellung, mit jemand anderem ins Bett zu gehen als mit Margarete, aber ein Erbe war wichtiger als ein verwöhntes Herz.

»Die Kirche vermachte den Frauen zwei Güter«, hörte der Bauer den Pfaffen leiern. »Zum einen die fruchtbare Jungfräulichkeit, zum anderen einen mit Nachwuchs gesegneten Leib. Ist das eine nicht, kann das andere nimmer sein ... Erstes Buch Mose dreißig: ›Als Rahel sah, dass sie Jakob kein Kind gebar, beneidete sie ihre Schwester und sprach zu Jakob: Schaffe mir Kinder, wenn nicht, so sterbe ich. Jakob aber wurde sehr zornig auf Rahel und sprach: Bin ich doch nicht Gott, der dir deines

Leibes Frucht geben will. Rahel sprach: Siehe, da ist meine Magd Bilha, geh zu ihr, dass sie auf meinem Schoß gebäre und ich doch durch sie zu Kindern komme. Bilha gebar Jakob zwei Söhne: Dan und Naphthali. Gott gedachte Rahel und machte sie fruchtbar, da ward sie schwanger und gebar einen Sohn und sprach: Gott hat meine Schmach von mir genommen, und sie nannte ihn Joseph.«« Czeppils linke Hälfte seiner Oberlippe zuckte. »Die Kirche, mein Freund Christoph Elias Rieger, ist Lenker des weiblichen Gewissens, wie kann ich ihr Ratschläge erteilen, damit sie endlich empfange, und dir, wie du sie loswirst, weil du ihr nicht die Zeit gibst zu empfangen. Wir spielen nicht Schöpfer und Schöpfung. Wir können nicht urteilen und verurteilen, und bei Gott …«, Pfarrer Czeppil bekreuzigte sich, »… deine Kinderlosigkeit ist die gerechte Strafe für dein kopfloses Verhalten.« Er schlug mit der flachen Hand auf den Tisch und Christoph musste mit ansehen, wie dem Herrn Pfarrer endlich genügend Argumente in den Kopf schossen, um das leidliche Thema auf die Tagesordnung zu schreiben: »Ich habe dich gewarnt, und sieh dir an, wohin dich das Teufelskraut gebracht hat.«

»Ich bitte Euch, Herr Pfarrer, der Waid tut nun nichts zur Sache.«

»Aber er ist Keim allen Übels. Man kann sich nicht mehr retten vor Erfindern und Entdeckern, und jetzt gehen Krethi und Plethi und Christoph Rieger unter die Freigeister.«

Christoph seufzte. Er wollte nicht wieder in eine zeitraubende Unterredung hineingezogen werden. Ihm war, schon bald nachdem Czeppil ihn wiederholt auf dem Hof aufgesucht hatte, klar geworden, dass es ihm nicht nur um das leibliche Wohl der Riegers oder den Bestand des Hofes ging. Wenn der Waid gedeihen und nach Jahren intensiver Pflege endlich etwas abwerfen würde, dann würde sich jeder im Ort daran bereichern können, nur nicht der Pfaffe, denn der Ablassgroschen bliebe summa summarum der gleiche: Was dem reichen Bauern ein billiger Freikauf von Sünden war, war dem Armen ein teurer. Aber der Waid warf weniger ab als Getreide, weil man ihn nun mal nicht fressen konnte. Und wenn nach Christoph und dessen Kindern die anderen Bauern mitmachten und Horka zu einer Waidgemeinde würde, leerten sich die Speisekammern des Pfarrers bald – es sei denn, er fand einen Weg, Waid essbar zu machen. Der Czeppil hatte mit Sicherheit keine Lust, Schinken, Speck, edlen Käse, fette Butter, schneeweißes Brot und tiefschwarzes Bier in Rothenburg oder Görlitz einzukaufen, wenn ihm seine Bauern nur noch metallen klingende Münzen anstelle von frischen Naturalien in die Pfarre trugen. Czeppil war bequem und geizig. Er sah seinen Nachteil im Waid, und deshalb wollte er ihn nicht in der Parochie haben; von Anfang an nicht.

»Und dein Vater …«, fauchte Czeppil, den rechten Zeigefinger erhoben, das Gesicht zu einem Bollwerk an Zuckungen entstellt, wurde aber von Christoph unterbrochen: »Lasst meinen Vater da raus, redet über die Frau!«

»Die Frau«, echote der Pfarrer empört, »ist die Tochter Evas, die durch ihre Anfälligkeit für die Versuchung die Sterblichkeit des Menschengeschlechts verursacht hat.« Er angelte wieder nach seinem Schnupftuch und betupfte sich abermals die Stirn.

Es entstand eine angespannte Stille, in der sich beide Männer musterten. Nicht einmal der Frühling schien sich zu getrauen, irgendwelche Laute zu veranstalten, während der Jungbauer Rieger und der Pfarrer Czeppil einander taxierten.

Dann stöhnte der Geistliche genervt und schloss leise und resigniert: »Wenn du befürchtest, dein Geschlecht sterbe aus, wenn du noch ein oder zwei Jahre mit Margarete zusammen bist, dann trenne dich von ihr.« Er stieß einen lang gezogenen Seufzer aus. »Die Ehe wird als beendet erklärt, wenn ihr räumlich voneinander getrennt lebt. Du wirst, solange die Frau keinen anderen zum Manne nimmt – was eher unwahrscheinlich ist – oder sie nicht in Anstellung geht, für sie aufkommen müssen. Es wird auch schwer für dich werden, eine zweite Frau zu finden, mein Lieber.«

Mach dir darüber keine Sorgen, dachte Christoph bei sich, Nickel kümmert sich darum. In seinem Magen rumorte es. Er wusste nicht, ob er sich freuen oder ob er vor Elend im Boden versinken wollte. Ja, Nickel hatte ihm zur Trennung von Margarete geraten und sich erboten, nach einer fruchtbareren Partie für den jungen Rieger zu suchen.

Ächzend erhob sich Czeppil von seinem Ledersessel und

schlürfte zu einem Schrank mit Eisenbeschlägen. Um seine Hüfte, tief unter dem Talar, baumelte eine Schnur mit Schlüsseln, die glitzernd und klimpernd vor den glubschigen Augen des Pfarrers tanzten, während er nach dem passenden suchte.

Lautstark knallte er einen Pergamentstapel vor sich hin, sodass das einsame Augenglas auf seinem Tisch hüpfte und klirrte, und er wühlte in den Papieren. Erst als er fündig geworden war, ließ er sich wieder in seinen Sessel plumpsen und starrte lange auf das klobige Tintenkreuz, das Christoph sehr wohl wiedererkannte. »Der Ehe …«, diktierte der Geistliche sich selbst, als er schrieb, »… Un-frucht-bar-keit und an-hal-ten-de Kin-der-lo-sig-keit zwischen ob-en Ge-nann-ten veranlasst mich – Komma – Si-mon Eck-e-hardt Czeppil – Komma – Pfarrer zur Hur-ke ge-ses-sen – Komma – am Ta-ge des heil-igen Vin-cent – Komma – dem fünf-ten Apre-lius Anno Do-mi-ni fünf-zehn-hun-dert-neun – Komma – die Ver-bin-dung zwischen dem und der ob-en Er-wähn-ten zu lö-sen et ce-tera – Punkt-um – dein Kreuz!« Czeppil drehte das Pergament um, sodass der junge Bauer mit der ihm entgegengestreckten Feder sein Zeichen setzen konnte. »Erledigt!«

Erledigt, hallte es in Christophs Kopf wider. Was zwei Kreuzchen alles verrichten konnten. Erledigt! Und Margarete hatte noch gar keine Ahnung. Erledigt! Christoph war frei! Er hätte just in diesem Moment der jungen Vietzin einen Besuch abstatten können, und niemand könnte ihm deshalb etwas anhaben! Aber Christoph wollte nicht. Er fühlte sich hundeelend. Erledigt! Wie sollte er das seiner Frau – seiner früheren Frau – erklären?! Margarete musste ausziehen, woanders leben, neu anfangen. Wohin sollte er sie stecken?

Noch als er auf seinen Wagen kletterte, hatte Christoph des Pfarrers Gebot im Ohr: »Erst wenn Margarete ein neues Dach über dem Kopf hat, darfst du an eine neue Frau denken. Aber erst wenn du eine neue Frau gefunden hast, ist Margarete gezwungen auszuziehen.« Czeppils Mahnungen bezüglich Keuschheit und Anständigkeit, die zwischen Margarete und Christoph von nun an herrschen sollten, hatte der junge Mann vergessen, kaum dass er die Pfarrstube verlassen hatte.

Christoph trieb seine Ochsen nicht gen Norden ins niedere Dorf, sondern nach Osten in Richtung des Weinbergs.

»Der Pfarrer meinte, es wäre besser, wenn ich dir einen Platz oben in der Hütte am Steinbruch auf dem Weinberg verschaffe«, sagte Christoph am Abend leise und starrte auf die Holzmaserung des blank geputzten Tisches in der Blockstube. »Dort wird eine Magd gebraucht. Ich habe mit dem Alten, der dort lebt, gesprochen. Ich will so lange für dich sorgen, bis du dir wieder einen Mann nimmst, und vielleicht wirst du mit ihm Kinder haben können, denn ich tauge ja nicht viel dafür und …«

Als die Tür aufflog und Margarete mit einem Krug frischen Wassers eintrat, schluckte Christoph zunächst an einem bitteren Klumpen in seiner Kehle. Dann erklärte er der Frau, was der Pfarrer erzählt hatte, und es fielen harte Worte. Christoph wies die Schuld von sich und versteckte sich hinter den biblischen Geschichten, dem Irrglauben und den Spekulationen, die Czeppil am Vormittag zur Sprache gebracht hatte. Von der Abmachung mit Nickel von Gerßdorff und von der Zeit, die ihm im Nacken saß, sagte er nichts. Christoph vermied es, Margarete in die Augen zu sehen. Er klammerte sich an seinem Bierkrug fest und sprach so viel wie nie zuvor, nur um ihr keine Gelegenheit zum Streiten, zum Zetern, zum Protestieren zu geben.

Margarete beobachtete Christoph genau. Sie hatten einander alles gesagt. Er sah auf seine Hände hinab und knetete unruhig seine Finger. Ihr war speiübel. Ihr Magen flimmerte. Aus Armen und Beinen, Fingern und Zehen war jedes Gefühl verschwunden. Ihr Leben als Bäuerin auf einem Bauernhof war ein schnöder Schein, ein blendender Blitz gewesen, vergänglich, verrauscht, vorbei. Zu schön war der Traum vom gesicherten Leben zwischen Getreidefeldern, Milchkühen und einem rechtschaffenen Mann gewesen, zu schnell ausgeträumt. Und bei genauer Betrachtung waren es nicht Getreidefelder, sondern Waidflächen, nicht Milchkühe, sondern Göpelesel, und nicht ein rechtschaffener Bauer, sondern ein vom ganzen Dorf gehetzter Sonderling, mit dem es Margarete zukünftig zu tun gehabt hätte. Christoph holte Luft, gönnte sich und seinem Geplapper von Maria, Rahel und Bilha und von verzauberten Frauen ohne Mutterschoß eine Verschnaufpause, und Margarete nutzte die Stille, um den Mann zu fragen, ob es Leonore sei, die er sich erwählt habe. »Wirst du sie heiraten?« Christoph sah sie verständnislos an, dann schüttelte er den Kopf.

Niemand sagte mehr ein Wort. Lange hielt der junge Rieger das Schweigen nicht aus. Er suchte das Weite.

Kaum dass Christoph die Tür hinter sich geschlossen hatte, sackte Margarete in sich zusammen und ergab sich ihrem Kummer. Sie wusste nicht, weshalb sie weinte, denn um die Kinder, die sie nie haben würde, hatte sie alle Tränen vergossen. Es war ihretwillen. Sie weinte um sich, die weggeschickt wurde von dem einzigen Menschen, der ihr im Leben geblieben war. Sie hatten sich gestritten und wieder versöhnt, sie hatten miteinander Tisch und Bett geteilt, sie hatten aufeinander aufgepasst, selbst dann, wenn sie sich vorgaukelten, einander nicht sonderlich zu mögen. Und jetzt stand sie wieder allein da.

»Noch ein paar Wochen«, hatte Christoph gesagt.

Was machte es aus, ob sie gleich ging oder erst in ein paar Wochen. Es war Anfang April. Margarete hatte Blumensamen und Setzlinge sowie Knollen und Zwiebeln besorgt und wollte den Kräuter- und Gemüsegarten endlich herrichten. Von nun an würde sie nur um der Beschäftigung und Ablenkung willen im Garten arbeiten, wohl wissend, dass die Früchte ihrer Arbeit nicht sie, sondern eine andere ernten würde. Bei diesem Gedanken wurde ihr Herz wieder schwer und das Wasser, das sie gerade hatte bändigen können, rann über ihre Wangen.

Während Christoph und Margarete Pflichten nachgingen, die keine ehelichen mehr waren, und einen modrigen Sündenpfuhl auf dem Rieger-Hof anrührten, hörte Margarete ihn in ihr Ohr raunen, dass er sie nie gehen lassen könne, dass er sie liebe und immer für sie da sein wolle. Die Frau aber gab nichts auf das Geschwätz des Mannes, der sich, halb von Sinnen, im Haar einer Frau verkroch, mit der er gar nicht mehr im selben Bett schlafen durfte?! Und doch ertappte sie sich dabei, dass sie sich des Nachts dicht an den Schlafenden schmiegte und ihn mit ihren Armen umschlang, als könne sie dadurch seinen Entschluss abwenden.

Margarete Luise Wagner war nicht länger eine Riegerin und wollte das in aller Gründlichkeit vom Pfarrer Czeppil verkündet wissen. Die Trennung von dem Mann hatte nicht weniger für Aufsehen gesorgt als die Heirat mit ihm.

»Das hab ich kommen sehen«, schwor die Weinholdin ihrer Nachbarin, der Linkin. Diese wollte gehört haben, wie ihr Mann »schon seit Monaten davon sprach, dass die Riegers auseinandergehen«.

Die Möllerin mischte sich ein und gackerte: »Mit dem Seifert hat's das Weib getrieben, und deshalb ist es nun so weit gekommen!«

Und die Seifertin protestierte bei nächster Gelegenheit und verteidigte ihren Sohn: »Mein Junge hat das Mädchen aus den Klauen des Irren befreit! Ihm verdankt die Margarete, dass sie überhaupt noch lebt! Geprügelt hat er das Mädchen wie meinen Thomas, und nun hat man dem Christoph zur Strafe die Frau genommen!«

Die Bäuerinnen waren sich nicht einig darüber, wie es zur Trennung gekommen sein mochte, und gerieten deshalb in manchen Streit. Eine jede wollte es besser wissen. Aber sie waren einer Meinung darüber, dass dieser Umstand für die ganze Parochie am besten sei.

»Dann kommt der Lümmel von seinem bescheuerten Waid ab!«, das tratschten sogar die Männer.

Die Leute zerrissen sich nun doppelt die Mäuler über Margarete. Nicht mehr nur die Tatsache, dass sie mit einem Tölpel von Kerl vermählt gewesen war, der sich als Waidbauer lächerlich machte, sondern auch die, dass sie getrennt wurde von einem Tölpel von Kerl, der sich als Waidbauer lächerlich machte, gab reichlich Stoff zum Lästern.

Geredet wurde Tag um Tag, allein Margarete bekam wenig davon mit, sie hatte den Hof nicht mehr verlassen, seit Christoph ihr reinen Wein eingeschenkt hatte. Oft hockte sie den ganzen Tag in ihrem kleinen Garten, lauschte dem Murmeln des Flusses und dem Gezwitscher der Vögel und beriet sich mit den Katzen, wie sie in ihrer Gartenpflege vorgehen sollte. Margarete ertappte sich dabei zu vergessen, was bevorstand.

Doch an einem besonders warmen Frühlingstag – die Sonne schien und trocknete die angewässerten Setzlinge, kein Wölkchen trübte den Himmel – setzte Christoph seinen Fuß auf das Fleckchen am Schöps in Margaretes Garten. Die junge Frau verkrallte ihre Finger in der schwarzen feuchten Erde. Wenn Hans Biehain während seiner Inspektionen seinen Neffen nicht gerade dazu nötigte, den Garten zu betreten, vermied es Christoph, hierherzukommen.

Margarete spürte, der unausweichliche Moment war gekommen. Christoph hockte sich an den Rand des Beetes und zupfte an einem Grashalm herum, den er zwischen seinen Fingern walkte. Er beobachtete sie.

Sag es schon, flehte Margarete innerlich, ohne ihren Blick vom Erdboden zu heben.

Doch Christoph ließ sich Zeit. Margarete hörte an seinem Atem, dass er mehrere Male Anlauf nahm, um dann doch wieder in seinen Gedanken zu versacken. »Du hast ein Mädchen gefunden?«, erlöste sie ihn von seinem Kampf.

Er nickte stumm.

Augenblicklich erhob sich die junge Frau, schüttelte die Erde aus ihrem Rock und ihrer Schürze, wusch sich die Hände im Schöps und ließ alles Gerät, Saatgut, jede noch nicht eingegrabene Zwiebel und jedes gebuddelte Loch zurück, ohne dem Ganzen eine letzte Aufmerksamkeit zu zollen. Sie versteckte sich in der Scheune, die sie sonst nur im Morgengrauen und in der Abenddämmerung zum Melken betrat. Sie rang um Fassung und merkte erst jetzt, was ihr drei Wochen lang auf der Seele gebrannt hatte: Sie wollte nicht weg. Sie wollte nicht! Das wenige, was sie und Christoph in den letzten Wochen miteinander gesprochen hatten, hatte ihr weisgemacht, dass er sie nur ungern fortschickte, und sie hatte bis zuletzt gehofft, dass er sich besann, zur Vernunft kam, dass sie doch noch schwanger werden würde oder dass es zumindest keinen Vater im Umkreis von hundert Meilen gab, der seine Tochter dem Rieger zur Frau geben wollte.

Beide, der Mann wie die Frau, quälten sich mit der Verlegenheit des Miteinanders, von dem sie nicht wussten, wie es vonstattengehen sollte am letzten Tag ihres gemeinsamen Lebens. Irgendwann beschloss Christoph, der Frau aus dem Wege zu gehen, und Margarete, ihr Nachtlager in einer der kleinen Kammern herzurichten. Christoph schien diese Entscheidung mit Erleichterung hinzunehmen.

Besonders die Abendstunden zogen sich schleppend dahin. Nur oberflächlich putzte Margarete die Blockstube und das Lager. Sie ließ das Abendrot nicht aus den Augen und dachte an alle möglichen Dinge, die sich in den vergangenen elf Monaten zugetragen hatten. »Ist die Hexennacht voll Regen, wird's ein Jahr mit reichlich Segen.« Nun ja, dachte sie, so blau der Himmel den ganzen Tag gewesen war, regnete es mit Sicherheit nicht, und selbst wenn es in dieser Nacht zum ersten Mai in Strömen goss, würde ein Segen kaum etwas nützen.

Margarete war frei, aber diese Freiheit hatte sie gar nicht gewollt. Sie konnte gehen, wohin immer sie wollte, aber danach stand ihr gar nicht der Sinn. Sie war ungeliebt und allein. Niemand würde ihre Gesellschaft mögen. Verstohlen hatte sie in den vergangenen drei Wochen immer wieder den dunklen Weinberg am Horizont beobachtet. Sie wusste nicht, wer der Mann war, bei dem sie als Magd leben sollte. Sie wusste nicht, wobei sie einem Kauz helfen konnte, und sie fürchtete sich vor dem Fremden, der wer weiß was von ihr wollte. Würde Christoph sie einem Menschen anvertrauen, der Schlechtes vorhatte? Das glaubte Margarete nicht, obwohl sie seit seiner Offenbarung wahrscheinlich an gar nichts mehr glaubte, am wenigsten an sich selber. Warum brachte sie nicht den Mut auf zu gehen, zu verschwinden auf Nimmerwiedersehen?! Sie hatte Angst vor der Welt. Sie hatte Angst vor der Ferne. Margarete war nie woanders gewesen als in der Parochie, und zwei- oder dreimal war sie bis nach Görlitz gekommen.

Sie hätte zum Festplatz gehen können. Sie hätte zur Hexenaustreibung auf den Westacker spazieren können, mit den anderen unverheirateten Frauen um das Feuer tanzen und die den Winter austreibenden Frühlingslieder singen können. Sie hätte den Trank aus Waldmutterkraut gemischt und wäre mit seiner Hilfe und Christophs Zutun ganz bestimmt schwanger geworden. Ihr Kind wäre zu Lichtmess im Frühjahr zur Welt gekommen. Warum hatte Christoph ihr nicht noch ein wenig Zeit gegeben? Warum musste plötzlich alles so schnell gehen? Glaubte er tatsächlich, dass sie keine wirkliche Frau war?

Sie musste Christoph vertrauen. Sie musste glauben, dass er es gut mit ihr meinte, selbst wenn er seine eigenen Wünsche wie immer in den Vordergrund stellte. Zu Beginn war ihre Ehe der Inbegriff an Marter und Hass gewesen. Christoph hatte ihr schlimme Dinge angetan, aber war es nicht so gewesen, wie Pfarrer Czeppil es beschrieben hatte? Waren nicht Züchtigung, Strenge, Obacht und Verschwiegenheit die Grundfeste von Christophs Vorhaben gewesen? Hätte er den Waid ausbringen können, wenn sich Margarete ihm widersetzt hätte, wenn sie sich gegen die Schläge, die Vergewaltigung und die tödliche, tagelange Stille gewehrt hätte? Mit Sicherheit nicht! Christoph hatte das vergangene Jahr nichts anderes getan als jeder andere Bauer der Gemeinde auch: hart gearbeitet, Rückschlägen getrotzt und weder Schwäche noch Unsicherheit zugelassen, um zu überleben.

Er tat recht daran, sie fortzuschicken. Margarete staunte über ihre eigenen Gedanken: Christoph hatte recht.

Und dennoch sah sie dem fünften schweren Tag in ihrem Leben entgegen und überlegte, ob die vier vorangegangenen schlimmer gewesen waren als der heutige. Am ersten Tag war die Schmiede im Mückenhain abgebrannt, am zweiten hatte man sie in die Armenspeisung gesteckt, am dritten war sie von einem Mann geheiratet worden, den sie gar nicht gewollt hatte und von dem sie nicht gewollt wurde, denn am vierten Tag hatte er sich ihrer entledigt, und nun, am fünften Tag, wurde sie verbannt.

Der Herr hatte sieben Tage zur Erschaffung der Welt benötigt, demnach blieben Margarete noch zwei Tage übrig, um ihr Leben zu vollenden.

Teil 2

Quattuor amnibus paradisus die abluitur et irrigatur,
indidem vobis salutares aques hauriatis.
[…] ei qui a meridie Perath quod nos pietatem
interpretari possumus.

Vier Ströme benetzen und bewässern Gottes Paradies,
aus ihnen könnt ihr die Heil bringenden Wasser schöpfen.
[…] der [Strom, der] von Süden kommt,
heißt Perath, was wir mit Liebe übersetzen können.

1. Mose 2,10–14

m folgenden Sonntag sah Margarete Christophs neue Frau in der kleinen Kirche zu Horka. Jetzt war sie unter denen, die versuchten, so unauffällig wie möglich die Jungvermählten zu mustern.

Margarete Wagners zurückhaltender Gang durch das Schiff der kleinen Dorfkirche bot der Spannung Gelegenheit, sich auszubreiten. Ein jeder hielt den Atem an, als sie ganz nach vorn trat und dicht vor dem Heiligenbild der Barbara einen Stehplatz in der zweiten Reihe suchte. Sie hatte sich die Peinlichkeit erspart, ihr Haar wieder offen zu tragen: Niemandem brauchte sie weiszumachen, dass sie rein und unschuldig war wie die Jungfrau Maria höchstselbst, also blieb die Haube, wo sie war. Und während sich die junge Frau an den vorderen Mädchen vorbeizwängte, um sich auf ihren Platz zu stellen, hörte sie Leonore Vietze mit aufgesetztem Staunen zischen: »Hat er dich aber schnell abgelegt! Elf Monate! Mit mir hat er es auf ein ganzes Jahr gebracht!«

Margarete mied den Blick in die braunen Augen der anderen und gab tonlos zurück: »Du solltest deinen eigenen Garten bestellen, anstatt Jahr für Jahr auf den Äckern von verheirateten Frauen zu pflügen.« Auf das empörte Unken der Töpfertochter wünschte sie einen geruhsamen Sonntag und huschte an ihr vorbei.

Margarete wollte die neue Riegerin beobachten, getraute sich allerdings nicht, den Blick in deren Richtung schweifen zu lassen. Es lohnte ohnehin nicht, den Kopf zu heben und in die Gesichter der Gemeindemitglieder zu spähen; was es in ihnen zu lesen gäbe, wären Spott und Schadenfreude gewesen.

Dicht an der Wand unter der Empore, im Dämmerlicht unter dem Vorsprung der durch verschlossene Fenster verriegelten Adelsloge, wartete sie, dass Pfarrer Czeppil mit dem »Ordinarium Missae« beginnen möge. Seine Stimme drang deutlich an ihr Ohr. Es wurde die Vermählung des Bauern Christoph Elias Rieger mit der jungen Theresa Amalie Ruschke bekannt gegeben. Der Prediger nahm diese Verbindung zum Anlass, mit einer fleischgewordenen Mahnung den Kirchenraum zu erfüllen, die den Zuhörern Ohren und Wangen erröten und die Nackenhaare sträuben ließ. »Ihr sollt euch an den Zeugungsorganen vereinigen, die von Gott bestimmt sind ...« Was war das: Theodiscus und nicht Latein sprudelte es aus dem zuckenden Mund des Pfarrers. »Ihr sollt der Todsünde widerstehen, die der vollzogene Verkehr an anderen Körperteilen mit sich bringt.« Czeppil verbarg sein Gesicht hinter der Heiligen Schrift, die zitternd in seinen Händen lag. »Du, die Frau, die solchen Frevel geschehen lässt, ebenso du, der Mann, der es tut ...« Das sonntägliche Kichern der Stallknechte und Hofmägde wich betretenem Schweigen, während das Wort des Geistlichen die Feldsteinmauern der Kirche entlangkroch und zu jedem Einzelnen vordrang. »Willige also, meine Tochter, nicht ein in eine so große Sünde ...« Das Flüstern, der Austausch von Neuigkeiten seitens der Tratschweiber, wurde durch empörtes Murmeln ersetzt. »Willige nicht ein in diese Art der Verbindung zwischen Mann und Frau! Lasse dich eher schlagen, bevor du so etwas Sündiges tust!« Nun war es ganz still im Gotteshaus geworden, nur rasche Blicke wurden gewechselt, die bezeugen sollten, dass andere fromme Kirchgänger von den gleichen unziemlichen Brocken getroffen wurden wie man selbst.

Niemanden direkt sprach der Pfarrer an. Er schaute in seine Bibel und donnerte mit einer noch nie da gewesenen Inbrunst in den Saal: »Und wenn dein Mann, meine Tochter, weil du in ein so schreckliches Übel nicht einwilligst, dich halb totschlägt, so ergib dich willig drein in diese Strafe, denn du würdest als Märtyrerin sterben und wahrlich ins ewige Leben eingehen.« Pfarrer Czeppil wusste seit jeher unter Androhungen von Höllenqualen seine Gemeinde zu disziplinieren, aber so etwas hatte noch niemand gehört.

Margarete versuchte einen Blick auf die Jungvermählten zu werfen, ihr gelang es aber nicht; zu dicht drängte sich die schweigende Dorfbevölkerung, zu tief hingen die ausgezattelten

Seitenlappen der feinen Bäuerinnenhauben, als dass Margarete weiter als bis zur Reihe der hinter ihr Stehenden blicken konnte.

»Buße und Sühne, nicht Lachen, Völlerei und Neid bestimmen unseren Alltag, meine Söhne und Töchter ...« Margaretes Kopf schnellte nach vorn, als habe der Mann im Ornat sie persönlich angerufen. Der Pfarrer aber sah noch immer unverwandt in das Buch in seinen Händen. »Müßiggang ist der Feind der Seele! ›Geschaffen ist der Mensch aus ekelerregendem Samen. Empfangen ist er in der Geilheit und Wollust‹, so sagte es schon Papst Innozenz der Dritte. An der Schwelle der Lust steht der Tod. Bedenkt das, meine Söhne und Töchter! Selbst Paulus, der Apostel, nennt den Leib den ›Sitz der Sünde‹. Im Körper steckt nichts Gutes ...«

Stand das in der Bibel? Margarete konnte sich nicht erinnern, jemals ein solches Kapitel der Heiligen Schrift vorgetragen bekommen zu haben.

»Ein guter Christ wartet und knechtet seinen Körper bis zur Reinheit und Einigkeit der Seele, denn der Geist des Herrn will, dass das Fleisch abgetötet wird. Die Märtyrer der Askese ...« Mit einem dumpfen Knallen klappte Czeppil die Heilige Schrift zu und hielt sie mit beiden Händen in Richtung seiner Zuhörer. »Bernhard von Clairvaux fastete inbrünstig für die Reinheit seiner Seele ...«

»Ja, sein Odem roch so streng, dass niemand um ihn sein wollte«, näselte eine junge Magd, die Margarete nur vom Wochenmarkt her kannte und von der sie wusste, dass auch sie einst mit Christoph den Sünden des Fleisches aufs Ausgiebigste gefrönt hatte: Agathe Kaulfuss, beim Bauern Hennig im Dienst.

»Die Frau trägt dabei die Schuld«, hörte Margarete den Pfarrer weiter schmettern. »Ihrer Unreinheit wegen muss sich der Mensch reinigen und knechten. Die Frau ist die Bitterkeit des Apfels und eine allzu off'ne Höllenpforte!«

Stille trat ein.

Das abrupte Verhallen von Czeppils Vortrag weitete sich wabernd über die berstende Anspannung der Dorfgemeinde aus. Als nichts mehr folgte, was der Mann am Altar noch hinzufügen konnte, zog sich eine Welle erleichterten Räusperns und Aufatmens durch den Raum.

Der Pfarrer intonierte das »Kyrie eleison« und eröffnete damit die Heilige Messe. Er hielt seine Schäfchen an, ein besonders seichtes Lied zu singen: »Herr Jesu Christ, wahr' Mensch und Gott«. Das Krächzen der im Stimmbruch befindlichen Buben, das Piepsen der nicht textsicheren Mädchen, das Knarren der gelangweilten Männer und das genierte Säuseln der verwirrten Frauen gaben einen jämmerlichen Choral ab. Spätestens beim »Gloria Petri« schien die Messe in seine gewohnten Bahnen zurückgeglitten zu sein.

Simon Czeppil verkündete den Hymnus: »Gloria Petri et filio et spiritui sancto ...«, doch die junge Wagnerin war mit ihren Ohren ganz woanders und hörte Agathe Kaulfuss Leonore Vietze zu ihrer Rechten fragen: »Hat der Czeppil all das über – du weißt schon ... die Sünden – gesagt, weil Christoph Rieger wieder geheiratet hat?« Die Magd des Bauern Hennig hatte mit Absicht so laut gesprochen, damit Margarete sie hören konnte, und Agathe versäumte es auch nicht, sich der Aufmerksamkeit der Wagnerin mit einem prüfenden Blick aus den Augenwinkeln zu versichern.

»... sicut erat in principio ...«

Leonore antwortete nicht weniger betont: »Bestimmt. Sieh dir doch an, was er sich geangelt hat! Da braucht es einiges an Belehrung vor dem ersten Mal!«

»... et nunc semper ...«

Margarete war nun erpicht darauf zu erspähen, wer Christophs Neue war. Sie verzweifelte bei dem Versuch, einen Blick in die hinteren Reihen zu werfen. Es blieb ihr verwehrt.

»Ich für meinen Teil kann nicht behaupten, dass Christoph Einweisung in die Kunst des ... braucht.« Die Vietzin kicherte und wurde von Agathe Kaulfuss zustimmend und beinahe lauthals prustend in die Seite geknufft.

»... et in saecula saeculorum, Amen.«

»Amen«, echote die Gemeinde.

Margarete beugte sich zur jüngsten Tochter des Töpfers Vietze hinüber und flüsterte verächtlich: »Wenn Christoph sich mit so was wie dir im Stroh gewälzt hat, braucht er auf jeden Fall ein paar gut gemeinte Ratschläge ... für jedes seiner anderen Weiber.« Dafür empfing sie vor Empörung aufgerissene Augen und Münder und anschließend verhohlenes Getuschel.

Nach dem Gottesdienst wartete Margarete, bis die meisten Menschen aus der Kirche verschwunden waren, damit sie endlich einen heimlichen Blick auf Christophs zweite Frau werfen konnte. Die neue Riegerin war ein dünnes, unscheinbares Ding, das Margarete an sich selbst erinnerte. Das Mädchen hatte die Haare wüst unter die Kugelhaube gestopft und den Kopf in Schamesröte gesenkt. Christophs zweite Frau konnte nicht mehr als vierzehn Jahre zählen. In des Bauern Miene erkannte Margarete weder Stolz über seine neue junge Gemahlin noch Scham über deren zartes Alter. Wie den meisten Umständen seines Lebens schien er auch dieser zweiten Ehe mit Gleichgültigkeit entgegenzublicken. Margarete kannte dieses Mädchen und wusste, dass es nicht als eine willkommene Entlastung der Armenspeisung in die missratene Wirtschaft des Riegers weitergereicht worden war.

Theresa Amalie Ruschke hatte ihre Eltern an die Pest verloren und war bei ihrem Oheim und ihrer Muhme untergekommen. Doch schienen die beiden nicht ihr Herz an das Kind gehängt zu haben, verheirateten sie es mit einem Tunichtgut wie Christoph. Was Christoph weitestgehend unberührt ließ, versetzte Margarete einen Stich ins Herz. Sie wusste nicht warum und ob es ihr zustand, aber eines war sicher: Sie würde Theresa Amalie Rieger, geborene Ruschke nicht mögen, und sie wünschte ihr die gleichen Unannehmlichkeiten an den Hals, die ihr an Christoph Seite widerfahren waren: dieselbe hochherrschaftliche Schnüffelnase namens Anna Biehain, denselben ignoranten Enthusiasmus in Gestalt des Waidbauern Christoph und dieselben vergeblichen Versuche, eine in allen Bereichen genügende Bauersfrau zu sein. Margarete wusste, sie würde für diese Gedanken in der Hölle schmoren, bis ihr das Fleisch von den Fingern tropfte, aber wie Christoph einmal treffend zu denken gegeben hatte: War sie da nicht schon längst?

Die junge Wagnerin musste den Mann eindringlicher betrachtet haben, als sie es beabsichtigt hatte, denn beider Blicke trafen sich und hafteten aneinander. Margarete genierte sich für ihre Neugier, aber es war zu spät. Christoph hatte sie entdeckt. Er nickte beinahe unmerklich zum Gruß und sie erwiderte diesen.

An dem Morgen, an dem sie den Hof verlassen sollte, hatten sie und Christoph kein Wort miteinander gesprochen, und noch bevor das Morgenmahl beendet war, hatte sich der Mann aus dem Staub gemacht.

Der fünfte schwere Tag in Margaretes Leben als erwachsene Frau war angebrochen. Margarete fühlte sich wie an ihrem Geburtstag im vergangenen Jahr, als sie, ihr Bündel zu ihren Füßen, in der Armenspeisung von Mückenhain saß und auf den Karren gewartet hatte, der sie in das Niederdorf bringen sollte. Ihr Bündel war nicht viel dicker geworden in dem knappen Jahr, das sie auf Christophs Hof verbracht hatte.

Im Osten kletterte die Sonne an einem makellos blauen Himmel empor und versprach einen heiteren ersten Maitag. Aber in Margarete zogen dicke, graue Regenwolken herauf. Die junge Frau drehte sich nicht nach dem geliebten Garten um, während sie über den Hof, vorbei an dem nach Pisse stinkenden Misthaufen schlurfte. Sie wusste, dass ihr das Plätschern des Baches fehlen würde.

Es war gestern gewesen, da sie mitsamt ihren Habseligkeiten hier angekommen war, und heute musste sie schon wieder gehen. Sie lächelte bitter, schüttelte den Kopf – nicht zum ersten Mal in den letzten vierundzwanzig Stunden.

Auf der Dorfstraße schlug Margarete die südliche Richtung ein und hatte schon nach wenigen Metern den Weinberg im Auge, dessen Bild sich im Takt ihrer Schritte auf und ab bewegte, sonst regte sich nichts. Mit den Augen suchte sie die Ostäcker nach Christoph ab, doch der war nicht da. Es bedrückte sie, dass er sich nicht von ihr verabschiedet hatte, aber andererseits: Was hätten sie einander sagen sollen? »Viel Glück mit der neuen Frau.« – »Viel Vergnügen als Magd.«?

Sie und Christoph befanden sich beide in einer lächerlichen Misere und ihnen würde nichts bleiben als verstohlene Blicke an den Sonntagen in der Dorfkirche. Christoph hatte vorgesorgt, denn da, wo er sie hin verbannte, war kein Platz für unerlaubte Wiedersehen und Sehnsüchte. Er hätte sie noch weiter weg verbannen können: In den Städten würden immer Mägde gebraucht werden, vor allem nach der Pest vor nunmehr einem Jahr. Aber Christoph wollte Margarete ganz offensichtlich in seiner Nähe haben, er hatte nicht loslassen können. Sie waren miteinander noch nicht fertig. Das letzte Wort war noch nicht gesprochen. Das spürte Margarete und diese Voraussicht beschwerte ihr Gemüt und erleichterte ihr Herz gleichermaßen.

Die junge Wagnerin folgte der Dorfstraße eine halbe Stunde nach Süden. Kurz bevor sie auf die Kirche stoßen konnte, wurde die Straße von einem von Osten her führenden Pfad gekreuzt. Eine weitere halbe Stunde ging sie diesen gegen die aufgehende Sonne entlang.

Sie erinnerte sich der Geschichte vom Edelmann, der seit längst vergangenen Zeiten in den Wäldern sein Unwesen treiben sollte. Dieselbe Beklemmung, die ihr in den vergangenen drei Wochen immer wieder die Luft zum Atmen abgeschnürt hatte, ließ sie auch jetzt stocken, stehen bleiben und unschlüssig vor sich hinstarren.

Am Fuße des Weinbergs schlängelte sich der Pferdepfad immer schmaler werdend zwischen Dickicht und Unterholz eine flache Steigung hinauf. Viele Schauergeschichten rankten geheimnisvoll um diesen Ort. Von hier hörte man in klaren Nächten die Wölfe heulen. Der Hügel sah vom Dorf her weit höher und düsterer aus, als er war, denn jetzt strahlte die Sonne durch das frische Frühlingsgrün und ließ den Morgen in den prächtigsten Farben leuchten.

Margarete blieb auf dem fast ganz von Brennnesselhügeln verdeckten Pfad stehen und starrte auf ein kleines Holzhäuschen, das am Südhang des Weinbergs aus dem Boden gewachsen zu sein schien. Der Haufen zusammengenagelter Bretter machte nicht den Anschein, von Menschenhand gezimmert worden zu sein. Margarete wartete unschlüssig auf eine Regung oder ein Zeichen von Leben. Man konnte an solch abgelegenen Orten beginnen, an alles Mögliche zu glauben. Ein Schauder fuhr ihr den Rücken hinab. Womöglich würde sie von der Mittagsfrau heimgesucht werden, wenn sie hier noch länger wie angewurzelt herumstand. Sie schlich den Pfad entlang auf die Blockhütte zu. Kein Fenster war gegen diesen schmalen Weg gerichtet. Als die junge Frau sich um die Nordfront des Hauses bewegte, wurde sie zweier von Fetzen verhangener Fensterchen gewahr, die den Besucher nicht auf Gemütlichkeit einluden und Margarete erzittern ließen.

»Hallo?«, rief sie und klang wie damals, als sie sich in Christophs Haus unaufgefordert Einlass verschafft hatte. Wie damals verkrallte sie ihre Finger in dem groben Stoff ihres Bündels. Wie damals tastete sie mit den Händen ihre Haube ab, um sicherzugehen, dass ihr Haarwerk ordentlich war. Aber sie wagte nicht wie damals, den Fuß auf die Schwelle ihres neuen Zuhauses zu setzen.

»Hallo, ist hier jemand?«, begann sie von vorn.

»Natürlich ist hier jemand«, antwortete eine kratzige Stimme aus einem fernen Winkel des Grundstückes, den Margarete nicht einsehen konnte, und ihr Herz machte einen Satz, so sehr hatte die tiefe Männerstimme sie erschrocken.

»Ich komme aus dem Dorf, bin die neue Magd«, sagte sie, den Blick in die Richtung gewandt, aus der die Stimme gekommen war.

Ein Mann mit auffällig schiefen Gesichtszügen und einer Stimme, die weder zu seiner kantigen Erscheinung noch zu diesem wüsten Haus passte, kam nun hinter der Hütte hervor. Er nestelte an seinem Strick um die Hüfte und Margarete konnte auf seinem Beinkleid frische feuchte Flecken erkennen, die erklärten, dass sich das heimliche Gemach des Mannes hinter der Hütte im Gebüsch befinden musste.

Der Mann hatte grau meliertes Haar, sein Schopf war nicht weniger durcheinandergewirbelt als der von Christoph. Margarete durchfuhr es schmerzlich, als sie an den Rieger dachte.

Sie kannte das Gesicht des Alten von irgendwoher, vom Gottesdienst, überlegte sie, obwohl sie sich diese vierschrötige Gestalt nicht in einer Kirche vorstellen konnte. Er hatte ein von Wind und Wetter gegerbtes Gesicht. Es war dunkel von Staub und Sonne, eine knubbelige Nase saß am rechten Fleck, jedoch lag sein Mund schräg zwischen den pockennarbigen Wangen. Margarete war sich nicht sicher, ob sie hämisch belächelt wurde. Sie wagte es nicht, in die Augen des Fremden zu blicken, und konnte sich des Eindrucks nicht erwehren, dass sie ihn schon einmal so nah vor sich gesehen hatte.

Der Mann stand ein paar Atemzüge lang wie erstarrt da und ließ das Mädchen nicht aus den Augen. Margarete spürte seine prüfenden Blicke vom Knoten ihrer Haube bis zu den Schnüren ihrer Schuhe. Der Alte grübelte über etwas nach; vielleicht darüber, wie er den Irrtum, der sie hier heraufgeführt hatte, wiedergutmachen konnte. Der Kauz hob einige Male zum Sprechen an. Er schnappte nach Luft, genauso wie es Christoph am Tage zuvor veranstaltet hatte, als er keine Worte fand, die vermocht hätten, Margaretes Abschub vom Riegerschen Hof zu erklären. Kleinlaut, skeptisch, aber nicht linkisch stammelte schließlich der alte Mann vom Weinberg: »Bettina?«

Margarete stutzte und schüttelte unmerklich den Kopf, obwohl ihr ganzer Körper vor Anspannung zitterte. »Margarete.« Beinahe versagte ihr die Stimme. Sie mochte es nicht, sich selber beim Namen zu nennen, es verschaffte ihr ein Gefühl von Hochmut. »Bettinas Tochter.«

Der Mann nickte nachdenklich. Hinter seinen grünen Augen arbeitete es. »Ich bin Gottfried Klinghardt und ich wohne hier«, stellte er sich vor. Natürlich! Jetzt wusste Margarete es wieder: der Kutscher, der sie vor einer halben Ewigkeit vom Mückenhain nach Niederhorka gefahren hatte. Während er sie damals beifällig gemustert hatte, starrte er sie nun geradezu an.

»Sieh dich um«, gebot er mit einem Kopfnicken in Richtung des Hauses und ließ das Mädchen stehen.

Gottfried Klinghardt widmete sich wieder einer Arbeit hinter dem Haus, während Margarete die Hütte betrat. Was sie erblickte, als sie die Fensterbehänge lüftete, war eine ebenso spartanisch eingerichtete Wohnstube wie auf Christophs Hof. Jede ihrer zaghaften Bewegungen und Handschläge erinnerte sie an die Begebenheiten von damals.

Unbeeindruckt besah sie sich die Einrichtung von Tisch und

Stühlen, Wandbord und Kochstelle. Nüchtern registrierte sie die Beschwerlichkeiten der Bewirtschaftung eines Haushalts, in dem es an allem mangelte. Aber dieses Problem hatte sie einmal gelöst, und sie würde es wieder tun.

Erschöpft von dem Marsch hier herauf ließ sie sich auf einen der wackeligen Schemel nieder. Es war noch nicht Mittag. Christoph war sicher gerade mit dem Bestellen der Sommergerste beschäftigt. Seine neue Frau musste nun auch eingetroffen sein; wie ihr wohl der Garten gefiel?

Margarete war mit Kopf und Herz noch auf dem Riegerschen Hof, als Gottfried polternd die Stube betrat. Einen Strohsack vor den Ofen knallend, holte er die in Gedanken Versunkene zurück auf den Weinberg.

»Es gibt nur ein Bett«, murmelte der alte Mann. »Entscheide selbst …« Er kratzte sich nachdenklich am Kinn. »Du kannst auf dem Boden schlafen oder bei mir im Bett.« In Margaretes zuckender Kopfbewegung erkannte er Misstrauen und winkte kopfschüttelnd ab: »Meine Bedürfnisse siedeln sich jenseits der fleischlichen Begierde an. Von mir hast du nichts zu fürchten; aber meine Gier nach seelischen Ergüssen scheint nicht zu bändigen, deshalb«, er zog mit einem Ruck ein schwarzes klumpiges Büchlein aus seiner Hemdsfalte und warf es dem Mädchen in den Schoß, »pflege ich täglich eine Bibelstunde.«

Margarete nahm das Buch in die Hand und ließ nachdenklich die vergilbten, speckigen Seiten an ihrem Daumen hervorschnippen. »Noch nie sah ich Euch in der Kirche«, flüsterte sie halblaut.

»Die Kirche …«, spöttelte Gottfried. »Dort findest du einen lüsternen Pfaffen, der sein Fleisch nur durch perverse Reden und eine alte vertrocknete Wirtschafterin im Zaum halten kann, und Weiber und Tölpel, die angesichts eines ehrwürdigen Herrn die Blicke scheu zu Boden werfen, als stünden sie nackt vor dem Bader. In der Kirche dort«, er nickte nach Süden, wo hinter Bretterwand und dichtem Wald auf der anderen Seite der Felder die kleine Kirche stehen musste, »findest du nicht Gott, du findest nicht Aufrichtigkeit im Gebet, nicht ehrliche Buße oder echte Reue. Die meisten Idioten gehen gern da zur Kirche, wo man mit Bierkrügen läutet. Keiner derer, die sich sonntags halb schlafend dort die Füße platt stehen und heimlich die Hälse nach des Nachbarn Magd oder des Bauern Knecht verrenken und sich in schmutzigen Gedanken ausmalen, was sie im muffigen Stroh mit ihnen anstellen würden, lässt in Mark und Bein eingehen, was der Czeppil von sich gibt. Und selbst wenn sie willens wären und wollten, könnten sie nicht, denn was der so halb laienhaft danebenhaut, ließe die Heilige Jungfrau Maria aus den Wolken fallen, verstünde sie Latein. Nicht jeder, der eine Platte hat, ist ein Mann der Kirche, mein Mädchen!«

»Blasphemie«, hauchte Margarete und schlug das kleine Kreuzzeichen mit dem rechten Daumen auf Stirn, Mund und Brust, Gott segne mein Denken, Sprechen und Wollen. Sie knallte das Buch auf den Tisch und fauchte den Alten an: »Ihr werdet mir nicht verbieten, in die Kirche zu gehen, so wahr ich hier stehe. Pfarrer Czeppil hat für jeden ein offenes Ohr. Er hat richtig studiert, und wenn Ihr seine Worte nicht versteht, so wohl eher, weil Ihr das Lateinische nicht könnt, und nicht er!«

»›Wer schnell glaubt, ist zu leicht im Herzen und wird gemindert werden‹, Prediger dreizehn.« Gottfried nahm die kleine zerknautschte Bibel wieder an sich, um sie unter sein Hemd zu stecken. Margarete hätte gerne etwas erwidert, aber sie war noch nie sonderlich schlagfertig gewesen. Sie war auch nicht bibelfest. Ihre Familie hatte einst eine Bibel besessen: ein wertvolles Stück, um das sie oft beneidet worden waren. Aber darin hatte nie einer gelesen, weil es niemand konnte. Das Buch war mit dem gesamten Mückenhainer Hof verbrannt.

Margarete schämte sich vor einem alten Mann, der weder schön noch reich oder sonst wie imposant war. Sie gestand sich ein, dass sie, bis auf ihren Namen, nicht gut schreiben und lesen konnte. Eigentlich war sie überhaupt nicht des Schreibens und Lesens mächtig, und schon gar nicht des Lateinischen; sie würde nie nachprüfen können, was Gottfried behauptete.

»Also mach es dir auf dem Boden bequem, geh in die Kirche, so oft du willst, und petze meinetwegen auch, was ich über Czeppil und die Dummköpfe da unten gesagt habe, aber dorthin kriegst du mich nicht.« In Gottfrieds Stimme lag keine Spur von

Zorn. »Ich habe Wichtigeres zu tun, das versichere ich dir.« Er wollte sich zum Gehen abwenden.

Da besann sich Margarete, dass es förderlicher für sie war, sich mit dem Alten gutzustellen. Also rang sie sich einen freundlicheren Ton ab, als sie den Alten fragte, was er den lieben langen Tag auf dem Weinberg tat.

»Oh, hier oben tu ich nicht viel«, gab Gottfried Klinghardt mit einem Achselzucken zu verstehen. »Die paar Leute, die hier ab und zu Toneisenstein holen, um ihre maroden Hütten oder Brunnen auszubessern, brauchen die Hilfe eines alten Kauzes nicht. Die meiste Zeit verbringe ich auf den Straßen der Parochie und auf dem Gut. Ich bin im Gespanndienst der Gerßdorffs.«

»Ich weiß, Ihr habt mich auch gefahren.«

Gottfried sah sie aus abschätzenden, verengten Augen an und schüttelte dann wieder den Kopf. »Ich erinnere mich nicht, wann soll das gewesen sein?« Margarete antwortete dem Alten, ohne zu viel von ihrem leidvollen vergangenen Jahr zu verraten. »Ach ja«, platzte es aus dem Alten heraus, »jetzt dämmert's.« Er überlegte wieder eine Weile und sprach dann langsam: »Da hat mir der irre gewordene Elias Rieger sein abgelegtes Weib raufgeschickt.« Er schüttelte den Kopf. Margarete schlug die Augen zu Boden. Sie wollte zehn Klafter tief im Boden versinken. »›Ein schönes und zuchtloses Weib ist wie ein goldener Reif in der Nase der Sau.‹ Sprüche elf, zweiundzwanzig«, zitierte Gottfried im Gehen und knallte die Holztür der Hütte hinter sich zu. Margarete stand noch eine Weile wie vom Blitz getroffen da und wagte es nicht, sich zu rühren.

In den Augen des Pfarrers war sie keine richtige Frau und Gottfried verglich sie mit einem Kettenring, der sie an ihren Besitzer gefesselt hatte, bis er ihrer überdrüssig geworden war. Ja, dachte Margarete, ein großer Unterschied bestand tatsächlich nicht zwischen ihr und einem kneifenden, lästigen, schmerzenden Anker. Gold, Diamanten, Reichtum – all das nützte nichts, wenn deren Besitzer sie nicht gerecht zu verwalten verstand, und ein schönes Weib nützte einem Manne nichts, wenn der es nicht zu schätzen wusste. Wo Hochmut ist, da ist auch Schande, aber Weisheit ist auch bei den Demütigen, und Reichtum hilft nicht am Tage des Zorns. Wenn sie der Ring war, wer war da die Sau?

Christoph? Margarete verzweifelte bei dem Versuch, Gottfrieds Worte zu deuten. Während der eine mit der Kraft seiner Arme prügelte, tat es der andere mit der seiner Zunge.

Der Gruß, den ihr Christoph nach dem Gottesdienst entbot, wärmte sie auf seltsame Weise. Mit den letzten Kirchgängern verließ auch Margarete das muffige, dunkle Kirchenschiff. Pfarrer Czeppil entließ wie eh und je an der Pforte die Großbauern mit einem kräftigen Händedruck und die Kleinbauern mit leeren, aber gut gemeinten Ratschlägen. Als Margarete an dem ersten Sonntag ihres fast freien Lebens als Magd eines alternden Gotteslästerers aus der Kirche trat, fühlte sie Christophs Blick auf sich ruhen.

Während sie den Kirchhof überquerte, lauschte sie den gackernden Bemerkungen, die die ausgesucht befremdliche Predigt, die Magd des Einsiedlers und die neue Riegerin zum Gegenstand hatten.

Margarete hatte im vergangenen Jahr gelernt, die an ihr Ohr schwappenden Schimpfworte zu überhören, sie nicht an ihr Herz heranzulassen, sie von sich zu weisen. Jedes Mal, wenn über sie getuschelt wurde, stellte sie sich vor, sie sei eine ganz andere Person und nicht mit der, über die geredet wurde, bekannt. Und manchmal gelang es ihr, die doppelzüngigen Bemerkungen der Lästermäuler auf eine andere, fremde Margarete zu münzen; manchmal aber bohrten sich die Worte einer Sabine Weinhold, Anna Biehain, Josephine Jeschke oder Leonore Vietze wie eine rostige Klinge in ihr Innerstes.

Eine bekannte Stimme allerdings ließ das Mädchen herumfahren und den Atem anhalten: »Wie ergeht es dir dort oben?«

»Mir geht's gut, Christoph, danke. Einen geruhsamen Sonntag wünsch ich dir.« Margarete sah, während sie sprach, nicht in Christophs Gesicht. Mit einem Mal war sie nervös und fahrig. Sie spürte ihr Herz in ihren Schläfen hämmern. Sie war nervös, weil Christoph vor ihr stand, wusste nicht, was sie sagen, wie sie sich verhalten sollte. Aus den Augenwinkeln beobachtete sie den Mann und war doch auf die Herumstehenden konzentriert, die ihr und Christoph verstohlene Blicke zuwarfen. Christoph aber war Herr der Lage, wie immer, und blieb in ziemlichem Abstand vor Margarete stehen. Nicht dass er seinen Hut vor seinem einstigen Eheweib lüftete, so weit war es mit dem Respekt nicht bestellt, aber immerhin sprach er leise, sodass niemand außer ihnen beiden seine Worte verstehen konnte: »Sag, ist der alte Gottfried gut zu dir?«

»Ja.« Margarete riskierte einen schüchternen Blick in Christophs helle Augen. Wieso interessierte es ausgerechnet den, der sie davongejagt hatte wie einen streunenden Hund, ob ein alter Tattergreis gut zu ihr war? »Ich hoffe, sie ist zufrieden mit dem Garten«, murmelte Margarete und nickte in Richtung der neuen jungen Riegerin, die verschüchtert an der Kirchmauer lehnte und auf der Schleife ihrer Haube herumkaute.

»Wer? – Ach, ja.« Christoph drehte sich seufzend zu seiner jungen Frau um, die, sobald sein Blick den ihren kreuzte, den Kopf abwandte. »Ich weiß nicht, Margarete, ich glaube, sie versteht nicht so viel davon wie du«, sagte er und schaute wieder der Älteren ins Gesicht. Margarete traute ihren Ohren kaum. Konnte es sein, dass er nun, da sie getrennt waren, ein gutes Wort für sie übrig hatte? Das war beinahe so, als ob man auf der Beerdigung des ärgsten Feindes seine Liebe zu ihm in Lebzeiten bekundete. »Aber wir werden satt, sie kann kochen und so …«, fügte er schnell hinzu.

Eine Weile sagten weder sie noch er etwas, und bevor eine peinliche Unsicherheit in beide fahren konnte, verabschiedete sich Margarete und drückte sich an Christoph vorbei.

»Sieht man dich Sonntag?« Christoph hatte ihr laut nachgerufen und Margaretes wachsame Augen tasteten den leerer werdenden Kirchhof ab auf der Suche nach jenen, die die anmaßende Frage des jungen Mannes vernommen hatten. Doch niemand schien Christoph gehört zu haben.

»Natürlich«, flüsterte Margarete kopfnickend und spöttelte ihrer selbst: »Wo soll ich sonst sein?« Ich habe noch nicht meinen Glauben verloren, nur weil mich der eine Ungläubige zum anderen weitergereicht hat, fügte sie im Stillen hinzu.

Sie lief nicht zum Westtor, durch das sie den Weg hin zum Hügel einschlagen würde, sondern sie ging um die Kirche herum geradewegs durch das Südtor zum Gottesacker. »Lange Zeit konnte ich nicht herkommen«, seufzte sie und rupfte ein paar Unkräuter vom Grab ihrer Mutter. Sie hockte sich in das Gras neben den Grabstein und erzählte alles, was seit ihrem Fortgang aus der Armenspeisung vom Mückenhain geschehen war. Sie presste ihre Handballen gegen die Augen und versuchte mit heftigem Druck, Herrin über ihre hervorquellenden Tränen zu werden. Dass Christoph sie noch eine Weile beobachtet hatte, wusste sie nicht.

An nichts anderes konnte Margarete denken als an die paar Wortfetzen, die Christoph am Sonntag nach dem Gottesdienst zu ihr gesprochen hatte, und sie zehrte die ganze folgende Woche davon. So vieles hatte sie ihm sagen wollen, so vieles fragen ... Sie hätte ihm gern von der Gutmütigkeit des alten Gottfried erzählt, von seinem Scharfsinn und seinem Ernst, wenn er mit sonorer Stimme allabendlich aus der Bibel vorlas, nicht ohne die gelesenen Passagen in der ihr verständlichen Mundart zu erklären.

Margarete schwieg meist, sie wusste zu wenig über die fabelhaften Geschichten in dem kleinen speckigen Buch, um wichtige Fragen stellen zu können. Stumm genoss sie die Heimlichkeit dieser Stunde. Danach, wenn es schon spät war, knuffte sie ihren Strohsack zu einer flachen Matte zurecht, richtete eine Rolle aus alten Jutesäcken als Kopfstütze her und hüllte sich mit dem dicksten ihrer paar Wollröcke in tiefen, ruhigen Schlaf. Es gab wenig, was sie vom Riegerschen Hof vermisste, und doch war es alles; es war ihr Leben, das ihr fehlte. Es war Christoph, der ihr fehlte. Christoph Elias Rieger war ihr Zuhause gewesen. Mehr als ihn hatte es für Margarete nicht gegeben.

Hier oben gab es weder Kühe, die zu melken waren, noch Katzen, die Margarete stundenlang hätte beobachten können, wenn sie die Einsamkeit überkam. Hier gab es niemanden, um dessen Gunst und Aufmerksam sie buhlen konnte, denn Gottfried war in jeder Hinsicht ein freundlicher Kerl, dem es sofort auffiel, wenn seine Magd an irgendetwas herumnagte, sich mit trübsinnigen Gedanken quälte oder Hilfe bei einer Arbeit brauchte. Hier gab es keinen Hof, den es zu pflegen, keinen Ehemann, den es zu umsorgen galt. Gottfried kümmerte sich selbst um seine Belange. Margarete fühlte sich wenig nützlich auf dem Weinberg, und doch fand Gottfried in ihr eine ausgezeichnete Pflanzenkundige und gelehrige Stütze, wenn sie gemeinsam auf dem Weinberg Kräuter suchten.

»Cichorium intybus«, sagte er einmal, als sie auf dem Weg am Fuße des Weinberges entlangliefen, und er streichelte behutsam eine garstige raue Pflanze mit den Fingerspitzen. »Mein Lieblingskraut, nicht zuletzt wegen meiner zahlreichen Altersgebrechen.«

»Das ist eine gewöhnliche Distel, wozu könnte die nützlich sein?«, hörte sich Margarete fragen.

»Eine gewöhnliche blaue Distel, in der Tat, aber nur für jene, die an ihr vorüberziehen, ohne den Blick von ihrem Ziel zu lenken. Sie wird auch Zigeunerblume genannt, Faule Gretel, Gewöhnliche Zichorie, Hansl am Weg. Nenne sie Rattenwurz, wenn du willst, oder Sonnenwedel. Aber in Wirklichkeit ist sie eine verzauberte Jungfrau.« Und Gottfried begann die Geschichte zu erzählen von der Geliebten eines jungen Ritters, die gemeinsam mit ihren Hofdamen auf seine Rückkehr von den Kreuzzügen gewartet hatte. Aber der untreue Ritter war nicht mehr zurückgekommen; das Fräulein hatte geduldig ausgeharrt und lange auf ihn gewartet. Der Himmel hatte Erbarmen mit dem Burgfräulein gehabt und seine Hofdamen und sie in Blumen verwandelt, je nach der Farbe ihrer Gewänder. Die Hofdamen hatten blaue Kleider und das unglücklich liebende Fräulein ein weißes getragen. »Und so kommt es, dass man oft in einer Gruppe blauer Disteln eine weiße finden kann. Und noch heute halten sie nach ihren Rittern Ausschau. Sieh!«, bedeutete Gottfried. »Die Blumen bewegen ihre Köpfchen immer mit der Sonne, öffnen sich am Vormittag im Osten, folgen ihrem Lauf gen Westen.«

»Eine Sonnenbraut«, flüsterte Margarete zu sich selbst, vertieft in die Erzählung des Alten.

»Sie wird erst in ein paar Wochen in voller Blüte stehen. Man verwendet Herba Cichorii und Radix Cichorii, das Kraut und die Wurzel. Auch die Rosettenblätter kann man ernten«, berichtete Gottfried weiter. »Die dummen Weiber im Dorf nennen sie auch Wegwarte oder Wegscheidt und brechen sie kopflos ab in der Hoffnung, sie würde sie als Gewitterblume, kreuzweise ins Fenster gehängt, vor Unwetter bewahren – soll sie der Blitz treffen! Bei Hagel und Sturm rennen sie los und behängen ihre Stuben mit allerlei Gewächsen, und wenn's donnert, wachen ihre Gebetbücher auf, ist es nicht so?«

»›Dost, Harthau und Wegscheidt tun dem Teufel viel Leid‹«, murmelte Margarete versonnen.

Gottfried starrte das Mädchen ungläubig an und Margarete erklärte, dass ihre Mutter derlei Sprüche aufgesagt hatte, wenn sie Disteln im Sternzeichen des Löwen gepflückt hatte, um sie ins erste Bad eines Neugeborenen zu geben und es so vor Unheil und dem Teufel zu schützen. Dass es meist die Kinder der Dorothea Rieger gewesen waren, der Bettina Wagner diesen Brauch angedeihen ließ, verschwieg Margarete.

Gottfried belehrte seine Magd über die wirklichen Kräfte, die in dem Kraut schlummerten, und erklärte, dass ein Infus aus dieser Pflanze aus einem wilden Magen und einem tosenden Darm, »der dich nachts aus dem Bette hebt, wenn du dich nicht festhältst«, gefügige Organe mache. »Die Cichorium intybus reinigt Magen, Leber und Nieren. Wenn die Verdauung nicht in Schwung kommt, wirkt sie Wunder.«

So konnten sie ganze Tage verbringen: im Wald umherstromern und Geschichten austauschen. Aber der alte Klinghardt war auch tagelang unterwegs, und dann umfing das Mädchen eine gähnende Einsamkeit, die sie mit nichts als ihren Gedanken und der Verarbeitung der Gewächse, die sie gesammelt hatten, auszufüllen vermochte. Gottfried war alterssichtig und seine Nase täuschte ihn zunehmend. Margarete lieh ihm seine Sinne und ihre fleißigen Hände. Sie war wissbegierig und folgsam und machte sich nützlich, wo sie nur konnte, auch wenn es oft nicht viel war, was sie tun konnte. Häufig ließ die junge Frau den Blick über das Dorf schweifen. Dabei hüpfte ihr Herz sehnsuchtsvoll, erkannte sie die vertrauten Baumgruppen um die Nordäcker von Niederhorka. Ihr war es, als lebte sie seit zwei Jahren bei dem Einsiedler und nicht erst seit zwei Wochen. Margarete fragte sich, wie dieses Weh sich nach einem Jahr oder zweien anfühlen sollte, doch tröstete sie sich damit, dass solches Leid meist von kurzer Dauer war und man sich daran gewöhnen würde wie an einen unwillkommenen Gast.

Eines Abends – sie saßen an dem frisch angelegten Kohlbeet hinter dem Haus und ruhten sich aus – sprach der Alte mit Blick auf die Setzlinge: »Es wird viel Unwissenheit über wichtige Pflanzen verbreitet.« Er meinte damit nicht die Nutzpflanzen, die sie im Garten kultiviert hatten.

»Und wie steht es um den Färberwaid und sein Teufelsblau?«

Gottfried dachte eine Weile über die seltsame Frage nach. »Isatis tinctoria … das rot schimmernde Dunkelblau der Dreieinigkeit ist nicht die Farbe des Teufels! Wenn es eine Farbe gibt, die vom Teufel gesandt wurde, dann ist es das Schwarz der Beulenpestilenz oder das schmutzige Rot der eitrigen Pockenpusteln. Was aber soll am lieblichen Blau, in das schon die Jungfrau Maria gewandet war, teuflisch sein?« Damit gebot er, das Thema zu wechseln, und starrte wieder den jungen Kohl an. Gottfried vermied es, über die Verschwörungen gegen den jungen Rieger und sein Waidfeld zu sprechen.

Aber Margarete konnte an nichts anderes denken als an Christoph, sein Feld und die hinterhältigen Bauern aus dem Dorf. Kaum einen neidvollen oder gar eifersüchtigen Gedanken verschwendete sie an die neue Riegerin, aber gegen die falsch redende Meute empfand sie aufrichtigen Hass. Sie wusste nicht, ob Christophs frische Saat gedieh. Margarete verstand zu wenig von der Feldarbeit, als dass sie das herrliche Frühlingswetter als gut oder schlecht für seinen Waid deuten konnte, aber sie wünschte sich, dass der Waid emporkam und Christoph mehr Glück bescheiden würde, als es die eisenbeschlagene Egge seinem Vater und Bertram Wagner beschert hatte.

Ja, Margarete hegte wärmende Gedanken an Christoph und seine törichte Idee. Alle Gemeinheiten, die er ihr angetan hatte, all ihre eigenen Spitzfindigkeiten, mit denen sie seiner Ignoranz, seinem Jähzorn und seinem Ehrgeiz begegnet war, waren aus ihrer Erinnerung wie ausgelöscht. Einzig die hellen, guten Stunden mit Christoph waren in ihr wach geblieben. Da waren Erinnerungen an Abende, an denen sie beide über Hans' Geschichten gelacht hatten, an Momente, in denen Christoph ihre Hand gehalten, ihr wortlos recht gegeben und sie sogar angelächelt hatte. Aber es gab Dinge, die würde Margarete ihm niemals verzeihen können.

Diese hatte sie tief in ihrem Innern vergraben und kein noch so heftiges Schlossenwetter würde sie freilegen können. Wenn Margarete abends auf ihrem Strohlager vor der Feuerstelle lag und keinen Schlaf fand, wiederholte sie im Kopf jedes der Worte, das Christoph nach dem Gottesdienst an sie gerichtet hatte. Sie suchte nach dem Schlüssel zu seiner Seele, versuchte, die zweischneidige Gestalt dieses Kerls zu durchschauen, der auf leisen Pfoten, einem Hofhund gleich, um sie schleichen konnte und einen Augenblick später die Zähne fletschte wie ein hungriger Wolf.

In der Kirche gab sie jenes Bild einer halbherzig Glaubenden ab, gegen das Gottfried stets wetterte, denn sie versuchte jeden Augenaufschlag, jedes Kopfnicken, jede erdenkliche Regung Christophs in sich aufzusaugen. Margarete wollte jedes an irgendwen gerichtete Wort von seinen Lippen lesen und jeden Handschlag in ihr Gedächtnis einbrennen, um sich weitere sieben Tage davon nähren zu können.

Das, was Margarete Wagner von Christoph geboten bekam, unterschied sich jedoch wenig im Vergleich zu dem, was in der Woche zuvor geschehen war: Christoph traf für gewöhnlich später ein als sie; an seiner Seite das junge Ding mit wüstem Haar und unordentlichen Nesteln vor ihrer flachen Brust; man nickte sich artig und unauffällig zu und hatte dann beinahe zwei Stunden ungeduldig auszuharren, bis man sich »Gott befohlen« sagen und einen Blick in die Augen des anderen werfen durfte.

Die Andacht war vorbei und Margarete bemühte sich, langsam das Kirchenschiff zu durchqueren. Sie wollte hinter dem Riegerschen Paar gehen, um es in aller Ruhe betrachten zu können. Als sie hinter den jungen Mädchen aus dem vorderen Teil der Kirche her trottete, sah sie Christoph am Weihwasser stehen und ein paar Worte mit Pfarrer Czeppil wechseln, welcher dann und wann die Schäfchen seiner Herde mit einem unkonzentrierten Gruß aus der Kirche entließ. Margarete wurde es ganz heiß und sie verfluchte ihre Angewohnheit, in unsicheren Situationen zu erröten. Als sie sich nun unaufhaltsam dem Ausgang näherte, schlug ihr Herz so rasend, dass sie fürchtete, in Ohnmacht zu fallen.

Nicht in Ohnmacht, sondern beinahe über die hohe Schwelle des Kirchenportals fiel sie, als sie sich kopfnickend von Pfarrer Czeppil verabschiedete und einen flüchtigen Blick in Christophs Gesicht warf. Der schaute grimmig drein und Margaretes lächerliche Aufregung verflüchtigte sich, mit ihr der Saum ihres Rockes, in dem sich ihre Fußspitze verhakte und sie zum Straucheln brachte. Es waren nicht die des Pfarrers, sondern Christophs kräftige Arme, die sie auffingen. »Hoppla«, flüsterte er, als er sie am Stürzen hinderte.

Hoppla, wie man es zu einem kleinen Kind sagte, wenn es im Spiel übermütig wurde. Wenn man etwas fallen ließ oder sich schnitt, sagte man hoppla, wenn man jemandes unschöne Bemerkungen zügeln wollte, sagte man hoppla. Margarete schämte sich für Christophs »Hoppla«, sie wagte nicht, ihn anzusehen, murmelte ein leises Dankeschön und floh ins Freie wie ein scheues Reh.

»Die ganze Aussaat zertrampelt und verdorben, es stand doch so gut darum.« Christoph knirschte mit den Zähnen und presste seine Worte durch den fast geschlossenen Mund, als er dem Pfarrer zwischen Tür und Angeln der Kirchenpforte erzählte, was sich in der vergangenen Nacht zugetragen hatte.

»Ich habe jetzt dafür keine Zeit – Gott mit dir, Bieskin ...« Pfarrer Czeppil nickte nervös der dicken Müllersfrau zu, die sich an ihm vorbei durch die Kirchentür quetschte. An Christoph gewandt fragte er achselzuckend: »Warum kommst du nicht einfach morgen in meine Stu…«

»Weil dafür keine Zeit ist. Wir müssen die Spuren untersuchen lassen und die Übeltäter dingfest machen«, unterbrach Christoph den Pfarrer polternd und doch in seiner Lautstärke gezügelt.

»Die Übel… Was beweist dir, dass es Menschen und dazu noch mehrere waren, die deinem Feld schaden wollten? Ich bin mir sicher – Gott befohlen, ehrenwerter Bauer Weinhold …« Czeppil räusperte sich, während der Großbauer die Kirche verließ, und fuhr mit gedämpfter Stimme fort: »Ich bin mir sicher, dass sich Raben oder ein paar Karnickel an deiner Aussaat gütlich taten.«

»Ihr wisst so gut wie ich, dass das nicht das Werk von Viehzeug war. Ich will, dass etwas unternommen wird.« Christoph hatte große Mühe, seine Wut im Zaum zu halten.

»Du willst? Ich denke, wir sind einer Meinung, wenn ich dich darauf hinweise, dass du nicht in der angebrachten Situation steckst, etwas zu wollen. Du solltest froh sein, dass man sich nicht an deinem Haus und Hof zu schaffen gemacht hat – einen geruhsamen Sonntag der Familie Jeschke …« Czeppil nahm Christoph mit den Augen ins Visier, grüßte jedoch den Kretschmar, sein Weib und deren Horde Kinder. Dann begann das nervöse Zucken in Czeppils Gesicht, das Christoph verriet, dass sich hinter dem ehrwürdigen Kopf etwas Ungutes anbahnte und von dem der Jungbauer seinen Blick angewidert abwandte. Er überspielte seinen kleinen Triumph, den er in dieser hitzigen Unterredung errungen hatte: »Also gebt Ihr zu, dass es menschliche Übeltäter gewesen sein müssen.« Einen Moment lang genoss er die Verblüffung, von der Czeppil eingelullt schien. Mit Milde erklärte er: »Es kamen doch schon die ersten Pflanzen fingerbreit aus dem Boden, es war doch so gelungen.«

»Ich bedaure es«, flüsterte der Pfarrer. Seine Stimme aber klang weder nach Mitgefühl noch nach Mitleid für Christophs Unglück. Czeppil wollte lediglich der Unterhaltung ein Ende machen und versicherte Gleichgültigkeit: »Das ist eine Angelegenheit, die du mit Nickel von Gerßdorff besprechen solltest, was ficht das mich an?«

»Aber der Junker ist auf der Hatz, das wisst Ihr so gut wie ich, und wer sonst hätte ein offenes Ohr?«

Wie Christoph den Pfarrer in seiner Position ermahnte, reckte dieser seinen Hals und plusterte sich auf: »Ich verstehe von den Bauerndingen nichts, bei Gott …«

»Gottes Werk war das nicht!«, fauchte Christoph und erntete einen grimmigen Blick Czeppils.

»Was willst du Spuren sicherstellen, mit welchem Gerichtsstand?« Als Czeppil wieder seine Miene zu einem aufgesetzt heiteren Sonntagsgruß erhellte, besah ihn sich Christoph einen Moment lang aufmerksam. Er war erfüllt von inbrünstigem Hass gegenüber diesem Mimen und hätte ihn am liebsten an seinem feinen Kragen gepackt und durchgeschüttelt. Was verstand der feine Pinkel schon von seinen Problemen? Für Czeppil war er jemand, der es nicht fertigbrachte, ein Kind zu zeugen und anständige Gerste auf einem Acker wachsen zu lassen, jemand, der sich mit einer stumpfsinnigen Idee zum Gespött der Leute machte. Den Pfarrer würde der Waid erst interessieren, wenn Christoph ihn unterpflügte. Aber diesen Gefallen würde er ihm nie tun!

Czeppil holte zu einer empörten Geste aus und füllte beinahe das gesamte Kirchenportal mit seiner aufgeblasenen Gestalt aus: »Wie kannst du jemanden verdächtigen, wo doch das ganze Dorf gegen dein Feld ist?! Dann können wir gleich die gesamte Parochie an den Haaren vor die Schöppen schleifen! Da stocherst du im Nebel, mein Freund, und fischst im Trüben!«

Christoph schaute den Geistlichen wütend an. Dessen Sonntagsgrüße und die guten Wünsche waren nun weniger gerührt und gelangweilt als vielmehr ungeduldig und barsch. Für den Bruchteil eines Augenblicks erspähte der junge Rieger Margarete, die die Schwelle der Kirchenpforte unsicher nahm und im Begriff war zu fallen. »Hoppla!«, rief er, machte eine halbe Drehung und fing die junge Frau geschickt auf. Für einen viel zu kurzen Moment hielt er dieses zarte Geschöpf in seinem Arm. Sie bedankte sich aufgeregt und entwand sich seinem Griff. Christoph war hin- und hergerissen: Sollte er ihr für ein kleines Schwätzchen folgen oder sich weiter mit Czeppil schlagen? Er sah Margarete über den kleinen Vorplatz der Kirche eilen und mit wehenden Röcken durch das Portal in der Wehrmauer verschwinden.

»Wenn du mich jetzt bitte gewähren lässt ...«, zischelte Czeppil unwirsch, »Junge, sei nicht so hitzig mit deinen Vermutungen, du redest dich um Kopf und Kragen. Ich hätte dich für deine Uneinsichtigkeit schon lange in die Acht tun können! Kehre um, bevor es zu spät ist!« Keine drei Herzschläge lang sahen sich die beiden Männer in die Augen, ohne noch ein Wort zu wechseln. Dann machte sich der Pfarrer mit dem Gleichmut eines Unwissenden von Christophs Gegenwart und den mit ihm verbundenen Unannehmlichkeiten los. Während sich der Geistliche in die sonntäglichen Ruhestunden treiben ließ, stapfte Christoph hastig über den Kirchhof auf der Suche nach Margarete, doch die war auf und davon.

Theresa war ein verschüchtertes Mädchen und Christoph hatte seine liebe Not mit ihr. Sie brachte, wenn man ihr genügend Zeit dafür ließ, mit Mühe ein halbwegs genießbares Mahl auf den Tisch. Die Wassereimer musste Christoph selber aus dem Brunnen ziehen, denn das dünne Ding hatte kaum Fleisch und noch weniger Muskeln auf den Knochen. Den Garten jätete sie in stundenlanger Kleinarbeit, um dem Melken der Kühe zu entgehen, und riss mehr Nutzpflanzen als Nutznießer aus der feuchten Erde am Schöps. Wenn sie das Haus ausfegte und die nötigste Ordnung herstellte, konnte man Theresa bis auf die andere Seite des Hofes keuchen hören. Obwohl sie bemüht war, ihre Arbeiten sorgsam zu verrichten, obwohl sie spornstreichs tat, was Christoph ihr auftrug, obwohl sie nie Widerworte gab, wurde sie nachlässig, sobald ihre Kräfte sie verließen. Theresa war ein hübsches Mädchen, aber sie war eben noch ein Mädchen – in jeder Hinsicht.

Eine neuartige Empfindung mischte sich unter Christophs

Instinkte. Zwischen dem Stillen von Hunger und Durst, dem Bedürfnis, die Notdurft zu verrichten und dem Mannesdrang nachzugehen, kam eine ungemütliche Leere aus seinem Versteck gekrochen: Er vermisste Margarete aufrichtig.

Nichts machte Theresa so, wie er es von Margarete gewohnt war. Theresas Unkompliziertheit stieß ihn ab. Ihre Art, alles so zu tun, wie er es wollte, langweilte ihn, und er vermisste die Widerworte, die er von Margarete gekannt hatte. Im Nachhinein wunderte sich Christoph darüber, dass er Margaretes Starrsinn so oft bestraft hatte. Er vermisste die Aufmerksamkeit, die sie ihm in jeder Minute gezollt hatte, und war gleichzeitig froh darüber, dass Theresa ihm aus dem Wege ging. Wenn er Theresa gedankenverloren beim Namen seiner ersten Frau anredete, war das Mädchen zwar beleidigt, kämpfte aber nicht zeternd um ihr Recht, wie es Margarete manchmal getan hatte. Und während sich Christoph die Versprecher abzugewöhnen suchte, kam es doch vor, dass er sich in Gedanken versunken nach Margarete umwandte und dann erschüttert feststellen musste, dass nicht sie, sondern die andere jetzt bei ihm war, und dann ermahnte er sich, seine Entscheidung nicht zu bereuen, sondern nach vorn zu blicken. Dann rief er sich die Abmachung mit Nickel von Gerßdorff ins Gedächtnis und bekräftigte den Entschluss der zweiten Heirat.

Aber des Nachts, wenn der müde Geist sich nicht von rechtschaffener Vernunft belehren ließ, vermisste Christoph Margarete manches Mal in dem Maße, dass es ihn aus der Schlafkammer trieb. Er stromerte auf dem Hof umher, besuchte sein Feld, das vor Unholden nicht mehr sicher war, nur um Margaretes Duft aus seiner Nase und die Wärme der wenigen vertrauten Momente, die er zugelassen hatte, aus seinem Herzen zu vertreiben. Er sehnte sich nach ihrem Körper, dessen Vorzüge er erst jetzt zu schätzen wusste.

Wenn er spät nachts wach lag und den gleichmäßigen Atemzügen Theresas lauschte, überlegte er, dass Pfarrer Czeppil, der Sittenprediger, seine wahre Freude an ihnen beiden hätte, denn hier wurden weder Unzucht noch überflüssiger Verkehr getrieben. Christoph hatte mit Theresa in ihrer ersten gemeinsamen Nacht die Ehe vollzogen, wie es sich gehörte, und sie seither nicht mehr angerührt in der Hoffnung, ihre Paarung trage Früchte. Christoph teilte das Bett in rührender Unschuld mit der einen und träumte in wilder Leidenschaft von der anderen.

Er wunderte sich über das geheimnisvolle Band, das zwischen ihm und Margarete bestand, noch immer, jetzt, da er sie kaum mehr zu Gesicht bekam. Er redete sich nicht ein, mit ihr jemals eine glückliche und einträchtige Ehe geführt zu haben, und er war davon überzeugt, dass Margarete froh darüber war, von ihm fortgekommen zu sein. Sie hatten sich gestritten, sich gegenseitig mit Klapsen, Hieben und Ohrfeigen versehen, einander kritisiert und angeschrien und sich gegenseitig die Schuld an ihrer Situation gegeben und sich tagelang angeschwiegen. Sie galten als die zänkischen Elstern, die niemand im Dorf haben wollte. Nein, er und Margarete waren nie ein Herz und eine Seele gewesen, das wusste Christoph.

Sie waren sich so ähnlich, dass sie nach außen hin nicht verschiedener hätten erscheinen können. Und jetzt kam er sich vor wie ein einäugiger Wurlawa, ein einarmiger Lutke oder ein einbeiniger Wichor, der von Sinnen durch die Landschaft torkelte und nicht recht wusste, wohin er gehörte. Christoph fehlte seine andere Hälfte, die irgendwie seit seinem fünfzehnten Lebensjahr in seinem Bewusstsein herumgegeistert war und nun nicht mehr zu ihm gehören sollte.

Den ganzen Sonntag über – das Gespräch mit Pfarrer Czeppil hallte noch in seinem Kopf wider – kniete Christoph auf seinem Nordacker, um zu retten, was offensichtlich verloren war.

Bei Strafe tummelte er sich am Ruhetag auf dem Feld. »Der Bauer muss seinen Pflug selber führen, wenn es gedeihen soll«, murmelte Christoph für sich, um sich bei Laune und den Optimismus im Herzen zu halten. »Und wer einen Bauern betrügen will, muss einen Bauern mitbringen, mein lieber Pfaffe. Na warte, bis der Junker wieder da ist!«

Die zierlichen Sprösslinge, die in böser Absicht wie von Leichengräbern unter Hügeln von Erde verscharrt worden waren, wollte Christoph suchen wie die Nadel im Heuhaufen und wieder in die Spur setzen. Margarete hätte jetzt die eine oder andere Geschichte von Holzweiblein und Buschmännchen zum Besten gegeben, um ihn zu unterhalten. Er hätte daraufhin gemurrt und sie zum Schweigen gebracht, aber im Grunde wäre er ihr für die Ablenkung und Aufheiterung dankbar gewesen. Er hatte ihr nie gezeigt, dass er ihre Geschichten mochte.

Der größte Teil seiner Saat war unwiederbringlich verdorben.

So lange Christoph auch nachdachte, der Pfarrer hatte letzten Endes recht: Zu viele Bauern aus Horka und Mückenhain kamen für die Schandtat in Frage. Es war zwecklos, jemanden zu beschuldigen, wenn man ihn nicht auf frischer Tat ertappte. Und dann kam Christoph plötzlich ein Gedanke, dessen Umsetzung so unmöglich war, dass es ihm ein verzweifeltes Lächeln aufs Gesicht zeichnete. Wenn er nur des Nachts über sein Feld wachen könnte!

Das Wetter hatte Erbarmen mit seinen ramponierten Setzlingen, denn am Sonntagabend gab es einen milden, aber schier unaufhörlichen Regenguss.

»Die Sonne hat noch niemanden aus seinem Hof hinausgeschienen, aber das Wasser schon manchen hinausgeschwemmt«, überlegte Margarete hinter ihrem Fensterchen in der kleinen Blockhütte auf dem Weinberg und besah sich die Fäden, die der Himmel zur Erde ließ.

»»Der Nepomuk uns das Wasser macht, dass uns ein gutes Frühjahr lacht««, warf Gottfried nachdenklich ein, während er die Ausbeute seiner Spinaternte auf dem Tisch ausbreitete und daranging, sie zu säubern. Es war der Tag Johannes Nepomuk mitten im Mai, aber Frühlingsgefühle wollten sich bei Margarete nicht einstellen. Ihr Innerstes schien versteinert – wie trefflich, höhnte sie, was lag näher als die Versteinerung im Leben an einem Steinbruch?

Das diesige Wetter hielt an und an einem trüben Sonntag Anfang Juni sollte das Neugeborene der Adele Möller getauft werden. Margarete erschien wie die meisten Dorfbewohner weit vor dem eigentlichen Beginn der Messe, um der jungen

Mutter ihre Glückwünsche zu übermitteln. Sie hatte dem Kind der einstigen Freundin ein Jäckchen aus hellem Tuch angefertigt und es mit Blütenstickereien verziert. Der Mutter hatte sie ein Töpfchen von Gottfrieds Ringelblumenpaste mitgebracht. Während sie durch das Kirchenschiff ging, fühlte sich Margarete unwohl. Sie hatte die Möllerin während der ganzen Schwangerschaft nicht ein einziges Mal besucht – Christoph hatte es ihr verboten. Und jetzt kam sie sich ein wenig fehl am Platz vor.

Sie war keine fünf Fuß von Adele Möller entfernt, da überlegte sie, wieder umzudrehen und sich brav in die Reihe vor dem Barbara-Altar zu stellen. Doch es war zu spät, sie war entdeckt worden. Eine der Frauen aus der Schar Neugieriger, die sich verbogen, um das Neugeborene betrachten und ihre Mitbringsel verschenken zu können, war auf Margarete aufmerksam geworden.

»Nein, Margarete, bleib weg!« Agathe Kaulfussens Augen waren geweitet.

Nun drehte sich der ganze Tross nach der Magd des Einsiedlers um. Margarete schenkte Adele Möller ein gut gemeintes Lächeln. Die junge Mutter aber legte mit einer Geste, wie Margarete sie seither nur auf Abbildern von Schutzpatronen gesehen hatte, die linke Hand über das Gesicht des Säuglings, der in ihrem Arm schlief. Ihre Rechte wies mit der dargebotenen Handfläche gegen Margarete. »Keinen Schritt mehr, Wagnerin! Verschwinde, los verschwinde!«

Einige Herzschläge lang maßen sich die Blicke der Frauen, die Freundinnen hätten sein können. Margarete verstand, dass die abweisende Gebärde der Wöchnerin gegen sie gerichtet war, aber sie vermochte nicht, sich zu rühren, denn Adeles Augen sagten etwas anderes als ihr Mund. Die Feindseligkeit, die Agathe Kaulfuss und Leonore Vietze ausspien, war Margarete gleichgültig, Adeles verunsichertes Blöken mit der Herde begriff sie jedoch nicht. Sie bewegte sich nicht vom Fleck, und da baute sich Johannes Möller vor ihr auf.

Margarete suchte nach Worten, wollte ihre guten Absichten bekunden und zur Mutter vordringen, als der Bauer Möller sie hart fortstieß.

»Heda! Was soll das?«, mischte sich ein anderer ein und Margarete wurde es übel.

»Lass gut sein, Christoph«, winkte Margarete enttäuscht ab. »Er tut ganz recht daran, Adele vor mir zu beschützen.« Sie schämte sich dafür, dass Christoph Zeuge dieser Szene wurde.

»Blödsinniges Geschwätz!«, funkelte der junge Rieger den Möller Johannes an. »Was stehst du ihr im Weg, Johannes?!« Er stupste ihn vor die Brust, dem Bauern Möller schwoll der Kamm und die Gruppe um Adele verteilte sich mit ängstlichem Raunen. »Zuerst auf meinem Hof und jetzt auch noch in der Kirche Unruhe stiften?«

Johannes blähte sich auf: »Was will ich auf deinem Hof? Du bist nicht ganz richtig im Kopf, Rieger!«

»Ach ja? Wenn dein klappriger Karren, dein Pflug und deine Tennenluke auseinanderfallen, weil du fauler, versoffener Kerl nichts zustande bringst, dann scheine ich aber sehr richtig im Kopf zu sein …«

»Lass es bleiben, Christoph.« Margarete zupfte an seinem Ärmel, doch er schüttelte sie ab. Die junge Frau sah sich nach Theresa, der neuen jungen Riegerin, um, die auf ihrem Platz stand und vorgab, von alledem nichts zu hören. Sie steckte ihre Nase in ein Gesangbuch. Du kannst überhaupt nicht lesen, wollte Margarete fauchen, um Theresa dazu zu bewegen, ihren Mann vom Möller wegzuholen.

»Wollen wir allen erzählen, wer dein Ehebett, in dem du deine Kinder machst, gezimmert hat?«

»Es reicht, du Schwein! Bist wohl sauer, weil du eben keine Kinder fertigbringst?!« Johannes war puterrot vor Zorn.

Christoph rempelte ihn heftig an: »Oh ja, es reicht – und zwar schon lange! Lasst sie in Ruhe, klar?« Christoph wies mit dem ausgestreckten Zeigefinger auf Margarete und bemerkte nicht, dass sie sich zurückgezogen hatte. »Was seid ihr für ein lumpiges Pack von verlausten Feiglingen?! Könnt nicht einmal einem Frauenzimmer einen Gruß entbieten! Was ist denn nur los mit euch?!« Christoph hatte alle Umherstehenden angesprochen, doch die meisten senkten ihre Blicke auf den verbeulten Steinboden der Kirche. Hier ging es nicht mehr um Margarete oder

Adele oder das Neugeborene. Hier ging es allein um Christoph und seine Wut.

»Du willst wissen, was los ist?« Auf der Suche nach einem Mitstreiter sah Johannes sich im Kirchenraum um, aber es fand sich keiner, denn die Burschen, mit denen Christoph zeitlebens gut gestellt war und von denen er sich binnen eines Jahres entfremdet hatte, standen noch im Kirchhof herum. Johannes nickte herausfordernd. »Du bist verrückt geworden! Das ist los! Was du auch anfasst, du machst nichts mehr so, wie man es tun sollte! Wahrscheinlich fasst du deine Weiber auch nicht so an, wie es üblich ist, sonst hättest du längst einen Sohn! ... Nimm die Pfoten von mir! Nichts als um dich herumprügeln kannst du! ... Der Apfel fällt nicht weit vom Stamm, nicht wahr?! Du hast immer gegen deinen Vater gewettert, und jetzt bist du genauso wie er!«

Christoph hatte Johannes Möller am Kragen gepackt. Das Quieken der umherstehenden Frauen aber verbot ihm zuzuschlagen, stattdessen näherte sich sein Gesicht dem des anderen, sodass ihre Nasen einander beinahe berührten. Johannes war mutiger, als sein Ruf ihm vorausging. Er flüsterte fast, als er mit einem hämischen Grinsen verlauten ließ: »Wer würde von einem, der erst eine Hexe und dann ein Kind zur Frau nimmt und auf der Brache Waid anbaut, behaupten, er wäre noch ganz beisammen?«

Christophs Kiefer arbeitete, unter seiner angestauten Wut traten die Adern an seinem Hals bedrohlich hervor. Einzig die Tatsache, dass sie sich in einem Gotteshaus und nicht in der Schenke aufhielten, verbot ihm loszuprügeln. Aber Johannes war noch nicht fertig: »Wie solltest du auch alle Tassen im Schrank haben, Rieger? Bei dem Vater!? Während der Schmied Eisenzinken auf die Egge nagelt, nagelt der andere die Frau des Schmieds ...«

Die Worte des Möllers versetzten nicht nur Christoph und Margarete einen Hieb in die Magengegend. Sekundenlang war es totenstill in der Kirche. Alle hatten gehört, was Johannes gesagt hatte, alle warteten darauf, dass Christoph das Lästermaul aus der Kirche zerrte und ihm eine ordentliche Tracht verpasste, doch stattdessen ließ Christoph den Mann los und schaute ihm tief in die Augen. »Du solltest dich in Zukunft des Öfteren umdrehen, wenn du im Dorf spazieren gehst! Dich knüpf ich eines Tages auf, mein Freund, wart's ab!«

Margaretes Herz stolperte und sie biss sich auf die Unterlippe, um nicht loszuwettern. Das hatte sie nicht gewollt, das hatte sie nicht beabsichtigt. Sie hatte Christoph in wirkliche Schwierigkeiten katapultiert.

Der junge Rieger würdigte seine erste Frau keines Blickes, während er sich auf seinen Platz stellte. An Theresa gewandt brummte er: »Du kannst überhaupt nicht lesen!«, und nahm ihr das Gesangbuch aus den Händen.

Den in das Kirchenschiff Hineinströmenden blieb nicht lange verborgen, dass sich etwas Ungewöhnliches zugetragen hatte. Sabine Weinhold wieselte hinüber zu Adele Möller, die ganz aufgeregt berichtete, und ihre Worte wurden immer wieder von inbrünstigem Schluchzen erstickt. Hans und Anna Biehain durchlöcherten Christoph mit fragenden Blicken, die nicht selten in Margaretes Richtung gesandt wurden. Der junge Rieger aber breitete die Geschehnisse nicht haarklein vor seiner Verwandtschaft aus, sondern schüttelte resigniert den Kopf.

Pfarrer Czeppil, der, kaum dass er sein Gotteshaus betreten hatte, von einer Traube Menschen umringt wurde, empörte sich, nachdem er die gackernden Hühner und kläffenden Köter angehört hatte, dass er die beiden doch nicht vom Gottesdienst ausschließen könne!

Christoph und Margarete ließen einander nicht aus den Augen, während der Geistliche vor den anderen seine schützende Hand über sie beide legte. Sie sahen einander an wie zwei Kinder, die gemeinsam etwas Schlimmes angestellt hatten, sich in ihre Schneckenhäuser zurückzogen und darauf warteten, dass ihre zeternden Eltern Ruhe geben mochten.

»Christoph wird sich entschuldigen und Margarete wird sich zukünftig zurückhalten«, verlangte Czeppil mit einem Blick über beide Gesichter. Die Angesprochenen blieben stumm. »Ist es nicht so?« Der Pfarrer wurde eindringlicher. Lange wartete er auf Margaretes Regung. Sie nickte schließlich zögernd und sah, wie Czeppils Züge sich entspannten und sich auf Christophs Nasenwurzel eine tiefe Furche abzeichnete. Der junge Mann war nicht so einsichtig wie das Mädchen, weshalb der Pfarrer versuchte, auf einem anderen Pfad Zugang zum Hitzkopf Rieger zu finden. An das Möllersche Paar gewandt sprach er: »Johannes, trage deinen Streit mit Christoph nicht in meinem Gotteshause aus! Und du, Adele, sei gütig zu deinem Nächsten, so wie zu deinem Kinde!«

Christophs Augen ruhten geringschätzig auf Johannes Möller. Der Pleban musste auf beide Männer einreden, bis der junge Rieger eine halbherzige Entschuldigung hervorknurrte.

Das Neugeborene wurde auf den Namen Agnes Emilie Möller getauft. Ein Mädchen.

Johannes hatte es »Johanna« nennen wollen, nach dem Säugling, der erst zehn Monate zuvor durch einen Unfall zu Tode gekommen war, doch das hatte Adele nicht übers Herz gebracht.

»Aber wo liegt das Problem, wenn du so viel von dem Zeug retten konntest?«, sprach Nickel von Gerßdorff in gleichmütigem Ton, als er es sich Ende Juni endlich wieder auf seinem Gut eingerichtet und für die Belange der Dorfbewohner ein offenes Ohr hatte. Für Christoph hatte es eine schmerzhafte Ewigkeit gedauert, bis er den Vorfall auf seinem Waidfeld an den Junker hatte herantragen dürfen. Während der Heuernte hatte er die einzige Möglichkeit gesehen, beim Lehnsherrn vorzusprechen. Als er auf den gutsherrlichen Feldern Robot tat, war der Edelmann auf einem schlanken, aber kräftigen Rappen dahergetrabt und ohne zu zögern und zum Erstaunen aller anderen Bauern vor Christoph stehen geblieben und sogar vom Pferd abgesessen. Wie zwei alte Bekannte, die sich lange nicht gesehen hatten, vertieften sich die Männer sogleich in ein angeregtes Gespräch. Doch die friedfertige Stimmung trog.

Christoph erzählte, was sich in den vergangenen Wochen zugetragen hatte. Nickel hörte gerne, dass sich die neue Riegerin gut auf dem Hof einlebte. Immerhin es war niemand Geringerer als der Junker selbst gewesen, der Theresa für Christoph ausgesucht hatte. Oft musste sich der Jungbauer unterbrechen, um dem Junker Gelegenheit für Ahas, Ohos, Sosos und Mmhs zu lassen und um die Schweißperlen von seiner eigenen Nase und aus seinen Augen zu wischen. Als er zu einer eher unangenehmen Nachricht wechselte, dämpfte Christoph seine Stimme vor neugierigen Ohren und schilderte, dass er sein Schlafquartier am Waidfeld aufgeschlagen habe, »... um wie eine Vogelscheuche auf Habachtstellung vor Vagabunden und Tunichtguten zu sein«. Den rechten Arm hatte Christoph über die Sense gelegt, den Oberkörper nach der stundenlangen Anstrengung leicht gebeugt, das Wasser rann ihm unter seinem Hut hervor und an Hals und Schlüsselbein hinab. Er sah sich nach den erntenden Bauern um und vergewisserte sich, dass niemand seine Worte hörte. Es würde unnötiges Gelächter und überflüssiges Geschwätz bringen, seine Schlafgewohnheiten an die große Glocke zu hängen. Der Junker beäugte seinen Untertan argwöhnisch. Christoph berichtete bitter lachend, seine Frau, Theresa, gäbe eine prächtige Wächterin am Tage ab, »... wenn sie nicht jeden Tag zum Zenit wie eine angestochene Sau das Weite suchen würde, weil sie Angst vor der Mittagsfrau hat und abends nicht länger als bis zum zehnten Läuten wach bleibt aus Furcht vor den Wurlawy«. Das kurze Schmunzeln, das in Nickels Augen aufleuchtete, verglomm bald, und es schien, als würde der Lehnsherr Christophs Trübsinn nicht begreifen.

»Was soll ich denn deiner Meinung nach tun? Wachen postieren auf einem Acker mit ein bisschen Grünzeug, von dem noch nicht einmal gewiss ist, dass es emporkommt? Du hast richtig daran getan, die Sprösslinge auszubuddeln, aber mehr als abwarten können wir im Moment nicht.«

Christoph nickte zwar zu des Junkers Worten, zufrieden war er aber nicht, hatte er doch erwartet, dass sich der Gutsherr inbrünstiger für die Sache einsetzte. So wie es vor zehn Jahren der alte Christoph von Gerßdorff für den alten Alois Rieger getan hatte. Ein Christoph von Gerßdorff hätte Wachen postiert, Leute zur Rettung der Sprösslinge abgestellt und sogar Robot erlassen, damit dem Bauern mehr Zeit für den Waid bliebe. Nicht so der edelblütige Sohn des großherzigen Christoph von Gerßdorff. Nickel erwartete bedingungslose Aufopferung auf dem Weg in eine bessere Zukunft und gab dem Bauern doch keine Sonderstellung, so wie es der Edelherr Christoph vor vielen Jahren mit Alois Rieger getan hatte, der sich, solange die Egge untauglich war, nicht krummbuckelte auf den herrschaftlichen Äckern. Christoph war nicht wie die anderen Bauern, die mit ihrem bisschen Gerste zu kämpfen hatten, er war etwas Besonderes. Aber er stand allein da mit seiner Arroganz, schämte sich und war froh, dass keiner der umherstehenden Dummköpfe dieses Gespräch hatte hören können.

Der Gutsherr klopfte auf die Schulter des Bauern. »Wir sind auf dem richtigen Wege.«

»Wir«, hallte es in Christophs Kopf wider.

Dann machte der Junker eine wegwerfende Handbewegung und legte das Thema ab, um über Belanglosigkeiten zu sprechen. Christoph hörte nicht zu, antwortete auf Nichtigkeiten mit einsilbigen Antworten und grämte sich. Natürlich hing für Nickel nicht halb so viel von einer guten Ernte ab wie für ihn. Natürlich gab es für den Herrn erquickendere Gesprächsthemen als den vermaledeiten Waid, über den genug gelästert wurde, und natürlich hätte Christoph von vornherein wissen müssen, dass dieses Unterfangen ganz allein von seiner Hände Kraft abhängen würde. Dennoch war er enttäuscht. Das, wovor man seinen Vater damals gewarnt hatte, drohte nun ihm selbst zu widerfahren, und Christoph beschlich der Gedanke, dass Hans Biehains Warnungen vor dem Eigennutz und der Ungeduld eines Nickel von Gerßdorff berechtigt waren. Er durfte jetzt nicht den Kopf hängen lassen. Das Wetter tat sich prächtig: Es war Juni, bald Juli, und weder zu trocken noch zu heiß und auch nicht zu feucht; der Herrgott musste es gut mit ihm meinen!

Aber mit Margarete meinte es der Herrgott nicht gut. Sie verging in ihrer Einsamkeit in der Abgeschiedenheit. Seit dem Vorfall am Tage der Taufe des Möller-Kindes war sie schwermütig und schweigsam. Gottfried war auf die Dauer kein sehr aufheiternder Gesprächspartner, obschon er sich bemühte, sie mit abwechslungsreichen Aufgaben zu betrauen, um ihre hellen Augen leuchten zu sehen. Doch sie konnte ihre Melancholie nicht lange vor ihm geheim halten, und schon bald öffnete sie ihm ihr Herz. Sie erzählte ihm nicht von Adele und deren Mann, sie erzählte von Christoph.

»Es ist ein rätselhaftes Ding, die Sehnsucht.« Gottfried nickte.

Margarete hatte dem Alten ihre unerklärliche Vorfreude auf die Gottesdienste geschildert, war sich albern vorgekommen und genierte sich auch ein wenig, weil ihre Sehnsüchte nach der kühlen, muffigen Kirche nicht frommer Natur waren. Sie erzählte von dem seltsam widersprüchlichen Verhältnis, das sich zwischen ihr und Christoph während ihrer Ehe entsponnen hatte. »Selbst wenn ich ihn hasste, war da doch eine Zuneigung, und wenn ich ihm zugetan war, wollte ich ihn lieber nicht in meiner Nähe haben. War er fort, sehnte ich ihn herbei, war er da, wünschte ich ihn zum Henker! Er ist mein Gegenstück und auch wieder meine Bürde. Er ist der einzige Mensch, der mir geblieben ist ...« Margarete versagte die Stimme. Ihre trockene Kehle nagte an dem Klumpen, über den sie mit niemandem zuvor gesprochen hatte.

»Nimm dich in Acht, dass du dein Herz nicht an eine Illusion hängst, an ein Trugbild. Du sehnst dich vielleicht nach etwas, was kein dahergelaufener Mann dir geben kann. Du sehnst dich nach einer Familie, nach einem Zuhause, nach einem friedlichen Leben in einer beschaulichen Gemeinde, aber nach einem Christoph Elias Rieger sehnst du dich sicher nicht.«

Margarete seufzte bei Gottfrieds Worten. Sie wollte widersprechen, wollte ihm von dem Gefühl in ihrer Magengegend erzählen, das sie beschlich, wenn sie an Christoph dachte, wollte ihm von dem Lächeln erzählen, das auf ihr Gesicht huschte, wenn sich Christophs verschmitztes Grinsen oder seine Wangengrübchen vor ihrem inneren Auge abzeichneten. Sie wollte Gottfried so gern begreiflich machen, wie viel Verschiedenes sie für Christoph empfand, wollte die Bindung, die zwischen ihnen seit ihrer Kindheit bestand, beschreiben und hinter das Treiben der Fortuna blicken, doch der Alte hob die Hand zum Zeichen, dass Margarete auf der Hut sein solle vor weiteren verräterischen Abbildern von Dingen, die nicht so waren, wie sie schienen. »Die Menschen glauben an das, was sie sehen, wenn sie ihren Empfindungen nicht trauen, und an das, was sie fühlen, wenn ihnen nicht gefällt, was sie sehen. Vergiss niemals die Umstände, die dich hierhergeführt haben.«

»Es war die göttliche Fügung, die mich hergeführt hat, es war Vorsehung. Ihr brauchtet Hilfe, oder nicht?«, erwiderte Margarete, nicht ganz überzeugt von den eigenen Worten, und der Alte fuhr ihr prompt über den Mund: »Dummes Geschwätz! Wenn euch Leuten die Weisheiten ausgehen, dann schiebt ihr alles auf Gott. Soll ich dich daran erinnern, welche Fügung dich hergeschickt hat?«

»Nein.« Margarete schüttelte den Kopf. Es machte sie traurig, ihrer halbwertigen Erscheinung erinnert zu werden. »Was habe ich nicht alles versucht, ein Kind zu empfangen!«

»Vielleicht«, gab Gottfried, der nun nach der Hand der jungen Frau griff und seine knotige Rechte auf ihre glatte Linke legte, zu denken, »kommt es nicht auf das Wieviel an, sondern auf das Was!«

Da erzählte Margarete von den Wickeln und Infusen, den Tinkturen und Ölen, die sie angefertigt hatte, um ihre Fruchtbarkeit zu fördern. Es war ein merkwürdiges Gefühl, das sie beschlich, als sie dem alten Mann von den Dingen berichtete, die so persönlich waren und vor der Außenwelt verschlossen in ihr geruht hatten. Aber Margarete schwieg über Anna Biehain und ihre Einmischung in Sachen Riegerscher Kindersegen. Sie mochte wenig Frau sein, war aber sehr wohl tugendhaft, und der Anteil an Sünde, der in den schlechten Gedanken über Theresa schlummerte, wog zu schwer, als dass sich Margarete auch noch Lästereien über Anna Biehain ins Kerbholz hätte ritzen lassen wollen.

Gottfried wiegte ab und an den Kopf auf seinem faltigen Hals und zerstörte die anheimelnde Zweisamkeit mit einer so banalen Äußerung, dass Margarete der Mund offen stehen blieb, bevor sie den wissenden Blick des Alten nachäffte und ihm nachplapperte: »Was nützt es, über verschüttete Milch zu klagen!? … Wie könnt Ihr so herzlos daherreden?! Ihr solltet Euch schämen!«

Der alte Klinghardt aber tat nichts dergleichen, sondern

packte seinen löchrigen Umhang und schwang ihn sich über. Während er sich ächzend vom Tisch erhob, erklärte er ruhig: »Deine Mittelchen waren allesamt richtig gemischt, aber jedes für sich braucht Monate langer Wirkzeit, bis es seine Kräfte entfaltet. Du hast mit der Natur gespielt wie ein Kind mit dem Reifen, den es mit dem Stab antreibt und fallen lässt, um dann von Neuem zu beginnen.« Er verließ die Hütte, ohne eine Rechtfertigung seitens Margarete abzuwarten. Sie saß da wie vom Schlag getroffen und rührte sich nicht. Wie sie so nachdachte, flog die Tür der Hütte wieder auf und Gottfried steckte seinen Kopf herein: »Kommst du nun mit oder nicht?«

In mitternächtlicher Unheimlichkeit gingen der alte Mann und das Mädchen die verschlungenen Pfade des Weinbergs entlang. Margarete kannte jeden Stein und jeden Stock der Umgebung, als hätte sie alles selbst an seinen Platz gelegt, doch im Dunkel der Nacht sah die Welt anders aus und beängstigte sie. Die Flügelschläge und das verhaltene Bellen von Fledermäusen trieb ihr eine Gänsehaut auf den Körper. Der Ruf eines Uhus ließ sie zusammenfahren, als hätte der Leibhaftige ihren Namen gerufen. Wenn neben dem Pfad ein Ast im Wind knarrte oder eine Grille zirpte, wurde ihr flau im Magen. Einmal flüchtete ein Tier ganz dicht am Weg vor ihnen und Margarete krallte ihre Finger in die Wolle ihres Umhangs. Sie fror. »Ich halte es für keine gute Idee, mitten in der Nacht im Wald herumzulaufen«, flüsterte sie Gottfried zu, der vor ihr ging. Weshalb sie die Stimme dämpfte, wusste sie nicht, zumindest erschrak sie mächtig, als sie gegen Gottfrieds Brust stieß.

Der Mann war stehen geblieben und hatte sich umgewandt, um einfältig zu fragen: »Wieso nicht? Es ist eine warme Sommernacht und kein Lutke oder Holzweiblein wagt sich hier herauf.« Auf seine Worte hin raschelte es im Unterholz.

»Und was ist der Grund dafür, dass sich nicht einmal die Waldgeister hier herumtreiben?« Margarete bekam keine Antwort und begann bald zu keuchen, als sie versuchte, mit dem Greis Schritt zu halten. Die herrlichste Sommernacht konnte eine Eiseskälte ausströmen, wenn man aus Angst fast von Sinnen war. Margarete blickte in das Schwarz des Dickichts neben sich, als warte sie darauf, in wie glimmender Torf funkelnde Augenpaare von Wölfen zu blicken. Dann und wann griff sie nach vorn, um sich zu vergewissern, dass Gottfried noch vor ihr war. Das leise Quieken einer Wühlmaus brannte sich in ihr Gehör als ohrenbetäubender Lärm ein. Sie war überrascht von sich, hatte sie sich doch immer für eine tapfere Frau gehalten. Wieder tastete sie vor sich, doch diesmal griff sie ins Leere. »Gottfried!« Alle Höflichkeiten fahren lassend fuchtelte sie wild mit den Armen um sich her, wie eine Blinde, die einen Anhaltspunkt sucht. »Wo seid Ihr?«

»Schrei nicht so, törichtes Kind, du machst den Tieren Angst!« Klinghardt griff nach Margaretes Hand und zog sie behutsam mit sich.

»Ich mache den Tieren Angst?« Margarete versuchte, sich am Riemen zu reißen, holte ein paarmal tief Luft und schritt etwas sicherer voran.

Am Osthang des Hügels blieb der Alte stehen, und als Margarete sich neben ihn stellte, sah sie eine kleine Waldlichtung, die sie bei Tage sicher kaum wahrgenommen hätte und die jetzt, vom Mond beschienen, ihren Augen eine Wohltat bot. »Ich habe nie gewagt, allein bei Nacht herzukommen, seit ich von diesem Platz weiß, denn mein Herz ist nicht rein.«

»Was redet Ihr da?«, hauchte Margarete. Ihr Herz flatterte vor Aufregung, genauso wie an den Sonntagen, wenn sie morgens den Weg ins Dorf nahm. Sie folgte mit den Augen dem schwarzen Umriss von Gottfrieds Arm und dann seinem ausgestreckten Zeigefinger, der in eine Richtung wies. Margarete verengte die Augen, um besser sehen zu können, erkannte, worauf der Mann deutete, und rief bei dem, was sich vor ihr auftat, die Heilige Mutter Gottes an.

Nickel von Gerßdorff tupfte sich mit einem blütenweißen Tuch die Lippen ab und schob den letzten Bissen gebratener Hirschleber von einer Backentasche in die andere. Er hatte den Speisen kräftig zugesprochen und war nun übersatt. Er rülpste, denn er mochte es, wenn der Nachgeschmack des Essens die Kehle noch einmal hinaufwaberte, und versuchte nun die Reste mit dem weißen Wein, der in einem stets ansehnlich gefüllten Glas vor ihm stand, hinunterzuspülen. Pfarrer Czeppil hatte sein Mahl schon längst beendet und wartete geduldig, dass sein Gegenüber ebenfalls das Messer beiseitelegen und die fetttriefenden Finger in der bereitgestellten Schüssel abwaschen möge. Czeppil beobachtete den Kauenden. Nickel war wie immer makellos gekleidet, das Barett hatte er auch bei Tisch nicht vom Kopf genommen. Sein langes blondes Haar hatte er während der Mahlzeit wie einen Vorhang zur Seite geschwungen, um es nicht in die Bratensoße zu tunken. Jetzt glänzte es regungslos auf des Edelmannes Schultern und wartete darauf, wieder in Position gelegt zu werden. Die von Ringen schweren Finger glitzerten im Schein der Kerzen, die in reichlicher Zahl den Abend aus dem Raum aussperrten.

Das Gespräch beinhaltete bis zur Stunde die üblichen Angelegenheiten, die zwischen Pfarrer und Gutsherrn nach einer längeren Abwesenheit des Letzteren besprochen werden mussten. Nun saß der Pfarrer beinahe ungeduldig am einen Ende der Tafel, hatte sich in großer Hast den Magen ohne rechten Appetit gefüllt und überlegte, wie er die Konversation zur heiklen Angelegenheit Christoph Elias Rieger lenken konnte, ohne den Junker vorzeitig aus seiner bescheidenen Behausung zu verscheuchen.

Seine, Czeppils, Wirtschafterin Gertrud Baier hatte den halben Tag damit zugebracht, die Leber des Hirsches, welchen Nickel höchstselbst am Tage des Besuches erlegt und Stücke davon als Präsent ins Pfarrhaus gebracht hatte, auf einem Rost zu braten und sie, in dünne Scheiben geschnitten, mit gesiedetem Honigseim, welcher mit Ingwer, Galgant und Nelken gewürzt war, zu schichten. Die Gewürze verwandte sie sparsam, waren auch sie ein kostbares Geschenk des Junkers gewesen – wenn der Herr auswärts zu speisen pflegte, dann stets nach seinem Geschmack. Dazu hatte Gertrud aus teurem Weizenmehl weißes Brot gebacken, welches sie mit getrockneten Weinbeeren gespickt hatte. Der Schlemmereien hatte sie viele aufgetischt, um dem hohen Besuch einen standesgemäßen Abend zu gestalten. Jetzt sah sie mit befriedigter Genugtuung, dass es offensichtlich gemundet hatte.

Als es Czeppil gelungen war, vorsichtig die Vorfälle der vergangenen Wochen anzudeuten, erklärte Nickel, während er damit beschäftigt war, einen hartnäckigen letzten Happen hinunterzuwürgen, dass Christoph ihm seine Wehwehchen bereits vorgetragen habe. Mit einer beschwichtigenden Geste fügte er hinzu: »Macht Euch nichts daraus, ehrwürdiger Vater, der Junge ist euphorisch, das gibt sich.« Und mit einem verschmitzten Lächeln sagte er weiter: »Lasst mir die kleine Freude an dem Versuch mit dem Grünzeug.« Nickel wusste, dass es nicht der Erinnerungen an Christophs Vater bedurfte. »Es ist interessant zu sehen, wie weit ein Bursche geht, um seinen eigenen Interessen nachzukommen. Ich bin optimistisch. Christoph Rieger ist ehrgeizig und ich freue mich schon darauf, ihn den ersten Waidballen nach Görlitz karren zu sehen. Das wird ein Freudentag, meint Ihr nicht auch?«

Über des Pfarrers Augen huschte nahezu unmerklich ein scheuer Schatten: »Der Junge macht sich tot mit dem Teufelskraut!«

Czeppil wusste, dass es nicht die Freude an einem Spiel war, die das Waidfeld zustande gebracht hatte. Die Gerßdorffsche Ritterschaft schmiedete die gleichen Intrigen gegen ihre Gemeinde, wie sie es eine Generation zuvor getan hatte. Das große Rad drehte sich zwar, dachte Czeppil, aber die Übel einer unzüchtigen Meute kehrten eben doch in regelmäßigen Abständen nach oben. Fortunas Rad würde sich nicht mit ein bisschen Hirschleber aufhalten lassen. Die Wiederholung der Ereignisse untergrub Simon Czeppils Autorität. Auch wenn seine Position und sein Wort bislang unangefochten von den Bauern akzeptiert wurden, wie lange konnte er sich auf der sicheren Seite wähnen? Sein Schiff, das vor zehn Jahren den Bug gebeugt hatte, dann eine Weile wie ein Korken auf dem weiten Meer der Gutgläubigkeit umhergedümpelt war, sank nun unaufhaltsam. Und wenn er damals noch das Ruder hatte herumreißen, die nach Blut lechzende Meute entzweien und ein bitteres Abkommen vereinbaren können, so würde es ihm ein zweites Mal vielleicht nicht mehr gelingen, und diese Erkenntnis raubte ihm den Schlaf, den Appetit, den Seelenfrieden.

Czeppil fühlte sich gestört in seinem ländlichen Idyll. Wie schon vor zehn Jahren fluchte er auch jetzt wieder auf die Riegers und ihr Treiben. Die Beichte war neuerdings keine Einrichtung mehr, um Buße zu tun, sondern um Lästermäulern Genugtuung zu verschaffen: Die Bauern murrten in den lautesten Tönen über Christophs Ackerbau. Gleichzeitig fanden die Weiber keine Ruhe, über Margarete Wagner herzuziehen. »Bringt mir den Kerl, der nicht nur die Bauern verrückt macht, sondern auch mir die Türe einrennt wegen jeder Fliege, die ihr Geschäft auf diesem Felde verrichtet, wieder zur Raison. Ich bitte Euch.« Der Geistliche sah grimmig drein. Es zermürbte ihn, dass seine Argumente von Nickel kaum zur Kenntnis genommen wurden. Er war es leid, auf eigene Kosten den Seelsorger für den Unruhestifter spielen zu müssen. Dem Herrn schien der unangenehme Beigeschmack seines Experiments in keiner Weise die Laune zu verderben.

»Solange es nur scheißende Insekten sind, Vater?«

»Wer ist er schon?! Ein Habenichts, ein Großmaul und Weiberheld, der ein unschuldiges, junges Ding nach dem anderen nimmt und wieder ablegt …«

Nickel lachte verhalten und sah Czeppil dann eindringlich an. »Banalitäten, Herr Pfarrer, sind es, wonach sich die Bauern die Hälse verrenken. Ich aber beobachte die wirklich wichtigen Dinge.«

»Die da wären?«

»Eine ausgiebige Ernte zum Beispiel und ein strammer Riegerscher Spross. Und um dies gewährleisten zu können, muss Christoph in guter Form bleiben und ein gutes Weib an seiner Seite haben, nicht wahr? Und um wenigstens ein ausgeglichenes Gemüt in dem unsteten Burschen zu halten, solltet Ihr für sein Seelenheil sorgen.«

Simon Czeppil glaubte nicht, was er hörte. Da versuchte er dem Herrn durch spitzfindige Bemerkungen seine Missbilligung und Sorge gegenüber Christophs Verhalten deutlich zu machen und stand nun da wie einer der krakeelenden Bauerntölpel. Er drehte sich im Kreise wie ein Hund, der seinen Schwanz fängt. »Er steht allein da. Wie kann ein Einzelner für eine ausgiebige Ernte sorgen? Das ist absurd!«, knirschte er hervor. »Bei allem gebührenden Respekt, Herr von Gerßdorff, meine Gemeinde ist ein Tollhaus wegen dieses Einfaltspinsels. Im Turm von Görlitz gehen die Raufbolde pfleglicher miteinander um als die Leute bei uns hier! Sie drohen sich gegenseitig mit Mord und Totschlag! Ich möchte doch nur wieder Frieden unter meinen Leuten.«

»Sind es nicht auch meine Leute? Ist es nicht zu deren Bestem, dass wir die Waidangelegenheit zumindest versuchen?« Nickel von Gerßdorff erhob sich von seinem Platz, das Weinglas noch in der Hand, und pulte mit der Zunge zwischen seinen Zähnen, um diese zu reinigen.

»Nein, Herr von Gerßdorff, es muss Ruhe herrschen. Euer Vater widersetzte sich dem Schöppengericht und meiner und meines Amtes bescheidener Einflussnahme, und kaum dass sich die Ereignisse beruhigt haben, geht der Reigen von vorn los. Ich habe keine Kraft mehr dafür!« Während Czeppil seine Vorwürfe aussprach, hatte sich Nickel um den Tisch herum bewegt und war dicht vor den Pfarrer getreten. Dieser mied den Blick des Junkers, dessen Gesicht sich bis auf eine Handbreit dem seinen genähert hatte, sodass er den alkoholisierten Odem des Lehnsherrn riechen konnte.

»Keine Kraft mehr ... wofür?« Nickel entfernte sich um eine beträchtliche Distanz vom Pfarrer und war ein wenig amüsiert über dessen Hilferuf. »Ihr schuftet Euch doch nicht auf dem Waidfeld den Rücken bucklig, oder? Von Ackerbau versteht Ihr nichts. Sicher, Eure Harmonie ist dahin. Ihr fürchtet, dass Ihr mit dem Gelingen des Waidanbaus um Euren Einfluss in Horka und die Naturalabgaben gebracht werdet, ist es nicht so? Wenn die Leute sich mit dem Waidhandel verdingen, anstatt Essbares anzubauen, wäre Eure Speisekammer weniger gut bestückt und Euer Geldbeutel würde löchrig werden. Ist es nicht das, wovor Ihr Euch fürchtet? Was die Dorfbewohner entlastete, würde Euch belasten, nicht wahr?«

Czeppils Oberlippe bebte und kalter Schweiß trat auf seine Handflächen. Die steinerne Miene, mit der der Gutsherr diese

Argumente veräußert hatte, brachte seine Magensäfte in Wallungen. Ihm wurde speiübel vor Zorn, denn Nickel hatte recht. »Wisst Ihr, was der Linke Jost von Mittelhorka neulich sagte?« Er zappelte an des Junkers Angel.

»Nein, Herr Pfarrer, was?«

»Er möchte dem Christoph Rieger den Hof anstecken und das Weib wegnehmen, damit er wieder zur Vernunft käme!«

»Wütende Worte eines Neiders!«, sagte Nickel, trank einen Schluck vom Weißwein und blickte aus dem Fenster in die Dunkelheit der Juninacht. Czeppil sah im Fensterglas das Spiegelbild des Junkers und die Gleichgültigkeit, die sich auf dessen Gesicht legte wie eine wächserne Maske.

»Und der Kretschmar, der Hans Jeschke …«, fuhr Czeppil im Aufstehen fort.

»Ja, was sagt denn unser Kretschmar dazu?«

»Dem Rieger müsse man Wirtschaftsverbot erteilen. Auf dem Gut solle er sein Leben fristen, sagt unser Kretschmar.« Beinahe gehässig zischelte der Pfarrer die Worte zwischen den Zähnen hervor.

»Leibeigenschaft ist eine nicht so schöne Sache, wenn man bedenkt, dass es sich um einen einflussreichen Erbbauern, einen Jungbauern mit Eigentumsrecht handelt.«

»Einflussreich? Ihr nennt den jungen Rieger einflussreich?«, blaffte der Kirchenmensch und stellte sich neben Nickel ans Fenster. Er schaute nicht wie der Junker hinaus, sondern erforschte aufmerksam das Profil des Edelmannes auf der Suche nach einer Gemütsregung.

»Der junge Rieger ist nicht weniger einflussreich, als es sein Vater gewesen ist. Darum geht es hier doch die ganze Zeit! Wozu dieses Federlesen?!« Gerßdorff wirkte gefasst. »Er ist seines Vaters Ebenbild in Wort und Tat, und das macht ihn … einflussreich.« Ein triumphierender Blick mit einer Spur unverhohlener Achtsamkeit wanderte über des Junkers Antlitz, dann widmete er sich wieder dem Ausblick aus dem Fenster und sagte: »Christoph mag etwas plump wirken in der Umsetzung seiner Idee, ihm mangelt es vielleicht an … Diskretion.« Der gleiche prüfende Blick wie ein paar Atemzüge zuvor streifte den Geistlichen. »Vielleicht fehlt es ihm lediglich etwas an Reife und

Erfahrung, nicht wahr? Jeder braucht seine Chance im Leben; das müsstet Ihr am ehesten wissen.« Er drückte dem Pfarrer das leere Weinglas in die Hand und ging langsam zum Tisch zurück. Er setzte sich nicht, sondern ließ seine Fingerspitzen über das weiße Tischtuch tanzen. Czeppil war verblüfft über das Geschirr in seiner Hand, und wie er dreinschaute, dürfte er keine sehr pittoreske Erscheinung abgegeben haben. Mit einer raschen Bewegung hin zur Tafel entledigte er sich des Weinglases. Nickel sah ihn aus wachen Augen an, als er sagte: »Letzten Endes hat sich die eisenbeschlagene Egge, die Ihr verbieten wolltet – verzeiht, die Ihr verboten habt –, als Bereicherung dargestellt, nicht wahr?«

»Nach welchem Krieg, nach welchen Opfern!«

»Oh, nicht doch, lieber Herr Pfarrer, ein paar aufgebrachte Bauern nenne ich keine Krieger und einen verschütteten Schmiedsohn, eine ersoffene Blöde und eine abgebrannte Schmiede nenne ich keine Opfer!« Nickel von Gerßdorff hielt inne, als wolle er einem kaum vernehmbaren Geräusch lauschen. »Aber halt: Ein Opfer hat es tatsächlich gegeben, nicht wahr? Der Schmied. Hat er sich selber aufgeknüpft oder hat er nicht? Das wisst Ihr doch besser als ich.«

Czeppil zog die Luft ein und beobachtete den Nickel ganz genau. Langsam, sehr langsam gab er zu bedenken: »Ihr habt recht. Wir sollten die Vergangenheit ruhen lassen, jetzt ist nicht damals ...«

Der Junker nickte knapp, seine Miene blieb unbeeindruckt. »Guter Mann. Wie vernünftig von Euch. Werdet Ihr also den Christoph auffangen, wenn er Trost im Gespräch sucht?«

Czeppil deutete nun seinerseits ein Kopfnicken an und ließ einen Augenblick lang Stille den Raum zwischen sich und Nickel von Gerßdorff füllen, und fügte dann mit verengten Augen hinzu: »Was aber Georg Weinhold vor dem Beichtstuhle dem Hans Biehain zuraunte, beunruhigt mich und berechtigt meinen Wunsch nach Ordnung.«

Nickel sagte nichts, zog nur die linke Augenbraue hoch, als er den Namen von Christophs Oheim hörte.

»Weinhold drohte, dem Rieger ans Leder zu gehen, wenn der Biehainer nicht seinen Einfluss auf den Jungen geltend mache und der keinen ordentlichen Hafer auf der Brache anbaut, die ja nun – Ihr wisst schon wovon – überwuchert wird. Georg Weinhold drohte, dem Rieger die Kehle durchzuschneiden, ist das nicht Grund zur Sorge? Der eine will dem andern ans Leben, was ist das für eine Gemeinschaft, Herr Nickel? Die Weiber verschwören sich gegen Theresa und gegen Margarete Wagner. Sie schmieden Intrigen gegen Christophs Weiber. Sie faseln von okkulten Ritualen – toten Krähen, abgehackten Schafsköpfen, Hexenbesen, die sie aus Stroh binden und auf den Weinberg schaffen wollen, um der Margarete einige gehörige Schrecken einzujagen. Das mögen kindische Streiche in Euren und meinen Ohren sein, aber für die Bäuerinnen ist es bittrer Ernst … Ist Euch zu Ohren gekommen, dass Euer feiner Christoph Rieger den Seifert Thomas verprügelt und den Möller Johannes in aller Öffentlichkeit – dazu in meiner Kirche! – bedroht hat?! … Seid Ihr immer noch der Meinung, man müsse dem Christoph seine Chance im Leben lassen?«

Nickel sah nachdenklich zu Simon Czeppil hinüber. »Ja!« Ohne seine Miene zu verändern, packte er die Schaube, die Gertrud Baier säuberlich an einen Haken neben der Tür gehängt hatte, und warf sie sich über. »Es gibt keinen Grund zur Beunruhigung, keiner meiner Bauern ist so dumm, sich sein Leben mit solchen Zwischenfällen zu ruinieren, noch dazu, wenn er den Zwischenfall vorher ankündigt, oder?« Nickel griff nach der Reitpeitsche, die an der Wand unter dem Kleiderhaken lehnte, und tippte sich damit zum Gruß an das Barett. Bevor er jedoch den Kopf vor der niedrigen Tür beugte, drehte er sich noch einmal zum Pfarrer um: »Und was Margarete angeht, so ist sie doch oben beim alten Gottfried gut verwahrt, nicht wahr? Christoph tat gut daran, seine Pläne geradlinig zu verfolgen, und manchmal muss man eben Opfer bringen, denn auch eine kleine Wolke am Himmel kann trügen, kennt Ihr das Sprichwort?« Mit heftigem Schwung stieß er die Tür auf.

Das Letzte, was Czeppil von Nickel sah, war der Mantel, der indigofarben im Türrahmen wehte, bis er zur Gänze verschwand. »Meinen Himmel lasse ich mir von keiner Wolke verfinstern!«, murrte er vor sich hin und ließ sich von Gertrud eine Feder und Tinte sowie ein weißes Pergament bringen.

Nach langem Zögern begann er zu schreiben. Mit sauberer Hand führte er Zeile um Zeile aus und beendete das Schriftstück mit seinen geschwungenen Initialen und drückte anschließend sein Siegel darunter. Das Wachs war noch nicht trocken und erkaltet, als Czeppil seine Wirtschafterin zu sich rief und erklärte: »Es könnte passieren, liebe Gertrud, dass ich plötzlich und ganz unvorbereitet«, er folgte dem Blick der Alten, die das versiegelte Pergament anstarrte, »verreisen muss oder durch andere – missgünstige – Umstände nicht in der Lage sein werde, dir oder Vertretern des Gerichtes …« An der ängstlich verständnislosen Miene der Hausfrau erkannte er, dass er deutlicher werden musste, »… dem Kretschmar Linke etwa oder einem der Kirchväter aus dem Kirchencollegium, genaue Instruktionen zu geben.« Das Weiblein horchte auf und Czeppil klopfte sacht mit der flachen Rechten auf das zusammengefaltete Pergament wie auf die Schultern eines zu Tröstenden. »Lasse dies Schriftstück, wenn ein solcher Fall eintrifft – und lass uns beten, dass das nie geschehen wird –, öffentlich verlesen und an die Kirchenpforte nageln.« Bis es so weit sei, drang er weiter in die Verstörte, solle Gertrud jedoch nicht wissen, was in dem Schreiben stehe, sondern lediglich ein für das Schriftstück vereinbartes Versteck im Gedächtnis behalten. Gertrud Baier war ihrem Pfarrer in tiefem Vertrauen ergeben. Sie würde nie etwas gegen seinen Willen oder seine Anordnungen unternehmen, das wusste Czeppil, und so erwartete er auch nicht, dass die Baierin jemals Fragen stellen würde. Sie nahm diese ehrenvolle Aufgabe als Hüterin eines Geheimnisses mit Stolz auf sich.

»Aber wie habt Ihr die gefunden?«, fragte Margarete und konnte den Blick nicht von dem roten Schimmer wenden, der sich auf der anderen Seite der Lichtung deutlich vom Boden abhob.

»Keine Menschenseele darf davon wissen, Margarete, sie ist meine Bürde und ich habe entschieden, sie mit jemandem zu teilen, dem ich vertraue, anstatt das Geheimnis ins Grab zu nehmen und dieses Fleckchen Erde jemanden entdecken zu lassen, der Böses im Schilde führt.«

»Ihr hättet sie mir nicht zeigen dürfen. Ich bin noch weniger wert als Ihr und sicher nicht imstande, sie an mich zu nehmen.«

»Ja, vielleicht. Wir sollten zurück zur Hütte gehen und beratschlagen, wie wir unsere Bürde zu tragen haben.«

»Unsere? Ich habe Euch nicht darum gebeten, mich einzuweihen.«

»Doch, das hast du, in gewisser Weise, und du weißt es.«

Ja, Margarete wusste, Gottfried hatte recht. Als sie diesem Ort den Rücken zudrehte, spürte sie die Magie der Lichtung bis in ihre Knochen.

Nachdem sie schweigend zur Hütte zurückgekehrt waren – die Schrecken der Nacht erschienen fast lächerlich im Vergleich zu dem, was sich ihren Augen enthüllt hatte –, fand Margarete ihre Sprache wieder. Bei einem Becher heißen Kräuteraufgusses saßen sie und der Alte am Stubentisch und ein Wörtchen – »Drachenpuppe« – stolperte über ihre Lippen, das den Mann aufbrachte.

»Sei nicht dumm! Ich hätte dich für klüger gehalten. ›Drachenpuppe‹ und ›Galgenmännchen‹ – das ist Aberglaube und dummes Zeug.«

»Ich dachte, hier wüchse keine … keine …« Margarete blieben die Worte im Munde stecken. Sie musste ihre Kehle wässern und verkroch sich hinter ihrem Becher.

»Mandragora officinarum«, vervollständigte Gottfried Margaretes Satz. Er sah zu, wie sich das Mädchen bekreuzigte.

Das rote leuchtende Fleckchen Erde am Osthang des Weinbergs war eine Alraunpflanze gewesen, deren viel geschichtete Blätter den Nachttau im Schimmer des Mondlichts reflektierten und die die Menschen seit jeher in Angst und Schrecken versetzte.

»Sie ist ein weitverbreitetes Immergrüngewächs, warum sollte sie hier nicht wachsen?«

»Weil sie nur unter einem Galgen wächst, und das nur an der Stelle, wo die Erde mit Urin oder Sperma eines Gehängten besprengt wurde.« Das sprudelte aus Margaretes Mund und ihre Augen weiteten sich angstvoll.

Gottfried war aufgestanden und schnauzte über Margaretes Blauäugigkeit, während er in der Stube hin und her ging, doch den Redefluss des Mädchens konnte er nicht stoppen.

»Aber nur der Saft eines Erzgauners, eines Mannes, der die Schurkerei schon im Mutterleib besessen hat, ist imstande, eine Alraune hervorzubringen. Sie wächst nur aus dem Erdreich heraus, das von faulenden Überresten böser Diebe und Mörder angefüllt ist. Wir leben auf einem Grabhügel, oh Gott!« Margarete schlug die Hände vor ihren Mund, die Gedanken hinter ihren umherirrenden grauen Augen schienen sich zu überschlagen. »Und wo sollen wir einen schwarzen Hund hernehmen?«

Gottfried versuchte dem Gestammel der jungen Frau einen Sinn beizumessen. »Einen Hund?« Es dauerte eine Weile, bis er begriff: »Einen schwarzen Hund für die Ernte der Pflanze? Glaubst du denn alle Geschichten, die man sich im Dorf erzählt?«

»Ich habe auf dem Markt die Zwiebelfrau belauscht, als sie mit Steinerts Auguste über die Alraune flüsterte, und sie meinten, es sei schwierig, sich der Alraune zu nähern, weil sie sich zurückzieht, sobald sie bemerkt, dass jemand versucht, sie mitsamt der Wurzel herauszuziehen ...«

Gottfried stöhnte gelangweilt auf, ließ Margarete aber weitersprechen. Und sie schilderte ein Verfahren, die Alraune aus der Erde herauszuziehen: Vorsichtig müsse man um die Pflanze herum graben, bis nur noch das äußerste Ende der Wurzel in der Erde stecke, und daraufhin solle man einen schwarzen Hund an der Wurzel festbinden und sich entfernen. Im Versuch des Hundes, seinem Herrn zu folgen, risse er die Wurzel aus der Erde. Weil die Alraune dann ihren markerschütternden Todesschrei von sich gibt, müsse der Hund, stellvertretend für seinen Herrn, sterben und der Mensch könne daraufhin gefahrlos die Alraune an sich nehmen. Nach ihrem Vortrag stemmte Margarete beide Hände in die Hüften und wartete geduldig auf Gottfrieds Reaktion. »Nur so gelingt es, sie zu ernten!«

Mit hochgezogenen Augenbrauen hatte der alte Mann zugehört und erwiderte nun resigniert: »Und du glaubst sicher auch, dass die Alraune seinen Besitzer unverwundbar im Kampf und erfolgreich in der Liebe macht und ihm hilft, verborgene Schätze zu finden, sodass er schnell reich würde.«

»Natürlich nicht. Welche Pflanze vermag solchen Spuk?« Margarete sah Gottfried an, der unaufhörlich den Kopf schüttelte und sich schließlich wieder an den Tisch setzte.

Während sie begann, an ihren Fingernägeln zu kauen, überlegte sie: »Die Alraune ist ein bösartiges Lebewesen und wir sollten keinen Schritt mehr in ihre Nähe setzen! Und selbst wenn wir einen Hund auftreiben könnten und an die Drachenpuppe herankämen – gesetzt der Fall, dass … was nicht heißen soll, dass ich mich noch einmal hin zu der Lichtung begeben wollte … nur im Falle, dass wir sie ernten könnten –, gewännen wir durch die Pflanze ein Schlaf förderndes Mittel und sonst nichts.«

»Und ein Aphrodisiakum und ein Mittel, deine Fruchtbarkeit zu fördern …«

Nun war es Margarete, die aufsprang und sich ein paar Schritte vom Alten entfernte, ohne ihn aus den Augen zu lassen. Sie schüttelte den Kopf und ihre Gesichtshaut wurde weiß wie die Wände von Christophs Lagerraum.

»Wir brauchen keinen schwarzen Hund, Margarete.« Der Alte bemerkte sehr wohl das in der jungen Frau aufkeimende Unwohlsein, versuchte aber, es zu übergehen, und erklärte, dass schon in der Genesis dreißig unter Vers vierzehn bis sechzehn stand, Rahel habe Ruben, dem Sohn Leas, die Mandragorafrüchte weggenommen, um damit ihre eigene Unfruchtbarkeit zu heilen. »Komm zu dir, Kind!« Gottfried knallte die kleine schwarze Bibel vor Margarete auf den Tisch, sodass sie zusammenschreckte und ihr Blick sich wieder füllte.

»Ich habe dir die Alraune nicht gezeigt, damit du hier vor meinen Augen den Verstand verlierst, sondern damit du ein Kind bekommen kannst!«

»Wie bitte? Seid Ihr irr?«

»Ganz und gar nicht. Ich hatte nie Verwendung für die Pflanze, aber du. Wir werden sie ernten, bereiten dir einen Aufguss aus der Wurzel, den du über einige Monate zu dir nehmen wirst, bringen dich mit dem Rieger zusammen, du bekommst ein Kind, und alles wird wieder gut und ihr lebt zusammen bis an das Ende eurer Tage.« Gottfried war von dem erregten Gemüt, welches ihn nur selten heimsuchte, überwältigt. Entfacht von den strahlenden Zukunftsvisionen rannen die Worte aus seinem Mund

und geradewegs Margaretes Kehle hinab, wie es der Aufguss, den der Alte für sie ausgedacht hatte, tun sollte.

»Ihr seid von allen guten Geistern verlassen. So redet nur ein wahnsinniger alter Tattergreis, der zu lange allein auf seinem Berg gehockt hat. Ich werde hier keinen Augenblick länger bleiben.« Margaretes Gesicht war von Panik gezeichnet, als sie sich in Bewegung setzte und zur Tür hechtete, doch Gottfried versperrte ihr den Weg.

»Ich hätte dich für klüger gehalten, Margarete Luise Wagner. Ich dachte, Bettina hätte dich ihre Weisheiten gelehrt und in dir eine Frau des Verstandes und der Weitsicht herangezogen!« Das Rot, das soeben vor Erregung sein Gesicht gefärbt hatte, wich jetzt dem Purpur seines Zorns.

»Meine Mutter?« Unwillkürlich griff Margarete nach dem Kruzifix an ihrer Halskette und strich mit den Fingerspitzen sacht über das weiße Metall, während sie Gottfried fragte: »Woher kennt Ihr meine Mutter?«

»Man muss nur in dein Gesicht sehen und weiß, zu wem du gehörst!«

»Gehört hast. Sie ist tot und Ihr habt kein Recht, Euch ein Urteil über sie zu erlauben ...« Margarete zögerte und schielte den Alten neugierig an. »... oder doch?«

Der Alte nickte und erzählte Margarete, er habe Bettina Wagner schon gekannt, da war sie ein junges Bauernmädchen. Sie waren Freunde gewesen.

»Was meint Ihr mit ›Freunde‹? Habt Ihr meine Mutter geliebt?«

»Ich bewunderte sie. Ja, ich liebte deine Mutter – auf unschuldige Weise. Ich war nicht glücklich über ihre Ehe mit Bertram, dem Schmied, aber ich gönnte Bettina deinem Vater, obwohl er ein wirkliches Scheusal war. Damals hoffte ich, er würde durch ein so zauberhaftes Geschöpf an seiner Seite ein anderer Mensch werden. Das Unglück, das er Bettina bescherte, verzieh ich ihm nie.« Gottfrieds Worte breiteten sich in der kleinen Hütte aus. »Aber mit dem Moment, da unsere Unterhaltungen nur noch auf die Machenschaften ihres Mannes mit dem alten Rieger und dem Christoph von Gerßdorff hinzielten, zog ich mich zurück. Wir sahen uns später kaum noch.«

Margarete zupfte an einer Haarsträhne, denn ihr lag etwas auf der Zunge. Sie wusste aber nicht, wie sie das, was sie seit Monaten beunruhigte, in Worte fassen sollte. »Es kursieren Gerüchte über meine Mutter ... es ist schändlich, an ihr zu zweifeln, aber mir ist klar, dass ich sie nie wirklich gekannt habe. Man sagt, dass sie ... und Ihr ...«

»Ich habe sie nie angerührt und gedachte ihrer immer in anständigem Respekt«, fiel Gottfried dem Mädchen ins Wort. In seiner Stimme lag weder Anklage noch der Funken eines Vorwurfs. »Ich weiß nicht, was sonst über sie getratscht wurde. Du bist nicht die Einzige, die kaum einen Blick auf Bettinas Seele werfen durfte. Aber ich kannte sie, wusste jede ihrer Bewegungen zu deuten, jedes Lächeln, jedes Fältchen auf ihrer gerunzelten Stirn ... Sie hat das ganze Dorf an der Nase herumgeführt, aber mich nicht.« Er kratzte sich am Hinterkopf und zog die Augenbrauen hoch. Dann gebot er Margarete, sich wieder zu setzen, zu trinken und zuzuhören. »Bettina und Alois Rieger haben sich sehr gern gehabt. Ich schätze, sie haben sich wirklich geliebt.« Margarete starrte in die Glut des erlöschenden Feuers und hörte die Worte des Alten. »Ob du es nun wahrhaben willst oder nicht: In dem Maße, wie Alois Bettina zugetan war, verachtete er seine Frau Dorothea.« Gottfried empfing einen abwägenden Blick von Margarete und sagte weiter: »Die Menschen heiraten nun mal nicht aus Liebe. Und in dem Punkt sind sich Bauern und Edelleute gleich ... Aber das brauche ich dir nicht zu erzählen, nicht wahr?«

Margarete nickte. Die Aufregung, die gerade noch jede ihrer Fasern erfüllt hatte, war ohnmachtsgleicher Traurigkeit gewichen. Was wusste sie schon?! So wenig sie ihre Mutter gekannt hatte, hatte sie ihren Vater oder Christophs Eltern gekannt. Ihr Herz stach mit jedem Schlag, den es in ihrer beklommenen Brust tat. Da war wieder diese Wehmut, die Margarete beschlich, wenn sie über Christoph nachdachte. Sie konnte sich keinen Reim auf das machen, was Gottfried erzählte. »Wieso hat Alois Rieger seine Frau nicht gemocht?«

Gottfried zuckte mit den Achseln, als wollte er die Eindeutigkeit der Sachverhalte bekunden. »Dorothea hat Jahr um Jahr ein Kind zu Grabe getragen, sie hat gelitten unter den Verlusten, unter der Arbeit unter ihrem hitzköpfigen Mann, und sie hat gewusst, dass es eine Frau gab, der Alois mehr verfallen war als ihr. Das hat sie unzufrieden und zänkisch gemacht. Sie war verbittert, weil sie nicht geliebt wurde, und wurde nicht geliebt, weil sie verbittert war. Ein Teufelskreis. Die arme Frau! Möge sie in Frieden ruhen.«

»Aber von Christoph wurde sie geliebt.«

»Einem Sohn fällt es nicht schwer, seine Mutter zu lieben, aber einer Frau ist die Liebe ihres Kindes nicht genug, Margarete.«

Margarete blickte auf ihre ineinander verschränkten Finger, die in ihrem Schoß lagen, als wollten sie um Wiedergutmachung beten. »Ich habe es nicht gewusst. Ich habe nicht die Augen aufgemacht, wenn meine Mutter mich angesehen hat, wenn meine Mutter Alois angesehen hat, wenn meine Mutter meinen Vater angesehen hat. Ich habe meine Mutter wirklich nicht gekannt. Dieses Geheimnis hat sie mit ins Grab genommen.« Mit zaghaften Bewegungen nahm sie das Kruzifix an ihrer Halskette wieder in beide Hände und betrachtete es schweigend.

Lange nachdem Marie, Peter und der Vater begraben waren, lange nachdem Margarete ein Mädchen gewesen war, war Bettina einer dümpelnden, den Geist zerfressenden Melancholie zum Opfer gefallen. Wie verspätete Trauer um ihre Kinder und ihren Mann hatte eine Bedrücktheit von ihr Besitz ergriffen, die – und das schlussfolgerte Margarete heute, in dieser schaurigen Nacht in der Hütte des Einsiedlers – einzig mit Alois Riegers Tod vor nunmehr sechs Jahren einhergegangen sein konnte.

»Haben dich nicht einmal Bettinas Besuche auf dem Riegerschen Hof ins Grübeln gebracht, wie?«

»Bettina hatte Dorothea in der letzten Schwangerschaft helfen wollen.« Margaretes Stimme war leise, beinahe nur ein Hauch gewesen. Mit ihren Gedanken war sie nicht in der windschiefen Blockstube, sondern in ihrer Kindheit. Sie erinnerte sich der Besuche ihrer Mutter auf dem Riegerschen Hof, an die sie ungern zurückdachte. Nun sickerten aus den Tiefen ihres Gedächtnisses unzählige langweilige Wartestunden, die sie als kleines Mädchen auf dem Karren zugebracht hatte, während ihre Mutter mit Dorothea Rieger Kräuter in Salben verwandelte. Margarete erinnerte sich an den auf dem Hof geschäftigen Burschen Christoph, der mit eiserner Verbissenheit seinen Vater daran gehindert hatte, zu den Frauen ins Haus zu huschen, und mit grimmiger Miene das wartende Mädchen auf dem Karren beobachtet hatte. Er hatte Margarete während der Besuche auf dem Rieger-Hof kaum einen Herzschlag lang aus den Augen gelassen. Jetzt erst glommen zwischen all den düsteren Begebenheiten, die sich zwischen Margarete und Christoph abgespielt hatten, jene Momente auf, in denen er ihr in der Mittagshitze einen Wasserkrug auf den Karren gereicht oder ihr erlaubt hatte, sich die Beine zu vertreten. Er hatte aufgepasst, dass weder Bertram noch Alois etwas davon bemerkten. Aber mit jedem Hieb, der von Christophs Hand gegen ihren Leib geprallt war, waren diese kleinen Begebenheiten unter ihrem Kummer verschüttet worden. Wie viel mehr dieser Augenblicke hatte sie vergessen? Sie wusste es nicht. Aber jetzt wusste sie, dass Christophs Zorn und sein unbändiger Hass auf Bettina berechtigt waren, falls es stimmte, was Gottfried erzählte.

»Das dort hat auch Bettina getragen, nicht wahr?« Gottfried deutete mit dem Kopf auf das Schmuckstück um Margaretes Hals. »Ich habe es oft bei ihr gesehen.« Margarete nickte zögerlich und strich über das Kreuz in ihren Händen. Das glänzende Metall fühlte sich anders an jetzt, da sie einen weiteren Bruchteil aus Bettinas Leben erfahren hatte. »Hast du dich nie gefragt, weshalb Christoph Elias Rieger dich geheiratet hat.«

»Wegen des Geldes.«

Der Mann wandte sich von Margarete ab. Im Sitzen pellte er sich aus seinem Umhang, dann wandte er sich wieder Margarete zu. »Bist du sicher?« Sein Blick war nicht fragend, sondern herausfordernd und geheimnisvoll. Auf den verwunderten Augenaufschlag des Mädchens ging er nicht ein. »Es ist an der Zeit, mit den lähmenden Umständen zu brechen und herauszufinden, was dein Vater zu der Angelegenheit zu sagen hatte!«

Margarete verstand kein Wort. Mit verschlossener Miene und ganz fürsorglich füllte der alte Klinghardt ihren Becher mit dampfend heißem Kräuteraufguss und Margarete ärgerte sich, dass er eine derartige Bemerkung in den Raum geworfen hatte, ohne näher darauf einzugehen. Aber bevor sie angestrengt darüber nachdenken konnte, bevor sie die Bruchstücke ihrer Erinnerung zusammenfügen, die Satzbrocken eines Pfarrers Czeppil in der Armenspeisung vor nunmehr anderthalb Jahren und die Wortfetzen ihrer Eltern bezüglich etwaiger Zukunftsaussichten für die Tochter ordnen konnte, riss der Alte sie aus ihren Überlegungen: »Wir sollten die Mandragora bei Nacht ernten, denn am Tage sieht man sie schlecht ...«

»Ich habe keine Verwendung für eine Pflanze wie diese.« Margarete gähnte. Müdigkeit und Aufregung zollten ihren Tribut.

Gottfried erhob sich, wobei er nickte. Ob zum Verständnis oder um ihre Worte ins Gegenteil zu wenden, konnte Margarete nicht ergründen. Er lächelte und kurz darauf zeigten sich Lachfältchen um seine Augen. Dann schlurfte er geräuschvoll durch seine Kammer. Er hatte die Klinke seiner Stubentür schon in der Hand, da zwinkerte er ihr zu: »Ich habe eine vortreffliche Hacke, mit der müssten wir die Alraune problemlos aus dem Boden kriegen.«

Gottfried und Margarete dachten unaufhörlich an die ereignisvolle Nacht Ende Juni, doch der Alltag verschluckte den seichten Hauch des Abenteuers, das die beiden miteinander geteilt hatten. Das, worüber anfänglich voller Begeisterung gesprochen worden war, verdunstete bald mit der Sommerhitze.

Die sehnsuchtsvollen Blicke der jungen Frau zum Dorf hinunter wollten nicht enden. Bei der Ernte der Wegwarte Mitte August zog sich Margarete an Händen und Armen garstige Schnittwunden zu, die aufbrachen und eiterten und wegen derer ihr Gottfried, von mächtigen Gewissensbissen geplagt, am liebsten strikte Bettruhe verordnet hätte. Er behandelte ihre Haut mit seinem Ringelblumenextrakt und entband sie von einigen schweißtreibenden Aufgaben, sodass sich das Mädchen noch mehr langweilte als sonst.

Ich welke dahin!, badete die junge Frau zuweilen in ihrem

Selbstmitleid, wenn sie das Dorf vom Hügel aus beobachtete. Wenn sie manche Samstagnacht schmachtend wach lag, an Christoph dachte und auf das Morgengrauen wartete, ertappte sie sich dabei, wie sie ihre Hände unter dem Leinenhemd verschwinden und über ihren Körper gleiten ließ und jener zauberhaften Herbstnacht mit Christoph gedachte. So wand sie sich in ihrem eigenen Saft und fieberte den Gottesdiensten entgegen.

An einem sehr heißen Augustsonntag ging sie den staubigen Weg zur Kirche hinunter, ohne dass sich dieser Morgen von den anderen unterschieden hätte. Ihre Bitten, Gottfried möge sie wenigstens ein einziges Mal begleiten, wurden wie jede Woche ausgeschlagen, den Groschen für den Klingelkasten hatte sie wie jede Woche in der Falte ihres Leibchens aufbewahrt, und wie jede Woche flatterte ihr Herz umso aufgeregter, je näher sie ihrer kleinen Kirche kam. Schon unter dem Sonnenaufgang war es so heiß, dass ihr der Schweiß auf der Haut lag und sie in ihrem schweren Hemd zu leiden hatte. Sie vermisste die schattige Kühle des dicht bewaldeten Weinbergs, an die sie sich schon so sehr gewöhnt hatte, aber sie genoss auch den Duft reifender Getreidefelder.

Margarete hatte sich der kreisrunden Kirchmauer bis auf fünfzig Fuß genähert, da erkannte sie in einer an der Ostwand der Wehrmauer stehenden Gestalt niemand Geringeren als Christoph Rieger. Die Frau verlangsamte ihren Schritt, um den Mann aufmerksam ansehen und ihr jubelndes Herz beruhigen zu können. Sie horchte in sich und stellte mit Vergnügen fest, dass ihr Christoph ausnehmend gut gefiel, wie er da, den Rücken gegen die Wand gelehnt, den Hut zum Schutz gegen die aufgehende Sonne bis tief ins Gesicht gezogen, vor der Kulisse der in gleißendes Morgenrot gefärbten Kirche stand. Die Aufgeregte straffte ihren Rücken und lief rasch voran. Zwischen dem Dorfweg und der Kirchmauer lagen gut zwanzig Ellen einer von Sommersonne verbrannten und von Schafen verschmähten Wiese. Margarete lief an Christoph vorbei. Aus den Augenwinkeln erkannte sie, dass sie von ihm beobachtet wurde und dass er sich von der Mauer abstieß, als sie sich auf gleicher Höhe zu ihm befand.

Von Osten her kam er langsam herüber.

»Gott zum Gruß, Margarete«, sagte Christoph, noch bevor er bei ihr angelangt war.

Die Magd des Einsiedlers blieb stehen und sah den Mann schweigend an. Sie wandte ihm nicht vollends den Kopf zu. Durch die Strähnen ihres aschblonden Haares, das sie nun immer seltener unter der Haube versteckte und lediglich an den Schläfen zu einem dünnen Kranz geflochten hatte, konnte sie die schemenhaften Umrisse des sich Nahenden erkennen. Sie verharrte in einer eitlen Pose, mehr die Augen als das Kinn nach dem Mann reckend. »Eine erbauliche Andacht wünsche ich dir, Christoph.«

»Danke.« Der Bauer nahm den Hut ab und stellte sich der Frau in den Weg. »Ich brauche deinen Rat, ich muss dringend mit dir sprechen …« Er zeigte ein Lächeln mit nichts dahinter als seinen Zähnen. Margarete sah ihn aus hellen, neugierigen Augen an, er aber blickte hastig über seine Schultern. »Aber nicht jetzt, nach der Messe vielleicht?«

»Ich weiß nicht, Christoph. Ich habe eine Menge zu tun«, log Margarete. Sie hatte so viel Zeit, dass sie mit Christoph die Welt hätte erobern können, bäte er sie darum.

»Das verstehe ich.« Christoph nickte verlegen.

»Aber ich will es einrichten«, fügte Margarete hinzu, bevor Christoph es sich anders überlegen konnte.

Christophs Miene hellte sich nach kurzer Trübung wieder auf und er strahlte wie damals in Görlitz am Flüsterbogen, als er ihr mit leuchtenden Augen vom Kauf des Waidsamens erzählt hatte. »Fein.«

»Fein«, echote Margarete, die peinlich berührt darauf wartete, dass sich der Mann wieder entfernte, denn mit ihm gemeinsam in der Kirche erscheinen, das konnte sie wohl kaum.

Den gesamten Gottesdienst hinweg sann sie darüber nach, was es Dringliches gab, das Christoph mit ihr besprechen musste. Holte er sie wieder auf den Hof? Was hatte er vor?

Margarete konnte durch die dicht Gedrängten einen heimlichen Blick auf Theresa werfen, die langweilig und gelangweilt wie immer neben ihrer beider Mann stand, aber sie machte nicht den Eindruck einer kühnen Seele, die ihrem Gatten einen Grund gab, sie davonzujagen und die Erste wieder zurückzuholen.

Als sich Margarete nach der Andacht anschickte, das Gotteshaus zu verlassen, war von Christoph keine Spur mehr. Im Halbdunkel der Kirche ließ sie suchend den Blick über die hinausströmende Masse schweifen. Vorn an der Pforte beim Weihwasser neckten hinter Pfarrer Czeppils Rücken zwei Knaben ein paar Mägde, die auf den Gruß des Geistlichen warteten und kichernd ihre Gesichter vor den mit Wasser spritzenden Jungen zu verbergen suchten. Margarete konzentrierte sich auf die Suche nach Christoph und bemerkte den Schabernack, den die Jungen und Mädchen trieben, nicht rechtzeitig. Unmerklich stöhnte sie auf und zuckte zusammen, als das abgestandene Wasser vieler heißer Sommerwochen, angewärmt von dem Odem zahlreicher schwitzender Leiber, auf ihre mit Ringelblumenextrakt balsamierten Hände troff. Die tiefen Kratzer der Wegwarte brannten.

Pfarrer Czeppil verpasste jedem der Buben eine kräftige, klatschende Ohrfeige für deren Ungezogenheit und scheuchte sie unter Schimpftiraden vor sich her direkt in die Arme ihrer Eltern.

Unter Fulschussels Glockengeläut suchte Margarete den Kirchhof nach Christoph ab. Halb enttäuscht und ganz verdrossen darüber, dass er sie an der Nase herumgeführt zu haben schien, machte sie sich auf dem Rückweg zum Weinberg. Und dort fand sie den Mann im Schutze der Ostseite der Wehrmauer. Als hätte er die letzten Stunden an dieser Stelle anstatt in der Kirche ausgeharrt, stand er unverändert da, nur dass die Sonne nun prall auf seinen Hut schien und sein Gesicht in Schatten legte.

Margarete wusste, dass sich das Dorf hinter gut gedeckten Tischen zum Sonntagsschmaus begeben hatte, keiner würde sie beobachten, wenn sie nun mit Christoph hinter Büschen und Sträuchern an der efeubehangenen Ostmauer verschwand. »Gelobt sei Jesus Christus!«, begrüßte sie ihn.

»In Ewigkeit. Amen«, vollendete Christoph die Formel und zog den Hut vom Kopfe. »Danke, dass du Zeit hast.« Margarete wagte nicht, etwas zu sagen, aus Angst, ihre Stimme könnte sie im Stich lassen. Sie wollte in eine gnädige Ohnmacht sinken. »Geht's dir gut?«, fragte Christoph. Er musterte sie von oben bis unten aus seinen blitzenden, gegen die gleißende Sonne zu

Schlitzen verengten Augen. Margarete war nicht mehr grün genug hinter den Ohren, um zu glauben, dass er sie hierherbestellt hatte, um sich einzig nach ihrem Befinden zu erkundigen. Stumm nickte sie und sah ihn aufmerksam an. Die Ärgernisse über den Waid und die Horkaer Bauern hatten tiefe Spuren in sein Gesicht gegraben. »Zumindest siehst du gut aus – verändert irgendwie.« Eine kurze Weile glotzte er auf ihr Haupt, als grübelte er angesichts des im Sommerwind wehenden Haares darüber, was anders an ihr war. Er zuckte beinahe unmerklich mit den Achseln, sog scharf die Luft ein und presste hervor: »Ich brauche deine Hilfe. Besser gesagt: Theresa braucht deine Hilfe.«

Margarete durchfuhr es eiskalt. War der Mann so dreist, die Alte vom Hof zu jagen, um sie alsbald zurückzupfeifen, damit sie für die Neue sorgen konnte?

Christoph las in Margaretes Blick wie in einem offenen Buch und erstickte deren aufkommende Wut im Keim durch Schmeicheleien: »Du bist eine bedachte und fürsorgliche Frau.« Er war verlegen und sah Margarete nicht an, während er fortfuhr: »Was du anfasst, gelingt dir ... Ich weiß nicht, wo Theresa sonst Hilfe bekommen kann. Die Weiber im Dorf meiden uns und der Pfarrer redet dummes Zeug. Es geht ihr nicht gut ...« Jetzt neigte Christoph seinen Kopf, um in die Augen der Frau schauen zu können, die ihr Kinn auf die Brust hatte sinken lassen. Er beteuerte ihr: »Sie benimmt sich eigenartig, Margarete, irgendetwas stimmt nicht mit ihr. Anna meint, das wäre normal. Sie meinte, sie habe sich selber so benommen, als sie Hans so jung heiraten musste.«

Margarete räusperte sich, sie wollte keine Einzelheiten über die ehelichen Gepflogenheiten der Riegers und Biehains hören.

»Anna kann oder will sich nicht in meine Angelegenheiten einmischen. Ich weiß, es ist nicht richtig, dich um Hilfe zu bitten, aber du bist der einzige Mensch, der ... dem ... ich ...«

Margarete sah Christoph geradewegs ins Gesicht. Der aber ließ seinen Blick über die Äcker im Osten der Parochie schweifen, als fände er dort die Worte, die Margaretes Platz in seinem Leben beschreiben würden. »Ich schwöre dir ...«, sprach er weiter und sah wieder zu Margarete herab, doch bevor seine Augen in die ihren wandern konnten, blickte sie zu Boden. »Ich schwöre, ich habe sie nicht angerührt! Weder auf die eine noch auf die andere Weise.« Er zuckte mit den Achseln und wartete auf Margaretes Aufmerksamkeit. »Die Frau ist komisch. Es gehört nicht zu meinen Stärken zu reden. Ich weiß nicht, wie ich erklären soll, was mit ihr los ist ... Das ist Weiberkram, vermute ich. Sprich mit ihr – würdest du das tun?«

Margarete überwand sich schließlich, den Mann anzusehen. Aus seinem Gesicht sprach ehrliche Sorge. Eine unerträgliche Weile schwiegen sie. Einzig das erbarmungswürdige, kreischende Hijäh eines Mäusebussards, der mit hungrigem Magen über die Felder kreiste, durchbrach die Stille zwischen den beiden. Margarete überlegte und suchte nach dem Beweggrund, aus dem sie sich um die neue Riegerin sorgen sollte, einem jungen Ding, das womöglich das erste Mal seiner monatlichen Unpässlichkeit entgegensah und deshalb leicht verwirrt war. Sie fand keinen. Theresa war ihr schnurzegal. Aber wie Christoph sie anschaute, konnte sie ihm keinen Wunsch abschlagen. Zögernd nickte sie. Ihre Stimme war belegt, als sie schulterzuckend fragte: »Soll ich zu euch ...«

»Nein!« Christoph hatte sie zischend unterbrochen und sah sich wieder um, ob sie belauscht wurden, und flüsterte, wobei er einen kleinen Schritt auf sie zuging, sodass kaum mehr eine Handbreit Platz zwischen ihnen war: »Frag den Gottfried nach dem Weg. Er weiß, was ich meine. Präge dir genau ein, was er dir erzählt, und ich werde Theresa morgen Nacht – genau um Mitternacht – an den Treffpunkt bringen.«

Margarete sah den Mann an, als hätte sie einen Geist gesehen. »Was redest du! Du bist genauso von Sinnen wie der Alte. Dieser ganze Spuk um das Feld und das Getratsche aus dem Dorf. Du solltest dir eine Stunde Zeit nehmen und zum Bader gehen, der wird dir den Unsinn schon austreiben.« Sie war zornig wie lange nicht mehr, machte auf dem Absatz kehrt und wollte gehen, als ihr Arm von Christoph festgehalten wurde. »Werd nicht grob, Christoph Elias Rieger«, fauchte sie und ihr war es ernst mit ihrer Drohung. Sie hatte die Nase gestrichen voll von diesem wankelmütigen Kerl, der im Grunde nur auf seinen eigenen Vorteil bedacht war.

»Bitte, Margarete.« Er ließ ihren Arm los und schaute sie mit zusammengezogenen Augenbrauen und flehendem Blick an. »Bitte. Ich weiß doch nicht weiter!« Es schien, dass bei seinem Wort sämtliche Geräusche der Natur verklangen.

»Was springt für mich heraus, wenn ich es mache?« Margarete wollte keinen Lohn für ein aufklärendes Mitternachtsgespräch zwischen Frau und Mädchen, aber sie wollte gebeten werden.

Christoph ließ ein beinahe unmerkliches, aber eindeutig verdutztes Kopfschütteln vernehmen. »Ich weiß nicht. Was willst du?«

»Ich denke darüber nach!« Margarete löste sich aus ihrer Versteinerung und wiegte sich nun kokett in der Hüfte, sodass ihr Rock wehte, und ließ die Arme an den Seiten baumeln. »Und warum muss es ausgerechnet mitten in der Nacht sein, Herrgott noch mal? Ich brauch meinen Schlaf.«

»So ist es am sichersten für alle.« Christoph ging auf Margaretes Neckereien nicht ein.

»Morgen?«

Er nickte.

»Ein Weg?« Sie betonte das Wort übertrieben und rollte dazu mit den Augen, dass es Christoph amüsierte. Die Sorge um Theresa war aus seinem Gesicht verschwunden, stattdessen lächelte er in sich hinein, als er Margarete diesmal langsam und geheimnisvoll zunickte. »Und Gottfried weiß Bescheid, sagst du?«

Christoph konnte seine Miene so schnell ändern wie der liebe Herrgott das Wetter in der Senke am Weißen Schöps und schaute nun wieder ernst drein: »Sei vorsichtig, es ist kein Spaß, und wenn ich nicht wirklich verzweifelt wäre, würde ich dich nicht bitten.« Seine Worte holten Margarete von ihrem Leichtmut zurück auf das verbrannte Stück Wiese hinter den Büschen an der östlichen Kirchmauer und sie sah bitter drein. Sonst würdest du mich also um nichts bitten?!

Der Einsiedler Gottfried Klinghardt glotzte seine Magd verdutzt an. Kaum dass sie vom Gottesdienst zurückgekehrt war, hatte sie sich über ihren Haferbrei hergemacht und den Alten nach einem Weg gefragt.

»Ich kenne vielerlei Wege, Pfade, Routen, Straßen … Was meinst du?« Der Greis war schwer von Begriff.

»Ich wusste es! Ich dachte mir schon, dass das alles Humbug ist, was Christoph mir von einem geheimnisvollen Weg vorgegaukelt hat.«

»Christoph?« Plötzlich war der Alte hellwach. »… Elias Rieger?« Das Mädchen nickte stumm. »Christoph Elias Rieger hat dir gesagt, du sollst mich nach einem Weg fragen? Einem Weg? Was hat er dir noch gesagt?«

Margarete ließ ihren Brei sein und stöhnte mit rollenden Augen: »Nichts hat er gesagt. Ihr sollt mir alles sagen! Ich soll morgen um Mitternacht …« Sie verstummte und überlegte, dass sie besser nicht zu viel von ihrer und des jungen Riegers Unterhaltung preisgeben sollte.

»Du sollst den Weg gehen und wirst deinen Elias dort treffen? Morgen um Mitternacht?« Gottfried rieb sich die Hände, er war sichtlich verzückt über dieses Arrangement.

»Nein, jemand anderen, Christoph hat nichts damit zu tun.« Margarete war sich nicht sicher, ob der Alte ihre halbe Lüge durchschaute, aber er fragte nicht nach. Bevor er zu erzählen begann, ließ er Margarete schwören, dass sie niemals jemandem dies Geheimnis verraten würde.

»Es gibt einen Weg, keine Handvoll Leute kennt ihn …«

Die Nacht des folgenden Tages war schwarz, denn es war Neumond. »Könnt Ihr mich nicht begleiten?«, bibberte Margarete, als sie Gottfried bis zum Fuße des Steinbruchs gefolgt war und nun vor der Felswand stand, die vierzig Ellen lang in die Höhe ragte.

»Nein, es ist kaum genug Platz für einen. Zwei Leute würden sich nur auf die Füße treten. Mich geht das Ganze gar nichts an. Wenn du pünktlich sein willst, solltest du jetzt losgehen.« Er trat nahe an die Steilwand heran und hatte viel Mühe, einen großen Felsbrocken beiseitezuschieben. Der alte Mann ächzte unter der Anstrengung und Margarete ging ihm, so gut sie eben konnte, zur Hand. »Das reicht«, keuchte Gottfried und sein schwerer

Atem verriet seine Erschöpfung. Sie hatten es nicht vermocht, den Stein ganz wegzuschieben, doch der Fleck, der freigelegt worden war, bot einem Kind bequemen und einem Erwachsenen knappen Durchschlupf.

Margarete fröstelte, obwohl die Augustnacht alles andere als kalt war. Sie trat an das Loch in der Wand des Steinbruchs heran und blickte stumm hinein. »Der Eingang?« Die Antwort musste sie nicht von Gottfried hören, den sie Hilfe suchend ansah. »Der Eingang!«, schlussfolgerte sie seufzend. Was ihr Gottfried am vergangenen Tag erzählt hatte, war so unfassbar gewesen wie ein Stück glitschiger Seife, nach dem man zu greifen versuchte.

Gottfried hatte ihr eine Geschichte sagenumwobener Schaurigkeit erzählt, die ihr nicht gefallen hatte, und die reale Entsprechung seiner Erzählung gefiel ihr noch weniger.

Wenn es etwas noch Dunkleres gab als einen mitternächtlichen Wald bar jeden Mondlichts, so war es dieses Loch in der Wand. »Ich kann das nicht, ich möchte lieber die Straße entlanggehen«, wimmerte Margarete. Vorsichtig deutete sie mit dem Kopf in Richtung der Felsöffnung. »Dort sind sicher allerlei Tiere drin.« Ihre Stimme klang wie ein Krächzen. »Und trocken ist es sicher auch nicht. Ich werde die Straße bis zum Dorf nehmen!«

»Aber bis zu welchem Treffpunkt willst du auf der Straße entlanggehen? Hat es dir der Bursche erzählt?« Gottfried sah, wie die Zitternde den Kopf schüttelte. »Der Weg führt an einen bestimmten Ort, wohin du auf der Dorfstraße um diese Tageszeit nicht gelangst.«

»Warum sagt Ihr mir nicht endlich, wohin mich dieses vermaledeite Loch führt?« Margarete stand an der Pforte widerstrebenden Zorns. »Diese verfluchte Geheimniskrämerei hängt mir zum Halse heraus.«

»Das Risiko, eine weitere Seele eingeweiht zu wissen, ist viel zu groß. Falls du es dir anders überlegst, den Weg nicht bis zum Schluss beschreitest und umkehrst, hast du keine Ahnung, wohin er führt und wirst es auch von niemandem erfahren. Ich werde hier wachen und auf deine Rückkehr warten, egal ob du bis zum Ende gegangen oder vorzeitig umgekehrt bist.«

»Also gut.« Margaretes Neugier siegte über ihre Angst und

ihr Magen kribbelte vielleicht mehr der Aussicht wegen, Christoph wiederzusehen, als wegen dieses ungewissen Abenteuers. Sie packte das kleine Binsenlicht, das sie mit sich geführt hatte, und raffte ihren Rock. Gottfried hieß ihr, das Licht erst zu entzünden, wenn sie ein paar Schritte gegangen war. Und so hielt sie es.

Der Tunnel war nicht groß genug, um in ihm aufrecht gehen zu können. Schon nach wenigen Metern tat Margarete der Nacken weh, da sie den Hals in gebeugter Haltung geradeaus recken und sie mal den einen, mal den anderen Arm weit vorstrecken musste, damit die Lampe ihr Gesicht und ihre Haare nicht versengte. Sie stieß sich nicht nur einmal den Kopf an den Stützpfeilern, die verdächtig morsch wirkten. Wenn sie unter den Belüftungsschächten, weniger als einen halben Fuß im Zirkel messend, hindurchhuschte, hielt sie inne und überlegte, wo die steil in die Höhe führenden Öffnungen enden mochten. Wie der Alte erzählt hatte, war der düstere Gang nicht für die Bergarbeit in den Stein gehauen worden, er diente einem anderen Zweck. Er sollte eine Fluchtmöglichkeit in Kriegszeiten bieten und war in den Monaten, da man sich vor den Hussiten zu fürchten hatte und den Leuten im Dorf ihr eigenes Leben wichtiger gewesen war als ihr Vieh und ihre Ernten, in den Berg gestoßen worden. Aber nie hatte man den Tunnel fertig gebaut, nie wurde er zweckdienlich, denn weder Vieh noch Bauern, beladen mit Säcken voller Saatgut und Getreide, passten durch den maroden Schlund tief unter der Erde. Mit Vorsicht hatte man das Geheimnis zu hüten gesucht. Wer von den paar Alten, die von dem Weg wussten, noch lebte, konnte oder wollte Gottfried nicht sagen. Er war überrascht gewesen, dass Christoph dieses wohlgehütete Dorfgeheimnis kannte. Er musste es von seinem Vater erfahren haben.

Margarete hatte kein Zeitgefühl und sie wusste nicht, in welche Richtung sie lief. Das Loch in der Felswand hatte gen Osten gezeigt. Ob sie noch immer nach Osten ging, konnte sie nicht sagen. Sie wusste nicht, ob es einzig ihre schlürfenden Fußtritte waren, die sie kratzend vernahm. Dann und wann spürte sie ein paar Wurzeln, die aus den erdigen Wänden des Tunnels herausragten, über ihren Körper streifen. Manchmal huschten winzige

Wesen über den schlecht befestigten Trampelpfad. Die Vorstellung, nicht die einzige Seele in diesem unterirdischen Gang zu sein, überzog ihren Körper mit einer nicht abklingen wollenden Gänsehaut. Margarete quälte sich mit Schreckensgedanken: Was, wenn der Gang an einer Stelle eingebrochen und zugeschüttet war? Was, wenn er, so sie sich zurück zum Ausgang im Felsen begäbe, vor ihr ein weiteres Mal einstürzte? Sie säße in der Falle! Sie wäre bei lebendigem Leibe begraben!

Margarete dachte nicht daran, stehen zu bleiben oder umzukehren. Die Angst vor dem, was hinter ihr lag, war fast ebenso groß wie die vor dem, was noch vor ihr war. Blind vor Furcht hastete sie durch den Schlund in der Erde. Lange lief sie. Manchmal musste sie sich mit der freien Hand abstützen, manchmal strauchelte sie, fiel auf die Brust und fluchte wie Gottfried, der Kutscher, bei Regen. Sie schalt sich eine törichte Gans, die eigentlich vernünftiger hätte sein sollen. Was, wenn das ganze Gewese um diesen Weg nur ein Trick war, sie loszuwerden? Sie äffte Christoph und Gottfried nach, wie sie von ihrem geheimnisvollen Weg sprachen. Sie schimpfte so viel und so lange, bis ihre Ausrufe in hysterisches Gelächter umschlugen und sie wie gehetzt durch den Gang rannte, mehr stolpernd als zügig laufend.

Kalter Schweiß brach unter ihren Armen und an der Unterseite ihres Busens aus. Sie sandte Stoßgebete zur Heiligen Barbara, Schutzpatronin der Bergleute und Eingesperrten. Und wenn sie sich schon in der Einsamkeit auf Christophs Hof gefangen genommen gefühlt hatte, war es doch gegen dieses endlos in die Länge gezogene Grab das Paradies gewesen!

Abrupt blieb sie stehen. Da war etwas! Ob eingestürzt und zugeschüttet oder vorsätzlich von Menschenhand gemacht – der Gang war zu Ende. Margarete ging langsam weiter und erkannte im Schein ihres Lichtes eine massive Eisentür, die mit einem kreisrunden Klopfer versehen war. Sie überlegte: Der war sicher nicht zum Anklopfen gedacht. Die Tür übertraf kaum die Fläche eines Fassbodens. Margarete brauchte lange, bis sie herausfand, dass der Türklopfer um eine halbe Drehung angehoben werden musste, damit sich, begleitet von einem schnarrenden Geräusch, die Tür öffnen ließ. Ihre Überraschung schwang in Entsetzen um und ein kurzer, spitzer Schrei entfuhr ihr beim Anblick steinerner Sarkophage.

Ein paar Atemzüge lang sann sie über ihre Möglichkeiten nach und musste sich erneut ihrer Neugier ergeben. Keineswegs wollte sie den langen Weg zurückgehen, ohne nicht wenigstens in Erfahrung gebracht zu haben, wohin es sie verschlagen hatte. Sie sprang aus dem Loch in der Wand und landete mit einem dumpfen »Plopp« im Dreck zwischen den Särgen.

Die immer wieder gegen seine Öffnung strebende Eisentür schlug einige Male gegen Margaretes Hüfte, bis sie sich der Widerspenstigkeit der alten Pforte ergab, einen Schritt beiseite tat und die Eisenplatte zurückschwingen ließ, wobei ein gusseiserner Haken hell klingend in seine Öse an der Wand zurückschnellte. Margaretes kleines Licht beleuchtete schwach die Umrisse dreier staubiger Steinsarkophage in einem so tief gewölbten winzigen Raum, dass sie dessen Decke beinahe mit dem Kopf berührte und dessen Platz sie mit wenigen Schritten abmessen konnte. Das Eisentürchen lag unbedarft in einer Reihe mit Lettern beschlagener Wandtafeln von gleichem Aussehen und gleicher Beschaffenheit Wer auch immer den Tunnel geschaufelt hatte, gab seinen Zugang als Wandgrab aus. Zu Recht, dachte Margarete schaudernd, klopfte sich den Staub vom Rock und besah sich die Wandgräber aufmerksam.

Selbst wenn sie auch nur ein einziges Wort hätte lesen können, wäre es ihr nicht leichtgefallen, die verstaubten, von Feuchtigkeit zerfressenen und mit Pilz besetzten Inschriften zu entziffern. Über den oberen Ecken der Wandgräber war jeweils ein Kerzenhalter befestigt – verwaist und zumeist verrostet. Hier war schon seit langer Zeit kein Mensch mehr beigesetzt worden. Während die Haken der übrigen Wandgräber fest und mit eisernen Schlössern versperrt waren, ruhte nun der metallene Haken der Tunneltür unschuldig und schier unangetastet in der Öse der Wand.

Mit ihrem Binsenlicht beleuchtete Margarete die Kammer und erspähte eine in die gegenüberliegende Wand eingehauene steinerne Treppe, die sich schmal und schief in eine Feldsteinwand einfügte. Dankbar ging sie darauf zu, erklomm sie und öffnete die schwere Holztür an deren Ende. »Christoph?«, flüsterte sie gedämpft und erschrak vor ihrer eigenen Stimme, die im Gewölbe der Gruft widerhallte. Sie bekam keine Antwort. Die Tür begann mit der kleinsten Bewegung laut zu knarren und Margarete, die weder wusste, wo sie sich befand, noch was oder wer sie auf der anderen Seite der Tür überraschen würde, wartete geduldig, bis das krächzende Geräusch der Scharniere aus ihrem Kopf verschwunden war.

Ihre Lampe spendete lediglich zuckendes Flackerlicht, und so vermochte die junge Frau nicht, irgendetwas zu erkennen. Sie zwang sich, das Zittern ihrer Hand, ihres ganzen Körpers zu unterdrücken, damit die Flamme sich beruhigte, aber das Licht war so schwach, dass es nur den dicken steinernen Türrahmen beleuchtete und der gähnenden Finsternis dahinter nichts anhaben konnte.

»Christoph, bist du hier irgendwo?«, flüsterte sie wieder, und beinahe im selben Moment stand vor ihr, gehüllt in ohrenbetäubendes Glockenläuten, eine riesige Gestalt in schwarzem Ornat. »Herr im Himmel!«, schrie Margarete auf, doch das dunkle Gespenst presste ihr eine Hand auf den Mund. Der Geruch, der von diesem Menschen ausging, war ihr nicht unbekannt. Sie konnte keinen klaren Gedanken fassen, denn das tosende Grollen beraubte sie ihres Verstandes.

»Brüll nicht so, Margarete, komm mit!«

»Christoph! Fluch über dich! Wie konntest du mich so erschrecken!« Der junge Rieger hatte die Verängstigte in einen kleinen, beinahe kreisrunden und von nur einer Kerze erhellten Raum gezogen. Margarete hielt sich eine Hand vor die Brust, die andere umklammerte das zitternde Binsenlicht.

»Das war nicht meine Absicht, wie konnte ich ahnen, dass du so pünktlich bist und mit dem Mitternachtsläuten hier auftauchst. Wie konnte ich ahnen, dass du hier herumschreist wie eine Wilde ... Ich hätte dir den Schrecken gern erspart.«

»Jesus, Maria und Josef, meine Knie zittern wie Espenlaub. – Was hast du da an?« Wäre sie nicht so schrecklich nervös gewesen, hätte Margarete sicher über Christophs Aufzug laut lachen müssen: Im Ornat des Pfarrers stand er da und glotzte an sich hinunter, als wäre er wie von Geisterhand in den Talar gerutscht und selber verblüfft darüber.

»Ich bin schon seit einer Weile hier, und da ist mir langweilig geworden. Ich wollte es nur anprobieren. Du kannst dir gar nicht vorstellen, wie leicht der Stoff auf der Haut liegt, obwohl der schwitzige Czeppil immer den Eindruck macht, fünf Schichten Jute mit sich herumzuschleppen ...«

»Christoph, bitte!« Margarete bedeutete ihm die Unangemessenheit einer Vorführung der neuesten Mode der Geistlichkeit. Sie sah sich um. Drei Türen gingen von dem Raum ab. Durch eine von ihnen war sie gekommen, eine andere wurde von einem ovalen, in Eisenstreben gefassten Glasfenster geziert, es zeigte keinen Lichtschimmer. Die dritte Tür war aus dunkel gebeizter Eiche und lag gegenüber jener mit dem Fenster. »Was ist das für ein Ort?«, wandte sich Margarete an Christoph, der sich den Talar über den Kopf gezogen hatte und nun mit freiem Oberkörper und zerzaustem Haar vor ihr stand. Hastig drehte sie den Kopf weg und tat so, als würde sie besonders aufmerksam den Raum betrachten.

»Überleg doch mal!«, sagte Christoph, während er sich sein Hemd anlegte. Er murmelte, die Kordeln seiner Kleidung nachlässig schließend, vor sich hin und Margarete musste genau hinhören: »Wir sind in der Dresskammer.« Er deutete mit dem linken Daumen nach Süden, in die Richtung der Eichentür ohne Fenster. »Hörst du Julius?«

»Fulschussel?« Margarete war Christophs Fingerzeig mit den Augen gefolgt und schüttelte ungläubig den Kopf: »Du willst doch nicht etwa andeuten, dass wir in der Kirche sind?«

»Was meinst du, weshalb das Geläut so donnert, als würde der Herrgott persönlich die Pauken schlagen? Und wo sonst bewahrt der Alte seine Lumpen auf?« Christoph wedelte mit Czeppils schwarzem, im Licht von Christophs Kerze und Margaretes Lampe bläulich schillerndem Umhang in der Luft herum und hängte ihn dann mit einem gezielten Wurf auf eine Kleiderstange, unter der sich eine zerkratzte Holzbank verbarg.

»Sprich nicht so abfällig vom Pfarrer, Christoph, ich bitte dich. Wo ist die Kleine?« Das hatte Margarete so nicht sagen wollen, sie hatte eigentlich »deine Frau« sagen wollen, aber das brachte sie nicht über die Lippen, und der grimmige Blick Christophs war ihre gerechte Strafe.

»Die Kleine, wie du sagst, wartet drüben. Sie muss nicht mitbekommen, woher du gekommen bist, nicht wahr? Wisch dir das Gesicht sauber! Sie soll nicht denken, dass ich mit einer Vogelscheuche verheiratet war.«

Ganz der alte Christoph, dachte Margarete und befreite sich vom Staub des Tunnels. Ihr geflochtener Haarkranz hatte sich aufgelöst und die von Spinnweben durchzogenen Strähnen klebten im Schweiß ihrer Schläfen und ihrer Stirn. Margarete öffnete ihr Haar und schüttelte Spinnweben und Wurzelfäden heraus. Als der Mann fertig angekleidet war und die Frau ihr Äußeres ausgebessert hatte, waren die Glocken verstummt.

»Das Humpelbein geht nie durch die Kirche, sondern betritt und verlässt den Turm immer durch das Südportal. Es würde mich doch sehr wundern, wenn wir Fulschussel, dem Dussel, begegneten.« Der Bauer nahm seine Kerze in die Hand und ging voran durch die Tür ins Kirchenschiff.

Theresa saß auf der Stufe vor dem Altar und zerknitterte aufgeregt einen Zipfel ihres Rockes. Als sie die beiden kommen sah, stand sie auf.

»Guten Abend, Theresa, oder sollte man besser ›Gute Nacht‹ sagen?« Margarete stand mit keck erhobenem Haupt und gestraffter Brust vor dem Mädchen, das, wie sich die junge Wagnerin nun eingestehen musste, im Gottesdienst zwar stets eine mickrige Figur abgegeben hatte, aber in ihrer Körpergröße Margarete um eine Handbreit überragte. Theresa knickste höflich, sagte aber nichts.

»Ich lass euch allein. Ich werd in der Dresskammer warten, vielleicht krieg ich ein Auge zu!« Christoph verschwand durch die Tür, durch die er gekommen war, und nun beleuchtete nichts weiter als Margaretes Binsenlicht den kleinen Kirchenraum.

»Wie kann ich dir helfen?«, versuchte Margarete einen freundlichen Ton anzuschlagen. »Er sagt, dir ist nicht wohl?«

Theresa warf schüchtern und peinlich berührt den Blick auf

die unebenen Bodenplatten des Chors. Sie suchte eine Weile nach Worten, eine Weile, in der sich Margarete mahnend vom schielenden Jesus und den Apostel- und Prophetenfiguren beobachtet fühlte. Sie würde in der Hölle braten, dass ihr das Blut in den Adern kochte, wegen dem, was sie des Nachts in der Kirche tat. Was tat sie hier? Sie sandte einen Rat suchenden und zugleich Vergebung heischenden Blick zur Heiligen Barbara und wurde jäh aus ihrer Gottesfurcht gerüttelt, da sie Theresa fragen hörte: »Wie erkennt man, ob man empfangen hat?«

Margarete ließ ein Schnaufen peinlicher Überfragtheit vernehmen und ließ sich mit hochgezogenen Augenbrauen auf die Stufe vor dem Altar sinken. Theresa tat es ihr gleich und saß wieder auf demselben Fleck wie schon zuvor. Margarete schluckte ihre Nervosität hinunter. Sie sah in sich nicht die geeignete Ansprechpartnerin für ein solch heikles Thema.

Diese Schmach würde sie Christoph heimzahlen! Schließlich stellte Margarete ein paar entscheidende Fragen, wie die nach der letzten Monatsblutung, dem Schlaf, den Essgewohnheiten und dem täglichen Befinden. Theresa antwortete mit heller, ruhiger Stimme so genau sie konnte. Margarete dachte eine Weile nach. Sie wollte es nicht, aber ihr sprudelte ein Satz aus dem Munde, für den sie sich, kaum dass er ausgesprochen war, schon ohrfeigen wollte: »Ich denke, Christoph hat dich nicht angerührt?«

Theresa warf ihren Blick zu Boden in der ihr eigenen Art und gab zu verstehen, dass Christoph sie, als er sie heiratete, zur Frau genommen habe, »… sonst nichts …« Die beiden Frauen schwiegen eine Weile und Margarete sah in Theresa wieder das vierzehnjährige Mädchen.

»Deine letzte Blutung ist also schon über drei Monate her. Dann bedeutet es in den meisten Fällen eine Schwangerschaft … Aber woher soll ich wissen, was mit dir los ist? Du isst schlecht, sagt Christoph. Auch kann der Körper die Empfängnis verweigern, nimmt der Mann auf eine fragliche Weise Besitz vom weiblichen Körper.« Margarete räusperte sich, um über die Unsicherheit in ihrer Stimme hinwegzutäuschen. »Fühlen sich deine Brüste voller an, der Bauch schwerer?« Das Mädchen zuckte mit den Achseln. Abermals machte sich peinliche Stille zwischen ihnen breit. »Wenn du möchtest, befühle ich deinen

Leib, vielleicht kann ich dir sagen, woran du bist, versprechen kann ich jedoch nichts. Ich bin keine gelehrte Frau in diesen Dingen.« Margarete hasste Christoph für das, was er ihr mit diesem Stelldichein antat.

Theresa nickte bereitwillig und drehte ihren Körper etwas mehr in Margaretes Richtung. Sie legte die Handflächen neben sich auf die Steinstufe, während Margarete ihr die Hand auflegte. Was die Wagnerin fühlte, war nicht der Körper einer Schwangeren, sondern der hohle, verhärtete Leib eines halbwüchsigen Mädchens, das zu wenig aß und zu wenig schlief und zu viel arbeitete. Und das sagte sie Theresa.

Enttäuscht und kleinlaut fragte das Mädchen: »Bist du dir sicher, dass ich nicht …«

»Nein, wie sollte ich.« Margarete erhob sich und strich ihren Rock glatt. »Die Zeit wird zeigen, ob du ein Kind bekommen wirst. Ich will dir eine Kräutermischung zubereiten, die deine Beschwerden lindern wird. Aber fürs Erste ist Ruhe und genug zu essen das Wichtigste für dich.«

Theresa hauchte ergeben ihren Dank, aber den wollte Margarete nicht haben. Sie ging zurück zur Dresskammer, in der sie Christoph auf der klapprigen Bank schlafend vorfand. Sie betrachtete ihn aufmerksam und in ihrem Kopf hämmerten seine Worte: Ich habe sie nicht angerührt, weder auf die eine noch auf die andere Weise.

Mit den Augen tastete sie sein schlafendes Gesicht ab. Die braune Haut, von der sich das blonde Haar in wilden Strähnen buschig abhob, die ebenmäßigen Augenbrauen und die Lider, unter denen die hellblauen Augen zitterten, und zwischen seinen kratzigen gelben Bartstoppeln der weiche Mund, der zum Küssen geradezu einlud. Verdutzt schlich Margarete noch einen Schritt näher an den Schlafenden heran. Was geisterten für seltsame Gedanken in ihrem Kopf herum?! Sie beugte sich dicht über Christoph. Wie verlockend war es, sein Gesicht zu berühren. Doch anstatt ihn zu streicheln, knuffte sie ihn grob und so lange in die Rippen, bis er wach wurde. Schlaftrunken und nicht gleich begreifend, wo er war, stützte er sich im Liegen auf den rechten Unterarm. Er hatte große Mühe, wach zu werden. Margarete wollte keine Zeit verlieren, sie war genauso erschöpft wie er und hatte noch einen gräulichen Heimweg vor sich.

»Ich werde dir ein Säckchen mit Kräutern geben, die Theresa einzunehmen hat.«

»Was ist mit ihr?«

»Sie ist am Verhungern, das arme Ding. Du solltest besser für sie sorgen! Schäm dich!«

Das tat Christoph. Schuldbewusst ließ er den Kopf hängen, stand dann aber auf und wollte zum Dank Margaretes Arm berühren. Sie wich zurück, noch bevor sie seine Hand spüren konnte. »Wie seid ihr beide überhaupt in die Kirche gelangt? Ich sehe nicht ein, dass ich wieder durch das Grab kriechen soll!«

»Wir waren beim Biehainer Hans aufs Nachtmahl eingeladen. Er glaubt, wir liegen seelenruhig in einer seiner Kammern und schlafen. Falls er bemerkt, dass wir zur Stunde nicht in unseren Betten liegen, wird er keine Fragen stellen. Er vertraut mir.«

»Haben sich die Zeiten nicht geändert?« Margarete sah Christoph prüfend an. Er schwieg, war aber sichtlich betroffen. »Und wie seid ihr hier hereingekommen?«

»Ich habe gestern den zweiten Kirchenschlüssel hier aus der Dresskammer mitgenommen, als der Czeppil seine Schäfchen entließ. Ich lasse den Schlüssel einfach hier hängen und der Alte wird morgen bei Sonnenaufgang glauben, er habe heute Abend vergessen, die Kirchentür abzuschließen. Dann denkt er, er sei schon senil – was er auch ist –, wird ein paar Ave Maria mehr beten und sich nichts anmerken lassen.« Christoph grinste triumphierend.

Margarete war wenig beeindruckt. Sie sagte nur: »Na, dann wird es dir auch nichts ausmachen, mich ebenfalls die Straße entlang zum Weinberg zurückgehen zu lassen.«

»Das geht leider nicht, holdes Weib«, neckte er sie, obwohl sein Weib im Kirchenschiff vor dem Altar auf ihn wartete. »Ich kann dich unmöglich mitten in der Nacht durch das Dorf marschieren lassen, noch dazu, wenn der Fulschussel draußen herumschleicht. Du gehst schön den Weg zurück, den du gekommen bist.« Christoph schwieg einen Augenblick.

Die Widerworte, die er offensichtlich erwartete, keimten zögerlich in Margarete. Sie taxierte Christoph, und anstatt zu versuchen, ihn umzustimmen, wollte sie wissen: »Wie kommt es, dass du den Tunnel kennst?«

Aus verengten Augen, die erkennen ließen, dass Christoph überlegte, wie ausführlich Margarete und Gottfried Klinghardt über den Weg gesprochen hatten, musterte er sie einige Herzschläge lang und erklärte dann: »Ich habe gehört, wie mein Vater und der verrückte Wagner ...« Margarete räusperte sich und Christoph berichtigte sich: »... wie mein und dein Vater sich über den unterirdischen Gang unterhielten. Als ich meinen alten Herrn darauf ansprach, schlug er mich halb tot und ließ mich Stein und Bein schwören, dass ich niemandem ein Wort davon verrate.«

»Und? Wird dich nun der Schlag treffen?«

Christoph betrachtete Margaretes Gesicht aufmerksam. Er sah in das ihm fremd gewordene Antlitz einer Frau, die jede Spur von Kindlichkeit abgelegt hatte. Ihre Wangen umschlossen streng die Wölbungen von Jochbein und Wangenhöhlen. Die Röte, die oft in ihr Antlitz geschossen war, wenn sie sich gegen sein Wort aufgelehnt hatte, war nun von mattem Bronze. Die grauen Augen Margaretes blickten bestimmt und selbstbewusst auf ihn, der nichts zu erwidern wusste.

Eine Stille, die voller Vorwurf steckte, drückte beiden die Kehlen zu. Christoph wollte etwas sagen, suchte nach einer höflichen Wendung, einer klugen Antwort auf ihre einfältige Frage, einem erlösenden Scherz, doch wollte kein Wort über seine Lippen kommen.

Mit »Na dann ...« durchstach Margarete die hauchdünne Luftblase, die sie und Christoph beherbergt hatte, und schlüpfte leichtfüßig und ohne Christophs Gruß abzuwarten durch die Tür hinunter in die Gruft. Das Knarren des schweren Brettes verschluckte beinahe Christophs Worte, aber Margarete erahnte deren Silbenlaut und ein Lächeln huschte über ihr Gesicht.

Sie hatte viel Mühe, die Alraune zu ernten. Die gruseligen Geschichten um Todesschreie und Galgenmännchen, um schwarze Hunde und rot leuchtende Drachenpuppen waren mit dem Entschluss, die Pflanze zu ernten, nicht verraucht.

Margaretes Angst vor Strolchen und Vagabunden hatte nicht nachgelassen. Noch immer zuckte sie bei jedem Mäusepiepsen zusammen, wirbelte herum, wenn ein Ast im Wind ächzte. Die Mandragora officinarum erschien ihr nicht weniger sagenumwoben, auch wenn Gottfried sie davon überzeugen konnte, sie als Heilpflanze, nicht als Mythenpulk zu betrachten.

Margaretes Schnittwunden von der Wegwartenernte waren beinahe verheilt: Der Ringelblumenbalsam hatte Wunder bewirkt. Stattdessen machten ihr nun die kleinen Schürfwunden an Handballen und Fingerkuppen und die Beulen an ihrem Kopf zu schaffen, die sie sich auf dem Weg zur Kirche zugezogen hatte. Und doch hatte ihr nächtlicher Ausflug ihren Körper und ihre Seele gestreichelt. Sie fand nachts keinen Schlaf und tags keine Muße zur Arbeit. Margarete verstand nicht, wie ihre Sinne von einem Kerl in Beschlag genommen werden konnten, der ein vierzehnjähriges Mädchen verkommen ließ.

Die Wagnerin erkannte in Theresa ein Mädchen, das seine Gebete mit den gleichen Wünschen und Träumen anfüllte, wie sie es selbst einst getan hatte. Deshalb – und nicht um Christophs willen – beschloss sie, Theresa beizustehen. Weil sie gebeten worden war und weil ihre Hilfe dem Vergessen ihrer auf den Weinberg verbannten Gestalt entgegenwirken konnte, wollte Margarete sich um das leibliche Wohl der jungen Riegerin bemühen.

So beschloss sie, den segensarmen Zustand auf dem Riegerschen Hof zu beenden, wenn diese Umstände ihr ermöglichten, ab und an mit Christoph unter vier Augen zu sprechen. Margarete wollte nicht gepriesen werden, sollte Theresa mit ihrer Hilfe und durch Christophs Zutun schwanger werden, doch ein wenig von salbender Aufmerksamkeit würde sie auch nicht von sich weisen.

Als die nächtliche Ernte vollbracht war, machte sich Margarete mit Messern und Leinentüchern am Stubentisch ans Werk.

Sie wurde von Gottfried argwöhnisch und neugierig zugleich beobachtet. Er hielt so lange an sich, bis er schließlich eine Erklärung verlangte. »Ich hänge unsere Bürde zum Trocknen auf«, meinte Margarete gespielt gleichmütig, und dann erzählte sie dem Alten, welche Ereignisse imstande gewesen waren, sie dazu zu verleiten, ihren Aberglauben in Stücke zu hacken.

Und sie verkündete Gottfried eine weitere Entscheidung, über die sie lange nachgedacht hatte und zu der Gottfrieds ohne Wort gewordene Überredungskünste beigetragen hatten.

Der Alte war überrascht von dem, was ihm die Frau verkündete, nahm seine speckige Bibel zur Hand und verlas – im Stehen, mit unrasiertem Gesicht und in dreckiger Schürze: »Die Weisheit ruft auf der Straße und lässt ihre Stimme hören auf den Plätzen. Sie ruft im lautesten Getümmel, am Eingang der Tore, sie redet ihre Worte in der Stadt ...« Er verlas die ganze Bußpredigt der Weisheit und schaute dann in Margaretes verständnislose Miene. Mehr hatte er nicht zu ihrem Entschluss zu sagen? Sie hatte entschieden, es Gottfried gleichzutun und nicht mehr in die Kirche zu gehen, solange sie ihre Unsicherheit im Herzen trug. Aber Margarete hatte sich geirrt, denn Gottfried war noch nicht fertig: »Du tust recht daran, den Unverständigen, den Spöttern und den Toren den Rücken zu kehren, mein Kind. Wisse aber, dass zu viel der Abgeschiedenheit einen ebensolchen – einen Unverständigen, einen Spötter und einen Toren – aus dir machen wird. Schotte dich nicht ab, sonst wirst du blind gegen den Vergleich von Gut und Schlecht! Die Abgeschiedenheit lässt dein Urteilsvermögen schrumpfen.« Er kratzte sich am Stoppelkinn und fügt dann schulterzuckend und mit Blick auf die zerhackte Alraunpflanze hinzu: »In der Sommerglut solltest du wirklich nicht ins Dorf rennen.« Damit war dieses Thema abgeschlossen.

Margarete und Gottfried drängten einander nicht, sonntagmorgens in die Kirche zu gehen, und die junge Frau wirkte dem Verwelken ihrer Seele entgegen, indem sie sich von Gottfried, der nicht wenige Aufträge in Nickels Gespanndiensten auszuführen hatte, berichten ließ, was sich im Dorf zutrug.

So erfuhr sie vom anhaltenden Missmut der Bauern gegen

Christophs Waidfeld, das weder von den Dorfbewohnern zwecks mutwilliger Beschädigung noch vom lieben Herrgott zwecks Gedeih mit Regen bedacht wurde.

Der Waid, anfangs mutig emporgewachsen, wollte keinen Fingerbreit mehr hochkommen, als hätte er es sich anders überlegt. Der Boden war zu steinig, der Lehm saß zu dicht unter den oberen Sandschichten und die Wolken regneten sich über dem Mückenhain im Südosten, über Särichen im Südwesten, über der Spree im Norden und Nieska im Westen leer, aber auf Niederhorka fiel im späten August und den ganzen September über nicht ein Tropfen Wasser. Während die meisten Bauern sich um ihre Winteraussaat kümmerten, hockte Christoph am Rande seines Waidfeldes und blies Trübsal.

Gottfried berichtete von all diesen Dingen und Margarete machte sich ihre eigenen, sie zermürbenden Gedanken.

Doch dann, bevor die getrocknete Mandragora officinarum an Wirkungskraft verlieren konnte, beschloss Margarete, sie aus ihrem langen Schlummer zu wecken und sie aus ihrem Bett von Sonnenlicht und Sommerwind zu bergen.

»Wenn du das nächste Mal für die Gerßdorffs fährst, musst du Christoph etwas ausrichten«, gebot Margarete feierlich. Es klang nicht nach einer Bitte, sondern nach einem Befehl, und Gottfried hütete sich, zu widersprechen oder nach den Beweggründen zu fragen.

»Am Tage Theresa möchte er sich um Mitternacht am Treffpunkt einfinden!« Die junge Frau schaute den Greis einen Moment lang an und fügte dann gebieterisch hinzu: »Allein!« Die Wagnerin gönnte sich den Spaß, die Mildtäterin an Theresas Namenstag, einem Tag Mitte Oktober, zu spielen.

»Mein Kind, wieso kannst du es ihm nicht selber ausrichten, wenn du am Sonntag in die Kirche gehst?« In den vergangenen Tagen hatte er nun doch angefangen, das Mädchen dazu zu bringen, unter Leute zu gehen. »Ich habe die Gespanndienste, die Fuhren quer durch das Oberlausitzer Land … aber du hast nichts als ein paar Wühlmäuse, das Jaulen der Wölfe und die Geschichten, die ich dir von den Fahrten mitbringe …«

»Und die Bibel hab ich auch …«, antwortete Margarete trotzig.

»Die Einsamkeit, die du gewählt hast, steht dir nicht gut zu Gesicht.«

»Wenn sich all die verlogenen, kichernden, lästernden Gesichter, die dem Pfarrer nach dem Munde reden und dem Gerßdorff nach der Pfeife tanzen, wandeln, seht Ihr mich wieder im Dorf!«

»Also nimmer!«

Margarete lächelte. Gottfrieds schiefer Mund aber war ernst. »Hatte ich Euch eigentlich erzählt, was ich mir damals im August anhören musste, nachdem ich aus dem Gottesdienst kam und mit Christoph ein paar Worte wechselte?« Margarete wartete. Gottfried schaute sie an, als wüsste er, was kommen würde. Doch er schüttelte den Kopf und Margarete verzog den Mund zu einer gehässigen Grimasse, setzte eine schrille Stimme auf und zeterte in der Art, wie es nur die Dörflerinnen zustande brachten: »›Die eine sorgt für die Windel, die andere fürs Kindel‹, haben mir die Waschweiber hinterhergerufen … Um nichts in der Welt setze ich wieder einen Fuß in dieses Nest von Schlangen. Wann schweigen die Klatschmäuler still, Gottfried, wann?«

»Es gibt dreierlei in der Welt, was im Guten und Bösen kein Maß zu halten weiß: die Zunge, der Geistliche und das Weib. Sie nehmen den höchsten Grad im Guten und Bösen ein. Liest man nicht schon im Matthäus neunzehn: ›Es ist ein schlimmes Haupt über dem Zorne des Weibes. Mit einem Löwen oder Drachen zusammen zu sein, wird nicht mehr frommen, als zu wohnen bei einem nichtsnutzigen Weibe.‹«

»Ich war auch ein nichtsnutziges Weib«, sagte Margarete und ließ den Kopf hängen. »Ich habe es nicht zustande gebracht, meinem Mann Kinder zu schenken, deswegen hat er mich verbannt.«

»O nein, liebe Margarete …« Gottfried nahm den Kopf der Traurigen behutsam zwischen seine Hände, als wäre es eine wertvolle Frucht, die gut bewahrt werden wollte.

»Nein, er vermochte nicht, dir ein vollkommener Mann zu sein und dir Kinder zu schenken.« Margarete war dankbar für die Worte des Alten, aber Trost spendeten sie wenig. »Oder rührt deine Traurigkeit von etwas anderem her? Stand dir gar der Sinn nach einer tiefen Freundschaft mit einer der Harpyien aus dem Dorf?« Gottfried ließ von Margarete Kopf ab und schaute sie erwartungsvoll an.

Sie schüttelte zaghaft den Kopf, zuckte dann aber mit den Achseln: »Lieber einen Sturmdämon mit Flügeln und Tod bringenden Krallen zum Freund als ganz allein, oder?«

»Diese Frauen dort unten«, der Alte nickte nach Westen in Richtung des Dorfes, das sich am Fuße des Weinbergs ausruhte, »sind die Feindinnen der Freundschaft, weil sie sich am Unglück anderer laben, sich im Missgeschick der Gefährtinnen aalen, weil sie der Konkurrentin das Schlechte an den Hals wünschen und nach Rache sinnen, wo sie nur können. Sie gehen Freundschaften ein wegen zweierlei Dingen: Zum einen, um über den Ehebruch anderer zu wüten, zum anderen, um mit anderen über das eigene Fremdgehen zu lachen.«

Margarete stand am Fenster der Hütte, das Gesicht in eben die Richtung geneigt, in die Gottfried zuvor gedeutet hatte. Zwei kleine Tränen rannen ihre Wangen hinab, eine aus jedem ihrer grauen Augen. Zu spät wurde ihr bewusst, dass Gottfried ihr Weinen bemerkt hatte. Er sagte: »Zwei Arten von Tränen sind in den Augen von Weibern, die einen für wahren Schmerz, die anderen für Hinterlist. Sinnt das Weib allein, dann sinnt es Böses. Entweder liebt oder hasst ein Weib; dass ein Weib weint, ist trügerisch.«

»So sind Eurer Meinung nach alle Frauen von übler Natur?«

»Oh nein, das nicht. Die größten Frauen waren gut: Judith und Deborah und Esther, sie haben Männer beglückt und Völker, Länder und Städte gerettet.«

»Wie viele Frauen aus Fleisch und Blut kennt Ihr, auf die das zutrifft?« Als Margarete keine Antwort bekam, schüttelte sie abermals den Kopf. Noch bevor sie sich ihrem Kummer hingeben konnte, drang Gottfrieds beruhigendes Wort zu ihr vor: »Elias wird dich erwarten: am Tage Theresa, am Treffpunkt um Mitternacht, allein.«

Christoph war noch nicht in der Dresskammer, als Margarete die Stiege der Krypta erklommen hatte und durch die schwere Holztür lugte. Die Angst während des Marsches durch den langen Gang vom Weinberg bis hin zur Kirche war beim zweiten Mal nicht weniger geworden. Margarete war durch den Tunnel gerannt, als sei der Leibhaftige hinter ihr her, und jetzt fand sie kaum Luft zum Atmen.

Die späte Stunde forderte ihren Tribut. Margarete schmerzten die Glieder, vor allem die Waden fieberten von der Anstrengung. Ihre Lunge brannte, und unter ihrem Wollrock staute sich die schweißnasse Hitze. Sie stellte ihr Licht auf die klapprige Bank in der Kammer und lauschte in die Stille der Kirche. Diesmal war sie nicht mit dem Glockengeläut aus ihrem geheimen Versteck gekrochen, sondern hatte sich um einiges verspätet; tief unter der Erde waren ihre letzten Schritte in dem höhlenartigen Gang von der hellen, weit tönenden Kirchenglocke begleitet worden.

Das unverkennbare Scharren von schlecht besohlten Bundschuhen näherte sich vom Innenraum der Kirche in Richtung der Dresskammer. Margarete hatte keine Zeit, darüber nachzudenken, was sie tun sollte, wenn es Julius Fulschussel oder Pfarrer Czeppil gewesen wären anstelle des Riegers, aber schon stand Christoph vor ihr. Er trug eine alte staubige Schaube, die vor sehr langer Zeit bessere Tage gesehen hatte, ein Krempenhut war tief in sein Gesicht gezogen. Als er ihn zum Gruß vor Margarete abnahm, konnte sie sein von Sorgen zerfurchtes Gesicht im Schein ihrer kleinen Lampe sehen.

»Dieser herrliche Herbst meint es offenbar nicht so gut mit dir, Christoph«, sprudelte es aus der jungen Frau heraus, noch bevor der Eintretende die Tür hinter sich geschlossen hatte.

»Auch dir Gottes Gruß und einen guten Abend, Margarete, wie feinfühlig von dir!«

Margarete sagte nichts. Sie sah zu, wie Christoph seinen

Mantel ausschüttelte und ihn neben die Lampe auf die Bank legte. »Nun regnet es doch, habe ich gar nicht bemerkt«, stellte sie beim Anblick der glitzernden Tropfen fest, die der Mann seinem Umhang entlockte und die den Steinboden der Zelle sprenkelten.

»Ja. Nun wird vielleicht doch noch etwas aus dem ruchlosen Teufelszeug, das der ruchlose Rieger auf seinem Nordacker hegt und pflegt. Welches Pech für alle Neider und Missgönner.«

Margarete schwieg und kaute auf ihrer Unterlippe herum. Christoph hatte sie noch nicht eines einzigen Blickes gewürdigt, er war so sehr mit sich selbst und seinen Gedanken beschäftigt, dass es ihr im Herzen wehtat. Dieses Treffen ausgerechnet mitten in der anstrengendsten Zeit des Jahres – in der Zeit von Ernte, Aufbereitung der Äcker, Aussaat der Winterfrüchte, Einmietung der Sommererträge und Ausführen des Zehnts an die Gutsherrschaft –, das hatte Margarete nicht wohl durchdacht. Wie hatte sie in ihrer Eigenbrötelei auf dem Weinberg so egoistisch sein können?! Christoph war hundemüde, das sah sie auf Anhieb. Margarete kam sich lächerlich vor. »Zu den Missgönnern und Neidern gehörte ich nie, das solltest du wissen. Ich freue mich für dich, wenn der Waid trotz des späten Regens nun doch hochkommt.« Christoph schenkte ihr ein verhaltenes Lächeln und ließ sich geräuschvoll auf der knarrenden Bank nieder. Margarete nestelte an ihrem Beutel, der an einem Strick unter ihrem Rock befestigt war.

»Warum warst du wochenlang nicht im Gottesdienst?«

Margarete triumphierte innerlich. Hast mich also doch vermisst!, dachte sie, blieb Christoph jedoch eine Antwort schuldig. Stattdessen fragte sie desinteressiert und einzig, um das Schweigen zu beenden: »Wie geht's Theresa?« Sie wandte sich um und bemühte sich, dennoch genügend Licht auf den Knoten des Seiles unter den Stofflagen ihres Rockes fluten zu lassen. Sie bekam keine Antwort. Das Kräutersäcklein wollte sich nur widerwillig aus der Seilschlinge befreien.

Margarete ließ ihren Rock fallen, drehte sich wieder zu Christoph um, der sie offensichtlich unverhohlen beobachtet hatte, und reichte ihm den Beutel mit den getrockneten Bestandteilen der Mandragora officinarum. »Daraus muss Theresa mindestens zwei Mal am Tag trinken. Den Aufguss soll sie stets frisch zubereiten. Richtest du ihr das aus?«

Christoph nahm das Säckchen an sich, betrachtete es nachdenklich und knetete es in seinen Händen, bevor er es nickend einsteckte. Er gähnte hinter vorgehaltener Hand. »Ich danke dir. Vielleicht kann ich dir eines Tages auch einen Gefallen …«

»Glaub mir, Christoph, du besitzt nichts, was ich von dir haben möchte.« Auf Margaretes harte Worte war die Miene des Mannes nun weniger verschlafen als vielmehr verwundert. Er schien nachzudenken. Aber ehe er etwas erwidern konnte, fügte sie hinzu: »Zumindest im Augenblick nicht.« Der Mann entließ die Frau nicht aus seinem Blick und Margarete schoss das Blut ins Gesicht. Sie biss sich auf die Unterlippe, während sie überlegte: »Es hat eine Zeit gegeben, da hättest du viel für mich tun können, doch nun …«

»Was war es, was ich nicht für dich tat?« Christoph erhob sich von der Bank. Einfältig wie ein Junge und aufrichtig bestürzt sah er Margarete an. Doch sie erkannte nicht den Sinn einer solchen Unterhaltung. Sie wollte durch den Tunnel verschwinden. Aber kaum, dass sie diesen Gedanken zu Ende gedacht hatte, kaum, dass sie zwei Schritte in Richtung der Krypta gegangen war, wurde sie von Christoph am Arm gepackt: nicht fest zwar, aber doch stark genug, um ihrer Kehle einen erschreckten Laut zu entlocken. Margarete wirbelte herum. Beide Gesichter waren sich bis auf eine Handbreit nahe. »Was habe ich unterlassen zu tun?«, wollte er wissen.

»Es waren vielerlei Dinge, Christoph. Dinge, über die zu reden es nun nicht mehr lohnt, denn es waren vergängliche Kleinigkeiten. Lass meinen Arm los!«

Christoph ließ ihren Arm los, aber locker ließ er noch nicht: »Sag es. Was?«

Margarete ging langsam zur Kryptatür und sprach mit dem Rücken zum Mann: »Du hast mich abgewiesen …«, sie hielt kurz inne. »Du hast mich abgewiesen, wenn du mich nur angesehen hast, und auch das tatest du beinahe nie. Du hast mich schlechter behandelt als dein Vieh! In der Armenspeisung ist man pfleglicher mit mir umgegangen, Christoph! Ich habe mich geschämt, am Leben zu sein. So etwas darf ein Mensch nicht mit einem anderen tun! Und was gab dir das Recht dazu? Du bist doch auch nur ein Mensch und hast deine Schwächen. Du hast nie ein gutes Wort für mich übrig gehabt. Hast mich nie gefragt, wie es mir ging, welche Bedürfnisse ich hatte. Du warst – nein – du bist dir stets selbst am nächsten. Theresa kann einem leidtun.«

»Deshalb hilfst du ihr?« Sein Blick war nun ganz und gar nicht mehr bestürzt, sondern wirkte beleidigt, ein wenig verständnislos vielleicht. Margarete konnte seinen Gesichtsausdruck nicht deuten. Sie wusste, eine solche Anklage hatte er weder je auf sich laden müssen noch jetzt erwartet. »Ich helfe ihr, weil du es nie tun würdest«, antwortete sie und klang wenig überzeugend. Denn war es nicht so, dass sie Theresa nur deshalb aus jenem Bedürfnis heraushalf, weil sie gebraucht werden wollte? Und – natürlich – Margarete war kokett und gefiel sich in der Rolle, gebeten zu werden. Sie war keinen Deut besser als er.

»Wie kannst du behaupten, ich würde nur an mich denken?! Ich bin mit dem Wunsch, ihr zu helfen, schließlich zu dir gekommen.«

Nie hatte sie Christoph mit dem Rücken an die Wand gestellt. Er wand sich, versuchte sich zu verteidigen, so etwas hatte sie noch nie an ihm gesehen. »Nein, du bist nicht zu mir gekommen, du hast mich aufwarten lassen – ganz nach deinen Vorstellungen. Oder hast du ein einziges Mal darüber nachgedacht, bei Nacht und Nebel auf den Weinberg zu kommen, um für Theresa Hilfe zu erbitten?« Christoph blickte drein, als habe er eine solche Möglichkeit noch nicht erwogen. Schließlich fügte er sich in ihre Anklage, denn er schüttelte den Kopf. »Nein«, sagte Margarete und nickte bestätigend, »du lässt deine Pappenheimer springen, gerade wie es dir passt, nicht wahr, weil du sie alle an der kurzen Leine führst?!« Sie hatte Christoph am Schlafittchen.

Langsam schritt sie auf ihn zu, stemmte ihre Hände in die Hüften und wiegte sanft ihren Körper im Takt ihrer Füße. Nie zuvor hatte sie sich ihm so überlegen gefühlt. Christoph war gebeutelt: Das Dorf lehnte sich gegen ihn auf. Seinen Oheim mied er, geplagt von dem schlechten Gewissen, ihm zu schaden. Sein Eheweib war ein Schatten ihrer selbst, nicht gerade ein Aushängeschild. Seine Felder und sein Hof verwahrlosten mehr denn je. Nickel von Gerßdorff machte keinen Finger krumm, um ihm bei der Idee, die sie beide ausgehoben hatten, zu helfen, und die Großbauern trachteten ihm nach dem Leben aus Angst, Christoph könne für den Görlitzer Waidstapel arbeiten. Sie alle hatten Angst vor dem jungen Rieger und dem Gerßdorff, der seine Freude daran hätte, die ganze Gemeinde Waidbauern werden zu lassen, bis zum Sankt Nimmerleinstag, an dem sie sich totgeschuftet haben würden.

Margarete stand dicht vor Christoph, sah ihm ins Gesicht, ihrem Blick hielt er stand, eine leichte Übung für ihn. Seine Augen wanderten von ihrem rechten in ihr linkes Auge, als sie weitersprach: »Den Leuten im Dorf ist es vielleicht nicht bewusst, aber dir schon, stimmt's? Du weißt, welche Macht du hast. Du hast sie in der Hand. Du schnippst mit dem Finger und machst aus einem heiteren Jahr ein trübes oder umgekehrt, ist es nicht so?« Christoph schwieg, er sagte kein Wort, sein Blick bohrte sich in ihren, zwischen ihre Gesichter hätte nun kein Laubblatt mehr gepasst. »Es war nicht das Bestreben, ihr zu helfen, sondern das ...«, sie tippte mit dem Zeigefinger auf seine Brust, »... dir zu helfen. Eine unpässliche, kränkelnde Frau, eine Frau, die womöglich nicht gebiert, kann lästig werden, nicht wahr? Und ich bezweifle, dass Gottfried Verwendung für noch eine Magd hat.« Christophs Augen wanderten auf Margaretes Gesicht umher, er konnte sie mit seinem Blick nicht mehr halten. Sie war ihm entwischt. »Es kursieren Gerüchte, Christoph«, Margarete musste sich auf die Zehenspitzen stellen, damit sie ihre Worte nah an Christophs Ohr hauchen konnte, wobei sich beider Wangen beinahe berührten. »Gerüchte, wonach eine wichtige Bedingung für die Erlaubnis, Waid anzubauen, die Geburt eines strammen Erben war. Ist das der wahre Grund, weshalb ich verschwinden musste? Deshalb behelligst du mich mit Theresas Wehwehchen?« Margarete spürte Christophs Kiefermuskeln auf ihrer Haut, es rumorte in ihm. »Nicht einfach nur die Tatsache, dass wir kein Kind hatten, sondern die, dass die Zeit verstrichen war, einen Waiderben nach Nickels Bedingungen zu machen, war der Grund für meinen Abschub, oder?«

Mit angehaltenem Atem schubste Christoph die junge Frau von sich und trat zugleich einen Schritt zurück. Gekränkt blickte er auf sie hinab. »Entschuldige, dass ich dir deine kostbare Zeit gestohlen habe. Was die Leute reden, ist mir egal. Für das, was ich dir angetan – oder nicht für dich getan habe –, entschuldige ich mich, aber du musst zugeben, eine andere Wahl, als meine Frau zu werden, hattest du nicht. Du würdest noch immer in der Armenspeisung hocken …«

Margarete holte aus, um Christoph eine Ohrfeige für sein unverschämtes Maul zu verpassen, doch er fing ihren viel zu schwachen Schlag ab und hielt ihr Handgelenk fest.

»Mehr als entschuldigen kann ich mich nicht«, knirschte er hervor und bekam bei der Anstrengung, die Krallen der Katze von seinem Gesicht fernzuhalten, kaum die Zähne auseinander. »Was willst du denn noch?« Margarete strampelte an seinem Arm, um von ihm loszukommen, doch er beharrte auf seinem festen Händedruck und schnappte sich auch Margaretes zweiten Arm, als sie begann, auf ihn einzutrommeln. »Was willst du?«, fragte er wieder, nun aber lauter. Die Frau zerrte an ihm herum, dass er seine Not mit ihr hatte.

Margarete keuchte. Sie hatte Lust, diesen Kerl in Stücke zu reißen. »Margarete, beruhige dich endlich«, brummte Christoph, doch die Frau war wie irr und hing wütend an ihm wie eine Klette. »Was ist los, so kenn ich dich nicht.«

»Nein, so kennst du mich nicht«, schrie sie ihn an. Indem sie von ihm wegsprang, stieß sie ihn ein gutes Stück von sich. »Du kennst mich nicht so und nicht anders. Du kennst mich überhaupt nicht. Wie viel Mühe hast du dir gemacht mit mir?« Über ihr Gesicht rollten dicke Tränen. Sie wollte nicht heulen, aber sie war machtlos dagegen.

Der Mann wurde ruhiger beim Anblick der weinenden Frau und fragte fast flüsternd: »Was willst du denn von mir?«

»Ich will von dir wissen, warum du mir all das angetan hast!« Traurig fügte sie hinzu: »Du hättest mich nicht wegen des Geldes heiraten müssen. Ich hätte es dir auch so gegeben.«

Christoph Rieger fuhr sich mit der Hand durchs Haar und schwieg.

Margarete bedachte den Kerl, der ihr nicht nur einmal die Antwort auf diese so wichtige Frage verwehrt hatte, mit einem verächtlichen Schnauben. »Du hast mich nicht verdient. Es ärgert mich.« Sie schniefte geräuschvoll, hatte sie doch keine Übung darin, ihr Herz vor sich her zu tragen und es für sich sprechen zu lassen. Und als sie von Christoph mit knabenhaftem Unverständnis angeglotzt wurde, schüttelte sie resigniert den Kopf und schickte sich an zu gehen. Sie hatte den Knauf der schweren Tür bereits in der Hand, da wandte sie sich zu ihm um: »In unserer Ehe habe ich dich nicht geliebt. Nach unserer Ehe habe ich versucht, dich zu hassen, aber stattdessen vermisse ich dich. Verrückt, nicht wahr?«

Er ließ sie nicht gehen. Christoph hielt ihre Hand fest, bevor die Tür sich hinter ihr schließen konnte. Margarete tat sich schwer, ihm ins Gesicht zu sehen. Er hatte es geschafft, sie wieder in den Raum zu ziehen und die Tür zuzustoßen. Auf Armeslänge hielt er sie von sich weg und drückte sie auf die alte Bank in der Kammer.

»Wir sind uns ähnlicher, als du glaubst, Christoph Elias Rieger.« Margarete schaute auf ihre Finger, die müde und kraftlos in ihrem Schoß lagen. »Wir sitzen im selben Boot, und selbst wenn du mich bis auf den Mond verbannst, unsere Schicksale sind unabänderlich aneinandergeknüpft. Wir sind beide Ausgestoßene – jeder auf seine Weise. Wenn du das, was geschehen ist, aus deinem Gedächtnis löschen wolltest, hättest du mich besser umgebracht, anstatt mich zu heiraten. Du willst es nicht wahrhaben, aber ich hänge an deiner Vergangenheit wie eine rostige Kälberkette, und egal, was du auch immer mit mir anstellst, du wirst deine Vergangenheit nicht los. Du wirst mich nicht los. Du hast mich gehasst, als wir Kinder waren, und du hast mich in unserer Ehe verachtet, und du verabscheust mich jetzt noch, weil ich dich an damals erinnere.« Christophs zaghaftes Kopfschütteln nahm Margarete nicht wahr. »Es gab kein anderes Wesen außer mir, das du jemals hättest zur Frau nehmen können, das weiß ich, obwohl ich es nicht begründen kann … ich weiß es einfach. Ich habe es immer gespürt und ich hatte immer Angst davor, und als Czeppil mir letztes Jahr offenbarte, wer um meine Hand angehalten hat, wollte ich zehn Klafter tief im Boden versinken.«

»Margarete, hör auf!« Christophs Stimme drang ruhig und traurig an ihr Ohr, doch sie konnte nicht schweigen.

»Es hat dich immer geärgert, dass ich Bettinas Tochter bin. Bettina, die deinen Vater von deiner Mutter entzweit hat. Aber ich war ein Kind damals und hatte damit nichts zu tun.« Gequält presste Margarete ein bitteres Lachen aus ihrem Hals: »Ich wusste es nicht einmal! Ich hatte keine Ahnung, dass meine Mutter und Alois …«

»Bitte nicht, lass es bleiben, es ist doch vorbei …«

Margarete lachte erneut gequält auf, ohne den Mann, der sich neben sie auf die Bank gesetzt hatte, zu beachten. »Als ich noch klein war, habe ich meinen Vater verflucht, seine Machenschaften mit den Gerßdorffs und den Riegers und die Stunde meiner Geburt. Aber dass noch mehr als nur eine Egge hinter all dem steckte, wusste ich nicht. Was wolltest du bloß mit mir anfangen, Christoph? War dir wirklich nichts anderes eingefallen, als mich zu dir zu nehmen? Dachtest du allen Ernstes, der Spuk, all die Verachtung, all der Spott über unsere Väter nähme ein Ende, wenn sich die von Gott verlassenen Kinder zusammentun?« Sie hielt kurz inne. »Deine Rechnung ist nicht aufgegangen, mein Lieber. Deshalb sitzen wir jetzt hier, in der Dresskammer der Kirche, und grämen uns. Die vergessenen Kinder finden zueinander, weil sie ohneeinander allein sind. Das Gerede der Leute ist mit unserer Hochzeit – einem freudvollen Tag in unserem Leben – nicht verstummt, der Spott wurde zu Hohn, das Getuschel zu Flüchen. Warum hast du uns das angetan? Wieso hast du uns all das nicht erspart?« Margarete starrte auf ihre Finger, Christoph neben ihr auf die seinen.

Die Worte der jungen Frau hingen lange in der Stille. Sie schniefte, er rieb sich über Augen und Stirn. Sie seufzte und er räusperte sich. Margarete schüttelte schweigend den Kopf über das, was gesagt worden war. Christoph blickte sie stumm an. Sie wollte sich erheben, er hielt sie sacht am Arm zurück. Sie beobachtete ihn eine Weile, er sah sie von der Seite an.

Doch als er ihrem fragenden Blick nicht mehr standhalten konnte, neigte er sich zu ihr, drückte ihr erst einen zaghaften, freundschaftlichen Kuss auf die Stirn, einen weiteren auf die Wange, dann einen auf den Mund. Er prüfte sie. Sie ließ es geschehen. Er legte seine Arme um sie und wartete, was weiter passieren würde. Sie erwiderte seine Küsse.

Das war es, was Margarete in einsamen Nächten auf dem Weinberg versucht hatte, aus ihrem Gedächtnis zu graben: sein Duft, seine starken Arme, seine warme Haut und seine weichen Lippen. Die Erinnerung an das Gefühl seiner wuscheligen Haare an ihrer Wange, wenn er ihren Hals mit seinen Lippen berührte, wurde in ihr wach. Das Mädchen lüftete ihren Rock, der Junge nestelte an seiner Hose. Die junge Frau verlangte nach dem, was sie entbehren sollte, wie nach Brot in schmerzendem Hunger oder nach Wasser in quälendem Durst.

»Wir werden in der Hölle schmoren«, flüsterte Margarete, nachdem sich der Sturm längst gelegt hatte und beide ineinander verklammert verharrten. Sie hatte so leise gesprochen, als fürchte sie, der aufgemalte Jesus an der Chorwand im Kirchenschiff hätte seinen Silberblick durch die Dresskammertür geschickt und würde das Mädchen auf dem Schoß des Jungen mit der heruntergelassenen Hose an Ort und Stelle bestrafen.

In Margarete regten sich die Lebensgeister, denen es nicht genügte, bei einem in Kräuter vernarrten Greis auf einem von Wald und Dickicht überwucherten Hügel zu hocken. Sie war vernarrt in ihre Gedanken an Christoph, war verzückt von dem, was in aller Heimlichkeit geschehen war, und fühlte sich, obschon sie keine Menschenseele in ihr Geheimnis einweihen durfte, erhaben, schön und unantastbar für die Missgunst der Dörfler. Sie vertrödelte ihre Zeit mit Tagträumen und ging, wenn sie ausgeträumt hatte, heiter dem herbstlichen Tagwerk nach. Sie sog die goldenen Sonnenstrahlen des Oktobers in sich auf und beschloss, wieder häufiger ins Dorf hinunterzugehen, und welche Gelegenheit lag da näher als der Herbstmarkt, der am letzten Wochenende des zehnten Monats stattfand? Und während es Gottfried Klinghardt überraschte, das Mädchen sich für eben jenes Ereignis fein machen zu sehen, wunderte sich Margarete darüber, vom Alten persönlich begleitet zu werden.

»Körbe braucht es für unsere Vorräte, Saatgut für die letzten Winterfrüchte und Federn, Daunen, Heu und Stroh für ein anständiges Nachtlager für dich, damit du mir im Winter nicht erfrierst«, knirschte der Alte hervor, wobei er seinen schiefen Mund in dem Versuch, das Gesicht von Bartstoppeln zu befreien, noch mehr verzog. Für die vielen Dinge, die für die bevorstehende kalte Jahreszeit angeschafft werden mussten, lieh sich der Alte sogar einen Karren nebst Zugesel vom Gerßdorffschen Gut.

Margarete bemerkte erst jetzt, inmitten all der geschäftigen, plappernden und krakeelenden Menschen, die nicht nur aus den Häusern der Horkaer Parochie gekrochen, sondern aus der ganzen Region angereist waren, wie sehr sie die Menschen und deren Gebaren vermisst hatte.

Sie suchte und fand den Messerschmied Claudius, mit dem sie so herzlich auf dem Sommermarkt des vergangenen Jahres gesprochen hatte. Seine Miene, eben noch aufgeschlossen und heiter gegenüber einem kaufkräftigen Kunden, verdüsterte sich, besorgt, nicht aber boshaft, als er Margarete auf sich zukommen sah. »Da haben sie dir übel mitgespielt, nicht wahr?«, bemerkte er, nachdem sie seine Wiedersehensfreude bekundet hatte. Margarete zuckte mit den Achseln und tat so, als betrachte sie seine ausgelegte Ware besonders aufmerksam. »Sag, stimmt es, was man sich erzählt?«

»Ich weiß nicht, was man sich erzählt, Claudius, und ich will es auch nicht wissen. Ich war keine geeignete Frau für Christoph, und wenn es das ist, was die Leute tratschen, dann ist es die Wahrheit. Wir passten so gut zusammen wie Pferd und Esel, Huhn und Ente oder Hund und Wolf.« Wie Margarete das erklärte und selbst darüber lachen musste, konnte Claudius nicht anders, als in ihren Spaß einzustimmen. Er hatte ja keine Ahnung, dass Margarete und Christoph wie Topf und Deckel füreinander geschaffen waren. Seine Bemerkung bezüglich der überstürzten zweiten Heirat des Riegers tat Margarete mit einem weiteren Achselzucken ab, und dann wollte der Uhsmannsdorfer Schmied alles über den alten Klinghardt und Margaretes Auskommen mit dem Einsiedler wissen, und das Mädchen hatte kein Leichtes daran, den Mann davon zu überzeugen, dass es sich ganz gut mit einem, wenn auch der Kirche fernen, so doch gottesnahen Gespanndiener leben ließ. Auf die Frage, ob sie für den Alten schwer zu schuften hatte, bog sie sich beinahe vor Lachen und Claudius blieb nichts anderes übrig, als sich vor dem amüsierten Mädchen geschlagen zu geben und seine überaus besorgten Fragen beiseite zu schieben. Er erzählte munter von zu Haus, von seiner Frau und seinen Kindern, und Margarete war aufrichtig interessiert. Beide verstummten jedoch, als sich niemand Geringerer als Leonore Vietze zum Marktstand des Schmieds gesellte und, ohne den einen oder den anderen anzusehen, aber laut genug, dass es viele umherwieselnde Marktgänger hören konnten, verlauten ließ: »Es ist doch erstaunlich, wie flott die sündige und gewissenlose Zunge und die ungezügelte Scham der Dirne des Kräuterkauzes es schaffen, den erstbesten Handwerker zu umgarnen, kaum dass sich die Hübschlerin ihm angenähert hat!«

Der jungen Wagnerin blieb das Lachen im Halse stecken und der Schmied Claudius war viel zu überrascht, um auch nur ein einziges Wort hervorbringen zu können. Aber genügend Umherstehende hatten gehört, was Leonore gesagt hatte, und unterbrachen gaffgierig ihre Erledigungen.

Margarete sah sich nach Gottfried um, der aber war irgendwo weit weg. Sie wusste, was es für Claudius bedeuten konnte, wenn dieser Zwischenfall mehr als nur das gedankenverlorene Geschwätz einer intriganten Person war. Margarete wollte nicht riskieren, dass Claudius seine Kundschaft ebenso rasch verlor, wie es ihrem Vater vor nunmehr elf Jahren ergangen war. Gerade als sie einen Abschiedsgruß in Claudius' Richtung murmelte und dem Marktstand den Rücken kehren wollte, hob Leonore von Neuem an: »Nicht genug, dass sie dem Christoph Rieger Schimpf und Schande über den Hof brachte, sich aus dem Staub machte, bevor dem Mann der Ärger bis zum Hals gewachsen war, bringt sie nun auch noch über den Schmied von Uhsmannsdorf das Unheil.« Die Töpfertochter bekreuzigte sich demonstrativ, scheute noch immer den Blick in Margaretes oder Claudius' Richtung und scherte sich anscheinend nicht um den hasserfüllten Blick, den die Wagnerin für sie übrig hatte.

»So viel Lüge, wie aus deinem Mund quillt, Vietzin«, Margarete sprach mit sicherer Stimme; sie war viel zu wütend, als dass sie Schwäche hätte zeigen können, »verbarg einst die Heilige Hildgunde unter dem Zisterzienserhabit, der sie als Mann ausgeben sollte. Der Unterschied zwischen dem Ausmaß ihrer und dem deiner Lüge bestand jedoch darin, dass Hildgunde mit ihrer Verdrehung naturgegebener Tatsachen Großes vollbringen konnte, anstatt sich sinnlos in den Vordergrund zu spielen.« Das verächtliche Schnauben und das heftige Luftschnappen seitens der Vietzin, die zu neuem Gezeter anstimmen wollte, übertönte Margarete mit klaren Worten: »Die Sünde, von der du sprichst, wurzelt nicht in der Tat, sondern in der Absicht und wohnt in den tiefsten Winkeln der Seele. Das Gewissen, von dem du faselst, trägt jeder Einzelne vor der Brust, wie der Erlöser es dereinst als Dornenkrone auf dem Kopf getragen hat. Der, der von sich behaupten kann, ein so bußfertiger, reuiger Sünder zu sein, dass er seine bösen Absichten von sich werfen kann, und der, der die Besserung in seinem Nächsten erkennt und Besserung seiner selbst anstrebt, der kann das Confiteor in der Heiligen Messe auch mit reinem Gewissen vortragen.« Margarete war froh, während Gottfrieds Bibelstunden so gut aufgepasst zu haben. Die Worte sprudelten aus ihrem Mund, und obwohl sie gerade laut genug für die Vietzin und für Claudius gesprochen hatte, bemerkte sie nicht gleich, dass die Menschen rund um den Markstand verstummt waren. Margarete wagte es nicht, sich umzublicken, denn einzig der Töpfertochter sollte ihr Zorn gelten, und so fügte sie hinzu: »Ich für meinen Teil weiß, was ich mir habe zuschulden kommen lassen, und muss unter dem ›Mea culpa, mea culpa, mea maxima culpa‹ nicht lügend die Augen zu Boden senken wie du.«

»Gefasel!« Zustimmung heischend blickte sich Leonore nach den Umherstehenden um. »Man hat den Czeppil sagen hören, dass du gar keine wirkliche Frau bist, weil du keine Kinder kriegen kannst! Margarete, sag, was verbirgt sich unter deinem Rock? Ein Geißfuß oder ein Ochsenschwanz?« Die Menschen, vornehmlich Frauen, die ihre Herbsteinkäufe tätigen wollten, lachten auf.

Margaretes Kehle war staubtrocken, doch bevor Unsicherheit von ihr Besitz ergreifen konnte, erwiderte sie in dem ihr eigenen, gedämpften Tonfall: »Und wie steht es mit dir, Leonore?

Zeig mir deine Kinderschar, die du von Christoph hast!« Abrupt schwiegen die Weiber, Leonore war puterrot im Gesicht. »Die, die keine Frau ist, bist du, Vietzin, denn du bist die fleischgewordene Streitsucht! Solange du atmest, solange du lebst, wirst du nicht dulden, dass einer dich mit närrischer Liebhaberei belästigt. Allen wirst du stets mehr Unheil zufügen, als es mit dir geschieht, weil du ehrliche Zuneigung als Beleidigung ansiehst. Du bist erst glücklich, wenn du den anderen Schmach zufügen kannst!«

»Das sagt die Frömmigkeit in Person?!« Leonores Stimme war spitz und laut. »Wenn ich das blutige Verbrechen und das Zähneknirschen in Person bin, wer bist du dann oben auf deinem Weinberg bei deinem«, sie sah sich wissend in den Reihen um, »lüsternen Kräuterhexer?!«

Margarete, die Leonore nicht aus den Augen gelassen hatte, atmete schwer aus und hörte im Gegenzug das gedehnte, pfeifende Einatmen der Vietzin. Aber bevor diese in ihren Beschimpfungen fortfahren konnte, geschah etwas anderes. Eine Stimme hob an: »Der Bänkelsänger bekommt nicht dafür Applaus, dass er sich räuspert, und eine Leonore Vietze macht nicht von sich reden, wenn sie an ehrbaren Menschen schweigend vorübergeht. Aber ich glaube, es reicht für heute, oder?«

Margarete wirbelte herum, mit ihr die Töpfertochter, und Claudius hob den Kopf in die Richtung, aus der der treffliche Satz gekommen war. Und während unter dem zustimmenden Raunen und dem erheiterten Kichern der umherstehenden Menschen des Schmieds Gesicht ein Lächeln und der Töpferin Miene ein säuerlich gekräuselter Mund zierten, lief Margaretes Antlitz purpurn an. Sie hatte in dem Schatten, der hinter ihrem Rücken wie ein sprießender Pilz emporgeschossen war, nicht Christophs Gestalt vermutet. »Theresa möchte mit dir sprechen, Margarete, kommst du?« Der junge Mann sah nicht die Frau an, die er angesprochen hatte, sondern runzelte über Leonore die Stirn, und diese wieselte beleidigt davon. Margarete erachtete es als unangemessen, dass Christoph über sie verfügte wie zu Zeiten ihrer Ehe, und doch war sie dankbar, von ihm erlöst worden zu sein. »Du redest dich um Kopf und Kragen, so kriegst du die aufgescheuchten Hühner nicht zur Räson.« Christoph war aufgebracht und Margarete wandte mehr Überlegungen bezüglich seiner Stimmung auf als für das, was er gesagt hatte.

Sie lief neben ihm her, ihr Arm streifte den seinen, nach seiner Hand zu greifen, stand ihr nicht zu. Sie musterte sein Profil: Er sah geradeaus, hinter seinen verengten Augen funkelte zorniges Blau. Als er jedoch ihren Blick bemerkte, wanderte ein kleines Grinsen über sein Gesicht.

»Was will Theresa?«

Christoph antwortete nicht gleich, sondern gab zunächst zu bedenken, dass Margarete vorsichtiger sein solle, dass sie genug Feinde im Ort habe, die aus Gerüchten schon genügend Anlässe zum Hetzen zögen, und dass Margarete diese nicht noch mit fleischgewordenen Laienpredigten zu füttern brauche.

»Das geht dich nichts an, Christoph, es liegt in meinem Ermessen, wie viel von all dem falschen Gerede ich auf mir ruhen lasse.« Erleichtert sah Margarete, dass Christoph zustimmend, aber knapp nickte. »Also, was will Theresa?« Auch diesmal bekam sie keine Antwort. Christoph blieb abrupt stehen und führte sie mit wenigen Schritten in den Schatten der rückwärtigen Kretschamsmauer. Margarete hatte nicht bemerkt, dass sie sich vom Markt entfernt hatten. Sie mussten nach wie vor auf der Hut vor Spitzeln sein, das stand außer Frage. Das wusste sie, aber wie erleichtert war sie, mit Christoph halb heimlich, halb allein sein zu können.

Sein Blick war plötzlich so traurig, dass sich Margaretes Freude über dieses Treffen sofort verflüchtigte. Er schüttelte fassungslos den Kopf. »Was ich dir angetan habe, ist unverzeihlich. Wie sie über dich reden …«

»Christoph …« Margarete klang so erstaunt, als sähe sie den jungen Mann zum ersten Mal in ihrem Leben. »Sie haben doch nie anders über mich geredet. Seit meinem achten Lebensjahr höre ich nichts anderes von den Vietzes, den Weinholds und Linkes, den Bieskes und Hennigs. Es ist nicht fein, aber mich darüber zu grämen, steht mir schon lange nicht mehr an. Also, was will nun Theresa?«

Christoph sah sie ein paar Atemzüge lang an und schien ihre Worte angestrengt abzuwägen. »Trotzdem werde ich das Gefühl nicht los, als habe ich für dich alles nur schlimmer gemacht.«

Margarete hatte nun ihrerseits ein mächtiges Stück Arbeit daran, nachzugrübeln, was Christoph gemeint haben könnte, und sie kam zu dem Schluss: »Ja, das hast du. Du hättest mich nicht nach dem ersten Jahr wegjagen müssen.« Das hatte sie ihm vor wenigen Tagen schon in der Dresskammer sagen wollen, und wie es nun heraus war, verschaffte ihr das einsichtige und traurige Kopfnicken, das der Mann von sich gab, nicht die erwartete Befriedigung. Und sie sprach aus, was sie hinter der arbeitenden Stirn des Mannes vermutete und was sie vor ein paar Tagen begriffen zu haben glaubte: »Aber eine Abmachung mit einem Adligen hat mehr Gewicht als eine unfruchtbare Ehe.« Ja, das stimmte, und wenn Christoph auch dastand wie ein Stockfisch und seine Augen begriffsstutzig auf ihrem Gesicht umherwandern ließ, so war es allgegenwärtig in sein Antlitz gezeichnet, dass ein Junker Nickel noch eher als ein ungefügiges Eheweib sein Leben über kurz oder lang beenden konnte. »Was ist nun mit Theresa?«, versuchte es Margarete noch einmal, doch Christoph war so sehr in Gedanken versunken, dass er auch diesmal keine Antwort gab. »Christoph?!« Margarete stupste ihn am Arm. Sie hatte ihn lediglich wachrütteln wollen und konnte ja nicht ahnen, dass er diesen Fingerzeig nutzte, um die zwei Schritte, die sie voneinander getrennt hatten, zu übergehen und sie zu umarmen, als wäre es das Letzte, was er für sie tun konnte.

So rasch es ihr möglich war, machte sich Margarete von ihm los. Wenn auch nur eine einzige Seele diese Geste beobachtet hatte, waren sie beide geächtet – und das eher heut' als morgen! Erst sah sich Christoph um, dann Margarete. Es war kein Mensch in Sicht, was nicht heißen musste, dass sie nicht doch von jemandem gesehen worden waren. Und so plötzlich wie seine Umarmung kam ihm nun die Antwort auf ihre wiederholte Frage über die Lippen: »Nichts.«

»Wie bitte?«

»Theresa will gar nichts. Es war nur ein Vorwand, um dich von deiner Freundin loszubekommen.«

Margarete prustete los und hielt sich die Hände vor den Mund. Auf Christophs jungenhaftes Grinsen musste sie noch mehr lachen. Das Mädchen schüttelte über den Kerl den Kopf:

»Ich kann es nicht verstehen, dass du ein Jahr lang etwas mit ihr hattest ...«

»Ein Jahr?« Christophs Lächeln wollte nicht aus seinem Gesicht verschwinden, schlug aber in Häme um. »Ein Jahr? Hat sie dir das erzählt?« Er kniff seine Augenbrauen zusammen, sodass sich die Längsfalte auf seiner Nasenwurzel abzeichnete, und dabei tat er so, als würde er besonders angestrengt nachdenken: »Nach meiner Rechnung haben wir uns einige Male getroffen, und das über einen Zeitraum von sechs Monaten ... aber was die Weiber genießen, kommt ihnen länger vor ...« Er wurde durch einen Klaps vor die Brust zum Schweigen gebracht und sah unschuldig drein, während sich Margarete unter einem Erguss von Abneigung und Scham schüttelte.

»Hier steckst du, lachst dich krumm und schief, während die Meute sich geifernd über dich ausschüttet!« Mit strenger Miene und besorgtem Blick polterte Gottfried auf Margarete zu. Christoph schien er gar nicht zu bemerken – vorerst. »Ich habe dich überall gesucht, Kind ... und du!« Er versetzte Christoph einen Knuff in die Seite, nicht grob, nicht hart, aber tadelnder denn tausend Worte. »Sie hat schon Schwierigkeiten genug, auch ohne dein Versteckspiel, Elias!«

Der Angesprochene blickte ernst in die grünen Augen des Alten. Margarete stutzte: Diese Vertrautheit, die sich zwischen den beiden breitmachte, schloss sie aus dem Zirkel der drei aus. Sie hatte die zwei noch nie zuvor zusammen gesehen und war verblüfft von der Respektshaltung, die beide einander zollten. Sie hätte nicht sagen können, welcher von ihnen dem anderen überlegen war. Lange musterten sie sich, lange schwiegen sie sich an, bis Christoph schließlich nickte. »Du hast recht, Gottfried, das war unbedacht.«

Der Alte nahm für Margarete die angedeutete Entschuldigung mit einem Seufzen an. Er fuhr sich mit der Rechten über sein schlecht rasiertes Kinn und blickte zwischen den beiden jungen Menschen hin und her, blieb aber an Margaretes betroffener Miene haften, als er sprach: »Du redest dich um Kopf und Kragen!«

»Das hab ich ihr auch gerade gesagt ...«

»Hast du ihr auch gesagt, dass sie sich besser nicht zu oft im

Dorf blicken lassen, sich zumindest nicht nachts herumtreiben sollte in gewissen Stuben, Winkeln und … Dresskammern?« Die Jüngeren schwiegen, der Alte seufzte abermals schwer. »Der zweite Elias begeht die gleichen Dummheiten wie schon der erste vor ihm …«

»Gottfried, nicht!« Christophs Stimme war zwar leise, aber angespannt bis aufs Äußerste.

Der Alte akzeptierte die Grenze, die Christoph vor ihm aufgeworfen hatte, und nickte ergeben. Er streckte die Rechte nach Margarete aus und zog sie mit sich in die Richtung, in der ihr Eselskarren auf sie wartete. Im Gehen und mit dem Rücken zum jungen Rieger gewandt, sagte er noch: »Anstatt sie bei Nacht und Nebel in der Gegend umherirren zu lassen, könntest du uns auf dem Weinberg besuchen, Elias, aber ich verwette meinen Arsch, dazu hast du nicht den Mumm!« Murmelnd versuchte Margarete, Gottfried zum Schweigen zu bringen, doch der murrte weiter: »Wie schon der alte Elias nicht den Mumm hatte, hat auch der junge keinen!« Das Mädchen sah sich verunsichert nach Christoph um, er war schon nicht mehr da. Wahrscheinlich hatte er das Grollen des Alten nicht gehört.

Von nun an ließ sich Margarete wieder häufiger im Gottesdienst blicken, wenn auch nicht regelmäßig, so doch immer dann, wenn sie dazu Lust hatte. Vor allem wenn sie auf den Anblick Christophs Lust hatte. Sie gab keinen Pfifferling auf das Gerede der Leute.

In der Beichte erzählte sie dem Pfarrer, dass sie sich auf dem Weinberg, wenn Gottfried seine Fuhren machte, in ihrer Einsamkeit so sehr fürchte, dass sie kaum mehr wage, aus dem Hause zu gehen. Im gleichen Atemzug beteuerte sie, in ehrlicher Frömmigkeit ihre Gebete zu sprechen. Die junge Wagnerin überhörte die belehrenden Worte des Geistlichen, der um ihren Sonntagsgroschen bangte.

Die Gottesdienste flogen an Margarete vorüber, ohne dass

sie ein Wort davon in sich aufgesogen hätte, und sie erntete den Unbill der Gemeindemitglieder. So sehr sie sich den Hals nach Christoph und Theresa verrenkte, so sehr verrenkte man sich die Hälse nach ihr. Was Margarete in ihrer wochenlang gezüchteten, neu erworbenen Gleichgültigkeit nicht entgangen war, waren der rosige Teint und die fleischige Silhouette Theresas.

Nachdem sie den späten Sommer über gar nicht und im Herbst nur selten in die Kirche gekommen war, spöttelten nun die Weiber und Kerle, die nicht Zeugen des unsäglichen Vorfalls auf dem Herbstmarkt geworden waren: »Ah, die Margarete hat wohl wieder nächtelang beim Gottfried gelegen, dass sie sich so lange nicht hat blicken lassen.« Oder: »Es muss heftiges Schlossenwetter auf dem Weinberg gegeben haben, dass die Wagnerin den Weg nicht herunter fand.« Sie lachten sich schief und krumm über Margarete, und allein Leonore Vietze schwieg wie ein Backfisch und wagte weder Margarete noch Christoph zu beobachten.

Die junge Wagnerin labte sich an den kurzen Gesprächen, die sie mit Christoph im Schutze der Sträucher vor der östlichen Wehrmauer führte, an den verzagten Berührungen sich nacheinander verzehrender Hände und den nur zu rasch hingehauchten Küssen, die sie einander stahlen, wenn sie sich unbeobachtet wähnten.

Verraucht waren Gottfrieds Mahnungen, verpufft die Versprechungen, die Margarete am Abend des Herbstmarktes hatte leisten müssen. Aber eines hatte sie begriffen: Vorsicht walten zu lassen. Und so kam es allzu oft vor, dass sie Christoph um seinetwillen um das ein oder andere mittägliche Stelldichein prellen und ihn abweisen musste. Denn zu gefährlich und aufdringlich waren an manchen Sonntagen die neugierigen Blicke der Tratschweiber.

Viele Sonntage gingen ins Land, an denen es den beiden nicht einen Moment lang vergönnt war, allein zu sein und ein paar Worte zu wechseln, und da hielt es Margarete nicht mehr aus in ihrer Sehnsucht. Schließlich ließ sie es sich nicht nehmen, Christoph und die nicht von ihm weichende Theresa nach einer Predigt im Spätherbst abzufangen.

Die junge Riegerin freute sich ehrlich, Margarete zu treffen.

Theresa war der Älteren in tiefer Dankbarkeit verfallen, denn es ging ihr besser denn je. Erwartungsgemäß fiel die Unterhaltung auf das Wetter, worüber sonst hätte Margarete mit Christophs Frau sprechen können? Und das war für Christoph und Margarete die Gelegenheit, ein Treffen zu vereinbaren, ohne dass Theresa aus ihren Wortspielchen eine Intrige hätte herauslesen können. Margarete sprach heiter, ohne den Blick von Christoph zu lassen: »Ja, es gab schon Nachtfrost oben auf dem Berg, der November ist so unerbittlich, wie die Monate zuvor gnädig waren.« Mit aufgesetzter Besorgnis fügte sie hinzu: »Aber wenn um Sankt Martin Regen fällt, ist's mit dem Roggen schlecht bestellt«, und trat, als Theresa durch eine verstohlen krächzende und aufgeregt umhertippelnde Saatkrähe abgelenkt war, auf Christophs Fuß.

Theresa schien lange genug von dem riesigen schwarzen Gesellen und seinem hungrigen Blick gefesselt zu sein, dass Margarete dem fragenden Blick des Jungbauern mit einem gebietenden Blick begegnen konnte. So war die Verabredung getroffen, sich am Sankt Martinstag um Mitternacht in der Dresskammer einzufinden.

Und in jener Martinsnacht offenbarte Christoph Margarete, was sie allzu lange befürchtet hatte: »Ich denke, Theresa ist schwanger.« Schwer atmend stand er zwischen ihren Schenkeln und drückte ihren Rücken gegen die Wand der Dresskammer. Margarete verkrallte ihre Finger in die Muskeln seines Rumpfes. Wie konnte er in dem Augenblick, da er sich noch nicht einmal aus ihr zurückgezogen hatte, so etwas verkünden?!

»Bist du dir sicher?«

Christoph bejahte stumm. Sein Haar kitzelte ihre Wange, während er nickte. Sein Gesicht ruhte in der Beuge zwischen Margaretes Hals und ihrer Schulter. Gedankenverloren streichelte er ihre Haut mit seinen Lippen.

Sie kräuselte sein Nackenhaar, wand Strähnen um ihre Finger und kniff die Augen zusammen, um die drängenden Tränen nicht ausbrechen zu lassen. Was für eine schwächliche Figur war sie! Es war das Natürlichste von der Welt, dass ein verheiratetes Paar Kinder bekam, und warum erschrak sie nun vor dieser gottgegebenen Fügung? An Christophs Kragen wischte sie ihre Augen trocken und entließ den Mann aus ihrer Umarmung.

Wortlos ordneten sie ihre Kleider und schnürte ihr Leibchen straff, wobei ihre Hände zitterten. Sie spürte seine Blicke auf sich ruhen. Wie hatte sie erwarten können, dass er seine Frau von den ehelichen Pflichten entband, nur weil er sich mit ihr verlustierte? »Dann sollte sie nicht mehr von dem Aufguss trinken.«

»Es ist wundersam, weißt du?«

Margarete zuckte mit den Achseln: »Nein, woher sollte ich?« Wie konnte er so taktlos sein. Woher sollte sie wissen, wie sich eine Schwangerschaft anfühlte?!

»Entschuldige, ich wollte dich nicht verletzen. Ich meine, wundersam ist, dass es gleich geklappt hat … Ich hab sie seit der Hochzeitsnacht nicht angerührt … Ich hab dir damals übrigens die Wahrheit gesagt.«

Margarete sah Christoph nun offen an. Er band seine Hose zusammen. Was er gesagt hatte, erstaunte sie, vor allem bauten seine Worte wieder jene Selbstsicherheit in ihr auf, die vor wenigen Herzschlägen durch seine Ankündigung in tausend Stücke zersprungen war. Sie dachte an den leeren Leib unter Theresas Hemd, den sie vor gut einem Vierteljahr befühlt hatte. Wie man sich doch irren kann! Margarete hatte die Schwangerschaft verkannt!

»Ich hab Theresa in eine andere Kammer einquartiert, nur um sicherzugehen«, erklärte Christoph, ohne Margarete aus den Augen zu lassen.

»Abergläubisches Geschwätz, Christoph!« Margarete erklärte ihm mit verzagter Stimme, dass, solange er die Finger von seiner Frau ließ, er dem Kind in ihrem Leib nicht schaden könne, er das Ungeborene viel eher umbrächte, steckte er Theresa den Winter über in eine der unbeheizbaren und eiskalten Kammern. »Deine Vorsicht sollte der Zeit nach der Niederkunft gelten. Der Verkehr mit einer stillenden Mutter ist gefährlich …«

»Margarete, bitte!« Christoph verzog angewidert das Gesicht, eine solche Unterhaltung wollte er ganz offensichtlich nicht über sich und Theresa führen, nachdem er kurz zuvor Margarete nahe gewesen war.

»Durch den Samen des Mannes«, sprach sie aber ungeniert weiter und straffte die Kordeln ihres Rockes, der sehr in Unordnung geraten war, »kann die Milch der Stillenden umschlagen und das Kind töten, weil die Milch aus den gleichen Quellen stammt wie der Monatsfluss.«

Christoph rümpfte die Nase: »Oh Gott – Margarete, das ist widerlich!« Ihm war nun sehr daran gelegen, das Tête-à-Tête schnellstmöglich zu beenden, doch Margarete sah sich verpflichtet, ihm eine Lektion zu erteilen: »Und du sollst verdammt sein, Christoph Elias, beabsichtigst du, um dieses Hindernis des Beisammenseins zu beseitigen, das kleine Würmchen an eine Amme zu geben. Theresa ist dein Weib. Es ist die Frucht deiner Lenden, die sie unter dem Herzen trägt, und dessen Charakter wird mit der Muttermilch übertragen. Der Lebenstrank des Neugeborenen ist empfindlich gegen alle Verunreinigungen. Lass dein Kind ruhig in der Obhut der Mutter und nicht bei einer trampeligen Amme oder gar bei dir, du ungeschickter Narr.« Sie schwieg plötzlich. Ein ganz anderer Gedanke war hinter ihren grauen Augen aufgekreuzt. Ein Gedanke, der mit einem anderen Narren zu tun hatte, und so fragte sie den, der sich resigniert auf die Bank hatte plumpsen lassen: »Wieso nennt dich Gottfried eigentlich ›Elias‹?«

Christoph hob den Blick. Vergessen schien das unangenehme Gespräch über Theresas Körpersäfte. Er zuckte mit den Achseln, aber nicht, weil er die Antwort nicht wusste, sondern weil die Antwort für ihn selbstverständlich schien: »Er hat mich immer so genannt.«

»Immer?« Margarete kam sich vor wie an dem Tag, als Gottfried ihr so vieles über ihre Mutter erzählt hatte. Jetzt wie damals beschlich sie das ungute Gefühl, von allen Menschen in der Parochie am wenigsten über die Nachbarschaft zu wissen. Sie kam sich ausgeschlossen vor wie im Oktober auf dem Herbstmarkt. Wieso wusste sie so wenig über Christoph und über ihre beiden Familien?!

Christoph zuckte abermals die Schultern. »Er ist doch schon so lange im Gespanndienst der Gerßdorffs, und er hat es zu Lebzeiten des alten Christoph von Gerßdorff nicht über die Lippen gebracht, mich auch so zu nennen, weil ich so wenig adelig und so wenig edelmütig und so wenig mutig bin, wie der alte Gerßdorff es war. Und weil ich so tölpelhaft wie mein alter Herr bin, hat Gottfried uns über einen Kamm geschert. Alois war der erste, ich bin der zweite Elias, ganz einfach.« Christoph hatte Margarete nicht angesehen, während er sprach. Er hatte ihren erstaunten Blick nicht gesehen, denn er war viel zu sehr mit seinem Umhang beschäftigt und damit, sich die Kapuze über den Kopf zu stülpen. »Gottfried hat mit mir damals eine Handvoll Worte gewechselt, aber er kannte mich so gut, wie ich mich heute noch nicht kenne.« Er erhob sich, ging die wenigen Schritte, die ihn von Margarete trennten, und wollte sie auf die Lippen küssen, doch hinderten ihn ihre Worte daran: »Und hat er recht? Hast du genauso wenig Mumm wie der erste Elias?« Margarete hatte Gottfried noch am Abend des Herbstmarktes gefragt, was er gemeint hatte, als er behauptete, der alte wie der junge Rieger hätten keinen Schneid. Denn waren die beiden nicht mutiger als jeder Mann der Parochie? Während Alois Rieger der Gemeinde eine einzigartige Egge beschieden hatte, versuchte es dessen Sohn mit der Kultivierung einer neuen Pflanze.

»In Bezug auf Frauen …«, hatte Gottfried geknurrt. »In Bezug auf die Wagner-Frauen sind sie egoistische Drückeberger!« Lange hatte Gottfried über die beiden Eliasse geschimpft. Und auch jetzt, da Christophs Gesicht einen Fingerbreit vor dem ihren hing, spielte sie darauf an, von ihm auf dem Hügel besucht zu werden.

Der junge Mann vollendete seine Geste, küsste das Mädchen kurz und lächelte matt. »Ich werde uns nicht auf das Schafott befördern, indem ich in dein Bett steige, und wenn du nicht mehr herkommen möchtest, dann ist es eben so. Dies ist kein schöner Ort, aber es ist der einzige, an dem wir uns unterhalten können, ohne das große Gegaffe vom Zaune zu brechen.« Damit ließ er sie stehen und verschwand durch die Eichentür, die in das Kirchenschiff führte.

Christoph wurde zu Nickel von Gerßdorff auf das Gut gerufen. Er war aufgeregt, es war nun Monate her, dass er mit ihm gesprochen hatte. Endlich, dachte Christoph, endlich würde ihm die Anerkennung zuteil, die er verdient hatte.

Aber Nickel äußerte kaum ein Wort des Lobes bezüglich der Feldarbeit, stattdessen diktierte er dem Kleinbauern Forderungen, die zu erfüllen Christoph schlichtweg umbrächten.

»Du musst zugeben, dass ich nicht mit ansehen kann, wie dein Hof und dein Wintergetreide vernachlässigt werden. Und vor allem, wofür? Dein Waid guckt noch kaum zur Erde raus.«

Das war nicht wahr, das musste Nickel doch wissen! Christoph kochte vor Wut. Der Waid hatte den Mangel an Regen im Sommer und den plötzlichen Kälteeinsturz im Herbst gut verkraftet, er war nun fast anderthalb Fuß hoch und leuchtete schon mit mattblauen Blättern in das Herbstgrau hinaus. Wie konnte der Junker so etwas sagen? Und in Anbetracht der intensiven Pflege, die der Waid brauchte, war Christoph sogar stolz auf seinen Winterroggen, den er zusätzlich bewirtschaftete, er arbeitete Tag und Nacht.

»Wir hatten eine Abmachung«, fuhr der junge Gerßdorff fort, ohne auf das eindeutige Mienenspiel seines Bauern zu achten. »Dein Waid wird vom Feld gepflügt, wenn du die restliche Arbeit nicht bewältigen kannst.«

Mit zerknirschter Miene und zusammengekniffenen Augen stand Christoph vor dem Gutsherrn. Unter seiner wollenen Weste fühlte sich sein Groll gegen den Junker wie ein sommerlicher Hitzestau an, den es auszukühlen galt. Weder der Junker noch ein anderer aus seiner feinen Sippe hatte eine Ahnung, was es hieß, drei Felder allein zu bewirtschaften und dazu noch auf dem Gutshof arbeiten zu gehen. Und was war das: seine Idee?

Als konnte Nickel Christophs Gedanken lesen, sagte er: »Ich habe dir nie Versprechungen gemacht, nicht wahr? Wir waren uns einig, dass du den Waid auf eigene Verantwortung anbauen willst. Dieses … sagen wir … Experiment …«, der Lehnsherr kratzte sich mit dem rechten Daumen unterm Kinn und zog dabei die Mundwinkel nach unten, »… wolltest du auf dich nehmen. Ich habe es dir gestattet. Du verstehst, dass eine solch universelle Neuerung einer eingehenden Prüfung unterzogen werden muss.«

Christoph hörte die Worte aus Nickels Mund sprudeln, doch deren Bedeutung konnte er nicht zusammenfügen. Er hasste es, wenn er dem Herrn nicht folgen konnte.

»Bringst du mir den Waid in eineinhalb Jahren auf den Markt in Görlitz und kannst mir zudem eine funktionierende Wirtschaft und einen strammen Erben vorweisen – ich höre, deine junge Frau ist guter Hoffnung, umso besser – so bedeutet das …«

Dass du der mächtigste Mann diesseits der Neiße sein wirst, setzte Christoph den Satz in Gedanken fort.

»… dass alle Bauern freudig deinem Vorbild folgen werden und unsere Parochie einen wirtschaftlichen Aufschwung erleben wird, der in die Geschichtsbücher geschrieben werden wird. Es wird allen besser gehen. Es muss nur funktionieren. Dein Vater hat den meinen nicht enttäuscht, und du wirst mich nicht enttäuschen, nicht wahr? Ich habe dir erlaubt, es zu versuchen, Christoph, du verdankst mir viel.«

Christoph sah nicht, was er dem Edelmann verdankte, außer einer hetzenden Meute uneinsichtiger Bauern und einem klaffenden Loch in seinem Geldstrumpf. Das Gespräch lief nicht, wie er es sich erhofft hatte. Christoph hatte Unterstützung erwartet, stattdessen wurde er zu noch mehr Arbeit angetrieben, zu noch mehr Einsatz, zu noch mehr Schweißvergießen.

Aber Christophs Gegenwart wurde von ganz anderen Nöten gezeichnet, denn je größer die Schritte wurden, die der Winter auf das kleine Dorf zueilte, desto größer wurde seine Sorge, wie er seine nunmehr nimmersatte Frau durchfüttern sollte.

»Was ich allerdings sehe«, sprach Nickel gleichmütig weiter, »ist, dass es nicht funktioniert! Wo war dein Anteil an Roten Rüben? Wo sind die Pachtgroschen? Wo waren Kraut und Getreidesäcke, als alle anderen Bauern ihre Anteile zum Gut und zur Pfarre schafften?«

Christoph schwieg. Seine Anteile waren in seiner Vorratskammer, wo sie hingehörten. Er hatte sich nicht die Mühe gemacht, das wenige, was er nach dem trockenen Sommer vom Felde hatte holen können, auch noch mit Czeppil und den Gerßdorffs zu teilen. Er hatte sich eingebildet, der Junker würde ihm den Zehnt erlassen, wegen der Waidsache. Christoph hatte gedacht, der Herr habe lediglich vergessen, ihm Bescheid zu geben, dass er von den Abgaben befreit sei, und hatte deshalb seine Naturalien im Speicher und seine Münzen im Beutel belassen. Aber was er nun hören musste, ließ ihm das Herz schmerzhaft stolpern.

»Ich will dies eine Mal darüber hinwegsehen, Christoph.« Nickel von Gerßdorff schien abermals die Gedanken des Bauern erraten zu haben. »Erlebe ich dich noch einmal bei einer solchen Schlampigkeit, mahne ich dich vor dem Schöppengericht an. Du weißt, welche Folgen dieser Schritt mit sich führen kann?«

Die Acht, überlegte Christoph, eine nicht so schöne Sache. Jemand, der vor den Schöppen in die Acht getan wurde, war rechtlos, sein Weib und seine Kinder galten als Witwe und Halbwaisen, niemand würde ihm mehr helfen, war er erst geächtet, schutzlos und vogelfrei … aber Moment mal: »Was ist der Unterschied zwischen einem Leben als Geächteter und dem, das ich jetzt führe, Herr?« Hatte er das laut gesagt?

Der überraschte, leicht amüsierte Blick des Junkers und das auf Christophs Spitzfindigkeit folgende abwägende Kopfnicken bedeuteten ihm, dass er sehr wohl laut und deutlich gesprochen hatte. Nickel ging auf die unverhohlene Anklage des Bauern nicht ein und sagte stattdessen: »Du tätest gut daran, dich an unseren Vertrag zu halten, Christoph. Ich weiß, dass dich Czeppil nicht mag, dass die Bauern dich nicht mögen und dass dich nicht einmal dein Weib mag. Aber es hat immer eine Frau gegeben, die dich liebt, einst deine Mutter und jetzt … nun ja …« Nickel schenkte dem Jungbauern einen wissenden Blick und fügte mit gedämpfter Stimme hinzu: »Man sieht einiges, wenn man hoch zu Ross den Kirchhof verlässt und die Dorfstraße entlangreitet … Du musst vorsichtiger sein mit dem, was du tust, und du musst pflichtbewusster mit den Dingen umgehen, die du unterlässt zu tun.« Nickel wartete auf eine Regung in Christophs Gesicht und ermahnte ihn nach einem kurzen Schweigen, er möge um alles in der Welt endlich seinen liederlichen Hof aufräumen.

Das tat Christoph. Tagelang war er mit nichts anderem

beschäftigt als damit, die metallenen Ringe und Beschläge seines Gerümpels zu Claudius nach Uhsmannsdorf zu schaffen und die Hölzer der kaputten Fässer, Bottiche, Wannen und Gerätschaften zu Feuerholz zu zerkleinern und fein säuberlich aufzustapeln. Dabei hatte er reichlich Zeit, über Nickels Andeutungen nachzudenken. Christoph wusste nicht, ob Nickel Margarete erkannt hatte, ob er wusste, dass sie es war, mit der er sich an der östlichen Wehrmauer traf und über alle möglichen Dinge plauderte.

Nie in ihrer Kindheit und schon gar nicht in ihrer Ehe hatten sie über so vieles gesprochen. Margarete erzählte alles Mögliche über die Bibel und Christoph beschlich der Verdacht, in ihr die einzig wirklich Gottesfürchtige der Parochie zu kennen – Gottfried ausgenommen, aber der war sowieso sonderbar und kannte die Religion, mit der die Dorftrampel zu Bett gingen und wieder aufstanden, in- und auswendig. Und Christoph sah sich wieder einmal bestärkt in seiner Entscheidung, Margarete in Gottfrieds Obhut gegeben zu haben.

Die Tage verflogen, da ließ sich Christoph kaum auf dem Waidfeld blicken, und trotzdem wurden all seine Bemühungen, seinen Hof in Ordnung zu bringen, von Getuschel und Getratsche begleitet. Lediglich Hans und Anna Biehain, die nur noch selten den Weg zu Christoph ins Niederdorf fanden – die neue junge Riegerin war Anna noch weniger sympathisch, als es Margarete je gewesen war, und bedurfte aufgrund ihrer frühen Schwangerschaft keine Hilfe der Alten –, nahmen die Aufräumarbeiten ihres Neffen mit Wohlwollen zur Kenntnis.

Was auch immer du tust, dachte Christoph bei sich, wird stets von den Dummköpfen zerredet und wiedergekäut werden.

In diesem Jahr stellte Margarete keinen Barbarazweig in ihrer Stube auf und belächelte die Torheit des Mädchens der vergangenen Jahre, das geglaubt hatte, ein verdorrter Ast würde in der Christnacht zu Leben erwachen und ihre sehnlichsten Wünsche erfüllen. Sie hätte ohnehin nicht gewusst, was sie sich hätte wünschen sollen. Sie dachte darüber nach, ob Theresa einen Barbarazweig in die Riegersche Blockstube stellte und für einen kleinen Jungen und eine gute Waidernte betete. Margarete wünschte sich für einen einzigen Tag zurück in ihren Garten am Schöps. Wie gerne wollte sie dem Lied des Baches zuhören!

Die Magd des Einsiedlers ging nicht zur Messe der Heiligen Barbara, nicht zu Mariae Verkündigung, nicht zur Feier von Christi Geburt, nicht zur Johannesmesse und auch zu sonst keiner der Sonntagspredigten und nicht zur Beichte. Sie stellte Christoph und seinen vermeintlich so knapp bemessenen Mumm auf die Probe. Sie wollte verdammt sein, wenn sie ihm hinterherrannte wie eine liebeskranke Jungfer, und deshalb mied sie im Dezember und im Januar das Dorf. Nicht einmal Gottfried trieb sich in der Parochie herum, nicht einmal er konnte durch Neuigkeiten ihren Hunger nach Christoph stillen, aber schließlich blieb sie eisern – es war ohnehin kein Wetter, um Ausflüge zu machen.

Der Jahreswechsel legte sich so unerbittlich auf die Senke zwischen den Königshainer Bergen und der Neiße, dass die Menschen sich kaum bis zur Kirche wagten. Dort endlich angekommen, wärmten sie sich in den Ausdünstungen der anderen Kirchgänger auf und mochten nur schwer den Heimweg antreten.

Selbst als ihre Neugier und ihr Hang nach Geselligkeit schier unzügelbar waren, ersparte sich Margarete den frostigen Marsch zum Dorf hinunter. Verdrossen wartete sie auf Christoph und auf besseres Wetter und saß mit Gottfried, der ihr Geschichten der Heiligen erzählte, ohne die Schandflecke der Christenheit zu überspringen, in der zugigen Hütte.

Wenn der Alte gar zu lästerlich über die Kirche spottete, wollte sie lieber die Geschichten von seinen Fuhren im Gespanndienst der Gerßdorffs hören, und dann flogen ihre Gedanken in entlegene Dörfer und Städte, die sie nie gesehen hatte und zu denen sie auch nie vordringen würde. Margarete spürte, wenn sie Gottfried von ihrem Fernweh erzählte und er sie ermunterte, mit ihm zu fahren, dass ihr Platz in ihrem kleinen Dorf und ihr Schicksal hier besiegelt waren.

Doch nicht dieses Gefühl beunruhigte sie, auch nicht die erdrückende Einsamkeit auf dem Hügel, sondern eine Witterung, die sie aufgenommen hatte und die sie zuweilen nervös und gedankenverloren in ihrer kleinen Behausung umherwuseln ließ. Von ihr hatte etwas Besitz ergriffen, das sie schaudern ließ. Eine undurchdringliche Kälte, die nicht von den eisigen Winterwinden herrührte, bemächtigte sich ihrer, wenn sie die Angst vor ihrer Brust trug, keine Ruhe am Tag und keinen Schlaf in der Nacht fand.

Margarete wollte den Jahreswechsel am liebsten verschlafen. Auch Gottfried war unter einem Berg von Fellen und Decken beinahe begraben. Wollte er seine Notdurft verrichten oder einen Happen zu sich nehmen, so kroch er aus seinem Kämmerlein hervor und wechselte nur die nötigsten Worte mit ihr. Die Zurückgezogenheit Gottfrieds war Margarete recht und sie glaubte, dass er nicht einmal bemerkte, als sie sich Anfang Februar herausputzte und zu Lichtmess in die Kirche hinunterging.

Sie gab ihre kindische Verstocktheit auf und wollte endlich Christoph wiedersehen.

Margarete weidete sich an dem weiten Blick über die vereisten Felder und die glitzernden Stroh- und Schindeldächer, einer Helligkeit, die sie oben auf dem Hügel lange hatte entbehren müssen. Der Weg war steinhart gefroren und von einer dicken Reifschicht überzogen, die in der Wintersonne schimmerte, als wäre die Straße mit funkelnden Edelsteinen belegt. Sie wusste, dass sie den Weibern im Dorf reichlich Gesprächsstoff bot, ließ sie sich ausgerechnet an Mariae Reinigung wieder in der Gemeinde blicken.

In der Kirche standen dicht aneinandergedrängt die vermummten Gestalten frierender Dorfbewohner. Als wäre Margarete von den Toten auferstanden, teilte sich erschrocken die bibbernde Masse vor ihren Schritten. Der Atem stand den Leuten in Nebelschwaden vor den offenen Mündern und Augenpaare huschten reihum. Margarete fuhr ein Schreck durch Mark und Bein, als sie den leicht gewölbten Leib sah, den Theresa unter einem groben Umschlagtuch zu verbergen suchte.

Christoph stand neben dem Mädchen und blickte drein, als

wäre er weder für das Bäuchlein unter der braunen Wolle im Speziellen noch für das junge Ding im Allgemeinen verantwortlich. Als Margarete von Christophs fragendem Blick taxiert wurde, hüpfte zuerst ihr Herz bis zum Hals und danach schaltete sich ihr Verstand aus. Noch bevor ihr ein Gruß oder ein teilnehmendes Wort für Theresa über den Mund kommen wollte, log sie flüsternd zu Christoph hinüber: »Wir waren eingeschneit.« An der tiefen Längsfalte auf seiner Nasenwurzel sah sie, dass er ihr keine Silbe glaubte, aber sie ging nicht auf seinen Zweifel ein, sondern schlug vor dem Barbara-Altar das große Kreuzzeichen – ich bin ganz umfasst von der Kraft des Erlösers – und huschte auf ihren Platz in der vorderen Reihe.

Margarete fand Christoph verändert in der Rolle des werdenden Vaters. Das Jungenhafte war aus seinen Zügen verschwunden. Das Einzige, was noch unverändert an ihm war, war sein struppiges Haar, das ihm in spitz zulaufenden blonden Strähnen Augen und Ohren auskratzen würde, wäre es so unnachgiebig wie der Charakter seines Besitzers.

Margarete ignorierte das Getuschel der Vietzes und Kaulfussens. Verstohlen musterte sie die mit Talgkerzen überladenen Bäuerinnen, die darauf warteten, ihren Jahresbedarf an Lichtern weihen zu lassen. Und sie entdeckte ein unverhohlen zu Theresa hinübergaffendes Männergesicht, das einst ihr schöne Augen gemacht hatte: Thomas Seifert stand mit rotgefrorener Nase neben seiner Mutter und beäugte Theresa, bevor ihn die alte Seifertin mit einem Klaps auf den Hinterkopf zur Ordnung rief. Es hatte sich nichts geändert, dachte Margarete. Das war der Lauf der Welt, nichts würde sich hier jemals ändern.

Margarete hatte nicht eine Kerze mitgebracht. Sie glaubte nicht mehr an die Schutzkraft des geweihten Feuers.

Die Lichterprozession nötigte ihr eine weitere Zurschaustellung ihrer seit dem Herbstmarkt viel beredten Gestalt ab. Lustlos schlurfte sie mit den Mädchen der vorderen Reihen dem Ausgang des Gotteshauses entgegen, da hakte sich ein kräftiger Ellenbogen bei ihr unter. Sie blickte sich nach Christoph um, der schien weit weg, aber Theresa an ihrem Arm war näher, als ihr lieb war. »Ich bin überfroh, dass du mal wieder hinuntergekommen bist!« »Hinuntergekommen« meinte vom Hügel herab ins Dorf. Der fragende Blick, den Margarete der jungen Riegerin schenkte, wurde von jener nicht aufgeschnappt. Theresa strahlte über beide Wangen und Margarete kam sich überfordert vor. Behutsam löste sie ihren Arm aus der Beuge des Mädchens und rückte unauffällig einen Schritt ab. Noch immer konnte sie Christoph nirgendwo sehen. Die Menschen drängten sich viel zu dicht im engen Kirchhof.

Nie schien ein Kirchumgang so lang und erdrückend gewesen zu sein wie in diesem Jahr. Es war nicht richtig gewesen, an diesem Tag hierherzukommen. Was hatte Margarete hier verloren?

Theresa flüsterte, während der Tross dem leiernden Pfarrer hinterdreinmarschierte. Die Riegerin schwatzte nicht über Alltäglichkeiten, sondern murmelte ihre Gebete für die Erlangung des göttlichen Segens für Haus, Hof und das Ungeborene in ihrem Leib. Margarete kam sich elend vor: Es gab nichts, worum sie beten wollte. Sie suchte die geneigten Häupter nach Christoph ab und fand ihn schließlich. Er ging neben Hans Biehain her und schien anzuhören, was jener ihm zu sagen hatte. Der Jüngere stützte den Arm des Alten und neigte seinen Kopf ein wenig zu dem gebeugten Greis hinunter. Margarete vertrieb sich die kurze Prozession mit der Betrachtung ihres Mannes. Es war ihr Mann, nicht der von Theresa, sondern ihrer – schon immer. Was sie da so sicher machte, wusste Margarete nicht. Sie spürte es ganz einfach.

Nach dem Gottesdienst wurde sie erneut von Theresa in Beschlag genommen, die diesmal aber munter über die alltäglichen Dinge eines Bauernhofes plauderte, die Margarete so fremd geworden waren. Die Wagnerin war von ganzem Herzen neidisch auf den gewölbten Bauch der Riegerin, gab sich aber so freundschaftlich wie schon während des Kirchumganges. »Eine gute Prozession!«, resümierte Theresa und nickte nachdrücklich zu ihren Worten. Christoph hatte nur Augen für Margarete und schmunzelte über das altkluge Geschwätz seiner jungen Frau.

»Ich weiß nicht«, gab Margarete gleichmütig zurück, wobei sie ihr Schultertuch gegen die eisigen Winde des ungeschützten Weges zum Weinberg, zu dem sie jeden Moment aufbrechen würde, zurechtrückte. »Wir sind nur einmal um die Kirche marschiert – wer nicht dreimal täglich um eine Kirche herumgeht, dem fressen die Käfer das Mehl aus dem Kasten. Heute haben wir die Käfer lediglich neugierig gemacht.«

Christoph versteckte sein Grinsen hinter dem Schal, den er sich um den Hals schlang. Theresa starrte Margarete erst verdutzt an, dann schlug sie das Kreuz vor der Brust. »So etwas darfst du nicht sagen …«

Margarete hatte das Gezeter der Weiber auf dem Herbstmarkt und Gottfrieds anschließende Schimpftiraden noch allzu gut im Gehörgang, als dass sie ihre blasphemische Bemerkung nicht mit einer entschuldigenden Geste mildern wollte, was von Theresa dankend und erleichtert zur Kenntnis genommen wurde.

Wie man von ihr erwartete, lenkte Margarete mit einem prüfenden Blick in den hellgrauen Februarhimmel die Unterhaltung auf die Wetterprognose: »›Kalter Valentin, früher Lenzbeginn‹.« Theresa, erleichtert über den Themenwechsel, hob ein Klagen über die anhaltende Kälte und über ein Reißen in den Beinen an. Margarete hatte keine gut gemeinten Ratschläge parat, stattdessen schnappte sie das versteckte Augenrollen Christophs auf. Pflichtschuldig nickte sie zu Theresas Jammern und fügte zuweilen ein »Aha« oder »Soso« an eine passende Stelle, wobei sie Christoph aus den Augenwinkeln beobachtete: Der stand desinteressiert dabei und hatte offensichtlich Margaretes Wink nicht für voll genommen. »Keine Sorge, Theresa«, versuchte es die junge Wagnerin von Neuem und streifte mit dem Arm wie zufällig den Mann. »Die Spatzen pfeifen es von den Dächern: Es wird nicht lange so kalt bleiben. Warte noch zwei Wochen: ›Ist es an Sankt Valentin noch weiß, blüht an Ostern schon das Reis.‹« Christophs Blick wanderte unmerklich in Margaretes Augen und blieb für den Bruchteil eines Atemzuges dort haften. Erst als die junge Frau Christophs wortlose Zustimmung zum ausgewählten Treffen am Valentinstag bekam, verabschiedete sie sich von dem Paar.

Der Winter ließ sich jedoch nicht so schnell verscheuchen, wie es die Gemeinde gern gehabt hätte. Die Parochie wurde von weiteren heftigen Schneestürmen heimgesucht, und nun schneiten Gottfried und Margarete tatsächlich ein. Sie machten sich nicht die Mühe, den Pfad vom Weinberg hin zur Dorfstraße freizuschaufeln. Sie hatten genügend Vorräte, um einige Tage – Wochen, wenn nötig – auf ihrer kleinen Hügellichtung ausharren zu können. Aber obschon sie den Frost mittels knisternder Feuer und würzigen Bieres vor die Tür sperren konnte, trug Margarete unaufhörlich eine bedrückende Angst in ihrer Seele, die sie weder benennen noch deren Ursache sie im Keim ersticken konnte. Obwohl sie gehofft hatte, mit dem Wiedersehen Christophs diese Unruhe aus ihrem Innern verbannt zu haben, war die Beklemmung nur noch gewachsen. Da war etwas inmitten der Dörfler, im Antlitz des Pfarrers, in der Verschwiegenheit der Gerßdorffs und der Heiterkeit Theresas, was Margarete nicht deuten konnte.

In einer Nacht – seit Tagen war kein frischer Schnee gefallen, das ersehnte Treffen mit Christoph stand kurz bevor – quälte sich Margarete mit bösen Träumen. Es war das Kind, das ihr aus Theresas Bauch heraus entgegengreinte, es war Christophs Waidfeld, das lichterloh brannte, und es war Gottfried, der zähnefletschend aus der Bibel vortrug, was ihr den Schweiß unter das Wollhemd trieb. Immer wieder schreckte sie auf, sackte wieder in ihre Kissen und in unruhigen Schlaf zurück, nur um kurz darauf erneut aufzuwachen.

In einem Traumfetzen sah sie Pfarrer Czeppil mit süffisantem Lächeln und zuckender Oberlippe auf sich zuschreiten. Vor ihr blieb er abrupt stehen, legte sein Gesicht an das ihre und leckte geifernd ihre Wange der Länge nach ab. Nicht der Ekel über diese Szenerie ließ sie hochfahren, sondern die eiskalten Lippen auf ihrem Mund.

Margaretes erstickter Schrei mündete in der Dunkelheit der Blockhütte und wurde von einem beruhigenden »Schhhh« besänftigt. Sie suchte und fand im rot glühenden Halbdunkel der Stube zwei Augen, die so schwarz, so undurchdringlich funkelten und ihr doch so vertraut und hundertmal lieber als das zuckende Antlitz des Traumpfaffen waren.

»Was machst du hier, Christoph?« Es waren seine Lippen, die eisig auf den ihren geruht hatten. Margarete blickte sich nach der Kammertür des alten Klinghardt um, die schien seit Tagen verschlossen vor der Unwirtlichkeit des Februars.

»Ich konnte nicht schlafen.« Er langte an Margaretes Kopf vorbei, griff nach dem Schürhaken, schichtete neues Holz auf und ließ das Feuer in die Höhe speien, wodurch seine Augen von einem ergebenen Dunkelblau beseelt wurden.

Margarete rückte ein Stück zur Seite und Christoph schlüpfte unter ihr Federbett. Der Marsch vom Dorf auf den Berg schien ihn zu einem Eisklumpen gefroren zu haben.

Margarete hätte ihn tausenderlei Dinge fragen wollen, sie hätte über viele Dinge mit ihm sprechen wollen, ihm all die unausgesprochenen Worte sagen wollen, die sie an von Gaffern und Schwätzern verbrämten Sonntagen hatte für sich behalten müssen. Stattdessen sah sie ihn an, dem sie nie ferner und nie näher zugleich gewesen war. Er hatte seinen Kopf auf den Ellenbogen gestützt und starrte in das Feuer. Seine freie Hand ruhte neben Margaretes Gesicht. Er schien auf nichts zu warten und nichts zu erwarten. Er blickte einfach ins Feuer, dessen roter, orangefarbener und gelber Schein über sein Gesicht züngelte, seine Augen verdunkelte und sein Haar in ein sattes Braun tauchte. Margarete vermochte nicht zu ergründen, worüber er nachdachte.

Ganz unverhofft, als wenn ein Gedanke aus dem Nichts erstarkt und sofort unbedarft verglimmt, beugte sich der junge Mann hinunter und küsste die Frau.

Es waren nicht die verzagten Annäherungsversuche während ihrer Ehe und es waren nicht die gestohlenen Momente in der Kirche, sondern es war jene Februarnacht in der Hütte, die das Mädchen und den Jungen erwachsen werden ließ und die beide in ein Einvernehmen mit ihrem Schicksal lenkte. Sie sprachen kein Wort miteinander. Keiner Silbe gestatteten sie, die Heimlichkeit dieses Beisammenseins zu stören, denn viel zu früh würde der eine sich auf den Weg ins Dorf machen müssen und die andere sich mit Fragen quälen, ob diese Fügung ihren Träumen zuzuschreiben war.

Margaretes Stirn ruhte an Christophs Schultergelenk. Das

Feuer unter der Kochstelle wärmte ihren bloßen Rücken. Sie brauchte nur ihren Mund zu spitzen, um die Stelle, an der sein Herz schlug, mit den Lippen zu berühren. Sie hielt ihre Augen geschlossen und stellte sich sein schlafendes Gesicht vor, aber er schlief nicht, das wusste sie. Ungleichmäßig und kurz waren seine Atemzüge. Worüber denkst du nur immer nach? Sie schwiegen.

Knarrend schwang die Tür von Gottfrieds Schlafkammer auf. Christoph wandte sich nicht nach dem Hausherrn um, aber Margarete bemerkte die langsamen Handbewegungen, mit denen er die Decken über ihren nackten Körper hinauf bis an ihren Hals zog, um sie vor den neugierigen Blicken des Alten zu bewahren, Handbewegungen mit der Selbstverständlichkeit, als lebte Christoph seit Jahr und Tag mit ihr und dem Alten in der Hütte. Jenseits ihrer geschlossenen Lider schimmerten die orangefarbenen Lichtflecken des schwächer werdenden Feuers. Margarete hörte das helle Klingeln eines gezielten Wasserstrahles, der gegen die gewölbten Innenwände eines Blecheimers prasselte. Christoph hörte es auch.

Bevor er sich von Margaretes Bettstatt erhob, strich er der vermeintlich Schlafenden über den Haarschopf, fischte Haarsträhnen aus den Falten ihres zur Seite geneigten Halses und setzte sich auf. Seine Hände, die seine unter den Decken verschütteten Kleider suchten, knufften zuweilen ihr Federbett. Margarete öffnete nicht ihre Augen, half dem Mann nicht bei der Suche, wollte nicht mit ansehen, wie er durch die Haustür verschwand.

Von fern hörte sie Christoph und Gottfried flüstern. Lange schienen sie sich zu unterhalten. Sie verstand kein Wort und das Tuscheln sickerte in ihren Schlaf als das beruhigende Murmeln des Schöps in ihrem Garten auf dem Riegerschen Hof, von dem sie träumte.

Margarete hatte nicht mit Gottfried über jene Februarnacht gesprochen. Er hatte sie weder gefragt noch sie mit sorgenvollen oder gar tadelnden Blicken bedacht, und er hatte sich auch nichts anmerken lassen, als sie sich an Sankt Valentin aus dem Staub machte.

Es war eine schneeweiße Nacht mitten im Februar gewesen, die es angesichts ihrer klirrenden Kälte Margarete nicht leicht machte, sich kurz vor Mitternacht in den Steinbruch zu schleichen. Sie kannte den Weg in- und auswendig und tat leichtfüßig einen Schritt auf den anderen im knirschenden Schnee. An der Felswand angekommen, erschrak sie über die Tatsache, dass sie den großen Stein, und mochte sie sich noch so geschickt anstellen, nicht von der Stelle bewegen konnte. Festgefroren. Margarete schnaufte unter den Versuchen, den Steinbrocken wegzuschieben, und setzte sich enttäuscht auf den vereisten Findling, der ihre Pläne durchkreuzte, um darüber nachzudenken, was zu tun sei.

Die Vorfreude auf ihr verbotenes Stelldichein mit Christoph verführte sie, der Vernunft zum Trotz alle Vorsicht fahren zu lassen und den Dorfweg zur Kirche zu benutzen.

Feierliche Spannung fuhr dem Mädchen in alle Glieder, als es sich dem schlafenden Dorf von der Straße her näherte. Die junge Frau liebte den Anblick der Kirche, wenn sie, in Weiß gewandet mit ihrem kaum über den Sattel des Daches hinwegspähenden, bergfriedartigen Glockenturm über die klobige Wehrmauer lugte und mit den winzigen Rundbogenfenstern den zuströmenden Pilgern zuzublinzeln schien. Margarete hatte noch nicht die Hauptstraße erreicht, da tönte das helle Klingen der Glocke von der Kirche her. Geduldig wartete sie, bis alle zwölf Schläge vom Winterwind davongetragen worden waren. Sie zählte ihre Atemzüge und überlegte, wie lange ein lahmender Pfarrdiener benötigte, um zurück in sein Federbett zu verschwinden.

Dann schlich Margarete weiter und hielt sich dicht an der Wehrmauer und deren Schatten, den der Halbmond in den Schnee warf. Die junge Frau fürchtete sich davor, von einem Nachtschwärmer überrascht zu werden. Sie wieselte in den noch nicht von Neuschnee bedeckten Fußstapfen gottesfürchtiger Kirchgänger um die runde Mauer und blieb alle paar Schritte stehen, um in die Nacht zu horchen. Erleichtert stellte sie fest, dass die kleine Westpforte zum Kirchhof unverschlossen war.

Margarete streifte alle Vorsicht ab und überquerte rasch den Vorplatz bis zur Kirche. Das Rumpeln, das erschall, als sie an der versperrten Kirchentür rüttelte, ließ sie zusammenschrecken. Wie hatte sie erwarten können, dass Christoph das Gotteshaus unverschlossen halten würde, nachdem er in ihm verschwunden war?! Margarete dachte eine Weile nach und verließ die zertrampelte Ebene vor dem Haupteingang, um nach einer anderen Möglichkeit zu suchen, in das Innere der Kirche zu gelangen. Der unberührte Schnee vergangener Tage sog ihre Bundschuhe in den Grund des Kirchhofes.

Da! In einer niedrigen, buckeligen Tür in der Nordwand des Gotteshauses befand sich ein kleines ovales, in Eisengestänge gefasstes Fenster. Es konnte sich einzig um die Tür handeln, die Margarete aus einer anderen Perspektive her kannte: die Tür zur Dresskammer. Verhalten klopfte sie an die Holztür. Dumpf und kaum hörbar versackte das Geräusch in der Kirche. Margarete harrte einen Moment lang reglos aus und wartete, ob sich etwas rührte. Die kalte Stille, die den Hof erfüllte, beängstigte sie, und da sich nichts vernehmen ließ, ging sie ein paar Schritte zurück bis unter die Wehrmauer. Vielleicht konnte sie einen vagen Lichtschein durch die Kirchenfenster erkennen? Einige Herzschläge lang stand sie reglos auf der fahl vom Mond beschienenen Seite der Feldsteinmauer. Die Schutzlosigkeit und die Grabesruhe legten sich auf ihr Gemüt wie ein bleierner Mantel. Ihre Fantasie ging so weit, dass sie um sich her Schritte zu hören glaubte, die nicht wie die vertrauten von Christoph klangen. Sie hielt den Atem an und lauschte. Ein aufkommender Winterwind pfiff durch das Rondell des Kirchhofes und peitschte hier einen Ast gegen das Gemäuer und dort einen Batzen schlecht verstauten Mulchs zwischen den Kreuzen der Gräber hindurch. Vor Entsetzen hielt Margarete den Atem an, als sie eine ordentlich wie Perlen aufgereihte Linie tiefer Fußabdrücke im Schnee erkannte, die sich von der Westpforte der Wehrmauer hin zum Kirchenportal, dann zur Dresskammertür schlängelte, sich dort teilte wie ein gefächertes Collier und ein Muster in den Schnee zeichnete, das einem Hühnerfuß unvorstellbarer Größe am nächsten kam. Eine der Hühnerkrallen reichte bis zu dem Flecken an der Wehrmauer, an dem sich Margarete zu verbergen versuchte. Die andere Kralle verschwand im Dunkel des östlichen Kirchhofes. Den Osten des Kirchplatzes hatte die junge Frau aber gar nicht betreten!

Wie närrisch war sie gewesen! Welcher Leichtsinn hatte sie getrieben! Die Spuren mussten verwischt werden! Sie musste hier weg. Aber halt!

Die Schritte, die Margarete zu hören geglaubt hatte, waren verebbt und schwollen jetzt wieder an. Die Verängstigte atmete flach und kalter Schweiß rann ihr an der Unterseite ihrer Arme entlang, als sie deutlich vor der vom Mond erhellten Westmauer das Schwarz eines wehenden Habits erkennen konnte.

Margarete war wütend auf Christoph, der die Kinderei unsinniger Verkleidungslust bis zu einem unerträglichen Maß übertreiben konnte. Sie vermochte sich nicht zu erklären, wie es ein erwachsener Mann fertigbrachte, gekleidet in des Pfarrers Ornat um die Kirche herumzuschleichen. Fest entschlossen, dem ein Ende zu bereiten, stemmte Margarete die Arme in die Hüfte und schritt weit aus. »Chris…!« Weiter kam sie nicht, denn der bekannte, beklemmende Druck einer Hand auf ihrem Mund sperrte die Worte in ihrer Kehle ein.

»Pst!«, machte eine Stimme hinter ihr und zog sie barsch zurück in das schützende Grau der Nordwand. »Komm!« Es war Christoph, der Margarete dicht an der Mauer entlang zur Ostseite der Kirche zerrte, an die Stelle, wo sich jenseits der Mauer der angemalte Jesus befand. Als sich nichts mehr rührte außer Margaretes erregtem Atem, flüsterte Christoph dicht an ihr Ohr, ohne ihren Arm loszulassen: »Hat dich der Teufel durchfahren, Weib, was treibst du hier draußen? Der Alte schleicht hier herum.« Christoph meinte den Pfarrer und hielt schweigend den Kopf hoch in die Nachtluft, um zu lauschen. Margarete sah sich außerstande, etwas zu erwidern. »Du zitterst ja, lass uns hineingehen.« Der junge Rieger nahm das verstörte Mädchen bei der Hand und führte es durch das düstere Kirchenschiff. »Der Czeppil traut seinem Kopf nicht mehr.«

Christoph hatte eine Talglampe entzündet. Im Flackerlicht der Flamme verwandelten sich die Fresken der Dreifaltigkeit in bedrohliche Fratzen. Margarete graute es vor ihnen. Christoph aber schien vor den Heiligenbildern keine Notiz zu nehmen.

Er berichtete von seiner nicht weniger schaurigen Begegnung mit Czeppils Misstrauen. »So häufig des Morgens die Kirchentür unverschlossen vorfinden – so vergesslich ist selbst unser guter alter Simon nicht. Vielleicht hat Julius mich auch gesehen oder gehört und dem Alten gepetzt. Ich weiß es nicht. Czeppil wollte wohl nachprüfen, ob der zweite Schlüssel an seinem Platz hängt, und das mitten in der Nacht! Ich hatte die Kammer aber von innen verriegelt, ich sage dir, mein Herz ist mir vor Angst in die Hose gerutscht!« Inzwischen waren sie in die Dresskammer gelangt. Wie er es erzählt hatte, verriegelte Christoph auch jetzt die Tür zur kleinen, fast runden Kammer und ließ sich kopfschüttelnd auf die Bank sinken. »Während der Pfaffe sich mit seinem Schlüssel Einlass verschaffte, bin ich mit dem hier«, Christoph wog den schweren Schlüssel in der Hand, »da hinaus.« Er deutete mit dem eisernen Bart auf die niedrige Holztür mit dem kleinen ovalen Fenster. »Und kaum dass sich die Wogen glätten, der Ort ruhig wird und Czeppil den Heimweg antreten will, kommt mein Weib daher und macht Radau …« Mit einer fahrigen Handbewegung wischte er sich die Kapuze seines Umhangs in den Nacken. Margarete konnte nun endlich in sein beunruhigtes Gesicht schauen. »Wir können uns hier nicht wieder treffen«, sagte Christoph, ohne sie anzusehen.

Margarete nickte stumm und setzte sich nach einigen Augenblicken der Stille neben Christoph, der händeringend nachzudenken schien. Sie fröstelte, der Atem stand ihr in Wolken vor dem Mund. Der Abschied würde ihr nicht leichtfallen. Einen anderen Treffpunkt wählen? Von Christoph verlangen, dass er sich wie neulich Nacht auf den Weinberg schlich und ihrer beider Leben riskierte, damit sie beieinander sein konnten? Ein törichter Gedanke! »Ob er was bemerkt hat?«, wollte sie wissen und ein Funken Abenteuerlust schwang in ihrem Flüsterton mit.

»Ich weiß nicht – wirklich nicht. Der Alte ist undurchschaubar. Aber er ist wachsam. Wie er die Leute mustert!« Christoph machte eine Pause, nicht lange genug, um Margarete Zeit für irgendwelche Bemerkungen zu geben, denn schnell sagte er: »Wenn Czeppil die unverschlossene Kirchentür bisher als Jungenstreich quittiert hat, so, denke ich, weiß er seit heute Nacht, dass sich Dinge in seiner Kirche abspielen, denen er auf den

Grund gehen will. Wir haben Glück, dass er ein träger, alter Kauz ist, der lieber in seinem weißen Daunenbett im gut geheizten Kämmerchen liegt als hier Nacht für Nacht auf der Lauer. Das können wir nicht mehr machen. Ich habe zu viel zu verlieren, Margarete.«

Seine Worte versetzten Margarete einen flimmernden Stich ins Herz, aber was sonst als »Ich weiß, mach dir keine Sorgen« hätte sie antworten können? Beruhigend strich sie Christoph die Haare aus dem Gesicht und gab ihm einen tröstenden Kuss auf die Wange.

Er nahm ihre Hand in die seine. »Ich muss dich sehen, ab und an, allein … Was wäre mein Dasein, wenn ich nicht mit dir ungestört über die Dorftölpel lachen könnte?« Er verstummte. Nicht die peinliche Stille, die von ihm ausging, sondern das schlürfende Geräusch, das vom Kirchenraum her in die Kammer drang, ließ beide aufhorchen. Noch ehe die Eindringlinge einen klaren Gedanken fassen konnten, wurde heftig an der Tür zur Dresskammer gerüttelt. Christoph drehte die Flamme der Lampe, die zu ihren Füßen auf dem Steinboden stand, mit einer flinken Handbewegung hinunter, bis sie als blassblauer Funken kaum mehr Licht spendete. Beide hielten den Atem an, da sich quietschend der Türknauf hin und her bewegte. Als das unverkennbare Geräusch eines klingelnden Schlüsselbundes ertönte, stülpte sich Christoph die Kapuze über, schnappte Margarete am Arm und zog sie mit sich durch den Eingang zur Krypta unter der Kirche. Diese Tür ließ sich nicht verriegeln.

»Wir können nicht in den Tunnel, denn der Ausgang auf dem Weinberg ist zugefroren.«

Christoph blieb mitten auf der Steintreppe stehen. Das hatte er nicht bedacht, und jetzt schien ihm einzudämmern, weshalb das Mädchen entlang der Dorfstraße zur Kirche gekommen war. Margarete war fast ohnmächtig vor Angst. Ihre Finger walkten Christophs Handrücken. So leise wie irgend möglich stiegen sie die Stufen hinunter.

Christoph ließ die Lampe im vollen Schein über die Steinsärge flackern. Die Sarkophagdeckel hoben und senkten sich im Tanz von Schatten und Licht. Margarete bekreuzigte sich wiederholt und schlüpfte hinter Christoph her.

»Gut, dann bleiben wir hier«, flüsterte er und zerrte sie stürmisch unter die Steintreppe.

Margarete rief verhalten ächzend die Heilige Jungfrau Maria an, als Christoph die Flamme wieder bis auf ein schwaches Glimmen löschte und sie in den engen Hohlraum unter den Stufen drückte. Obschon sie aufrecht stehen konnten, zwängten sie sich dermaßen aneinander, dass keine Handbreit Platz zwischen ihnen blieb. Brust an Brust standen sie da wie Salzsäulen und horchten in die Nacht, von der nichts als ein eisiger Winterwind zu vernehmen war, der um die Kirche heulte. Christophs Lippen berührten beinahe Margaretes Stirn. Er wandte seinen Kopf zur Seite und lauschte. Margarete, deren Nase den würzigen Duft seines Umhangs aufnahm, schloss die Augen, lehnte den Kopf gegen seine wollene Brust und zählte seine Herzschläge, während sie lautlos betete.

Ihnen rieselte der Staub vieler Jahre, in denen kaum eine Seele die Unterkirche betreten hatte, auf die Köpfe, als die Tür zur Gruft geöffnet wurde, Füße ein paar Stufen hinabstiegen und der Schein eines Binsenlichtes einen hellen gelben Fleck auf den zuvorderst stehenden Sarg warf. Der Lichtfleck wanderte von einer Grabstätte zur anderen, tastete die der Treppe gegenüberliegende Wand mit den Türen der Wandgräber ab und verharrte für einen Moment auf eben jenem, das die geheime Pforte zum Weg verbarg. Die Schritte kamen die Steinstufen hinunter und Margarete, starr vor Angst und kaum imstande, ihren betäubten Sinnen auch nur eine geeignete Zeile eines Gebetes zu entlocken, riss die Augen auf und suchte erst Christophs Blick und dann, dem seinen folgend, nach dem heller und kleiner werdenden Lichtfleck, der auf dem Türchen zum Tunnel ruhte. Sie hielt den Atem an, als sie die Schattengestalt erblickte, die den Schein der Lampe führte und auf das unechte Wandgrab zuschlich.

Deutlich erkannte Margarete die Figur des Pfarrers, die sich behände zwischen den Särgen hindurchschlängelte, vor der vermeintlichen Lösung seines nächtlichen Rätsels stehen blieb und in ausladenden Armbewegungen jeden Zoll der Stelle beleuchtete. Ohne zu zögern nahm er den eisernen Haken des Tunneleingangs in die freie Hand, schob ihn nach oben, sodass er quietschend aus der Öse in der Wand hopste, und ließ die

Tür geräuschvoll aufschwingen. Mit der freien Hand hielt er die hartnäckig gegen den Tunneleingang strebende Eisenplatte fest.

Margarete zitterte am ganzen Leib, ein kaum hörbares Ächzen entfuhr ihr, woraufhin sie Christophs Hände und die scharfen Kanten der Talglampe in ihrem Rücken spürte.

Tausend Gedanken schossen ihr durch den Kopf, während Christoph sie im Verborgenen der Treppe bei Verstand hielt. Sie dachte an das Kirschmus, das sie ihm an ihrem ersten gemeinsamen Tag gekocht hatte, an die Angst, die sie vor seinem Jähzorn gehabt hatte, an die Nacht, in der er seinen Groll auf Bettina über sie ergossen hatte, und an die Schmerzen, die Pein, die sie seinetwegen hatte erdulden müssen. Während Margaretes Gedanken dorthin schweiften, wo sie sie am liebsten hatte – bei dem Christoph, der sie liebte und der mit ihr sprach, ohne sie zu schelten –, wurde ihr ganz bang zumute.

In dem Maße, in dem Czeppils Lampe den Raum abtastete, wanderte Christophs freie Hand ihren Rücken entlang, hin zu ihrer Taille, und kroch an ihren Hüften hervor. In dem Moment, da der Lichtkegel schier unaufhaltsam bis zu der Stelle vordrang, an der sie sich versteckt hielten, verspürte Margarete den kräftigen Druck von Christophs flacher Hand auf ihrem Mund. Mit zitternden Fingern umkrallte sie seine Hand, vielmehr um sich an ihr festzuklammern, als um sie wegzustoßen.

Margaretes vor Entsetzen aufgerissenen Augen entging keine einzige von Czeppils Bewegungen.

Lange hatte der Geistliche in die gähnende Leere des Tunnels Gruft geblickt, und plötzlich, ebenso unberechenbar schnell, wie er sie aufgemacht hatte, ließ er die eigensinnige Eisentür los, sodass sie vor das Loch schwang und ihr Haken in die Wandöse klickte. Das Kreischen des rostigen Scharniers und das Scheppern der Eisenplatte hingen lange im Gewölbe. Der Pfarrer folgte dem Lichtschein seiner Lampe mit den Augen. Offensichtlich wollte er die Krypta vollends erkunden.

In eben dem Sekundenbruchteil, da das Licht auf den schmalen Platz unter der Treppe fiel, wandte Christoph sein Gesicht und das von Margarete von der Gruft ab und der von Schwamm bedeckten Feldsteinmauer zu. Czeppils Lampe streifte Christophs erdfarbene Schaube und Margaretes dunkelbraunen Umhang. Der Lichtfleck blieb nicht an den beiden haften. Der alterssichtige Pleban hatte sie nicht entdeckt. Nachdem dieser die Gruft nach seinem Ermessen einhellig beleuchtet hatte, machte er auf dem Absatz kehrt und ging mit schnellen Schritten wieder in die Dresskammer zurück.

Erst als Christoph und Margarete das ferne Scharren des Schlosses der oberen Kammertür vernahmen, wagten sie es, wieder tief zu atmen. Die beiden brauchten nichts zu sagen, sie wussten, was der Pfarrer gesehen hatte und was es bedeutete.

Lange noch saßen sie lauschend auf der klapperigen Bank in der Dresskammer und wagten es nicht, sich fortzuschleichen. Christoph, der bemerkt hatte, wie entsetzlich Margarete zitterte, hatte seinen Umhang um ihre Schulter geworfen. Dicht hockten sie beieinander und sprachen gedämpft über die Bauern im Dorf, über das Wetter, die bevorstehende Aussaat, über Gottfried auf dem Hügel – nur über sich und über Czeppil sprachen sie nicht. Erst als die Glocke zur zweiten Stunde geläutet wurde und sich das humpelnde Stapfen des Glöckners entfernt hatte, nahmen sie Abschied voneinander. Sie hatten sich zu keinem anderen Treffen verabredet.

Als Margarete in der Nacht von Valentin auf ihrem Strohsack vor der Kochstelle lag, in der die rote Glut des Feuers ihre letzten pulsierenden Atemzüge tat und ihre Wärme in den Raum hauchte, bekam sie kein Auge zu. Ihr Körper wollte sich einfach nicht von der anstrengenden Heimreise, die mehr einer Flucht als einer Rückkehr geglichen hatte, erholen. Die Straße vom Dorf hinauf zum Weinberg war ihr weder idyllisch noch abenteuerlich vorgekommen, sondern hatte sich bedrohlich und nicht enden wollend vor ihr ausgestreckt. Margarete war wie um ihr Leben gerannt. Sie hatte den Pfarrer hinter jedem Baum und hinter jedem Busch gewähnt. Sie hatte sich mit Wahnvorstellungen gequält und Czeppil hinter jeder Biegung mit zur

Grimasse verbrämtem Gesicht und brüllend wie ein Ungetüm aus dem Unterholz auf sie losspringen sehen. Sie hatte sich noch mehr gefürchtet, als sie sich der Mär vom umherstreunenden Edelherrn erinnerte, die einst Anna Biehain erzählt hatte.

Die junge Frau war schweißnass in ihrer Hütte angekommen. Gottfrieds vertrautes Schnarchkonzert hatte auch jetzt nur wenig beruhigende Wirkung auf sie, die wie ein verängstigter Hund auf dem Lager zusammengerollt lag und in das Lied des Windes hinaushorchte. Das gewohnte und sonst anheimelnde Peitschen der kargen Äste gegen das Holz der Hütte ließ sie jetzt schaudern. Wenn sie in Dämmerschlaf fiel, erschienen vor Margarete die Bilder des suchenden Pfarrers in der Grabkammer unter der Kirche, und dann schreckte sie wieder auf. Doch bald übermannte sie der Schlaf und sie träumte von den Schritten, denen sie und Christoph so angestrengt gelauscht hatten. In ihrem Traum entdeckte Czeppil sie und griff nach ihr. Es war jener Traum, in dem sich das Gesicht des Pfarrers dem ihren auf anzügliche Weise näherte, es ableckte, küsste und streichelte. Aber diesmal verwandelte sich Czeppils Fratze nicht in Christophs Gesicht.

Diesmal vermochten es die eiskalten Lippen der Traumgestalt nicht, das Mädchen aus seinem einer Ohnmacht gleichen Schlaf zu wecken, sondern ein Geräusch riss sie aus ihrer Unruhe.

Margarete fuhr hoch.

Ein Tier raschelte vor der Hütte, ein großes Tier. Es war schon vorgekommen, dass sich Damwild oder sogar Wildschweine bis an die Hütte des Einsiedlers herangetraut hatten. Der Wind spielte mit den Zweigen der Bäume und Sträucher und Margarete vernahm das Piepsen einer Maus. Sie lag wach, war empfindlich für jeden Laut, der vom Wald her in ihre Behausung drang. Sie wagte weder, sich zu regen, geschweige denn, wieder einzuschlafen.

Erst im Morgengrauen – Gottfried grunzte in seiner Kammer immer noch wie ein zufriedenes Schwein – schlich sie vorsichtig über die mit Raureif bedeckten Bohlen der zugigen Stube zur Eingangstür der kleinen Behausung. Mit zitternden Händen stieß sie die Tür auf und blinzelte in die aufgehende

Wintersonne, deren Leuchten sich den Weg durch das dichte Geäst des Waldes bahnte und wie Balsam auf ihrer fahlen Haut wirkte.

Margarete stand eine Weile mit geschlossenen Augen in der Tür. Sie war müde und erschöpft; ihre Arme hingen neben ihrem Körper, als würden sie nicht zu ihm gehören. Das gleißende Sonnenlicht zeichnete sich rosarot hinter ihren geschlossenen Lidern ab und die nur zu erahnende Wärme der dünnen Sonnenstrahlen belebte ihr gemartertes Gemüt. Nach wenigen Atemzügen öffnete sie die Augen wieder und sog die beißend kalte Morgenluft tief ein. Margarete betrachtete die glitzernden Schneezeilen auf den Zweigen, und ihr Blick wanderte zu etwas, dessen grässlicher Anblick sie mit einem heftigen Ruck in die Hütte zurückwarf. Ihr entfuhr ein spitzer, kurzer Schrei, der den verschlafenen Gottfried aus seinem Kämmerlein lockte. »Jesus, Maria und Josef«, flüsterte Margarete und starrte fassungslos in den Schnee ein paar Zoll vor der Eingangstür. Ihre kalte Hand suchte fahrig nach dem Arm des Alten, der neben ihr aufgetaucht war.

»Wer macht denn so was?« Gottfried war fassungslos.

Beide starrten auf einen toten Vogel, einen Kolkraben, dessen schwarzes Gefieder wie ein Loch in der Schneedecke wirkte und dessen Blut in einer kleinen dunkelroten Pfütze aus seinem aufgestochenen Hals gequollen war. Das Tier lag schier unschuldig vor der Hütte und hob sich vom Weiß ab wie ein Halstuch, das jemand verloren hatte.

Als Gottfried hinaus ins Freie treten wollte, hielt Margarete ihn zurück. Mit dem Zeigefinger deutete sie auf ein Durcheinander von Spuren im Schnee, die die Abdrücke gut besohlter Füße zeigten. Mit vor Verblüffung aufgerissenen Augen folgten die beiden den fremden Fußspuren. Der Alte und das Mädchen bildeten unwillkürlich eine Gasse, um mit ihren Blicken den verräterischen Abdrücken zu folgen, die, von Schnee und Schmutz benetzt, bis in die Hütte, bis zu Margaretes Bettstatt vorgedrungen waren. Der jungen Frau blieb jeder Atemzug und jedes Wort im Halse stecken, als sie gewahr wurde, dass ihr Traum und die Berührung auf ihrem Gesicht Wirklichkeit gewesen sein mussten.

»Herrgott noch eins!«, fluchte Gottfried und spuckte aus. »Wer in drei Teufels Namen ...?«

»Nicht viele Leute aus dem Dorf tragen so gutes Schuhwerk, nicht wahr?« Margarete schaute wieder und wieder vom Raben zu den Fußspuren und zurück. Mit einem Satz übersprang sie das tote Tier und lief in den Wald; Gottfried rannte ihr rufend nach. Schon nach wenigen Schritten wurde ihr klar, wohin die Fußstapfen führten, denn sie vermischten sich mit ihren eigenen, die sie in der Nacht zuvor auf dem Weg zum Steinbruch hinterlassen hatte. Ihr schwanden beinahe die Sinne, als sie vor dem zur Seite geschobenen Felsbrocken und dem klaffenden Eingang zum Tunnel ankam. »Aber wie ist das möglich?«, rief sie schrill und trotzig aus, sodass sich ihre Worte im Halbkreis des Steinbruchs bündelten, vom Wind an der Steilwand hinaufgetragen wurden und als Echo von ihr abprallten, sodass ein Wintervogel aus seinem Schlaf geweckt wurde und zeternd aus den Zweigen der Wipfel davonflog.

Wie ist das möglich?, überlegte Margarete und sah sich verzweifelt um. Nur ein Mann mit beträchtlicher Körperkraft hätte es vermocht, einen so wuchtigen, festgefrorenen Stein zu bewegen. Sie selbst hatte sich in der vergangenen Nacht vergebens abgemüht, und sie hielt sich für nicht gerade schwächlich. Sie trat näher an den Tunneleingang heran und beugte sich halb hinein. Ihr graute vor diesem Ort: am Tage nicht weniger als in der Nacht.

Auf dem Boden des Eingangs waren Kratzspuren, die von einem langen, kantigen Gegenstand herrühren mussten. Die Fußspuren waren nicht mit Schnee vermischt. Wer immer hier des Nachts sein Unwesen getrieben hatte, war durch den unterirdischen Gang zwar auf den Weinberg, nicht aber von ihm wieder hinuntergelangt. Der Felsbrocken war von innen her aus seinem eisigen Fundament gehebelt worden. Wer zur Nachtwanderung mit gefiederten Gesellen im Gepäck aufgebrochen war, war für die frostige Witterung gut vorbereitet gewesen und hatte selbst an ein Brecheisen gedacht.

»Sapperment!«, war alles, was Gottfried, außer Puste und rot im Gesicht, herausbrachte, als er sich neben Margarete vor das Loch in der Steinbruchnarbe gestellt hatte.

»Ich bin dir eine Erklärung schuldig, nicht wahr?«, folgerte das Mädchen, als sie das verwunderte Antlitz des Greisen gewahr wurde. Sie setzte sich auf den Stein, auf dem sie einige Stunden zuvor nachgegrübelt hatte, und erzählte Gottfried alles, was sie seit Monaten mit sich herumschleppte.

Sie gestand ihm ihr Verlangen nach Christoph, den sie häufiger, als der Alte vermutete, in der Kammer getroffen hatte, erzählte von dem Kirchenschlüssel, den Christoph ein paar Mal nach der Messe genommen, nach ihren Treffen wieder zurückgelegt und das Kirchenportal offen stehen gelassen hatte. Sie beschrieb ihren Neid gegen Theresa und dass sie trotzdem allein für sie die Alraune geerntet hatte. Margarete sprach von den Ereignissen der vergangenen Nacht und von Pfarrer Czeppil, der Verdacht geschöpft haben musste, da er den von Staub befreiten inneren Eisenring des Tunnelausganges und die frischen Abdrücke im Erdboden des Ganges entdeckt hatte.

»Also finden sich vor unserem Hause nicht die feinen Fußabdrücke eines Edlen von Gerßdorff, sondern die eines Dorfpfarrers!« Gottfried spuckte auf die zertrampelte Schneedecke zu seinen Füßen, dann sagte er eine Weile lang gar nichts mehr.

Aber schließlich ließ er sich zu Spekulationen hinreißen: »Was glaubst du, ficht den Pfaffen an, uns tote Vögel vor die Hütte zu legen? Weiß er von deinen ehebrecherischen Umtrieben?« In seiner Stimme hatten weder Anklage noch Urteil gesteckt. Gottfried starrte vor sich hin und fuhr auf Margaretes Achselzucken hin fort: »Er wird wohl kaum einen Anhaltspunkt haben, Elias Rieger mit dem hier«, er deutete lustlos auf den zerkratzten Tunnelboden, »in Verbindung zu bringen. Czeppil mag den Elias nicht, das weiß jeder. Daraus macht der Kirchenkauz kein Geheimnis, aber das genügt nicht, ihn irgendwelchen Unfugs zu verdächtigen. Nein, Czeppil hat keine Ahnung, dass du dich mit Elias getroffen hast. Er hat keine Ahnung – was weiß Czeppil von dir? Wie denkt er über dich?« Der Alte musterte das auf dem Steinbrocken kauernden Mädchen eindringlich.

Margarete beteuerte, sie habe nicht die leiseste Ahnung, was Czeppil von ihr hielt, was er von ihr wusste, seit sie nicht mehr auf dem Riegerschen Hof lebte. Und sie hoffte, Gottfried habe recht und Christoph war in der vergangenen Nacht nicht auch ein so unansehnliches Mitbringsel vor die Tür gelegt worden. Gottfried musste einfach recht haben: Des Pfarrers Meinung über den Sonderling Christoph war sicherlich enorm gestiegen, seit der Rieger Anstalten machte, seinen Hof aufzuräumen. Margarete würde Christoph nichts von dem toten Raben sagen, sie würde ihn nicht darauf ansprechen ...

»Dann wirst du es herausbekommen«, durchbrach der alte Mann Margaretes Gedanken. Mit gespielter Überraschung sah er sie an, deutete mit dem Zeigefinger zuerst auf seine Brust und dann auf das Loch in der Steinbruchwand: »Ebenso bleibt zu ergründen, ob Czeppil dich hinter dem heimlichen Besucher der Kirche vermutet – oder vielleicht mich? Wir müssen davon ausgehen, dass es Czeppil war, der des Nachts den geheimen Weg benutzte, nur um uns zu erschrecken. Wir müssen vor weiteren seiner kleinen Einfälle auf der Hut sein. Wer weiß, wozu so ein Pfarrer imstande ist, der um die Ruhe in seiner Parochie gebracht wurde! Bei allem, was er tut, steht das ganze Dorf hinter ihm. Wegen dieser Vogelgeschichte zu den Schöppen zu laufen, brächte uns nur noch mehr Hohn und Spott ein, als wir so schon auf dem Halse haben. Czeppil hat eine ganze Parochie hinter sich – ausgenommen Elias Rieger und Nickel von Gerßdorff, aber Letzterer steht allen wichtigen Dingen im Leben sowieso mit Gleichgültigkeit gegenüber. Czeppil kann sich gut hinter den zeternden Dorftrotteln verstecken, und das wird er auch. Sicherlich will er uns glauben machen, einer der verlogenen Gestalten aus der Gemeinde habe uns den Raben vor die Tür geworfen.« Klinghardt tippte sich mit seinem rot gefrorenen Zeigefinger an die linke Schläfe und sagte: »Czeppil ist nicht nur engstirnig, sondern auch faul und obendrein dumm wie Bohnenstroh.«

»Er hat an ein Stemmeisen gedacht, um den Felsbrocken freizubekommen«, gab Margarete zu bedenken und blickte verbittert drein. »So blöd kann der Czeppil auch nicht sein!«

Der Alte aber schüttelte energisch den Kopf und blinzelte dann wissend: »Er hat das Eisen mitgebracht, um in unsere Hütte eindringen zu können, weil er dachte, wir schließen unsere Türe ab – was wir von heute an auch tun werden!« Abermals schüttelte

Gottfried den Kopf. »Nein, Czeppils Bequemlichkeit hat ihn vor uns bloßgestellt. Er war zu faul, die Dorfstraße zu benutzen. Sein kleiner Akt unverhohlener Belehrung ist fehlgeschlagen! Aber seine Mahnung, seine Kirche des Nachts in Frieden zu lassen und uns aus den Belangen seiner Gemeinde herauszuhalten, hat funktioniert!« Der alte Klinghardt ließ seine Hand schlaff und kraftlos sinken. »Da hat uns der Pfaffe eine Lektion erteilt.«

Margarete rührte es, mit welcher Bereitschaft Gottfried ihren Fehler auf sich lastete. Einige Atemzüge lang taxierte der Alte seine junge Magd, bevor er reglementierte: »Du wirst den Weg nicht wieder benutzen.« Er wartete auf ihr verständiges Kopfnicken. Milder und resigniert seufzend fügte er hinzu: »Und ich werde jetzt die Schweinerei vor unserem Haus beseitigen.«

Margarete schämte sich. Sie genierte sich vor ihrer mädchenhaften Tugendlosigkeit, die sie zu dem Leichtsinn, sich wiederholt mit Christoph in der Kirche zu treffen, verleitet hatte. Eine Kirche war nicht für nächtliche, verbotene Verabredungen da, sondern zur Besinnung auf die Kraft der Heiligen Dreifaltigkeit und um Kraft und Ruhe im Gebet und in Gottes Wort zu finden. Aber wäre Czeppil ein feinfühligeres Organ Gottes, hätte er gar nicht ihre Ehe mit Christoph annulliert und sie wäre jetzt noch mit ihm zusammen – noch immer nicht schwanger, wie sie nur zu gut wusste, sie würde sich aber nicht mit ihm in der Kirche treffen müssen! Die Frau presste ihre vor Aufregung zitternden Hände gegen ihr Gesicht, um nicht zu weinen. Als sie die aufsteigenden Tränen erfolgreich hatte besiegen können, angelte sie nach dem schweren Kruzifix, das warm vor ihrer Brust unter ihrer Schafswollweste an dem kleinen silbernen Kettchen hing.

Gottfrieds Worte hatten Gewicht, und Margarete würde ihm gehorchen: Sie würde den Tunnel nicht wieder benutzen. Aber das war nicht genug. Margarete wollte dafür sorgen, dass dem Treiben um den Weg ein Ende bereitet wurde. Sie wusste nur nicht, wie ihr das gelingen sollte.

Mit der freien Hand strich sie gedankenverloren über den Stein, auf dem sie saß. Als sie vor Kälte beinahe jedes Gefühl in ihren Armen und Beinen verloren und die krampfhafte Suche nach einer Lösung fast aufgegeben hatte, kam ihr eine Idee. Entschlossen sprang sie auf, hüpfte ein paar Mal auf demselben Fleck, um sich aufzuwärmen, und machte sich an die Arbeit.

Der Einsiedler flößte der Durchgefrorenen einen heißen Becher Görlitzer Bieres ein, den er mit Honig versetzt hatte und den das Mädchen mit vor Ekel verzerrter Miene unter den Argusaugen des Alten hinunterwürgte. Lange hatte Margarete am Steinbruch gewerkelt, bis schließlich Gottfried sie unter Fluchen und Beten in die Hütte gescheucht hatte. Jetzt, da die junge Frau mit blau gefrorenen Lippen, roten, brennenden Händen und kribbelnden Füßen in der guten Stube hockte, merkte sie, wie lange sie damit beschäftigt gewesen sein musste, den Eingang zum Tunnel in der Felswand zu verrammeln. Mehrere große Steine hatte sie derart ineinander verkeilt, dass der Zugang hartnäckiger Werkzeuge zum Trotz nachhaltig verschlossen bleiben würde. Lange hatte sie Stein um Stein, Brocken um Brocken, Grus um Grus zusammengetragen, einzig um das Werk wieder einzureißen und von Neuem zu beginnen, denn zu oft hatte sie einen wenig standhaften Wall vor das Loch in der Felswand gestapelt.

Verdrossen saß die junge Wagnerin nun in Gottfrieds Hütte, spähte aus dem von Eisblumen benetzten Fensterchen und dachte über die vergangene Nacht nach. Der Winterwind pfiff durch die Wipfel immergrüner Kiefern, die hartnäckig ihre Häupter aneinanderstießen, dabei krachende Geräusche von sich gaben, um dann ächzend wieder auseinanderzufliegen. An irgendetwas erinnerten sie die gähnenden, knarrenden und widerborstig hin und her schwingenden Bäume. An irgendetwas – aber woran? Erst als sie sich ein dickes Knäuel brauner Wolle um ihr linkes Handgelenk gewunden hatte, bemerkte Margarete, dass sie so verbissen in die Tiefe des Waldes gestiert hatte, bis sich ein Faden von ihrem Rock gelöst hatte. Das Kreuz um ihren Hals, die aufgeschütteten Steine vor dem Tunneleingang, die sich wiegenden Bäume und der braune Wollfaden um ihre Finger wollten ihr etwas bedeuten, und sie zermarterte sich den Kopf, bis sie einen Einfall hatte, der so klar wie düster und so zufriedenstellend wie schaurig war, dass sie sich vor ihm fürchtete.

Um ihr Vorhaben zu verwirklichen, musste sie noch zwei

Wanderungen auf sich nehmen, doch dazu hatte sie angesichts der Winterkälte wenig Lust, und außerdem galt es zunächst, Gottfrieds Gebot zu folgen und den Czeppil zu beobachten.

»Erbauliche Andacht«, wünschte die junge Magd des Einsiedlers den Mädchen in den vorderen Reihen des Kirchenschiffs. Auf ihr aufrichtiges Lächeln erntete sie dieselben unsicheren Blicke wie jeden Sonntagmorgen, den sie bisher im Dorf zugebracht hatte.

Mit Christoph und seiner jungen Frau tauschte sie zur Begrüßung lediglich ein stummes Kopfnicken. Die vielen Fragen, die in Christophs Augen lagen, mussten warten. Zunächst war es Margaretes Aufgabe, Czeppil während der Zeremonie aufmerksam zu studieren und in seinem Antlitz irgendein Indiz zu finden, das seine Reaktion auf die Ereignisse von Sankt Valentin verriet. Margarete erkannte an Christophs verbissener Miene und seiner nie dagewesenen Aufmerksamkeit, die er dem Gottesdienst angedeihen ließ, dass er Czeppil ebenso angestrengt auf ein verräterisches Wort, eine Geste oder einen eindeutigen Blick hin beobachtete.

Aber der Pfarrer starrte teilnahmslos in die Masse seiner Gemeinde, ohne einen bestimmten Punkt zu fixieren, und leierte seine Litanei hinunter, genauso wie er es Woche für Woche, Jahr für Jahr getan hatte.

Es dauerte jedoch nicht lange, da erkannte Margarete den Neuklang in Czeppils Predigt. Ein Blick nach hinten, wobei ihre Augen direkt in die von Christoph wanderten, verhieß ihr, dass auch er den Worten des Geistlichen eine Verbindung zur Valentinsnacht beimaß, denn Czeppil predigte – Theodiscus – aus dem Buche Hiobs und berief sich dabei auf das Gespräch Hiobs mit Eliphas: »Wollen wir die gottlosen von den gottesfürchtigen Menschen unterscheiden, so sehet: Die Gottlosen verrücken Grenzen, sie halten sich nicht an das Gefüge, das uns der Herr vorgegeben hat. Sie sind wie Wildesel: suchen in der Wüste nach

Nahrung, auf dem Felde mit ungenießbarem Grün nach Speisen für ihre Kinder. ›Sie ernten des Nachts auf dem Acker und halten Nachlese im Weinberg des Gottlosen‹ …« Czeppil sah weder Christoph noch Margarete an, sondern steckte seine Nase in die Bibel, als er vorlas: »›Sie triefen vom Regen in den Bergen; sie müssen sich an die Felsen drücken, weil sie sonst keine Zuflucht haben.‹« Und dann übersprang der Pfarrer einige Kapitel, um aus dem Lied von der Weisheit Gottes zu predigen: »Aber ist der Felsen nicht Hüter manchen Geheimnisses? Können wir nicht lernen von der Macht des Gesteins, von der Mannigfaltigkeit seiner Schätze? ›Auch legt man die Hand an die Felsen und gräbt die Berge von Grund aus um. Man bricht Stollen durch die Felsen, und alles, was kostbar ist, sieht das Auge. Man wehrt dem Tröpfeln des Wassers und bringt, was verborgen ist, ans Licht.‹«

Der Pfarrer senkte die Bibel vor seine Hüften und blickte versonnen in das Gewölbe des Kirchenschiffes, wobei er ins Leere fragte: »Sind Schätze, Geheimnisse und Wissen aber gleichzeitig Weisheit? – Gräbt man auch noch so tief, wird sich keine Weisheit vor jenem offenbaren, der unreinen Herzens ist. Im Lande der Lebendigen finden wir nicht Weisheit. Sie ist nicht in der Tiefe des Berges, nicht in der Tiefe des Meeres zu finden. Sie findet sich nicht in den Weiten des Himmels, denn der wird von Vögeln verfinstert …«

Margaretes Herz stolperte und schien nur schwer in einen geordneten Rhythmus zurückzufinden. Das alles ergab keinen Sinn, nicht für Margaretes Gehör und nicht für Christophs, zu dem sie sich abermals umwandte und dessen Nasenwurzel von einer tiefen Falte gezeichnet wurde, zum Zeichen, dass er zwar die Andeutungen des Pfarrers vernommen hatte, aber den Zusammenhang der Predigt nicht begriff. »… Der Abgrund und der Tod geben zu, von der Weisheit nur ein Gerücht gehört zu haben, einzig Gott kennt den Weg zu ihr! Er allein kennt ihre Stätte! Und er duldet nicht das blinde Herumirren gotteslästernder, verlorener Kreaturen.« Czeppil legte die Bibel auf den Altar und bekreuzigte sich gen Osten, mit ausgebreiteten Armen hob er zum »Agnus Dei« an. Margarete fieberte dem »Ite missa est« entgegen, das an das »Agnus Dei« anschließen musste und auf das sie die Kirche schleunigst verlassen wollte. Sie war einer

Ohnmacht nahe. Ihr war das Geflüster der Klatschweiber zuwider und sie ersehnte nichts als Christophs Nähe, die sie trösten würde. Aber Margarete durfte sich nicht mit ihm blicken lassen. Nichts war jetzt gefährlicher als ein Päuschen mit Christoph und Theresa – oh ahnungslose Theresa! Alle waren ahnungslos. Niemand wusste nichts und alle wussten dasselbe, aber was es genau war, das wusste Margarete nicht!

Czeppil verabschiedete die junge Frau an der Pforte mit der gleichen heuchlerischen Aufrichtigkeit, wie er es immer getan hatte, und fügte ausgesucht freundlich an: »Schön, Wagnerin, dass du den Weg in unsere kleine Kirche gefunden hast.«

Hatte sich Margarete das nur eingebildet oder hatte der Geistliche dem Wörtchen »Weg« eine gewisse Betonung beigemessen? Dass ihre Augen sich verengten, ihr Herzschlag einen Moment lang stockte und ihr Blick unwillkürlich nach Christoph suchte, bemerkte der Pfarrer nicht, denn der war bereits damit beschäftigt, dem Jost Linke einen geruhsamen Sonntag zu wünschen.

Margarete lief vor Christoph davon. Seine Augen bohrten sich in die ihren, während sie ihm aus der Ferne und wortlos zu verstehen gab, dass sie einander aus dem Wege gehen mussten. Noch bevor er sich in ihre Nähe stehlen konnte, war sie durch die Westpforte der Kirchmauer verschwunden.

Sieben lange Tage quälte sich Margarete mit ihrer Angst um Christoph und ihren versuchsweisen Auslegungen von Czeppils Worten, die im trüben Nichts waberten. Margarete hätte jederzeit Gottfried fragen können, und der hätte das Buch Hiob in seine Bestandteile, in jedes einzelne Wort zerlegt und sich große Sorgen gemacht, wäre herausgekommen, dass Czeppil einen Verdacht hegte. Aber bisher hatte sich der Pleban nicht zu erkennen gegeben, bisher hatte er weder Christoph noch Margarete denunziert. Margarete hielt still, kaute auf ihren Fingernägeln, bis ihre Nagelhaut blutete, und verging in Sorge um Christoph, von dem sie nichts hörte! Nichts!

In der Woche darauf misstraute Margarete einem eindringlichen Lächeln, das der Pfarrer ihr schenkte, als er predigte: »Wer sich in Gefahr begibt, kommt darin um«, und aus dem Matthäus vortrug: »»Geht hinein durch die enge Pforte. Denn die Pforte ist weit und der Weg ist breit, der zur Verdammnis führt ...«« Er hatte sie! Czeppil hatte sie, und Margarete spürte seinen Blick bis unter ihr Sonntagshemd. Das Kreuz ihrer Mutter schien wie glühendes Metall zu brennen und sich in ihre Brust hineinzufressen. Erst als die gedämpfte Stimme des Geistlichen verriet, dass er sein Gesicht wieder seinem Bibeltext zugewandt hatte, drehte sich Margarete zu Christoph um.

Wie zu erwarten, blickte er sie beunruhigt an. Er schien weniger beängstigt als sie, aber trotzdem sichtlich sorgenvoll, und er hatte ebenfalls bemerkt, dass Czeppils Auswahl des siebten Matthäuskapitels allein Margarete gegolten hatte. »... ›und viele sinds, die den Weg zur Verdammnis beschreiten ...‹« Christophs Augen wanderten zum Prediger hin und verengten sich zu funkelnden, wütenden Schlitzen. Margaretes Kopf wirbelte nach vorn, aber Czeppil hatte weder sie noch den jungen Rieger angeschaut, sondern erging sich in einem schier unversiegbaren Redefluss: »›Doch wie eng ist die Pforte und wie schmal der Weg, der zum Leben führt, und nur wenige sinds, die ihn finden. Nehmet euch in Acht vor den falschen Propheten, die in Schafskleidern zu euch kommen, unter ihnen sind sie reißende Wölfe.‹« Und viel überlegter fügte Czeppil an: »Kann man die Frucht der Trauben oder die der Disteln verspeisen? Ein guter Baum kann nicht schlechte Früchte bringen, eine gute Frau nicht schlechte Kinder. ›Jeder Baum, der nicht gute Früchte bringt, wird abgehauen und ins Feuer geworfen‹, jede Frau, die nicht gebiert, verstoßen.«

Jetzt war es auch dem letzten Kirchgänger klar geworden, von wem Czeppil sprach, und man verrenkte sich die Hälse nach Margarete Luise Wagner und nicht weniger nach Christoph Elias Rieger. Czeppil aber tat so, als hab er niemand Bestimmten angesprochen, und ging über in seine schlüpfrige Litanei und beendete alsbald den Gottesdienst.

Diesmal aber ließ sich Margarete beim Abschiedsgruß nicht von Czeppil verunsichern, sondern bot ihm die Stirn, als sie ihm zuraunte: »Könntet Ihr nicht am nächsten Sonntag zu Hiob zurückkehren und uns das Kapitel einunddreißig auslegen?« Damit und mit einem mutigen Grinsen im Gesicht verschwand Margarete vom Kirchhof. Czeppil würde sich natürlich nicht zu

Hiobs Frage äußern, ob er gewandelt sei in Falschheit oder sein Fuß zum Betrug geeilt sei. Margarete lächelte noch fast den ganzen Weg zum Weinberg über ihre Spitzfindigkeit.

Aber Gottfried, dem Margarete von Czeppils Sonntagspredigt berichtete, war ganz und gar nicht erheitert. Er fuhr sich über Gesicht und Haare und konterte auf das am Vormittag in der Dorfkirche wiedergekäute Matthäusevangelium mit dem Propheten Jesaja, der da sprach: »»Nun muss ich zu des Totenreiches Pforten fahren in der Mitte meines Lebens, da ich doch gedachte, noch länger zu leben.‹ Der Czeppil hat es auf dich abgesehen, Margarete, ganz klar, aber ob seine gewählten Worte dem Christoph gelten, weil er ihn schon immer verabscheut hat oder weil er ihn mit der Sache um den Tunnel in Verbindung bringt, ist fraglich. Doch du, Margarete, musst auf der Hut sein!« Gottfried mochte Margarete nicht oft genug ermahnen, vorsichtig zu sein, sich nicht mehr mit dem jungen Rieger blicken zu lassen, und Margarete wusste, dass Gottfried recht hatte. Sie spürte die Mitleid erregenden Blicke, die der Alte ihrer Sehnsucht nach Christoph zollte, aber sie verging von Tag zu Tag und sie wusste, dass sie ihre halbherzig dahingehauchten Versprechen, ihre Zunge zu hüten und dem Rieger aus dem Wege zu gehen, nicht halten würde.

Einige Wochen lang hielt sich Margarete an ihr Gelöbnis: Mit einem feuchten und einem trocknen Auge beobachtete sie die Ochsen- und Pferdegespanne, die sich und Alois' Egge nach der Schneeschmelze über die Äcker schleppten, die Felder aus der Winterstarre rissen, sie zerfurchten und Saatgut einließen. Margarete verrenkte sich den Hals nach Christoph, wenn sie die Trampelpfade des Weinbergs nahe der Gerßdorffschen Güter, welche wie immer zuerst bestellt wurden, entlangging. Manchmal bildete sie sich ein, ihn zu erkennen, der seine Ochsen über die herrschaftlichen Äcker führte, schärfte sie aber ihren Blick, gestand sie sich enttäuscht ein, dass es irgenddeiner, aber nicht Christoph war, den sie schmachtend beobachtet hatte.

Etwas war anders in diesem beginnenden Frühjahr, denn nicht mehr schwarzbraune aufgefrischte Äcker und trübgrüne erwachende Wiesen, sondern auch ein lichter Schimmer von hellem Violett zeichnete die Landschaft unter dem Weinberg.

Christophs Waidfeld leuchtete in der wärmer werdenden Märzsonne bis weit über die Grenzen der Parochie wie ein blaugrüner See. Wenn es regnete, sah es aus wie eine zu ebener Erde ruhende Wolke, und in der Abenddämmerung schimmerte es violett mit einer Leuchtkraft, die sogar die Weiber des Sonntags mit einem Hauch von Bewunderung im Zetern innehalten ließ.

Selbst Gottfried, der Eigenbrötler, der nur selten über das Teufelsfeld sprach, kam nicht umhin, den eigenwilligen Waid zum Gesprächsgegenstand zu machen. Und wer von dem Waidfeld erzählte, kam unweigerlich auf Christoph Elias Rieger zu sprechen, und das ertrug Margarete nicht: Alle, nur nicht sie, durften mit oder über Christoph reden.

Von da an war es nur noch eine Frage der Zeit, wann sie ihr eisernes Versprechen brach.

Und das geschah am letzten Sonntagsgottesdienst im März. Es war nicht Margaretes Absicht gewesen, nicht ihre Schuld, suchte sie nach einem Schuldigen für diese Dummheit, sondern Christophs, denn der war es gewesen, der ihr vor der Andacht und während der Predigt mit stummer Miene und verhaltenen Handzeichen zu verstehen gegeben hatte, dass er sie sprechen wolle. Hatte sie ihm noch vor dem Westtor der Kirchmauer aus dem Weg gehen können, war sie, als sie nach Süden floh, von den Friedhofsmauern wie umzingelt.

Bettina Wagners Grab lag unter einer kargen Birke, deren hellgrüne Knospen die ersten Boten auf ein wärmendes Frühjahr waren. Margarete stand stumm vor dem Holzkreuz, als Christoph geräuschlos und nur durch seinen warmen Atem erahnbar neben ihr auftauchte. Er stand so dicht neben ihr, dass sie einen Schritt von ihm abrückte, wobei sie sich nach einer Menschenseele umblickte. Niemand war auf dem Friedhof, niemand lungerte am Südtor der Wehrmauer herum. Margarete wollte nicht davon ausgehen, dass sie von Theresa oder Pfarrer Czeppil beobachtet würde, aber welcher Winkel würde sie und Christoph schon vollends verbergen?!

Lange sagten beide gar nichts. Sie sah auf das Grab ihrer Mutter nieder, er in Margaretes Profil.

Auf sein Flüstern schüttelte Margarete den Kopf und sprach mit ebenso gedämpfter Stimme wie er zuvor: »Du kannst nicht ernsthaft daran denken, dass wir uns weiterhin treffen können, Christoph, bei dem, was der Alte heut wieder vom Stapel gelassen hat ...« Ein prüfender Blick in Christophs verengte Augen verriet ihr, dass seine Vorsicht und sein Groll auf Czeppil seit der Valentinsnacht reichlich abgemagert waren. Sicher, Christoph hatte andere Probleme, als sich tagein, tagaus über Czeppils Predigten den Kopf zu zermartern. Er hatte alle Hände voll zu tun mit seinen drei Feldern, seinem Vieh und seiner hochschwangeren Frau. »Wer schläft, sündigt nicht; wer nicht schläft, sündigt umso mehr ...«

Margarete wandte den Blick wieder auf das Holzkreuz und überlegte: Der Pfarrer hatte wie in den Wochen zuvor auch an diesem Sonntag kein Wort über Hiobs einunddreißigstes Kapitel verloren. Margaretes kleiner Mut, des Pfarrers Programm beeinflussen zu wollen, war im Nichts verraucht. Heute hatte Czeppil die Psalter gewälzt und sich mittels des fünfzigsten Psalms darüber mokiert, von seiner Gemeinde nicht in der Abhaltung seiner Gottesdienste gemaßregelt werden zu wollen. Dabei hätte Margarete gerade diesen Psalm gern zu ihren Gunsten gegen Czeppil ausgelegt, denn wie hieß es an trefflicher Stelle: »Deinen Mund lässest du Böses reden und deine Zunge treibt Falschheit.« Aber das hatte Pfarrer Czeppil übergangen. Er hatte Gottes Wort über seine Lippen blubbern lassen und nicht, wie Gottfried und Margarete es verstanden, den Sünder und den Frommen gleichermaßen als gottlos angeprangert. Die Frommen, die sich nur sonntags in die Kirche schleppten, waren des Werktags vortreffliche Frevler und Sünder, die über ihren eigenen Bequemlichkeiten das heilige Wort vergaßen.

»Christoph?«

Der Mann versicherte wortlos seine Aufmerksamkeit. Seine Augen ruhten wie die Margaretes auf Bettinas Grabkreuz.

»Czeppil weiß ganz genau Bescheid! Zumindest über mich. Und wenn du willst, dass er dich nicht auch noch ins Visier nimmt, dann bringe mich nicht in Versuchung!« Flüsternd erzählte Margarete von dem toten Kolkraben, der letztendlich seine Ruhestätte hinter der fensterlosen Wand der Blockhütte gefunden, aber dennoch nichts von seinem Schrecken verloren hatte.

Christoph ließ sich das Gesagte lange durch den Kopf gehen.

Immer wieder schaute Margarete sich nach der Kirchhofpforte um und ließ ihren Blick über den Gottesacker schweifen. Da war niemand.

Der junge Rieger erklärte mit einem teils abenteuerlustigen, teils bedauernden Lächeln in den Augen, dass sich Czeppil zu solchen Sperenzchen auf dem Rieger-Hof noch nicht hatte hinreißen lassen, und fügte gelangweilt hinzu: »Er kommt ab und an vorbei, um mit Theresa zu beten und sie zu ermutigen – sie ist so weinerlich und …«

»Hast du das Leuchten in Czeppils Augen gesehen, wenn er anfängt, die Bibelstellen vorzutragen?! Ich wette, seine Übersetzungen stimmen noch nicht einmal. Ich wette, er schustert sich alles so zurecht, wie er es haben will … Es ist verboten, die Bibel Theodiscus vorzutragen. Der macht das nur, um mich zu ärgern! Der Czeppil ist wie ein Geist, wie der Schatten eines Mannes.« Sie schauderte.

»Ich glaube nicht, dass er weiß, dass ich auch in der Krypta war …«

Margarete verbot dem Mann zischelnd den Mund und wandte sich abermals nach Neugierigen um. Da war niemand. »Wir dürfen dort nicht mehr hingehen!« Aber das war nur die halbe Wahrheit, denn Margarete würde noch ein letztes Mal hingehen müssen – das war einer ihrer beiden noch bevorstehenden Erledigungsgänge.

»Seit über einem Monat habe ich dich nicht mehr allein gesehen. Ich werde noch wahnsinnig mit niemandem sonst als Theresa und ihrem unermüdlichen Gejammer …«

»Das hättest du dir überlegen sollen, bevor du mich davongejagt hast! Wie verläuft die Schwangerschaft, alles normal?« Margarete langte nach ein paar Moosflechten, die am Holzkreuz hinaufkletterten, und pellte sie ab. Weil Christoph lange schwieg, sich nicht regte und sogar das Atmen aufgegeben zu haben schien, nachdem Margarete ihre Worte pfeilschnell an seinen Kopf geworfen hatte, sandte sie ihm einen kurzen prüfenden Blick, nicht ohne den Moosbefall sein zu lassen.

Christophs Gesicht lag in verquälter Verzweiflung. Die Frage nach Theresa überging er, stattdessen fuhr er Margarete an: »Was ist das jetzt wieder? Verspätete Schuldzuweisung?! Ich dachte, das hätten wir ausgestanden. Ich hab einen Fehler gemacht – Himmel, Arsch und Zwirn! – und ich werde deshalb in der Verdammnis enden. Das ist genug der Strafe. Außerdem hab ich mich entschuldigt. Wir waren uns einig, das Geschehene auf sich beruhen zu lassen, also steh zu deiner Entscheidung und zeig mir nicht die kalte Schulter!«

Das Mädchen wandte sich dem Unglücklichen zu und sah ihm geradeheraus in die stahlblauen Augen, die selbst an ihrem Hochzeitstag nicht klarer gewesen waren: »Es gibt keinen Ort, an dem wir uns treffen können, Christoph. Aber wenn ich es mir recht überlege, hast du mindestens noch eine freie Schlafkammer unter deinem Dach. Oder soll ich Gottfried fragen, ob er uns sein Bett überlässt? Du bist jederzeit willkommen auf dem Weinberg …«

Sie spottete seiner und die Schärfe ihrer Worte spiegelte sich auf Christophs Gesicht wider. Seine zusammengezogenen Brauen, seine mahlenden Kiefer und die fixierenden Augen waren noch vor einem Jahr Vorboten seiner lockeren Faust gewesen. Jetzt aber zeugten sie von unendlicher Wut über den Zustand, in den er sich und seine Frau hineinkatapultiert hatte. Kaum merklich nickte er. »Also gut.« Dann drehte er sich langsam um und wollte in Richtung der kleinen Südpforte gehen, da fiel ihm noch etwas ein. Er sah Margarete verheißungsvoll an, brachte aber nicht heraus, was ihm durch den Kopf geisterte, sondern entfernte sich lächelnd.

Am ersten Sonntag im April, am Tage des Heiligen Vinzent –
die jungen Frauen ergingen sich im Freudentaumel wegen der
prächtigen Knospen, die überall hervorbrachen, und schwangen
heiter die Zöpfe in den wärmenden Sonnenstrahlen; die Knaben
und jungen Männer erwachten aus dem stumpfsinnigen Win-
terschlaf und zupften hier an einem Rock und pfiffen da keck
durch die Zähne, dass die Mädchen errötend kicherten –, trat
der Pfarrer nach dem Gottesdienst an Margarete Wagner heran:
»Der alte Hans Biehain hat mir aufgetragen, dich um etwas zu
bitten, meine Tochter.« Der Geistliche wartete einen Moment,
die kleine Fehde, auf dem »Buchrücken der Heiligen Schrift«, wie
Gottfried Klinghardt das Wettern des Pfarrers und seiner Magd
nannte, ausgetragen, schien verebbt – vorerst –, doch Margarete misstraute dem offensichtlich aufrichtig freundlichen Antlitz des Pfarrers. »Ich möchte, dass du dich um Theresa Amalie
Rieger kümmerst.« Der Protest, der durch Margaretes offenen
Mund sprudeln wollte, wurde von Czeppil im Keim erstickt: »Sie
wird bald niederkommen und braucht jetzt viel Hilfe im Haus
und auf dem Hof. Solange Horka keine neue Hebamme hat,
sollte die Familie zusammenhalten, und da die gute Anna Biehain zu gebrechlich ist und Theresas Tante ihrer Nichte entsagt
hat, spreche ich dich an.« Der Pfarrer redete nicht weiter und
beobachtete Margarete mit strengem Blick. Ihre Augen huschten unverhofft in die Christophs, der dicht bei der Westpforte
neben der kugelrunden Theresa an der Feldsteinmauer lehnte
und auf den Ausgang des Gesprächs zwischen Czeppil und
Margarete wartete. Er hielt die Arme verschränkt vor der Brust
und seine Lippen umspielte das gleiche Lächeln wie am vergangenen Sonntag auf dem Gottesacker. Und da wusste Margarete,
wem sie diese Fügung zu verdanken hatte.

Den Pfarrer hatte sie beinahe vergessen. Er wartete auf eine
Antwort, auf ihr Einverständnis, das außer Frage stand.

Margarete gefiel der Gedanke nicht, der Frau des Mannes, der
eigentlich ihrer war, beim Austragen und Niederkommen mit
dem Kinde, das sie, Margarete, eigentlich hätte gebären sollen,
beizustehen. Sie versuchte, ihr Missfallen aus dem Gesicht zu
wischen, und trat an Christoph und Theresa heran.

Stolz trug Theresa den prächtigen Bauch zur Schau. Mar-

garete sah sich einer jungen Frau gegenüber, die den Mutter-
freuden erwartungsvoll und selbstbewusst entgegenblickte und
große Stücke auf sich und ihren Umstand hielt. »Das ist großartig!«, kreischte die junge Riegerin schrill auf, als Margarete ihr
verkündete, was der Herr Pfarrer soeben an sie herangetragen
hatte; ein Kreischen, das Christoph und Margarete gleichermaßen zusammenfahren ließ.

Wenn sie mir nur nicht um den Hals fällt, dachte Margarete,
doch es war bereits zu spät. Nur mit Mühe konnte sie sich aus der
Umklammerung der Riegerin befreien. Dabei ließ sie Christoph
nicht aus den Augen.

Der wiederum blickte auf Theresa mit Geringschätzung und
Unglauben herab, wie Margarete es noch nie an ihm gesehen
hatte. Sie war sich sicher, dass er sie in ihrer Ehe nie so angesehen hatte; er hatte sie hasserfüllt, aber zugleich furchtsam
angeschaut; er hatte sie despektierlich geprüft, gemustert und
bewacht mit seinen grauen Adleraugen, aber er hatte sie nie
mit einer solchen Verachtung angeschaut. Selbst wenn seine
Stimme und seine Schimpftiraden Wort gewordene Abneigung
gegen Margarete gewesen waren, hatte aus Christoph immer
Selbstschutz gesprochen. Jetzt aber sprach aus seinen Augen
nichts als ehrliche Gleichgültigkeit gegenüber seinem Eheweib.

Der junge Rieger mischte sich nicht ein, lehnte noch immer
an der Wehrmauer, seine Finger knoteten einen Grashalm.
Theresa aber plapperte munter weiter: »Ich fühlte von Anfang
an ein so starkes Band zwischen uns ...« Margarete hatte nie
eine Verbindung zwischen sich und dem Mädchen gespürt. Wie
kam Theresa auf so etwas? »... und ich möchte meinen, dass mir
der Beistand meiner eigenen Schwester – Gott sei ihrer Seele
gnädig – nicht lieber hätte sein können. Wenn du mich besuchen kommst, musst du natürlich unter unserem Dache speisen und schlafen, nicht wahr, Christoph?!« Der Mann taxierte
Margarete mit einem Blick, der meinte, dass er sehr wohl wisse,
wo Margarete nächtigen würde, besuchte sie seine Frau. Er
beobachtete Margarete mit unverhohlenem Interesse, aber er
schwieg und Theresa bekam von seinem und Margaretes stum-
mem Mienenspiel nichts mit. Eben noch abgestoßen von dem

Gebaren seines Weibes, verfolgte Christoph nun die Spannung, die sich zwischen den beiden Frauen ausbreitete, mit amüsierter Neugier. »Und wir werden es uns richtig schön machen! – Ostern steht vor der Tür, du meine Güte, was da alles vorzubereiten ist, und …«

Theresa musste sich in eine Schnatterente verwandelt haben – eine andere Erklärung fand Margarete für das widersprüchliche Verhalten der Jüngeren nicht –, und nun begriff sie, was Christoph gemeint hatte, als er behauptete, er würde wahnsinnig werden mit niemandem sonst als Theresa zum Gesprächspartner. Margarete konnte sich nicht vorstellen, dass mit Theresa ein Gespräch im eigentlichen Sinne geführt werden konnte, denn das früher so stille Mädchen schwatzte nun unaufhörlich, als müsse es all die Monate des Schweigens wettmachen.

Christoph stieß sich von der Mauer ab und stupste Theresa am Oberarm. So unversiegbar Theresas Redefluss eben noch gewesen war, so überraschend war der Abbruch, den sie ihrem Geschwätz beibringen konnte. Und Margarete stellte fest, dass Theresa Christophs Augen mied. Sie sah ihm kaum ins Gesicht und trottete behäbig wie ein beladener Esel hinter ihm her, als er sich in Richtung Westpforte bewegte. Hatte sie, Margarete, während ihrer Ehe mit Christoph auch so ausgesehen: verstockt, verschüchtert und geduckt?

Christoph wandte sich zu Margarete um und zwinkerte ihr zu, bevor er durch die Westpforte der Kirchhofmauer verschwand.

Wie weit hast du es gebracht?, fragte sich Margarete und schaute dem davoneilenden Paar nach. Zuerst wirst du die Magd eines Einsiedlers und dann die der Frau deines Geliebten. Sie lachte bitter in sich hinein: Was hatte der Heilige Vinzent, Schutzpatron der Holzfäller und Dachdecker, mit ihrem Leben zu schaffen! Im einen Jahr zürnt er dir und nimmt dir dein Zuhause auf dem Hof und im nächsten Jahr schmeichelt er sich wieder ein und lässt dich dorthin zurückkehren! Brachte der Vinzenztag für Margarete jedes Jahr ein neues Dach über dem Kopf?!

Bereits am folgenden Tag ging Margarete nach Niederhorka zum Riegerschen Hof. Sie war angespannt und nahm all die ihren Weg kreuzenden Bilder in sich auf wie eine Heimkehrende. Immer und immer wieder musste sie sich ermahnen, ihre Vergangenheit ruhen zu lassen, nicht an ihr zu rühren, doch die Düfte von frischen Äckern rechter Hand und das Rauschen des Flusses zu ihrer Linken machten sie wehmütig. Margarete genoss die Wanderung durch das niedere Dorf. Wie lange war sie nicht mehr hier gewesen? So wenige Meilen trennten ihre Hütte auf dem Berg von Christophs Bauernhof, und doch war Margarete in dem ganzen Jahr, das sie bei Gottfried lebte, nicht ein einziges Mal dorthin gegangen.

Einen Augenblick lang blieb sie auf dem Vorplatz von Christophs Hof stehen, gerade so wie vor nahezu zwei Jahren, als sie vom alten Klinghardt hierhergebracht worden war.

Wie sehr hatte sich der Hof verändert! Kaum etwas von den Mängeln, die die Gebäude damals aufgewiesen hatten, war wiederzuerkennen. Die Gerümpelberge auf dem Hof und Schandflecken der Gebäude waren wie weggezaubert. Margarete wusste, dass dies nicht das Werk einer Theresa Rieger war. Ihr Blick war an das Haus geheftet. Als sie die Fenster des Lagerraumes betrachtete, spürte sie die erste Ohrfeige auf ihrer Wange und ein bitteres Lächeln huschte über ihr Gesicht. Ein Leben lag zwischen den Schlägen und den heimlichen Nächten, die sie miteinander geteilt hatten.

Margarete brannte es auf der Seele, ihren einstigen Garten zu betreten, doch das kam nicht in Frage. Sie mochte bei einem alten Kauz oben auf dem Weinberg als Magd ihr Dasein fristen, aber ihre Manieren hatte sie noch nicht vergessen. Und das Heiligtum einer guten Bäuerin – den Garten – ohne deren Einladung zu besichtigen, war ausgeschlossen.

Die Tür flog schwungvoll auf, und das Erste, was Margarete erblicken musste, war Theresas fülliger Bauch, den sie ordinär und umständlich aus der Türöffnung schob wie einen Wäschezuber. Margarete versuchte, ein halbwegs aufrichtiges Lächeln auf ihr Gesicht zu bringen. Theresa freute sich sehr über den Besuch der Älteren und geleitete sie sogleich am Arm ins Haus.

»Eine andachtsvolle Karwoche wünsche ich dir, Margarete.

Schön, dass du schon heute zu uns gekommen bist.« Theresa lachte über das ganze Gesicht. Margarete erwiderte den Gruß mit einem schüchternen Lächeln. »Du musst so viel zu tun gehabt haben da oben beim tatterigen Al...« Das Strahlen der Hausfrau erstarb, als sie nach Worten suchte, die den Einsiedler Gottfried umschrieben. Da sie in Margaretes ernst gewordener Miene einen leisen Stimmungsumschwung fürchtete, wischte sie ihre Lästereien beiseite und plapperte munter weiter: »Du kommst doch auch zum Letzten Abendmahl am Gründonnerstag? Ich bin so aufgeregt! Das Osterfest macht mich immer ganz unruhig. Ich krieg des Nachts kein Auge zu!« Margarete wollte sich nicht die Nächte der Riegers vorstellen. Theresa drückte ihren Gast auf die Bank in der Blockstube. Als sie Margaretes suchenden Blick bemerkte, zwitscherte sie: »Christoph ist nicht zu Hause.«

Zu Hause, hallte es in Margaretes Gehör wider. Dies ist so wenig dein Zuhause, wie es meines je gewesen ist. »Wo steckt er denn, dein Christoph?! Er sollte sich mehr um dich kümmern. Vor allem bei den Festvorbereitungen sollte er dir zur Hand gehen.« Margarete sah, dass sich nichts von der Wohneinrichtung verändert hatte, die Handvoll Geschirr stand wie eh und je auf dem Bord an der Wand. Wenig Schmuckvolles hatte der Raum zu bieten.

»Oh, das tut er«, rief Theresa freudig aus und erging sich in einem ausführlichen Vortrag darüber, was Christoph den lieben langen Tag für sie besorgte. Margarete kochte das Blut in den Adern, während sie sich das anhörte. Es mochte nicht viel fehlen und Christoph würde selber die Mahlzeiten zubereiten – vielleicht tat er das ja auch, doch was ging das Margarete an. Ihr schwindelte bei der Vorstellung, was Christoph den lieben langen Tag zu tun hatte. Mit gefalteten Händen saß sie auf der Bank in der Blockstube und machte einen gelassenen Eindruck, während sich ihre Fingernägel bei den Überlegungen, wie wenig sie Theresa ausstehen konnte, in die Haut ihrer Hände gruben. Sie war enttäuscht darüber, Christoph nicht anzutreffen. Wie sollte sie ihm die Leviten lesen über seine Unverschämtheit, sie hier einzuspannen, wenn er gar nicht da war. Prompt hatte sie keine Lust mehr auf diesen Vormittag. Um den Grund ihres Besuches zu erfahren, fragte sie: »Fühlst du dich wohl? Hast du Beschwerden?« Als Theresa nicht antwortete, sagte sie: »Theresa, Liebes …« Sie salbte ihre Stimme und entlockte der jungen Hausherrin ein verzücktes Lächeln. »Ich werde nicht bis zum Spätmahl hierbleiben können.« Theresas Lächeln erstarb. »Ich werde auch nicht über Nacht bei euch bleiben können.« Das Gesicht der Schwangeren verzog sich säuerlich. »Aber ich habe dir etwas mitgebracht und ich werde dich so oft wie möglich besuchen.« Theresa schaute gnädig gestimmt drein.

Meine Güte, ist es leicht, diese Person zu lenken, dachte Margarete und bat Theresa, sie in die obere Kammer zu führen.

Margarete war keine Weise. Sie wusste nicht, ob das Kind in Theresas Leib für sein Alter die richtige Größe hatte, ob es richtig lag, wie es überhaupt lag. Sie konnte nur Vergleiche anstellen und kam zu dem Schluss, dass das Kind sich nicht anders anfühlte als die paar Kinder in den Bäuchen der Mütter, die sie in einem früheren Leben, jenseits der düsteren fünf Tage, hatte berühren dürfen. Das kleine Wesen stieß kräftig gegen die Bauchdecke seiner Mutter. Das kribbelnde, warme Glücksgefühl, von dem Margarete früher beim Ertasten eines Ungeborenen erfüllt worden war, wollte aber an diesem Tag nicht aufkommen.

Dass Theresa unter Margaretes Massagen und Einreibungen eingeschlafen war, bemerkte die Wagnerin nicht sofort, nahm es aber dankbar zur Kenntnis. Sie deckte das Mädchen zu und öffnete dann ein Fenster der Kammer, nicht zuletzt, um einen Blick in ihren Garten und auf den Schöps werfen zu können. Verträumt wiegten sich die leicht knospenden Äste der Obstbäume im Frühlingswind. Theresa schien sich so gut sie es verstand um den Kräutergarten zu bemühen und Margarete erblickte zu ihrer Überraschung, dass sich ein paar schnurgerade gezogene Reihen von frühen Gemüsesprösslingen den Weg aus der dunklen feuchten Erde bahnten.

Sie machte sich daran, den Riegerschen Haushalt in Ordnung zu bringen, vor allem die Bohlen und der Fußboden des Lagerraumes schienen vor fast zwei Jahren – von ihr selbst – das letzte Mal gescheuert worden zu sein. Das musste erledigt werden, damit sich kein Ungeziefer heimisch fühlen konnte. Sie tauschte ein paar marode gewordene Lagergefäße gegen neue aus, die sie aus dem Keller heraufholte, und jeder Handgriff fiel ihr so leicht, als wäre sie nie woanders als auf diesem Hof gewesen. Als sie damit fertig war, ging sie nach oben, wo Theresa noch immer tief schlief, schloss das Fenster und machte sich auf den Weg zurück zum Weinberg.

Margarete nahm nicht die Dorfstraße. Sie hatte am Vormittag einen Blick auf das Niederdorf werfen können, das genügte ihr. Jetzt wollte sie nichts als in die Abgeschiedenheit des Weinbergs zurück.

Sie hatte kaum die Eindrücke von Christophs Bauernhof in der geheimen Kammer ihres Gedächtnisses eingesperrt, da erblickte sie ihn auch schon, noch weit entfernt zwar, aber doch nahe genug, um seine imposante Erscheinung ausmachen zu können. Seine grauen und braunen Kleider hoben sich deutlich vom bläulichen Waid ab. Und wie sie ihn so stehen sah – in Gedanken versunken wie ein Eremit und unbedarft wie ein Kind –, legte sie keinen Wert mehr darauf, ihn zur Rechenschaft zu ziehen wegen der Unerhörtheit, sie für Theresa schuften zu lassen. Zweimal schon war sie von einer verständlichen Rührung für diesen merkwürdigen Kerl übermannt worden (das schien immer dann zu passieren, wenn er es am wenigsten verdient hatte): zuerst an ihrem zweiten gemeinsamen Abend auf dem Hof, nachdem er handgreiflich geworden war, und dann an ihrem letzten gemeinsamen Tag, als er sie davonjagte.

Rasch und sicheren Schrittes ging Margarete auf den Mann zu. Es war das Waidfeld, das dem Bauern den Schweiß ins Gesicht trieb; mit gekräuselter Stirn nahm er seinen Hut ab, als Margarete grüßend vor ihm stehen blieb. Dann schüttelte er grübelnd den Kopf. Er machte einen nicht gerade freudigen Eindruck und sagte, ohne Margaretes Gruß zu erwidern: »Er ist zu klein für sein Alter!«

Margarete versuchte seinen Gedanken zu folgen und beruhigte ihn: »Oh, das würde ich nicht sagen, Theresa ist ja auch schmal gebaut, wieso sollte sie einen Riesenburschen austragen, wenn sie selber so …«

»Nein, nicht das Kind, der Waid. Er müsste zehn Zoll höher sein, und selbst dann müsste man noch beide Augen zudrücken, um ihn als Waid im zweiten Jahr durchgehen zu lassen. Ich will im Juli mit der Ernte beginnen, weiß aber nicht, ob …« Er streifte Margarete mit einem flüchtigen Blick und atmete hörbar aus.

Die junge Frau schaute überrascht von Christoph zum Grünzeug und wieder zurück. Die Stauden reichten ihm bis unter die Brust, in ihren Augen waren es riesige Pflanzen. Der Mann starrte auf einen weit entfernten Punkt am Horizont, Margarete murmelte verlegen: »Das tut mir ehrlich leid, Christoph, bei all der Mü…«

»Was weißt du schon! Was ich an Unkraut rausziehe! Das wäre eigentlich Theresas Arbeit, auf sie kann ich aber nicht zählen.« Er sah die Frau neben sich verstohlen von der Seite an. »Hans rät mir, es unterzupflügen.« Er blickte über das Waidfeld, als könnte er noch die hinterste Staude erkennen. »Das sagt er ja nicht erst seit gestern. Seit eineinhalb Jahren redet er von nichts anderem als von Hafer, den ich stattdessen säen soll. Aber seit der Czeppil so merkwürdig predigt, schwatzt mir Hans in alles rein, was ich tue.« Als habe Christoph keine Zeit, den Rat einer Frau anzuhören, packte er eine der nahe stehenden Pflanzen und besah sie aufmerksam, als wollte er in ihren Blättern lesen wie in einem Buch. Margarete staunte über die geübten Handgriffe, mit denen er die um den Pfahl geringelten Blätter auseinanderzog, ohne sie zu beschädigen, und über ihre bärtige Oberfläche fuhr, als habe er nie etwas anderes getan, als Waid zu ziehen. »Sie sollen im Mai anfangen zu blühen. Ich hab nicht genug Mist ausfahren können, sonst wären sie kräftiger! Zu wenig Regen im Sommer, zu viel im Herbst – verdammt!« Er widmete sich der nächsten Pflanze und entwirrte ein Blatt nach dem anderen, besah es und ließ es dann wieder zurückschnipsen. »Ich habe auf sie aufgepasst, Nacht für Nacht, und trotzdem sind sie so klein.« Christoph führte seine Nase dicht an eines der Waidblätter heran und flüsterte in es hinein: »Ich habe alles vorbereitet, ein Waideisen hab ich in Görlitz besorgt, der Ernte steht nichts mehr im Wege. In meiner Scheune steht ein Mühlstein auf einer runden Tenne, die meine Ochsen steinhart gestampft haben.«

Margarete musste einen Schritt auf Christoph zugehen. Sie legte ihren Kopf schief, als könne sie ihn so besser verstehen. Sie wollte mitfühlend nach seinem Arm packen, doch er entglitt ihrem Griff und wandte sich der nächsten Pflanze zu. »Es ist zu sandig, nicht wahr? Der Boden hier ...« Margarete sprach nicht weiter. Sie fühlte, dass, egal, was sie sagen würde, es die tröstende Wirkung verfehlen würde. Christoph reagierte nicht auf ihre Worte, und nach einigen schier unendlichen Augenblicken raffte Margarete ihren Rock, trat zurück auf den Trampelpfad am Rande des Ackers und wollte weiter zum Weinberg gehen.

»Weißt du noch«, sagte er, zwar nicht zu seinen Pflanzen, aber auch nicht ausdrücklich zu Margarete, »wie unsere Väter damals zusammen getrunken haben, als die Egge fertig war?«

Margarete betrachtete Christophs Profil. Seine Augen hatten irgendwie die Farbe von Färberwaid, wie er da so stand und ins Leere starrte. Sie nickte. Obschon Christoph das nicht sehen konnte, sprach er weiter, als habe er ihre Antwort erahnt: »Damals habe ich gespürt, wie erleichtert mein Vater und Bertram waren und wie stolz ... hast du das auch gemerkt?« Er tippte sich an die Brust: »Hier drin?«

»Du hast mich damals gegen den Ofen gestoßen, davon hat mir der Ellenbogen wehgetan, das war das Einzige, was ich an diesem Tag gemerkt habe ... bis auf ...« Jetzt sah Christoph sie an. »... die Abscheu gegen dich und deinen Vater, die ich mit dem vermaledeiten Beschlagen der Egge fünf Monate lang wie bittere Galle geschmeckt habe.« Margarete wich Christophs Blick nicht aus, doch in seinen Augen fand sie keine Regung, die ihr seine Anteilnahme oder sein Verständnis für ihr Empfinden vor nunmehr zwölf Jahren angezeigt hätte. Lange sahen sich beide stumm an.

Als habe Christoph nichts von dem, was Margarete gesagt hatte, gehört, sprach er: »Als sie die fertige Egge gefeiert haben, war ich voller Neid, so neidisch wie nie zuvor in meinem Leben

– und auch später nie wieder. Ich konnte mich nicht für meinen, nicht für deinen Vater, nicht für den alten Gerßdorff freuen. Ich war einfach nur neidisch und wollte auch haben, was mein Vater hatte. Ich wollte ihm dieses Gefühl der Erleichterung, der Freude, des Stolzes – sein ganzes Glück – aus der Brust reißen.« Christoph hatte die Hand, mit der er eben noch auf die Stelle getippt hatte, an der sein Herz schlug, nun zur Faust geballt und damit gegen seinen Oberkörper geklopft.

Noch nie hatte Margarete ihn so leidenschaftlich erlebt.

»Ich habe meinen Vater dafür gehasst, dass er mich verraten und meine Mutter mit Bettina betrogen hat.« Über das geräuschvolle Einatmen und den zum Einwand gespitzten Mund Margaretes wischte Christoph mit einer wegwerfenden Handbewegung: »Ich werde das Bild der beiden nie vergessen. Ich hatte es nicht beabsichtigt ... Ich hab nicht geschnüffelt oder so ... Sie haben nicht einmal die Kammertür geschlossen, um ... miteinander ...« Christoph fuhr sich mit dem Handrücken über die Augen. »Ich hab sie dafür gehasst! Während meine Mutter unter der Arbeit in der Wirtschaft und unter dem Kind in ihrem Bauch einging, vergnügte sich mein Alter mit deiner Mutter oder soff mit deinem Vater. Und ich war fünfzehn damals und verstand nichts von alldem. Die Arbeit auf dem Hof, auf den Feldern und mit dem Vieh – es war so viel! Und wofür?«

»Christoph, nicht!« Margarete stand nun dicht neben dem Mann. Behutsam legte sie ihre Hand auf seinen Arm, aber er wollte nicht von ihr getröstet werden. Er machte sich los, sah wieder auf das Feld hinaus. Margarete kam sich albern vor. Sie wusste nicht, was sie tun oder sagen konnte.

Christoph rieb sich erneut die Augen mit den Fingerspitzen: »Wegen der Egge ist meine Mutter draufgegangen ...«

»Wegen der Egge sind alle gestorben, die mit ihr zu schaffen hatten.«

Er sagte darauf nichts.

»Sie alle, Christoph. Einer nach dem anderen. Die Egge war verflucht ...«

Jetzt schüttelte der Mann den Kopf, fuhr sich mit den Händen durchs Haar und begehrte auf: »Nein, die anderen sind an der hetzenden Meute zugrunde gegangen. Die Einzige, die wirklich an der Egge zerbrach, war meine Mutter, denn die hat sich über das Teufelsding und deine Familie zu Tode geärgert.« Margarete schüttelte nun ihrerseits den Kopf, nicht dass sie an Christophs Worten zweifelte, sondern sie verstand nicht, was er da sagte. »Er war nie da, Alois Elias Rieger, der Schuft, der Säufer, der Hurenbock.« Christoph lachte bitter in sich hinein. »Und als er wieder Zeit für uns hatte, hat Mutter ihn nicht mehr gebraucht und die Augen zugemacht.«

Das Mädchen am Rande des Waidfeldes zupfte verlegen an ihren Nesteln, die vom Schnürleibchen herabhingen. Sie und jeder andere, der damals nicht taub und blind gewesen war, wusste, dass sich Christophs Mutter von zwei kurz aufeinander gefolgten Fehlgeburten nicht erholt hatte.

»Ich wollte es allen heimzahlen. Jedem Einzelnen!«, durchdrang Christophs Stimme Margaretes Gedanken. »Ich wollte auch einen solchen Tag haben, ein solches Glücksgefühl, so viel Stolz. Ich wollte es allen zeigen, vor allem denen, die mir meine Mutter weggenommen haben.« Mit Daumen und Zeigefinger der rechten Hand rieb er sich immer wieder die Augen. Die Linke streckte er, ohne zu sehen, was er tat, nach Margarete aus. Zögerlich nahm sie die Hand in die ihre. »Ich bin allein, Margarete.« Die junge Frau wusste nicht, ob sie recht gehört hatte. »Ich hab einen Fehler gemacht, nicht nur einen. Das weiß ich.«

Margarete schüttelte wortlos den Kopf. Christoph löste sich von ihr und setzte sich auf den Pfad vor dem Feld. Seine Arme stützte er auf die angewinkelten Knie, die Hände ließ er locker gefaltet vor sich baumeln. Die Waidstauden spendeten Schatten gegen die im Süden hängende Aprilsonne. »Es war nie zu schaffen. Wie konnte ich so blöd sein zu glauben, dass mir der Gerßdorff helfen würde und dass sich angesichts eines prächtig gedeihenden Feldes«, er spuckte aus, »die Bauerntrampel hinreißen lassen, mitzumachen.« Christoph gönnte sich eine kurze Pause. Er sah Margarete nicht an. Die hatte sich geräuschlos neben ihn ins lichte Gras des Weges gesetzt. »Wie konnte ich glauben, dass ich diese Welt hier ändern könnte. Ich denk, ich hab versagt.«

»Oh nein, Christoph, sprich nicht so. Du hattest eine große

Idee.« Doch bevor Margarete ihre Lobestirade anstimmen konnte, wurde sie von spöttischem Schnalzen und energischem Kopfschütteln des Mannes unterbrochen.

»Ich hab versagt. Auf der ganzen Linie. Du hattest recht: Ich hab mich zum Gespött der Leute gemacht. Ich war eine Witzfigur, wie ich hier Tag und Nacht auf dem Feld wie die Henne auf den Eiern gehockt habe. Sieh meine Familie an, sieh mein Weib an … Nicht einmal mein Kind hab ich selbst gemacht.«

Margarete warf mit vor Staunen geweiteten Augen den Kopf in Christophs Richtung und starrte sein Profil an. Ohne deren Aufforderung und ohne sie anzusehen, erklärte er sich: »Oh ja, ich hab meine Nächte hier draußen verbracht, weil merkwürdige Gestalten versuchten, mein Feld zu schänden. Ich hab mit Theresa nur ein einziges Mal geschlafen.« Er zuckte mit den Achseln, aber Margarete nahm ihm seinen vorgegaukelten Gleichmut nicht ab. »Du hast kein Kind mit meinem Zutun, und Theresa hat eins ohne mein Zutun in ihren Bauch bekommen. Wenn man da nicht ins Grübeln verfällt!« Der Gedanke hatte Gelegenheit, sich zwischen die beiden Menschen zu hängen.

Diesmal ließ sich Margarete nicht die Zunge in den Mund zurückstopfen und sie ereiferte sich: »Eine solche Unterstellung bedeutet den Verdacht auf Ehebruch.«

»Was du nicht sagst.« Christoph grinste Margarete an. Dann zuckte er abermals mit den Schultern: »Mir ist es doch gleich! Der Seifert Thomas macht ihr schöne Augen, wie er sie dir immer gemacht hat. Du brauchst es nicht zu leugnen, schon als wir das erste Mal drüben waren, hat er nur dein Hinterteil im Auge gehabt, das vulgäre Schwein. Ich weiß bis heute nicht, ob er dich angerührt hat oder nicht.«

»Hat er nicht.«

Christoph sah Margarete an, als wollte er ihr nach all den Jahren endlich auf den Grund gehen, und versicherte dann: »Besser wäre es gewesen, dann hättest du jetzt vielleicht ein Kind, müsstest nicht auf dem Weinberg leben und ich würde gutes Getreide anbauen anstatt dieses Plunders.« Er deutete auf das Feld vor sich und seufzte.

Margarete konnte Christophs Bemerkungen nicht einfach hinnehmen, aber er war wie immer schneller als sie. Von ihr abgewandt saß er vor seinem Waid und sprach leise, ohne zu ihr hinüberzublicken: »Margarete, du weißt, dass Leonore und ich, dass wir … Sie hat mir nie einen unnützen Esser angedreht und ich war froh drüber.«

Margaretes Kehle wurde von dem ihr verhassten Knoten verschnürt. »Hast du sie gern gehabt? Hast du sie … geliebt?« Sie räusperte sich. Einmal hatte sie versucht, mit Christoph über Leonore zu sprechen, und war kläglich daran gescheitert.

Er sah sie aufmerksam an und zuckte wieder nur mit den Achseln, dann erhob er sich. »Ich glaub, ich hab mich nicht auf so etwas eingelassen. Es kam für mich nie in Frage, ein Weibsbild aus dem Dorf zu heiraten. Es war immer klar, wen ich heiraten würde, auch wenn ich das manches Jahr lang nicht wahrhaben …« Er brach mitten im Satz ab, sah flüchtig auf die im Gras Sitzende hinab und zupfte an einem Waidblatt. Ein jeder dachte angestrengt nach, und noch während Margarete nach Worten rang, redete Christoph weiter: »Ich will dich, nicht Theresa oder Leonore oder irgendwen.« Wie er so dastand und den Kopf hängen ließ, indem er seinen braun gebrannten Nacken nach vorne legte, machte er wieder den knabenhaften Eindruck, den Margarete an ihm mochte.

Unerwartet geschwind drehte sich Christoph um, sodass Margarete stutzte. Er blickte sie mit Augen an, die sie noch nie an ihm gesehen hatte. Er hockte sich vor sie hin und zupfte mit den zwischen seinen gebeugten Knien baumelnden Fingern am spärlichen Gras auf dem Trampelpfad. Er widmete seine Aufmerksamkeit den Halmen, die er walkte und aus der Erde riss. Er rang nach Worten, und bevor Margarete ungeduldig werden konnte, sprach er: »Es tut mir leid.«

»Ich weiß, das hatten wir schon … lass uns nicht ständig über das, was gewesen ist, jammern …«

Christoph schüttelte den Kopf und räusperte sich. »Frag mich!« Margarete deutete ein verunsichertes Kopfschütteln an. Für den Bruchteil eines Herzschlages streifte sein Blick ihr Antlitz. »Worauf ich dir nie eine Antwort gegeben habe, weil ich feige war … frag mich.«

Margarete räusperte sich. Unzählige Gedanken schossen durch ihren Kopf, und an seinen Augen, die vehement damit beschäftigt waren, den ihren auszuweichen, erkannte sie, was er meinte, und sie stammelte: »Wenn es nicht wegen des Geldes war, warum hast du mich dann geheiratet?«

Seine Haltung straffte sich kurz, nur um dann wieder in sich zusammenzusacken. Mit vornübergebeugtem Oberkörper hockte er vor ihr und seine Stimme war leise, aber fest, als er ihr antwortete: »Du gehörtest zum Plan meines Vaters.«

Zuerst wusste Margarete mit seinen Worten nichts anzufangen, dann blitzte es hinter ihren hellen Augen auf: »Was?« Ihr Flüstern hatte sie heiser hervorgebracht.

Leise fuhr Christoph fort: »Als unsere Leute mit der Egge fertig waren, dachten wir, der gewohnte Alltag würde wieder einkehren: Feldarbeit, Viehwirtschaft und so, aber mein Vater war noch seltener zu Hause als zuvor. Der Kerl war überall, nur nicht daheim. Er war der bunte Hund – jeder wollte was von ihm. Christoph von Gerßdorff hat meinen Vater zur Schau gestellt, ihn durch das halbe Königreich gekarrt wegen dieser Scheiß- egge. Und wie hab ich deinen Vater dafür gehasst, weil er sie gebaut hat, und wie habe ich deine Mutter gehasst, dass sie die Beine breitgemacht hat für meinen Alten.«

»Was hat das alles mit mir zu tun?!« Margarete hatte nun nicht mehr leise gesprochen. Mit angewinkelten Beinen saß sie auf dem Pfad, massierte sich die Schläfen und kniff die Augen zusammen.

»Ich hab dich damals zur Frau genommen, weil mein Vater es so gewollt hat.« Margarete regte sich unruhig. In ihrem Kopf überschlugen sich Christophs Worte. Sie konnte ihm nicht folgen und sie wollte lieber nicht hören, was er zu sagen hatte. »Alois und Bertram hatten unsere Heirat besiegelt, da wusste ich noch nicht einmal, was das Wort ›Ehe‹ bedeutet! Die Alten hatten es sich ganz rosig ausgemalt, aber leider ist einer nach dem anderen krepiert.«

Margarete schüttelte den Kopf. »Und genau deshalb hättest du es nicht tun müssen! Unsere Eltern waren lange tot, als ich volljährig wurde. Du hättest mich nicht nehmen müssen.«

»Ich bin der Böse in diesem Spiel.« Christoph schenkte ihr einen verunsicherten Blick und sah rasch wieder auf den Gras- halm in seinen Fingern. »Ich hab dich gesehen in der Kirche und auf den unzähligen Beerdigungen. Ich wusste immer, wo du stecktest, ob in der Schmiede oder nach dem Brand in der Armenspeisung. Ich wusste immer Bescheid über dich. Irgendwie hatte ich das Gefühl, auf dich ein Auge haben zu müssen, weil es mein Vater so gewollt hatte. Aber dann waren sie tot und das Abkommen war für mich verwirkt. Ich hatte nicht vor, dich zu heiraten – es wäre wohl eher Leonore gewesen –, aber dann ist die Schmiede abgebrannt und da war es mir auf einmal sonnenklar, dass ich dich heiraten würde. Verstehst du?« Jetzt suchte er wieder Margaretes Blick, doch die verstand gar nichts. »Ich wollte dein Geld, das Waidfeld und Ruhm. Aber als du dann auf meinen Hof kamst ...« Er lachte bitter auf, seufzte über seine eigenen Gedanken und schüttelte den Kopf: »... und du siehst nun mal genauso aus wie deine Mutter ... Als du da warst, war da auch wieder dieser abgrundtiefe Hass auf Bettina, deren Dreistigkeit, sich meinen Vater zu krallen, ich nichts hatte anhaben können. Und da wollte ich nur noch eins: Rache an Bettina für das, was sie meiner Mutter und mir angetan hatte. Und wie hätte ich Genugtuung erlangen können? Doch nur, indem ich ihrer Tochter das Leben zur Hölle machte ...«

Margarete hielt den Atem an, starrte auf die Füße des vor sich Hockenden und seine Worte umkreisten schmerzhaft ihr Bewusstsein. Erst langsam, dann immer schneller und entschlossener schüttelte sie den Kopf. Das konnte nicht sein, so etwas tut niemand. Christoph versuchte, beschwichtigend auf sie einzureden, aber all seine Bemühungen zerschmetterten an ihrem Entsetzen. Margarete erhob sich, ohne ihn anzusehen, strich ihren Rock glatt und drehte sich zum Gehen um.

»Margarete, bitte ... Ich bin nicht stolz darauf«, rief Christoph. »Was ich getan habe, war unrecht ... Und ich hab erkannt, dass mein Hass nicht gegen das andere ankommt ...«

Wenige Augenblicke gewährte Margarete ihm. Das andere! Margarete war wütend. Du kannst es nicht einmal aussprechen, dachte sie. Was war das andere, das sich deinem Hass in den Weg gestellt hat?! Zuneigung? Vertrautheit oder gar Liebe? Margarete wollte hören, was Christoph zu sagen hatte. Aber sie wandte ihm nicht ihr Gesicht zu.

Christoph hatte nicht damit gerechnet, dass das Mädchen

ihm auch nur eine weitere Sekunde schenken würde, und umrundete sie mit drei Schritten. Seine Hände hingen kraftlos neben seinem Körper und sein Mund öffnete und schloss sich immer wieder wie der eines Fisches im Schöps.

»Du bittest mich um Verzeihung?«, half sie ihm und er nickte gehorsam und sichtlich froh über ihr Zutun. »Du bereust, was du mir angetan hast?« Wieder nickte er und schaute ihr betreten ins Gesicht. Er wollte ihren Arm berühren, doch Margarete wich zurück. Sein hoffnungsschwangeres Antlitz veränderte sich in Bestürzung. »Hast du eine Ahnung, was du mir da abverlangst, Christoph Elias Rieger? Du hast mich mit so viel Abscheu behandelt. Sieh mich an, wenn ich mit dir spreche!« Er gehorchte, sie polterte: »Sieh mir in die Augen! – Ich bin nicht Bettina, ich war es nie, und du hattest kein Recht, deinen Groll auf sie an mir zu vergelten!« Sie musterte ihn von oben bis unten und besänftigte auch dann nicht ihre Stimme, als sie weiterhin fluchte: »Als Fünfzehnjähriger warst du unausstehlich, zehn Jahre später warst du ein Fleisch gewordenes Martyrium. Du weißt nicht, was du getan hast.« Margarete sah den Mann an, vor dem sie mit jedem ihrer Vorwürfe ein Stück zurückgewichen war, und spürte die Tränen, die ihr aus den Augen entwischten. »Du hast mir meine besten Jahre gestohlen. Du hast mir das Kind, das ich nie bekommen werde, gestohlen. Zuerst hast du mich zur Frau eines Verrückten gemacht und dann zur Magd eines Bekloppten. Welche Buße kannst du tun, dass ich dir jemals verzeihen werde? Du hast mir jeden Tag zu verstehen gegeben, dass ich deiner unwürdig bin. Aber weißt du was? Du bist nicht mehr wert als ich – im Gegenteil! Du bist die Kuhscheiße nicht wert, die du auf deinen Teufelsacker karrst! Theresa, die dumme Gans, und das vermaledeite Waidfeld sind die gerechte Strafe für das, was du mit mir gemacht hast!« Ihre Stimme hatte sich überschlagen. Noch nie in ihrem Leben hatte sie einen anderen Menschen dermaßen angebrüllt. »Es gibt da einiges, was ich dir nie verzeihen werde, selbst wenn du mich auf dem Sterbebett darum bittest.«

Margarete wurde jäh zum Schweigen gebracht. Christoph hatte sich abgewandt und sich ins Gras neben seinem Feld plumpsen lassen. Was hatte sie ihm an den Kopf geworfen? Sie war vor kaum drei Herzschlägen fertig geworden mit Schimpfen und wusste schon nicht mehr, was sie da eigentlich gesagt hatte, aber dass es etwas Ungeheures gewesen war, das wusste sie.

Wieder hatte Christoph die Knie angewinkelt, wieder hatte er seine Ellenbogen darauf gestützt, aber diesmal verbargen seine Handflächen seine Augen. Ein unverkennbares Schniefen war zu vernehmen und Margaretes Zorn und Empörung wurden aus der Bahn gebracht: Christoph weinte. Margarete war in der Überzeugung aufgewachsen, Männer seien überhaupt nicht fähig zu weinen. Sie sah genauer hin. Der Kerl weinte wirklich, aber bevor seine Tränen seine Wangen befeuchten konnten, wurden sie vom groben Wollstoff seines Hemdsärmels aufgesogen. Was war es doch gleich, was sie als Nächstes brüllen wollte? Sie wusste es nicht mehr. Etwas anderes hatte sich in ihr Bewusstsein gedrängt. Mit leiser, aber belegter Stimme sagte sie: »Du weißt nicht, wie man gut zu einem Menschen ist, aber Alois und Bettina haben sich geliebt! Wusstest du das? Sie haben sich richtig geliebt!« Sie plapperte das nach, was Gottfried vor langer Zeit zu ihr gesagt hatte.

Christoph rieb sich die Augen trocken und nickte zu Margaretes Worten, ohne sie anzublicken. »Ich weiß.«

Margarete war aufrichtig verblüfft. »Ach, wirklich?« Sie stand da, mitten auf dem Pfad, und starrte Christoph verdutzt an.

»Na klar, ich bin doch nicht blöd.« Christoph schniefte herzhaft und klopfte mit der flachen Hand auf den spärlichen Rasen. Margarete wollte seinem Fingerzeig nicht gehorchen, aber schließlich setzte sie sich doch wieder neben ihn. Er sah sie nicht an. Als er weitersprach, lag in seiner Stimme etwas Geheimnisvolles, eine leichte Faszination, der nichts von dem Ernst der vorangegangenen Worte fehlte: »Wie sie sich angesehen haben, wie sie miteinander gelacht haben. Hast du das tatsächlich nicht mitbekommen?« Christoph schüttelte den Kopf. »Du warst vielleicht wirklich noch zu jung und Bertram war zu sehr mit den Gerßdorffs und seiner Egge beschäftigt. Dein Bruder hat sich für niemanden außer für sich selbst interessiert. Und Marie? Tja, Marie … vielleicht hat sie es gemerkt, dass ihre Mutter aufblühte, kaum dass sich Alois in der Schmiede blicken ließ.«

»Hat es sonst einer gewusst?«

»Meine Mutter. Sonst weiß ich von niemandem.« Lange sah Christoph das Mädchen an. Seine Augen wanderten über ihr aschblondes Haar, blieben an dem ihm zugewandten kleinen Ohr haften, streiften ihre Wangen, ihre Nasenspitze, blickten weiter hinab zu ihrem Mund und ruhten schließlich auf ihrem Hals und ihrem Dekolleté.

Seine unerwartete Bewegung ließ Margarete zusammenzucken. Christoph angelte behutsam nach dem Kettchen um ihren Hals.

»Das Kreuz …« Er fischte den Anhänger aus seinem Versteck zwischen Margaretes Brüsten. Schwer lag er auf seiner flachen Hand, und obwohl das Schmuckstück beinahe ganz die zierliche Hand des Mädchens einnahm, wirkte es in Christophs klein und zerbrechlich. »Du hast es von Bettina, nicht wahr?«

Margarete nickte und nahm den Anhänger wieder an sich, wobei ihre Finger sanft über seine Handfläche strichen.

»Ich hab das Gleiche. Ich weiß, dass du es in Mutters Truhe gesehen hast.« Christoph beobachtete sie, während sie ihren Hemdkragen wieder in Ordnung brachte.

»Ich dachte, es gehörte Dorothea.«

Der junge Bauer schüttelte kurz seinen struppigen Haarschopf, seine Augen leuchteten auf. »Nein, es ist meins. Bettina hat's mir zur Kommunion geschenkt. Ich hab's nie getragen.« Er strich sich über das Gesicht, um sein bitteres Auflachen von seinem Mund zu wischen. »Damals sagte sie zu mir, ich soll es meinem Sohn dereinst zur Kommunion schenken.«

Margarete ersparte ihm die Peinlichkeit zu erfahren, dass Bettina ihr ans Herz gelegt hatte, sie solle, wenn es so weit sei, ihr Silberkreuz ihrer Tochter, würde sie je eine bekommen, vermachen. Stattdessen murmelte sie fassungslos: »Sie hat es gewusst, sie hat mich dir versprochen und mir nie auch nur ein Sterbenswörtchen davon gesagt?! Wie lange wollte sie es vor mir verschweigen? Ich war doch schon fast achtzehn, als sie starb!«

Christoph schaute sie aus seinen hellen, gegen die im Süden stehende Sonne verengten Augen an, als wollte er sagen: So viel zur Aufrichtigkeit unserer Eltern.

Margarete hatte seinen Blick verstanden und fragte: »Und du? Wieso hast du mir nie etwas davon gesagt, wo du mich doch … beobachtet hast, was immer ich tat? Du wusstest es zehn Jahre lang!«

»Ich wollte dir die Überraschung nicht verderben!«

Margarete wusste, dass sie Christoph und sein hämisches Grinsen nicht ernst zu nehmen brauchte. Doch sie war gekränkt. »Zuerst wolltest du lieber Leonore haben, und dann wolltest du plötzlich lieber mein Geld als Leonore … Ich komme mir vor wie das Mädchen Naseweis aus einer von Hans' Geschichten.« Eine Weile hing der Name von Christophs Oheim zwischen den beiden, dann, als Margaretes nagender Blick immer zudringlicher wurde, gab Christoph zu verstehen, dass weder Hans noch Anna jemals über Bettina und Alois gesprochen hatten. Wussten sie über die Liebelei der beiden und den Ehevertrag für Christoph und Margarete Bescheid, so hüteten Hans und Anna ihr Geheimnis bis zur Stunde.

Christoph und Margarete hockten stumm am Waidfeld. Nie zuvor hatten sie ein so langes Gespräch geführt, nie zuvor so eisern miteinander geschwiegen. Schon vor zwei Jahren hätten sie diese Dinge aussprechen sollen.

Der Nachmittag war dahingekrochen, aber schließlich war es doch spät geworden.

Lange saßen sie stumm im Schatten der bläulich schimmernden Pflanzen und lauschten dem Rauschen, das ihnen der Aprilwind entlockte. Als Margarete schon nicht mehr mit einem Wort von ihm rechnete, sagte Christoph leise: »Wir lieben die gleiche Frau, der Alte und ich.« Er grinste in sein Waidfeld.

Margarete hatte nicht recht verstanden, holte Luft, um etwas zu sagen, doch da sprach Christoph schon weiter: »Alle meine Absichten dir gegenüber waren übler Natur: Ich wollte dich nicht haben, als man es mir abverlangte. Als ich dich nicht mehr hätte zu nehmen brauchen, tat ich es doch: wegen des Stücks Land, und das hab ich verhökert. Aber dich konnte ich nicht verhökern – glaub mir, damals hätte ich es getan, wenn mir einer einen Schilling für dich gegeben hätte. Ich hätte dich auch abgegeben, ohne dass mir einer einen Gegenwert geboten hätte …« Linkisch sah Christoph in ihre Augen, so als erwarte er einen weiteren ihrer Wutausbrüche. Aber Margarete hatte keine Kraft mehr zum Wüten. Resigniert und traurig hörte sie, was er zu sagen hatte. »Und wie ich dich schon mal hatte, ließ ich meinen Groll gegen deine Mutter an dir aus. Und irgendwann – ich weiß auch nicht …«

Margarete lauschte, was als Nächstes folgen würde. Erwartungsvoll blickte sie Christoph in die Augen. Er näherte sich wieder dem Punkt an, an dem er lieber nicht sein wollte; es drohten Worte über seine Zunge zu purzeln, die auszusprechen ihm beinahe Atemprobleme bereiteten. Er gestikulierte mit den Händen, was er hinunterschluckte. Schließlich seufzte sie und lächelte enttäuscht: Er schaffte es nicht zu sagen, dass er sich schließlich doch in sie verliebt hatte.

Den Teil übersprang Christoph und kam zu einem anderen unschönen Detail ihrer beider Vergangenheit. »Ich hab dich abgelegt, als meine Abmachung mit Nickel von Gerßdorff zu platzen drohte. Ich hab dich fortgeschickt, obwohl du ganz allein warst auf der Welt, und ich wollte dich vergessen, aber letzten Endes hast du mir einen Strich durch die Rechnung gemacht, und letztendlich konnte ich dich nicht weiter fortschicken als bis zum Gottfried, von dem ich wusste, dass er dich nicht anrühren würde. Alois und ich sind uns so ähnlich wie du und Bettina. Und Gottfried, der Alte, der mehr sieht und hört, als man glaubt, behält recht: Elias ist Bettina nicht gewachsen.« Christoph zupfte ein paar Grashalme vom Feldrand und schnippte sie gegen die Waidstauden.

Margarete dachte nach. Mit angewinkelten Beinen saß sie da und schaute eine Weile zu dem Trübsinnigen hinüber. Ein Körnchen Wahrheit lag in Christophs Worten. Sie befragte ihr Innerstes und wusste nicht, ob sie ihn mit Verachtung strafen sollte für das, was er ihr verschwiegen hatte, oder ob sie ihm um den Hals fliegen sollte für seine Liebeserklärung. Sie war ganz durcheinander.

Christoph sah Margarete nicht an, sondern starrte regungslos auf seine Pflanzen, als er schlussfolgerte: »Du wirst mir nie vergeben!«

»Wirst du dir eines Tages vergeben?«

Langsam, sehr langsam schüttelte Christoph den Kopf.

Margarete sah betroffen drein. Christoph hatte seine Gewissensbisse zweifelsfrei verdient und sie sagte: »Wenn einer am Fluss sitzt, kann man nicht erwarten, dass er sich die Hände mit Spucke wäscht! Wenn einer, der Übles getan hat, sich ändert, kann er nicht erwarten, dass ihm blindlings vertraut wird. Ich hab elf Monate lang am Fluss gesessen und mich mit Spucke gewaschen, Christoph. Ich hab vom Leben nur krümelweise kosten dürfen, und was meinst du, wie das schmeckt?! Du hast mir mein Leben genommen mit deiner Verschwiegenheit und deiner Wut und deinen Intrigen, wie kannst du von mir erwarten, dass ich dir jemals verzeihe?«

Er nickte, einsichtig und ernst: »Nicht einmal auf meinem Sterbebett.«

Darauf sagte Margarete gar nichts mehr. Sie konnte nicht so flink vor ihm zurückweichen, so entschlossen neigte sich Christoph zu ihr hinüber und nahm sie in die Arme. Stumm umklammerte er sie. So gern sie ihn zurückgewiesen hätte, so sehr verkrallte sie ihre Finger im Stoff seines Hemdes. Da war wieder die einer Ohnmacht gleiche Schwäche, von der sie immer dann übermannt wurde, wenn sie einen klaren Kopf behalten wollte – genau wie damals im August, als Christoph sie vor dem Gottesdienst abgefangen hatte, weil er mit ihr hatte sprechen wollen. Sie ließ ihren Kopf auf seiner Schulter ruhen und spähte in das Dunkel des Waidfeldes, als sie flüsterte: »Ich werde dir niemals verzeihen. Das Einzige, was ich tun kann, ist, die Vergangenheit ruhen zu lassen und nicht an ihr zu rütteln.«

Wortlos, aber dankbar nahm er ihr Gesicht in seine Hände, wie es sonst nur der Alte vom Weinberg getan hatte. Margarete verscheuchte die Gedanken an Gottfried und ließ sich von Christoph küssen. »Es tut mir leid, das musst du mir glauben.« Mit einem wütenden Blick auf das Feld zu seiner Rechten fügte er hinzu: »Du hast recht: Das da und Theresa sind meine gerechte Strafe.« Er ergab sich seiner Reue. Was er ihr weiter zuflüsterte, während er seine und ihre Kleider abstreifte, hätte in ihrer Ehe gesprochen werden sollen. Im Schatten der Waidstauden besiegelten sie ihr Schicksal zweier von Gott füreinander bestimmter Kreaturen.

Am Vormittag des Gründonnerstags schaute Margarete erneut bei Theresa vorbei. Diesmal war Christoph nicht auf dem Feld, sondern werkelte in seiner Scheune herum.

»Ich möchte wirklich nichts essen«, dankte Margarete Theresas Einladung, wobei sie ihre Ölflakons und Kräutersäcklein in einem Bündel verstaute.

»Aber heute Nacht beim Letzten Abendmahl sieht man dich doch in der Kirche?«

Margarete lächelte matt ob Theresas Hartnäckigkeit. Sie konnte sich nicht vorstellen, dass sie am Abend noch einmal den Weg ins Dorf antreten würde, aber was ging das die junge Riegerin an?

Gerade wollte Margarete die Blockstube verlassen, da wurde ihr von Christoph die Klinke aus der Hand genommen. Beide erschraken, den anderen plötzlich vor sich stehen zu sehen, und Theresa kicherte amüsiert über die zwei Verdatterten.

»Wünsche, wohl zu speisen, Christoph.« Margarete knickste artig und versuchte sich an dem Mann vorbeizudrücken.

»Ich konnte Margarete nicht überreden, morgen die Liturgie zum Leiden und Sterben unseres Herren mit uns zu feiern und das Karessen bei uns einzunehmen, vielleicht hört sie ja auf dich, Christoph.« Theresa rührte in ihrem Kessel und schaute nicht zu den an der Tür Stehenden hinüber.

Christoph räusperte sich, kratzte sich am Kinn und sah nachdenklich auf Margarete hinab. »Ich bringe unseren Gast noch hinaus«, murmelte er verlegen und schloss die Stubentür hinter sich und der jungen Wagnerin. Aber nicht zum Ausgang, sondern in den Lagerraum führte er die eifrig Widerstrebende.

Lange konnte Margarete ihren Protest nicht aufrechterhalten, denn zu gierig waren Christophs Mund und seine Hände. Flüsternd versuchte sie ihn zur Vernunft zu bringen, doch Christoph ließ sich nicht beirren, er lüftete ihre Röcke. Sie kicherte verhalten und versuchte, den Stürmischen von sich zu schieben. »»Wenn's friert an Sankt Fidel, bleibt's fünfzehn Tage kalt und hell«", flüsterte sie verschwörerisch und strich ihm dabei über den Kopf wie einem Buben, der etwas Freches angestellt hat.

Christoph zog nur langsam seine Schlussfolgerungen, dann murrte er: »Das ist in vierzehn Tagen, das ist noch eine Ewigkeit hin!« Aber Margarete duldete keine Widerrede. Christophs Gesicht ruhte an ihrem Hals, während er versuchte, Herr über seine Erregung zu werden. Er sammelte sich und schien nun vernünftiger als die junge Frau zu sein, als er zu bedenken gab, dass sie doch eigentlich beschlossen hatten, nicht wieder in die Kirche zu schleichen. »Margarete, das ist zu gefährlich.«

Doch sie würde ein letztes Mal in die Dresskammer schleichen, das musste sie einfach, ob mit oder ohne ihn. Diesen Entschluss begründete sie nicht, und schließlich fügte sich Christoph ihrem Wunsch. »Ich muss zu Claudius nach Uhsmannsdorf«, sagte sie.

Christoph schenkte ihr in seinem Arm einen verständnislosen Blick. Das war der zweite Gang, den Margarete unbedingt erledigen musste, aber auch hier verschwieg sie Christoph ihre Gründe. Er fragte, was sie dort wolle. »Ich muss etwas abholen, und dafür brauche ich etwas von meinem Geld.« Bei der Betonung des Gewinns aus ihrem Stück Land knuffte sie Christoph scherzhaft in die Seite und hoffte, er würde nicht weiter fragen. Seine Augen forschten eine Weile in den ihren, dann nickte er kurz und erbot sich, sie zur Schmiede zu fahren, aber davon wollte Margarete nichts wissen. »Das gäbe nur wieder Getratsche, findest du nicht?« Christoph hatte ein Einsehen, aber seine Neugier war noch nicht befriedigt. Doch bevor er Margaretes Geheimnis auf die Spur kommen konnte, flog die Lagertür auf.

»… Und hier, Margarete, haben wir noch eine Vierteltonne voller Winteräpfel …« Beide waren auseinandergestoben. »… Müssten mal wieder ausgelesen werden, nicht wahr, Theresa?!«

Theresa stand auf der Schwelle und verschluckte sich an den Worten, die sie auf der Zunge getragen hatte, als sie Margarete gerötetes Gesicht bemerkte, ebenso wie ihren unbeholfenen Versuch, den Rock und das Schnürleibchen in seine Form zurückzubringen.

»Wie gut, dass du kommst«, rief Margarete Theresa entgegen, Christoph für seine Geistesgegenwart dankbar. »Ich war so frei, mich hier umzusehen ...« Mit flinker Hand und ohne dass es jemand sehen konnte, zerriss sie eine ihrer Nesteln vor der Brust, »... ob sich nicht einer meiner Lederstriemen ... der Bänder, die ich damals hier aufgehängt hatte, finden lässt ... ein Missgeschick ...« Mit Hilfe suchender Gebärde zeigte Margarete die entzweigegangene Schnur an ihrem Wams und nickte schnell zu Christoph hinüber, der nun von Theresa verständnislos angeglotzt wurde. »Wie dumm von mir. Christoph konnte mir über eure Zuckerrüben, eure Äpfel, euer Sommergetreide Auskunft geben, aber über ein paar Lederbänder nicht. Verzeih, Theresa, dass ich hier eingedrungen bin ...«

»Es sind keine Riemen im Haus«, gab die junge Riegerin tonlos zurück, ihren Mann nicht aus den Augen lassend, und strich gedankenverloren über ihren fülligen Leib.

»Natürlich.« Margarete, die mittlerweile einen kleinen Knoten geknüpft und das Leibchen zugebunden hatte, nickte. Hohn in ihrer Stimme, setzte sie sich in Richtung der Lagertür in Bewegung. »Das hätte ich mir denken können.«

Theresa, die nun die Magd des Einsiedlers im Auge hatte, wich keinen Zollbreit. Betretenes Schweigen hing unter dem gekalkten Gewölbe. Sie nickte ihrem Mann zu: »Der hochehrwürdige Herr Pfarrer Czeppil möchte dich sprechen, Christoph. Er sitzt an unserem Tisch und lässt sich das Hollergemüse schmecken.«

Der Bursche, der versteinert schien, rührte sich allmählich und fuhr sich mit der Rechten durch sein struppiges Haar, als er seinem Weib zu verstehen gab: »Sag ihm, ich bin nicht da.«

Der jungen Riegerin verbot der Respekt, vor ihrem Gatten zu protestieren. Wortlos trat sie aus der Lagertür und beobachtete aus den Augenwinkeln, wie Christoph durch die dem Hühnergehege zugewandte rückwärtige Haustür verschwand.

Margarete stand einige Atemzüge lang unschlüssig da, dann empfahl sie sich, versprach, bald wieder nach der Schwangeren zu sehen, und trat ebenfalls an Theresa vorbei. Gerade als die Besucherin auf Augenhöhe an ihrer Gastgeberin vorbeihuschen wollte, raunte diese ihr zu: »Wir hatten gar keine Zuckerrüben im vergangenen Winter, nur Rote Rüben, Margarete.« Und auf den Blick der Älteren, der nichts als die aufgeflogene Maskerade verhieß, fügte die Jüngere hinzu: »Deine Dienste sind in diesem Hause nicht länger erwünscht.«

»Hatte ich dir nicht verboten, wieder herzukommen?«

Margarete wandte sich nach der Stimme um und fand erst, als sie ihren Kopf in den Nacken legte, woher sie gekommen war. Sie blinzelte und hob die Rechte über ihre Augen zum Schutz vor den Spiegelungen, die das Fensterglas der Sonne abluchste.

Theresa stand am Schlafkammerfenster und blickte ernst, beinahe wütend, aber auch ängstlich zu Margarete, die mitten auf Christophs Hof stand, herunter.

Margarete zuckte mit den Achseln, ignorierte die anfeindenden Worte eines Kindes und fragte: »Wo ist Christoph?«

Die junge Riegerin knallte den Fensterladen zu, sodass das Glas klirrte. Nun hatte Margarete Zeit, sich nach Christoph umzusehen, aber gerade, als sie in der Scheune nachsehen wollte, flog die Wohnhaustür auf und die aufgedunsene Theresa polterte schimpfend und mit puterrotem Gesicht heraus. »Verschwinde, Margarete, sonst schleif ich dich augenblicklich vor die Schöppen, da kannst du dich neben deinen lieben Christoph setzen!«

Die junge Wagnerin verstand kein Wort. »Ist Christoph also gar nicht hier?« Aber sie waren doch für heute verabredet gewesen. Margarete war auf dem Weg zu Claudius in die Uhsmannsdorfer Schmiede, sie brauchte das Geld, das Christoph ihr versprochen hatte, damit sie das Gewünschte kaufen konnte.

»Nein, du törichte Gans, er ist im Kretscham, wo er hingehört, und wird hoffentlich unser aller Hälse gegen die Anklage von Czeppil und Nickel retten!« Nicht Wut, sondern ehrliche Verzweiflung sprach aus Theresa, das stellte Margarete jetzt fest.

Die Ältere schritt auf die Jüngere zu, die zunächst Anstalten machte, sich ins Umschrothaus zurückzuziehen, sich Margaretes eindringlichen Gesten jedoch ergab und blieb, wo sie war.

»Im Kretscham?« Theresa war keine willige Erzählerin und Margarete gelang es nicht, der Jüngeren auch nur einen brauchbaren Satz zu entlocken. »Christoph ist im Kretscham?«

»Nein, bin ich nicht.«

Die Frauen wirbelten herum, der Stimme entgegen, die vom Hoftor hergeschwappt war. Wie damals, dachte Margarete, als sie mit Thomas gesprochen hatte und Christoph wie aus dem Nichts aufgetaucht war.

Theresa keuchte, bekreuzigte sich dreimal und lehnte sich kraftlos gegen den Türrahmen, an dem sie sich festklammerte, als wäre er ihr einziger Anker. Wie damals führte Christoph auch jetzt sein Ochsengespann gemächlich über den Hof und ließ Margarete nicht aus den Augen, aber anders als vor anderthalb Jahren, als er kaum ein Wort mit ihr gewechselt hatte, sprachen seine Augen Bände. Er freute sich, sie zu sehen, war aber nicht überrascht, denn sie hatten sich vor vier Tagen, in der Osternacht, für den heutigen Georgitag verabredet.

»Wieso bist du nicht im Kretscham?!«, kreischte Theresa, die sich ihrer selbst erinnert zu haben schien. Christophs Augen wanderten aus Margaretes in das Gesicht seiner Frau und verengten sich zu schmalen Schlitzen, denen Margarete die Enttäuschung darüber ablas, dass Theresa immer noch auf seinem Hof lebte. Margarete kam nicht gegen den Eindruck an, Christoph unterläge der Hoffnung, Theresa eines Tages, wenn er vom Felde kam, hier nicht mehr vorzufinden. »Was willst du hier! Scher dich zu Czeppil und den Schöppen! Du bringst uns alle ins Loch, Mann!« Theresas verzweifelter Ausschrei fuhr Margarete direkt in die Brust. Nie hatte sie jemanden so angstvoll gesehen. Nie zuvor hatte sie jemanden so sehr um sein Leben fürchten sehen. Theresa legte die Rechte an ihren Hals und umschlang mit der Linken ihren runden Bauch. Sie weinte. »Fahr ins Kretscham, wie es der Junker und Czeppil verlangen, Christoph – um Gottes willen.«

Margarete blickte von Theresa zu Christoph, und das nicht

nur einmal. Theresas unbändige Hoffnungslosigkeit war ansteckend. »Christoph?« Margarete ging auf den Mann zu, der sich daranmachte, seine Ochsen vom Joch zu befreien, um sie anschließend in den Stall zu führen, aber er beantwortete ihr nicht die ungezählten Fragen, die in dem einen mahnenden Wörtchen gelegen hatten, drückte ihr statt einer Erklärung für Theresas Unbeherrschtheit die Fuhrriemen des Gespanns in die Hände und war mit wenigen Schritten bei Theresa, die er am Handgelenk packte und mit sich schleifte.

Sie gingen nicht ins Haus, nicht in die Scheune, sondern nahmen den schmalen Durchgang zwischen Wohnhaus und Scheune und verschwanden im Garten. Margarete vermochte nicht, auch nur einen Zoll von Theresas Haube oder ihrem dicken Bauch zu sehen. Sie konnte kein Wort hören. Das Plätschern des Schöps, an dessen Ufer das Riegersche Paar ein Missverständnis, einen Streit, einen Disput zu bereinigen schien, war unter Margaretes Lauschen so aufdringlich geworden, dass sie bezweifelte, dass noch irgendeine Seele auf dem Hof war außer ihr und den müden Ochsen.

Christoph kam mit zerknirschtem Gesicht und wütendem Blick allein zurück.

»Was hast du mit ihr gemacht?« Margarete ließ sich die Riemen aus der Hand nehmen und beobachtete, wie Christoph ab und an dem kleinen Weg zum Garten einen prüfenden Blick zollte, während er seine Arbeit fortsetzte. »Du hast sie doch nicht geschlagen, Christoph?! Sie ist schwanger!«

Der Mann lachte kurz auf. Er schien ehrlich amüsiert über die Einfältigkeit der Frau.

»Sie ist schwanger, weil ich sie einmal geschlagen hab!« Christoph sah Margarete nicht an, während er sprach und dabei gequält auflachte. »Sie hat sich über mein Waidfeld mokiert, das blöde Weib, und da hab ich ihr eine Ohrfeige verpasst, mit der sie direkt in Thomas' Arme gerannt ist.«

»Du bist noch immer sehr empfindlich, was dein Waidfeld angeht, nicht wahr?« Margarete bekam keine Antwort, nicht einmal einen Augenaufschlag von Christoph.

»Was ist dran an ihrem Geschwätz vom Kretscham ...« Margarete wandte sich, Christophs wachsamem Blick folgend, nach dem schmalen Durchlass zwischen den Gebäuden um. »Was macht sie eigentlich?«

»Ich hoffe das, was sie seit Wochen hätte tun sollen: jäten!«

Margaretes Blick ruhte lange auf dem Trampelpfad, der im Schatten der frisch knospenden Kirschbäume lag, dann sah sie ernst in Christophs Gesicht und fragte: »Was ist, wenn Theresa plaudert? Wie kann eine wie sie dichthalten? Sie weiß, was zwischen uns ist – an Gründonnerstag im Lager … das war sehr dumm von uns …«

»Sie hat viel zu große Angst vor Czeppil.« Auf Margaretes verständnislosen Blick erklärte Christoph, der unaufhörlich am Geschirr seiner Ochsen herumfummelte: »Wenn sie uns verpetzt, kommt nicht nur meiner, sondern auch ihr Ehebruch raus, davor hat sie Angst – mir ist es egal!« Das schien die Wahrheit zu sein, denn zumindest Christophs Augen sagten nichts anderes als sein Mund.

»Also?« Margarete seufzte. Wieder einmal wusste sie auf Christophs gleichmütige Lebensweise nichts zu sagen. »Das Kretscham?« Und während sich Margarete breitbeinig und mit verschränkten Armen Christoph in den Weg stellte, um endlich eine Antwort zu bekommen, bedeutete er ihr, den kleineren der beiden Ochsen in den Stall zu bringen, wo Christoph ihr erzählte, dass er wegen des versäumten Frühjahrszehnts, wegen verweigerter Diensttage auf den herrschaftlichen Äckern und wegen Missachtung der Kirchenobrigkeit ins Kretscham vorgeladen worden war. Dort sollte er Rede und Antwort für sein Verhalten stehen. »Und warum bist du nicht hingegangen?«

Halb scherzhaft, auf jeden Fall unehrlich und ein wenig gleichgültig antwortete Christoph: »Weil ich mit dir verabredet war!«

Margarete blies sich auf. Eine Vorladung ins Gericht war eine ernst zu nehmende Angelegenheit, die Christoph ganz und gar nicht so verbissen sah wie manch anderer, und Theresas Reaktion auf das Erscheinen des Mannes, der nicht hier hätte sein dürfen, war berechtigt gewesen. Margarete wollte sich nicht ausmalen, was es bedeuten konnte, wenn die Herren Czeppil und Nickel von Gerßdorff Christophs Verhalten ebenso wenig Verständnis beimaßen wie Theresa.

»Du weißt doch sicher einen passenden Bibelspruch für meine Dreistigkeit, nicht die stinkenden Treter des Pfaffen und des Junkers, dieses Verräters, zu küssen.«

Die Leichtigkeit, mit der Christoph den Gutsherrn und den Pleban beleidigte, überraschte Margarete wenig, aber ihr war in den vergangenen Monaten nicht bewusst gewesen, dass es so ernst um den Zwist zwischen Nickel und Christoph stand. Und dann durchfuhr es Margarete eiskalt: »Sie werden dich ächten, Christoph.«

Er sah sie an, als sei sie die Erste, die eine solch fatale Vermutung je geäußerte hatte, dann schüttelte er den Kopf: verzagt und wenig überzeugt, sagte aber nichts, und Margarete erkannte einen Funken Angst in seinem Blick. »Hier.« Er kramte in seinen Taschen nach etwas und drückte Margarete dann ein paar Münzen in die Hand. »Soll ich wirklich nicht mitkommen?« Diesmal war es Margarete, die wortlos stierend den Kopf schüttelte. »Dann sehen wir uns zu Fidel in der Kirche!« Damit wollte er der Frau den Rücken kehren.

Die Beklemmung, die von ihm ausging und die er sich nicht anmerken lassen wollte, ließ Margarete schaudern. Zuerst versuchte sie Christoph dazu zu überreden, doch noch ins Oberdorf zu fahren, denn vielleicht war es noch nicht zu spät und ein Bauer wie er würde nicht verlegen um eine Ausrede bezüglich seiner Verspätung sein, aber davon wollte Christoph nichts wissen. Dann versuchte sie ihn davon abzuhalten, am Fidelistag in die Kirche zu schleichen, aber auch davon wollte Christoph nichts wissen. Er wollte Margarete, deren rätselhafter Beschluss, ein letztes Mal in die Dresskammer zu steigen, sich von Woche zu Woche verhärtete, nicht allein gehen lassen.

»Gott zum Gruß!«, flüsterte Margarete, als sie in der Fidelisnacht Christophs warme Hand nahm.

»Gott befohlen!«, gab er zurück und führte sie in die kleine gewölbte Dresskammer. Der Leinenbeutel, den Margarete mit sich führte, klopfte mit jedem Schritt, den sie tat, gegen ihr Bein. Der längliche gusseiserne Gegenstand, den sie von Claudius aus der Schmiede geholt hatte, wog schwer.

Beide vertaten keine Zeit mit Geplauder, sondern tauchten ineinander ein wie Dürstende in einen Teich quellfrischen Wassers. Schwitzend lehnten sie an der Wand. Er stand zwischen ihren Beinen und atmete ruhelos in ihr Haar. Mit geschlossenen Augen besänftigte er seine Sinne. Margarete wollte auf der Stelle einschlafen, sich an ihn schmiegen und vor Morgengrauen nicht mehr die Augen öffnen. Sie spielte mit seinen blonden Strähnen und streichelte seinen Nacken, in dem sich der weiche, kurze Flaum kräuselte. Doch unter ihre Genügsamkeit schlich sich plötzlich die Empfindung, die sich seit einiger Zeit in ihr Leben einmischte, wenn sie es am wenigsten erwartete. Eine Woge entsetzlicher Kälte übergoss sie. Unbehaglich fröstelnd umschlang sie Christoph und ließ ihre Wange an seinem Hals ruhen. Die Traurigkeit aber wollte nicht von ihr weichen. Sie hatte Besitz von ihr ergriffen und ließ sie nicht mehr los.

Die Verunsicherte löste sich aus der Umarmung des Mannes und hielt sein Gesicht in ihren Händen dicht vor dem ihren, als sie ihn beschwor: »Christoph, lass es bleiben, bitte.« Er verstand sofort, was sie gemeint hatte, sein Blick klärte sich und er schien gekränkt.

Er löste sich aus ihrem Griff, ordnete seine Kleider und sah Margarete verstört an.

Margarete wusste, dass er dachte, sie stehe völlig hinter seiner wahnwitzigen Idee vom Waid, aber seit der versäumten Vorladung ins Kretscham hatte sie nichts als Angst um ihn, und wenn er jetzt umkehrte – ihre Gedanken hörten sich an wie das Geplauder eines sittentreuen Predigers –, dann würde sich der Zorn eines Gutsherrn und eines Pfarrers auch wieder legen. Christoph war doch noch jung … »Ich hab nicht viel, nur eine Handvoll Erbstücke – Plunder. Aber das bisschen geb ich dir, damit du unterpflügen und neu beginnen kannst.« Sie wurde von Christoph taxiert. Er sah sie aus jenen schmalen Augen an, die er immer dann blitzen ließ, wenn ihm etwas verquerging. Er setzte sich auf die alte Bank an der Wand. Mit hilflosem Jungenblick betrachtete er sie. »Christoph, es ist irrsinnig, du hast es doch selber gesagt, weißt du nicht mehr? Vor zwei Wochen erst! Lass es bleiben, ich flehe dich an. Du solltest mit Czeppil und Nickel sprechen, sie werden das verstehen ...« Sie ignorierte sein trotziges Kopfschütteln. »Du wirst eine Familie ernähren müssen. Du wirst einen anständigen Ruf als Kleinbauer haben müssen, wenn dein Kind etwas werden soll.«

»Waidbauer soll es werden!«

Margarete schnaubte ärgerlich und setzte sich neben Christoph. Eine Weile lang sagten sie nichts mehr. Aber sie wusste, was Gottfried Klinghardt zu diesem sturen Bauern gesagt hätte. Aus dem zweiten Petrusbrief hätte er vorgetragen: »Denn sie reden große Worte, hinter denen nichts steckt, und locken aus niedriger Lust mit Ausschweifungen diejenigen an, die kaum dem Leben im Irrtum entronnen waren. Sie versprechen ihnen Freiheit, obwohl sie selbst Knechte des Verderbens sind.« Und Margarete überlegte, ob Christoph irgendwann einmal einem falschen, verführerischen Propheten aufgelaufen war, der ihm den Irrsinn vom Waid eingeträufelt hatte. So oft sie über das Waidfeld gesprochen hatten, so wenig begriff Margarete Christophs Ehrgeiz, seinen Stolz und seinen Kampf.

Sie schwieg in sich hinein, bis ihre Tränen flossen. Nicht einmal, als sie von Christoph in die Arme geschlossen wurde, wollte ihr Wasser versiegen. Ihre Hingabe an ihren Kummer war so groß, dass sie nicht einmal daran dachte, die Tränen zu trocknen. Sie weinte, bis Christoph sich einverstanden erklärte, beim Junker vorzusprechen und um Erlass des ohnehin schon versäumten Frühjahrszehnts und der geprellten Diensttage zu bitten. Er versuchte Margarete zu beruhigen, indem er ihr versprach, mit Nickel neue Bedingungen zu stellen, und wenn das nicht möglich war, die Sache ruhen zu lassen. Margarete spürte, dass diese Versprechungen halbherzig und zu schnell gesagt waren, doch es tröstete sie.

Aufmerksam betrachtete die junge Frau die blauen Augen des Bauern, die sich von seiner dunklen Haut abhoben. Es waren nicht die Augen, die sie vor beinahe zwei Jahren hinter dem Blatt einer Sense bösartig hatte funkeln sehen. Mit seinem jungenhaften Blick bekannte sich Christoph aufrichtig zu ihr, wenn er mit ihr über die Späße und Unverschämtheiten der Burschen im

Dorf lachte, wenn er mit ihr stundenlang zusammenhockte und schwieg, wenn er über das klagte, was vergessen werden wollte, und wenn er sie liebte. Aber diese rührende Aufrichtigkeit war überschattet vom feierlichen Ernst des Abschiednehmens und Margarete vermochte nicht, diesen Augenblick zu verstehen. Sie freute sich auf die leichte Zeit, die kommen musste, wenn von Christoph die Bürde des Waids abgefallen war, wenn der Junker seine Erlaubnis geben würde, unterzupflügen. Und was dann?

Das neue Feld, das neue Kind auf dem Riegerschen Hof ...

Die hergestellte Ordnung in Christophs Leben würde keinen Platz für die junge Wagnerin lassen und Margarete begriff, dass in jeder ihrer Berührungen eine traurige Endgültigkeit steckte. Sie würden sich nicht mehr treffen können, wenn auf Christophs Hof alles so war wie auf jedem anderen Hof, wenn das Besondere aus seinem Leben verschwunden sein würde. Und jetzt erst sah sie, dass der Sonderling, der Eigenbrötler Christoph Elias Rieger, immer etwas Besonderes gewesen war und dass ein gewöhnlicher Ackerbauer nur noch ein Schatten des Waidbauern Christoph sein würde. Nun, er hatte gelogen, das verrieten seine ehrsinnigen Augen. Er würde nie und nimmer den Färberwaid aufgeben, und Margarete verzieh ihm seine Lüge.

Sie erhob sich und bedeutete Christoph, dass sie nun gehen müsse. Sie würde durch den Tunnel zurückgehen, log sie feist und wartete schweren Herzens, bis Christoph den Kirchenschlüssel an seinen Platz gehängt und die Dresskammer verlassen hatte.

Lange verharrte Margarete im Schein ihrer Lampe vor der geschlossenen Grabtür an der Wand, dann fischte sie den länglichen Gegenstand aus ihrem Leinenbeutel, das Silberkreuz unter ihrem Hemd und einen braunen Wollfaden aus ihrer Tasche und ging ans Werk.

Teil 3

Qui a divina lege recessivit,
brutum evadare,
et merito uquidem.

Wer vom Pfad des göttlichen Gesetzes abweiche,
werde zum Tier,
und zwar verdientermaßen.

Mohammed, vgl. Koran,
2. Sure, V.66; 5. Sure V.61; 7. Sure, V.167

Schluchzen, langsames, schmerzliches Schluchzen wetteiferte mit dem Tosen des Windes in der Frühlingsnacht, als Margarete über die Straße hastete, um auf ihrem Hügel zu verschwinden. Die ihren Rücken hinaufwandernde Grabeskälte, die sie gespürt hatte, als sie mit Christoph zusammen gewesen war, wollte nicht von ihr weichen. Die laue Frühlingsluft vermochte nicht, ihren zitternden Leib aufzuwärmen, ebenso wenig ihr Nachtlager in der Hütte auf dem Weinberg.

Nach einer durchwachten Nacht brachte sie, blass und verängstigt, vom Morgenmahl keinen Bissen herunter. Von Übelkeit gepeitscht stürzte sie aus ihrer kleinen Behausung und rannte gegen das Morgengrauen an. Eine innere Kraft trieb sie ins Dorf hinunter. Die schlimmen Gedanken, die sie des Nachts wachgehalten hatten, beflügelten nun ihre Glieder und sie fegte mit flatterndem Rock vorbei an den schattenhaften Feldern, an den gruselig anmutenden Vogelscheuchen, den wilden Pflaumenbäumen und den von den Bäuerinnen aufgestapelten Steinhaufen an den Feldrändern. An jenem Morgen des Markus färbte das vom Tau nasse Gras den Saum ihres Rockes zehn Zollbreit tiefschwarz vor Nässe und Schmutz.

In dem Versuch, ihre Geschwindigkeit auf ein unscheinbares Schritttempo zu zügeln, stolperte die Gehetzte beinahe, als sie Nickel von Gerßdorff sah, der auf seinem Warmblutwallach die Wiesen und Felder entlangritt. Er ritt nicht, nein er hatte dem Pferd die Sporen gegeben, dass es mit Schaum vor den Nüstern und tosendem Trampeln unter den Hufen die Erde beben ließ. Margarete drückte sich in den Schutz eines Obstbaumes und spürte den schneidenden Windzug, den Reiter und Pferd hinterließen, als sie an ihr vorbeipreschten. Erleichtert atmete sie auf, als der Gutsherr, ohne sie zu beachten, weiter gen Süden sauste.

Bald war der Mann nicht mehr in Sichtweite, und da rannte Margarete weiter in Richtung des Niederdorfes. Sie nahm die Abkürzung über die Felder. Ihr Ziel war der Riegersche Hof.

Abrupt blieb sie stehen. Unter ihren durchgeschwitzten Kleidern kroch die Eiseskälte der vergangenen Stunden durch ihre Brust und knebelte ihre Sinne. Sie kannte Christophs Waidfeld, sie kannte den schmalen Trampelpfad, an dessen Rand sie sich geliebt hatten, aber den schwarzen Hügel, der keine dreißig Schritte von ihr entfernt im Morgenrot lag, kannte sie nicht. Sie atmete schnell, sie japste und setzte vorsichtig einen Fuß vor den anderen. Die Augen konnte sie nicht von dem Fleck abwenden, der sich bedrohlich vom grauen Gras abhob. ›Vor dem Markustag sich der Bauer hüten mag‹, ging es dem Mädchen durch den Kopf. Das Gefühl für ihren Körper war verschwunden. Sie spürte nicht mehr ihre Arme, nicht mehr ihre Beine. Das letzte Mal hatte solch lähmende Kälte sie umfangen, als sich Christoph unerlaubt ihrer bemächtigt hatte. Sie schüttelte die Erinnerung an die furchtbare Spätherbstnacht ab und starrte unverwandt auf den dunklen Hügel.

Christoph, dachte sie. »Nicht doch!«, flüsterte sie, und mit einem erstickten Aufschrei protestierte sie gegen das, was sich vor ihrem Auge auftat. Stolpernd hastete sie los, als könne sie ändern, was unabänderlich war. Margarete war bei dem dunklen Klumpen angekommen, der dicht am Waidfeld lag, und sackte neben ihm in das von Frühtau angefeuchtete Gras.

Heftige Winde durchwühlten ihr Haar, bauschten ihren Rock auf und ließen sie das Tuch um ihre Schultern fester raffen. Margaretes zitternde Hände ertasteten den Stoff einer wollenen, abgewetzten und oft ausgebesserten Schaube. Sie fühlte sich genauso an wie vor ein paar Stunden, als sie sich in ihr verkrallt hatte.

Ächzend beugte sie sich ein wenig vor, legte die rechte Hand auf die Stirn des Toten und schloss mit der linken seine wasserblauen, leeren Augen. Christoph lag auf dem Rücken, er hatte den Sonnenaufgang und das, was er mit sich gebracht hatte, beobachtet. Sein blondes Haar, dessen Geruch Margarete noch in der Nase hatte, war auf der rechten Seite seines Schädels verklebt von feucht glänzendem, dunkelrotem Blut. Sie zog die

Kapuze des Umhangs über die Wunde und betrachtete Christophs Gesicht, das jetzt in trauriger Ruhe lag, als schliefe er.

Lange hockte Margarete neben Christoph, unfähig, sich zu bewegen. Der Wind bahnte sich einen Weg durch die Waidstauden, die dreieinhalb Fuß hoch aus dem Boden ragten, und peitschte sie geräuschvoll, als wollten sie sich vor Lachen über den Leichnam ausschütten.

Margarete hatte kein Gefühl für die modrige Feuchtigkeit, die durch ihren Rock drang, für die Böen, die ihr Haar wild um ihren Kopf tanzen ließen, und sie hatte keine Tränen für den Toten. Sie hatte vor wenigen Stunden geweint, was es zu weinen galt, hatte jenen Umhang mit ihren Tränen benetzt, der nun Christophs Leichentuch war. Regungslos kniete sie neben ihrem Mann. Es war ihr Mann gewesen, dachte sie, ihr Mann und niemandes sonst, und nun lag er erschlagen am Rande des Waidfeldes, das ihm so viel bedeutet hatte.

Heftiges Rascheln im Feld schreckte Margarete aus ihrem Kummer. Sie löste sich vom kalten Leib Christophs und stand auf. Sie konnte nicht erkennen, was es war, doch keine zwanzig Fuß von ihr entfernt machte sich ein Geschöpf – ein Tier vielleicht, oder gar ein Mensch? – aus dem Staub. Margarete begriff, dass sie hier nicht bleiben durfte. Sie küsste Christophs klamme, kalte Hand und verschwand zurück zum Weinberg.

»Gottfried!«, rief die Fassungslose erstickt, noch bevor sie zu Hause angelangt war. »Gottfried!« Beinahe von Sinnen tat sie die letzten Schritte bis vor die Tür der Hütte und flog ihrem Herrn, der auf der Schwelle erschienen war, in die Arme. Der Alte hatte einige Mühe, das zerstreute Ding an seiner Brust zu beruhigen. Margarete weinte nicht, sie zitterte und rang nach Luft. »Gottfried, etwas Schreckliches ist geschehen und noch Schlimmeres wird sich zutragen.« Die junge Frau trat mit gebeugtem Rücken in die Stube und ließ sich auf die Bank am Fenster fallen. Der Einsiedler setzte sich auf einen Schemel ihr gegenüber. In seinem Blick spiegelte sich die Sorge angesichts des Häufchens Elend, das Margarete darbot. Er schob ihr einen Becher Görlitzer Bier hinüber und hieß sie trinken, bevor sie erzählen sollte. Gehorsam nahm sie einen kräftigen Schluck und begann dann langsam, immer wieder stockend, und ungeordnet zu berichten, bis Gottfried mit wenigen Worten aus ihrem Gestammel schloss, was sie nicht zu formulieren imstande gewesen war: »Christoph liegt erschlagen neben seinem Waidfeld.«

Beide schwiegen eine Weile. Margarete leerte den Bierbecher mit einem weiteren hastigen Schluck. Gottfried sah sie mit nachdenklich zusammengekniffenen Augen an. Mit dem rechten Daumen kratzte er sich am Kinn und die linke Hand legte er der jungen Frau auf den Unterarm. Die flüsterte traurig: »Ich hatte es geahnt, letzte Nacht und manchmal … früher … ich habe es gespürt, gewusst, Herr im Himmel.«

»Ich bin nackt von meiner Mutter Liebe gekommen, nackt werde ich wieder dahinfahren. Der Herr hat's gegeben, der Herr hat's genommen. Der Name des Herrn sei gelobt.‹ Hiob einundzwanzig.«

Margarete nickte zu Gottfrieds Worten, schniefte und bekreuzigte sich. Gottfried tätschelte der Unglücklichen den Arm und ließ seine Hand auf ihrer ruhen. Margarete aber war zu aufgelöst, als dass sie herumsitzen konnte, und sie war nicht bereit, den bitteren Schmerz, der sich in ihr eingenistet hatte, ausbrechen zu lassen. Eilig sprang sie vom Tisch auf und lief mit kurzen, staksenden Schritten in der Stube auf und ab. »Ich glaube, man hat mich gesehen. Ich bin mir nicht sicher, aber da war etwas im Feld … Der Junker Nickel ist auf seinem Gaul an mir vorbeigeflogen wie der Leibhaftige – Gottfried!« Margarete war mitten im Raum stehen geblieben und schlug beide Hände vor ihren Mund. Ihre Augen weiteten sich angstvoll und starrten den Alten an, der sich auf seinem Schemel zu ihr umgewandt hatte und nicht weniger entsetzt dreinblickte. »Du weißt, was ich dir über den Georgitag erzählt habe, als Christoph sich der Vorgabe widersetzte, ins Kretscham zu gehen …«

»Dii estis et filii excelsis omnes – Götter seid ihr und Söhne des Höchsten alle.‹ Psalm zweiundachtzig, sechs. Der Nickel war es nicht, Kind. Aber Gott weiß, wer es war, und er wird einen Würdigen entsenden, der in seinem Namen, seinem Wort und seiner Tat den Schuldigen erkennt. Gott kommt den Menschen entgegen. Recht und Gerechtigkeit aber unterliegen der Willkür der Menschen und sterben auf den Lippen dessen, der unwahr spricht. Jesus Christus wird kommen, zu richten die Lebenden und die Toten. Bis es so weit ist, müssen wir ausharren in den Leiden, die der Herr uns als Prüfung auferlegt hat.« Gottfried nickte entschieden zu seinen Worten und wartete, bis sich Margarete, schwer seufzend zwar, aber weniger aufgeregt, wieder an den Tisch gesetzt hatte. »Uns geht das nichts an, Mädchen. Morgen ist Sonntag, nicht wahr?« Wieder nickte der Alte, aber diesmal, um seine Frage selber zu beantworten, und schloss daraus: »Ich denke, niemand wird mir verübeln, wenn ich dich morgen – in Anbetracht der Ereignisse – zur Kirche begleite. Heute jedoch werden wir nichts unternehmen. Das Dorf wird in Aufruhr geraten, alle werden auf den Beinen sein, die Weiber werden zetern und jeden, der vor ihren Nasen auftaucht, des Mordes am Elias verdächtigen. Glaub mir …« Er schenkte sich und Margarete einen weiteren Becher des aufschäumenden Bieres ein. »Und die Kerle werden froh sein, dass der Unruhestifter endlich sein Waid von unten ansieht.«

Margarete stöhnte bei Gottfrieds Worten auf. Ein unangenehmes Frösteln erschütterte ihren Körper. Über den schief geratenen Mund des alten Mannes flog ein Lächeln. Er erhob sich und tätschelte entschuldigend ihre vom Alkohol gerötete Wange. »Es steht dir frei zu gehen, aber höre: Selbst wenn man dich am Unglücksort gesehen hat …« Da stutzte der Alte und zog die Augenbrauen zusammen. »Was hattest du in drei Teufels Namen in aller Frühe beim Waidfeld zu suchen?!« Margarete blickte verzweifelt in ihren Becher, als wollte sie auf dessen Grund eine Antwort finden, während Gottfried seine Überlegungen sogleich wieder aufnahm: »Selbst wenn du gesehen wurdest, muss das noch nichts heißen, und du machst dich verdächtig, wenn du jetzt verschwindest. Nein, mein Kind, du bleibst mal schön hier. Wir werden den Tag schon irgendwie rumkriegen. Und wenn die Tölpel dort unten«, er nickte zum Dorfe hin mit seinem grauen Kopf, »etwas von dir wollen, sollen sie nur kommen! Wir haben nichts zu befürchten. Mit der Sache hast du nichts zu tun!« Er schaute das Mädchen einen kurzen Augenblick lang prüfend an und fragte dann: »Du hast doch mit der Sache nichts zu tun, oder?«

»Gottfried!« Margarete tadelte sein Misstrauen: »Wie kannst

du daran zweifeln? Ich habe unkeusch der Fleischeslust mit ihm gefrönt. Ich hab sein Weib und das Kind in ihrem Leib verachtet und ich mag auch so manchen schlechten Gedanken Theresa gegenüber gehegt haben, aber was hätte ich davon, ihn des Nachts zu erschlagen, das ist verrückt!«

Der Einsiedler beschwichtigte die Traurige: »Hieronymus sagt: ›Alles, was der Fluch der Eva Böses gebracht, hat der Segen Maria hinweggenommen.‹ Du trägst viel Segen in dir, Margarete. Aber die Geier im Dorf sind hungrig, und du bist ihr willkommenes Fressen. Keiner von denen weiß, wie sehr du Elias geliebt hast ...« Gottfried verstummte.

Margarete schluckte. Das hatte sie sich selber nie eingestanden, und es nun aus dem Munde des Alten zu hören, schmerzte. Ja, sie hatte ihn geliebt, aber sie hatte es Christoph nie gesagt. Sie schluchzte und ertränkte die aufkommenden Tränen im Alkohol. Der alte Klinghardt beobachtete das Mädchen und sagte mit belegter Stimme: »Der Segen Marias sitzt in den Augen des Betrachters ebenso wie der Fluch Evas. Und wenn du so manche Nacht mit Elias ...« Er wandte seinen Blick von Margarete ab. »Hast du dir nicht eigentlich nur genommen, was dir zustand? Ich glaube dir, und du wirst in mir einen Helfer finden, wenn du einen brauchst. Aber heute sollten wir uns ruhig verhalten.« Er sah nun wieder offen in Margaretes Augen und fügte flüsternd und geheimnisvoll hinzu: »Ich bin der verrückte Einsiedler, den alle fürchten, und du bist die als Magd verdammte abgelegte Frau des Bauern, den alle gefürchtet haben. Man schmeißt dir schwarze Vögel blutend vor die Tür. Wir sind die Sündenböcke, wenn welche gebraucht werden, vergiss das nicht! Der Argwohn, den uns alle Welt entgegenbringt, kann uns über kurz oder lang das Genick brechen.« Dem erschüttert dreinschauenden Mädchen gebot er mit einer eindringlichen Handbewegung zu schweigen. »Sich bedeckt halten, brav in die Kirche gehen und wachsam bleiben ist das einzig Richtige, was wir tun können.«

Was sie auch anfing, Margarete wollte nichts gelingen. Gottfried vermochte weder, sie aufzuheitern, noch verlangte er von ihr, im Wald nach Kräutern und frühen Beeren zu suchen.

Margarete war rast- und ruhelos und diese Stimmung übertrug sich auf Gottfried.

Beide lauschten auf bei jedem Knacken im Gehölz. Wenn Margarete Schritte herannahen wähnte, musste Gottfried um die Hütte herumlaufen, um ihren Irrtum zu bestätigen. Der Alte beruhigte die junge Frau so gut er konnte. Der Wind, der am Morgen die Senke unter dem Berg erfrischt hatte, fegte jetzt als kräftiger Sturm über den Hügel und in Margaretes Ohr bot er ein Konzert von Fußschritten rachelüsterner Dorfbewohner. Die Mittagssonne hielt sich zurück und der Nachmittag schlich im fahlen Lichtgewand an der Hütte nahe dem Steinbruch vorüber.

Erst als die Abenddämmerung hereinbrach, war Margarete ruhiger und die Bierkanne leer geworden. Der Alkohol machte sich trügerisch in ihrem Körper breit. Erhitzten Blutes redete sie lebendig auf Gottfried ein. Tückischer Heldenmut schwelte in ihrer Brust. Ihre lockere Zunge erfüllte den Raum.

Gottfried nahm den – wenn auch künstlich herbeigeführten – Stimmungsumschwung der Frau gelassen hin. Die jedoch war ergriffen von dem Befreiungsplan, den sie den Bauern im Dorf angedeihen lassen wollte, und Worte, von denen sie nicht gewusst hatte, dass sie in ihr schlummerten, sprudelten feierlich aus ihrem Mund. Sie lallte in ihren Becher und ihre Augen rollten dabei, wie man es von Schwachsinnigen kennt. »Sein Tod wird vergolten werden, Gottfried.« Doch die heroische Erhabenheit, in die sich das Mädchen eingelullt hatte, war tückischer Melancholie gewichen. Schlimmer noch als die gemeine weibische Melancholie empfand Gottfried die einer Betrunkenen, und als sich Margarete kaum mehr aufrecht halten konnte, legte er sie auf ihren Strohsack vor der Kochstelle und sah zu, wie sie sich zusammenrollte und, dem schmutzigen Ofen zugewandt, sofort einzuschlafen schien.

Doch Margarete schlief nicht sofort ein. Sie weinte sich mühsam in einen tiefen, traumlosen Schlaf. Der sechste Tag ihres erbärmlichen Lebens hatte die Gräuel der fünf vorangegangenen aufgewogen. Was konnte noch Schlimmeres kommen?!

Am nächsten Morgen betrachtete sie erschüttert ihre verquollenen Augen im wabernden Spiegelbild des Wasserzubers hinter der Hütte. Die ehrliche Seite ihrer Seele zeigte sich als vom Weinen entstellte Fratze. Margarete hatte, so wie die meisten Frauen der Parochie, Angst vor ihrem Spiegelbild, aber während sie bisher das befremdliche Antlitz immer schnell weggeplatscht hatte, schaute sie an jenem Morgen des Heiligen Ratbert aufmerksam in das wabernde Bild und suchte nach einem Indiz für ihre Zukunft. Doch sie sah nichts als Trauer und ihr gebrochenes Herz in den Augen des wässrigen Seelenbildes. Sie hatte wenig Geschick beim Binden ihres Leibchens und dem Flechten ihres Haares. Ein schwarzes Tuch, das vor einem Jahr noch die Fenster in Gottfrieds Hütte verhangen hatte, wickelte sie sich zu einer Haube um den Kopf, wobei sie einen schmalen, ausgezattelten Trauerschleier in ihre Stirn und ihre Schläfen fallen ließ, ohne dabei ihre Augen zu verdecken. Die Strähnen ihres Haares, die immer wieder auf Stirn und Wangen rutschten, beließ sie resigniert dort, wo sie waren.

Zum ersten Mal, seit Margarete bei Gottfried wohnte, ging er an ihrer Seite die Straße zum Dorf hinab. Ihren Arm hatte er unter den seinen gehakt, und so führte er das Mädchen beinahe feierlich zur Kirche. Margarete klammerte sich an den Alten, sie hatte keine Kraft.

Übelkeit machte sich umso deutlicher bemerkbar, je näher sie dem Ort kamen. Gottfried hatte sich herausgeputzt: Sein Gesicht war glatt, sein Haar geordnet, ein Hut, den Margarete nie zuvor an ihm gesehen hatte, zierte sein Haupt. Ein sauberes Hemd hatte er fein unter einem braunen Wollwams versteckt und seine schäbige Schaube hatte er gebürstet und die Flecken ausgewaschen. Eine makellose graue Strumpfhose aus Schafwolle mündete in seinen Bundschuhen. Margarete trug ihren Sonntagsrock wie jede Woche, darüber ihr schwarzes wollenes Umschlagtuch. Trotz des ordentlichen Aufzuges kam sie sich neben dem geschniegelten Gottfried ein wenig fadenscheinig vor.

Der Kirchhof war voller Menschen. Einige davon hatte Margarete noch nie gesehen, andere hatte sie tot geglaubt. Was sich auf den Beinen halten konnte, war hier versammelt, und was sich nicht auf den Beinen halten konnte, wurde gestützt oder in Handkarren geschoben.

Sie schlug den Blick zu Boden, wie es nicht ihre Art war, doch die unzähligen Augenpaare, die Gottfried auf sich zog, verunsicherten sie. Ihr Klammergriff an Gottfrieds Arm wurde für ihn so schmerzhaft, dass er ihn mit seiner freien Hand ein wenig löste. So gingen sie Seite an Seite in die Kirche. Margarete murmelte dem Pfarrer Czeppil ihren Gruß zu und bildete sich ein, von ihm ignoriert worden zu sein, zumindest unterbrach er nicht sein angeregtes Gespräch mit einem Mann, den Margarete nicht kannte. Darauf ging sie in den vorderen Teil der Kirche, während sich Gottfried ein paar Reihen hinter sie stellte. Margarete fühlte sich schutzlos und allein gelassen. Sie starrte die Heilige Barbara an, die mit wehmütigem Blick vom Altarbild auf ihre Gemeinde niederschaute, und den Jesus, der traurig, verdrossen und ein wenig irritiert seine verfehlte Schafherde beäugte.

Margarete drehte sich nach dem Platz um, an dem Christoph üblicherweise stand, und die gähnende Leere, die über dem Flecken klaffte, raubte ihr die Fassung. Sie wandte sich der kahlen Feldsteinmauer zu, bis die aufquellende Flut ihrer Tränen versiegte, und wagte es schließlich, in die Runde der Versammelten zu schauen. Sie erschrak, als sie erkannte, dass nicht Gottfried die Blicke der Menschen auf sich zog, sondern sie. Man starrte sie an, manch einer verhohlen, manch einer offen; in jedem Fall aber waren es neugierige, fast vorwurfsvolle Blicke.

Als Margarete Theresa in den Kirchenraum eintreten sah, war sie überrascht über das makellose Gesicht, das erwartungsvoll dem Gottesdienst entgegenblickte. Nicht eine Träne schien das junge Mädchen ihrem toten Mann nachgeweint zu haben. Margarete nickte Theresa zum Gruße zu, doch die wich ihrem Blick aus und stellte sich an den Platz im hinteren Teil der Kirche. Neben sie gesellte sich Thomas Seifert und neben ihn seine Mutter Maria. Noch ehe sich Margarete wieder umdrehen konnte, sah sie Anna und Hans Biehain durch die Pforte der

Kapelle kommen. Die alte Frau war ein Schatten ihrer selbst und wurde von ihrem Mann gestützt. Anna musste sich ihr rotes, tränennasses Gesicht immer wieder schnäuzen und trocknen. In Anbetracht der Leibesfülle der Biehainin stand auch Hans Jeschke, der Kretschmar, Anna helfend zur Seite.

Kaum dass sich alle Menschen in die viel zu kleine Kirche gequetscht hatten, begann Julius Fulschussel die Totenglocke zu läuten, und unter ihrem hellen Klang erschien Pfarrer Czeppil vor dem Altar.

»Ein Unheil hat unsere Gemeinde heimgesucht.« Der Pfarrer begrüßte seine Gemeinde nicht, sondern sah prüfend in die Runde. Nach einer kurzen Pause donnerte er: »In nomine patri et fili et spiritus sancti …«

»Amen«, käute die Masse wie aus einem Munde wieder.

»Ave Maria stella, Dei mater alma, atque semper virgo, felix coeli porta …«

»Amen.«

»Ein Unheil«, wiederholte er, wobei seine aufgesetzte Stimme sogar in den hintersten Reihen das Schweigen der Anwesenden zu verunsichertem Murmeln aufstachelte. »Es ist nicht meine Aufgabe, Recht zu sprechen. Es wird eine Versammlung einberufen, an der alle Personen teilnehmen werden, die unmittelbar mit dem Verstorbenen verwandt oder ihm in irgendeiner Weise zugetan waren.«

Margarete hielt »Verstorbener« für ein sehr unpassendes Wort. Christoph war nicht verstorben, sondern kaltblütig erschlagen worden, aber niemand in diesem Hause schien sich dessen bewusst zu sein, sich dafür zu interessieren oder diese Tatsache in irgendeiner Weise als unrecht anzusehen. Und Margarete musste sich zusammenreißen, nicht wieder loszuweinen. Sei nicht weibisch, das hier ist viel zu wichtig, als dass du es mit Heulerei ausfüllen dürftest. Sie sah sich nach Gottfried um, der ihr Trost spendend zunickte.

»Ich nenne jetzt die Namen derer, die sich heute Abend, eine Stunde vor Sonnenuntergang, im Kretscham zu Oberhorka einzufinden haben. Es wird eine Schöppenversammlung geben und der Edelherr …« Czeppil hob seinen Kopf, um zur Adelsempore zu blicken. Margarete folgte seinen Augen und sah inmitten seiner prachtvoll und bunt gekleideten Familie den Junker Nickel sitzen, der mit von Sorgen zerfurchtem Gesicht nicht den Pfaffen ansah, sondern sie, Margarete. Die Frau erschrak darüber so sehr, dass sie ihren Kopf auf die Brust fallen ließ und sich auf Czeppils Worte konzentrierte: »… Nickel von Gerßdorff wird den Vorsitz halten. Meine Wenigkeit wird die kirchenrechtlichen Angelegenheiten betreuen und Herr Hans Jeschke wird als Protokollant anwesend sein.

Folgende weitere Gemeindemitglieder haben zu erscheinen: Herr Hans Biehain, Oheim des Verstorbenen, Frau Theresa Amalie Rieger, geborene Ruschke, Witwe des Verstorbenen, Thomas Seifert, Kleinbauer zu Niederhorka. Als Richter, sollte schon in der heutigen Versammlung einer vonnöten sein, wird der Kretschmar fungieren.« Der Pfarrer hielt inne und besann sich einen Moment, dann fügte er mit zu einer Grimasse verzogenem Gesicht halblaut hinzu: »Der Tote war der in der Acht befindliche Christoph Elias Rieger.«

Der Kirchenraum wurde von unüberhörbarem Raunen erfüllt. Nicht dass nicht jeder wusste, wer da erschlagen auf dem Feld lag, sondern die Neuigkeit, dass sich Christoph in der Acht befunden habe, sorgte bei den Gemütern für gemischte Gefühle. »Er wird, solange Versammlungen und notfalls Verhandlungen laufen, nicht beerdigt werden. Sein Körper soll unbegraben bleiben, bis ihn sich die Natur geholt hat.«

Nickel von Gerßdorff räusperte sich protestierend und Margarete sah in seinem Gesicht Zornesröte pulsieren. Doch der Pfarrer donnerte, unbeirrt angesichts des Tumultes im Gotteshaus, weiter: »Er wird, wie es das Gesetz verlangt, nicht in geweihte Erde übergeben. Das hat er seinem Eigennutz und seinem Starrsinn zu verdanken. Christoph Elias Riegers sterbliche Überreste verbleiben dort, bis wir wissen, wo wir ihn begraben werden.« Die Stimmen der Anwesenden waren zu voller Lautstärke angeschwollen. Man unterhielt sich ungeniert, und so konnten nur jene in den vorderen Reihen Stehenden hören, was der Pfarrer kleinlaut in seine Bibel murmelte: »Falls wir ihn begraben werden, dürfte der westliche Teufelsacker ihm ein Plätzchen bieten.« Schmerzend setzte Margaretes Herz für den Bruchteil eines Atemzuges aus. Die Eiseskälte, die Czeppils

Worte ausströmten, blieb lange auf ihrer Seele haften. Was der Mann im Ornat weiter zu berichten hatte, mochte die Gemeinde interessieren, die junge Wagnerin aber hörte kaum mehr hin.

»Oft redete ich im Dienste der Kirche mit dem Geächteten. Ich nahm seine Familie, seine Freunde ins Gespräch, doch auf den rechten Weg war Christoph Elias Rieger nicht zu führen. Nun wird er im Fegefeuer auf das Gottesurteil warten.«

Lautes Gepolter über dem Altar verriet, dass Nickel von Gerßdorff eilig und rücksichtslos lärmend die Adelsloge verließ. Seine mit Leder besohlten Schuhe waren als klickende und klackende Schritte deutlich auf den Holzstufen der rückwärtigen, klapprigen Treppe zu hören, welche von der Loge in einen Vorraum der Dresskammer führte, von wo die Edelleute die Kirche für gewöhnlich betraten und verließen. Das Rumpeln der Tür mit dem ovalen Fenster war deutlich vernehmbar. Ein Rumpeln, das Margarete nur allzu gut kannte.

Nickels Brüder Hans und Heintze von Gerßdorff hatten nicht vermocht, den Erhitzten aufzuhalten. Die Damen von Gerßdorff bedeckten beinahe zur Gänze ihre blassen Gesichter mit bestickten Schleiern und sahen dem Davoneilenden mit großen, hellen Augen nach.

Dann war es still im Gotteshaus.

Margarete vernahm nichts als ihr rasendes Herz, das in ihrem Schädel hämmerte wie damals, als sie Christoph im Hühnerstall gegenübergestanden hatte.

Christoph war doch in der Acht gewesen! Das war es also, was am Georgitag über ihn verhängt worden war, nachdem er sich der Vorladung widersetzt hatte! Hatte er es gewusst? Wenn ja, war er geschickt und erfolgreich gewesen, es vor ihr und der halben Welt geheim zu halten. Was für eine Bürde musste das sein, wissentlich als Geächteter zu leben.

Nein, Christoph hatte es sicher nicht gewusst. Er hätte es ihr gesagt! Margarete schluchzte auf. Sie war nicht stark genug, sich zu beherrschen. Nicht nur ihr eigenes Weinen, sondern auch das der Anna Biehain erfüllte den Raum. Wie hässlich wurde über Christoph geredet! Wie falsch war über ihn geurteilt worden. Und du? Margarete hob den Blick und starrte den links hinter dem Altar angemalten Jesus an. Hast du deine schielenden Augen gar auf den falschen Sünder gerichtet, während man sich bei Nacht und Nebel über Christoph hergemacht hat?

Und da war noch etwas in Czeppils Verkündigung gewesen, was Margarete nicht verstand: Warum hatte er ihren Namen nicht genannt? Warum war sie nicht zur abendlichen Versammlung eingeladen worden? Ihre in die erste Ehe des Verstorbenen eingeführte Mitgift hatte Christoph doch erst die Tür zum Verderben geöffnet: das Waidfeld, die Waidmühle in der Scheune, die Verpflichtungen gegenüber dem Junker … Es war ihr Geld gewesen, mit dem Christoph diesen Wahnsinn hatte beginnen können. Margarete wurde es schwindelig; ihre Gedanken überschlugen sich wie ihr Herzschlag. Sie rang nach Luft, und noch bevor der Pfarrer seine Schäfchen mit dem »Ite missa est« verabschiedete, verließ Margarete die kleine Dorfkirche.

Der Raum war erhellt vom Licht vieler Talgkerzen, als Margarete das Kretscham in Oberhorka betrat. Ihr Blick fiel auf die Rücken und Hinterköpfe von Theresa und Thomas, die nebeneinander Platz genommen hatten. Zu Thomas' linker Seite saß Hans Biehain an der langen Tafel im Versammlungssaal.

Gegenüber von Theresa blätterte der Junker von Gerßdorff in einem Buch, sah aber auf, als ein Luftzug durch die geöffnete Schanktür sauste und seine Papiere zittern ließ. Still und ohne seine Entdeckung mit den Umhersitzenden zu teilen, beobachtete er, wie Margarete aus der Abenddämmerung in den Raum trat. Er nickte ihr zu, unauffällig, aber doch für sie eindeutig als Willkommensgruß.

Neben dem Junker hockte der Pfarrer über ein paar Pergamenten und dicken Büchern, die, schwer in Holzdeckel gebunden, jedes mit fünf Buckeln und zwei Schließern versehen, vor ihm ausgebreitet lagen. Auf seinem Bücherstapel thronte das Augenglas, das er nie auf der Nase trug. Czeppil und die Handvoll als Schöppen fungierenden Schreiberlinge an einem Tisch nahe der Ostwand des Saales hatten die Ankunft der jungen Frau nicht bemerkt.

Der Geistliche redete über irgendwelche Wiesen und Äcker. Der Kretschmar Jeschke hörte ihm aufmerksam zu, doch als sich Margarete hinter Thomas stellte, sah Czeppil auf. Die junge Frau machte keine Anstalten, die Versammelten zu grüßen, sich für ihr Eindringen zu entschuldigen oder gar darum zu bitten, Platz nehmen zu dürfen.

»Das ist doch wohl mein Stück Land, über das Ihr da verhandelt?«, stellte Margarete fest, die die Worte »Schmiede« und »Mückenhain« aus des Pfarrers Munde vernommen hatte. Der Angesprochene zuckte so erschrocken zusammen, dass die Pergamentstücke unter seinen Händen raschelten. »Wieso bin ich nicht zu diesem Stelldichein geladen worden? Ich sollte doch auf diesem Stuhl hier sitzen.« Sie deutete mit dem Kopf auf Thomas, der sich nun, ebenso wie Theresa und Hans Biehain, umgewandt hatte.

»Sehr richtig, du bist nicht geladen und nicht willkommen!« Der Geistliche nickte einem der an der Wand sitzenden Schöppen zu, der sich auf das Zeichen hin erhob und Anstalten machte, die Frau hinauszuführen.

»Nimm deine Finger von mir, Markus«, sagte Margarete und löste ihren Arm aus dem Griff des Müllers Bieske, der sich Rat suchend zu Nickel von Gerßdorff umdrehte.

»Sie sollte bei den Verhandlungen nicht fehlen« sagte jener und wies den Burschen an, sich wieder zu setzen.

Der Pfarrer war empört über die Art, in der der Junker seine, Czeppils, Autorität untergrub, und rümpfte die Nase. Margarete bewegte sich leichtfüßig zum Tisch hin und war so keck, sich an den Kopf der Tafel, Hans Biehain zur Linken und Hans Jeschke zur Rechten, zu setzen. Der Pleban räusperte sich und steckte seine Nase wieder in die Pergamente. Er hatte Mühe, den Faden wieder aufzunehmen und dort fortzufahren, wo er vor dem Zwischenfall stehen geblieben war.

»Ja, also das Land, auf dem die Mückenhainer Schmiede stand, wurde am Tage Euphemia im Juni im Jahre des Herrn fünfzehnhundertacht an die Gerßdorffs verkauft für die einträgliche Summe von einhundertzwanzig Görlitzer Margk.«

Verblüfftes Raunen ließ jene Leute die Hälse recken, die von den Verhandlungen vor beinahe zwei Jahren nicht Wind bekommen hatten. Nickel von Gerßdorff räusperte sich lautstark und sorgte so für Ruhe im Raum. »Das heißt«, fuhr der Pfarrer fort, »es befindet sich im Riegerschen Besitz lediglich noch jene Geldsumme, wenn sie nicht in Naturalien, Saatgut und was man so braucht umgesetzt wurde.« Jetzt war es der Geistliche, der sich pikiert räusperte. Czeppil schickte ein höhnisches Grinsen an das Ende der Tafel, an dem Margarete mit aufmerksam erhobenem Kopf saß. Sie schaute dem Mann herausfordernd in die rollenden Glubschaugen und ließ sich die Spannung in ihrem Leib nicht anmerken. »Und darüber hinaus«, sprach der Pfarrer weiter, »besaß Christoph Rieger die Ostäcker: einen in Mittel- und zwei weitere in Niederhorka und einen Hof mit drei Gebäuden: eine Scheune mit Tenne, einen Stall mit Schuppen, ein Wohnhaus mit Steinzelle als Lager und Kleintierstall und einer zweigeschossigen Blockzelle zum Wohnen. Dies fällt mit allem, was drinnen ist, an die Gerßdorffs.« Erneut wurde unverhohlen geflüstert und Margarete konnte die freudige Erleichterung in Theresas und Thomas' Gesichtern erkennen, mit der die beiden dem Verscheuern des Riegerschen Besitzes entgegenblickten. »Des Weiteren gibt es zwei Milchtiere, fünf Schweine, ein Gespann an Ochsen und zwölf Stück Federvieh: elf Hühner, einen Hahn. Christoph Elias Rieger war – und seine Witwe Theresa Amalie bleibt nun – zwei Schock und dreizehn Groschen dem Steinmetz und vierundfünfzig Groschen und zehn Heller dem Bauern Biehain schuldig.« Czeppil sah Hans Biehain erwartungsvoll an, doch der rührte sich nicht. Aus glasigen Augen betrachtete er seine auf dem Tisch gefalteten Hände.

»Wieso geht der Hof nicht an Theresa?« Margarete hörte sich reden, fühlte jedoch nicht ihre Zunge die Worte formen. Ihr eigenes entsetztes Schweigen auf diese anmaßende Frage übertraf kaum das der Versammelten.

»Pallui fuit«, antwortete Pfarrer Czeppil gleichmütig und dergestalt friedfertig, dass Margarete misstrauisch blieb. »Pleto! Weil er pleite war. Christoph bürgte am Magnustag des Jahres fünfzehnhundertacht mit seinem Grund und Boden, da er die Erlaubnis von Herrn Nickel von Gerßdorff zum Anbau von Waid bekommen hatte. Christoph hat seine Abgaben bis auf ein einziges Mal nicht einbringen können. Er ist auch nicht an jedem seiner Diensttage erschienen, hat seinen Robot auf dem gutsherrlichen Hof vernachlässigt, hat sich dem Kirchenzehnt entzogen. Summa summarum war er ein unordentlicher Kerl seit dem Tage Anfang September fünfzehnacht ... Das solltest du wissen, zu dem Zeitpunkt warst du sein treues Weib.« Das schmerzte. Margarete war Christophs Frau gewesen. Sie war ihm auch treu gewesen, aber was Christoph und Nickel am Tage Magnus im September vor zwei Jahren vereinbart hatten, hatte sie nie erfahren. »Es ist kein Geheimnis, wofür er solche Unsummen verprasst hat ... wer unbedingt eine Waidmühle in seiner Scheune zusammenzimmern muss, nicht genug zu essen anbaut, sodass er das Nötigste zum Leben einkaufen muss ...!«

»Ein bisschen mehr Respekt vor dem Toten, wenn ich bitten darf«, sprach der Gutsherr in ruhigem Ton.

»Nun gut«, die Unterbrechung war dem Pfarrer offensichtlich unangenehm, doch fuhr er gleich mit seinen Ausführungen fort, um die peinliche Stille zu beenden. »Er schuldete dem Nickel von Gerßdorff vier Tage Dienst mit dem Pflug, einen Tag mit der Sichel, einen weiteren mit der Sichte und sieben Schillinge Wasserzins. Der Kirche schuldete er Naturalabgaben und den Kirchenzehnt von eineinhalb Jahren. Die Kirche wird mit Herrn von Gerßdorff über die Begleichung der Schulden einig werden.« Sorgsam faltete der Pfarrer seine Pergamente zusammen, schlug das dicke Buch zu und legte sein Augenglas darauf.

Er schaute in die Runde und die ihm eigene nervöse Angewohnheit, mit verquollenen Augen und offenem Mund zu starren, und das unmerklich anschwellende Zucken der linken Hälfte der Oberlippe versetzte Margarete in angewiderte Abschätzigkeit. Lange sprach niemand, auch der Junker meldete sich nicht zu Wort, also fasste sich Margarete ein Herz und wollte wissen, wann die Beerdigung stattfinden würde.

Pfarrer Czeppil schaute sie halb empört, halb erschrocken an, als hätte der Leibhaftige persönlich seine Aufwartung gemacht, besann sich aber schnell des niederen Ranges der Magd vom alten Klinghardt. Bevor ein anderer das Wort ergreifen konnte, bellte er kleine glitzernde Speicheltröpfchen auf den Tisch vor sich: »Nun, wie ich schon sagte: Christoph ist als Geächteter rechtlos gewesen, von Gesetzes wegen wird ihm kein Begräbnis beschert. Wir können uns nur dem Gesetz beugen, nicht wahr?« Er erwartete keine Antwort, sondern sprach weiter: »Und wo wir das Thema nun angeschnitten haben, möchte ich hier an Eides statt und in Anwesenheit der befugten Personen dem Antrag von Thomas Seifert, die verwitwete Theresa zu ehelichen, stattgeben. Wir brauchen nicht noch ein halb verwaistes Kindlein in unserer Gemeinde, nicht wahr?«

Margarete sah aus dem Augenwinkel, wie Thomas unter dem Tisch nach Theresas Hand griff und wie die errötend, aber zufrieden lächelnd die Augen senkte. Deutlich vernehmbar war auch das missbilligende Brummen des Hans Biehain.

»Die Schulden können aus dem Seifertschen Vermögen getilgt werden, es sei denn, einer der hier anwesenden Schuldner erlässt dem jungen Paar die Summe?« Langhalsig schaute Czeppil in die Runde, sein Blick ruhte nicht zuletzt auf der Schöppenbank, wo sich einige Herren schnarchend an den Schultern ihrer Nachbarn ausruhten. Als er keine Erwiderung erhielt, sagte er im Aufstehen: »Na, dann wäre alles geklärt, nicht wahr? Ich wünsche einen geruhsamen Sonntagabend.« Der Pfarrer war der Einzige, der auf seinem Platz sortierte und werkelte und geschäftig die Gelegenheit ad acta zu legen schien. Niemand sonst machte Anstalten, die Sitzung zu schließen. Hans Jeschkes Feder, deren monotones Kratzen ständiger Begleiter der Verhandlung gewesen war, ruhte in seiner rechten Hand. Das Rat suchende Glotzen des Kretschmars unterstrich die lang gedehnte Pause.

»Wer hat den Christoph erschlagen?«, sprach einer aus, was alle dachten, nämlich Hans Biehain. Seinen Blick erhob er nicht von seinen auf dem Tisch gefalteten Händen.

»Es gibt Anhaltspunkte, die jetzt noch nicht näher erläutert werden können, es ist … zu früh. Wir wissen noch nicht …« Der Pfarrer hatte sich wieder auf seinen Stuhl sinken lassen, während er glubschäugig Hans Biehain angestarrt und seine Erklärung gestammelt hatte. Seine Enttäuschung über den hinausgezögerten Sonntagsbraten bei Gertrud war unverkennbar.

»Ja«, stammelte nun auch Hans Jeschke, der Kretschmar, und sah Margarete scheu von der Seite her an. »Wir waren uns noch nicht schlüssig und wollten auf den Panewitz und den Dekan von Bautzen warten.«

»Hans von Panewitz?«, riefen Margarete und Hans Biehain wie aus einem Munde, denn dass wegen eines Kleinbauern der Hauptmann von Görlitz behelligt wurde, hatte es noch nie gegeben. Nicht auf Hans Biehain, aber auf Margarete ruhten zumindest fünf Augenpaare. »Und wann hat man Christoph in die Acht getan?«, wollte die junge Frau obendrein wissen.

»Schweig still, Weib! Dein Mundwerk hat hier nichts zu suchen! Deine Fragen wirst du allesamt stellen können ... in Görlitz vor dem Stadtrichter Bartholomäus Schenk!«

Stille.

Simon Czeppil und Margarete maßen sich einen Moment lang. Niemand hätte zu sagen gewusst, wessen Blick wütender war.

Czeppil hatte sich mit beiden Handflächen auf den Tisch gestemmt und hing mit dem Oberkörper zu Margarete vorgebeugt. Sein Antlitz war eine einzige zuckende Masse. Auf das Schweigen, das sich im Kretscham von Oberhorka breitmachte, schnalzte er verächtlich mit der Zunge: »Tja, dann sollten wir die Karten offen ausbreiten, nicht wahr?« Der Mann ließ sich lasziv auf den Stuhl sinken. »Margarete, es besteht der zwingende Verdacht, dass du den Christoph erschlagen hast, hinterrücks im Schlaf sozusagen und ...«

»Wer sagt denn so was?« Margarete konnte, so sehr sie sich auch bemühte, nicht still bleiben. Der Saal wurde jetzt wieder von einem gleichmäßigen Murmeln erfüllt. Durch den spitzen Ausruf der jungen Frau waren sogar die Schöppen an dem Tisch an der Wand aus ihrem Dämmerzustand hochgeschreckt und reckten neugierig die Hälse. Die Herren und Theresa an der Tafel waren peinlich berührt wegen dieser infamen Anklage, doch kein Einziger wagte es, sich gegen diese Vermutung auszusprechen. »Was soll das alles? Was hab ich mit Christophs Tod zu tun?« Margarete hatte eher sich als einen der Anwesenden gefragt. Sie war drauf und dran zu erzählen, wie sehr sie Christoph gemocht hatte, welch dicht geknüpftes Band sie letztendlich miteinander verbunden hatte, aber das hatte hier keinen Platz.

Nach einer Weile erbarmte sich schließlich ein Mensch zu einer kurzgefassten Erklärung: Nickel von Gerßdorff hatte die Ellenbogen auf den Tisch gestellt, die Hände verschränkt und tippte sich mit den abgespreizten Daumen im Wechsel an die Lippen. »Wir haben Christoph gewähren lassen mit seinem Waid.« Er sprach ruhig, ausgesucht langsam und bannte Margaretes Blick, während er sprach: »Er hat viel Geduld von uns allen empfangen, und zum Dank dafür vernachlässigte er seine Arbeit.« Der Junker unterbrach sich und deutete, bevor er weitersprach, mit dem Fingerknäuel auf den Bauern Biehain. »Christoph Rieger hat seine Familienbande mit Füßen getreten, hat nicht auf ein gut gemeintes Wort seiner einzigen lebenden Verwandten gehört … Er hat seine Christenpflicht verletzt …« Dieser Wink galt dem Pfarrer Czeppil. »Er hat geprügelt …« Nickels Hände beugten sich in Thomas' Richtung. »Er war ganz offensichtlich der Weiblichkeit nicht abhold.« Des Junkers Arme legten sich ruhig und bar jeden Urteils in seinen Schoß, doch während sich seine Augenbrauen spitzbübisch hoben und er Margarete verheißungsvoll ansah, huschten ihre Augen reihum in die Gesichter der am Tisch Sitzenden. Nickel kostete Margaretes Verlegenheit aus. Er weidete sich an ihrer schüchternen Schuld, entlarvte sie jedoch nicht.

Der Stille folgte aufgeregtes Tuscheln. Man plusterte sich auf und erging sich in Spekulationen darüber, wer Christophs vermeintliche Bettgefährtin gewesen sein könnte. Nicht einer wurde auf Nickels Fingerzeig hin aufmerksam. Nicht einer beachtete die ertappte Margarete. Nicht einer?

Mit scheuem Blick schaute Theresa zur Wagnerin hinüber. Die fing den Blick auf, der nicht flehender und zugleich gebieterischer hätte sein können, und auch das unmerkliche Kopfschütteln, das Thomas' zukünftige Frau von sich gab, bemerkte Margarete und sie begriff, dass Theresa mit jedem verräterischen Wort, das aus ihrem eigenen und Margaretes Mund dringen würde, die wahren Umstände ihres dicken Bauches preisgeben würde, und davor hatte sie Angst. Christoph hatte Theresa wirklich gut gekannt. Von ihr hatte Margarete nichts zu befürchten.

Zwischen Christophs Frauen bestand ein stummes Schweigegelübde.

Ein Lächeln, weder hämisch noch gehässig, ein Lächeln, das
nicht versöhnlicher hätte sein können, entfuhr den strengen
hellblauen Augen des Gutsherrn, bevor er lautstark seine flache
Linke auf den Tisch klatschen ließ. Abrupt erstarb das Tuscheln
im dunstigen Schöppensaal. Aller Blicke waren auf den Dienstherrn gerichtet. »So viele Vergehen!« Nickel schnalzte ein
paarmal mit der Zunge und schüttelte sein goldenes Haar. Das
Mädchen vom Weinberg taxierte er in einem fort. »So viele
Besserungsgelöbnisse ...« Er nickte zu seinen Worten und entließ Margarete endlich aus seinem Blick.

Er suchte den Schulterschluss mit Pfarrer Czeppil, als er
weiter erklärte: »Dem Christoph wurden Verwarnungen ausgesprochen. Ich habe ihm einmal den zehnten Teil seiner Ernte
erlassen – das war im vergangenen Herbst. Ich hätte es vielleicht wieder getan, hätte Christoph mit der gebührenden
Höflichkeit bei mir vorgesprochen. Der Waid ist gut gediehen
– auch wenn ich den Christoph in einem anderen Glauben lassen musste, damit er weiter so fleißig arbeitete. Es hätte was
werden können mit dem Waidblau, aber Christoph war eben zu
sehr mit sich selber im Unklaren. Ihm wurde Vernunft nahe-
gelegt. Als er sich weigerte, anstatt auf dem Felde neben dem
Grünzeug im Bette neben seiner Frau zu nächtigen, haben wir
ihn geächtet. Nachdem er absichtlich des Pfarrers Hausbesuche
geschwänzt hat, haben wir ihn geächtet. Als er seinen Robot
auf meinen Gütern versäumte, haben wir ihn geächtet. Als er
zu einer Schöppenversammlung nicht erschienen ist, haben wir
ihn geächtet. Wann ist das gewesen?« Nickel knuffte den Geistlichen neben sich. Hastig befeuchtete dieser seine Finger an seiner Zunge und schickte die knotigen Hände auf die Suche in
seinen Pergamentbergen. Als er gefunden, wonach er gesucht
hatte, verkündete er feierlich: »Am Georgitag dieses Jahres.«

Also doch, durchfuhr es Margarete, und vor ihrem geistigen
Auge huschte Christophs halb amüsiertes, halb verängstigtes
Lächeln, das er im Halbdunkel der Scheune ihren Überlegungen
gezollt hatte. Sie sah seinen blonden Haarschopf zwischen den
Hörnern der Ochsen hervorlugen und wünschte sich, damals

eindringlicher auf ihn eingeredet zu haben. Und jetzt gab sie sich die Schuld an dem Urteil, das auf Christoph niedergegangen war, denn ihre Besorgungen in Uhsmannsdorf hatten eine Mitschuld daran, dass der Mann nicht ins Oberdorf gefahren war.

»So ist es. Vor nicht ganz zwei Wochen hat es eine Verhandlung gegeben, die nichts als Christoph Elias Rieger zum Gegenstand hatte.« Der Junker schaute Margarete geradeheraus an und zuckte mit den Schultern: »Christoph ist nicht erschienen an jenem sechzehnten April. Er hat die Möglichkeit nicht wahrgenommen, sich zu verantworten.«

»Und was habe ich mit all dem zu tun?« Margarete schüttelte verwirrt den Kopf. Die Bauern am Tisch und der Kretschmar Jeschke flüsterten erneut miteinander; nur Hans Biehain schwieg. Als niemand eine Antwort gab, wurde die junge Frau deutlicher: »Wer behauptet, ich hätte den Christoph umgebracht, der lügt!«

Simon Czeppil fühlte sich berufen, die Schärfe aus Margaretes Worten zu saugen, und stand ihr in seinem Tonfall in nichts nach: »Man hat dich gesehen, Margarete, leugne es nicht, verhalte dich ruhig.«

»Was?« Das Mädchen starrte den Pfarrer an. Hatte sie richtig gehört? »Wer will mich wo gesehen haben?«

»Gestern Morgen, über den Ermordeten gebeugt, die Hände nach seinem Schädel ausgestreckt …« Der Geistliche ereiferte sich mit jeder Silbe in eine rasende Wut, die die Anwesenden aufhorchen ließ. Schließlich sprang er von seinem Stuhl auf, packte abermals sein Bündel mit Papieren und die Bücher, doch Margarete war schnell genug, sich gleichermaßen zu erheben und dem Blick des Pfarrers zu begegnen; der da näselte: »Du wirst in Görlitz Gelegenheit bekommen zu erklären, was du in aller Herrgottsfrühe bei dem vermaledeiten Feld verloren hattest, bei einem Mann, mit dem du eigentliche keinen Umgang mehr hättest pflegen dürfen. Vor dem weltlichen Gericht wirst du erzählen können, ob du im vergangenen Jahr öfter umhergestreunt bist – vorzugsweise nachts!« Wieder maßen sich Margaretes und Czeppils Augen, aber diesmal warf Margarete ihren Blick auf die Tischplatte vor sich. Czeppil wollte sie loswerden!

»Verleumdung! Wer behauptet so etwas. Ich habe genauso wenig mit Christophs Tod zu tun wie Maria mit Jesus' Kreuzigung!«

»Vorsicht, meine Liebe«, Czeppils Nasenflügel bebten und sein Gesicht näherte sich im Zorn verzerrt dem der jungen Frau. In seiner Erregung hatte er eine feuchte Aussprache und presste hervor: »Es ist nicht an dir, dich auf Mutter Kirche zu berufen, denn was auch immer aus deinem Munde quillt, ist Blasphemie! Es gibt Zeugen. Und solange es in dieser, unserer Gemeinde Menschen von glaubwürdigerer Natur gibt als der deinen, werde ich wissen, wem zu trauen ist!«

»Beruhigt Euch, Vater!«, sprach Nickel von Gerßdorff, dem das gekünstelte Aufbrausen des Pfarrers zuwider war. Er hatte sich nun gleichsam erhoben. »Wer will das Mädchen beim Ermordeten gesehen haben? Sagt, wer?«

»Beichtgeheimnis, bitte um Vergebung!« Pfarrer Czeppil deutete eine kurze Verbeugung in Richtung des Gutsherrn an, ohne ihn in Augenschein zu nehmen. »Aber seit wann ist das Wort eines Plebans anzuzweifeln?«

»Verzeiht, Pfarrer Czeppil«, ahmte Nickel die Geste des Geistlichen nach und nahm ebenfalls seine Habseligkeiten, Hut und Peitsche von einem aus einer Ecke huschenden Knecht entgegen, um zu gehen.

»Und du«, Czeppil fasste wieder Margarete ins Auge, »bleibst oben auf dem Hügel in deiner Hütte und tust nichts, wozu du nicht ausdrücklich aufgefordert wirst. Haben wir uns verstanden?«

Margarete war wie gelähmt. Sie konnte sich nicht rühren. Die Ungerechtigkeit, die ihr widerfahren war, schnürte ihr die Kehle zu. Ihr schwanden die Sinne. Vor dem Dorfprediger schlug sie die Augen nieder, was jener als Zeichen der Zustimmung auffasste und sich aus dem Kretscham entfernte.

Wer auch immer Christoph ermordet hat, fuhr es ihr durch den Kopf, steckt mit Czeppil unter einer Decke und will mir das anhängen, weil ich mich mit Christoph heimlich getroffen habe. Er und Nickel von Gerßdorff wissen Bescheid.

Langsam erhoben sich die anderen Männer, und auch Theresa, geführt von Thomas, machte, dass sie nach Hause kam.

So mancher sah Margarete verstohlen von der Seite an, man flüsterte hinter vorgehaltener Hand. Man machte sich nicht die Mühe zu verbergen, dass man sich über sie unterhielt.

Die junge Frau war nicht die Letzte, die das Gerichtskretscham in Oberhorka verlassen hatte. Und sie war nicht die Einzige, die sich bei Nacht und Nebel im Dorf herumtrieb.

Benommen taumelte sie an der Kirche vorbei, der sie einen hasserfüllten Blick zuwarf. In der Gemeindestube des Pfarrers erkannte sie im schwachen Schein der Kerzen die Gestalt der alten Gertrud Baier. »Verrecke an deinem Braten«, zischte Margarete mit wütender Miene zum Fenster hin. Sie zog den Umhang fester um ihren Körper, denn jetzt fröstelte es sie und in ihrem Magen lag ein schwerer Klumpen gallenbitterer Übelkeit.

Während Christoph in der Aprilkälte ungeschützt auf weitem Feld lag, verkrochen sich die Heuchler in ihren warmen Stuben. Margarete schniefte. So etwas hatte niemand verdient: kein Erzgauner, und schon gar nicht Christoph. Er ist im Grunde ein guter Kerl, kreuzten Adele Möllers Worte in Margaretes Erinnerungen auf. Er ist uns wie ein eigener Sohn, hörte sie Anna Biehain schmatzen. Einst standen wir uns nahe, höhnte Thomas' Stimme in Margaretes Kopf. Und wo waren sie jetzt? Wo waren Caspar Hennig, Johannes Möller und Anna Biehain? Keiner hatte sich für Christoph ausgesprochen. Niemand setzte sich dafür ein, dass er ein anständiges Begräbnis bekam. Das war nicht gerecht.

Die Tränen rannen unaufhörlich über die Wangen des Mädchens. Keiner der verlogenen Dorftölpel hatte so viel Rückgrat, um ein Wort für Christoph auszusprechen. Sie waren schnell mit ihren Mäulern, wenn es zu hetzen galt, aber langsam, wenn sie einander helfen sollten. Er war fleißig und ehrlich, zuckte es in Margaretes Schädel, und hat immer bei allen angepackt! Und wo war Leonore Vietze, die Christoph so verfallen war? Er war vielleicht ein Weiberheld gewesen, er war vielleicht manchmal impulsiv gewesen, konnte sich schwer beherrschen, wenn ihm etwas verquerging, aber er war kein Verbrecher, der es verdient hatte, unter freiem Himmel dahinzumodern. Margarete konnte die Tränen nicht bändigen. Ihr Schluchzen schüttelte ihren Körper, sodass ihr Gang dem eines Betrunkenen glich. Christoph mochte ihr Unrecht getan haben, er mochte sie angelogen, bestohlen und geschlagen haben, aber er hatte seine Fehler eingesehen.

Christoph hatte einen erbarmungslosen Kampf gegen sein Herz geführt und sich ihm ergeben. Und zuletzt hatte er sie geliebt. Von wie vielen Menschen war Margarete geliebt worden? Was würde nun aus ihr werden? Sie würde als Gottfrieds Magd dahinwelken, aber sie weigerte sich gegen dieses Schicksal. In ihr rebellierte etwas gegen die Einsamkeit eines Lebens ohne Christoph. Niemand würde sie zurückhalten, legte sie sich neben ihn an den Feldrand und bereitete sie ihrem Leben ein Ende. Es gab niemanden, der sie daran hindern würde ... oder gab es jemanden, der nachhelfen würde?

Margarete blieb stehen und spitzte die Ohren. Sie war nicht allein. Just an der Stelle, wo die Dorfstraße den Weg nach Osten kreuzte, vernahm sei ein dumpfes Hufgetrappel und Schnauben. Sie verschwendete keine Zeit, sich zu fragen, wer zu so später Stunde den Weg zum Weinberg entlangritt, sondern nahm die Beine in die Hand und rannte drauflos, als wäre der Teufel hinter ihr her. Blicke über die Schulter gaben nichts zu erkennen außer der tiefen Nacht. Dicht am Wegesrand wieselte Margarete am Gebüsch entlang. Der Reiter machte weder Anstalten, sie einzuholen, noch, an ihr vorbeizuziehen. Er blieb einer Entfernung von etwa fünfzig Fuß treu. Aber als der Anstieg auf den Hügel steiler und Margarete die Luft knapper wurde, kamen die Huftritte hörbar näher.

»So bleib doch endlich stehen, närrisches Weibsbild! Herrgott noch mal!« Margarete wusste nicht, ob sie recht gehört hatte, aber sie dachte nicht im Traum daran, stehen zu bleiben. Nur ein Gedanke stahl sich immer wieder diebisch in ihr Bewusstsein: Christoph lag erschlagen neben seinem Feld, und nun hatte man es auf sie abgesehen! Sie nahm ihre letzte Kraft zusammen und wollte gerade in den steilen Trampelpfad am Nordhang des Berges einbiegen, als sie schreiend vor einem Ungetüm von Tier erschrak, das sich auf gleicher Höhe mit ihr durch das hohe Gestrüpp kämpfte. Eine Hand packte sie am Genick und ihr Besitzer fluchte von Neuem: »Himmel, Arsch und Zwirn, jetzt bleib stehen!«

Margarete hatte keine Wahl, als zu gehorchen, denn das riesige Tier versperrte ihr den Weg. Sie schnappte nach Luft und versuchte im fahlen Licht des Halbmondes zu erkennen, wer sie bedrängte. Sie erkannte den stattlichen Wallach des Gutsherrn, aber nicht nur der, sondern sein Besitzer höchstselbst hatte sich den Hang hinaufgewuchtet.

»Meine Güte, ist der Leibhaftige persönlich hinter dir her?«

»So kann man es auch ausdrücken. Was wollt Ihr von mir? Wollt Ihr mich zur Strecke bringen? Das hättet Ihr auch am Dorfrand tun können. Wozu die Mühe, das arme Tier hier heraufzuhetzen!«

»Papperlapapp!« Nickel von Gerßdorff schwang sich von seinem Pferd und führte es ein Stück tiefer ins Unterholz. Er bedeutete Margarete, ihm zu folgen, doch die blieb, von Misstrauen beseelt, wo sie war. Mit einem kräftigen Ruck zerrte der Junker sie in den Wald. Vor Schreck entfuhr ihr ein spitzer Schrei. Nickel fluchte etwas Unverständliches. Er rüttelte Margarete an den Schultern, dass sie endlich vernünftig würde. »Ich bin gekommen, um dir zu helfen!«

»Wie bitte?«

»Ich weiß, dass du es nicht warst, die den jungen Rieger erschlagen hat. Ich habe dich doch gestern Morgen gesehen, als du zu seinem Feld gelaufen bist. Da war er schon tot.«

Margarete schlug die Hände vor ihren Mund und versuchte, die Augen des Mannes zu sehen, konnte in der Dunkelheit jedoch nur zwei schwarze Kohlen erkennen. »Woher wisst Ihr das? Wart Ihr es gar selber?«

»Ich habe ihn nicht getötet, und eine Kreatur in deiner Situation sollte vorsichtiger mit ihrem Mundwerk umgehen. Es ist nicht wichtig, was du im Allgemeinen glaubst, aber glaub mir das eine …« Nickel machte eine Pause und horchte in die Nacht. »Wir sind nicht allein!« Er reckte den Hals höher und flüsterte dicht an Margaretes Ohr: »Ich hatte schon unten im Dorf das Gefühl, dass mir jemand folgte.«

»Was Ihr nicht sagt! Mir ging es ähnlich!«, spöttelte Margarete und lauschte, durch Nickels »Schschh!« zur Raison gerufen, ebenfalls angestrengt in die vom Wind gepeitschten Bäume des Weinbergs. Vor lauter Angst war sie einer Ohnmacht nahe und wusste nicht, ob sie es sich nur einbildete, ein Knacken im Unterholz zu hören, wie es nur von Menschenfüßen entsteht.

»Aber viel wichtiger ist«, sagte Nickel beinahe tonlos, »dass ich weiß, wer ihn erschlagen hat. Ich habe es im Morgengrauen selber gesehen!« Wieder horchte er mit angehaltenem Atem, und immer schneller sprach er: »Wenn sich geschulte Augen Christophs Leichnam anschauen würden, würden die Verletzungen an dessen Kopf nur zu einer Person führen! Er wurde nicht mit einem Stein, nicht mit einem Holzhammer, nicht mit einer Sichel erschlagen!«

»Habt Ihr so genau sehen können, wie es sich zugetragen hat?«

»Glaub mir, ich wünschte, ich hätte in meinem Bett gelegen und geschlafen. Ich werde Christophs Leiche heute Nacht zu mir auf das Gut bringen lassen. In einem Holzschuber in meinem Stall gibt es ein Versteck für ihn … Nun heul doch nicht.«

Margarete hatte nur ein wenig geschluchzt, aber nicht gedacht, dass der Edelmann davon etwas mitbekommen würde. Sie schniefte gedämpft und gab mit zitternder Stimme zu bedenken: »Einen Geächteten seiner Strafe zu entziehen, einen geächteten Leichnam mitzunehmen, bringt Euch hohe Strafen ein. Man wird Euch in die Acht tun, gerade so, wie es mit Christoph passiert ist. Die Leute vom Gericht kennen auch vor dem Adel kein Erbarmen.«

»Es wird alles so schnell gehen! In Nullkommanichts liegt der arme Sünder wieder auf seinem vermaledeiten Feld. Aber bis der Physikus aus Görlitz, nach dem ich gestern geschickt habe, eingetroffen ist, muss ich die sterblichen Überreste in Gewahrsam nehmen. Der Mann wird bestätigen, was ich gesehen habe, und den wahren Täter überführen helfen. Er wird bestätigen, dass die Wunde an Christophs Kopf von einem schweren, wuchtigen und kantigen Gegenstand herrührt! Einem Gegenstand, der eine gähnende, arg blutende Wunde verursachte und, einem Keile gleich, in den Schädel getrieben wurde …«

Margarete kniff die Augen zu, um Nickels Worte nicht durch hysterisches Schreien zu ersticken.

»Nicht so, wie es von einem Holzscheit passieren würde oder einem Hammer aus glattem Material: Die würden – kräftig auf den Schlafenden eingedroschen – eine wenig blutende, aber tödliche Delle in den Knochen schlagen. Christophs Verletzung rührt auch nicht von einer Axt oder einem Schlachtbeil her, denn die hätten eine tiefe, aber schmale, den Schädel einschneidende Wunde zustande gebracht …«

»Um Gottes willen, Herr Nickel, was sagt Ihr da?!«

»Auch sind Morgenstern und Streitaxt oder gar ein Schwert unwahrscheinlich, denn auch die hätten andersartige Spuren hinterlassen, und außerdem: Wer im Umkreis von zehn Meilen nennt solche Waffen sein Eigen?«

»Was?« Margarete hatte schrill aufgeschrien. Sie fuchtelte mit den Händen auf Höhe ihrer Ohren herum, wie um das Gesagte aus ihrem Gehör zu wedeln. »Wovon redet Ihr da?«

»Schschh!«, raunte der Gutsherr abermals und ließ einige Herzschläge lang die Stille sich um sie her ausbreiten. »Und nun denk mal nach, welcher Bauer, Müller oder Sattler einen kantigen Gegenstand, so schwer, dass er von Blei gearbeitet sein muss – was absurd ist –, so schwer, dass die Logik gebietet, an ein von Gold gearbeitetes Stück zu denken, in seiner Hütte stehen hat!« Die junge Frau japste nach Luft. Ungläubig und erschöpft schüttelte sie immer und immer wieder den Kopf. »Überleg doch mal! Ein goldener Kerzenleuchter vielleicht? Ein Kelch? Aber welcher Kelch ist so schwer und kantig, dass er vermag, was das Haupt des Ermordeten ziert?! Ein goldenes Kruzifix?« Der Junker wartete ungeduldig, doch Margarete war nicht zu Ratespielchen aufgelegt. »Ich hätte einiges falsch gemacht auf meinen Rittergütern, wenn sich meine Bauern goldene Insignien in die Stuben stellen könnten!« Wieder konzentrierte sich der Mann auf die Geräusche des Nachtwaldes.

»Ich verstehe nicht!«

»Einfache Leute, Handwerker oder Bauern stark wie Bären töten mit ihren Händen oder dem, was ihre Habseligkeiten hergeben. Glaub mir, ich habe gesehen, was starke Kerle anrichten können! Sie schleudern mit einem kräftigen Hieb, mit von Wut getriebener Willenskraft einen Gegenstand gegen das Opfer ...« Nickel redete auf das Mädchen ein wie auf einen kranken Gaul. Margarete wollte diese Ausführungen nicht hören, ihr vom Alkohol des vergangenen Tages gereizter Magen zog sich bei Nickels Worten zusammen. »Überleg mal, wer seine mangelnde Körperkraft wettmachen muss, indem er, um zu töten, das Gewicht in die Mordwaffe legt?«

»Ich weiß es doch nicht. Bitte, sprecht!«

»Weiber sind zu nichts zu gebrauchen«, zischte der Junker. Er hatte offensichtlich seine Freude an dem Rätselraten verloren.

Margarete konnte ihre Gedanken nicht ordnen; sie fror, fürchtete sich und fieberte dem Ende der Unterhaltung entgegen. Noch während der Nickel von seinem Görlitzer Physikus erzählte und immer wieder die Nase in die Luft hielt, um zu horchen, rief sie entsetzt: »Der Czeppil!«

»Wo!«

»Nein – ich meine, Ihr sprecht von dem Pfarrer Czeppil, ist es nicht so?«

»Ist sie also doch nicht so dumm! Natürlich der Czeppil, der Hurensohn, und ich habe endlich, endlich«, Nickel faltete die Hände wie zum Gebet, »einen Grund gefunden, ihn von meinem Gut zu entfernen und ihn dingfest machen zu lassen. Er ist wie ein Parasit, hat seine Tentakel überall, mischt sich ein in Dinge, die ihn nichts angehen ...«

Margarete bekreuzigte sich. Viele Fragen rasten durch ihr Hirn, aber dafür war jetzt keine Zeit. Sie sagte lediglich: »Ihr werdet nie und nimmer etwas gegen ihn ausrichten können!«

»Weil er ein Pfaffe ist?«

»Weil Mutter Kirche mächtig ist und ihr eher Glauben geschenkt wird als dem König von Böhmen. Czeppil ist ein Mann Gottes und darf seine Gelübde nicht brechen und ...« Margaretes milchgesichtige Argumente wurden vom Junker durch überlegenes, leises Gelächter unterbrochen.

»Ich glaube nicht an die Allmacht der Kirche. Ich glaube an die physikalische Richtigkeit und an logisches Handeln.«

Margarete kannte die Bedeutung der Worte nicht, die Nickel

gebrauchte, doch sie hörten sich klug an und zwangen ihr ein Kopfnicken auf die Schultern. »Aber wieso kommt Ihr zu mir mit Eurem Plan, wie kann ich, eine Magd, Euch helfen?«

»Man wird dich abholen. Es ist beschlossen!«

Margarete schreckte zurück. Sie fühlte wieder die Woge heißen Blutes durch ihre Adern preschen, die sie schon vor einer knappen Stunde im Kretscham aufgeheizt hatte: ein Gefühl, gemischt aus Furcht und Empörung, aus dem Wissen um die Ungerechtigkeit, die ihr widerfuhr. Sie starrte in das Dunkel, auf den Flecken, an dem sie Nickels Gesicht vermutete, doch sie schwieg.

»Man wird dich des Mordes an Christoph Elias Rieger beschuldigen und in den Turm von Görlitz werfen. Ich bin jedoch gespannt, wie die genaue Anklage mangels jeglicher Beweise aussehen soll.«

»Was man mit einer unschuldigen Magd vorhat, scheint Euch ja sehr zu unterhalten, oder belustigt es Euch gar?«

»Du verstehst nicht!«

»Hättet Ihr die Güte, es mir zu erklären?« Margarete wurde forsch gegenüber ihrem Herrn, doch ihr Verhalten erregte bei ihm keinerlei Anstoß. Sie wollte nicht geholt werden, sie wollte nicht nach Görlitz gebracht werden.

»Man wird dich vorladen, sich mit dir beschäftigen, sich an einem fadenscheinigen Augenzeugenbericht – aus des Pfarrers Beichte wahrscheinlich – festklammern, und das verschafft mir und dem Gelehrten aus Görlitz die nötige Zeit, und dann …« Er klatschte in die Hände, dass Margarete zusammenzuckte und die Arme vor der Brust verschränkte. »… schnappt die Falle zu! Ich werde mit meinem Bericht nach Görlitz ins Rathaus spazieren, ich werde dich … retten … und dann nehme ich mir Czeppil vor, das wird ein Festtag in der Geschichte meines kleinen unscheinbaren Rittergutes!« Der Junker ließ einige Augenblicke lang seine Worte auf sich wirken und fügte dann stolz hinzu: »Dir wird nichts geschehen. Was sagst du dazu?«

»Wird es klappen?«

»Wenn du den Herren im Gericht nichts erzählst, was dich belasten könnte, dann wird es klappen! Der Mund ist das Gefängnis der Zunge.«

»Ich bin unschuldig!« Margarete sprach mehr zu sich als zu Nickel. Sie musste vor sich selber beteuern, dass sie nichts mit Christophs Tod zu tun hatte.

»Dann hast du nichts zu befürchten. Versuche zu schlafen und iss dich satt, denn Kost und Logis werden im Kerker von Görlitz kaum zufriedenstellend sein. Sei gefügig und verhalte dich wie ein Unschuldslamm.«

Der Junker ritt rasch auf sein Gut. Er hatte das Mädchen an Ort und Stelle zurückgelassen. Die Zeit war nicht sein Freund an diesem Wochenende.

Jetzt hielt er die Augen offen und war bereit, die Geräusche, die er meinte, im Wald auf dem Weinberg vernommen zu haben, seiner blühenden und nach Abenteuern lüsternen Fantasie zuzuschreiben, denn um ihn herum lag das Dorf in tiefem Schlaf, und selbst Hase und Igel hatten sich schon Gute Nacht gesagt. Der Sturm der letzten Tage war fast ganz verhaucht und ein seichter Frühlingswind legte sich über die Felder und Wiesen.

Als der Junker am Hof angekommen war und seinen schwarzen Wallach einem Knecht anvertraut hatte, setzte er sich an das prasselnde Feuer bei der Wache vor das Torhaus und atmete tief die reine Nachtluft ein. Er wollte warten, bis Melchior, der Knecht, den er geschickt hatte, den Leichnam Christophs zu bergen, zurückkam.

Melchior Kaulfuss war ein stattlicher Stallbursche, der seine Arbeit immer zur vollen Zufriedenheit seines Herrn ausgeführt und nie ein schlechtes Wort bekommen hatte. Er wollte es zu etwas bringen auf dem Rittergut der Gerßdorffs. Er wollte nicht für den Rest seiner Tage Pferdescheiße und Kuhmist herumkarren. Doch während er in dieser dunklen Nacht des Heiligen Ratbert seinen schweren Mistkarren am unheimlichen Riegerschen Waidfeld entlang zurück zum Gutshof schob, wusste er, dass er Ärger bekommen würde.

Von Weitem erkannte er die vornehme Erscheinung des Junkers Nickel am Feuer der Wachen sitzen und zitterte schon vor dessen Zorn, noch ehe der Lehnsherr seiner gewahr wurde.

»Nun? Ich hoffe, du hattest keine Schwierigkeiten!«, rief Nickel von Gerßdorff, bevor Melchior vom Schein des Wachtfeuers beschienen wurde. Die Hände freudig auf die Oberschenkel klatschend, erhob sich der Edelmann und ging auf den Knaben zu. Vor dem Karren blieb Nickel stehen. Er stemmte die Arme in die Hüften und fragte verdutzt: »Was ist das?« Die Holzgriffe des Karrens rutschten aus den schweißnassen Händen des Stallburschen, der sich hastig den Hut vom Kopf zerrte und ihn zitternd vor der Brust kreisen ließ. »Wo ist der Kerl? Du bringst ihn nicht mit? Konntest du ihn nicht auf den Karren wuchten? Warte, ich komme mit, ich helfe dir!«

»Nein, Herr, das braucht Ihr nicht!« Melchior stammelte seine Worte beinahe unverständlich hervor. Seine Augen waren auf die sandige Erde des Torplatzes gerichtet. Er spürte aller Blicke auf sich ruhen.

»Was? So sprich doch, Junge!«

»Er ist nicht da, Herr!« Melchior flüsterte fast.

»Was?«, schrie der Junker, dass der Knabe vor ihm erbebte. Die gemurmelten Worte der Entschuldigung ignorierte der Gutsbesitzer. »Was? Wie meinst du das: nicht da?«

Melchior schwieg, schüttelte den Kopf auf der Suche nach der richtigen Formulierung, doch der Lehnsherr polterte: »Er ist tot! Er steht nicht auf und läuft davon! Tote tun so etwas für gewöhnlich nicht, oder?« Nickel von Gerßdorff kochte vor Zorn. »Was ist passiert?«

Worte zu finden, war nie des Stallburschen Stärke gewesen. Er konnte Lasten wuchten, und das den ganzen Tag, ohne auszuruhen. Er brauchte kaum Schlaf, wofür er allgemein von seinen Gefährten bewundert wurde, doch erzählen und berichten, das konnte er nicht. »Er ist einfach nicht da!« Melchior war verzweifelt und glotzte den Junker aus vor Entsetzen geweiteten Augen an. »Ich will dort nicht mehr hin. Bitte, Herr, schickt mich nicht wieder dorthin. Eher will ich ins Loch bei Wasser und Brot, als mich noch einmal zum Hexenfeld zu machen, bitte.« Jetzt wim-

435

merte der Junge und schluchzte, dass es Nickel in den Ohren schmerzte.

»Schon gut. Geh, schaff das Ding weg.« Nickel deutete mit einer laxen Handbewegung auf den leeren Holzkarren. Der Knabe ließ sich dies nicht zweimal sagen. Er nahm die Schubgriffe auf, aber noch ehe er sich davonmachen konnte, wurde er vom Junker unlieb am Arm gepackt: »Und zu niemandem ein Wort. Keiner soll wissen, wo du gewesen bist und was dein Auftrag war, bei deinem Leben, haben wir uns verstanden!« Melchior nickte und verschwand auf das Gut. »Das gilt für euch genauso!«, schnauzte Nickel im Vorbeigehen die beiden Wachmänner an, die sich zum Zeichen ihres Gehorsams tief verbeugten.

Nickel ließ seinen schwarzen Wallach satteln, der vor kaum einer Stunde erst in den Stall verbracht worden war. Ungeduldig ging er auf dem Hof auf und ab, bis das Pferd gebracht wurde. Hastig schwang sich der Mann auf und gab dem Tier die Sporen.

Tatsächlich: Christoph lag nicht mehr in seinen Umhang gehüllt am Rande des Feldes. Wer war dem Nickel zuvorgekommen und weshalb? Niemand aus seiner Gemeinde würde sich an den Leichnam eines Geächteten heranwagen, niemand außer einem, der selbst noch von einem Toten Schlimmes zu befürchten hatte.

Noch in dieser Nacht preschte Nickels Pferd nach Rothenburg im Nordosten der Parochie, wo der Edelherr einen Trupp Söldner anwarb, die für ihn jeden Stein, jeden Grashalm, jeden Erdklumpen, jeden Schober, Schuppen und Winkel der Parochie nach dem Leichnam von Christoph Elias Rieger absuchen sollten.

Schlaf fand Nickel nicht. Er zermarterte sich das Hirn nach dem Verbleib der Leiche.

Er grübelte nach einer Möglichkeit, Czeppil zu denunzieren, auch ohne Hilfe der hiebfesten Beweise an Christophs Kopf. Er würde dem Czeppil einen Besuch abstatten müssen. Nickel würde schon herausfinden, wo der Pfaffe die Leiche des Riegers versteckt hielt. Czeppil würde sich verraten, denn er war ein Bücherwurm und ein Großmaul, obendrein ein feiger Hund, der mit Falschreden den Bauern seine dunklen Ideen in die Schuhe schob.

Der Dorfpfaffe hatte den Mord an Christoph geplant, ja ihn sogar angekündigt: Damals beim Abendessen bei Hirschleber und weißem Früchtebrot hatte Czeppil von Bauern erzählt, die dem Christoph ans Leben wollten, aber am Ende hatte er sich selber gemeint. Am Ende war er es gewesen, dem der Rieger ein Dorn im Auge gewesen war, und wer wusste schon, was er für weitere Überraschungen parat hielt. In aller Öffentlichkeit eine unschuldige Magd zu denunzieren und seine Beweggründe hinter dem Beichtgeheimnis zu verbergen, war die eine Sache, die Anklage zu beweisen war die andere.

Margarete Wagner bedeutete Nickel nichts, aber wenn man sie verurteilte, würde Czeppil für den Rest seines Lebens als Galle speiender Pfaffe auf seinem – Nickels – Fleckchen Erde leben, und diesen Gedanken ertrug der junge Edelmann nicht. Wie sonst als durch den bewiesenen Mord an Christoph würde Nickel den engstirnigen Pfarrer loswerden? Und wo steckte Christoph?

Nickel wurde fast wahnsinnig vor Wut und Empörung über die Ereignisse, die sich überstürzten an jenem Sonntag im April.

Margarete wurde geholt, genau wie der Junker es gesagt hatte. Ihr Bündel, das sie gepackt hatte, durfte sie nicht mitnehmen, aber sie war ohne Angst, denn sie vertraute auf den Plan des Gutsherrn.

Vorbei an der Wehrkirche, vorbei an gaffenden Dorfbewohnern karrte man die junge Frau. Selbst die Biehains und Theresa standen am Wegrand und sahen zu, wie man Margarete in einem mit groben Brettern zusammengezimmerten Gitterwagen wegbrachte.

Margarete wurde auf dem Wagen so heftig hin und her gewirbelt, dass sie sich an den Gitterstäben festhalten musste. Ich klammere mich an meinen Käfig wie eine Schuldige, die man zum Schafott fährt, dachte sie bitter, während sie versuchte, die glotzende Meute am Straßenrand zu ignorieren. Sie konnte den Blicken ausweichen, sie konnte ihr Gehör vor den Beschimpfungen abwenden, aber die Steine, die faulen Eier und die Batzen von Laichkraut aus dem Schöps, die nach ihr geworfen wurden, und die vermoderten Winterrüben, die auf ihren Leib prallten, ließen ihre dünne Schutzschicht aufplatzen und machten sie zugänglich für die bösen Worte aus den Mündern der Menschen, die das ganze Leben lang ihre Dorfgemeinde gewesen waren.

»Mörderin an den Galgen!«, riefen einige. Andere brüllten mit aufgerissenen Augen: »Einen Kopf kürzer sollte man sie machen!« Margarete traute ihren Ohren nicht, als sie Bruchstücke von Hetzrufen hörte: »… kaltblütig geplant … Erbschleicherin … missgönnte den Riegers den Kindersegen!«

Aber das Dorf streckte sich nicht endlos über die Hufen hin, und irgendwann stand niemand mehr gaffend am Wegesrand. Es war ruhig. Der Karren rumpelte knarrend an der Stelle vorbei, wo sich die Straße nach Osten hin zum Mückenhain gabelte. Margarete wurde nach Süden geschunkelt. Die Via Regia tat sich hügelig, von Spurrinnen durchwirkt und als schweres Stück Arbeit für das Zugpferd, vor ihnen auf. Der Kutscher musste zuweilen vom Bock abspringen, um dem Tier Geleit zu geben.

An jenem Morgen war es still in der Nikolaivorstadt, es war nicht Markttag, und deshalb waren nur wenige Menschen so früh auf den Beinen. Margarete erinnerte sich gut an ihre letzte Fahrt nach Görlitz: Christoph an ihrer Seite. Ein bitteres Lächeln huschte über ihre Wangen, rasch weggewischt von kleinen, glitzernden Tränen, als sie an die kindische Schwärmerei dachte, der sie verfallen war, als sie damals am Heiligen Grab von Jerusalem vorbeigefahren waren.

Der Kutscher entrichtete seinen Wegezoll am Nikolaitor, das vom wuchtigen Nikolaiturm überschattet wurde, und kutschierte weiter ins Innere der Stadt. Sie fuhren auf der Nikolaistraße nach Osten und bogen dann in die nach Süden fortführende Peterstraße.

Margarete hatte heute wenig Sinn für die prunkvollen Kaufherrenhäuser mit den großen Toreinfahrten und den prächtigen Arkaden. Sie versuchte ihr Gesicht zu verbergen, wie sie da zusammengesunken auf den harten Brettern des Gitterkarrens saß.

Je tiefer sie in die Stadt fuhren, desto mehr Menschen verrenkten sich die Hälse nach der Gefangenen. Ein paar Gaukler hielten im Tanz und Musizieren inne, als der Kutscher sich Peitsche knallend Durchfahrt verschaffte. Ein hutzeliges Männlein, dürr wie ein Bindfaden, wieselte ein paar Schritte neben dem Wagen her und beäugte das Mädchen in seinem Käfig. »Was hast du ausgefressen, hä?«, fragte seine helle, dünne Stimme und legte das vom Wetter gegerbte Gesicht in tiefe Falten. Neugierig gaffte der Kauz zu Margarete empor und bleckte seine schwarzen Stummelzähne. »Hast du einen Kreuzer, kann ich dir einen Schadenzauber geben; der wird dich vor einem bösen Urteil bewahren.« Die junge Wagnerin schaute in die entgegengesetzte Richtung, doch der Kerl wollte sich nicht abwimmeln lassen. »Selbst wenn du schuldig bist, kannst du freikommen – das kostet dann einen Heller mehr. Bist du's? Schuldig?« Mit dem Peitschenknips des Kutschers hüpfte der Zwergenmann jaulend vom Karren fort und verschwand in einer schmalen Gasse.

Margaretes Gefährt wurde von der Peterstraße direkt auf den Untermarkt gelenkt. Sie bogen hinter der Waage nach rechts ab, hielten genau auf das Rathaus zu und fuhren am Flüsterbogen vorbei, an dem ihr Christoph den Kauf des Waidsamens zugeraunt hatte. Hier hat es angefangen, hier wird es enden, durchfuhr es die junge Frau und eine weitere Träne benetzte ihre Wangen. Alle Zuversicht auf Nickels Plan war von ihr gewichen.

Nickel verstand zwar die Worte, die Gertrud Baier immer wieder vor sich hin stammelte, und er sah auch ihre ehrliche Bestürzung, aber er wollte ihrem Geschwätz einfach nicht glauben, nachdem er am Morgen nach dem ruchlosen Ratberttag an die Pfarrtüre geklopft und um eine Unterredung mit Simon Czeppil ersucht hatte: »Seid Ihr ganz sicher, dass er nichts von einer Reise gesagt hat?«

Auf Nickels Frage schüttelte die Baierin den Kopf. »Er hat mir, solange ich bei ihm im Dienst bin, über jeden seiner Schritte Bescheid gegeben.«

Das glaubte Nickel von Gerßdorff gern, denn es passte zu Simon Czeppil, der alten Gertrud auszurichten, wann er den Pisspott oder den Abort benutzte, sich verbotenermaßen im Nachbardorf verlustierte oder von Gallensteinen geplagt wurde. Ja, Czeppil gehörte zu jener Sorte Männer, die vor einer anderen Menschenseele jeden Schritt auseinandersetzten, um sich in seinem eigenen Tun zu bekräftigen.

Nickel glaubte Gertrud Baier. Sie war dermaßen in Sorge um ihren Pfaffen, dass sie nicht einmal lügen konnte, hinge Czeppils Leben davon ab. »Erinnert Euch doch an irgendeines seiner Worte! Ich bitte Euch!« Das tat Gertrud Baier. Sie grübelte mit facettenreichem Mienenspiel in ihrem massigen, geröteten Gesicht. Und Nickel hielt den Atem an bei den Regungen, die sich auf dem Antlitz der Frau abzeichneten; stieß den Atem langsam und enttäuscht aus, als diese wieder nur den Kopf schüttelte. Gebt mir Bescheid, wenn Euch etwas einfällt, aber viel lieber ist mir natürlich, Czeppil sobald wie möglich auf meinem Gut vorzufinden. Es eilt!«

Gertrud Baier machte wiederholt den Bückling vor Nickel von Gerßdorff und schien sehr erleichtert, als dieser sein Pferd bestieg und davonsprengte.

Die armselige Kreatur, die in einem von Laichkraut und Rüben verschmutzten Gitterwagen die Dorfstraße gen Süden entlanggeschaukelt wurde, würdigte er kaum eines Blickes. Margaretes erbärmliche Erscheinung ermahnte Nickel seiner Versprechungen, die er ihr in der vergangenen Nacht gemacht hatte.

Sie war nur die Magd eines Kräuterkauzes. Sie war die abgelegte Frau eines Mannes, der als Verrückter galt und ohne den die Parochie nun wieder ebenso langweilig und schillernd wie ein Roggenbrot sein würde, aber irgendwie fühlte sich der edelgeborene Nickel dem Mädchen gegenüber verpflichtet.

Nicht auf sein Gut, nicht auf seine Felder oder zu einer Gestalt seiner weitverzweigten Sippe verschlug es ihn, sondern auf einen Trampelpfad, der das Riegersche Waidfeld vom Roggenacker des

Bauern Seifert trennte. Nickel saß von seinem Wallach ab und hockte sich in den Schatten der Waidstauden. Lange haftete sein Blick in dem bläulich schimmernden Grünzeug, von dem er sich so viel versprochen hatte und in das er nichts investiert hatte als einen Bauern. Und zum ersten Mal, zum allerersten Mal machte sich Nickel von Gerßdorff Vorwürfe, dass er dem fleißigen Rieger zu wenig Hilfe gegeben hatte.

Was hätte es ihn gekostet, einen Tagelöhner aus Rothenburg anzuheuern, der dem Rieger geholfen hätte? Was kosteten ihn die Söldner, die jetzt nach Christophs Leiche suchten und einfach nicht fündig wurden!

Was hätte es ihm eingebracht, in einem halben Jahr Waid zu ernten, es zu Farbstoff verarbeiten und diesen nach Görlitz bringen zu lassen? Was brachte ihm jetzt all der Hohn und Spott ein, den die Bauern dem herrenlosen Feld zollten!

Was hätte es ihm gebracht, seine harte und unmenschliche Bedingung vom Waiderben zu lockern, Christoph und Margarete mehr Zeit zu geben, anstatt eine intrigante Halbstarke wie Theresa Amalie Ruschke an Christophs Seite zu platzieren!

Nickel starrte in die vor- und zurückschwingenden Waidpflanzen und schämte sich aufrichtig für die Strenge, die er hatte walten lassen, und für die Blindheit gegen Christophs bestürzte Miene, wenn er ein um das andere Mal über die Böswilligkeiten der Dorfleute geklagt hatte, und für seine Taubheit gegen Christophs Hilfeschreie. Nickel wusste, dass sein eigener Vater nie so mit Alois Rieger und Bertram Wagner umgegangen war.

Margarete und Christoph.

Am Ende war das Arrangement, das dereinst Alois Rieger, Bertram Wagner und Christoph von Gerßdorff beschlossen hatten, nämlich die Kinder miteinander zu verheiraten, doch ein gutes gewesen, denn hatten sie sich nicht eines arroganten Gutsherrn, eines verschlagenen Pfarrers, eines Mädchens Naseweis und einer hetzenden Meute zum Trotz geliebt?

Das wusste Nickel nicht. Er wusste nichts mit den Gefühlen der einfachen Leute anzufangen. Sie waren ihm ein Rätsel und er fürchtete sie. Er hatte Christoph nicht geholfen, weil er um dessen Macht gefürchtet hatte, und er hatte sich eingebildet, dass er, je kürzer die Leine war, an der er Christoph Rieger gehalten hatte, umso mehr Kontrolle über ihn und seinen Waid hatte, aber dem war nicht so gewesen. Nickel hatte verloren. Und er würde nicht zulassen, dass ein Pfaffe gewann!

Margarete wurde nicht durch die Rathaustür, sondern durch ein kleines, unscheinbares, eisenbeschlagenes Portal direkt in den Turm von Görlitz geführt.

Bevor die junge Frau ihren Kopf einzog, um sich nicht am Türrahmen zu stoßen, fiel ihr Blick auf das Stadtwappen, das in einem hochrechteckigen Relief über dem Portal zum Turm prangte. Die junge Wagnerin erkannte in dem dreigeteilten Bild im rechten Flügel die Jungfrau Maria mit dem Kinde. Neben ihr, in der Mitte des Reliefs, war der einstige Herrscher König Corvinus von Böhmen abgebildet. Margarete bekreuzigte sich und spürte eine Woge des Friedens durch ihren Körper rauschen, als sie im linken Flügel des Bildes die Heilige Barbara, Schutzheilige der Eingesperrten, erkannte. Die Köpfe der Reliefplastiken wirkten massig und schwer, als durchlitten sie eben jene unergründlichen Vorahnungen derer, die das Portal zum Turm passieren mussten. Über dem Wappen stand eine Zeile von Wörtern in den Stein gehauen, die zu entziffern Margarete nie gelernt hatte.

Der Kutscher lieferte seine Fracht bei dem wachhabenden Büttel ab, der sie dann weiter hinein in den dunklen Turm führte. Viele Treppen stiegen er und die Frau hinunter, bis der Mann vor einem verrosteten Eisengitter haltmachte. Er steckte seine Lampe an einen Haken in der Turmmauer und fingerte an dem Schloss der Gittertür herum. Es gab nur diese eine halbrunde Zelle auf dem Grund des Turmes, die die Insassen bis zur ersten Anhörung vor dem Richter beherbergen sollte.

»Ist die erste Anhörung vorüber, wird entschieden, ob deine Reise in den städtischen Kerker, in die Folterkammer oder auf die Scharfrichterbank führt«, murmelte der Büttel auf Margaretes fragenden Blick und ihr Zögern, das muffige Halbrund zu betreten. »Du hast Glück, die Zelle für dich zu haben, denn manchmal sind hier so viele Kreaturen zusammengepfercht, dass sie sich erst hier drin schuldig machen.« Von oben bis unten musterte der Stadtdiener die Frau mit gierigen Augen und einem dreckigen Grinsen mit nichts dahinter als betäubendem Mundgeruch. Achtlos schubste er sie in die Zelle.

Quietschend schwang die schmale Tür im Gitter hinter Margarete zu. Der Gestank von Exkrement, Erbrochenem und Blut war so stark, dass sie würgen musste. Sie wagte es nicht, sich in das feuchte, stinkende Stroh zu setzen. Der Büttel polterte wieder die krumme Treppe hinauf und Stille kehrte ein. Margarete war zumindest erleichtert, dass ihr das kleine Licht gelassen worden war, und lehnte sich an das schmutzige Eisengitter, um ihre zitternden Beine zu entlasten. Sie wusste nicht, wie lange sie so verharrt hatte, denn schon bald war jedes Zeitgefühl verschwunden. So sehr sie sich auch anstrengte, einen Strahl Tageslicht zu erspähen, konnte sie weder das obere Ende der Wendeltreppe sichten noch einen hellen Schimmer erkennen, der ihr verriet, dass noch Tag war. War noch Tag? Sie wusste es nicht.

Bald wurde die Gefangene von Durst gequält und ihre Beine schmerzten. Sie dachte an nichts als ihren Kummer. Sie dachte nicht an Nickel von Gerßdorff und sein Versprechen. Sie dachte nicht an Gottfried auf dem Berg im Osten der Parochie, nicht an seine Geschichten und nicht an sein trauriges, über Nacht gealtertes Gesicht, das er durch das milchige Glas des winzigen Hüttenfensters gesteckt hatte, als man Margarete verhaftete.

Sie dachte einzig an Christoph.

Und zum ersten Mal seit dem Markusmorgen verstand sie: Er ist weg und kommt nicht wieder. Margarete durchforstete ihr Herz nach dem Flecken, der von Christoph Elias Rieger besetzt worden war. Da fand sie schüchterne Scham, quälenden Hass, brüllende Verachtung und ohnmächtige Wut. Aber da war noch etwas anderes; hatte sich in ihr Sammelsurium von Abneigung und Groll nicht auch etwas Liebliches eingeschlichen? Hatte sich Christoph nicht bewährt? Er war der Einzige gewesen, der sich ihrer – wenn auch aus unedelmütigen Gründen – angenommen hatte. In ihrer Kindheit hatte sie den Kerl gefürchtet, in ihrer Ehe hatte sie ihn verflucht, in ihrer Verbannung hatte sie sich nach ihm gesehnt und in ihren schwachen Momenten hatte sie ihn begehrt. Den Christoph, der ihren Kopf zwischen seine starken Hände nehmen konnte, ohne sie spürbar zu berühren, um sie dann mit einem verschmitzten Lächeln auf den Lippen zu küssen, hatte sie in ihre Gebete und ihre Tagträume oben auf dem Hügel eingeschlossen. Den Christoph, der sie geohrfeigt und sie vergewaltigt hatte, hatte sie aus ihrer Erinnerung gelöscht. Sie hatte ihm nie verziehen, hatte ihm nie ein liebes Wort gesagt. Ja, er schmorte in der Hölle nicht zuletzt, weil sie ihm nie Absolution erteilt hatte.

Es war ein rotgesichtiger Büttel – ein anderer als am Vormittag –, der keuchend die vielen Stufen hinuntergestiegen war und nun die Gefangene aus ihren traurigen Gedanken riss. Der Mann sperrte die eiserne Gittertür auf, deren schnarrendes Quietschen sich mit dem Schnaufen des untersetzten Kerls paarte. Mit der röhrenden Stimme, die für einen Trinker typisch war, hieß er der Frau zu folgen.

Der Diener hatte ihr die Hände auf dem Rücken zusammengebunden und griff sie nun fest am Ellenbogen. Die Wendeltreppe hinauf und an vielen Türen vorbei wurde Margarete geschleift; an keiner blieb der Büttel stehen. Seine Lampe hing gelöscht an seinem Strick um die Hüfte und klimperte im Takt seiner Schritte. An einer Tür, die sich in nichts von den anderen unterschied, hielt der Mann an und befahl der Frau hineinzugehen.

Es war ein großer Raum, in den Margarete eintrat. Von ihren mit ausgefransten Bundschuhen bedeckten Füßen tönten ihre Schritte dumpf in dem Saal wider: vom Parkett bis unter die flach getäfelte Decke. So sehr sie sich anstrengte, sacht aufzutreten, konnte sie das Grollen unter sich nicht verhindern. Sie hielt inne und starrte auf einen sehr langen Tisch. Die Tafel im Gerichtskretscham von Horka war selbst dann nicht so lang, wenn man alle Tische der Schenke zusammenschöbe, dachte Margarete, während ihr Blick die Herren abtastete, die mit gesenkten Häuptern in der Bank saßen. Niemand würdigte sie eines Wortes oder eines Augenaufschlags. Margarete konnte eine Handvoll schwarz und purpurn gekleideter Herren erkennen. Der eine schrieb mit kratzender Feder etwas nieder, ein anderer blätterte in einem dicken, in rotes Pergament gebundenen Buch. Wieder ein anderer flüsterte mit seinem Nebenmann, welcher nickend an dem Flüsternden vorbeischaute, und der fünfte Mann las ein wichtig anmutendes Dokument, das er, das gebrochene Siegel hinabhängen lassend, vor sein Gesicht hielt.

Margarete machte sich nicht bemerkbar. Erst als der Büttel hinter ihr her huschte und sie von den Handfesseln befreite, wagte sie es, sich zu rühren. Unsicher zupfte sie an einer ihrer Leibchenschnüre und wartete. Nach schier unendlichen Augenblicken legte der Mann in der Mitte der Tafel das dicke Buch beiseite, schlug die hintere Schale um es herum und ließ eine in goldene Lettern gefasste Aufschrift auf dem Rücken des Bandes aufblitzen. Der Mann räusperte sich, als er Margaretes gewahr wurde, und musterte sie eindringlich. »Margarete Luise Rieger, geborene Wagner?«

Die Gefragte nickte, machte einen Knicks, und als ihr die Aufmerksamkeit der übrigen Herren bewusst wurde, schlug sie die Augen nieder. »Aus der Oberlausitzischen Parochie Horka stammend, welches unter der Böhmischen Krone König Wladislaus', in der Landvogtei Liegnitz gelegen, zu den Ritterschaften Gerßdorff und Klix gehört?« Wieder nickte Margarete, sah aber beständig zum Boden. »So setze sie sich auf den Stuhl«, sagte abermals der in der Mitte sitzende Mann.

Vor der langen Tafel stand ein einsam und vergessen wirkender Stuhl. Seine Lehne stakte in die gähnende Leere des Raumes. Das Pochen von Margaretes Füßen auf dem blanken dunkelbraunen Parkett ließ, so wenigstens empfand sie es, den Saal beben. Margarete war bemüht, sich wie eine Dame hinzusetzten, indem sie ihren Rock sorgsam vor der Sitzfläche anhob und am Po glatt strich, damit er sich nicht vulgär aufbauschte. Dann hob sie ihr Kinn, streckte ihren Rücken zu seinem wohlgeformten Ganzen aus und schaute erwartungsvoll auf die Bank der Herren, ohne auch nur einen von ihnen zu fixieren.

Der Mann, der sie angesprochen hatte, schien der Jüngste von allen zu sein. Er trug eine dunkle, vorne offene Schaube. Die trichterförmigen Ärmel lagen weit ausgeschlagen auf dem großen Tisch vor ihm. Er hatte sich seinem Nebenmann zugewandt, der, so schätzte Margarete, vom Alter her mindestens sein Vater hätte sein können. »Sie, Margarete Rieger ...«, sagte der Mittlere und Margarete sah offen in die dunklen Augen des Mannes, die ihr Ehrfurcht einflößten, »... geborene Wagner, nach der Trennung von Hof und Ehegatten wieder als Margarete Luise Wagner verzeichnet, steht vor dem Görlitzer Landgericht wegen äußerster Dringlichkeit, so schreibt der ehrenwerte ...« Der Mann zog die Augenbrauen hoch und raffte den Brief des rechts neben ihm Sitzenden. Wieder baumelte das Siegel schlaff an dem Pergament herunter und verlieh der Angelegenheit eine wenig ernsthafte Note. »Der ehrwürdige Pfarrer Simon Eckehardt Czeppil ... Ja.« Eine lange Pause entstand, in der der Mann sich die Zeit gönnte und den Brief überflog, als sähe er das Schreiben zum ersten Mal. Seine Augenbrauen senkten sich nicht entspannt auf den ihnen angestammten Platz zurück, sondern verharrten in Spannung verheißender Position. Die anderen Herren räusperten sich und rutschten unruhig auf ihren Stühlen hin und her, Margarete rührte sich nicht. »Sie weiß sicherlich, weshalb sie vorstellig ist. Kann sie etwas zu den angestellten Beschuldigungen vorbringen?« Der in der Mitte hatte das Schreiben beiseitegelegt und sah die junge Frau nun geradeheraus an, wie jemanden, von dem er eine Gutenachtgeschichte zu hören erwartete.

Verzweifelt suchte Margarete nach geeigneten Worten, die in diesem dunkel getäfelten Saal nicht so plump klingen würden wie ihre Bundschuhe auf dem glänzenden Fußboden. Schließlich aber vermochte sie einzig den Kopf zu schütteln und konnte den bohrenden Blicken der Versammelten nicht standhalten. Ihr Kopfschütteln wurde von der kratzenden Feder desjenigen Herrn begleitet, der ganz links außen saß.

»Sie steht in dringendem Verdacht des Mordes an ...« Wieder schaute der Mittige in den Brief vor ihm und konnte offenbar die Stelle des Textes nicht gleich finden, denn wieder entstand eine lange Pause, die von den anderen Anwesenden missmutig aufgenommen wurde. »... Christoph Elias Rieger, dem ehemaligen Gatten. Ja.« Erneut schaute er Margarete an, die wieder den Kopf schüttelte. »Sie bekennt sich wie, schuldig?«

»Nein, ich habe damit nichts zu tun!« Margarete wollte

nicht mit diesen fremden Männern über Christoph sprechen. Sie ermahnte sich, ruhig zu bleiben, keine hysterische Furie abzugeben und stets an Nickels Worte zu denken: Verhalte dich ruhig und wie eine Unschuldige. Nickel wird dich hier herausholen.

»Es gibt nicht nur diese Aussage gegen sie«, erklärte der Mann weiter und wedelte mit dem Pergament, sodass sein Siegel in der Luft flatterte.

Margarete konnte dem Blick desjenigen in der Mitte nicht beikommen, sie suchte nach ihren Schuhspitzen und schüttelte den Kopf. »Ich bin unschuldig.« Sie spürte die Augen der wichtigen Herren in der Richterbank auf ihr und die beißenden Tränen hinter ihren Lidern. Heiße Tropfen kullerten in ihren Schoß. Beinahe von Sinnen schüttelte sie fortwährend den Kopf. Ich war es nicht.

»Wir müssen der Sache nachgehen, das versteht sie sicher. Und solange die Untersuchungen nicht abgeschlossen sind, besteht jener dringende Verdacht, und sie …«, der Mann, der ganz offenbar der Wortführer war, deutete mit dem Zeigefinger auf Margarete, »… wird so lange in Gewahrsam bleiben, bis ihre Unschuld erwiesen ist. Da jedoch die Indizien eindeutig sind …«

»Nein, bitte, hört mich an, ehrwürdiger Herr!« Margarete wusste nicht, in welcher Form sie den Mann anzusprechen hatte, sie wusste auch nicht, welchen Teil ihrer und Christophs Geschichte sie ihm erzählen würde, um ihre Haut zu retten, doch wollte sie sich nicht als Mörderin einsperren lassen.

»… und das Wort eines Geistlichen unanfechtbar ist und bleibt, dürfte das Urteil klar sein«, fiel er ihr ins Wort. Seine Stimme hatte an Kraft gewonnen und den ganzen Saal erfüllt. Noch einen Deut lauter, und die Butzenscheiben sprängen aus den Fassungen, dachte Margarete und biss sich auf die Unterlippe wie ein gerügtes Kind.

»Wir werden den Pfarrer Czeppil anhören, doch er scheint verreist. Bis er abkömmlich ist, wird sie verfügbar bleiben!« Der Mann in der Mitte atmete tief aus, seine Augenbrauen wanderten an ihren rechten Platz. »Keine Angst vor dem Urteil!«, fügte er unter einem flüchtigen Blick in Margaretes Richtung hinzu.

Dann gab der Mittige einen Fingerzeig, und derjenige rechts von ihm läutete ein Glöckchen, dessen heller Klang den Büttel in den Saal rief.

Während der schlecht gekleidete, gut beleibte Kerl auf Margarete zuschlurfte, packten die Herren ihre Papiere zusammen und ordneten sie neu.

Aufgescheucht blickte Margarete von einem zum anderen: »Verfügbar? Was bedeutet das? Bitte!« Flehend schaute sie zwischen dem Büttel, der ihren Arm gepackt und begonnen hatte, ihre Hände auf dem Rücken zusammenzubinden, und dem Herrn in der Mitte der Tafel hin und her. »Was bedeutet das alles?«

»In den Turm, ehrwürdiger Richter?«, erkundigte sich der dicke Kerl neben Margarete.

»Nein, Fürchtegott, nicht in den Turm, in den städtischen Kerker. Die Angelegenheit könnte länger dauern«, antwortete der Richter, ohne den Blick zu heben.

Wie kann jemand Fürchtegott heißen, der einen so harten Griff gegen eine Frau an den Tag legt?, ging es Margarete durch den Kopf, als sie von dem Büttel unsanft verschnürt wurde.

»Das übliche Prozedere?«, fragte der Dicke und unterbrach sein Tun für einen Augenblick.

»Ja, Fürchtegott, das Übliche. Vergiss nicht die Territio verbales.«

Margarete schluckte, doch ihre Kehle war trocken, als sie herausbrachte: »Herr Richter, bitte, was bedeutet das?«, doch sie bekam keine Antwort vom hohen Gericht.

Der Büttel zerrte das Mädchen mit sich und das Getrampel beider hallte drohend im Gerichtssaal wider. Während das ungleiche Paar schleppend und widerborstig den langen Gang mit den vielen Türen passierte, bekniete Margarete den Mann zu erklären, was »das Übliche« und »Territio verbales« bedeuten mochten?

»»Das Übliche‹ bedeutet, dir ein Plätzchen in unserem Gefängnis zuzuweisen, und ›Territio verbales‹ meint die Erklärung der Funktionsweisen der Folterwerkzeuge der peinlichen Befragung. Aber da gegen dich offensichtlich sowieso Dutzende von Aussagen vorliegen, wird eine Tortur nicht vonnöten sein – unser Scharfrichter hat alle Hände voll zu tun. Du wirst mit Hungerfolter vorliebnehmen müssen.«

Aus den Augenwinkeln beobachtete Nickel von Gerßdorff die aufgeregte und händeringende Gertrud Baier, die nicht einen Moment lang stillstehen konnte, während er sich auf das Schreiben konzentrierte, das ihm das Weib gebracht hatte. Er hätte es lieber gesehen, sie hätte ihm den Pfarrer Czeppil gebracht, aber nein, es war ein versiegeltes Pergament gewesen, das sie ihm auf das Rittergut gebracht hatte und das Nickel mit Grimm im Bauch und angehaltenem Atem überflog. »Das sind harte Worte, die unser ehrenwerter Herr Pfarrer da aufgeschrieben hat.« Gertrud Baier zuckte mit den Achseln. Natürlich hatte sie das Schriftstück nicht gelesen, sondern dieses dem Gutsherrn unangetastet ausgehändigt. Nickel sah ihr an, wie sehr sie mit dem Verstoß gegen Simons Gebot, das Pergament an die Kirchenpforte zu nageln, rang, die Ehrfurcht und der Respekt vor den gutsherrlichen Gerßdorffs jedoch hatte über ihre Ergebenheit gegenüber Czeppil gesiegt. Aber die alte Wirtschafterin des Pfaffen war nicht dumm und nicht auf den Mund gefallen, denn sie hatte sich versichern lassen, das Pergament in ihrer Obhut behalten zu dürfen, nachdem es Nickel studiert hatte. Ihre Angst vor der kirchlichen Obrigkeit war eben doch sehr ausgeprägt, und was würde ein von seiner Reise zurückgekehrter Simon Czeppil von einer Gertrud Baier sagen, die das zur Veröffentlichung bestimmte Pergament einem Junker Nickel überreicht hatte.

Der Geleitbrief aus Nickels Feder bezüglich Margarete Wagner, den der Gespanndiener des Landvogts mit nach Görlitz genommen hatte, würde wohl kaum aufwiegen können, was Czeppil in seinem Pamphlet beschrieb. »Aber an die Kirchenpforte hängen wir solch einen unsäglichen Wisch nicht!« Nickel hörte, wie Gertrud die Atemluft scharf einsog. Jetzt würde sich herausstellen, wer ihr wahrer Herr war: er oder Czeppil?

Bevor die Dorfleute solch aberwitzige Hirngespinste eines eitlen Pfaffen aufschnappten, musste Christophs Leiche aufgetaucht sein und der Medicus von Görlitz einen Blick darauf geworfen haben. Aber eine Leiche blieb nicht ewig frisch. Christoph war mittlerweile die dritte Nacht lang tot, Czeppil die zweite verschwunden und Gertrud machte den Eindruck, genauso viele Nächte nicht geschlafen zu haben.

Mit milden Worten des Dankes und eindringlichen Erinnerungen an das Vereinbarte komplimentierte Nickel Gertrud Baier aus seiner Halle und sah zu, wie die Frau das Schreiben des Pfarrers in einer der vielen Speckfalten ihrer Hüfte verschwinden ließ.

Um Nickels Nachtschlaf war es aber ebenso schlecht bestellt wie um Gertruds, und deshalb ritt er bis weit nach Mitternacht in seiner Parochie umher und blieb nicht selten am Waidfeld hängen, dessen Gewächse ihm mahnend entgegenwinkten.

Es war ein dunkler und schauriger Ort, an den man Margarete gebracht hatte. Wenn schon der Turm schmutzig und feucht gewesen war, so fand sich die junge Frau hier an dem Vorort zur Hölle: Stinkende Leiber ausgemergelter, hungriger und blutleerer Gestalten drängten sich aneinander und verwandelten den matschigen Pfuhl aus Stroh, Exkrementen und Kleidungsfetzen in einen stickig heißen Sumpf. Erstaunlich still war es in dem Verlies, in dem man Margarete untergebracht hatte. Ein Dutzend taumelnder Figuren, vom züngelnden Licht weniger Fackeln beschienen, wartete tief unter der Stadt auf den Tag ihrer letzten Verhandlung, und nun wusste Margarete, was der Richter gemeint hatte, als er sagte, sie solle keine Angst vor dem Urteil haben. Der Strang, an dem sie baumeln würde, wenn sich Nickel von Gerßdorff nicht bald blicken ließ, würde die Erlösung für diese menschenunwürdige Marter sein.

Das Mädchen wusste nicht, ob es eine Nacht, einen Tag oder zwei oder gar eine Woche in seiner Ecke auf faulendem Heu gehockt hatte. Selten war jemand im Kerker erschienen, hatte eine Frau von ihren Eisenketten losgemacht und fortgeführt, und noch seltener war dieselbe Frau wieder hinuntergebracht worden. Zu essen hatte Margarete nichts bekommen, und trinken durfte sie aus einem für alle Gefangenen bereitgestellten Eimer in der Mitte des Verlieses. Die Jauche in dem Holzbottich wurde, solange Margarete dort unten ausharrte, nicht ein einziges Mal ausgewechselt. Dreck und grüne Punkte schwammen auf der Oberfläche der braunen Brühe, und trotzdem tranken die Frauen daraus, denn der Durst und das Fieber trübten ihr Bewusstsein. Margarete ekelte sich vor dem Wasser, vor dem ganzen Ort und den Menschen an ihm. Sie konnte sich weiß Gott nicht vorstellen, dass jeder der Mitgefangenen vormals ein ebenso unschuldiges Leben geführt hatte wie sie, denn diese Kreaturen und ihre Gebaren siedelten jenseits alles Menschlichen an, wenn sie sich um ein paar Brocken halb verschimmelten Brotes balgten, wenn sie sich um eine Handvoll trockenen Strohs prügelten und ihre Krallen ausfuhren im Kampf um einen Platz dicht an der Felswand, weit entfernt vom Eisengitter, durch das die Wachen zu ihrem Vergnügen Peitschenhiebe austeilten und Zuber kochend heißen Wassers über die Gebeutelten schütteten.

Margarete bekam kein Brot, kein heißes Wasser; ihr blieb einzig die braune Kloake im Eimer.

Doch anstatt des Büttels, der sie hinaufbringen und das Ende der Qualen aus Durst und Hunger und Freiheitssehnsucht bringen sollte, kam Gottfried Klinghardt, der alte Einsiedler vom Weinberg, in der Dunkelheit an das Eisengitter geschlichen. »Ich habe gesagt, ich sei dein Oheim, dein einziger lebender Verwandter. Man hat nicht nachgefragt, doch war es schwer, hierherzugelangen. Dafür habe ich viele Münzen in schmutzige Hände fallen lassen.«

Margarete weinte wie ein kleines Kind, hielt durch das Gitter hindurch Gottfrieds Hände umklammert und konnte ihre Fassung nicht finden.

»Ich habe sehr schlechte Nachrichten, mein Mädchen.«

Doch Margarete schüttelte abwehrend den Kopf. »Nickel

wird für mich aussagen und die Gerechtigkeit wird siegen. Er kann beweisen, dass sie statt meiner in Czeppil den wirklichen Mörder eingesperrt hätten!«

»Liebes Kind, beruhige dich und höre mir zu!« Gottfried hatte Mühe, sich Margaretes Aufmerksamkeit zu sichern. »Czeppil ist seit dem Tage, da er dich im Kretscham denunziert hat, verschwunden und keiner weiß, wohin er gegangen ist, sogar die alte Gertrud Baier weiß nichts – oder will nichts wissen –, und alle haben Angst, Margarete, das ganze Dorf steht kopf. Der Pleban aus Rothenburg kommt eigens, um für Ruhe zu sorgen, aber alle sind wie toll! Das Feld vom Elias wurde in Brand gesteckt, sein Hof, seine Scheune, seine Leiche, Margarete, alles verbrannt. Von den Riegers existiert nichts mehr. Haben's die Bauern geschafft! Ausgemerzt, verstoßen ... selbst Theresa Rieger ist fort: mit dem Thomas Seifert ins böhmische Land gezogen. Was sagst du dazu?«

Nichts sagte Margarete. Sie wusste, dass Christophs Leiche nicht verbrannt sein konnte, denn sie lag sicher verwahrt bei Nickel von Gerßdorff und wurde vom Physikus untersucht. Sie starrte an Gottfried vorbei. »Aber wenn der Czeppil verschwunden ist, so kann er doch nicht gegen mich aussagen! Niemand hat etwas gegen mich in der Hand. Man darf mich hier nicht festhalten. Ich bin unschuldig!«

»Das weiß ich, Margarete, niemand weiß es so gut wie ich, aber die Sache dreht sich nicht mehr allein um Elias. Weißt du noch, als ich dir sagte, dass sie einen Sündenbock brauchen?« Margarete nickte und schaute in Gottfrieds Augen. Der hielt dem Blick seiner Magd stand und nickte ebenfalls. »Es wurde eine Bekanntmachung an die Kirchentür genagelt und vom Jeschke allen vorgelesen. Die Bekanntmachung besagt, dass man dich wegen ketzerischer Verkehrtheit angezeigt hat.« Margarete schlug die Hände vor den Mund und starrte Gottfried mit vor Schreck aufgerissenen Augen an. Sie wusste, was das bedeutete. »Es wurden«, fuhr Gottfried leise fort, sodass keine der ohnehin desinteressierten Frauen im Verlies ein Wort verstehen konnte, »deine angeblichen Ketzereien namhaft gemacht. Ich wage nicht auszusprechen, welch dummes Zeug sie dir andichten!«

Margarete griff wieder nach Gottfrieds Händen. »Aber wer würde denn so etwas tun?«

»Alle, das halbe Dorf, der Pfarrer hauptsächlich.«

»Wie kann er so etwas ausrufen lassen, wenn er seit Tagen verschwunden ist?«

»Wahrscheinlich hat er diese Bekanntmachung schon vor einer Weile geschrieben. Die Echtheit seiner Schrift und seines Siegels wurde bestätigt und kein anderes Schriftstück, außer eines von seiner Hand, ist geltend. Alle glauben ihm.«

»Was steht da drin?«

»Das willst du nicht wissen.«

»Oh doch, noch elender als ohnehin schon kann es mir auch nicht zumute werden, also sprich!«

Und der alte Mann berichtete von dem Pergament, das an die Pforte der kleinen Dorfkirche genagelt worden war. Er berichtete, dass der Pfarrer Simon Czeppil und der Dorfrichter Hans Jeschke den Dekan von Bautzen mit weltlicher Unterstützung des Albrecht von Schreybersdorff beauftragt hatten, in Beachtung glaubwürdiger Leute Margarete ketzerischer Verkehrtheit anzeigen zu lassen. Während Gottfried erzählte, wagte er nicht in die Augen der Frau zu schauen, so sehr schämte er sich für seine Gemeinde.

In der an die Kirchenpforte angebrachten und vor allen Leuten verlesenen Bekanntmachung war die Rede von Verhörungen und Untersuchungen, vom Ausrotten der Verkehrtheiten der Margarete Luise Wagner und von dem Erstreben, den heiligen katholischen Glauben in das Herz der Verfehlten zurückzupflanzen. Man würde, so flüsterte der Alte weiter, die ketzerische Verkehrtheit mit der Wurzel herausreißen und dazu angemessene mannigfaltige Mittel anwenden. »Oh, liebes Kind, was tun sie dir an!? Wie sollst du von Ketzereien und Irrfahrten, in denen du angeblich allzu lange gestanden hast, ablassen, wenn du dich derer nie schuldig gemacht hast? Sie behaupten, der Feind des menschlichen Geistes wohne in deinem Herzen …«

Der Greis griff durch die Gitterstäbe nach der schorfigen, kalten Hand der Frau und drückte sie sacht. Die Tränen, die Gottfried in den Augen trug, hatte Margarete allesamt geweint, ihr Blick blieb trocken und gefasst. »Sie glauben, dass du dich von deiner Gemeinde abgewandt hast, um in den Höllentod der Seele und den zeitlichen Tod des Körpers hineinzurennen. Du wurdest exkommuniziert, Margarete, und bist – so sagt es dieses Stück Pergament – der Teilhaberschaft an den Gütern der Kirche beraubt. Die Kirche weiß in Bezug auf dich nichts weiter zu tun und hat dich deshalb in die Obhut eines befähigten«, Gottfried spuckte aus, »Gerichtes gegeben. Bischof und Richter sitzen vor dem Tribunal nach Art des ehrlichen Gerichtes. Sie haben die hochheiligen«, er spuckte erneut in das muffige Stroh, »Evangelien vor sich liegen, damit im Angesichte Gottes das Urteil über dich ergehen möge und – so stand es da wortwörtlich – ›für alle Augen die Billigkeit deutlich werden möge, mit der die ketzerische Verkehrtheit aus der Frau Margarete Luise Wagner spreche‹. Der weltliche Richter Bartholomäus Eugenius Schenk wird den endgültigen Spruch über dich fällen.«

Margarete blieb noch lange still, nachdem Gottfried mit seinem Bericht geendet hatte. Sie hatte weder einen Dekan oder Bischof noch einen geistlichen Richter zu Gesicht bekommen. Der Mensch, der sie, ohne sie anzuhören, ins Loch gesteckt hatte, war nicht hinter ihrer Seele als vermeintliche Ketzerin her, sondern hinter ihr als Mörderin an Christoph. Die Frau umkrallte die eisigen Hände ihres Freundes. Was hatte das alles mit Christoph zu tun? Wozu diese öffentliche Bekanntmachung? Wann würde Nickel kommen und sie entlasten? »Man wird meine Unschuld beweisen können!«, zischte sie hervor, wütend auf diejenigen, die ihr Böses wollten. »Es gibt Beweise, Gottfried! Beweise, die bei Christoph liegen! Er kann zeigen, dass ich unschuldig bin und ...«

»Was hast du immer mit deinem Elias, er ist tot!«, unterbrach Gottfried sie sanftmütig. »Tot und verbrannt, Asche zu Asche. Gott sei seiner Seele gnädig.«

Margarete schüttelte ihren staubigen Haarschopf. »Christoph ist nicht verbrannt, wartet nur ab, Gottfried. Ihr werdet schon sehen ...«

Der Mann kniff die Augen zusammen und überlegte eine Weile, dann zuckte er beinahe unmerklich mit den Achseln und murmelte: »Bete beim Kreuze deiner Mutter, mein Kind. Ich werde mich im Dorf umhören. Und ich komme wieder, koste es, was es wolle!« Er wandte sich zum Gehen. Noch einmal strich er der jämmerlichen Kreatur über den Kopf, dann war er verschwunden.

Margarete griff sich mit beiden Händen an die Brust, doch an der Stelle, wo einst ihr Herz gewesen war, war nun Leere.

Nickel war wütend auf Gertrud, hinter der ein ganzes Dorf stand wie hinter dem Pfarrer, der noch immer wie vom Erdboden verschluckt schien. Die alte Vettel hatte sich des gutsherrlichen Wortes widersetzt und das peinliche Pamphlet an die Kirche genagelt.

»Wo kämen wir hin, wenn wir über jeden Furz, den wir lassen, mittels Aushang Bescheid gäben! Etwas an die Kirchentür zu nageln bringt doch nichts als Ärger und hat keinerlei Wirkung!« Nickel polterte vor seinem Bruder Heintze von Gerßdorff, der mit seinem Essen beschäftigt war, und seine Worte klangen selbst in seinen eigenen Ohren wenig überzeugend.

Gertrud Baiers Tat hatte sehr wohl Wirkung gezeigt, denn schon waren die ersten Dorftölpel auf ihre Klapperkarren geklettert und gen Süden nach Görlitz kutschiert. Sogar Gottfried Klinghardt hatte sich auf den Weg in die Handelsstadt gemacht, und ausgerechnet von dem hatte Nickel weniger Gaffgier und mehr Zurückhaltung erwartet. Wenigstens Gottfried hätte sich aus dem Prozess, der über Margarete Wagner hereinbrechen würde, heraushalten können.

»Das Feld hättest du aber nicht anzünden müssen, Nikolaus!«, schmatzte Heintze von Gerßdorff hervor, ohne seinen Bruder anzublicken. Seine Blauäugigkeit, seine Ahnungslosigkeit und sein Desinteresse an den Geschehnissen der Parochie spiegelten die ständige Abwesenheit wider, mit der er sein Oberhorkaer Gut verwaltete. »Es hätte sich ein Waidbauer gefunden, vielleicht ein Thüringer, der die Arbeit wenigstens bis zur ersten Ernte fertiggebracht hätte!«

Das Feld, grübelte Nickel, obwohl er seinem Bruder viel lieber an die vollgefressene Gurgel springen wollte für diese Bemerkung. Das Feld! Ja, Nickel hatte die über ihn lachenden Waidstauden nicht länger ertragen und sie in Brand gesteckt. Nach diesem Akt ausgleichender Genugtuung hatte er endlich wieder Schlaf gefunden. Nichts erinnerte mehr an Christoph, da gab es kein Feld, keinen Hof und immer noch keine Leiche. Nickel hatte den Stadtphysikus wieder nach Görlitz zurückschicken müssen. Was hatte ihn allein die Anreise des Gelehrten gekostet, und wo waren Christoph und Czeppil? Aber je länger der Pfarrer verreist war und je mehr Bauern nach Görlitz fuhren, um den Untergang der Schmiedtochter mit anzusehen, desto klarer stand es vor Nickels Augen, dass er nichts mehr ausrichten konnte. Er vermochte Czeppil diesen Mord nicht nachzuweisen und er konnte Margarete nicht vor dem Schafott bewahren. Einzig der Versuch, den dunklen Fleck mit der Aufschrift »Christoph Rieger, der Waidbauer« aus seiner jüngsten Vergangenheit zu wischen, war alles, was es für Nickel zukünftig zu tun gab. Er sann darüber nach, eine erholsame Reise ins Meißner Land zu unternehmen, dorthin, wohin es auch seine Brüder Jorge und Heintze häufig verschlug, wenn die Geschäfte in der Parochie gar zu zähflüssig dahinwaberten, und von wo sie stets mit den wunderbarsten Mitbringseln und Erzählungen zurückkamen.

Am Tage Angelus Anfang Mai wurde Margarete zur ersten Vernehmung hinauf ins Rathaus geholt und dem Richter vorgeführt. Sie hatte sich vom gröbsten Schmutz befreien dürfen. Ihr waren die Hände auf den Rücken gebunden worden und man war mit ihr denselben blank geputzten Gang entlang an den vielen Türen vorbeigestolpert wie eine Woche zuvor.

An der Seite des Büttels durchquerte Margarete denselben Saal, wobei wieder ihre Füße auf dem Parkett donnerten, sodass sie mit jedem Schritt den Kopf tiefer einzog. Sie ließ sich vor den in der Mitte des Raumes wartenden Stuhl stellen und die Handgelenke entfesseln. Der Stadtdiener bezog hinter dem

Stuhl Aufstellung. Beschämt schaute Margarete an sich herunter und erschrak: Schäbig, abgerissen und abgemagert stellte sie eine heruntergekommene Kreatur dar. Ihr Rock und ihr Leibchen hingen in schlabberigen Fetzen an ihrem ausgehungerten Körper hinab. Die Wolle ihrer Kleidung sah aus wie die dreckige Erde des Kerkers unter der Stadt. Gähnend schwarze Flecken gaben dem besudelten Rock eine abwechslungsreiche Note. Margarete genierte sich, so unter die feinen Leute in modisch geschnittenen Wämsern und Röcken zu treten.

Aber nicht nur die Richterbank war besetzt, bestückt von Köpfen unter Perücken und Gesichtern unter dicken Puderschichten, sondern auch der Rest des Saales war voller Leute. Da saßen sie und reckten ihre Hälse. Alle waren sie gekommen, nicht einer wollte dem Spektakel fernbleiben.

Margarete erkannte Anna Biehain, Adele Möller und ihren Mann Johannes von Niederhorka. Da waren Maria Seifert, Margaretes Nachbarin und Witwe des Kleinbauern Johann, und die Großbauern Georg und Sabine Weinhold, Jost Linke und der Kretschmar Hans Jeschke und seine Josephine. Sogar Agathe Kaulfuss, Leonore Vietze und ihr Vater, der Töpfer in Mittelhorka, saßen mit den anderen aufgereiht wie auf einer Perlenkette auf den Bänken und glotzten sie an. Die alte Gertrud Baier, Wirtschafterin des Pfarrers Czeppil, hatte sich nach Görlitz bemüht, ebenso wie Markus Bieske, Müller der Parochie. Während Margarete ungläubig in die Masse schaute, drückte der Büttel sie auf das Geheiß des Protokollanten auf den Holzstuhl.

Richter Schenk saß in der Mitte der Bank und blätterte wie vor einer Woche in dem dicken roten Buch. Einige einzelne Pergamente lagen vor ihm ausgebreitet. Es war so still in dem Raum, dass trotz der vielen Menschen das Piepsen einer Maus hätte gehört werden können.

Der Richter hob das Buch vor seine Augen und begann langsam, aber laut zu lesen: »Wir, Bartholomäus Eugenius Schenk, Richter des Sechsstädtelandes, unter Sigmund von Warttemberg, Obersten Schenken des Sechsstädtelandes und unter Peter von Rosenberg, Hauptmann von Böhmen, allesamt im Dienste ihro Majestät Wladislaus von Gottes Gnaden König von Ungarn, Böhmen und Kroatien, Markgraf zu Mähren und zur Lausitz,

Herzog zur Lutzelburg und Schlesien, erstreben mit all unseren Neigungen, dass das uns anvertraute christliche Volk in der Einheit und Klarheit des katholischen Glaubens eifrig gepflegt und von aller ketzerischen Verkehrtheit ferngehalten werde. Wir, Bartholomäus Eugenius Schenk, unterstehen dem uns auferlegten Amte zum Ruhme des verehrenswürdigen Namens Jesu Christi und zur Erhöhung des heiligen orthodoxen Glaubens und zur Ausmerzung der ketzerischen Verkehrtheiten insbesondere der Hexen, gleich welcher Stellung und welchen Standes sie seien. Wir unterstehen der Tugend des heiligen Gehorsams und sprechen die Strafe der Exkommunikation aus.

Wir geben in je drei kanonischen Ermahnungen Anweisung, man möge uns enthüllen, wenn jemand weiß, gesehen oder gehört hat, dass diese Person«, der Richter schaute nicht auf, nur ein kleines Nicken mit seinem Kopf in Margaretes Richtung verriet, dass es noch immer um ihren Prozess ging, »als Mörderin und Ketzerin oder Hexe übel beleumdet oder verdächtig sei und dass sie im Besonderen so etwas betreibe oder betrieben habe, was zur Schädigung der Menschen, der Haustiere oder der Feldfrüchte auszuschlagen vermag. Wenn jemand unseren vorgenannten Ermahnungen und Befehlen nicht gehorcht, mit der Wirkung, dass er das Vorausgeschickte innerhalb des veranschlagten Termins nicht enthüllt, wisse er, dass er als Verheimlicher der ketzerischen Verkehrtheiten ebenfalls den für Ketzerei und Hexerei veranschlagten Strafen erliegen wird. Die bedeuten den Feuertod auf dem Schafott.«

Margarete schwindelte es. Sie konnte der Litanei des Richters nicht folgen und las in den betretenen Mienen der an der Wand sitzenden Leute, dass sie nicht die Einzige war, für die die Worte des Richters schwer verdaulich waren.

Im Saal erhob sich ein Murmeln, noch bevor der Richter mit dem Vorlesen geendet hatte. Einige Frauen atmeten tief ein und dann langsam wieder aus. Der ganze Raum war von feierlicher Spannung erfüllt. Ein jeder war unruhig und so mancher hatte rote Flecken der Erregung im Gesicht.

Der Richter las unbekümmert weiter: »Dieses Urteil der Exkommunikation verhängen wir gegen alle und jeden, die so, wie gesagt, verstockt sind ...«

Kichern kam aus der Reihe der Weiber.

»... unter Voraufgang unserer vorerwähnten kanonischen Ermahnung, die ihren Gehorsam fordert, jetzt wie dann und dann wie jetzt in diesem Schriftstück, indem wir die Absolution von diesen Urteilssprüchen bloß vorbehalten.« Schenk knallte das Buch zu, die goldenen Lettern funkelten auf dem Buchrücken. »Wir berufen uns auf den Maleus Maleficarum.« Dann verlas er Daten und Orte, an denen Margaretes Verfahren aufgenommen wurde und warum. »Es soll niemand meinen, er mache sich strafbar, auch wenn er in seiner Aussage versagt habe, denn er bietet sich nicht als Ankläger, sondern als Denunziant an«, fügte er hinzu, während er unablässig in seinen Papieren blätterte, und wies dann an, die an der Wand hockenden, zur Denunziation bereiten Menschen protokollarisch festzuhalten, nicht ohne einem jeden die korrekte, formale Vorgehensweise der Anhörung vorzubeten.

Schenk hörte sich offenbar gern reden, aber Margarete, von nagendem Hunger und beißendem Durst gequält, hatte ihre liebe Not, so lange still zu sitzen. Sie kannte jeden, dessen Namen, Stand und Beziehung zu ihr mit laut kratzender Feder aufgeschrieben wurde, und sie fragte sich, wann es an der Zeit war, sich verteidigen zu dürfen, wann Nickel von Gerßdorff endlich auf den Plan treten würde.

Der Kretschmar von Horka, Hans Jeschke, war der Erste, der gegen Margarete sprechen sollte, und die junge Frau fragte sich, was jener gegen sie auszusagen vermochte. Ein wenig hämisch, ein wenig zu sehr von ihrer Unbedarftheit überzeugt, lauschte sie dem hilflosen Gestammel des Mannes, der sich von seinem Platz erhoben hatte und dessen Hut nervös in seinen Händen zitterte.

Umständlich stotterte Hans Jeschke die Eidesformel, und immer wieder verhedderte er sich in den ungewohnten Worten: »Im Namen des Herrn, Amen. Im Jahre fünfzehnhundertzehn von der Geburt des Herrn am Tage Angelus, dem vierten Mai, erscheine ich, Hans Jeschke, Kretschmar des Ortes Horka, unter der Ritterschaft Gerßdorff in der Landvogtei Liegnitz unter Wladislaus von Gottes Gnaden König von Ungarn – et cetera – und erbringe in Wort vor dem ehrenwerten Richter Bartholomäus Eugenius Schenk zu Görlitz, dass Margarete Luise Rieger, geborene Wagner, genannt die Angeklagte, aus eben demselben oben genannten Orte Horka, Hexerei und Teufelsbuhlschaft vollführt hat. Sie hat den Christoph Elias Rieger behext und zum Anbau des teuflischen Waids angestiftet und dann, um sich an ihrer Nebenbuhlerin Theresa Rieger zu rächen, den Christoph Rieger kaltblütig erschlagen!«

Es war still im Saal. Die Worte des Kretschmars hatten Gewicht.

In Margaretes Körper trat pulsierender Zorn den Kampf gegen die sich anschleichende Ohnmacht an.

»Bevor wir die Vorwürfe überprüfen, mache er dem Hohen Gerichte transparent, in welchem Bekanntschaftsverhältnis er zur Angeklagten steht.« Richter Schenk sah den Kretschmar von Horka erwartungsvoll an. Doch der schaute mit fragendem Blick seinen Nebenmann an. »Woher kennt er die Frau?«, formulierte der Richter seine Frage neu und nickte gegen Margarete, die kerzengerade und wie gelähmt auf ihrem Stuhl saß.

Der Kretschmar erklärte in der ihm eigenen plumpen Art, Margarete sei die erste Frau des Christoph gewesen. Mit unverhohlenem Stolz gab er zu verstehen, dass er mit der Angeklagten nicht verwandt sei. Dann wollte der Richter wissen, wie der Denunziant seine angestellten Vermutungen bezeugen könne. »Hat er mit eigenen Ohren gehört oder mit eigenen Augen gesehen, dass die Angeklagte den Mann verhext und Besagtes verursacht hat?«

Der Kretschmar wog seine Worte einen Moment lang ab. Er beteuerte, dass Christoph Elias Rieger »immer normal und gesund« war und, dass man »abgesehen von seinem missratenen Vater und seiner Weiberei«, die ja bei einem jungen Kerl nichts Außergewöhnliches sei, nur Gutes von ihm gehört hätte. »Nie gab es Anlass zu Ärger wegen Christoph. Er war hilfsbereit, packte überall an. Erst als er die …«, Hans Jeschke schenkte

Margarete einen gehässigen Blick, »die ... Wagnerin geheiratet hat, ging es ihm schlecht. Hirngespinste hat sie ihm in den Kopf gehext. Sie wollte reich werden, aber er hat sie dann abgelegt, und dann hat sie ihn getötet.« Der Richter wischte das genugtuende Grinsen aus Hans Jeschkes Gesicht. Er war nicht zufrieden, er wollte Beweise. Da lachte der Dorfschenk bitter auf. »Waid ist der Same des Teufels, daraus gewinnt Luzifer die Teufelsfarbe, das Blau des Satans. Ist das nicht Beweis genug? Wer hier bei uns versucht, so etwas anzubauen, muss vom Teufel höchst-persönlich geritten werden oder«, Hans Jeschke schaute wieder zu Margarete und musterte sie, als könne er durch deren Kleider hindurch auf den nackten Körper sehen, »von dessen Buhlerin.« Geifernd bleckte der Dorfrichter die Zähne.

»Wie kann das Blau, in das schon Maria gewandet war, die Farbe des Teufels sein?«, rief Margarete ungefragt in die Rich-tung des Denunzianten und lud sich sogleich einen Wust an Maßregeln seitens der Richterbank auf.

Eugenius Schenk ließ die Störung protokollieren, und vom Jeschke wollte er wissen, ob der mit eigenen Augen und Ohren gehört oder gesehen habe, dass die Angeklagte Formeln der Verhexung beschworen hatte.

Hans Jeschke überlegte eine Weile und trat von einem Bein auf das andere. »Nicht direkt gehört, aber das Weib muss einen Sack besitzen, der immer voll Geld steckt, sonst hätte Christoph nie in Versuchung kommen können, diese Frau zu ehelichen, und hätte auch nicht das Saatgut für den Waid kaufen können.«

»Ist jemals die Existenz eines solchen Geldsäckleins belegt worden?«, erkundigte sich Eugenius Schenk gekünstelt fach-männisch bei seinen Amtskollegen. Die feixten in ihre weiten Rockärmel.

Der Kretschmar seinerseits stocherte unaufhörlich in Vermu-tungen herum, dichtete Margarete Verwünschungsrituale an und holte in Erklärungen über ihr Hexenwerk aus. Er berichtete, gehört zu haben, dass dem Christoph mehrmals der neuartige Pflug, dessen Anschaffung ohnehin schon eine Hexerei gewesen sein musste, kaputt gegangen war, und das immer dann, wenn die Frau mit auf dem Feld gewesen war.

»Das ist alles nicht wahr!«, rief Margarete im Affekt und lud sich nicht nur Schimpf seitens des Kretschmars, sondern auch des Richters auf.

Und so ging es eine Weile: Was Hans Jeschke Margarete anlastete, wurde von ihr vehement abgestritten und der Richter drohte der Ruhestörung mit den ausgefallensten Strafen, bis sein Kanon ausgeschöpft war.

»Die Frau ist von Natur aus lügnerisch«, trug Richter Schenk vor, nachdem er es geschafft hatte, die Wogen des Streitgesprächs zu glätten. »Frauen töten, indem sie den Geldbeutel leeren, die Kräfte des Mannes rauben und Gott zu verachten zwingen. Und die Hexerei vermehrt sich durch den Zwist zwischen verheirateten Frauen und nicht verheirateten Frauen. So liest man es schon in der Genesis dreißig. Und umso schlimmer treibt es die Hexerei in einem unanständigen Ort wie der Gemeinde des ehrwürdigen Simon Czeppil. Aber wenn es sich um die Frauen ein und desselben Mannes handelt, spalten sich die Zungen.«

»Ich habe von Anfang an gesagt, man solle die«, Hans Jeschke blies sich abermals auf und zeigte mit ausgestrecktem Zeigefinger auf Margarete, »weit wegschicken, nachdem man die Ehe für aufgelöst erklärt hatte.« Mit puterrotem Gesicht und grummelnd wie ein Eber setzte er sich zwischen seine Gemeindemitglieder und erntete den ein oder anderen lobenden Zuruf und Klaps auf die Schulter. Seine Gesichtszüge entspannten sich.

»Nun, da die Angeklagte wiederholt die Anhörung mit Zwischenrufen belästigt hat, mache ich von dem Recht Gebrauch, die Befragung eben jener auf das Ende der Zeugenaussagen zu verlegen, es sei denn, sie gelobe, ihre Zunge im Zaum zu halten.« Richter Schenk schaute Margarete eindringlich an, und als sie zaghaft nickte, holte der Richter tief Luft. Er vereidigte Margarete auf die vier körperlichen Evangelien Gottes, sowohl für sich als auch für andere die Wahrheit zu sagen und alle Fragen zur Zufriedenheit zu beantworten, und begann nach einer kurzen Pause mit seinem Verhör; so nahm er zum hundertsten Male, wie es Margarete empfand, ihren Namen und ihre Herkunft, ihren Stand und das ihr zur Last gelegte Verbrechen der Hexerei und des Mordes an ihrem früheren Mann auf. Er wollte alles über Margaretes Eltern wissen.

»Sie leben nicht mehr.«

»So führe sie es aus, wenn ich bitten darf!«, stöhnte er gedehnt.

»Mein Vater, Bertram Conrad Wagner, erhängte sich, nachdem meine Schwester Marie im Schöps ertrunken war.« Margarete sah den verschmutzten, ausgefransten Saum ihres Rockes an, während sie berichtete. »Mein Bruder, Peter, wurde bei der Arbeit im Dunstkeller von einem Stück Erde verschüttet und getötet.«

»So spreche sie lauter! Die Mutter?«, fragte Richter Schenk ungeduldig.

Margarete räusperte sich. »Kam um, als der ganze Hof samt den Gebäuden der Schmiede des Vaters dem Raub der Flammen zum Opfer fiel.«

»Das hat sie trefflich formuliert«, sagte der Richter ehrlich glücklich. »Ich darf den Bericht beschleunigen, mit Verlaub.« Er blickte an der Richterbank entlang und fuhr fort, nachdem alle Anwesenden ihm zugenickt hatten. »Nicht ein Familienmitglied, das auf dem natürlichen Wege dem Leben entschläft, ist es nicht so?« Margarete antwortete nicht. »Man nehme zur Kenntnis und zu Protokoll, dass die jüngere Schwester der Angeklagten, Marie Wagner, vom Wahnsinn befallen, im Schöps ertrunken und daraufhin die ganze Familie wie durch Zauberhand – um nicht zu sagen … Hexenhand – der Verdammnis anheimfällt. Der Junge erstickt jämmerlich.« Der Richter machte eine kurze Pause. »Dämonen, müsst Ihr wissen«, er hob seine Augenbrauen und wandte sich ausdrücklich an die Richterbank, »fordern nicht selten die Kinder ihrer untergebenen Hexen, und Bettina Wagner, die Mutter der Angeklagten, war eine solche und infizierte die gesamte Nachkommenschaft mit der Hexerei.« Wieder entstand eine Pause und der Richter sah eine Weile dem stummen Kopfschütteln Margaretes zu. »Die Mutter wird durch höhere Macht – Gott tritt an gegen Luzifer – eingeäschert wie eine Hexe und vererbt der Angeklagten ihr Hexenblut.« Fast ungerührt übertönte Schenk mit seiner sonoren Stimme das Murmeln im Saal. »Völlig mittellos wird das Kind Margarete Luise Wagner in die Armenspeisung der Parochie Horka in der Ritterschaft Gerßdorff et cetera gesteckt, wo sie geduldet wird. Bis sich schließlich ein Ahnungsloser findet, der sie zum Weibe nimmt und nicht weiß, dass er sich des Satans Geliebte ins Haus holt. Sie bleibt kinderlos. Unfruchtbarkeit ist oft der Preis für den Kampf, den Gott und der Satan in einer Kreatur ausfechten. Unfruchtbarkeit ist das untrügerische Merkmal einer Frau, die gar keine rechte Frau ist!« Eugenius Schenk blieb ungerührt von der Tränenflut, die Margarete hinter ihren Händen zu verstecken suchte, und donnerte weiter: »Und als der arme Mann von ihrer Verkehrtheit Wind bekommt, schickt er sie fort, nicht weit genug, wie Hans Jeschke zu bedenken gegeben hat. Aber Margarete Wagners Rache ist blutrünstig, nicht wahr?«

Margarete schüttelte unaufhörlich den Kopf, schniefte, trocknete ihr Gesicht und legte ihre Hände wieder in den Schoß.

»Nun frage ich sie, die Angeklagte, wann sie zum ersten Male eine Hexerei offenkundig und in böser Absicht begangen hat.« Schenk hatte zwar die Angeklagte gefragt, wartete aber keine Antwort ihrerseits ab. Weil er ganz offensichtlich zu sehr vom Klang seiner Stimme eingenommen war, beantwortete er seine Frage selbst: »Dämonen spornen Hexen an, sodass sie auch gegen ihren Willen reizen und behexen, so hat sie ihre ersten Werke vielleicht gar nicht im vollen Besitz ihrer geistigen Fähigkeiten gemacht? Warum hat sich Christoph Elias Rieger schlecht gefühlt seit dem Tage der Ehelichung?«

Margarete schossen tausend Worte in den Mund, doch brachte sie sie nicht über die Lippen. Sie stotterte: »Er ... er hat gearbeitet, Tag und Nacht.«

»Nur einer, der im Hexenbann steht, vermag es, Tag und Nacht zu arbeiten, ist es nicht so?« Wieder versicherte sich Richter Schenk der Zustimmung seiner Gehilfen an der langen Tafel. »Nur jemand, der von teuflischen Qualen heimgesucht wird, nächtigt draußen auf dem Felde und ernährt sich von Ungemahlenem.«

Margarete starrte nun die Richterbank an, ohne einen bestimmten Punkt zu fixieren. Die Meute, die lechzend an der Wand des Saals hockte, beachtete sie gar nicht. Die grinsenden Fratzen der Amtsgehilfen kreisten vor ihren Augen, doch sie ermahnte sich, nicht die Fassung zu verlieren.

»Sie stand in Feindschaft mit der jungen Leonore Vietze, wie ich höre?!«, schnaufte der Richter zwischen seinen Pergamenten hervor, und aus den Reihen der Denunzianten wurde die Frage murmelnd bejaht.

Eugenius Schenk schien einfach alles zu wissen. Er wusste von den Zwischenfällen auf dem Markt. Er wusste von den verächtlichen Blicken, die die beiden Frauen getauscht hatten. Er wusste noch viel mehr Dinge, von denen Margarete nie etwas gehört hatte.

Als Nächste wurde Leonore Vietze vereidigt, die genau gesehen haben wollte, dass Margarete den Christoph Rieger umgarnt hatte, als der schon lange mit Theresa Ruschke verheiratet war. »Auf dem Herbstmarkt im vergangenen Oktober war das gewesen.« Leonore wollte gesehen haben, wie die Wagnerin ihre Töpferwaren Stück um Stück mit Haarrissen behext hatte, damit sie nichts verkaufe.

Aber auch bezüglich einer Leonore Vietze wusste der Richter mehr, als er vermuten ließ. Er wusste, dass sie und Christoph Rieger ein Techtelmechtel unterhalten hatten, bevor Christoph Rieger Margarete Wagner heiratete. Aber auch diese Tatsachen verdrehte Leonore zu ihren Gunsten. Sie war so dreist, Christoph wiederholter und ausgesprochen unerlaubter Annäherung zu bezichtigen.

Margarete konnte diese schmutzigen Verleumdungen einfach nicht auf Christoph ruhen lassen und fauchte dem Weibsbild die Wahrheit ins Gesicht: »Wenn du wüsstest, dass Christoph den Funken eines Gedankens an eine Heirat mit dir verschwendet hat, würdest du anders über ihn reden!« Daraufhin sackte Leonore auf ihrem Stuhl zusammen. Die Dörfler tuschelten und Leonores Vater wollte seine Tochter die damaligen Heiratsabsichten abstreiten hören. Leonore konnte es nicht und weinte vor sich hin.

Margarete wurde wieder abgemahnt, weil sie unerlaubt gesprochen hatte. Irgendwie tat ihr Leonore leid, die wahrscheinlich bis zur letzten Stunde in Christoph verliebt gewesen war. Aber wenn es sich Margarete recht überlegte, gab sie keinen Pfifferling auf das zänkische Weib.

Es wurde die Nachbarin Maria Seifert vereidigt. Sie meckerte wie eine Ziege und erging sich in Spekulationen über die Antriebe ihres Sohnes, der nicht nur einmal den Weg hinüber auf den Rieger-Hof gewagt hatte. Maria Seifert breitete haarklein die Prügelei zwischen Christoph und Thomas aus und schlussfolgerte aus ihren eigenen Mutmaßungen, dass es wohl die Wagnerin gewesen sei, die den jungen Christoph gegen seinen guten Freund Thomas aufgestachelt hatte. Maria schwor Stein und Bein und auf die Bibel, ihr Sohn hätte erzählt, dass Margarete ihm wiederum gesagt habe, der Waid und die Waidmühle seien ganz allein ihre Idee und nur durch ihre, Margaretes, Mitgift möglich gewesen. Sie wollte obendrein beobachtet haben, dass die Riegers, obwohl sie weniger Vieh als sie selber besaßen, stets mehr Milch und mehr Eier auf dem Tisch gehabt hatten. Sie bezichtigte Margarete der böswilligen Verwünschung der eigenen Tiere zum Guten und der Tiere fremder Leute zum Schlechten. »Sogar mehr Kirschen hingen stets an deren Baum.«

»Aber doch nur, weil der Boden am Schöps fruchtbarer ist«, kreischte Margarete, die beinahe außer sich war vor Empörung.

»Das sind Kinkerlitzchen.« Der Richter war sichtlich genervt von den Dorfgeschichten. Er wollte handfeste Beweise. »Wie steht es um die Religiosität der Angeklagten?«, wandte er sich an Margarete.

»Ich glaube an die Heilige Mutter Gottes des Heiligen Römischen Reiches. Ich glaube mit tiefstem Herzen und aufrichtigster Seele an den Katholizismus, ebenso wie es meine Mutter und deren Mutter und deren Mutter getan haben.«

»Jaja, schon gut«, lenkte Schenk ein. »Das beweist aber noch nicht ihre Unschuld, denn die Taten der Hexen können ohne Ketzerei geschehen, was zwar die Anklage mindert, die Frau jedoch nicht freispricht, nicht wahr?« Es herrschte die gleiche spannungsgeladene Stille wie zu Beginn des Prozesses. »Über ihre Gottesfurcht bin ich auch froh, denn so sparen wir es uns, die Inquisition zu behelligen. Erweise sie uns einen sichtbaren, am Körper symbolisch zur Schau gestellten Beweis für ihre Liebe zur heiligen Kirche.« Margarete wusste nicht, was der Richter meinte, und wurde rot im Gesicht. »Irgendein Zeichen? Das Kreuz, das um den Hals zu tragen die gute Christenpflicht und Gottesliebe gebietet?« Als Margarete den Kopf schüttelte, schwieg der Richter, auf seinem Gesicht aber stand zu lesen:

Seht ihr, Gottesfurcht hin oder her, das Wort irrt, wo es an der Tat mangelt.

»Ich möchte die ehrenwerte Gertrud Baier vereidigen.« Lächelnd deutete Schenk auf die alte Frau in der hinteren Reihe der Denunzianten.

Gertrud Baier war überraschend wortgewandt. Ohne Mühe legte sie den Eid ab und sprach im Görlitzer Stadtdialekt mit lauter und kräftiger Stimme. Sie schwor, aus sicherer Quelle zu wissen, dass die Angeklagte das Weihwasser gescheut habe. Auf die Fragen des Richters hin erklärte sie diese schwere Anschuldigung: »Das war im vergangenen Sommer gewesen. Die Wagnerin krümmte sich vor Schmerzen, als ein paar junge Dinger im Spiel – Gott bewahre, mit Weihwasser zu panschen – die Frau Wagner besprengten.«

Der Richter wollte wissen, an welchem Körperteil die Angeklagte getroffen wurde. Und die Denunziantin druckste daraufhin herum, sie wüsste es nicht genau. Der Richter bohrte weiter: Auch von ihr wollte er hören, ob sie die Angeklagte für eine gottesfürchtige Frau hielt. Aber Gertrud Baier vermochte nicht, eine klare Antwort zu geben. »Geht sie regelmäßig zum Sonntagsgottesdienst, zur Abendmette, zu feierlichen Gebetstunden et cetera?«

»Nun ja …« Gertrud Baier blickte mit großmütterlich ratloser Miene von Margarete zum Richter und wieder zurück. »Ja. Es mag zwar eine Zeit gegeben haben, da sie es nicht tat, doch ging das Gerücht, dass sie den alten kranken Einsiedler auf dem Weinberg zu pflegen hatte, aber …«

»Also nicht regelmäßig«, schloss der Richter und bedeutete dem Notar, dies zu schreiben. »Auch wenn der Glaube an den Leib Christi da ist, kann der Dämon die Kreatur zwingen, unseren Herrn in den Dreck zu treten. Mörderinnen und Hexen können auch, ohne ihren Glauben zu verlieren, dem Teufel verfallen – der Glaube an unseren Herrn muss sogar sehr tief sein, um von dem bösen Widersacher verführt werden zu können.« Der Richter schloss nachdenklich die Augen und sagte dann mit trügerisch friedfertiger Stimme, die Margarete nur von Pfarrer Czeppil gewohnt war: »Wie Salomo den Göttern seiner Frau aus Gefälligkeit Verehrung darbrachte, sich deshalb jedoch nicht der Apostasie des Unglaubens schuldig machte, weil er im Herzen treu blieb und immer den wahren Glauben behielt, so sind auch Hexen wegen der Verehrung, die sich dem Teufel wegen eines mit ihm eingegangenen Paktes zollen, deshalb nicht als Ketzerinnen zu bezeichnen, wenn sie im Herzen den Glauben behalten. Selbst wenn sie mit Herz und Seele den wahren Glauben ableugnen, sind sie nicht Ketzerinnen, sondern Apostalen.« Er öffnete die Augen wieder und begegnete dem verständnislos glotzenden Blick eines Dutzend Bauern. Dann räusperte er sich arrogant, klopfte mit der rechten Hand auf sein dickes rotes Buch und nickte zum Notar: »Ist das protokolliert?« Als dies bejaht wurde, schaute er, geplagt von Selbstgefallen, zur Baierin hinüber und hieß sie fortfahren in ihrer Denunziation.

Sie habe weiter aus zuverlässigen Quellen gehört, dass Frauen, die jüngst niedergekommen waren, ein Annahen der Wagnerin, einem göttlichen Instinkt zufolge, gescheut haben. Darüber hinaus habe man beobachtet, dass sich die alte Gerßdorffsche Familiengruft unter der Kapelle zu Horka merkwürdig verändert habe. Als der Richter diese Aussage hinterfragte, wusste die Alte nicht recht zu antworten. Sie stotterte von Grabplatten, die verschoben worden waren, von Fußspuren auf dem staubigen Boden, von Gelächter in der Nacht, von vulgären Lauten, die aus dem nächtlichen Kirchengrund in den Kirchhof strömten.

»Wer ist denn nun diese zuverlässige Quelle, von der sie spricht?«, unterbrach der Richter die alte Frau, die sich mit rotfleckigem Gesicht beinahe in Rage geredet hatte.

»Das kann ich nicht sagen.« Die Baierin biss sich auf die Lippen und blickte zu Boden. »Ich stehe im hochwürdigen Dienst unserer Pfarre und bin in jeglichen diesbezüglichen Angelegenheiten zum Schweigen verpflichtet.«

»Sie steht unter Eid und muss meine Fragen beantworten; weigert sie sich, so wird sie im Sinne unserer eingangs zitierten Strafmaßnahmen zu einer Aussage genötigt.« Richter Schenk beobachtete die Gewissensbisse, deren Qual sich im Gesicht der Denunziantin widerspiegelte.

»Ich kann mir vorstellen, dass der ehrenwerte Herr Pfarrer Czeppil selbst solche Lügen über mich verbreitet«, verkürzte Margarete die Leiden der Wirtschafterin. »Gewiss wird es an kalten, dunklen Winterabenden langweilig im Pfarrhaus, da unternimmt man sicher den ein oder anderen nächtlichen Ausflug mit toten Vögeln im Gepäck, um die Magd eines Einsiedlers zu erschrecken! Am Sonntag nach dem Gottesdienst, wenn sich der Pfarrtisch unter den Speisen biegt, findet sich der eine oder andere Gesprächsstoff. Man tratscht sicher nicht nur über mich, sondern auch über die Liebeleien einer Sabine Weinhold oder die ehebrecherischen Machenschaften der Theresa Amalie Rieger, jetzt Seifert.«

Das empörte Raunen im Saal, die Unkenrufe der Verleumdeten und die Ordnungsversuche seitens der Richterbank sorgten für ein heilloses Tohuwabohu.

Jetzt wollte Margarete alles sagen, was ihren Hals retten konnte. »Ja, Christoph und ich konnten kein Kind bekommen, was an allem Möglichen, aber nicht an Hexerei liegen mochte, und ja, ich hab mit Christoph auf dem Markt gesprochen, als wir schon nicht mehr verheiratet waren, aber ist denn das ein Verbrechen? Und im Unterschied zu all jenen, die sich hierhergewuchtet haben, bin ich wohl die Einzige, die Christoph wirklich geliebt …«

»Tzh!«, machte Anna Biehain und sah gekränkt zu Margarete hinüber. Die Angeklagte ließ betroffen den Kopf hängen. Vielleicht war sie nicht die Einzige gewesen, die Christoph geliebt hatte, aber auf jeden Fall hatte sie ihn genug gemocht, um ihn nicht hinterrücks zu erschlagen.

»Wie kannst du es wagen, unseren ehrwürdigen Pleban dergestalt zu beleidigen?«, waberte die Empörung der Gertrud Baier zu Margarete hinüber.

»Eine treffliche Frage«, nahm der Richter die Hetze der Alten auf. »Wie kommt sie auf eine so gewagte Anschuldigung?«

Margarete war verdutzt. Niemand außer Anna Biehain hatte ihr zugehört, und dabei war es so wichtig gewesen, was sie gesagt hatte. Einzig des Pfarrers Namen hatten die Dörfler und die Leute an der Richterbank aufgeschnappt und kauten nun darauf herum wie auf zähem Leder, und Margarete wollte dem, wenn sie schon gefragt wurde, ein bisschen Würze verpassen. »Ist nicht der Pfarrer das einzige lebendige Geschöpf, mit dem die Baierin ihren Kopf zusammensteckt? Ja, wo ist er eigentlich, unser ehrenwerter Dorfgeistlicher, dem wir diese Zusammenkunft zu verdanken haben?«

Der Richter knallte mit der Faust auf das Holz der langen Richterbank: »Hüte sie ihre Zunge, oder sie wird ohne weitere Anhörung des Gerichtes verwiesen und hingerichtet: gehängt wie eine Mörderin und anschließend leblos verbrannt auf dem Scheiterhaufen, wie man es mit Hexen zu tun pflegt.« Die Worte des Vorsitzenden, polternd und pfeilschnell, trafen Margarete und die Versammelten, denn augenblicklich kehrte Stille ein.

Margarete murmelte eine Entschuldigung. Verhalte dich ruhig wie eine Unschuldige, kehrten Nickels Worte in ihren Kopf zurück und ihr wurde es ganz elend angesichts ihres kindischen Fehlverhaltens. Nein, sie wollte nicht des Gerichtes verwiesen werden. Sie wollte sich verteidigen können, rügte ihr vorlautes Mundwerk und dachte, dass Christoph sie damals wegen desselben besser hätte totschlagen sollen, statt dass sie sich jetzt um Kopf und Kragen keifen hören musste.

»Eine Frage scheint jedoch unumgänglich«, nahm Eugenius Schenk die Angelegenheit wieder auf. »Wann können wir den ehrenwerten Herrn Pfarrer Simon Czeppil hier anhören? Gibt es Neuigkeiten über seinen Verbleib?« Gertrud Baier schüttelte unwissend den Kopf. »Ja, was weiß man denn? Ich höre, er habe sich nicht abgemeldet. Ich höre, er ist ohne Abrufungsbefehl oder schriftliche Einladung aufgebrochen. Ich höre, niemand wurde eingeweiht in seine Reisepläne. Was sind das für Albernheiten?«

Immer heftiger schüttelte die alte Baierin ihren wuchtigen Kopf, sodass die seitlich herabhängenden Lappen ihrer Kugelhaube wie im Sturm um ihren Kopf flatterten und sie aussehen ließen wie einen schlappohrigen Hund, der sich Wasser aus dem Fell wirbelte. Schließlich zupfte sie einen Zipfel ihres Rockes bis an ihr Gesicht und trocknete ein paar Tränen.

»Hier scheint das ganze Dorf verrückt! Zuerst keifen und dann heulen!« Der Richter verdrehte die Augen und blätterte in seinen Unterlagen. »Die Verhandlung wird vertagt … vielleicht, dass der Pfarrer bis zum nächsten Termin erscheint? Heute in sieben Tagen haben die Menschen hier zu erscheinen, deren Beweise für die Schuld der Angeklagten wir noch nicht aufnehmen konnten.« Dann ermahnte der Richter alle Leute, dass jenes, was im Gericht besprochen worden war, nicht herausgetragen werden dürfe, bei Strafe nicht. »Ich muss niemanden daran erinnern, dass ihm die Zunge abgeschnitten wird, sollte er ein Wörtchen von dem hier unter Eid Ausgesagten ausplaudern und dies Verbrechen mir oder dem Gericht zu Ohren kommen.«

»Der Heilige Mamerz hat von Eis ein Herz«, dachte Margarete und zählte das hohle Klingen des von der Felsendecke tropfenden Wassers. Auf den Tag des Heiligen Mamerz war der Urteilsspruch geschoben worden, und dass es, so wie die Dinge verliefen, nicht gut um sie stand, brauchte man ihr nicht zu erklären. Margarete konnte eins und eins zusammenzählen.

Wo steckten Czeppil, Nickel und Christophs Leiche?! Die Hoffnung, der Junker würde mit der blank polierten Mordwaffe aus den Beständen der kirchlichen Insignien im Gerichtssaal aufmarschieren und die Unschuld der Schmiedtochter vom Mückenhain beweisen, hatte Margarete aufgegeben.

Wie schon in der Woche vor der Anhörung verlor sie auch in den folgenden sieben Tagen jedes Bewusstsein für Tag und Nacht. Weder Gesellschaft noch erholsamer Schlaf bescherten ihr ein wenig Zerstreuung. Margarete durchforschte ihren Kopf auf der Suche nach etwas Unergründlichem. Sie wurde umhergetrieben von etwas, das in den Tiefen ihres Gewissens schlummerte und sich nicht wecken ließ. Ein Teil in dem Scherbenhaufen, den ihr Leben seit Christophs Tod darstellte, fehlte, war trüb und undurchschaubar und ließ sich nicht in das Ganze einfügen. Unablässig betete sie zur Heiligen Barbara und spürte bald weder ihren Körper noch ihren Geist in dem dunklen Verlies unter der Stadt.

»Im Namen des Herrn, Amen. Im Jahre fünfzehnhundertzehn von der Geburt des Herrn am Tage Mamerz, dem eilften Maien, erscheine ich, Anna Biehain aus dem Orte Horka, unter der Ritterschaft Gerßdorff in der Landvogtei Liegnitz unter

Wladislaus von Gottes Gnaden König von Ungarn – et cetera – und erbringe in Wort vor dem ehrenwerten Richter Bartholomäus Eugenius Schenk zu Görlitz, dass die Angeklagte, aus eben demselben oben genannten Orte Horka, Hexenwerk und Teufelsbuhlschaft vollführt hat. Die Angeklagte ist die erste Frau meiner Schwester Sohn und hat denselben hinterrücks erschlagen.«

Es war ein heißer Tag im Mai gewesen. Margarete fühlte sich schlechter denn je: Während ihre Lungen von der stickigen Luft im überfüllten Gerichtssaal zu bersten schienen und ihren Körper mit Schweiß bedeckten, erschütterte die Eiseskälte des Kerkers, die in ihre Knochen gefahren war, ihren Leib. Sie hatte Fieber bekommen und einen ihre Kraft zehrenden Husten. Seit zwei Wochen hatte sie keinen Bissen Nahrung zu sich genommen.

Das brackige Wasser aus dem Bottich in der Mitte des Frauenverlieses war ihre einzige Speise gewesen. Das Loch, das einer Tropfsteinhöhle mehr glich als einem Gefängnis, hatte sie erschöpft, ihre Wangen nach innen gewölbt, ihre Lippen geweißt und ihr Haar ausgedünnt.

Ein Büttel allein hatte es nicht zustande gebracht, sie die Treppenstufen hinauf und den langen Gang durch das Rathaus zu schleppen. Ein zweiter hatte helfen und die erschöpfte Gestalt halb tragen, halb schleifen müssen. Naserümpfend hatten die Männer Margarete wie einen nassen Mehlsack auf den Stuhl vor der Richterbank plumpsen lassen und sich zu beiden Seiten der wackeligen Erscheinung postiert.

Eugenius Schenk ließ Anna Biehain auf ein von einem Laienhelfer herbeigetragenes Kreuz schwören, wie es schon Hans Jeschke, Leonore Vietze, Maria Seifert und Gertrud Baier hatten tun müssen. Mit drei erhobenen und zwei niedergehaltenen Fingern schwor sie auf die heilige Dreieinigkeit und Verdammnis von Leib und Seele, dass sie gesehen habe, wie Margarete mit ihren Katzen, den Dienern des Leibhaftigen, gesprochen habe. Weiter schwor die Biehainin, Margarete gehört zu haben, wie diese Beschwörungsformeln aus alten Sagen erzählte, einzig um sie und die Seifertin zu ängstigen und ihnen ihre Macht zu demonstrieren.

Margarete hörte die spitzen, schallenden Worte der Biehainin an. Sie allein wusste um die Einsamkeit ihrer Ehe, die sie die Zuneigung zu jedem Tier hatte suchen lassen, und von der Freude über Gesellschaft, in der sie Geschichten aus längst vergangener Zeit getauscht hatte. Margarete war des Streitens müde und viel zu sehr mit der Eiseskälte beschäftigt, die in ihr herauf- und wieder hinabkroch, als dass sie sich hätte verteidigen wollen.

Weiter berichtete Anna, habe sie Margarete nackt mit dem Teufel buhlen sehen. Margarete erinnerte sich des herrlichen Herbsttages, an dem sie in ihrem geliebten Garten am Schöps die Wäsche gewaschen hatte. Noch immer spürte sie die wärmenden Sonnenstrahlen und die gierigen Blicke Christophs auf ihrer Haut, der sie von der Scheune aus beobachtet hatte. Sie hatte ihm nie verraten, dass sie wusste, was er auf der anderen Seite der Bretterwand getan hatte, während sie mit den verhedderten Nesteln im Bach kämpfte.

Der Richter wollte Genaueres über den Tanz der Nackten in ihrem Garten wissen. Wie habe sich die Angeklagte bewegt, habe sie gesungen, habe sie Formeln der Beschwörung gesprochen?

Die Bäuerin entlockte ihrer Korpulenz ein inbrünstiges Stöhnen, das die Anstrengung dieser Vernehmung veräußern sollte, und brabbelte ein paar zusammenhanglose Satzfetzen vor sich hin. Sie beschuldigte Margarete, eine leibhaftige Mittagsfrau zu sein, und erntete staunende Bewunderung für diese Neuigkeit. Anna Biehain war aufgeregt und versuchte ein Zittern in der Stimme zu verbergen. Ihre Worte überschlugen sich trotzdem. Wie sie sagte, was sie sagte, mutete nicht wie eine Aussage an Eides statt an, sondern wie der Austausch von Klatsch und Tratsch nach dem Gottesdienst.

Auch in Bezug auf Christophs leibliche Verwandtschaft hatte sich der Görlitzer Stadtrichter vorbereitet. Er unterbrach Anna: »Ist es nicht so, dass die Angeklagte und Christoph Elias Rieger einander versprochen waren? Die Familien Rieger und Wagner verband ein Ehevertrag, der den damals fünfzehnjährigen Christoph Elias Rieger und die zu der Zeit achtjährige Margarete Luise Wagner betraf, oder nicht?! Das war geschehen, als in der Mückenhainer Schmiede das Glanzstück eines ganz neuartigen Ackergerätes geboren worden war – ein Ecken?« Eugenius Schenk blickte dümmlich drein.

»Eine Egge, ehrenwerter Herr Richter«, ließ er sich vom Notar berichtigen.

Schenk räusperte sich: »Ach ja genau … Einen Ehevertrag … Gab es den tatsächlich?« Die dicke Bäuerin schaute drein, als erblickte sie ihre gesamte Obsternte vergammelt und verdorben. Die Menschen auf den Bänken verrenkten sich nach der Frau, die diese ungeheure Neuigkeit bestätigen sollte, und nach Margarete, welche ein Teil dieses Geheimnisses war, die Hälse. Ein Ehevertrag? Anna Biehains Röte schwand aus ihrem Gesicht. Sie hatte nun kaum mehr Farbe als die gebeutelte Gestalt auf dem Stuhl vor der Richterbank. »War es nicht so?«

Anna nickte ergeben und blickte beschämt zu Boden.

In Margarete erwachte der ohnmächtige Geist: Anna und Hans hatten es all die Jahre gewusst. Die Biehains hatten keinen Menschen in dieses schmutzige Familiengeheimnis eingeweiht in der Hoffnung, Christoph würde die Abmachung fahren lassen.

Das lauteste Schniefen ertönte aus den Riegen der Mädchen: Leonore wischte sich die Augen an ihrem Hemdsärmel trocken.

Anna hatte sich auf ihren Stuhl fallen lassen und nahm Trost suchend die Hand der Sabine Weinhold in die ihre.

»Es wurde also ein Pakt mit dem Teufel und seiner Buhlerin geschlossen, lange bevor die Angeklagte einen Fuß auf den Hof des Ermordeten setzte. Hat sie etwas dazu zu sagen?«

Margarete war angesprochen worden, doch hatte sie Mühe, ihren Kopf zu heben. Einer der Büttel stieß sie unsanft an, sodass sie auf ihrem Stuhle zu wanken begann. Ihr Mund war so trocken, dass ihre Zunge am Gaumen klebte. Wasser!, schrie es in ihr. Nach außen hin verhielt sie sich ruhig wie eine Unschuldige.

»Ich schließe aus dem Schweigen, dass die Angeklagte dem nichts zu entgegnen und es sich wohl so zugetragen hat.« Bartholomäus Eugenius Schenk gab dem Schreiber ein Zeichen, dies zu Protokoll zu nehmen, und fuhr dann fort: »Vernommen soll werden die ehrenwerte Frau Agathe Kaulfuss.«

Margarete sah nicht, was an Agathe Kaulfuss ehrenwert war, sie hatte einzig Augen für deren Doppelkinn und deren glitzernde Lippen, die saftig und fleischig wie frisches, kühles Obst anmuteten, wonach Margarete lechzte.

Agathe berichtete nach den üblichen Wortverhedderungen, Margarete hätte Theresa Rieger gegen den eigenen Mann aufgehetzt, Margarete hätte Christoph Theresa streitig gemacht, weil sie ihn für sich zurückgewinnen wollte, Margarete hätte der Theresa Rieger des Nachts in der Kirche zu Horka Heilkräuter gebracht, die sie benutzen sollte, um zu empfangen. In Wahrheit aber hätte die Verbrecherin der armen Riegerin böse, Unheil bringende Pflanzen gegeben, die sie in das Bett eines Fremden getrieben haben.

Der Richter strich sich ächzend über Mund und Nase. »Das ganze Dorf scheint toll zu sein. Wie – in das Bett eines Fremden? Was soll das bedeuten? Hat die zweite Gattin dem Christoph Elias Rieger die Ehe gebrochen? Das wird ja immer schöner.« Die ehrwürdigen Herren amüsierten sich geziert über die Gepflogenheiten, die in der Parochie gang und gäbe zu sein schienen.

»Oh nein, nein, Herr Ratsvorsitzender ...«

»Ehrwürdiger Herr Richter!«

»Ehrwürdiger Herr Richter. Theresa wäre doch nie auf den Gedanken gekommen, zum Thomas Seifert zu fliehen, wenn ihr Margarete nicht die Teufelskräuter gegeben hätte!«

»Die zweite Frau des Riegers hat mit dem Mann die Ehe gebrochen, den sie kürzlich geheiratet hat? Sie ist guter Hoffnung, wie ich höre! Von wem wird das Kind wohl sein?«

Agathe Kaulfuss blieb das Wort im Mund stecken. Sie und der Rest der Gaffgierigen schienen noch nie zuvor auf den Gedanken gekommen zu sein, Theresas Kind könne von jemand anderem als von Christoph sein.

»Die eine bekommt kein Kind mit des Riegers Zutun und die andere eines ohne des Riegers Zutun?«

Das hatte Margarete schon einmal gehört. Jetzt musste sie etwas sagen, aber was?! Sie war müde, entsetzlich müde.

Der Raum war erfüllt von lautem Geplapper, der Richter pfiff amüsiert durch die Zähne wie ein ungehobelter Gassenjunge und klatschte dann das Maleus Maleficarum auf die Richterbank. Damit war wieder Ruhe im Saal. Er ging nicht weiter auf das Detail um Theresas Leibesfrucht ein, was Margarete ärgerte, aber sie fand keine Kraft, diese Sache zu vertiefen.

Eugenius Schenk wandte sich wieder der Kaulfussin zu: »Was waren das für Kräuter, die die Wagnerin der zweiten Frau des Ermordeten gegeben hat?«

Margarete vernahm ihren Namen, hörte das Gesagte und dachte über das eine oder andere Wort nach, doch ihre Überlegungen wollten nicht zu einem einheitlichen Ganzen verschmelzen und verpufften durch eine Nebelwand. Die junge Frau konnte nichts im Kopf behalten, konnte dem Hergang der Verhandlung nicht folgen, vermochte nicht, sich zu verteidigen, verspürte keinen Antrieb, sich zur Wehr zu setzen. Auf der anderen Seite eines dunstigen Gewässers schienen die Herren vom Gericht und die Denunzianten vom Dorf zu hocken und das Urteil über sie zu beschließen. Die Gesichter der Menschen waren verschwommen und nicht der Betrachtung wert. Margarete starrte auf die schmutzigen Finger in ihrem Schoß, die nicht zu ihrem Körper zu gehören schienen. Sie sehnte sich nach einem erfrischenden Bad in dem schwarzen Nass, das sich um sie her ausbreitete. Waren ihre Fußspitzen nicht schon benetzt von kalten, schwappenden Wellen, die nach ihr griffen, um sie davonzureißen? Wie leicht könnte sie auf dem Wasser dahintreiben, die Augen schließen und dem Raunen der Gaffenden entkommen! Wie leicht könnte sie einschlafen!

»Mandragora officinarum?!«, hämmerte eine tiefe, gereizte Stimme vom anderen Ufer jenseits der Nebelwand gegen Margaretes Kopf. »Kann die Angeklagte etwas zu der Verwendung dieses verbotenen Krautes hinzufügen?« Margaretes glasiger Blick suchte im Antlitz des Richters nach dem Sinn seiner Frage. Und wie sie ihn so besah, zeigte er sich ihr plötzlich weniger wie ein Respekt einflößender Vertreter der Jurisprudenz, als vielmehr wie ein Jüngling mit pagenhafter Anmut. Um das Trugbild wegzuwischen, schüttelte sie ihr struppiges Haupt. »Also nicht – dies zum Protokoll!« Der Richter räusperte sich und erklärte dann fachmännisch: »Benutzt wird es für die Zauberei und Hexerei. Sie, die Angeklagte, hegte offensichtlich großen Neid gegen die zweite Frau des Riegers, ist es nicht so?« Margarete hörte, dass abermals sie befragt worden war, musste aber, bevor sie zu einer Antwort imstande war, das Bild des kindlich-verzückten Knaben aus ihrem Kopf bekommen. Der Richter wartete nicht auf einen Fingerzeig der Gefangenen: »In der Genesis einundzwanzig finden wir großen Neid der Sarah gegen die Hagar, welche empfangen hatte.« Dies kam Margarete bekannt vor. Sie suchte in ihrem Kopf, wer ihr diese Begebenheit schon einmal erzählt hatte. Enttäuscht über ihr lückenhaftes Gedächtnis schüttelte sie wiederum den Kopf. »Die Angeklagte ist uneinsichtig?« Richter Schenk nickte zum Schreiber hinüber und redete dann weiter: »Ist es nicht so, dass die zweite, nicht aber die erste Frau des Riegers empfangen hat? Die Unfähigkeit der Frau, ein Kind auszutragen und zu gebären, war der Grund, weshalb man die erste Ehe auflöste! Der Neid Rahels gegen Lea wegen der Söhne, welche Rahel nicht hatte, war übermächtig, heißt es in der Genesis dreißig ...« Gottfried!, schoss es aus Margaretes Erinnerung in ihr Bewusstsein. Gottfried hatte mit ihr über diese Bibelstelle gesprochen. Ein kleines Lächeln hellte ihre traurige Erscheinung auf. Gottfried, du guter Mann, wo steckst du? Warum bist du nicht zu mir gekommen, wie du es gesagt hast? »Sie entsinnt sich der Heiligen Schrift! Großartig!«, donnerte der Richter auf das kaum vernehmbare Kopfnicken der Angeklagten: »Lest in der Bibel: in Samuel eins, eins über den unbrechbaren Neid Annas gegen Fennema, die fruchtbar war, während sie selbst unfruchtbar blieb.« Mit wütendem Blick fixierte Richter Schenk die Angeklagte, die – wie schon vor der geringfügigen Gemütsregung – wie versteinert auf ihrem Stuhl hockte. »Lest über den Neid Mirjams gegen Moses Numeri zwölf, daher sie murrte und Moses verkleinerte, weshalb sie auch mit Aussatz geschlagen wurde. Lucas zehn!« Der Richter hatte ein dunkelrotes Gesicht und spuckte, während er in den Saal schrie: »»Nicht Gewalt des Feuers, nicht Sturmesbrausen ist zu fürchten so, noch auch Blitzesflammen, als wenn wild im Zorn die verlass'ne Gattin glühet und hasset«. Seneca, Traktat acht!« Bartholomäus Eugenius Schenk war außer Atem, seine Brust hob und senkte sich ungleichmäßig; die Schweigende auf dem Stuhl in der Mitte des Saales brachte ihn zur Weißglut, hatte er doch Gnadenflehen und wimmernde Gebete erwartet. »Weiber sinnen nach Rache, daher ist es kein Wunder, dass es so viele Hexen in diesem Geschlecht gibt. Ein Weib hat Mangel an memorativer Kraft, es lässt sich nicht regieren, sondern folgt ihren Eingebungen ohne Rücksicht; wenn ihr nicht zu allen Dingen Rat gegeben wird, braut sie Gifte, befragt Wahrsager und Seher!« Mit vor Zorn zitternden Händen stach er gegen die an der Wand sitzenden Denunzianten und sprach: »Sie sind selber schuld, dass so viel Schlechtes in ihrem Dorf angestiftet wurde; sie waren blind für die drei Hauptlaster des hexenden Weibes – die Ungläubigkeit, den Ehrgeiz und die Üppigkeit dessen. Ihr Name«, der Richter deutete fuchtelnd in Margarete Richtung, »ist Tod, denn mag auch der Teufel Eva zur Sünde verführt haben, so hat doch Eva und nicht der Teufel Adam verleitet, deshalb ist sie bitterer als der Tod. Apokalypse sechs!«

Der väterliche Jurist, der zur Linken des Richters saß, legte Schenk beruhigend eine Hand auf den Arm und flüsterte ihm etwas zu, woraufhin sich der Jüngere räusperte, sich mit einem weißen Tüchlein den ausgebrochenen Schweiß von der Stirn wischte und zu einem der neben Margarete stehenden Büttel sagte: »So öffne er ein Fenster, die Hitze in diesem Raum macht einen toll!« Als das geschehen war, richtete er sein Wort an die vollkommen verstörte Agathe Kaulfuss, die angesichts der Schimpftirade auf den Stuhl gesackt war und nun schnell wieder emporsprang. »Hat Christoph Rieger die Hand gegen seine zweite Frau erhoben?«

»Nein, aber Margarete hat er ...« Agathe fluchte leise über ihre vorschnellen Worte und schien sich selber zu rügen, den die Angeklagte entlastenden Satz ausgesprochen zu haben.

Das wollte der Richter protokolliert wissen. Der Notar kritzelte nickend in wenigen Zeilen nieder, was Margarete monatelang hatte erdulden müssen.

Resigniert schnüffelte der Richter in seinen Pergamenten und schloss aus seiner Suche keuchend: »So soll nun, da die Angeklagte offenbar nichts hinzuzufügen hat, Frau Adele Möller vernommen werden.«

Adele Möllers hagere Gestalt erhob sich. Ihr wächsernes Gesicht verlor nichts von ihrer Ungerührtheit, als sie sich vereidigen ließ. Sie musste oft zur Kräftigung ihrer Stimme angehalten werden. Von einem der Büttel wurde ihr ein Glas Wasser gereicht, das ihr helfen sollte, lauter zu sprechen. Verlegen nahm Adele ein paar Schluck und starrte durch den Boden des geschliffenen Glases auf die stocksteif auf ihrem Stuhl hockende Margarete Wagner.

Nachdem sie die formellen Fakten vor die Richterbank gehaucht hatte, veräußerte sie einen Satz, der langes Schweigen nach sich zog. »Margarete ist eine Hexe!«

So offensichtlich viele Stunden über diese Vermutung spekuliert worden war, so sehr verblüffte es, dass es jemanden gab, der die Vermutung in eine Tatsache umkehrte. Nach einer Weile, in der die Verwunderung Zeit gehabt hatte, alle Menschen zu ergreifen, sprach Adele ungerührt weiter: »Sie hat mich in der Schwäche meines Wochenbettes mit Kräutern betäubt und mir dann das Kind aus den Armen gerissen und es getötet, um es zu verspeisen.«

Die Grabesstille im Saal wollte sich nicht auflösen. Sogar zu Margaretes Bewusstsein drangen die Worte der Möllerin vor und kratzten wie geschärfte Krallen gegen die Innenseite ihres Schädels. Den heftigen Anschuldigungen zollte sie lediglich mit dem Wiegen ihres Kopfes in ungeraden Bahnen. Wie war das gewesen im Sommer fünfzehnhundertacht? Hatte sie nicht mit einem harmlosen Melissensud der Möllerin auf die Beine helfen wollen?

An der Richterbank hatte man Ohren und Federkiele gespitzt. Ungeduldig drang der Vorsitzende in die Denunziantin: »Und hat die Angeklagte das Kindlein … aufgegessen?«

»Gott bewahre, nein!«, rief Adele Möller mit aufgerissenen Augen. Sie war aus ihrer Lethargie erwacht. »Die kleine Johanna wurde am Sonntag vor den Aposteln im Jahre fünfzehnhundertacht anständig beigesetzt.« Sie bekreuzigte sich. »Die unschuldige Seele möge in Gottes Schoß ruhen.« Leise schluchzte sie.

»Angesichts der Rührung, die die Denunziantin überkommt, sehe ich von weiteren Befragungen ab.« Richter Schenk schaute wieder gelangweilt zu Margarete hinüber. »Was kann sie zu diesen Anschuldigungen sagen?«

Margarete wollte etwas sagen. Diesmal wollte sie über das

eisige Wasser hinwegrufen. Protestieren wollte sie gegen die Lügen. Aber die Worte, die über ihre Lippen glitten, waren andere als jene, die sie im Kopf gewalkt hatte: »Über der Pforte.« Alle Anwesenden im Saal sahen einander an und warteten gebannt auf die Selbstverteidigung der Mörderin, die so lange geschwiegen hatte. Doch die erbärmliche Kreatur schaute den Richter mit glasigen, vom Fieber getrübten Augen aus tiefen Höhlen und mit zuckendem Kopf an. Schenk neigte das Haupt nach vorn, um das hauchende Flüstern der Frau besser verstehen zu können. »Die Heilige Barbara, die Pforte …« Margaretes trockene Kehle schmerzte. Der ratlose Richter überschüttete sie mit Fragen nach dem Sinn ihrer Worte. »Der Turm«, murmelte sie mit geschlossenen Augen. Es strengte sie an. Schweiß stand in ihrem Antlitz.

Bartholomäus Eugenius Schenk wandte sich an seine Gerichtsdiener: »Was redet sie?« Die gebildeten Herren sprachen gedämpft und von beiden Seiten auf den Richter ein.

Margarete bemühte sich, langsam und deutlich zu sprechen. Mit geschlossenen Augen konzentrierte sie sich auf das, was sie zu sagen hatte: »Die Worte am Turm.«

»Mit Verlaub, hochehrwürdigster Richter Schenk …« Es war der Notar, der sich mit erhobenem Zeigefinger zu Worte gemeldet hatte und nun darauf wartete, vom Vorsitz angehört zu werden. Mit einem zackigen Handzeichen wurde er zum Sprechen aufgefordert: »Ich will meinen, die Angeklagte redet von den Worten über der Pforte zum Turm unseres Rathauses.« Der Richter war schwer von Begriff. »Die Inschrift über dem Stadtwappen, hochehrwürdigster Herr Richter!«, hob der Notar ein zweites Mal an.

»Ah ja, richtig! Nun, was ist damit?«

Margarete öffnete die Augen und sah mit festem Blick in die teilnahmslose Miene des Richters, dann erklärte sie mit lerchengleicher Stimme: »Was steht da geschrieben im Stein?«

»›Invia virtuti nulla est via‹. Ist sie des Lateinischen mächtig?«, wollte der Richter wissen, und Margarete schüttelte den Kopf. »Der Tapferkeit ist kein Weg unmöglich.« Dann kippte Margarete vom Stuhl.

Die Gefangene hatte nicht mitbekommen, wie sie wieder in das feuchte Verlies gelangt war. Sie musste hinuntergetragen worden sein. Wie war der Prozess ausgegangen, war er zu Ende? War sie verurteilt worden? Wen konnte sie fragen?

Sie versuchte es bei dem wachhabenden Büttel, doch der blaffte sie an, er wisse wohl kaum über jeden Prozess jeder gottverdammten Kreatur Bescheid, und selbst wenn er etwas wüsste, würde er es einer Mörderin wie ihr nicht verraten.

Margarete erging es sehr schlecht. Sie brachte das verschimmelte Brot, das man ihr gegeben hatte, so wieder heraus, wie sie es hinuntergewürgt hatte, ihr blieb nichts als das brackige Wasser zu trinken – der Saft der Felswände, vermischt mit Dreck, Kloake und Speichel der anderen Frauen. Wie ohnmächtig lag sie in ihren eigenen Ausscheidungen.

Niemand bemühte sich um sie, niemand nahm Anstoß an der Sterbenden.

Als Margarete bereit war, von dieser Welt zu scheiden, sie sich in ihr Schicksal gefügt hatte, zischten wie zwei Pfeilblitze Gottfrieds Worte durch ihr Gedächtnis: »Sie brauchen immer Sündenböcke, um ihre eigenen Vergehen zu entschuldigen.«

Margarete hatte verstanden, dass sie auf Nickel von Gerßdorff nicht mehr bauen konnte; der hatte sie vergessen. Sein kleines Experiment von dem Ruhm bringenden Waid, dem hörigen Bauerntölpel und der unschuldig schweigenden Magd des Einsiedlers war gescheitert. Ihr blieb keine Kraft mehr, ihre Unschuld zu beweisen, und keine Zeit, auf einen Stadtphysikus zu warten. Von Augenblick zu Augenblick spürte sie, wie ihr Körper dahingerafft wurde, und sie blickte dem Tod als willkommenem Gast entgegen. Sie war wenig tapfer, das gestand sie sich ein in Momenten, da sich die Nebel um sie her lichteten und ihr erlaubten, ein klares Bild ihrer gegenwärtigen Situation abzuzeichnen. Nein, sie war am Ende angekommen, doch sie wollte nicht klanglos in die Erde fahren, während

Christoph in der Hölle schmorte. Sie hatte noch einen letzten Kampf auszutragen, und sie durfte keine Zeit mehr verlieren.

»So ist sie uns zuvorgekommen, der dritte kanonische Termin ist erst in fünf Tagen anberaumt«, stutzte Richter Schenk, als man Margarete Wagner vor ihm auf den Stuhl im Gerichtssaal setzte. Es waren keine geifernden Denunzianten da. Es war vorbei. Der Büttel, der ihren Antrag überbracht und das Mädchen schließlich vor den Richter geschleppt hatte, musste sie sogar während des Sitzens stützen. Eugenius Schenk schaute Margarete nicht an, denn er blätterte mit hochgezogenen Augenbrauen in seinen Unterlagen. »Was hat sie uns zu sagen?«

»Invia virtuti nulla est via.«

»Ah ja, verstehe …!«, nickte der Richter mit Spott auf den Lippen, der bekundete, dass er keinerlei Ahnung von dem hatte, was das Mädchen meinte.

»Es war alles wahr!« Margarete redete so leise, dass Schenk und seine Gehilfen die Hälse nach vorne recken mussten.

Das bereitete vor allem dem Vorsitzenden offensichtliches Unbehagen, denn der ereiferte sich gegen den Büttel: »So stelle er den Stuhl in Gottes Namen näher heran!« Als das geschehen war, fragte er Margarete, die einzuschlafen und die Einberufung des Termins zu gefährden drohte, erneut nach ihrem Beweggrund und hieß den Schreiber notieren.

»Ich gestehe. Ich habe all die Verbrechen, die mir zur Last gelegt wurden, begangen.« Schenk freute sich und suchte die Blicke seiner Gehilfen. »Ich gebe es zu, doch zuvor etwas Wasser, ich bitte Euch.« Widerwillig ließ der Richter einen Krug frischen Wassers und etwas Brot und Käse bringen. Ohne in den bereitgestellten Becher umzufüllen, trank, und ohne Brocken vom Laib abzureißen, aß Margarete erst hastig, dann langsam. Als die Männer drohten, ungeduldig zu werden, begann sie zu sprechen, nicht ohne sich häufig zu unterbrechen, um zu essen und zu trinken. »Ich habe nackt mit dem Teufel gebuhlt, bin auf dem Besen in der Walpurgisnacht zum Brocken geflogen. Ich wollte das Waidfeld, ich wollte reich werden. Ich habe das Kind der Möllerin essen wollen, meine Gier nach Schlechtigkeiten zu stillen. Ich habe mir genommen, was mein und mir rechtens war: Christoph Elias Rieger. Ich habe ihn verführt, habe rittlings auf ihm gesessen, habe seine Männlichkeit zwischen meinen Zähnen gewalkt, bis er jauchzte.« Die Juristen hinter dem Tisch wurden rot in ihren Gesichtern. Sie rutschten auf ihren Gesäßen hin und her, blickten verlegen auf ihre gefalteten Hände, hörten aber gespannt zu, kein Detail von Margaretes Schilderungen zu versäumen. »Ich habe ihn verlockt, seinen Samen zu vertun und zu Boden zu werfen, und habe gelacht dabei wie der Satan höchstselbst. Dann habe ich ihn die Ehe brechen gemacht und es mit ihm in der Kirche getrieben, bis er von Sinnen war.« Die Richterbank schrak zurück, murmelte und tuschelte, der Schreiber bekam rote Ohren, während die Feder die Sünden des Fleisches, die Margarete erzählte, auf das Pergament kritzelte. »Ich habe Kräuter gesammelt und sie für mein Werk benutzt, den Gottfried Klinghardt, den alten Kauz, habe ich behext, mich gewähren zu lassen.«

»Was sie nicht sagt«, staunten die hohen Herren des Gerichtes, und »Oh« und »Ah« sagten sie, während Margarete erzählte.

»Es ist wahr, ich wurde vom Dämon in Besitz genommen, doch von mir aus ging es nicht.

»Aber wie konnte der Teufel von einer Kreatur wie dir Besitz ergreifen? Sprich!« Die Männer gelüsteten zu hören, wie ein Mensch besessen wird, und so tischte ihnen Margarete auf, was sie bestellt hatten: »Es waren zwei aus dem Dorf, die mich verleiteten.«

»Wer, um Himmels willen? Sprich!«

»Es war die Leonore Vietze, die vor meiner Ehe den Christoph verführt hat. Fragt sie und jeden Beliebigen aus dem Dorf. Jeder weiß, was die beiden miteinander hatten. Sie ist geizig und böse und sprüht Funken, wo sie nur kann.«

»Doch auch die Vietzin muss verführt worden sein, nicht wahr?«

»Es war die Biehainin, die Leonore in die Lehre genommen hat. Anna Biehain hat ihrer Schwester Mann ins Ohr geträufelt, Christoph solle mich heiraten. Als das geschehen war, hat sie mir Säcklein mit Kräutern gegeben, um mich gefügig zu machen. Sie wird das nicht abstreiten, sie fürchtet den Eid. Sie wird die Wahrheit sagen. Sie wollte mit Sicherheit nicht, dass ihrem Christoph etwas zustieß, denn der war ihr lieb und teuer, aber ihre Kräuter machten mich toll, und so stürzte ich mich auf den Mann und wollte den Waid und wollte Christoph, doch als er mich verstieß, hab ich ihn getötet.« Margarete erschöpfte sich. Die längst nicht mehr gewohnten Speisen in ihrem Magen verursachten ihr Übelkeit, sodass ihr der Schweiß auf die Haut trat, den Kragen ihres speckigen Hemdes unter dem schlaff herabhängenden Leibchen befeuchtete und das Blut aus ihren Lippen und Wangen wich. Ihre Augen legten sich in tiefe schwarze Höhlen und der Richter forderte den Büttel auf, die Hexe in Ketten legen zu lassen und in einen Käfig zu setzen.

Es dauerte einige Augenblicke, bis das Gewünschte vollbracht war. Margarete hockte auf dem Stuhl in der Mitte des Raumes, umgeben von einem eisernen Gitter, die Hände mit Stricken auf den Rücken gebunden.

»Noch mehr?«, fragte der Richter mit kreidebleichem Gesicht. »Gibt es noch mehr Hexen in dem Orte?«

»Ich weiß von sonst keiner«, schloss Margarete und atmete schwer.

Mit seinem Zeigefinger deutete der Richter auf Margarete und meinte: »Der Satan muss aus ihr getrieben werden!«

»Nein!«, rief Margarete, »Es ist aus mit mir. Er hat mich aufgebraucht, seht mich an, was bin ich mehr als eine leblose Hülle. Er hat böses Spiel mit mir veranstaltet, und jetzt bin ich müde.«

»So wird sie brennen als Hexe.«

»Lasst mich, ehrenwerter Richter Schenk, von meinem Recht Gebrauch machen und als geständige, bußfertige Hexe meine Strafe selbst wählen.«

Der Richter beriet sich lange mit seinen Dienern, selbst der Schreiber mischte sich protestierend ein. Zitternd sackte Margarete tiefer und tiefer in ihren Stuhl und verharrte in dieser mitleiderregenden Pose, bis ihrem Antrag schließlich stattgegeben wurde.

»Die Angeklagte wird dem Kerker zurückgegeben, wo ihr die letzte Beichte abgenommen werden soll.«

»Nein, bitte«, fuhr Margarete plötzlich aus ihrer Erschöpfung hoch: »Die Beichte ist mir gleichgültig.«

»Sie ist unbußfertig, dann soll sie brennen!«

»Nein, ich bereue, dem Teufel verfallen zu sein, doch möchte ich weder Priester noch Glaubensbrüder gefährden, indem sie mir zu nahe kommen. Ich möchte stattdessen ein letztes Wort mit dem Einsiedler Gottfried Klinghardt vom Weinberg von Horka sprechen. Ich muss ihn von meinem Zauber entbinden, damit er sein Leben in Ruhe fristen kann. Bitte, das ist mein letzter Wunsch.«

»Sie ist nicht in der rechten Situation, Wünsche zu äußern, deucht mich, aber dagegen ist nichts einzuwenden«, überlegte der Richter und fügte murmelnd hinzu: »Zumindest kommt es uns billiger, als einen Geistlichen zu behelligen. So fälle ich das Urteil.« Richter Schenk öffnete sein großes rotes Buch und suchte einige Augenblicke nach der geeigneten Stelle. Alle im Saal erhoben sich, außer Margarete, die in ihrem Gitterkäfig gefesselt saß und sich nicht rühren konnte.

Teilweise lesend, teilweise frei sprechend verkündete der Mann: »Wir, das oberste Gericht des Görlitzer Landes, unter Wladislaus von Gottes Gnaden König, et cetera …« Wieder wurden die Ketzereien genannt; es war eine schier unendliche Liste von unerhörten Lügen, die die Frau schon langweilten. »Margarete Luise Wagner ist von der Herde des Herrn als getrennt und exkommuniziert, als von der Teilhaberschaft der Güter der Kirche beraubt anzusehen. Die heiligen Evangelien der Kirche liegen vor uns, damit im Angesicht Gottes unser Urteil ergehe und unsere Augen die Billigkeit sehen. So verurteilen wir sie endgültig an diesem Tage, dem Sophientag, dem vierzehnten Mai im Jahre des Herrn fünfzehnhundertzehn, vor dem hochwürdigen Gerichte zu Görlitz et cetera, als eine wahre unbußfertige Hexe, deren milderndes Urteil durch ihr rasches Geständnis nach nur drei Anhörungen zustande kam.« Schenk zählte wiederholt die Daten der einzelnen Termine und deren vorgeladene Denunzianten auf. Margarete hörte schon gar nicht mehr zu.

»Gefällt ist dieser Spruch und die Angeklagte wird dem Tode zugeführt durch …« Der Richter schaute von seinem Buch auf, die Richterbank wurde unruhig und man sah einander Rat suchend an. »Ja, wie erwählt die Angeklagte denn zu sterben?«

Gottfried durfte nur ein paar Augenblicke bei Margarete im Verlies bleiben. Angesichts ihres kläglichen Zustandes kämpfte er mit seiner Fassung. Er hockte auf der einen Seite des Eisengitters, Margarete lag auf der anderen. Der Alte musste sein Ohr sehr dicht an ihren Mund führen, um ihre Worte überhaupt verstehen zu können.

»Wenn du den Pfarrer findest, wird meine Unschuld bewiesen sein«, hauchte Margarete.

Gottfried strich ihr beruhigend über den Kopf. »Daran solltest du jetzt nicht mehr denken, allein wichtig ist, dass Gott deiner unschuldigen Seele einen besonders schönen und sonnigen Platz im Paradies bereithält.«

»Er hat Christoph getötet, und er hat mich getötet.«

»Was redest du da, rege dich nicht länger darüber auf, es lohnt nicht!«

»Dann hat er Christophs Leiche weggeschafft, bevor der Junker sie in Gewahrsam nehmen und untersuchen lassen konnte.« Die Anstrengung, zu sprechen, bereitete ihr Schmerzen im ganzen Körper. Vom Fieber geplagt hatte sie so lange ausgeharrt, doch die letzte Möglichkeit, mit Gottfried zu reden, wollte sie nicht verstreichen lassen.

Der Einsiedler schüttelte verständnislos den Kopf und meinte: »Das sind Vermutungen ... vage Spekulationen. Vergeude nicht deine letzten Stunden damit. Bete!«

»Ich will nicht beten! Und es sind keine Vermutungen.« Margarete krächzte mit der Inbrunst einer Sterbenden ihre Worte hervor: »An dem Tage, an dem er uns tote Tiere vor die Hütte gelegt hat, da hab ich geahnt, dass er mein Tod sein würde, und ich habe Vorkehrungen getroffen.«

»Was meinst du?« Gottfried wurde hellhörig. Umständlich stützte er durch das Gitter Margaretes Kopf, damit sie leichter atmen konnte und weniger Qualen auszustehen hatte.

»Er muss es gewesen sein, denn die alte Gertrud taugt zu nichts als zum Kochen und Klatschen. Nur Czeppil allein kann es gewesen sein, der mich und Nickel in der Nacht nach der Versammlung im Kretscham belauscht hat. Gottfried, Czeppil musste gewusst haben, dass Nickel Beweise gegen seine Falschheit sicherstellen wollte, und dem war er zuvorgekommen. Er wollte Nickels Pläne durchkreuzen.«

»Aber wenn das wahr ist, wieso ist er verschwunden? Margarete …«

Der Kopf der Frau wog schwer in Gottfrieds Armen und Margaretes Augenlider zitterten, während sich darunter ihre grauen Augen verdrehten, bis nur noch das Weiße zu sehen war. »Nein!«, rief Gottfried aus Angst um ihr Leben.

Margarete kam wieder zu sich. Zuerst verstand der Alte nicht, was sie murmelte. Er rüttelte sie und zwang sie zum Sprechen: »Czeppil wartet auf dich in seinem Haus in einem Zimmer, das nie von einem Sonnenstrahl erhellt wird. Er wird vom Tod bewacht und ist Wächter des Todes. Meine Mutter ist sein Schloss, bedeckt von Staub zu Staub …«

»Was redest du da? Kind!«

Aber Margarete gab keine Antwort. Sie war in einen tiefen Schlaf gefallen und ließ Gottfried ratlos allein.

Der Alte strich der jungen Frau sacht über den Kopf und flüsterte: »Mögest du nicht mehr erwachen. Mögest du der bevorstehenden Pein entgehen.«

Noch die ganze Nacht grübelte Gottfried über Margaretes letzten Worten. Es schien, als habe sie ihm ein Rätsel aufgegeben. Wächter des Toten, das war einfach: Die Leiche Christophs musste sich in unmittelbarer Nähe von Czeppil befinden, aber wieso in seinem Haus, was sollte er mit der Leiche in seiner Pfarre, das hätte doch nach so langer Zeit auffallen müssen – allein schon der Gestank eines leblosen Körpers, der seit drei Wochen vor sich hin moderte – und außerdem hätte man den verschollenen Czeppil früher oder später im Pfarrhaus gefunden. Gottfried zermarterte sich den Schädel.

Die Nacht verstrich und der Morgentau senkte sich auf den frühlingswarmen Weinberg, doch Gottfried hatte weder geschlafen noch sich geregt. Verdrossen hatte er auf der Bank vor den kleinen Fensterchen der Hütte gesessen, in die sich wiegenden Baumwipfel gestarrt und nachgedacht.

Margaretes Mutter, Bettina, was hatte sie damit zu tun? Es gab eine Sache, über die er mit Margarete ausführlich gesprochen hatte, aber was war es gewesen? Gottfried war nicht mehr der Jüngste, er war ein mit Wissen gefülltes Gefäß: Wissen aus Büchern und von weisen Menschen, doch sein Gedächtnis war nicht mehr frisch.

Czeppil sei an einem Ort ohne Licht, hatte Margarete gesagt, einem dunklen Ort. Also einem Ort, der nie erhellt wurde: ein Kerker? Nein, dachte der Einsiedler, was sollte der Pfarrer in einem Kerker. Vom Tod bewacht. Kerker wurden maximal von Halbtoten bewacht.

Ein Friedhof vielleicht, aber Friedhöfe wurden von Sonnenlicht erhellt. Eine Gruft, aber eine Gruft war wohl kaum das Haus eines Pfarrers ... So dachte Gottfried lange nach. Selbst die hin und her schwingenden Wipfel schienen bemüht zu sein, ihm auf die Sprünge zu helfen, aber er war schwer von Begriff an diesem Morgen im Mai.

»Guter Gott!«, fuhr es ihm unvermittelt aus dem Munde, und er erschrak über seine laute Stimme. Gottfried sprang von seinem Stuhl auf, sodass seine eingerosteten Knochen krachten. Wie ein Wilder rannte er den Pfad vom Weinberg ins Dorf hinunter. Es war hell an diesem Morgen und kein Wölkchen zeigte sich am Himmel. Wenn er schnell genug war, überlegte der Alte, konnte er das Schlimmste verhindern, Margarete würde leben.

Wie ein Fisch schnappte er nach Luft und er hielt sich die Seiten, die beim Rennen stachen. Der Weg bis ins Dorf war ihm nie länger vorgekommen, und als er endlich angelangt war, konnte er es nicht fassen, dass es Menschen gab, die zu dieser Stunde noch schliefen.

Er hämmerte gegen die Tür des Pfarrhauses. Immer wieder und wieder, aber nichts rührte sich. Dann rief er nach der alten Gertrud Baier. Nach einer halben Ewigkeit kam sie die Stiegen hinabgehumpelt. Erleichterten Herzens lauschte Gottfried ihren Schritten.

»Himmel noch eins!«, fluchte sie, während sie die Tür aufschloss. »Zu dieser gottlosen Zeit, und die Urteilsvollstreckung ist doch erst in einer Stunde!«

»Darum bin ich hier, die Schlüssel!« Gottfried konnte keinen verständlichen Satz formulieren, denn er rang nach Luft. Gertrud starrte ihn verblüfft an. Umständlich erklärte Gottfried ihr, er wüsste über den Verbleib des Pfarrers Bescheid, und da wurde die Alte hellhörig.

Eine alte Frau kommt nur schwerlich voran: Gertrud musste noch ihre Haube binden, danach wollte sie sich ein Tuch um die Schultern legen, denn der Morgen war doch allzu frisch, dann hatte sie versehentlich die falschen Schlüssel dabei. Wenn das Dorf nicht zu der Zeit sehr feinfühlig in Bezug auf Grobheiten gewesen wäre, hätte Gottfried sich der Schlüssel der Alten bemächtigt und weiter keine Zeit verloren.

»Ich gehe nicht mit, es ist mir unheimlich, ich will hier warten«, sagte Gertrud, nachdem sie den Mann zur Kirche begleitet hatte. Er schnappte sich das Schlüsselbund, wie er es schon vor Minuten hätte tun sollen, und sprang in die Spur. Nicht einen Augenblick länger wollte er zögern.

Gottfried schloss die Kirche von Horka auf. Czeppil wartet auf dich in seinem Haus.

»Mein liebes Kind!«, flüsterte er, als er mit einer Altarkerze in der Hand durch die Dresskammer schlurfte und in die Krypta hinabstieg. Er wird von Toten bewacht. Vor der falschen Grabtür in der Reihe der Wandgräber blieb er stehen und blickte ungläubig auf ein klobiges, silbern glitzerndes Kreuz, das viele Jahre um Margaretes Hals gehangen hatte.

Meine Mutter ist sein Schloss. Der Anhänger baumelte unterhalb des Hakens, welcher unbedarft in seiner Wandöse zu ruhen schien. Festgemacht war das Silberkreuz an einem braunen Wollfaden, der von der gleichen Farbe war wie Margaretes Röcke. Sie hatte das Kreuz am Wollfaden festgebunden, diesen dann über den oberhalb des Türrahmens befestigten Kerzenhalter gelegt und ihn darüber hinaus an die Eisenplatte des Wandgrabes geknüpft. Mit zitternden Fingern hob Gottfried den

Haken an und öffnete die Eisentür, die wie die Bäume auf dem Weinberg hartnäckig zurückschwingen wollte. Das schwere Silberkreuz an seinem Faden schwebte nach oben bis zum Kerzenleuchter und zog mit seinem Gewicht die Tür, die ohnehin nicht von allein aufbleiben wollte, energisch ins Schloss zurück. Der Haken schnappte in die Öse. Margarete hatte auf Nummer sicher gehen und dem Eigensinn der Tür nachhelfen wollen, als sie ihr Schmuckstück hier befestigte, oder sie hatte dem Benutzer des geheimen Ganges eine Warnung aussprechen wollen, denn das Kreuz war kaum zu übersehen gewesen, öffnete man die Tür, um in den Tunnel zu steigen.

Aber Czeppil war eben etwas alterssichtig und dumm und hatte schon immer dazu geneigt, überstürzt zu handeln.

Ein Zimmer, das nie von einem Sonnenstrahl erhellt wird. Gottfried spähte in das Dunkel des Tunnels und bemerkte, dass der Türklopfer fehlte. Margarete hatte den kreisrunden, drehbaren Riegel abgeschraubt, mit dem es möglich gewesen war, von innen her den Haken aus der Wandöse zu hebeln. Staunend sah sich der Alte um und erblickte im Schein seiner Kerze einen achtlos weggeworfenen oder vorsätzlich unter einen Sarkophag gelegten länglichen gusseisernen Gegenstand – ein Nageleisen. Der Alte klemmte das Eisen zwischen Tür und Angeln und kletterte in das Wandgrab. Er brauchte nicht tief in das Innere des Tunnels vorzudringen, da stieß er auf die Leiche des Pfarrers der Parochie, die mit vor Angst verzerrtem Gesicht seinen Entdecker anstarrte. Bedeckt von Staub zu Staub. »Wie lange hast du hier unten geklopft und geschrien und gewütet?«, befragte Gottfried den Toten. Er empfand kein Mitleid.

Wächter des Todes: Am Tunnelausgang zum Steinbruch fand Gottfried auch Christophs sterbliche Überreste. Czeppil hatte es nicht geschafft, die von Margarete aufgeschichteten Steinbrocken wegzuschieben.

Margarete hatte recht gehabt: Czeppil hatte Christophs leblosen Körper auf den Weinberg schaffen wollen, um sich zu entlasten und den Mord ins Kerbholz der Frau zu ritzen. Er hatte seine Spuren verwischen und seine geliebte Ordnung im Ort mit all dem Reichtum, der ihm Jahr für Jahr zugeflossen war, solange niemand die von Gott gegebenen Machtstellungen anfocht, wiederherstellen wollen. Und nun lag er mit jenem, den er erschlagen hatte, damit wieder Ruhe in seine aufgebrachte Herde einkehren konnte, in ein und demselben Grab.

Christoph Elias Rieger war sein rebellisches Gemüt zum Verhängnis geworden und Margarete Luise Wagner ihre Scharfsichtigkeit. Und Czeppil hatte dafür gesorgt, dass beide von der Bildfläche verschwanden.

Während Gottfried im Tunnel tief unter der Erde der Parochie Horka die Wahrheit aufdeckte, wurde über der Erde, am Ufer des Schöps, um Margaretes Kopf der Sack zugezogen. Ein heftiger Stoß ließ sie den Halt verlieren, und das kühle Nass erlöste ihren Körper von den Schmerzen der vergangenen Wochen, ließ den siebten schweren Tag ihres Lebens ausklingen. Die Steine, die man ihr an die Füße gebunden hatte, zogen sie tief hinab auf den Grund des Flusses und die Bewohner von Horka standen an seinen Ufern und beobachteten die Urteilsvollstreckung. Margarete kämpfte nicht um Luft, sie strampelte nicht im Todeskampf, sondern entschlief erlöst und friedvoll.

Der Bach glitzerte in roten und gelben Tupfen hinter dem Schilf hervor und sein Schimmern spiegelte sich auf der Haut, den Kleidern und dem Unmut derer wider, die stumm dastanden und die tiefe Sonne beobachteten, die sich im Osten orange und saftig aus der Nacht schälte. Krachend rumpelte der Karren die löchrige Dorfstraße entlang, nachdem der Scharfrichter von Görlitz seine Angelegenheit für beendet erklärt und die Rückfahrt nach der Stadt im Süden angetreten hatte. Auf seinem Gitterkarren hockten zerknirscht und fluchend zwei Gestalten.

Epilog

Sed opere consummato desiderabat artifex esse alique,
qui tanti operis rationem perpenderet,
pulchritudinem amaret [...]

Doch als das Werk vollendet war,
da wünschte der Erbauer,
es sollte jemanden geben, der imstande wäre,
es zu beurteilen, seine Schönheit zu lieben [...]

Giovanni Picco della Mirandola
»De hominis dignitate«
1486

März 2005 bis September 2007

Wie viele Runden ich um die kleine Wehrkirche von Horka gegangen bin, weiß ich nicht. Wie oft ich die Feldsteine der Mauern fotografiert und gezeichnet, wie akribisch ich versucht habe, die von saurem Regen zerfressenen Grabsteine zu entziffern, wie lange ich auf die Fresken in der Apsis gestarrt habe, weiß ich auch nicht. Ich kann nicht sagen, wie viele Notizbücher ich vollgekritzelt habe. Die Titel der vielen Monografien, Aufsatzsammlungen und Magazine, die Descriptorien von Urkunden und Akten bringe ich nicht mehr zusammen. Die Namen der Museen und Bibliotheken, die ich in den vergangenen zweieinhalb Jahren aufgesucht habe, wie viele Gespräche über Sinn und Unsinn dieses Buches ich geführt habe, hab ich vergessen.

In der Gegend um Görlitz hat man nie versucht, Waid anzubauen (Hans Biehain hat nicht nur seinen Neffen trefflich gefragt: Wieso Waid? Wieso nicht Hanf oder Flachs? Über die mythische Anziehungskraft von Waid, sein Repertoire an Bildhaftigkeit und seine Jahrhunderte währende Faszination erzähle ich ein andermal.). In Görlitz hat man nie Hexenprozesse geführt; über die der Ketzerischen Verkehrtheit angeklagten Personen wurde bisweilen in Bautzen, Dresden oder Meißen verfügt. Aber es stimmt, dass nicht selten eine belanglose Fehde mit Hilfe der »Inquistionsbibel« Maleus Maleficarum zu einem tödlichen Ausgang gebracht wurde.

Margarete Luise Wagner, Christoph Elias Rieger und Gottfried Klinghardt sind erfunden, doch ihre Geschichte ist nur halb unwahr.

Aber wenn alles ausgedacht ist, mit wessen Wahrheit habe ich dann Seite um Seite vollgeschrieben? (Wie viel Wahrheit sollte in einem historischen Roman stecken? Ich weiß es nicht.)

Um die Geschichte von Christoph und Margarete erzählen zu können, borgte ich mir eine Episode aus den Leben des Pfarrers Czeppil und des Nickel von Gerßdorff, die sich vor nahezu fünfhundert Jahren in der Idylle der Waldhufengemeinde Horka zugetragen hat, als am Markustag (25. April) der Pfarrer Simon Czeppil den in der Acht befindlichen Richter und Kretschmar Hans Wiedemann auf freiem Feld der Parochie Horka erschlug. Der Pfarrer wurde vom königlichen Richter freigesprochen. Es wurde gefordert, den Ermordeten unbegraben auf seinem Feld liegen zu lassen. Der damalige Gutsherr Nickel von Gerßdorff nahm die Leiche an sich und hielt sie sechs Wochen lang in einem mit Sand zugeschütteten Kohlenkorb versteckt, woraufhin der Gutsherr selbst geächtet wurde. Er kaufte sich von der Strafe frei, woraufhin die Acht aufgehoben und der Erschlagene am 14. September beerdigt wurde. Pfarrer Czeppil wurde nie zur Rechenschaft gezogen.

Das Mysterium um eine Ortschaft, gelegen an der Via Regia zwischen den Königshainer Bergen und der Neiße, irgendwo auf dem Flickenteppich des einstmals Böhmischen Königreiches, in der Hunderte von Menschen im Dorfbach ertranken, Gebäude und Felder mit erschreckender Häufigkeit abbrannten und man eine aus Feldsteinen und Geröll zusammengehauene Wehrmauer errichtete aus Angst vor Krieg und Fehden, bot reichlich Stoff für Sagen.

Noch heute erzählen sich die Horkaer die Geschichten von den zweiundsiebzig Bauern, die angeblich je eine Zinne auf der Wehrmauer errichtet haben, oder die Sage vom geheimen Gang, den es zwischen dem Weinberg im Osten des Ortes und ihrer Kirche gegeben haben soll. Die rationalen, logischen Köpfe sprechen eine physikalische Möglichkeit des geheimen Tunnels zwischen dem Steinbruch auf dem Berg und der Krypta der Kirche ab.

Die knarrenden Fichten und Kiefern auf dem einstigen Weinberg und die Dorfältesten erzählen eine andere Geschichte.

Ich möchte einigen Menschen danken, die mich und die Kiefern des Weinbergs haben gewähren lassen, die uns geduldig zugehört und mich ermutigt haben, weiterzuschreiben, selbst wenn ich manchmal kraftlos war.

Dieses Buch hätte ich nicht vollendet ohne die unerschöpfliche Geduld und die vielen Seitenknüffe Ronny R. Michlers, Diplom-Bibliothekar und Informationsmanager, der mir mit seiner professionellen Recherche oft aus der Misere geholfen und starke Nerven bewiesen hat, wenn mein Computer und ich kollidierten.

Ich danke Ronald Michler, Diplom-Archivar, der mir während seiner Zeit in Görlitz verschlossene Türen öffnete. Mein Dank gilt Jeannette Hofmann, Dorothea Johne, Dr. Cornelia Weinreich und Thomas Käter, die ihre kritischen, wachsamen und interessierten Augen über meine Kapitelentwürfe wandern ließen, die ihre Ohren für meine Spinnereien aufsperrten und mir vielerlei Anregungen gaben.

Ich muss auch einem guten Freund, Pfarrer Helmut Thörne, danken, der mir, einer bekennenden Atheistin, durch seine weltoffene und warme Lebenssicht, durch seinen Glauben an mich und meine Arbeit geholfen hat (ich habe dir nicht aus böser Absicht das Schreiben dieses Buches verheimlicht, sondern aus tiefstem Respekt heraus).

Ich habe kaum einer Seele vom Entstehen dieses Buches erzählt und möchte mich jetzt bei meinen Eltern und Großeltern für die geduldige Beantwortung all meiner damals schier ungeordneten, unbegründeten und aus jeglichem Kaffeekränzchen-Kontext gerissenen Fragen bezüglich Landwirtschaft und Gartenbau bedanken und mich für das Durcheinander entschuldigen, das meine Fragerei oft angerichtet hat.

Nicht zuletzt möchte ich meinen Dank meiner Verlegerin Sandra Thoms aussprechen, die an mich, Margarete und Christoph geglaubt hat.

Weiter gilt mein Dank Jens Mett und Herrn Pfarrer Schwäbe, die mich bei der Eingewöhnung des Buches in der Gemeinde Horka unterstützten.

Einem Menschen im Wesentlichen ist das Zustandekommen dieses Romans zuzuschreiben: Franz Christian Holscher (1789–1820), Pastor und Chronist der Parochie Horka, der durch seine Akribie, Archivierung und Neugier den vergangenen Jahrhunderten des Dorfes Leben eingehaucht hat.

Ivonne Hübner

Ein fesselnder Roman
zum Reformationsjubiläum

November 1517. Luthers 95 Thesen gelangen durch aufrührerische Studenten in die hochfromme Stadt Görlitz. Elsa, eine Magd, und Andres, Sohn eines Brauereibesitzers und Hoffnungsträger einer großen theologischen Laufbahn als Priester, leben unter dem Dach des »Ketzerhauses«. Während Elsas Leben an der Seite von Andres' Stiefbruder vorbestimmt zu sein scheint, verliert Andres den Glauben an die römisch-katholische Kirche. Seine Proteste und die verbotene neue christliche Religion sollen ihm zum Verhängnis werden. Doch in den Wirren des Glaubenskonfliktes, in Zeiten der Pest und Inquisition kommen sich Elsa und Andres näher.

Fantasievoll, spannend und kenntnisreich erzählt die Autorin von den bewegten Zeiten der Reformation, in denen Andres als Wittenberger Student Martin Luther und seinen Anhängern begegnet, und setzt den Frauen, die zum Gelingen einer neuen Ordnung wesentlich beitrugen, ein Denkmal.

Ivonne Hübner | **Ketzerhaus** | Ein Reformationsroman
576 S. | Br. | 135 × 210 mm | ISBN 978-3-95462-785-1 | 16,95€

www.mitteldeutscherverlag.de